Ostsee
Danzig
POMMERN
Russisches Reich
Brest
Kiew
Dnjepr
Posen
Weichsel
Oder
Hzgt. POLEN
Krakau
Dnjestr
Bug
Prag
Kgr. BÖHMEN
Imperium Romanum
(Deutsches Kaiserreich)
Wien
OSTMARK
Donau
Ofen
Pest
STEIERMARK
Kgr. UNGARN
KÄRNTEN
Agram
Belgrad
Donau
KROATIEN
Schwarzes Meer
SERBIEN
BULGARIEN
Split
Philippopel
Konstantinopel
DALMATIEN
THRACIEN
Adria
Kaiserreich Byzanz
MACEDONIEN
Durries
Saloniki
Bari
Hzgt. APULIEN
Tarent
Neapel
ASIA MINOR
Ephesus
Normannenreich
EPIRUS
HELLAS
Athen
KALABRIEN
Korinth
Messina
Palermo
PELOPONNES
Rhodos
Kgr. SIZILIEN
Syrakus
Mittelmeer
Kreta
0 50 100 150 200 250 300km

PETER BERLING

Ritter zum Heiligen Grab

PETER BERLING

Ritter zum Heiligen Grab

Historischer Roman

List

List ist ein Verlag
der Ullstein Buchverlage GmbH

ISBN 978-3-471-79571-2

Gestaltung der Karten S. 673–675 und
der Vorsatzkarte: Peter Palm, Berlin

Gesetzt aus der Sabon und Edwardian bei
Pinkuin Satz und Datentechnik, Berlin
Druck und Bindearbeiten: Bercker, Kevelaer
Printed in Germany

Meinen interessierten Freunden

NEC SPE

NEC METU

Dramatis Personae

geboren		im Jahr 1084		im Jahr 1095
1076	**Conon de Béthune**	8 Jahre	Sohn des Guillem de Gisors mit Fedaye de Béthune	19 Jahre
1073	**Elgaine de Gisors**	11 Jahre	Einzige Tochter des Guillem de Gisors und seiner Frau Almodis de Saissac	22 Jahre
1089	**Pons de Gisors**		Sohn der Elgaine de Gisors	6 Jahre
1066	**Astair de Saissac**	18 Jahre	Sohn des Berenguer de Saissac	
1071	**Cantar de Sion**	13 Jahre	Tochter des Urs von Sitten und seiner Frau Miral de Saissac	24 Jahre
1093	**Casda de Sion**		Tochter der Cantar de Sion	2 Jahre
1072	**Berthold von der Lehburg (»Bert el-Caz«)**	12 Jahre	Jüngster Sohn des Waldgrafen von der Lehburg, der spätere Pirat	23 Jahre

geboren		im Jahr 1084		im Jahr 1095
1054	**Remy d'Aretin (Der Graue Kardinal)**	30 Jahre	Erst Kaplan von Sion, dann Kardinallegat und als *Caput canis* Herr der Geheimen Dienste	41 Jahre
	Fedaye de Béthune (»Melusine«)		Normannische Adelige, verheiratet mit Sigbert von Öxfeld, später Mutter von Conon und Tankred	
	Sigbert von Öxfeld		Herr auf Castelbov, verheiratet mit Fedaye de Béthune	
1068	**Gerald von Öxfeld**	16 Jahre	Sohn des Sigbert von Öxfeld und seiner Frau Fedaye de Béthune	27 Jahre
	Norbert von der Lehburg		Herr auf Trifels, Waldgraf der Ardennen	
1066	**Balduin von LeBourg**	18 Jahre	Ältester Sohn des Norbert von der Lehburg, aus früherer Ehe	29 Jahre
1070	**Hedwig von der Lehburg**	14 Jahre	Tochter des Norbert von der Lehburg	25 Jahre
1062	**Rinat von Sitten**	22 Jahre	Knappe und erzählender Chronist	33 Jahre
1068	**Maurcade du Berq**	16 Jahre	Normannische Adelige, Mutter des Guy d'Abreyville	27 Jahre

geboren		im Jahr 1084		im Jahr 1095
1080	**Guy d'Abreyville**	4 Jahre	Sohn der Maurcade du Berq	15 Jahre
	Berenguer de Saissac		Söldnerführer, Bruder von Miral und Almodis de Saissac und Vater von Astair	
1076	**Tankred von Lecce**	8 Jahre	Zwillingsbruder des Conon, später Adoptivsohn des Grafen Raimar von Lecce	19 Jahre
	Melina Argyros		Ehefrau des Grafen von Lecce, spätere Sultana von Mahdia	
	Theodor Argyros		Sohn des Grafen Raimar von Lecce und seiner Frau Melina Argyros	
	Thierry (Dietrich)		Bischof von Verdun	
	Alfons de la Carmen		Monsignore, Mitglied der Geheimen Dienste	
	Yussuf der Ziride		Sklavenhändler, Halbbruder des Sultans von Mahdia	
	Ermengarda di Toano (»Schwester Erma«)		Pförtnerin des Klosters von Lerici	
	Terès di Mondragon		Heilkundiges Kräuterweib	
	»Angelus vigilans« und »Vocator diaboli« (Angel und Vocat)		Benediktiner vom Monte Cassino, die Chronisten	

Prolog

Jerusalem A. D. MCVXXXVII

Das christliche Heer des Königreiches war geschlagen. Dreier, vierer Generationen hatte es bedurft, bis die Welt des Islam sich von dem Schock der Invasion des Abendlandes erholt und – unter Sultan Saladin zur Einheit gezwungen – zum Gegenschlag bereitgefunden hatte. Jetzt war das ›Himmlische Jerusalem‹, die Hauptstadt der Christenheit, mit all ihren heiligen Stätten dem Sieger zur Beute preisgegeben.

Einer der angesehensten christlichen Herren der *Terra sancta*, Balian von Ibelin, hatte in letzter Minute vor Beginn der Belagerung die Führung der Verteidiger übernommen, doch die Mauern hielten dem Beschuss nicht stand. Als die erste Bresche klaffte, befahl Balian, in der Gegenwehr nicht nachzulassen, begab sich aber selbst in das Zeltlager des Sultans, um die Bedingungen für eine Übergabe der Stadt zu erörtern. Er kam in Begleitung eines einheimischen Bürgers, des Gelehrten Leon Vallesianus. Doch Saladin, der Balian persönlich durchaus schätzte, weigerte sich zu verhandeln. Er habe geschworen, Jerusalem mit dem Schwert zu nehmen, und nur eine bedingungslose Unterwerfung könne ihn von diesem Eid entbinden.

»Was habt ihr Christen euch seinerzeit dabei gedacht«, fragte der Sultan, bemüht, in der Sache Härte, im Ton hingegen Milde zu zeigen, »als ihr ohne triftigen Grund in das Land der *Moslemun* einfielt, seine Bewohner, rechtgläubige Anhänger des Propheten, verfolgtet und tötetet – bis hin zu dem entsetzlichen Blutbad, das ihr angerichtet habt, als euch das heilige al-Quds zum Opfer fiel?« Da die beiden Emissäre auf diese Anschuldigungen betroffen schwiegen, fuhr er – obgleich selbst sichtbar bewegt – in gemäßigtem Ton fort: »Heute schreiben wir das Jahr 583 nach der Hedschra, dem Auszug Mohammeds von Mekka nach Medina, in eurer Zeitrechnung das Jahr 1187. Gerade einmal 88 Jahre sind vergangen seit diesem schändlichen Massaker, und nun kehren die entweihten Stätten in unsere gerechte Hand zurück.« Der Sultan seufzte tief. »Wozu das ganze Elend? Abertausende von Erschlagenen, unsägliches Leid für Väter, Söhne und Enkel, blühende Landschaften und reiche Städte verwüstet. Vertreibung, Hungersnöte und Epidemien! Was trieb euch Christen aus dem Abendland, uns dies anzutun – und letztlich auch euch selbst?«

Balian, der während der Rede des Sultans geschwiegen hatte, raffte sich endlich zu einer Antwort auf: »Ihr habt unseren Pilgern den Zugang zu den heiligen Stätten der Christenheit verwehrt, sie verfolgt und misshandelt –«

»Solche Unstimmigkeiten«, fuhr Saladin in scharfem Ton dazwischen, »hätten weise Herrscher doch wohl durch Verhandlungen aus der Welt schaffen können!« Er fand seine Beherrschung wieder. »Ihr erwartet von mir hier und heute Bereitschaft zum Gespräch, aber selbst habt ihr ohne jeglichen Skrupel die Waffen sprechen lassen!« Erneut geriet er jetzt in Erregung. »Was war der Grund für solche Verbohrtheit, solche Hemmungslosigkeit, solchen Fanatismus?« Der Sultan sah Balian herausfordernd an. »Ich will von Euch wissen, in welche Abgründe ich bei Menschen Eures Glaubens schaue. Ich muss verstehen, was den Teufel bewegt.«

»Ihr tut uns unrecht«, entgegnete der Herr von Ibelin fest. »Das Christentum ist keine Lehre des Hasses, keine Teufelei!«

»Nach seinen Taten richtet Allah über den Menschen«, erwiderte ihm Saladin, »nicht nach seinen Worten.« Sein Blick strahlte nun wieder Wohlwollen aus. »So sagt mir bitte, was in Sheitans Namen hat euch Ungläubige bei euren Taten angestachelt? War es fehlgeleitete Liebe zu eurem Propheten Isa? Wolltet ihr am Islam den Schmach des Todes, den ihm die Juden beigebracht, rächen? War es der unheilvolle Drang zu erobern, der Wille, sich die Welt zu unterwerfen, der euch übers Meer ziehen ließ?«

»Ich weiß es nicht«, sagte Balian, um Fassung ringend. Dann richtete er sich auf und entgegnete trotzig: »*Deus lo vult!* Es war das glühende Verlangen, Gott, dem Herrn, zu dienen –«

»Nein!«, unterbrach da Leon Vallesianus, der sich bisher zurückgehalten hatte. »Ich glaube, der eigentliche Grund war Canossa!«

»Canossa?«, entfuhr es dem Herrn von Ibelin. Er war ungehalten ob der Einmischung. Auch Saladin ärgerte der Einwurf. »Was soll das sein – Canossa?!«

»Kenn ich nicht!«, gab Balian unwirsch zu, doch Leon ließ sich nicht einschüchtern.

»Canossa, das war die nie ganz verheilte Wunde des Papstes zu Rom. Das Ereignis liegt sicher über hundert Jahre zurück –« Leon Vallesianus gab nicht den allwissenden Gelehrten, sondern kramte in seinen Erinnerungen: »Es ging damals um den Streit, wer wen zu krönen hat, der römische Papst den Kaiser der Deutschen – oder dieser den *Pontifex maximus.*«

Während der weise Leon noch nachsann, erinnerte sich jetzt auch Balian. »Es gab einen Antipapa, einen kaiserlichen Gegenpapst –«

»Ihr müsst Euch das so vorstellen«, erläuterte Leon, als er das verständnislose Gesicht des Saladins bemerkte, »hängt Ihr, hoher Sultan, ab von der Gnade des Kalifen al-Mustansir zu Kairo – oder jener in seinem Amte von Eurer Gunst?«

Saladin sah ihn erstaunt an. »Das ist doch wohl eher eine Frage des Respekts!«

Leon nickte. »Bei den Christen des Abendlandes hingegen war es eine Machtfrage. Sie eskalierte im offenen Krieg, begleitet von Erpressung, Verleumdung und Nötigung. Der damalige Papst, sein Name war Gregor, verkündete die Ächtung des deutschen Königs Heinrich, er sprach den Kirchenbann gegen ihn aus, eine Art Fatwa. So wiegelte er die Fürsten gegen ihren Herrscher auf, und der geriet in große Not.« Leon zeigte nun den Eifer des gelehrten Historikers. »Heinrich musste sich von diesem Fluch befreien, er musste den Papst dazu bringen, ihn aus diesem Bann zu lösen. Doch der Papst floh vor ihm, verschanzte sich auf einer Burg –«

»Was hat das alles mit Jerusalem zu tun?«, unterbrach ihn der Sultan ärgerlich, »was mit der tollwütigen Art, mit der diese Christen, diese –«, er verschluckte die Anfügung »Hunde«, weil er Balian nicht beleidigen wollte, »mit der die Christen über die *Moslemun* herfielen?«

Leon Vallesianus lag nicht daran, Saladin zu erzürnen. »Verzeiht, erhabener Sultan«, flocht er besänftigend ein, »aber lasst mich die Geschichte zu Ende bringen, dann werdet Ihr verstehen. König Heinrich erzwang mit einem beispiellosen Akt körperlicher Selbsterniedrigung und geistiger Brutalität letztendlich die Vergebung, und Canossa, der Ort, wo dies geschah, wurde für den Papst zum Inbegriff der Demütigung. Eine solch üble Verletzung wünschte er nie wieder hinnehmen zu müssen!«

Das war zu viel für Saladin. »Und deswegen stieß er sein Schwert in unseren Leib?!«, rief er empört aus. Und ergänzte spöttisch: »Ist es nicht die Lehre Eures ›Christos‹, auch die andere Wange hinzuhalten?«

Leon war so in Eifer geraten, dass er den Sultan unhöflich unterbrach. »Der Papst ist nicht Jesus!«, stimmte er seinem Gegenüber immerhin bei. »Der Priester von Rom ist von dieser Welt, also gilt ihm Macht, Vormacht über alle Könige des Okzidents als einzig –«

Diesmal schnitt ihm Saladin entgeistert das Wort ab. »Also für die Ehre dieses –?«, begann er, mit ungewohntem Zorn. Doch da fiel sein Blick auf die Mauern Jerusalems. Von seinem Feldherrnzelt schaute er direkt auf den kritischen Abschnitt, wo die Seinen die Bresche geschlagen hatten und wo über der zerstörten Mauerkrone plötzlich sein Banner flatterte. Er konnte den Triumph in seiner Stimme kaum unterdrücken, als er fortfuhr: »Was hindert mich, mit euch so zu verfahren, wie –« Er hatte es noch nicht ausgesprochen, als die Fahne wieder verschwand. Balian und Leon, denen vor Schreck und Entsetzen der Atem gestockt hatte, atmeten erleichtert auf. Ihre Gedanken weilten bei denen, die angstvoll hinter den Verteidigern ihrer Mauer ausharrten.

»Also, was war mit Canossa?«, fuhr Saladin den Leon Vallesianus jetzt barsch an. »Ich will es hören!«

Der gelehrte Vallesianus plusterte sich auf: »Der Vater meines Großvaters war damals zu Canossa dabei, er hat alles aufgeschrieben. Meine Großmutter hat es mir vorgelesen, als ich Kind war. Ich kann mich noch gut erinnern, denn es hinterließ einen ungeheuer starken Eindruck in mir, der sich in meine Seele wie mit Feuer eingebrannt –«

»Dann nehmt Euch die Muße und erzählt mir die Geschichte«, bat Saladin, nun wieder voller Milde.

»Fasst euch kurz!«, zischte Balian mit zusammengebissenen Zähnen. Ihm war klar, dass der Sultan darauf aus war, Zeit zu gewinnen, Zeit, die seinen eigenen Leuten auf der Mauer durch die Finger rann und die ihm selbst, ihrem Anführer, unter den Nägeln brannte.

Leon begann. »Papst Gregor erschrak zunächst furchtbar, als er von der Burg aus den König mit seinem Gefolge herannahen sah. Seine Freundin Mathilde – das war die papsttreue Markgräfin des Landes, in dem die Burg Canossa lag – hatte ihm zwar versichert, in dieser Feste wäre er vor jedem Zugriff auf seine Person sicher, aber auch sie war von dem unerwarteten Erscheinen Heinrichs überrascht. Zwar schienen die Absichten des Königs nicht kriegerischer Natur zu sein, rücksichtsvoll schlug er sein Zeltlager in Sichtweite der Burg auf, doch dem Papst war allein schon die plötzliche Nähe seines Widersachers unangenehm, er fühlte sich in einer Falle.«

Fragend sah Leon Vallesianus hinüber zum Sultan, aber da dieser kein Zeichen von Ungeduld oder gar Unmut zeigte, fuhr er fort: »Bereits am nächsten Tag traf eine Gesandtschaft Heinrichs auf der Burg ein, die dem hohen Gast mit aller Ehrerbietung des Königs Ankunft anzeigte und um eine Unterredung mit ihm ersuchte. Gregor weigerte sich, den Bittsteller überhaupt zur Kenntnis zu nehmen, doch die Markgräfin – zugleich eine Cousine des Königs – betrachtete die neue Lage realistischer und nahm die Einladung an. Heinrich trat nicht als ihr König und Lehnsherr, sondern als ratsuchender Verwandter vor die Cousine. Zerknirscht erklärte er, wie sehr er unter dem – völlig zu Recht über ihn verhängten – Kirchenbann leide, sie müsse ihm helfen, dass er seine aufrichtige Reue dem Heiligen Vater persönlich bezeugen könne. Natürlich sei er bereit, Buße zu tun, jede Strafe auf sich zu nehmen. Mathilde ließ sich davon nicht beeindrucken, wahrscheinlich bedachte sie erst einmal, ob es für ihre Machtposition tunlich war, Heinrich zu unterstützen, oder ob sie mit einem anderen deutschen König vielleicht besser fahren würde. So beschwor Heinrich ihre Verantwortung für die Interessen des Reiches. Er habe – als schwacher Mensch voller Fehler – für diese Ideale sein Seelenheil aufs Spiel gesetzt, doch es liege in ihrer Hand, diese göttlichen Werte zu retten. Er selbst sei nichts als Staub!

Mathilde fühlte unbestimmt, dass Heinrich sie einzuwickeln versuchte, aber sie war geschmeichelt, sah sich schon als Reichsfürstin, und ihre Eitelkeit gewann die Oberhand. Sie versprach, sich für das Zustandekommen einer Aussprache mit Gregor einzusetzen.

Doch der Papst verharrte in seinem Eigensinn, ließ nicht mit sich reden. Daran konnte selbst der eben eingetroffene Erzabt Hugo von Cluny nichts ändern, ein Mann der Kirche, der dem König zudem als Patenonkel verbunden war. Hugo betrachtete das Zerwürfnis als Werk des Teufels, der wohl in beide gefahren sei, König wie Papst. Gregor verwies auf das zu Augsburg anberaumte Fürstengericht, das alle Verfehlungen gründlich untersuchen werde. Dort und nicht hier werde er seine Entscheidung fällen. Er, der Papst, lasse sich nicht nötigen oder gar überrumpeln.«

»Ich glaube kaum« – mit unüberhörbarem Unmut drängte sich Balian in den Bericht des Leon Vallesianus –, »dass diese Details den Sultan interessieren. Mich jedenfalls nicht die Bohne!«

Doch Saladin ergriff, nach raschem Blick hinüber zu den Mauern, die Partei des Vallesianus. »Herr Leon schildert mir Eure Welt höchst anschaulich! Also haltet ihn nicht ab, in seinem Stile fortzufahren!« Das war eine klare Rüge und eine Aufforderung zugleich.

»Alles, was ich weiß, stammt von meinem Vorfahren, dem Knappen Rinat von Sitten«, erläuterte Leon. »Und dieser hat alles mit eigenen Augen gesehen, denn der mächtige Erzabt hatte ihn, den Neffen des Bischofs von Sion, Mathilde persönlich anvertraut. Obwohl sie vielleicht den Verdacht hegte, man wollte sie bespitzeln, setzte sie den jungen Rinat dennoch als Botengänger im Vorzimmer des Heiligen Vaters ein. Er hat genau berichtet, was damals geschah.«

✣

Zum wiederholten Male schon hatte Heinrich seinen persönlichen Kaplan und Beichtvater in die Burg geschickt, um dem Papst darzulegen, wie sehr er seine Verfehlungen bereue. Doch trotz Mathildes Einsatz konnte dieser nie bis zum Ohr Gregors vordringen.

Da erschien im Lager des Königs mit großem Pomp Adelheid, die Herzogin von Savoyen und Heinrichs Schwiegermutter. Weil sie im Kampf um die Macht in Ligurien Mathildes Rivalin war, bat Heinrich sie, sich wieder zu entfernen. Doch Adelheid blieb ungerührt. Sie bezog Quartier in der Nähe und nahm Kontakt zu Hugo von Cluny auf, nicht ohne Mathilde kostbare Geschenke zu übersenden und sie um ihre freundliche Duldung ihres Verweilens zu ersuchen.

Der Erzabt, Heinrichs Pate, stattete der Herzogin heimlich einen Besuch ab, zu dem Heinrich hinzugebeten wurde. Die energische Dame ließ die beiden allein, und unter Tränen warf sich der König wie ein Kind an die Brust des Paten und beklagte sich über seine verzweifelte Lage. Er gestand seine Ratlosigkeit, seine tiefe Bestürzung über das, was er der Kirche angetan habe.

In der Nacht schneite es.

Am nächsten Morgen sahen die Insassen der Burg vor dem Tor eine reglose Gestalt im Büßergewand, die barfüßig im Schnee verharrte. Heinrich hatte dem Papst vorgegriffen. Eine härtere Bußstrafe konnte auch Gregor nicht ersinnen, selbst wenn er sich zu einer Absolution durchringen würde. Der Heilige Vater weigerte sich zunächst, überhaupt nur einen Blick aus dem Fenster zu werfen; als er es kurz tat, war er zutiefst erschrocken über das Bild, das sich ihm bot. Ihm war, als stünde er selbst dort unten, stumm und starr.

Heinrich hielt den Kopf gesenkt. Nur wenn ihm die Füße

zu erfrieren drohten, kniete er nieder, zog sie an sich unter die Kutte, erwärmte sie mit seinem Leib, bis er das Blut wieder zirkulieren spürte. Er betete, dass Gott ihm die Kraft geben möge, diese Tortur durchzuhalten. Und dann sprang er wieder auf, zwang sich, nicht von einem Bein aufs andere zu hüpfen, und so verbrachte er die endlosen Stunden bis zum Angelusläuten bei Sonnenuntergang. Fast ohnmächtig fiel er in die Arme seiner Begleiter, die ebenfalls in Kutten, aber dick vermummt und in hohen Fellstiefeln, in respektvollem Abstand seinen Kampf verfolgt hatten, jederzeit bereit, das Martyrium durch beherztes Eingreifen zu beenden, falls ihr Herr das Bewusstsein verlor.

Sie packten Heinrich unter den Achseln und trugen ihn fort von der Burg. Dann legten sie ihn auf den Boden, rieben seine Füße mit Schnee, scharfem Branntwein, Kampfer und Arnika ein, bis er schrie, wickelten ihn in Decken und schleiften ihn zurück in sein Zelt.

✣

Balian gebot Leon mit heftiger Geste zu schweigen, denn schon bei den letzten Sätzen war die Aufmerksamkeit Saladins von erneuten Tumulten an der Bresche abgelenkt gewesen. Wieder wurde die Fahne des Sultans auf der benachbarten Zinne emporgestemmt, sie schwankte, flatterte im Kampfesgetümmel – und sank wieder hinab. Gebannt starrten alle drei hinüber zur Mauer, doch das Banner tauchte nicht wieder auf. Die gerade gewonnene Zuversicht des Sultans wandelte sich zu wachsender Besorgnis, während der Herr von Ibelin Mut schöpfte: »Sollten wir nicht doch zu einer Einigung gelangen, die das Leben der Bürger – und Eurer Soldaten –«

Barsch schnitt ihm Saladin das Wort ab: »Den Sieg kann nur das Heer des Propheten davontragen. Je länger Ihr meine Geduld missbraucht, umso verheerender werden die Folgen für Eure Leute sein.«

Balian sah ihn offen an. »Die Freiheit und der Glaube sind für uns ein so hohes Gut, dass Ihr gut daran tätet, erhabener

Saladin, den ungebrochenen Willen der Christen und ihre Bereitschaft zum Martyrium nicht zu unterschätzen!«

Saladin lächelte maliziös. »Der Sklavenmarkt als zu ersehnendes Paradies?«, spottete er und gab – wie um die Folter für Balian von Ibelin noch zu verlängern – dem Vallesianus einen Wink, seinen Bericht wieder aufzunehmen.

Stockend fand der Herr Leon wieder in seine Erzählung zurück.

✣

In der Burg gingen die Lichter nicht aus, den Wachen wurde von Mathilde höchste Aufmerksamkeit eingeschärft, denn sie traute dem König durchaus zu, dass sein bußfertiges Gehabe nur zur Ablenkung diente und er zu anderen Mitteln greifen könnte. Schließlich waren unter den Söldnern seiner Schwiegermutter Adelheid zahlreiche *Montagnards*, geübte Kletterer, lautlos bei einem Überfall, gleich Luchsen, höchst gefährliche Bergkatzen! Die Herzogin hatte ihr zwar Geschenke überbringen lassen, aber genau das schien der Markgräfin erst recht verdächtig. Sie ließ rund um die Burg Feuer anzünden, deren unruhiger Flammenschein die Schneefläche davor gespenstisch beleuchtete. Angestrengt glitten die Blicke der Wachen die ganze Nacht über das Zeltlager Heinrichs, doch nichts regte sich.

Als der Morgen graute, erhob sich Gregor nach einer Nacht schlechten Schlafs. Das Flackern der Flammen, die dunklen Schatten an der hohen Decke seines Zimmers hatten ihn an die Feuer der Hölle gemahnt, an schwarze Löcher und tiefe Abgründe, die ihn zu verschlingen drohten. Er schlich sich zum Fenster, um heimlich einen Blick hinauszuwerfen, ob – Da stand die düstere Gestalt schon wieder! Gregor prallte zurück, denn er glaubte sich entdeckt, Augen wie glühende Kohlen hatten ihn angestarrt! Er warf sich in seinen Bettkasten, zog die Decke über den Kopf und versuchte, endlich Schlaf zu finden.

Draußen kam Wind auf, bald heulte ein Sturm schaurig um die Mauern von Canossa. Tiefe Wolken trieben heran, Hagelkörner prasselten herab, die bald in Eisregen übergingen. Heinrich stand nicht mehr barfuß, das knöchellange Büßergewand verdeckte die Fellstiefel, die ihm seine Leute aufgezwungen hatten. Dafür wurde er jetzt durchnässt bis auf die Haut. Gott ließ sich nicht betrügen!

Gegen Mittag schickte Adelheid einen Karren mit trockenen Gewändern. Im Schutz der Zeltplane ließen ihn die *Montagnards* das Kleid wechseln und hüllten ihn in einen Überwurf wie die Hirten in den Bergen. Heinrich ließ alles mit sich geschehen. Er zitterte am ganzen Körper.

✣

Der gelehrte Berichterstatter Leon Vallesianus zeigte erste Zeichen der Erschöpfung. Das stumme Ringen zwischen den beiden so grundverschiedenen Männern neben ihm, dem Sultan, der auf Zeit spielte, und dem Herrn von Ibelin, der nichts in der Hand hatte außer dem Vertrauen auf Gott, zerrte an seinen Nerven. Doch er riss sich zusammen, hob seine Stimme, als gäbe es nichts Wichtigeres zu vermelden im Zelt des Sultans als diese schon fast legendäre leidige Auseinandersetzung im fernen Okzident.

✣

Die Herzogin stattete Mathilde einen Höflichkeitsbesuch ab. Sie traf im strömenden Regen ein, ein Umstand, der die beiden Frauen gleich zu Gesten des Mitgefühls verleitete. Mathilde ließ Wein erhitzen, und sofort waren sie sich einig, dass, mehr noch als sie selbst, der König da draußen einer solchen Stärkung bedürfe, und sie schickten ihm einen dampfenden Krug hinaus. Das Eis war gebrochen. Der mit Nelken, Zimt und anderen Spezereien gewürzte gute Rote des Landes versetzte die Damen alsbald in aufgekratzte Stimmung, und sie beschlossen, spontan, bei Gregor vorzusprechen. Der, schlaftrunken und mürrisch, weigerte sich erst, sie überhaupt anzuhören. Als dann Adelheid, eine untadelige Tochter der Kirche und bekanntermaßen Förderin des Klosters von Cluny, sich energisch für den frierenden, durchnässten Büßer verwandte, brach es wütend aus Gregor heraus: Ob die Herzogin denn schon die furchtbaren Beleidigungen vergessen habe, die Heinrich ihrer Tochter Berta zugefügt hatte, als er sie zu verstoßen suchte? Das gab Mathilde die Gelegenheit, sich anstelle von Adelheid in die Bresche zu werfen und vom barmherzigen Verzeihen und der Großmut des Herzens zu schwärmen, doch davon wollte der aufgebrachte Papst nichts hören.

»Um wie viel mehr wiegen da doch all die grässlichen Verbrechen, die der König an der Heiligen Kirche begangen hat!«, schnaubte er. »Hier ist nicht der verzeihende, barmherzige Priester gefragt, sondern der Diener der Glorie Christi, auf Erden vertreten durch die Heilige Kirche. Der Diener mag als Mensch noch so armselig sein, als Träger der Tiara ist er über alle erhoben, um unerbittlich den zu strafen, der sich an ihrer Heiligkeit vergangen hat!«

Die Herzogin war gewohnt, für sich selbst zu sprechen, und ehe Mathilde ein weiteres Lamento loslassen konnte, sagte sie barsch: »Wisst Ihr, wer da unten steht?«

Gregor zuckte zusammen ob des ungewohnten Tons. Adelheid ließ ihm keine Zeit, sich in sein Schneckenhaus zu verkriechen. »Ihr wisst es nicht«, setzte sie trocken nach. »Vielleicht windet sich dort jener Verbrecher, der Schächer? Vielleicht jedoch steht in der Kälte Jesus Christus, und Ihr erkennt ihn nicht?«

Gregor wehrte sich. »Schaut hinaus!«, rief sie. Der Papst schlug die Hände vors Gesicht.

Mathilde hingegen folgte der Aufforderung. Der Regen hatte aufgehört, die Bewölkung riss auf, wie ein Finger fiel ein Sonnenstrahl durch das Grau. »Ein Zeichen des Himmels!«, stammelte Mathilde, doch Gregor hatte sich abgewandt.

Erhobenen Hauptes verließ die Herzogin den Raum, verstört und voll heimlicher Bewunderung für Adelheid folgte Mathilde ihr nach.

Heinrich stand. Er empfand keine Kälte mehr, keine Nässe – auch das Gefühl der Demütigung war gewichen, alles erschien ihm nichtig. Wenn er, der gesalbte König, den Elementen zu trotzen vermochte, dann würde auch Gregors Starrsinn dahinschmelzen, sein Widerstand brechen, hinweggeblasen von Gottes Odem. Der König stand im knöcheltiefen Schlamm, sein Körper erbebte im Schüttelfrost, er fieberte. Er sieht aus den dahinziehenden Wolken Engel herabsteigen, sie sind gekommen, ihn zu holen! Der König wankte, zitterte wie Espenlaub. Die Umarmung des Todesengels dünkte ihn allemal ehrenhafter, als die Krone dem Ungeheuer in den Rachen zu werfen, dieser ekligen Schlange mit den Köpfen seiner Reichsfürsten. Sie galt es zu besiegen, Gregor war nur der arme Narr, der sie fütterte. In die Hand werden sie ihm beißen, dem Verstockten! Er, Heinrich, König von Gottes Gnaden, sieht es klar im gleißenden Licht des Herrn, das ihn blendet – Heinrich stürzte, wollte liegen bleiben, seine Knechte sprangen hinzu. Sie stellten ihn vor die Wahl, entweder aufzustehen – oder sie würden ihn wegtragen. Heinrich, der Verlierer? Ein König steht! Sie blieben neben ihm, bis die Nacht hereinbrach.

Heinrich war in seinem Zelt aufgebahrt, nackt und bloß. Ein in eiskaltes Wasser getauchtes Laken wurde um den König geschlagen wie um einen heiligen Märtyrer der Kirche. Mathilde hatte Decken geschickt und ihren jüdischen Arzt. Das heiße Getränk, das der Ziegenbart ihm einflößte, hätte ihn umgebracht, wäre er nicht schon tot gewesen. Felle und Teppiche werden auf seinen Leichnam gehäuft, er kann sich nicht rühren, er kann nicht schreien. Wenn er den Mund aufmacht, ist schon der Becher an seinen Lippen, und das glühende Blei fließt in seinen Rachen – seine Kehle ist verbrannt, sein Gedärm will platzen – Schweiß bricht aus, perlt von seiner Stirn –, eine Frauenhand wischt es ab – das muss seine Mutter sein. Heinrich schläft ein, tief und fest.

✣

Leon Vallesianus bat um einen Becher Wasser. Sowohl der Sultan als auch Balian sahen, dass seine Hand zitterte, als er ihn zum Munde führte. Ein knapper Blickwechsel zwischen den

Kontrahenten, uneingestandenes Prüfen des Gegners, ob dieser schon Anzeichen von Schwäche erkennen ließ.

✣

In der gleichen Nacht traf Agnes von Poitou, die betagte Mutter des Königs, in Canossa ein. Sie hatte ihr Kloster zu Rom verlassen und war, begleitet von Mönchen aus Cluny, herbeigeeilt, um dem Papst gegen ihren ungebärdigen Sohn beizustehen. Der Papst wollte die fromme Frau nicht sehen, er hat sich eingeschlossen, doch er fand keine Ruhe. Die Brüder aus seinem Kloster hatten die weite Reise auf sich genommen, um ihm, ihrem Bruder Hildebrand, unter die Arme zu greifen, er sollte wissen, dass er nicht allein war in seinem Kampf gegen Heinrich. Sie beteten laut, ihr auf- und abschwellender, monotoner Gesang drang durch die Ritzen der Tür, der Geruch von Weihrauch und Myrrhe zog unter ihr hindurch, umnebelte ihn. Gregor wollte schlafen, ihre Stimmen erfüllten sein Refugium. Konnten sie denn keine Ruhe geben? Jetzt mischte sich auch noch das Schluchzen der Frauen darunter, sie ließen ihren Tränen freien Lauf. Der Papst wünschte die heulenden Weiber zum Teufel.

Es stürmte die ganze Nacht, Tauwetter! Gregor tat kein Auge zu. Als die Dunkelheit in seinem Zimmer dem fahlen Licht des Wintermorgens wich, trat auch in der Burg Stille ein. Endlich konnte er hoffen, Schlaf zu finden.

Tock! – Tock! Ein beinhartes Klopfgeräusch riss die Bewohner von Canossa aus ihrem Schlummer. Tock! – Tock! – Tock! Jemand schlug ans Tor, keine menschliche Faust vermochte solche Schläge zu erzeugen – Tock! – Tock! –, höchstens der Engel des Herrn, der mit dem Flammenschwert – donnerte er seinen Knauf gegen das schwere Bohlentor? Der Papst sprang auf, wankte zum Fenster – dass Heinrich schon in der Dämmerung wieder seinen Platz eingenommen hatte, darauf war er gefasst gewesen, aber nicht auf dieses Klopfen, diese Schläge in unmenschlichem Gleichmaß! Kein wütendes Trommeln, kein verzweifeltes Einprügeln auf die eichenen Bohlen – nein, es hallte unerbittlich, Schlag auf Schlag! Das Grausamste waren die Pausen dazwischen, sie blieben unberechenbar, sie zehrten an den Nerven, sie gaukelten ein Ende vor, verleiteten zum Hoffen auf Stille, und dann – Tock! – war alles wieder zunichte. Wenn es nicht vom König kam – und wer sonst stand dort unten vor dem Tor? –, dann hatte der Böse seinen Bocksfuß im Spiel! Gregor bekreuzigte sich dreimal, schlug das Kreuzzeichen auch gegen das mit einem Teppich verhängte Fenster – nicht einen Spalt lüftete er den schweren Stoff, um sich doch zu vergewissern. Stattdessen wich er zurück und kroch in sein Bett. Tock! – Tock! An Schlaf war nicht mehr zu denken, er versuchte es mit Beten. – Tock!

✣

»Kommt endlich zu Potte!«, fuhr Balian seinen schnaufenden Begleiter aufgebracht an. »Die beiden müssen ja wohl zu einem –« Er brach mitten im Satz ab, weil ihm eingefallen war, dass sein Ausbruch seine eigene Zermürbung signalisieren könnte, die vom Sultan erwartete Bereitschaft zum Einlenken.

Doch Saladin nutzte die Gelegenheit nicht. Ihn quälte die Geschichte, die er da zu hören bekam, mehr und mehr. Zu seinem dumpfen Zorn sah er sich immer wieder in der Person dieses Papstes, der ihm trotz aller Machtfülle, die ihn umgab, immer verzweifelter vorkam – nein, er war nicht der Belagerte, sondern derjenige, der die Mauern berannte! Siegreich!! Aber die Rolle des armen Königs war erst recht nicht die seine. Nie hätte er, Saladin, sich derart – Was für grässliche Männer waren das, die dieser Leon vor seinen Augen knetete wie nassen Ton, schlaff, ohne Rückgrat, ohne Eier! Doch wenn er diesen Bildern, die auf ihn einstürmten, ihn zu knebeln, zu erwürgen trachteten, jetzt Einhalt gebot, dann sähe Balian darin ein Nachgeben. Also sprach er mit scharfer Stimme: »Den Sultan interessiert durchaus, wie diese Geschichte endet!«

Das musste Leon Vallesianus als Befehl nehmen. Balian fügte sich seufzend.

✣

Gegen Mittag setzte ein Schneetreiben ein, das sich bald zu einem Wirbel immer dichter fallender Flocken verstärkte, aber das Klopfen hörte keineswegs auf. Der völlig entnervte Gregor konnte der Versuchung nicht widerstehen, einen Blick hinauszuwerfen. Vor seinen geröteten Augen tanzte eine weiße Wand, doch als er länger hinschaute, war es ihm, als sähe er nicht mehr nur die eine, einsame Gestalt, sondern viele schwarze Schatten, die auf ihn zuschritten. Tock! hallte es dumpf, aber das lag an dem wattigen Schnee. Gregor wich zurück, er glaubte, die drei Frauen da draußen zu sehen, Mathilde, Adelheid und die alte Königinmutter Agnes. Seine Sinne mussten ihn täuschen, denn er hörte ihre Stimmen vor der Tür seines Zimmers. Doch dann sah er die Mönche in ihren Kutten, die Kapuzen tief ins Gesicht gezogen. Sie knieten um Heinrich, der von zwei, drei Vermummten flankiert war. Genaues vermochte er nicht zu erkennen, das Schneegestöber wirbelte immer wilder – und das Klopfen setzte wieder ein: Tock! Wenn der König leibhaftig dort unten stand, konnte er doch nicht gleichzeitig an das Tor schlagen? Tock! – Tock! – Tock! Der Papst wandte sich wütend ab. Er durfte dem Druck nicht nachgeben, sonst wären all die Jahre des Kampfes, der Demütigungen, der Rückschläge umsonst gewesen! Hatte er eigentlich etwas erreicht, für das es sich lohnte, weiter auf diesem Dornenpfad des Leidens auszuharren? Gregor verlangte nach dem Erzabt. Noch ehe Hugo von Cluny den Raum betrat, hörte der Frager bereits die Antwort seines alten Mentors klar und unmissverständlich, kein Erbarmen: »Der Weg ist das Ziel.« Diese furchtbare Forderung entsprach dem Konzept von Cluny, das menschliche Schwächen nicht gelten ließ. Nur Übermenschen konnten einen Weg beschreiten, an dessen Ende kein Erfolg die Hoffnung belohnte, der eigentlich gar kein Ende vorsah – kein Licht am Ende des Tunnels. Das ergraute Oberhaupt seines Ordens stand schweigend im Raum. Gregor wartete nicht auf ein erlösendes Wort, nur auf eine tröstliche Geste des Verstehens. Der Erzabt rührte sich nicht.

Gregor atmete schwer. »Eine vorzeitige Absolution bringt den Heiligen Stuhl um den Sieg, dem Wir so nahe gelangt –«

Der Papst bedachte fröstelnd das Ziel, war gewillt, den furchtbaren Weg zu vergessen, doch keine Regung ließ sich dem Alten entlocken. »Ein Vergeben nähme die Entscheidung von Augsburg vorweg, würde den Uns wohlgesonnenen Fürsten den Teppich unter den Füßen wegziehen.« Der Abt hörte ihm stumm zu, trieb ihn der Alternative entgegen, die Gregor, der Papst, nicht zulassen wollte. Aber sie stand vor ihm, dunkel und bedrohlich wie die Gestalt da draußen im Schneetreiben. »Als Priester darf und kann ich nicht –«

Da wandte sich der Erzabt von ihm ab, ließ den Papst grußlos stehen und verließ den Raum. – Tock!

✣

Diesmal war es nicht Balian, der auf den Beginn von Verhandlungen drängte, auch nicht der Sultan, der sich wider Erwarten ruckartig erhob, angestrengt zur Stadtmauer hinüberstarrte und sich wortlos wieder setzte, sondern es war Leon Vallesianus, der plötzlich begriff, welche Waffe er im Munde führte. Er spürte die Macht des Wortes, die Kraft der Geschichte, zu deren Sprachrohr ihn der Zufall bestimmt hatte. Ehe noch einer der beiden Herren sich äußern konnte, raffte er alle ihm noch verbliebenen Energien zusammen, all seine Phantasie, all seine Fähigkeiten des sprachlichen Ausdrucks – und führte seine betäubten Zuhörer in das bedrohliche, unheimliche Finale. Sie sehnten sich nach Erlösung? Er, Leon Vallesianus, würde sie ihnen gewähren, aber zu seinem Preis!

✣

Draußen war alles in Weiß gehüllt, das Licht der von Wolken verdeckten Sonne reichte, um die Augen schmerzen zu machen. Gregor störte die blendende Helligkeit – jemand hatte den Teppich zur Seite gezogen, die Kälte drang ins Zimmer. Er hätte die Winterluft als wohltuend empfunden, wenn das Klopfen nicht wieder eingesetzt hätte. Tock! – Tock!

Mathilde trat zaghaft ein, doch hinter ihr drängte, weniger

zurückhaltend, die Herzogin Adelheid nach. Der Papst wollte bereits seinem Ärger über das respektlose Eindringen Luft machen, als sie die hochbetagte Agnes, die Mutter Heinrichs, vorschoben. Die drei Frauen knieten vor ihm nieder und blickten ihn erwartungsvoll an – keine erhob ihre Stimme, keine Tränen, obgleich er an den geröteten Augen sah, dass sie die ganze Nacht geweint haben mussten. Warum jammerten sie jetzt mit ihren vorwurfsvollen Blicken, warum beteten sie nicht, statt ihn so flehentlich, so fordernd, so in ihr Unglück ergeben anzustarren? Inzwischen schoben sich lautlos die Damen des Hofstaats, die Mägde und Zofen wie ein Heer grauer Mäuse durch die offene Tür, sie reihten sich hinter die bereits Knienden ein. Selbst im Flur, so weit sein Auge reichte, duckte sich das Gesinde. Wie sollte er, Gregor, diesen Weibern klarmachen, dass er nicht des Königs Kaplan war noch sein Beichtvater, dem Heinrich seine Verfehlungen gestehen konnte, um nach gezeigter Reue und vollbrachter Bußübung, aller Sünden ledig, wieder seiner Wege zu gehen? Er, der ›Knecht der Knechte Gottes‹, hatte als Stellvertreter Christi auf Erden eine viel schmerzlichere Sendung zu erfüllen, als einem geständigen Sünder die Barmherzigkeit zu verweigern! Er, der arme kleine Mensch Hildebrand, hätte dem König verzeihen können, Gregorius, der Papst durfte es nicht! Gottes Reich auf Erden zu errichten forderte von ihm das größte Opfer, nicht von Heinrich, nicht von den mitleidheischenden Weibern! Wie sollte er ihnen seine Gewissensnot erklären, von ihnen Verständnis erwarten? Er musste sich von ihnen nicht auf diese perfide weibische Art anklagen lassen!

Tock! – Tock! – Tock!

Gregor sprang auf, stieg über die Knienden hinweg, drückte sich zwischen den gekrümmten Rücken hindurch und rannte blindlings in die verwinkelten Flure der Festung. Er stieß gegen verschlossene Türen, verlief sich in den düsteren Mauern und dunklen Treppengängen. Tock! – Tock! Der Papst irrte durch die Burg, die ihm Schutz gewähren sollte und die er jetzt als Gefängnislabyrinth erfahren musste. Er war der Angeklagte, der Verurteilte, längst nicht mehr Ankläger und Richter zugleich! Das Tock! – Tock! – Tock! – Tock! verfolgte ihn wie ein Schatten, es hallte schaurig durch die Gewölbe, es hämmerte ihm durch Mark und Bein. Gregor stürmte in die Kapelle, wollte zitternd das Knie beugen, im matten Schimmer der ewigen Lampe – und brach zusammen.

Heinrich stand allein vor dem Tor, auf das er einschlug. Er hatte keine Kontrolle mehr über den Arm, der die Faust gegen die eichenen Bohlen fallen ließ. Hatte er erst noch spitze Stiche gefühlt, die ihn bei jedem Schlag durchzuckten, mit feurigen Messern in sein Fleisch schnitten, spürte er seinen Leib längst nicht mehr. Der da klopfte, hatte mit ihm, dem schwachen Menschen Heinrich, nichts mehr gemein. Nur der gesalbte König besaß die göttliche Kraft, sein Zepter zu erheben und wie einen Hammer niederfahren zu lassen. Immer wieder! Im weiten Kreis umstand ihn sein Gefolge, die Soldaten hielt es nicht länger in ihren Zelten, aus den umliegenden Dörfern waren die Bauern und Hirten herbeigeströmt, gebannt folgten sie dem Kampf ihres Königs – Tock! – Tock! – Tock!

Heinrich war am Ende seiner Kräfte – sie spürten es alle, viele weinten. Noch fielen die Schläge wie von einem Klöppel, der die schwingende Glocke trifft, doch ihre Wucht ließ nach.

Gregor wankt aus der Kapelle, hohlwangig, wirr den Blick, er öffnet den Mund zum Schreien, hält sich am Türpfosten fest, Mathilde und ihre Frauen stürzen herbei, die hagere Gestalt strafft sich.

»Öffnet das Tor!«, entringt sich der Brust des Papstes. Kein Keuchen mehr, kein Stöhnen, klar und deutlich tönen die erlösenden Worte. Ein Stuhl wird eilends gebracht. Gregor lässt sich fallen, schließt die Augen, Stille, Stille – er spürt nicht, dass jemand ihm das Pallium hastig über die Schultern wirft –, er hört nicht mehr das Rasseln der Schlüssel.

Viele Arme fangen Heinrich auf, die erhobene Faust sinkt herab, der Stein, den sie umklammert hat, zerbröselt, als ihm die Finger gelöst werden. Hugo von Cluny geleitet ihn in die Kapelle. Als der Papst aufschaut, liegt Heinrich vor ihm auf dem Boden.

»*Ego te absolvo*«, hört Gregor seine eigene Stimme sagen, er sieht, wie sich der *Pontifex maximus* zu dem Liegenden herabbeugt, segnend ihn berührt und wie der König sich erhebt. Tränen schießen ihm in die Augen. Weinend liegen sich Gregor und Heinrich in den Armen.

✣

Als Leon Vallesianus solchermaßen geendet hatte, herrschte Schweigen im Zelt des Sultans. Keiner der beiden erbitterten Gegner wagte dem anderen ins Auge zu sehen, Balian, von der Bürde seiner unlösbaren Aufgabe wie von Bleigewichten zu Boden gedrückt, Saladin aus ohnmächtigem Groll – so hatte es den Anschein. Der Herr von Ibelin – er hatte nichts mehr zu verlieren! – war es, der sich als Erster aufraffte. »Wenn der erhabene Sultan Saladin«, sprach er, als wäre sein Konkurrent nicht im Raum, »den christlichen Verteidigern Jerusalems keine ehrenhaften Bedingungen gewähren will, dann muss er sich vergegenwärtigen, dass die Christen, ehe sie ihr Leben lassen, alles in der Stadt, was den Muslimen heilig ist, vernichten und zerschmettern werden! Auch die Goldene Moschee samt dem Hufabdruck des Hengstes, mit dem der Prophet zu seiner Nachtfahrt aufbrach!« Und er ergänzte drohend: »Sämtliche muslimischen Gefangenen werden abgeschlachtet – dessen dürft Ihr sicher sein!«

Saladin sah ihn nur tieftraurig an. »Ich weiß, wessen tollwütige Hunde fähig sind«, sagte er, und mit dem Ausdruck tiefsten Abscheus fügte er dann hinzu: »Ich will nicht erfahren, wie sich Schweine –« Er sprach den Satz nicht zu Ende. »Aber ich habe jetzt eine Ahnung davon bekommen«, der Sultan wies auf den verstummten Vallesianus, »in welcher Gottesferne sich Christen bewegen, ohne einen leisesten Hauch des göttlichen Geistes, ohne jegliches Erbarmen füreinander.« Erschüttert rang er um Worte. »Ihre Unmenschlichkeit ist eine Schande für das Reich Allahs auf Erden!«

Balian hatte sich zwingen müssen, nicht zusammenzuzucken unter den Peitschenhieben dieser Anschuldigungen, doch während er noch nach einer angemessenen Erwiderung suchte, wandte sich Saladin schon in freundlicherem Ton an den unglücklichen Vallesianus. »Ein solches Beispiel an Dickschädeligkeit und Verbohrtheit wie das eben Gehörte ist mir noch nie untergekommen. Das ist zweifellos Euer Verdienst, würdig eines Gelehrten, der zu Kairo an der großen Universität El-Azhar rechtgläubige Studiosi lehren sollte, in welchen Masken der Teufel aufzutreten vermag.« Er winkte zwei hünenhafte Sklaven mit gewaltigen Scimtaren in den Hüftschärpen herbei. Leon erschrak. Doch der Sultan ließ sich einen Beutel voll Gold reichen und übergab ihn lächelnd dem verdutzten Mann.

Dann wandte er sich wieder an Balian. »Sagt mir, welche Geldmittel Ihr in der Stadt, von den reichen Orden und der im Prunk erstickenden Kirche des Patriarchen auftreiben könnt, um jeden Einwohner, auch den ärmsten, freizukaufen von dem unweigerlichen Los der Sklaverei?«

Balian war von dieser Wendung zu überrascht, um eine Antwort parat zu haben. »Nennt Eure Forderung!«, entgegnete er geistesgegenwärtig. »Ich will sie den Bürgern unterbreiten.«

Saladin reagierte mit Heiterkeit. »Damit habt Ihr mich auf eine gute Idee gebracht: Das Gewicht ihrer breiten Ärsche wird als Bemessungsgrundlage dienen. Die der Reichen wiegen schwerer, zumal sie auch ihre Weiber und Bediensteten mit auf die Waage zu bringen haben. Für die Armen soll die Kirche mit ihren Schätzen aufkommen, schließlich verspricht sie ihnen das Himmelreich!« Er lachte fröhlich. »Also mag sie ihnen erst mal den freien Zugang dorthin verkaufen!«

Balian dachte an den raffgierigen und geizigen Patriarchen. »Dazu werdet Ihr sie zwingen müssen!«, wandte er ein.

»Nicht ich«, sagte Saladin, »sondern Ihr, Balian von Ibelin. Patriarch, Klerus und alle Mitglieder von Orden und Klöstern haften mir für die Erfüllung meiner Bedingungen. Sie bleiben in Gewahrsam, bis auch das Lösegeld für den Letzten, Ärmsten der Armen aufgebracht ist. Alte, Frauen, Kinder und Kranke gehen sowieso frei aus.«

»Das dünkt mich Unwürdigen ein edler Entschluss, erhabener Sultan«, rief da der Gelehrte Leon Vallesianus schnell, »er wird Eurer sprichwörtlichen Weisheit weiteren Ruhm einbringen,

Eurer übergroßen Milde zur höchsten Ehre gereichen! Möge Allah den Stern Eures Sieges noch heller erstrahlen lassen!«

Dem hatten weder Saladin noch Balian etwas hinzuzufügen. Der Herr von Ibelin begab sich zurück in die Stadt, um für die Durchführung des Verlangten zu sorgen. Der Gelehrte Leon Vallesianus nahm dankbar das Angebot des Sultans an, fortan an seinem Hofe zu dienen.

Am 2. Oktober des Jahres 1187 zog Saladin in Jerusalem ein. Es floss kein einziger Tropfen Blut, es wurde nicht geplündert und geschändet. Keine christliche Kirche oder Kloster wurde verwüstet oder zerstört. Es war der 27. Tag des Radschab, des Jahrestages, an dem der Prophet im Schlaf Jerusalem aufgesucht hatte und von dort in den Himmel geritten war.

Liber I

A. D. MLXXXIV

✥ Die Verlobung von Gisors 33

✥ Nachwehen 53

✥ Heimkehr nach Castelbov 59

✥ Ein Fels in der Brandung 67

✥ Der böse Geist von Trifels 74

✥ Eine offene Wunde 77

✥ Milch, Rose und Dornen 82

✥ Die letzte Prüfung 89

Die Verlobung von Gisors

Erwartungsvoll hielten die Kinder Ausschau nach eintreffenden Gästen. Elgaine de Gisors, das flachsblonde, ranke Töchterlein der Herrin des Hauses, stach unter den dreien, die sich auf dem Söller der Burg an die zinnenbewehrte Brüstung drängten, stolz heraus. Man sah ihr an, wie sehr sie sich ihrer Bedeutung bewusst war. Heute war ihr Tag!

Die Erscheinung ihrer nur wenige Jahre älteren Cousine Cantar trat gegen die gebündelte Energie von Elgaine in den Hintergrund. Cantar de Sion besaß die feinen Züge der Mädchen aus den Hochtälern der Alpen, wo sich im Laufe der Jahrhunderte das Blut der unterschiedlichsten Volksstämme vermischt hatte: keltische Urbevölkerung, römische Legionäre, durchziehende Gotenheere und sogar über die Küsten Italiens eingesickerte Sarazenen. Mit ihren weichen Konturen wirkte die Tochter der Berge fraulicher – trotz ihres scharf geschnittenen Adlerzinkens – als der normannische Wildfang Elgaine, die auch als hübscher ungestümer Knabe hätte durchgehen können.

Das sah auch Conon so, der Jüngste im Bunde, der sich gegen die Weiber durchsetzen musste. Conon de la Montana war aus Sion als Gast von Cantar mitgebracht worden, auch wenn er sich keineswegs so verhielt. Sein offenes Gesicht, seine schalkhaft blitzenden Augen unter der ungebändigten Locke, die ihm immer wieder in die Stirn fiel, standen im schwer zu vereinenden Gegensatz zu seiner rätselhaften Verschlossenheit, was seine Herkunft betraf. Doch der Begleiter der beiden aus Sion, Kaplan Remy d'Aretin, hatte Conon dringend eingeschärft, kein Wort über seine Eltern verlauten zu lassen. Vor allem zu

Mutmaßungen über seinen Vater solle er schweigen. Das hatte natürlich die herrische Elgaine gereizt. Cantar war dem Knaben beigesprungen.

»Conon ist ein Freund«, beschied sie in ihrer ruhigen Art die insistierende Base. »Mein kleiner Freund aus den Bergen des Wallis, *de la Montana*, wie man bei uns sagt!«

Das forderte Elgaine erst recht heraus, während das ›kleiner‹ Conon arg wurmte. »Wer ist denn nun dein Vater?«

»Kenn ich nicht!«, knurrte der Knabe ärgerlich und wandte sich ab.

Elgaine begriff, dass sie zu weit gegangen war. »Ich den meinen auch nicht«, lenkte sie ein, »er verließ uns bei meiner Geburt – aber ich trage seinen Namen!«, sagte sie noch, als Conon rief: »Da kommt einer!«

Die beiden Mädchen sahen hinab auf das leicht gewellte grüne Weideland, in dem sich nur vereinzelt Baumgruppen von mächtig ausladenden Ulmen oder Eichen erhoben. Dazwischen näherte sich eine Gestalt auf einem Esel.

»Scheint mir ein Spielmann zu sein«, sagte die besonnene Cantar, »einer aus der Fremde!«

»Bloß weil er nicht auf das Haupttor zureitet?«, spöttelte Elgaine.

»Er strebt wohl auf das Türlein zu unseren Füßen zu«, stellte Conon fest.

Der hochgewachsene Fremde, in einen weiten schwarzen Umhang gehüllt, die aus rotem Tuch gewundene Kopfbedeckung tief ins Gesicht gezogen, trug eine dickbauchige Laute geschultert. Er sah auch beim Näherkommen nicht auf, sondern ließ sich gedankenverloren von seinem Esel gleiten.

»Der seltsame *trovère* könnte aus Hispanien kommen«, bemerkte Cantar mit kaum verhaltener Neugier.

»Was du alles weißt!« Elgaine ärgerte sich über die Neunmalschlaue. »Geh runter und mach dem fremden Sänger die Tür auf!«, wies sie Conon an.

»Das hatte ich sowieso schon vor!«, blaffte der zurück und verschwand im Treppenloch.

So hörte er nicht mehr, wie die Tochter des Hauses ihrem

Unmut Luft machte: »Dein kleiner Freund aus den Bergen benimmt sich, als sei er hier auf Gisors zu Haus!«

Als Conon im Sockelgeschoss um die Ecke bog, sah er gegen das einfallende Licht der offenen Tür die Silhouette des Fremden.

»War sie nicht verschlossen?«, murmelte Conon verwirrt, als der Mann vor ihm stand.

»Mitnichten«, kam krächzend die Antwort, »sonst wäre ich ja nicht hier.« Es klang nicht entschuldigend, sondern äußerst selbstbewusst.

»Leichtsinnig! Wenn so der Feind hier eindringt –« Conon beließ es bei diesem Beweis seiner Wachsamkeit, schob sich an dem Fremden vorbei, zog die Tür mit vorwurfsvollem Ruck ins Schloss und verriegelte sie sorgsam. Der Mann mit dem roten Turban beobachtete amüsiert das Treiben des Knaben und setzte seinen Weg durch den Gang fort.

»Hier entlang!«, befahl Conon fast barsch, um seine Unsicherheit zu überspielen, und wies zur Wendeltreppe. Der Fremde stieg ihm voraus.

Oben umstanden schon die beiden Mädchen den Ausstieg auf den Söller und brachen in Kichern aus, kaum dass sie der zu ihren Füßen auftauchenden Kopfbedeckung ansichtig wurden. Ihr Kichern erstarb, als die Stimme des Mannes bedrohlich krächzte: »Wenn ich den Damen nicht willkommen bin, ziehe ich mich auf der Stelle wieder zurück!«

»Dumme Gänse!«, tönte aufgebracht aus der engen Stiege der immer noch unsichtbare Conon. »Respekt vor unserem Gast!«

Da hatten sich Elgaine und Cantar schon zu den entferntesten Zinnen geflüchtet. Aus dieser sicheren Entfernung betrachteten sie den seltsamen Bänkelsänger.

Elgaine besann sich ihrer Pflicht als Gastgeberin.

»Seid uns willkommen, braver Spielmann!«, rief sie mit belegter Stimme und schenkte der ehrfurchtgebietenden Gestalt ein verlegenes Lächeln. Die glühenden Augen des Mannes waren jedoch nicht auf sie, sondern auf Cantar gerichtet, und auch das nur für den kurzen Moment, den er aufschaute. Conon sprang hinzu und nötigte den Gast zum Sitzen auf dem Mauersims.

»Ruht Euch aus, werter Herr. Ihr müsst eine weite Reise –«

»Nicht wert eines langen Sermons«, winkte der Mann mit kaum vernehmbarer Stimme ab, das Haupt noch immer gesenkt. »Die junge Braut ist es allemal wert!« Diesmal hatte der Fremde Elgaine kurz zugelächelt. Er griff zu seinem Instrument und entlockte den Saiten mit kundigen Fingergriffen eine Sequenz schwermütiger, einschmeichelnder Akkorde.

»Wenn Ihr für uns singen wollt –«, forderte Cantar ihn auf, doch der Schwarzgewandete schüttelte den Kopf.

»Ich hab meine Stimme unterwegs verloren«, krächzte er. »So werd ich wohl Gisors wieder verlassen müssen, bevor das Fest beginnt.«

Cantar zeigte sogleich Mitgefühl für den Armen. »Wer so wundervolle Weisen erklingen lässt, der bedarf keiner Singstimme, sie zu begleiten.« Damit appellierte sie beredt an die Großmut der Cousine.

Der freche Conon drängte sich dazwischen und fragte keck: »Und wie dürfen wir Euch nennen?«

»Odo«, ließ sich der verhinderte Sänger mit rauer Stimme vernehmen. »Nennt mich Odo.« Er zupfte an der Basssaite.

Schon um Conon in die Schranken zu weisen, sagte Elgaine: »Ihr seid mein Gast, Odo, und zu nichts verpflichtet. Nur zu dem, was Euch Freude und Glück bereitet!«

»Was ich auch mir für den heutigen Tag von ganzem Herzen wünsche«, setzte die junge Braut noch hinzu, als Conons Stimme ertönte: »Sie kommen!«

Alle außer dem Spielmann stürzten an die Brüstung. Ein stattlicher Zug von Rittern und Reisigen näherte sich vom Osten her dem mächtigen Torbau von Gisors, Fahnen wehten zu ihren Häuptern, und Fanfaren ertönten. An der Spitze ritt der stolze Waldgraf der Ardennen, Norbert von der Lehburg, flankiert von seinen zwei Kindern, dahinter ein Hüne von einem Kriegsmann und neben diesem sein Ebenbild in Jung.

»Sieht stark aus, dein Bräutigam!«, flüsterte Conon der aufgeregten Elgaine zu, und etwas Neid schwang in seiner Stimme.

»Ich glaube nicht«, widersprach Cantar, »dass jener junge Recke dein Zukünftiger ist, sonst würde er wohl kaum im zweiten Glied daherkommen!« Die kindliche Braut erstarrte vor Schreck. »Doch nicht der windige Knirps an der Seite seines aufgeplusterten Vaters?!«, fauchte sie zornig, ohne die Spitzengruppe aus den Augen zu lassen. »Solch widerliches Fuchsgesicht! Ein rothaariger Waldschrat aus den Ardennen!« Ihre Stimme versagte. Hilfesuchend wandte sie sich an Conon, doch der konnte seiner Freundin Cantar nur beipflichten.

»Dem wird wohl so sein!«, verkündete er ohne Rücksicht auf Elgaines aufgewühlte Gefühle. »So wie es sich bei den nachtrabenden Recken um einen typisch teutschen Vater samt seinem Sohn handelt«, stellte er altklug fest, »gleicht dein kleiner Bräutigam in schlechter Haltung und spitzer Visage, die arge Verschlagenheit verrät –«

»*Ta geule!*«, fauchte Elgaine und holte aus, doch der freche Conon hatte sich schon mit einem Sprung zu dem ungerührt vor sich hin klimpernden Spielmann in Sicherheit gebracht.

Elgaine war zutiefst gekränkt. »Ich denke nicht daran, ihn zu heiraten!«, schimpfte sie. Cantar schlang den Arm um die Cousine, als sie sah, dass sich deren Augen mit Tränen des Zorns füllten. »Deine Mutter kann doch nicht –«

»Doch, sie kann!« Wütend stampfte Elgaine mit dem Fuß auf. »Die macht sich in die Hose vor lauter betulicher Glückenhaftigkeit! Das einzige Ei, das sie je gelegt, könnte ja verfaulen, bevor das Küken schlüpft!«

»Dann werd flügge!«, empfahl die schlaue Cantar. »Weis den mickrigen Gockel ab, zeig ihm die Krallen!«

»Frau Almodis hat schon den Priester bestellt, einen Monsignore von Rang – diese Schande kann ich ihr nicht bereiten.« Elgaine begann wider Willen zu schluchzen.

»Abwarten und in Gott vertrauen!«, krächzte der schwarzgekleidete Spielmann unter seinem roten Turban hervor. Er schlug ein paar hoffnungsvoll klingende Akkorde an, während Cantar sich insgeheim wunderte, wie schnell sich die sonst so widerborstige Base unterkriegen ließ. Das war nicht die Elgaine, die sie kannte!

Almodis de Saissac, Herrin auf Gisors, empfing die eingetroffenen Gäste im dunkel getäfelten Rittersaal der Burg. Waldgraf Norbert schob seinen schmächtigen Sohn Berthold rüde zur Seite und kam gleich zur Sache. »Wie Euch mein guter Freund Thierry, der Bischof von Verdun, schon angekündigt hat, erfülle ich nunmehr meinerseits die Vereinbarung, die Euer Gatte, der ehrenwerte und tapfere Guillem de Gisors, mit mir traf, als er die Hand seiner neugeborenen Tochter Elgaine meinem –«, er schnippte ärgerlich mit den Fingern und griff nach hinten, um seinen verschüchterten Filius nach vorne zu zerren, »– meinem Sohn Berthold versprach.« Berthold verneigte sich nach einem Knuff in die Rippen ungelenk vor seiner zukünftigen Schwiegermutter.

Almodis kannte die Geschichte: Der Bischof Thierry, der dafür eigens mit seinem Adlatus Balduin von LeBourg angereist war, hatte sie ihr bei dieser Gelegenheit mehrfach ebenso beredt wie beschwörend vor Augen geführt: wie der wackere Waldgraf seinem Busenfreund Guillem in der Schlacht um die Harzburg das Leben gerettet hatte, indem er todesmutig sein eigenes in die Waagschale warf, wider eine schier erdrückende Überzahl verräterischer Sachsen!

»Zum Zeichen seines Dankes und zum Beweis meiner Rechte überließ er mir diesen Ring –« Der Waldgraf fingerte in seiner Gürteltasche und brachte ein Schmuckstück zum Vorschein.

Almodis erkannte den Ring sofort wieder, hatte er doch zu den Kleinodien gehört, die sie bei ihrer eigenen Hochzeit damals aus Saissac als Mitgift in ihre Ehe eingebracht hatte. »Das ist der Ring des Guillem de Gisors«, rief Almodis, an die Umstehenden gewandt – es war nicht herauszuhören, ob mit tiefer Rührung oder eher unterdrückter Bitterkeit. »Es steht mir an, seinen Willen zu ehren. Darum habe ich einen Freund des Hauses Gisors, den hochwürdigen Monsignore Odo de Lagery-Chatillon, gebeten, dem Eheversprechen durch seine Anwesenheit feierliche Weihe zu verleihen –« Schluchzen schüttelte die Dame des Hauses, es war wohl zu viel der Aufregung. »Nur ist der Monsignore noch nicht eingetroffen!«

Der Waldgraf ließ ein meckerndes Gelächter ertönen. »Ich

habe mir, liebe, werte Frau Almodis, erlaubt, unseren Freund Thierry, seines Zeichens *Episcopus verdunensis*, herzubestellen, damit der zu vollziehende Akt nicht nur seine Weihe, sondern auch ein *Fundamentum iuridicum* erhält. Aber der vielbeschäftigte Herr ist wohl ebenfalls aufgehalten worden.«

Frau Almodis hieß die Mägde einschenken und bat die Gäste, derweil an der langen Tafel Platz zu nehmen. Geschickt verbarg die aufmerksame Herrin des Hauses ihre Sorge, ob der Wein für alle reichte, denn der Inhalt der in den Gewölben schlummernden Eichenfässer ging zur Neige: Auf Gisors war Schmalhans auch der Kellermeister.

»Ich erhebe meinen Pokal auf unser Brautpaar«, rief Waldgraf Norbert aufmunternd den Wartenden zu, die zögerlich zu ihren Bechern griffen. Keiner wagte offen zu sagen, dass ein solcher Trinkspruch ihnen voreilig erschien. Es kam keine rechte Stimmung auf, wie ein unschicklich Lüftlein wehte der Aberglauben durch den Saal, dass solcher Vorwegnahme meist kein Glück beschieden. Einige begannen jetzt zu zischeln: »Eine Schande! Gisors, auf ewig der Normannen Stolz – unter die Knute dieser Deutschen?«

Almodis de Saissac starrte brütend vor sich hin. Bei seinem Besuch hatte Thierry von Verdun Gisors inspiziert, als würde er selbst dort bald Herr im Hause sein. Hatte sie einen Fehler begangen, dem vorgetragenen Ansinnen sogleich zuzustimmen? Würde Gisors unter die Fuchtel der Kirche geraten? Das fehlte gerade noch! Der Spagat zwischen dem Herzog der Normandie und dem König von Frankreich reichte der alleinstehenden Herrin der umstrittenen Burg bei weitem. Üble Streithammel, alle beide!

Um ein Gespräch in Gang zu bringen, wandte sich der alte Recke Sigbert von Öxfeld, der seinem Lehnsherren Norbert das Geleit gab, artig an die Dame des Hauses. »Ihr seid eine Saissac?« Er wartete eine Erwiderung gar nicht erst ab: »So ist jene Dame Miral zu Sion gar mit Euch verwandt?«

»Meine Schwester«, beschied Almodis den Frager knapp, doch dabei wollte es sein aufmerksam zuhörender Sohn Gerald von Öxfeld nicht bewenden lassen. »Dort ist nämlich meine liebe Frau Mutter –«, setzte er an, wurde aber unterbrochen von dem jungen Kaplan Remy, der plötzlich aufsprang.

»Es scheint mir an der Zeit«, rief er Berthold und dessen Schwester Hedwig auffordernd zu, fasste dabei Gerald von Öxfeld am Arm, »Euch mit Elgaine, der jungen Braut, bekannt zu machen!« Aber Berthold schüttelte verschreckt den fuchsroten Schopf, den ihm seine Schwester hinten zu einem Zöpfchen gebunden hatte, und Hedwig legte wie schützend ihre Arme um das Brüderchen.

»Wenn Ihr Euch fürchtet, Berthold«, lachte Gerald, »dann werd ich für Euch erkunden, welch feuriger Drache oben auf dem Söller sein Opfer erwartet.« Und er folgte bereitwillig dem voraneilenden Kaplan aus der bedrückenden, muffigen Atmosphäre des Rittersaals.

Beim Eingang zur Wendeltreppe, die hinaufführte, wären die beiden fast mit einem jungen Mann zusammengestoßen, der ihnen jedoch mit der Geschmeidigkeit einer Raubkatze auswich.

»Ich bin Astair de Saissac!«, stellte er sich vor. »Okzitanier.«

»Ah!«, entfuhr es Gerald neugierig.

»Ja, der Neffe von Frau Almodis und meines Zeichens Fechtlehrer ihrer Tochter Elgaine.«

»Oho! Die junge Dame kann sich schlagen?«, rief Gerald lachend, der sofort Sympathie zu dem fast Gleichaltrigen gefasst hatte.

»Und wie!«, versicherte ihm Astair, während sie nacheinander die Stufen hinaufstiegen. »Elgaine verlangt jedes Mal mehr Blei an ihrem Kurzschwert, um eines Tages eine ›richtige‹ Klinge führen zu können.«

Oben auf dem Söller streifte Remys Blick die auffällige Gestalt des Lautenschlägers, der abseits auf der Mauer hockte und sich auch durch die Neuankömmlinge nicht aus seinem vor sich hin perlenden Spiel bringen ließ. Elgaine und Cantar musterten den hoch aufgeschossenen, kräftigen Gerald, der sich, ohne näher zu treten, scheu vor beiden verneigte.

»Ein schüchterner Bursche«, wisperte Cantar ihrer Cousine

zu, »aber den könnte ich mir schon ziehen!« Sie schenkte Gerald ein Lächeln.

»Es geht aber nicht um dich, meine Liebe«, zischte Elgaine erbost, »sondern um mich, auf die bei weitem widrigere Probleme zukommen.« Sie war ein wenig enttäuscht, dass Gerald sich umstandslos Conon zuwendete.

»Ihr kommt aus Sion?«, stellte er sogleich die Frage, die ihm wohl sehr am Herzen lag, »da müsstet Ihr doch –«

Behutsam griff Remy ein und schob ihn auf die Damen zu. »Gerald von Öxfeld bewundert Eure Kenntnisse und Fähigkeiten im Schwertkampf, die uns Euer Fechtlehrer in glühenden Farben schilderte«, zog der Kaplan Elgaine ins Gespräch.

Ihm entging das befriedigte Schmunzeln des aufmerksam lauschenden Spielmanns. Es galt der geschickten Art, mit der Remy d'Aretin das heikle Gespräch von Sion weggeführt hatte.

»Berichtet Ihr uns von dem jungen Herrn, den Ihr hergeleitet habt, damit er unsere liebe Elgaine freit?«, forderte Cantar den leicht verunsicherten und in höfischer Konversation wenig erfahrenen Gerald auf. »Ist er verliebt in sie, verzehrt er sich nach seiner schönen Braut?«

Elgaine reagierte zornig. »Cantar, erspar mir solche Schilderungen!«

Gerald fühlte sich gefordert. »Graf Berthold –«, er sann, wie er den Sohn des Lehnsherren ins rechte Licht rücken konnte, »kann seit Tagen vor Aufregung nicht schlafen, er wälzt sich nachts auf seinem Lager und schwitzt.«

»Wenn's mehr nicht ist!«, spottete Cantar.

»Doch!«, rief Gerald erregt, um dann verlegen zu ergänzen: »Während des gesamten Ritts fieberte er, träumte schrecklich – pinkelte gar in die Laken!«

»Was wollt Ihr uns da weismachen?«, fasste Cantar nach, als sie Elgaines völlig entgeistertes Gesicht bemerkte. »Einen Bettnässer nennt man das!«, ließ sich der aufmerksam lauschende Spielmann krächzend vernehmen.

»Bettnässer?«, wiederholte Conon flüsternd.

»Kommt in den besten Familien vor. Warum nicht bei den Waldgrafen von der Lehburg?« Der Schwarze lachte rau und entlockte seinem Instrument Töne, die wie Tropfen vor seinen jugendlichen Zuhörern zu Boden fielen.

»Nicht in meinem Bett!«, empörte sich lauthals Elgaine, aus ihrer Erstarrung erwacht.

»Das hast du nicht verdient!«, versicherte ihr jetzt auch Conon.

Gerald erkannte mit Schrecken, was seine Worte angerichtet hatten, Schamröte überzog sein ernsthaftes Gesicht. »Das wird nie wieder vorkommen, ganz gewiss, wenn erst mal die Anspannung vorbei!«, versuchte er die Kindsbraut zu trösten.

Astair stand ihm bei. »Vor Euch, liebe Elgaine, liegt ja auch noch nicht die Hochzeitsnacht.«

»Hochzeitsnacht?! – Niemals! Nie! – Das schwöre ich bei meinem Vater, der mir das alles eingebrockt hat!«

In diesem Moment betrat Frau Almodis, gefolgt von dem Waldgrafen und seinen Kindern, den Söller. »Ich wünsche meinen Sohn Berthold«, krähte Graf Norbert wie ein aufgeregter Gockel, »mit seiner Braut bekannt zu machen.« Dabei starrte er auf Cantar, die in ein silberhelles, spöttisches Lachen ausbrach, was den Waldgrafen sichtlich verärgerte. Er stieß Berthold vor sich her. »Vielleicht begrüßt die Jungfer Elgaine nun ihren Zukünftigen!«, forderte er mit drohendem Unterton, während Conon leise »Bettnässer!« zischte.

Der Waldgraf tat so, als habe er es überhört. Doch Conon gab nicht bei. »Ich habe gehört, dass Euer Herr Sohn des Nachts so unruhig schläft.« Frech blickte er dem Waldgrafen ins Auge. »Vielleicht sollte er es mal mit Steinen auf dem Rücken versuchen, das hilft gegen den Drang der Blase, sich zu –«

»Was schlägst du ihm nicht auf sein loses Maul?«, raunzte der erboste Vater seinen mehr verdattert als verlegen dastehenden Filius an. »Willst du so etwas auf dir sitzen lassen?« Da Berthold schwieg, setzte Herr Norbert nun für alle hörbar aufgebracht hinzu: »Es geht um die Ehre der Familie, du elender Schlappschwanz!«

Der Kaplan Remy d'Aretin hatte Conon längst aus der Schusslinie gezerrt, die Hausherrin Almodis suchte den Waldgrafen zu besänftigen. »Conon schwatzt dummes Zeug, wie es unreife Knaben gern tun –« Sie sah, dass des Waldgrafen Stirn sich weiter verfinsterte, und fügte schnell hinzu: »Jeden Moment muss der Monsignore eintreffen, dann werden wir einträchtig –«

Conon hatte sich von seinem energischen Bewacher losgerissen. »Berthold ist ein Bettnässer!«, trompetete er laut. »Und eine Schande für –«

Diesmal warfen sich sowohl Astair wie auch Gerald im stummen Einverständnis auf den Verwegenen. Gegen ihre harten Fäuste vermochte Conon nichts auszurichten, und Sigbert von Öxfeld sah sich genötigt, seinem Lehnsherren beizuspringen.

»Wer behauptet das?!«, fragte er mit aller Strenge den sich unter dem Griff des Waffenmeisters windenden Conon.

»Das hat dieser Spielmann gesagt!« Conon wies mit dem Kinn trotzig zur Ecke im Zinnenkranz, doch der Platz, wo der Fremde eben noch gehockt hatte, war leer. Aller Blicke waren seinem Hinweis gefolgt. Erregtes Tuscheln.

»Conons Phantasie neigt manchmal zu derart heftigen Ausblühungen!«, beschwichtigte der besorgte Kaplan schnell den grollenden Sigbert, dessen breite Pranken gewiss nicht lange fackeln würden. Doch der Waldgraf war mitnichten bereit, die Sache auf sich beruhen zu lassen.

»Du forderst auf der Stelle den Unverschämten vor deine Klinge!«, brüllte er unvermittelt seinen Sprössling an, mit vor Zorn geschwollener Ader. Conon grinste.

»Schlag ihm die Zähne aus der frechen Schnauze, quetsch ihm die Eier ab!«, hetzte der Waldgraf den armen Berthold auf, der gar nicht mehr wusste, wie ihm geschah. »Oder ich lass es dich am eigenen Leib verspüren, wie ein Lehburg mit einem Ehrabschneider umspringt!«

Der besonnenere Sigbert sah sich gezwungen einzugreifen. »Die Schärfe des Schwerts ist Sache von Männern«, belehrte er alle, auch seinen Lehnsherrn. »Knaben ziemt als Waffe eine gut federnde Latte aus Holz!«

»Ich nehme die Herausforderung an!«, krähte Conon aus dem Hintergrund.

»Wir haben Übungsschwerter aus astloser Tanne!«, vermeldete Astair sachlich, ohne hinzuzufügen, dass selbst Elgaine diese Attrappen verschmähte.

»Bringt sie her!«, befahl Sigbert, doch Almodis widersprach: »Das Duell soll vor aller Augen im Rittersaal erfolgen! Astair de Saissac und Euer Sohn Gerald werden den Knaben sekundieren!«

Der erboste Waldgraf war der Erste, der wie ein Ratz zum Treppenloch sauste, seinen Sohn fast vor sich herprügelnd. Hedwig, die besorgte Schwester, folgte ihnen. Langsam leerte sich der Söller. Den zappelnden Conon hielten Gerald und Astair fest, bis alle gegangen waren, dann nahmen sie ihn in ihre Mitte und führten ihn hinunter.

»Viel Glück, Großmaul!«, sagte ihm Gerald trocken zum Abschied. »Dein Gegner hat seines Vaters Tücke im Blut!«

Im Rittersaal hatten die Knechte den langen Tisch auf die Seite gekippt, so dass die eichene Platte die Barriere der einen Seite bildete, die andere wurde von der Saalwand begrenzt. An den offenen Stirnseiten des Rechtecks hatten sie dicke Kordeln gespannt. Auf einer Empore standen die Stühle für die Herrin, Frau Almodis, flankiert von der Tochter Elgaine und deren Cousine Cantar. Die Damen nahmen gerade Platz. Ihnen gegenüber drängten sich hinter der Absperrung die Mannen des Waldgrafen von der Lehburg. Sie warteten auf ihren Herrn.

Conon wurde von seinem Sekundanten Astair de Saissac hereingeführt. Er verneigte sich förmlich vor seiner Gastgeberin und grinste den beiden Mädchen an ihrer Seite zu, dann schlüpfte er unter dem Tau durch und begab sich lockeren Schritts in die Mitte des umzäunten Gevierts. Drüben traf jetzt finsteren Blicks der Waldgraf Norbert ein, er trieb seinen Sohn Berthold vor sich her, bis Gerald sich dazwischendrängte und den fuchsköpfigen Duellanten seinerseits in die Arena geleitete. »Bereite mir keine Schande!«, lautete die letzte Drohung des Vaters.

Conon überließ die erste Wahl der Waffe seinem Gegner, der achtlos nach einem der Holzschwerter griff. Danach zog sich Gerald zurück, während Astair die Kämpfer noch ermahnte: »Es wird nicht in den Leib gestochen, und keine gezielten Schläge ins Gesicht!« Dann schwang auch er sich über die Barriere, und bevor noch Frau Almodis mit dem Tüchlein das Zeichen geben konnte, rief der Waldgraf bereits seinem Filius zu: »Los, schlag ihn zu Brei!«

Berthold fuchtelte ziemlich ungeschickt mit seinem Schwert in der Luft herum, während Conon tänzelnd abwartete. Doch dann ließ Berthold blitzschnell den Knauf in seine Linke gleiten, duckte sich nieder und schnellte gegen den überraschten Conon vor. Der rettete sich gegen den unerlaubten Stich nur durch eine geschickte Drehung um die eigene Achse, die er nutzte, um dem gestreckt an ihm vorbeisegelnden Körper einen kräftigen Schlag mit flachem Schwert auf den Rücken zu geben. Berthold flog das Schwert aus der Hand, er selbst landete auf allen vieren. Conon wandte sich triumphierend ab, um den Beifall der jungen Damen einzuheimsen. Er sah, dass Elgaine sich erhoben hatte, und schob das auf ihre Aufregung, mit der sie seinen Auftritt verfolgte. Da hatte Berthold bereits sein Schwert wieder aufgeklaubt und schlug noch im Knien Conon hart gegen das Schienbein. Der Schmerz ließ ihn wanken, Berthold setzte nach, und sein nächster Hieb hätte Conon mit voller Wucht auf dem Schwertarm getroffen, wenn dieser nicht seine eigene Waffe dazwischengebracht hätte. So krachte Holz auf Holz, was Berthold einen winzigen Augenblick zu lang erstaunte. Conon griff zu, riss ihm das Holz fast aus der Hand, wobei er ihn so weit zu sich rüberzog, dass er ihm sein Knie von unten ins Gemächte treiben konnte. Der Schmerz hatte ihn zornig gemacht – und auch blind, denn der ihm stöhnend an die Brust gesunkene Berthold biss ihm nun in die Hand, und er musste das schon eroberte Schwert wieder fahrenlassen. Wütend stieß er den bissigen Fuchs von sich, um ihn endlich für einen ehrlichen Schlagabtausch zu stellen, doch Berthold duckte wieder ab, wechselte wie der Blitz seine Waffe von der einen Hand in die andere. Conon schlug eine Finte und wich zurück, um den anderen kommen zu lassen. Seine Rechnung ging auf, Berthold hechtete in die Falle. Diesmal brachte Conon seine Gliedmaßen in Sicherheit, als der Fuchs ihn wieder ansprang. Er wiederholte seine Drehung und schlug Berthold in den Nacken, dass der Junge taumelte. Conon schlug ihm rechts und links unter die Rippen, Berthold schnappte nach Luft. Wie in der Fechtstunde prügelte Conon auf sein Opfer ein und parierte lässig dessen immer schwächere Ausfälle. Er trieb den Fuchs jetzt vor sich her, deckte ihn mit schnellen Hieben ein, wie man Ohrfeigen schlägt – Klatsch! Klatsch! Berthold zog den Schwanz ein, drehte ihm den Rücken zu, Conon fiel nicht mehr darauf rein, so dass die blindlings nach hinten ausgeteilten Tatzenhiebe ins Leere gingen, Conon drosch ihm auf den Kopf, höhnisch gleich noch dazu auf den Arsch, dann endlich – Berthold hatte das Tau erreicht, wo entgeistert sein Vater stand – hieb er ihm mit des Holzes Schärfe in die Kniekehlen, dass Berthold zusammensackte und vornüber seinem Vater zu Füßen stürzte.

Der Waldgraf hätte ihn auffangen können, dachte aber nicht daran. Er hatte sich längst von dem elenden Schauspiel abgewandt und herrschte stattdessen seinen Vasallen Sigbert von Öxfeld an: »Ihr solltet Eurem Sohn Gerald befehlen, Revanche zu fordern für die erlittene Schmach!«

Doch Gerald schüttelte den Kopf. »Ich bin Euch zwar Lehnsmann, womit auch Gerald die Pflicht zufällt, für Euch in jedweden Krieg zu ziehen, aber keineswegs soll er seine Haut zu Markte tragen für Ehrgespinste und Kindereien, in die Ihr Euch verstrickt habt.«

»Ihr wagt eine kühne Sprache, Sigbert von Öxfeld. Das werde ich Euch nicht vergessen!«, tönte der mächtige Waldgraf grollend. »Da auch Ihr mich im Stich lasst, ist es an der Zeit, das Unternehmen hier abzublasen.«

Aber Sigbert widersprach ihm heftig. »Ein Lehburg muss um die Hand einer verarmten und dazu noch vaterlosen Gisors nicht betteln noch buhlen. Ihr habt das Recht auf Eurer Seite!«

Der Waldgraf sah ihn ungläubig an, doch dann begann seine Brust sich zu wölben. »So tretet vor Frau Almodis und verlangt das Verlöbnis«, forderte er seinen Lehnsmann auf, »ich habe keine Lust, noch länger auf ihren Pfaffen zu warten – und unser verdammter Bischof scheint es auch nicht –«

Er wurde in seinem Lamento unterbrochen von der Unruhe, die am anderen Ende des Saales entstanden war. Rufe wurden laut, Gerald stürzte aufgeregt herbei. »Elgaine – die Braut ist verschwunden!«

»Ich würde mich auch irgendwo verkriechen«, höhnte Herr Norbert, »wenn ich als Zukünftige mit ansehen müsste, wie mein Auserkorener zum Gespött und Gelächter der Leute wird!« Verächtlich trat er nach dem immer noch stöhnend am Boden liegenden Berthold. »Dieser erbärmliche Schandfleck unserer glorreichen Familie wird nach seiner kläglichen Vorstellung alle Hände voll zu tun haben, seinem dereinst angetrauten Weibe Achtung und Gehorsam einzubläuen!«

»Ich weiß nicht, wie ich es Euch sagen soll, aber die Braut ist entflohen!« Gerald gab sich Mühe, seine Genugtuung nicht hörbar zu machen. »Mit ihr zusammen auch der Waffenmeister Astair de Saissac! Das Gesinde hat sie unbehelligt fortreiten lassen.«

»Ein sauberes Pärchen!«, schnaubte Herr Norbert erregt. Dann röhrte er los: »Und du stehst hier noch herum, Gerald von Öxfeld?! Fang sie ein, tot oder lebendig!« Er bedachte sich kurz in seiner Wut. »Tot natürlich nur den Verführer! – oder fürchtest du dich vor diesem hergelaufenen Okzitanier?!«

»Ich habe keinen Grund, Astair meinen Respekt zu versagen«, bockte Gerald, »und außerdem bin ich nicht zur Gouvernante für die junge Dame bestellt!«

»Ihr verweigert mir also auch diesen Dienst!«

Gerald blieb standhaft. »Ich wehre mich nur dagegen, noch länger von Euch mit diesen –«

Die Stimme des Waldgrafen schlug um vom dumpfen Zornesröhren in grelle Schrille: »Das heißt Krieg, Gerald von Öxfeld, man hat mir den Krieg erklärt!«

»Macht Euch nicht lächerlich, Graf Norbert!«, schaltete sich Vater Sigbert mit gedämpfter Stimme energisch ein.

Herr Norbert lief rot an, er knirschte hörbar mit den Zähnen. »Ihr fallt mir in den Rücken«, heulte er auf. »Ihr wollt mich zum Rückzug zwingen, zur Preisgabe –?!«

»Es gibt hier nichts mehr, was noch weiteren Ärger lohnt«, belehrte Sigbert ihn sanft wie ein kleines Kind. »Nehmt Euren Filius und verlasst Gisors erhobenen Hauptes.«

Der Waldgraf starrte ihn an, gradwegs aus schrecklichem Traum erwacht. »Bettnässer«, murmelte er. »Bettnässer!« Abwesend nickte er sein Einverständnis.

Das reiche Gefolge des noch vor wenigen Stunden so stolzen Brautwerbers verließ Gisors, ohne sich zu verabschieden. In ihrer Mitte führten sie den verbitterten Waldgrafen mit sich. Am Ende des Zuges ritten die beiden Öxfeld, in ihrer Obhut die zwei verstörten Geschwister.

Conon war der Einzige, der ihnen vom Söller aus sinnend nachschaute. Nicht, dass ihm Berthold leidtat – höchstens dafür, dass dieser mit einem solchen Vater und mit einer derartigen Fresse aufwachsen musste –, aber er, Conon de la Montana, hatte auch keine Heldentat begangen. Schon nach dem ersten Schlagabtausch, ja, eigentlich von vornherein, hatte er gewusst, dass er der Sieger sein würde. Nachdenklich stieg er von seinem Ausguckposten herab. Frau Almodis würde nicht gut auf ihn zu sprechen sein, hatte er ihr doch die Verlobung der Tochter vermasselt. Und auch an einer Auseinandersetzung mit Remy, dem Kaplan, würde er wohl kaum vorbeikommen.

Unten im Rittersaal kümmerte sich jedoch kein Mensch um ihn. Ein hoher Gast war eingetroffen: der langerwartete Monsignore. Conon wurde gerade noch Zeuge, wie der hochgewachsene Mann seinen weiten schwarzen Umhang abwarf, den Remy d'Aretin ehrerbietig in Empfang nahm. Darunter trug er das rote Skapulier eines Kirchenfürsten im Kardinalsrang lässig über den Schultern. Hatte der hohe Herr das gleiche Tuch etwa zuvor als ›Odo der Spielmann‹ wie einen Turban um den Kopf getragen? »Der Kardinaldiakon Odo de Lagery-Chatillon!«, verkündete die Hausherrin stolz.

Ein belustigtes Augenzwinkern, das zwischen Cantar, dem Kaplan und dem Bänkelsänger, »der seine Stimme verloren hatte«, hin und her ging, bestätigte Conon die Richtigkeit seiner Annahme. Still hockte er sich in die zweite Reihe neben Cantar und lauschte den Worten des Kirchenmannes, der Remy gleich an seine Seite gezogen hatte. Mit sonorem Organ und ohne jedes Krächzen in der Stimme bestritt Odo de Lagery-Chatillon jetzt das Gespräch, beherrschte es. Über die geplatzte Verlobung schien der »alte Freund des Hauses von Gisors« keineswegs betrübt, dass Thierry, der Bischof von Verdun, nicht eingetroffen war, bekümmerte ihn ebenfalls erstaunlich wenig.

Conon hatte den Eindruck, dass der rätselhafte Monsignore, zumindest bei dessen ›Verhinderung‹ seine Hand im Spiel gehabt hatte. Conon musste an den Puppenspieler denken, der einst in Sion aufgetaucht war und seine Figuren – den Ritter, die Prinzessin, den Narren und den Teufel – nach seinem Willen leben, lieben und leiden ließ, indem er an unsichtbaren Fäden zog. Hatte auch die Kirche im Geheimen Macht über die Menschen, die grotesk an jenen Fäden zappelten, die sie nicht sahen?

Seine Grübeleien wurden jäh unterbrochen durch die Ankunft eines aufgeregten Priesterzöglings in den Diensten des Bischofs von Verdun, Balduin von LeBourg. Völlig außer Atem berichtete dieser, sein Herr Thierry sei unterwegs von normannischen Räubern überfallen und gefangen gesetzt worden.

Odo de Lagery-Chatillon lachte schallend. »Und jetzt verlangt der reiche *Episcopus verdunensis* von uns, dass wir das Lösegeld aufbringen?« Er sah den eingeschüchterten Balduin scharf an. »Seid Ihr denn sicher, dass der findige Herr Thierry diese Räuberfalle nicht selbst aufgestellt hat? Vielleicht will er damit den für seinen Geiz ebenso wie für seine Habgier verschrienen Waldgrafen zwingen, tief in seinen Säckel zu greifen!«

»So ist dem nicht!«, erwiderte der brave Balduin fest. »Die Räuber bedrohen ihn mit grässlichem Tod, jeden Tag, der verstreichen sollte«, Balduin schauderte sichtlich, »würden sie ihm einen seiner gesegneten Finger abschneiden, angefangen mit dem, der den Bischofsring –«

Der Monsignore wollte sich ausschütten vor Lachen. »Norbert von der Lehburg hätte ihn erst mal schmoren lassen! Wir wollen dem doch gewiss nicht nachstehen, oder?!« Er blickte dabei Frau Almodis an, die sogleich erschrocken stammelte: »Ich besitze nichts! Das wisst Ihr doch nur zu gut!«

»Dann muss der arme Thierry wohl künftig den Segen mit vier Fingern spenden!«

In diesem Moment traf mit reichlicher Verspätung der Glatzkopf Berenguer de Saissac ein, Söldnerführer, als Bruder von Frau Almodis und Vater von Astair zum Fest geladen. In seiner Begleitung befand sich eine Frau von stupender Schönheit. Wildzüngelnde schwarze Flechten umrahmten ihr blasses Gesicht, in dem smaragdene Katzenaugen funkelten. Ihre weichen Lippen verhießen alle Lust dieser Welt. Nicht einmal vor dem Monsignore schlug sie die Augen mit den langen Wimpern nieder. Im Hintergrund des Saales setzte Gezischel ein: »Maurcade du Berq!« Empörte Wortfetzen drangen bis zu Conon: »Was will die hier?! Schamlose Dirne! Teufelin, die den Männern –«

Monsignore Odo hielt dem herausfordernden Blick der Schönen spöttisch lächelnd stand, Conon war es, als zuckte ein kurzer Blitz geheimen Einvernehmens zwischen den beiden. Der grobe Söldnerführer schob Maurcade mit einem kräftigen Klatsch auf den Arsch beiseite. »Seid gegrüßt!«, sagte er und verbeugte sich vor seiner Schwester. »Unterwegs trafen wir Euren reichen und jetzt auch noch mit Recht stolzen Eidam, der wohl zufrieden nach Hause ritt.«

»Reich mag er wohl sein –«, entgegnete spitz Frau Almodis, »aber stolz? Worauf?« Sie schnaubte befriedigt. »Gisors zu gewinnen ist ihm versagt geblieben!«

Während Berenguer in aller Eile über das, was geschehen war und was er versäumt hatte, aufgeklärt wurde, zischelte es von überall her: »Üble Hexe – Unzucht ist ihre magische Kunst! – Böse Mächte, verfluchte Zauberin –«, bis der Kardinaldiakon Ruhe befahl: »Die können sich später noch das Maul zerreißen!«

Dann wandte er sich an Balduin von LeBourg. »Begebt Euch zurück zu Eurem Herrn Thierry«, befahl er mit einer gewissen Häme in der Stimme. »Richtet ihm aus, die von ihm geförderte Angelegenheit habe sich vorerst erledigt.«

»Aber, wenn die Räuber –?«

Eine Handbewegung brachte ihn zum Verstummen. »Ich gebe Euch Maurcade du Berq mit, die wickelt Eure Räuber um den Finger – wenn's sein muss, um den Ringfinger des Bischofs von Verdun!«

Sein Ton erlaubte keinen Widerspruch, auch nicht von Berenguer, den er sich als Nächsten vornahm: »Ihr werdet die junge Dame Cantar und unseren Helden Conon zurückbegleiten ins Wallis, zu Eurer Schwester Miral nach Sion.« Er winkte den Söldner zu sich heran. »Eure Schwester Almodis erwartet von Euch ein Wort des Bedauerns«, flüsterte er Berenguer ins Ohr, »auch, wenn Ihr in Wahrheit stolz auf Astair seid – und sein solltet!« Der Söldnerführer, der Befehle gewohnt war, nickte stumm. »Sagt der besorgten Glucke zu, dass nach ihrem Küken eifrig gesucht wird, aber –«, und er senkte seine Stimme nochmals, »hütet euch davor, das auch zu tun!«

»Auf mich könnt Ihr Euch verlassen!«, schnarrte der Söldnerführer, tätschelte noch mal den knackigen Hintern der Maurcade und schob sie in die Arme des errötenden Balduin.

»Remy d'Aretin, Ihr hingegen«, wandte sich der alerte Kardinaldiakon nun an den Kaplan, der die Szene schweigend beobachtet hatte, »Ihr kommt mit mir. Ich nehme Euch in meine Dienste!«

Remy widersprach nicht. Zu Sion würde man sich auch ohne ihn zu helfen wissen!

Monsignore Odo trat ungewohnt feierlich vor die Herrin der Burg und sprach einfühlsam: »Es wird einsam um Euch werden, Almodis. Das Ereignis, von dem Ihr Euch neues Leben auf Gisors verspracht, hat Euch das Liebste genommen, Eure einzige Tochter Elgaine –«

Almodis brach in Tränen aus. »Findet sie, bringt sie mir wieder!«, flennte sie ungehemmt.

Odo legte ihr tröstend die Hand auf die Schulter. »Wir werden sie finden, so viel ist gewiss, aber ob sie je zurück nach Gisors –?«

»Nie wieder werde ich über ihren Kopf hinweg ...« Heftige Schluchzer schüttelten die Matrone. »Es wäre ein Weg gewesen, unserer Armut zu entgehen, nachdem uns mit Guillem der Ernährer im Stich gelassen.«

»Wenn ich Euch raten darf: Entsagt der Mühsal, Almodis, nehmt den Schleier.«

Almodis starrte den Kardinaldiakon entgeistert an. »Und was wird dann aus Gisors?« Ein Funke des Misstrauens glomm in ihren Augen auf. »Es fällt in die Hände der Kirche? Das könnte Euch so passen!«, rief sie empört.

Almodis hatte ihre Angriffslust wiedergefunden, der Kardinaldiakon besann sich. »Ihr habt recht! Alles braucht seine Zeit, also haltet aus auf Gisors, dem noch Großes bestimmt sein wird. Vielleicht wird auch Elgaine einst zurückkommen!«

Er reichte Almodis die Hand zum Ringkuss ebenso wie der demütig hinzugetretenen Cantar. Sein Blick verweilte einen Augenblick zu lang auf dem Mädchen – so erschien es zumindest dem aufmerksamen Conon. Maurcade sank mit seltsamem Lächeln vor dem Kirchenfürsten auf die Knie. Odo winkte Remy d'Aretin zu sich und verließ schnellen Schritts den Saal.

Maurcade fasste den verwirrten Balduin unter und folgte dem Monsignore. Conon begab sich unaufgefordert zu dem glatzköpfigen Söldnerführer, neben dem schon Cantar wartete. Mit ihren so rätselhaft schimmernden Augensternen lächelte sie ihn an.

Nachwehen

Der ostwärts reitende Zug des Waldgrafen Norbert näherte sich wieder heimatlichen Gefilden. An der Stadt Verdun, wo Bischof Thierry residierte, war der übelgelaunte Kriegsherr ostentativ vorbeigezogen. Nach den Ereignissen auf Gisors verspürte er nicht die geringste Lust, dem Kirchenmann Rede und Antwort zu stehen. Am Ende des ungeordneten Haufens ritten die beiden Öxfeld, Vater und Sohn. Sie hielten auf Abstand, zwischen ihnen und dem Herrn von der Lehburg war während des ganzen Ritts kein Wort gefallen. Die meisten der anderen Herren und Ritter samt Knechten und Fahnen hatten den Zug bereits verlassen und waren heimgeeilt zu ihren Burgen. Offenbar widerstrebte es ihnen, im Gefolge eines Verlierers gesehen zu werden. Der Waldgraf hielt sich mürrisch zwischen seinen Reisigen, seine beiden Kinder trabten hinterdrein. Der schmächtige Berthold hätte sich am liebsten unsichtbar gemacht, er warf kaum einen Blick auf den breiten Rücken seines Vaters, und dessen Gesicht wollte er schon gar nicht sehen. Er wusste, was ihm blühte, wenn erst das Tor von Trifels hinter ihnen zugeschlagen war: Prügel ohne Ende! Doch den Mumm zu fliehen, sich einfach zu den Öxfelds zurückfallen zu lassen und sie um Schutz zu bitten, den brachte er nicht auf. Die Furcht vor seinem Erzeuger lähmte ihn, nicht die Angst vor den Schlägen und Tritten – die würde er überstehen!

Seine Schwester Hedwig, das weichherzige Geschöpf, litt mit ihm. Sie wusste, wie Berthold sich fühlte, und sie konnte ihm nicht helfen. Gern wäre sie für ihn eingestanden, hätte dem zürnenden Vater ihren eigenen weißen Rücken dargeboten. Sie wusste, wie sich die Rutenhiebe anfühlten, mit denen er auf ihren nackten Arsch einhieb, sie kannte auch seinen harten Griff nach ihren Brüsten – aber nicht einmal das würde diesmal den Bruder vor der drohenden Strafe retten. Dabei hatte die dickliche Hedwig selbst genug Kummer. Nach der offenen Brüskierung des Waldgrafen zu Gisors musste sie ihre stille Hoffnung auf eine Ehe mit Gerald von Öxfeld wohl begraben. Herr Norbert war nun sicherlich nicht mehr bereit, seinen Lehnsmann Sigbert und dessen Sohn Gerald dazu zu bringen, um ihre Hand anzuhalten. Ach, wie gern hätte sie Gerald zum Mann gehabt! Er war so aufrichtig edlen Gemüts – wie sein Vater Sigbert – und ein schmucker Bursche dazu! Daraus würde nun nichts werden!

Es waren nur noch wenige, die sich durch die steilen Terrassen der Weinberge über dem Moseltal hinaufquälten bis zu der Anhöhe, die den Blick auf Trifels freigab. Die beiden Öxfeld preschten nun nach vorn, ohne einen Blick für die unglückliche Hedwig oder ihren bedauernswerten Bruder Berthold übrig zu haben. Ihnen lag daran, nach getaner Vasallenpflicht die unerquickliche Gesellschaft so schnell wie möglich zu verlassen.

Der Abschied des Waldgrafen fiel frostig aus. Sonst hatte er seine Lehnsleute immer noch zu ein oder zwei Krügen Moselwein auf die Burg gebeten, heute musterte er Sigbert kühl, Gerald übersah er völlig. »Ihr hört von uns!«, schnarrte er lediglich.

Das mochte in den Ohren der Öxfelds durchaus zweideutig klingen. Sigbert neigte mit eisiger Miene sein graues Haupt, der junge Gerald verweigerte dem Waldgrafen trotzig jegliche Reverenz. Sie wendeten ihre Pferde und ritten davon, ohne sich noch einmal umzuschauen. So entging ihnen auch die derbe Geste, die ihnen ihr Lehnsherr hinterherschickte.

Auch der Monsignore und sein neuer Kaplan waren bald von Gisors aufgebrochen. Sie ließen ihre Pferde im lockeren Gang durch den Wald traben. »Verratet mir bitte, Eminenz«, fragte Remy höflich, aber ohne jede Unterwürfigkeit, »was war eigentlich der Grund, dass Guillem de Gisors damals sein Weib und seine gerade auf die Welt gekommene Tochter verließ – auf Nimmerwiedersehen?«

»Um das zu verstehen, mein Sohn, fehlt es Euch wohl an einer gewissen Lebenserfahrung.« Ein verschmitztes Grienen huschte über Odos Züge. »Und nach den *Regulae ecclesiae* sollt Ihr dieser auch nie teilhaftig werden.« Stoisch wartete Remy auf die Begründung. »Es gibt Weiber, denen das Gebären noch im Nachhinein als solche Höllenpein ankommt, dass sie nie wieder in eine solche Lage geraten wollen. So verweigern sie daher auch dem Manne jede Möglichkeit, sie jemals wieder in Schwangerschaft zu versetzen.«

»Ich verstehe«, sagte Remy trocken und schob wie nebenbei nach: »*Phobia postpartalis.*«

Der Kardinaldiakon warf dem jungen Kaplan aus dem Wallis einen verwunderten Blick zu, dann fuhr er fort: »Guillem de Gisors war zwar ein Kerl von rüden Manieren, aber er hätte seine Frau wohl kaum mit Gewalt ins Ehebett gezwungen.«

Remy nickte verständig. »Die brave Frau Almodis wird sicher beim geringsten Versuch einer physischen Annäherung hysterisch reagiert haben«, diagnostizierte er wie ein erfahrener *Medicus familiae*.

Der hohe Kirchenmann lachte laut. »Ja, welcher Mann hat da noch Lust zum Ficken?«, sagte er grob und ohne Rücksicht auf den jungen Adlatus. Dieser Remy d'Aretin war ein kostbarer Fund, ein wahrer Edelstein! Vor ihm würde er sich nicht verstecken müssen! Der junge Mann – gescheit genug war er ja – musste lernen, ihn mit allen Facetten bedingungslos zu akzeptieren. Und in Odo de Lagery-Chatillon, von seinen Gegnern und Neidern der Graue Kardinal genannt, funkelten viele davon – schöne Weiber fehlten da keineswegs!

»Er hätte auch mit Geduld, mit Liebe und Zärtlichkeit zum Ziel kommen können«, wandte Remy d'Aretin ein, doch für den Kardinal war das Thema abgehakt.

Stattdessen erkundigte er sich bei Remy: »Was war eigentlich der Grund, dass Ihr Conon und den jungen Öxfeld auseinanderhieltet wie zwei bissige Rüden?«

Er hat es bemerkt, konstatierte der Kaplan ärgerlich, aber

auch voller Bewunderung. Vorsichtig sagte er: »Ihr wisst doch, dass sich zu Sion die Dame Fedaye de Béthune aufhält, die Mutter des jungen Öxfeld –«

»Schweigt nur, Remy. Ihr müsst auch mir gegenüber das Beichtgeheimnis nicht verletzen!« In scherzhaftem Ton fuhr Odo fort: »Was ließ eigentlich ein Talent wie das Eure bislang in der Provinz verrotten?«

Remy blieb ihm die Antwort nicht schuldig. »Sion ist nicht Provinz, sondern ein magischer Ort!«

»Ich weiß«, räumte der Kardinal ein, in anerkennendem Ton. »Gut zu wissen, dass auch Ihr das erkannt habt! Die Bedeutung von Sion wird sich in der Zukunft noch erweisen, allerdings bin ich mir sicher, dass der Weg dazu über Gisors führt.«

Sie hatten sich niedergeduckt, als die zwei Reiter auf dem Waldweg auftauchten. Die von Laubwerk geschützte Höhle hatte Elgaine entdeckt, als ihr Begleiter Anzeichen von Erschöpfung zeigte. Aber Astair wollte gar nicht schlafen, sondern seiner kleinen Begleiterin an einem ruhigen Platz endlich die Leviten lesen. Das zierliche Mädchen hatte bisher eine geradezu beängstigende, äußerst eigensinnige Willenskraft an den Tag gelegt, mit der es sie beide ständig vorwärtsgetrieben hatte, so weit wie irgend möglich weg von der elterlichen Burg. Elgaine fürchtete einen Suchtrupp, den die Mutter oder der grässliche Waldgraf vermutlich nach ihnen ausgeschickt hatte, vielleicht blies sogar die gesamte Festgesellschaft zur Hatz auf sie. Erst nach Stunden hatte Elgaine eingewilligt, nach einem Ort Ausschau zu halten, wo sie den Sturm vorbeifegen lassen und zur Not auch die Nacht verbringen konnten.

Nun saßen sie in der Höhle und taten sich gütlich an den Vorräten, die Elgaine in der Eile von den für die Hochzeitsgäste angerichteten Silberplatten abgegriffen hatte: geräucherter Schinken, aufgeschnittener feiner Braten vom Fasan – und dazu ein ganzer Laib ofenfrisches Brot. Auch eine warme Decke hatte sie mitgehen lassen. Großzügig hielt Elgaine ihrem Fechtlehrer die schönste Fasankeule hin, doch Astair griff nicht zu.

»Elgaine«, sagte er erregt, »wir müssen miteinander reden!«

Von allen Zwängen befreit, stopfte sich seine Schülerin reichlich von dem leckeren Braten in den Mund. Das enthob sie einer Antwort, sie kaute genüsslich, während Astair fortfuhr: »Wir sollten zurückreiten nach Gisors!«

Elgaine schaute ihn lange an, bevor sie endlich den Braten hinunterschluckte. Dann zog sie ein Gesicht, als hätte sie soeben eine lebende Kröte verdrückt. »Das mag sein«, sagte sie langsam und spülte mit dem bitteren Wasser aus dem Quell nach, den sie im hinteren Ende der Höhle entdeckt hatten, »aber ich will nicht!« Sie spuckte das eisenhaltige Nass aus. »Ihr, Astair, könnt Euch auf Gisors nicht mehr sehen lassen! Frau Almodis würde Euch vielleicht verzeihen, aber der Waldgraf würde den Entführer der Braut seines prächtigen Sohnes mit Wonne am nächsten Ast aufhängen lassen!«

Astair wurde bleich, sagte jedoch mannhaft: »Ich würde das Risiko auf mich nehmen, schließlich bringe ich Euch zurück ...«

»Aber geschändet!«, bemerkte Elgaine und rekelte ihren kindlichen Leib.

»Wieso geschändet?« Astair sah sie verwirrt an, doch Elgaine blieb ganz ernst.

»Ihr werdet mich meiner Jungfräulichkeit berauben«, stellte sie sachlich fest und griff bedächtig nach einem Stück Schinken.

Astair verschlug es zunächst die Sprache, dann brach er in verlegenes Gelächter aus. »Dazu gehören zwei, mein Fräulein«, erklärte er behutsam, »und ich werde den Teufel tun!«

Gekränkt schaute sie zu ihm auf. »Ich hielt Euch für einen Mann!«, sagte sie so tieftraurig, dass sie ihm leidtat. Am liebsten hätte er das Mädchen jetzt in den Arm genommen, um es zu trösten, doch das verbot sich natürlich. Er blieb hart. »Werdet Ihr erst mal zur Frau, Elgaine«, wies er sie zurecht. »Meine Aufgabe ist es nicht, Euren Leib zu verletzen, sondern seine Unversehrtheit zu erhalten! Macht es mir nicht schwerer, als es schon ist.«

Beide schwiegen. Sie hörten, dass sich auf dem Waldweg unter ihnen Hufgetrappel näherte, und kauerten sich, eng aneinandergeschmiegt, hinter das Blattwerk der Büsche. Astair hoffte nur, dass die weiter hinten grasenden Pferde sie nicht durch Wiehern verrieten. Er konnte die beiden Männer unter ihnen gut erkennen. Es war der Monsignore, der Freund seiner Herrin Almodis, und jener junge Kaplan, der Cantar und Conon aus den Bergen nach Gisors begleitet hatte. Dass sie hier so friedlich dahinritten, hatte etwas Beruhigendes. Er schaute Elgaine von der Seite an; die Kleine grinste, sie hatte schon wieder Oberwasser.

»Man hat sich mit meiner Flucht – unserer Flucht – abgefunden, so scheint es«, flüsterte sie. Die Reiter waren bereits aus ihrem Gesichtskreis verschwunden. »Trotzdem sollten wir vorsichtig bleiben!«, entschied Astair. »Wir verbringen hier die Nacht!«

»Unsere erste«, seufzte Elgaine, entrollte aber gehorsam die Decke. Sie hatte sich kaum darauf ausgestreckt, da fielen ihr auch schon die Augen zu.

Astair betrachtete sie gerührt. Sie war wirklich noch ein Kind – was hatte er sich da aufgeladen?! Dabei war es Elgaine gewesen, die ihn, ohne lange zu fragen, mit sich auf ihre Flucht gezerrt hatte. Genau genommen hatte Elgaine ihn entführt und nicht etwa umgekehrt! Trotz ihrer Jugend war sie von derart ausgeprägter Willenskraft, dass er immer Mühe haben würde, sich gegen sie durchzusetzen. Seine Aufgabe würde sein, sie vor weiterem unvernünftigen Handeln zu bewahren oder wenigstens die Folgen zu mildern! Astair ertappte sich dabei, dass er lächelnd auf die Schlafende schaute, bevor auch er sich zur Ruhe begab. Einfach würde es mit Elgaine nicht werden!

Heimkehr nach Castelbov

Castelbov, die Burg der Öxfelds, war eigentlich nicht mehr als ein karger Wehrturm und lag mitten im tiefsten Ardennerwald. Rutger und Jakob, die beiden treuen Knechte, empfingen ihren heimkehrenden Herrn Sigbert und seinen Sohn am Tor. In seiner Abwesenheit hatten sie den Forst um die Burg gehütet, auch wenn in den armseligen Weilern der Umgebung lediglich ein paar hungernde Köhler mit ihren Frauen und ihrer ausgemergelten Brut hausten. Doch für den Waldgrafen, ihren Lehnsherrn, war der Turm ein wichtiger Pfeiler seiner Herrschaft, vor allem zur Kontrolle der verschwiegenen Pfade, die von Lüttich nach Verdun und Metz führten und vom mächtigen Köln zum reichen Reims in der Champagne. Wer sie benutzte, hatte seine Gründe, sich nicht auf den bekannten Römerstraßen zu zeigen, und führte oft Übles im Schilde, selbst wenn er nur mit Schmugglerware handelte. Früher war Castelbov eine verlässliche Außenbastion von Bouillon gewesen, das wachsam am Rande des riesigen Waldgebietes lag, doch seit einiger Zeit waren sich der Waldgraf Norbert und Herr Gottfried von Bouillon nicht mehr grün. Das lag nicht am Wald, dessen Wert gering eingeschätzt wurde, sondern an einem Streit um Macht, Amt und Herrschaftsrechte, der zwischen Mathilde, mittlerweile Markgräfin der Toskana, und dem Grafen Gottfried schwelte.

Das alles wurde den Öxfelds wieder bewusst, als sie ihr Heim betraten. Es war so öd und unbehaglich wie immer, seit Sigberts Weib und Geralds Mutter, die zarte und in der Feuchtigkeit ständig kränkelnde Fedaye de Béthune, das Weite gesucht hatte.

Die energische Dame aus bedeutendem burgundisch-normannischem Geschlecht war dem stattlichen Kriegsmann Sigbert bedingungslos gefolgt, weil sie sich Hals über Kopf in ihn verliebt hatte. Doch ebenso Knall auf Fall verließ sie ihren Mann wieder, als sie beim Besuch ihrer Freundin Miral de Saissac zu Sion entdeckte, um wie viel besser ihr die Luft in den Walliser Alpen tat als der feuchte Wald, in dem auch noch unentwegt der Rauch der Köhlerfeuer hing. Fedaye blieb einfach in Sion und kehrte nie wieder nach Castelbov zurück.

Die Knechte berichteten, Herr Gottfried habe Boten geschickt mit der Anfrage, ob die Herren von Öxfeld bereit seien, mit ihm gen Italien zu ziehen. Dort habe sich nämlich König Heinrich samt seinem Weibe Berta von Savoyen von Papst Clemens zu Rom zum Kaiser krönen lassen.

»Clemens? Das kann nur der von ihm selbst eingesetzte Wibert von Ravenna sein!«, rief Gerald freudig erregt. Sein Vater mahnte ihn zur Ruhe. »Das bedeutet, dass Castelbov Flagge zeigen muss: Wir müssen uns entscheiden zwischen Kaiser und Papst! Folgen wir Gottfried, stellen wir uns damit auch gegen den Waldgrafen.«

»Für mich wäre das keine Frage«, muckte Gerald nur kurz auf, »doch füge ich mich Eurem Wort, Vater!«

Sigbert sah seinen Sohn prüfend an. »Und das heißt: abwarten!«

Gerald nickte, und der Vater war stolz auf seinen Sohn.

Egilbert, der Erzbischof von Trier, wollte seinen Torwachen keinen Glauben schenken, als sie meldeten, der Kardinaldiakon Odo von Lagery-Chatillon nebst Begleiter begehre Einlass. Wie Gefangene ließ er die beiden verdächtigen Reisenden vor sich bringen. Als er seinen hohen Gast erkannte, schalt er ihn wegen seines Leichtsinns, den dunklen Ardennerwald und die raue Eifel ohne Schutz zu durchqueren. Erst recht war er entsetzt, als er vom Monsignore hörte, dass er und sein tüchtiger Adlatus Remy d'Aretin gedächten, nun ganz allein den Hunsrück zu überwinden, um bei Speyer den Rhein zu erreichen, wo sie von Bischof Rudgar erwartet würden. Egilbert diente ihnen sofort seinen eigenen Kahn an, mit dem sie mühelos die Mosel abwärtssegeln könnten – eine geradezu erholsame Reise entlang an Orten, die allesamt darin wetteifern würden, wer einem so bedeutenden Kirchenfürsten den köstlichsten Tropfen zu kredenzen vermöge. Der wohlbeleibte Erzbischof schnalzte mit der Zunge. »Von Koblenz an könntet Ihr dann den Rhein aufwärtstreideln –«

»Ihr wollt mir ans Leben, Egilbert«, scherzte der Monsignore, »und benutzt die Freundlichkeit Eurer Winzer nur dazu, mir das tödliche Gift zu verabreichen, das ihr hier Wein nennt!«

Die Röte im Gesicht des Erzbischofs verriet, dass er beleidigt war. »Ihr Franzosen«, begehrte er auf, »bildet Euch immer noch ein –«, als Remy ihm grinsend das zu erwartende Lamento abschnitt: »Den besten Wein wissen ohnehin nur wir in der sonnigen Toskana zu keltern, und die Reben der hiesigen Spitzenlagen wurden einst von uns Römern hier eingeführt.«

Das brachte Egilbert zum Schweigen, und der Kaplan konnte fortfahren: »Der Wein wird warten müssen, denn die Barke, die uns der Mainzer bereitgestellt hat, samt Damastzelt und fünfzig Ruderern, erwartet uns seit Tagen schon in Speyer!«

Die Schweinsäuglein im rosigen Gesicht des Erzbischofs begannen zu glitzern vor Schadenfreude. »Die berühmte *Trière* wird nicht mehr zur Stelle sein!«, frohlockte er. »Den *Collega* im Amte, den braven Siegfried von Eppstein – *requiscat in pace!* –, hat Gottvater letzte Woche vor seinen himmlischen Thron gerufen! Sicherlich wird man die Prunkbarke für die Trauerfeierlichkeiten zurückbeordert haben!«

»Oder sie liegt mangels erteilter Order immer noch dort, vergessen in dem Schmerzenstrubel?«, gab Remy zu bedenken.

Der Kardinal sprach ein Machtwort. »Wir sind gut zu Pferde, und die verbleibende Wegstrecke erscheint mir nicht der Rede wert!« Sie wiesen auch die angebotene Begleitmannschaft zurück und machten sich wieder auf den Weg.

»Trier leidet an seiner Bedeutungslosigkeit«, erläuterte der Meister unterwegs seinem Eleven, »im Vergleich zu dem reichen Köln und dem mächtigen Mainz, die sich weit nach Osten und dem Süden ausbreiten konnten, blieb ihm nichts als Ärger auf engstem Raum, der anhaltende Zwist in Lothringen!«

»Ein Erbe dieses Landstrichs seit dem Tode Karls des Großen!« Remy zeigte sich als gelehriger Schüler.

Der Monsignore gab seinem Adlatus Einblick in die geplante Reiseroute. »Auf dem Weg nach Basel, zum blitzgescheiten Burghart von der Hasenburg, werden wir auch noch bei Dietwald, dem zänkischen Oberhirten von Straßburg, Station machen. So lernt Ihr gleich einige der wichtigsten Bischöfe des Reiches kennen, das ist immer von Nutzen!«

Remy sortierte in seinem Hirn Namen und Orte. »Auf wessen Seite stehen diese geistlichen Herren denn, auf der des Reiches oder der des Papstes?«

Der Monsignore lachte leise, während sie dahintrabten. »An erster Stelle stehen immer ihre eigenen Interessen! Der Süden Deutschlands gilt als dem Kaiser traditionell freundlich gesinnt, was man westlich von Köln besser nicht erwartet, besonders seit dem Aufstieg Gottfrieds von Bouillon zum Marschall Heinrichs und den neuerlich wieder erhobenen Ansprüchen der Mathilde von Tuszien!«

»Worum geht es in dem Streit der beiden eigentlich?«, wollte Remy von seinem Lehrmeister wissen.

Dem Kardinaldiakon schien die Frage eher Missvergnügen zu bereiten. Er musterte seinen Adlatus mit ungewöhnlicher Strenge. »Spitzt die Ohren und schärft Euren Verstand! Ich gebe solche Einblicke höchst ungern und deshalb immer nur einmal.« Sie waren auf dem Kamm des Gebirgsrückens angelangt, in der Ferne musste sich der Rhein seinen Weg zwischen den Hügeln suchen, zu sehen war er noch nicht. Odo von Lagery-Chatillon zügelte seinen Gaul und ließ sich aus dem Sattel gleiten. Remy d'Aretin folgte seinem Beispiel und fragte sich verwundert, wodurch er den Kardinal wohl verärgert hatte. Sie setzten sich auf einen Stein, nachdem sich zuvor ein einladender Baumstamm als verkappter Ameisenhaufen entpuppt hatte.

»Es ist die Geschichte des Hauses d'Ardenne«, begann der Monsignore bedächtig. »Gottfried der Bärtige, Herzog von Niederlothringen, ehelicht seine Base Beatrix von Oberlothringen. Dieser Ehe, ihrer zweiten, entstammte Gottfried der Bucklige.« Remy nickte verständig, während der Monsignore nach einem Stöckchen griff. »Der wurde verheiratet mit Mathilde, Beatrix' Tochter aus erster Ehe und Erbin der Markgrafschaft der Toskana. Diese Verbindung blieb kinderlos –« Das Stöckchen ritzte einen Strich in den Waldboden und hob sich dann in die Luft.

»Hat sie sich seiner nicht durch Gift entledigt?«, bemerkte Remy eifrig.

Odo griente maliziös. »Nennt den hinterrücks begangenen Mord ruhig beim Namen: Der Koch sorgte für plötzlichen Durchfall, ein weiterer Komplize hockte unter der Latrine, die der Herzog hastig aufsuchen musste, um sein Gedärm zu entleeren. Er stach ihn mit einem vergifteten Zinken in den Arsch –« Das Stöckchen veranschaulichte den infamen Stich von unten.

»Wurden die Meuchler gefasst?« Remys Empörung schien weitaus schwächer als sein Ekel ob dieser Vorstellung.

»Auf der Stelle! Sofort erwürgt, dafür sorgte schon die erschütterte Markgräfin!« Ungerührt verwischte der Monsignore die in den Waldboden gekratzten Kringel. »Der Ehe des Bärtigen mit Beatrix entstammte allerdings auch noch die ältere Tochter Ida, die den Grafen Eustach von Boulogne geheiratet und den Besitz Bouillon als Mitgift in die Ehe eingebracht hatte. Deren beider jüngster Sohn ist Gottfried von Bouillon.«

»So weit kann ich Euch folgen, er ist also ihr Cousin und Neffe zugleich«, sagte Remy. »Doch wo beginnt das Problem?«

»Bei Beatrix!« Nun schien sich der Monsignore zu amüsieren. »Mathildes Mutter war in erster Ehe mit Bonifaz, dem Markgrafen der Toskana, verheiratet, den Mathilde beerbt hatte. Nach dem ebenfalls heftig ummunkelten Ableben ihres zweiten Ehemanns zog die verwitwete Herzogin zu ihrer Tochter in die reiche und sonnige Markgrafschaft, das liebliche Tuszien!«

Remy seufzte. »Der gute Bonifaz scheint mir der Einzige, der eines natürlichen Todes starb.«

»Mathilde liebte ihren Vater«, bestätigte der Monsignore heiter, »und hasste alles, was aus dem düsteren Norden kam – darin bestärkt von ihrer Mutter Beatrix –, ohne je ihre Ansprüche auf Besitztümer und Titel aus dieser lothringischen Linie zu begraben.«

»Und daher –« Remy wollte den Eindruck vermitteln, dass er alles verstanden hatte, doch sein älterer Begleiter schnitt ihm das Wort ab.

»Und daher ist die Kacke noch heute am Dampfen!« Der Monsignore erhob sich und schwang sich in den Sattel. »Und nun, lieber Remy, fragt Ihr mich gefälligst nie wieder nach dem Warum!«

Remy folgte seinem Meister.

Sigbert und sein Sohn Gerald standen auf den Zinnen des Turmes von Castelbov. Genau genommen war es eine Art Donjon, wie ihn die Normannen als letzte Zuflucht in ihren Burgen errichteten, der Einstieg so hoch gelegt, dass er von außen nur über Leitern zu berennen war. Gerald ließ seinen Blick über das undurchdringliche Dickicht der Baumkronen schweifen.

»Ich nehme an«, sagte Sigbert bedächtig, »dass es in deinem Sinn war, die Frage nach einer ehelichen Verbindung mit Hedwig nicht mehr anzurühren?«

Gerald musste sich nicht lang bedenken. »Das gute Mädchen entspricht wenig meiner Vorstellung von der Frau, die ich dereinst zur Mutter meiner Söhne machen möchte.«

»Wieso?« Sein Vater schmunzelte. »Hedwig ist sichtlich in einem mannbaren Alter angelangt, der Busen reif, ansehnlich auch der Hintern!«

»Mir zu üppig!«, wehrte Gerald ab.

»Solche Vorteile wirst du noch schätzen lernen! – Außerdem hat sie ein gutes Herz, sie wäre dir keine schlechte Frau.«

»Lass gut sein, Vater, es würde Castelbov nur unnötig weiter an den Waldgrafen von der Lehburg binden.« Gerald starrte in die Tiefen des dunklen Waldes. »Ein Vasallenverhältnis, das Ihr ohnehin leid seid.«

Da bemerkte sein scharfes Auge einen Fleck in dem grünen Tannenteppich, es war Rauch, der aufstieg. Er wies Sigbert darauf hin. »Das ist kein Kohlenmeiler!«, rief Gerald aufgeregt. »Da muss ein größeres Feuer ausgebrochen sein!« Der Qualm wurde deutlich dichter, blähte sich zu einer dicken Wolke. »Es kann sich nur um Ahdorf handeln!«

Sigbert rief nach den beiden Knechten Rutger und Jakob. »Im Walde brennt's!«

Vater und Sohn liefen die Treppe im Innern des Turms hinunter. Die beiden Knechte hielten die Pferde schon bereit, auch die Stallburschen waren herbeigeeilt und rannten hinter den Reitern her, die den Torweg hinuntersprengten. Schon hatte der dichte Wald sie verschluckt.

Der Brandgeruch umwehte sie bereits, bevor sie das züngelnde Rot des Feuers zwischen den Stämmen erblickten. Alle Katen standen in Brand! Der Anblick, der sich ihnen beim Näherkommen bot, ließ ihnen das Blut in den Adern gerinnen. Zwischen den noch nicht verkohlten Pfosten der schlichten Hütten, an denen noch die Feuerzungen leckten, lagen die Köhler auf nacktem Boden, die Schädel eingeschlagen. Um sie verstreut waren die Leiber der Frauen, erstochen, aufgeschlitzt, ebenso wie die der verlumpten Kinder.

»Was soll das?!«, polterte laut der entsetzte Gerald. »Was haben die Armen denn getan?«

Der Vater sah ihn nachdenklich an, seine Stirn verfinsterte sich. »Der feige Anschlag galt uns!«, stellte er zornig fest. »Eine Drohung, ein *avis*!«

»Oder eine Falle!«, rief Gerald aufgebracht. »Los! Lasst uns heimkehren, ehe –« Sie warfen sich auf ihre Pferde und preschten zurück nach Castelbov. Kaum dass sie aus dem Wald kamen, flogen ihnen schon die Pfeile um die Ohren. Sie sprangen von den Pferden und suchten Deckung hinter den Bäumen. Aus dem Schutz des Unterholzes gingen ihre Blicke hinauf zur Burg, da sahen sie die fremde Fahne bereits auf dem Turm aufgezogen, hinter den Mauerzinnen zeigten sich Bewaffnete.

»Zu solcher Heimtücke ist nur Norbert von der Lehburg fähig!«, schnaubte Gerald empört. »Er will uns zeigen, wer hier die Macht hat! Aber da hat er sich gebrannt!«

Sigbert deutete schweigend zum Banner, das auf dem Donjon flatterte. »Gebrannt sind erst mal wir! Was dort seine schwarzen Flügel über dem weißen Grund der Unschuld breitet, ist der doppelköpfige Adler des Bischofs von Verdun!«

»So hat er uns den Waldgrafen auf den Hals gejagt?«

»Oder der Bischof will den Herrn Norbert daran erinnern, dass dieser seit der *malaffaire* von Gisors in seiner Schuld steht. So leicht vergibt Herr Thierry nicht!« Sigbert nahm die Sache seltsamerweise gelassen, anders als Gerald, der sehr an Castelbov hing.

»Und was machen wir nun?«, fragte er. Es klang schon arg kleinlaut.

»Ich werde meine braven Knechte nicht in sinnloser Attacke verheizen, falls du darauf hinauswillst! Rutger und Jakob sind die Einzigen, die uns verblieben sind.«

»Selbst unsere Rüstungen sind den Frechen in die Hände gefallen!«, klagte Gerald.

Sein Vater klopfte ihm tröstend auf die Schulter. »Uns bleiben die Pferde unterm Arsch, unsere Schwerter und Arme, sie zu führen. Das ist doch schon einiges, mein Sohn!«

»Und wohin wollt Ihr Euch wenden, Vater?«

»Zu Graf Gottfried! Steht zu hoffen, dass er uns genauso dringend braucht wie wir ihn!«

Gerald sah ein, dass sein Vater recht hatte. »Auf dem Weg zu ihm werden wir Mannen um uns sammeln«, rief er, »damit wir nicht mit leeren Händen kommen!«

Sie ritten davon, ohne noch einen Blick zurückzuwerfen.

Ein Fels in der Brandung

Mächtig erhob sich die Klosteranlage auf dem Monte Cassino, mehr als fünfhundert Jahre lang hatten die Benediktiner sie immer weiter ausgebaut und befestigt. Sie galt – zusammen mit der Festung Gaeta – als das sichtbare Bollwerk des Kirchenstaates an seiner Südgrenze, gleich ob jenseits Griechen, Sarazenen oder – wie jetzt – die Normannen herrschten. Desiderius, der derzeitige Abt des Klosters, ein Bruder des Herzogs von Capua, setzte alles daran, sich nicht in den Konflikt hineinziehen zu lassen, der zwischen dem Imperium der Deutschen und dem römischen Papst ausgebrochen war. Die Normannen des Königreiches von Sizilien waren auf der Seite des Heiligen Stuhls, der aber zuletzt den Kürzeren gezogen hatte.

Der Abt hatte angeordnet, das Tor des Klosters, das sonst allen Ratsuchenden offen stand, zu verschließen, und ständig mussten die Mönche Ausschau halten, ob ein Heerhaufe sich unbemerkt zu nähern versuchte. Doch das Glöckchen, das jetzt anschlug, zeigte lediglich an, dass jemand sich in großer Not befand und dringend der Hilfe bedurfte. Für solche Fälle hatte der Bruder, der die Torwache beaufsichtigte, jedoch Vollmacht, selbständig zu entscheiden. *»Anno Domini MLXXXIV«*, schrieb er mit Sorgfalt in das Wachbuch der Pforte, *»Equester moribundus armigeris comitatus.«* *

Der Abt war dennoch erstaunt, als seine Mönche ihm eine Tragbahre in sein *Tabularium* brachten, mit einem offensichtlich schwerverletzten Ritter. Der Mann, das erkannte er sofort,

* Übersetzungen finden sich im Glossar ab Seite 676.

rang mit dem Tode. Der begleitende Knappe, der sich sichtlich große Sorgen um seinen Herrn machte, sprudelte auf Befragen sofort heraus, dass es sich um den edlen Guillem de Gisors handele. Seine Schiffsmannschaft habe nach einem Überfall durch maurische Seeräuber das nächste Fischerdorf an der Küste angesteuert, damit dem Herrn Guillem aufs Schnellste die notwendige Behandlung zuteilwürde. Während sie noch flüsternd sprachen, schlug der Ritter auf der Trage die Augen auf, um sie sogleich zu verdrehen.

»Engel!«, keuchte er, irr um sich blickend. »Wo bin ich?!« Der Abt trat an die Tragbahre und legte dem Fiebernden beruhigend seine fleischige Hand auf die Stirn, doch der ließ sich nicht aus seinen Visionen reißen. Seine Stimme fiel in einen brüchigen Singsang ohne erkenntliche Melodie. »Alles ist weiß, ihr Engel«, hauchte er. »Sie tanzen!« Seine Augen glänzten. »Flocken von Kristall, sie tanzen –« Der Abt sah den Knappen fragend an, während Guillem, wie unter Zwang, stöhnend fortfuhr: »Mein Engel mit dem kupfern' Lockengekrös.«

Der Abt zog irritiert seine Hand von der schweißnassen Stirn ab. »Sie wirbeln, sie tanzen nicht – Engel mit weißem Gesicht –« Ein tiefer Seufzer kündigte die neuerliche Ohnmacht an.

»Schaut nach der Verletzung!«, wies Desiderius die zwei Brüder an, die jetzt, eiligst herbeigeholt, den Raum betreten hatten. »Seht euch die Wunde an und säubert sie!«

Die beiden Mönche hatten medizinisches Besteck dabei. Kurzentschlossen griffen sie zur Schere und trennten den Rock des Kranken auf, der mit dem Verband zusammengeklebt war. Die Wunde selbst auf der linken Seite, gleich unterhalb der Rippen, lag unter einer blutgetränkten Binde und war von einem dicken, rotgetränkten Klumpen verdeckt. Vorsichtig löste ihn einer der Mönche ab: Der Schnitt, gut ein Spann lang, verlief senkrecht von oben nach unten. Er klaffte noch immer.

»Sofort reinigen!«, befahl der Abt unnötigerweise, denn seine Helfer hatten schon zur Arnikatinktur gegriffen, und einer quetschte gerade blutstillenden Saft aus Knöterich und Zinkkraut. »Nehmt auch etwas *Capsella bursa pastoris*!«, riet der besorgt dreinschauende Desiderius. »Wer hat denn diese Zuwendung geleistet?« Er wies mit spitzem Finger auf den blutigen Teigklumpen.

Der Knappe gab bereitwillig Auskunft. »In dem Fischerdorf, in dem wir anlandeten – es hieß Mondragon –, wusste niemand zu helfen. Doch dann holten sie eine gewisse Terès, und diese Bauernmaid nahm zwei Handvoll Mehl aus einem Sack und vermischte es, knetete es mit einem blutrotem Öl, das sie in einem Gefäß bei sich trug.«

»Johanniskraut, *Hypericum perforatum* – nicht schlecht!«, grummelte der Abt anerkennend. Dann betrachtete er den weggeworfenen Klumpen genauer und stocherte mit einer Lanzette in der dicken Paste herum. »Und doch war sie eine der Töchter Satans, die ihrem Meister die arme Seele Eures Guillem schenken wollte – schaut her, die kleinen schwarzen Bröcklein, das ist *Claviceps*! Ein unheilig böses Teufelszeug, das in den Wahnsinn –«

»Sankt Antoniusfeuer?« Der behandelnde Mönch blickte erschrocken auf. »Kein Wunder, dass der Ritter sich so seltsam gebärdet!«

Der Abt hieß ihn schweigen. »Was hat die Hexe Eurem Herrn sonst noch angetan?«, befragte er barsch den eingeschüchterten Knappen.

»Sie gab ihm Dämpfe aus dem Wurzelsud der Alraune zum Einatmen«, stammelte der kleinlaut, »und Rauch von gedörrten Pilzen, deren Namen sie mir nicht nannte –«

»Womöglich *Amanita muscaria*!«, höhnte der Abt. »*Vulgo* Fliegenpilz!«

»Doch gleichzeitig«, verteidigte sich der Knappe, »gleichzeitig presste sie frisch gerissenes Kraut der Einbeere und des Spitzwegerichs auf die stark blutende Wunde – und es half!«

»Kein Wunder!«, schnaubte der Abt. »*Paris quadrifolia* und *Plantago lanceolata* gleichzeitig! Reines Gift!« Er schaute den Knappen strafend an. »Dass er es bis hierher geschafft: ein *Miraculum*!«

In dem Moment öffnete der geplagte Ritter aufs Neue den verkrusteten Mund: »Tief, tief der Speer in mein' Flanken schneidet, mein blasser Engel, du –« Alle starrten fassungslos auf den

Moribunden, der, anstatt winselnd um Atem zu ringen, heiser und mit klagender Melodie Worte wie Töne aneinanderreihte. »Schwarz quillt mein Blut so rot –«, sang seine Stimme wie aus einer anderen Welt.

Der Abt hielt den Finger vor die Lippen, um den anderen Schweigen zu gebieten. »Wie weißes Feuer die Sünde brennt –«, psalmodierte der Kranke. Desiderius kniete langsam nieder angesichts dieser merkwürdigen Klarheit, auch wenn er nicht wusste, ob sie von Gottvaters Thron herabstrahlte oder aus der Glut der Hölle emporwaberte. »Schwarz tropft es – Tock! – Tock! – auf die Decke so weiß – Tock! Es brennt, mich friert – Tock! – Tock! –« Der Abt schlug unsicher das Kreuzzeichen, hing aber weiterhin an den Lippen des Guillem de Gisors. »Die rost'gen Flecken auf deiner weißen Haut, Spritzer meines Bluts, du Teufelin!« Die Sätze flossen jetzt immer verständlicher, wenn auch ihr Sinn sich nicht offenbarte, sie zogen Desiderius in ihren Bann.

»Vermischt mit Honig den Sud des Gauchheils«, befahl er flüsternd den Mönchen, »gebt etwas Egelschreck hinzu und vermengt es mit gelöschtem Kalk – das beruhigt!« Sie taten wie geheißen, der Ritter nahm nicht die geringste Notiz von ihrem Treiben, als hätte sein todgeweihter Körper sich längst von Geist und Seele verabschiedet. Die Worte, die seinem Mund entströmten, schienen bereits aus dem Jenseits herüberzuwehen, wenn ihre Bedeutung auch eher in Lust, Schuld und Sühne des irdischen Daseins zu finden war. Guillems krude Gedanken verformten sich wie welkende Blätter im Herbst, klammerten sich an dessen Schönheit, wehrten sich gegen den kalten Wind des nahenden Todes. Guillems Stimme schien sich gegen ihn aufzubäumen, sie wurde immer schärfer, schneidender – und leiser.

»Hart in dein kupfern Gekrös stieß ich den Ger«, jubelte die brechende Stimme, »dafür ich nun brenn', brenn'! Brenne! Deine Locken, sie tanzen, mein Blut versiegt, mein weißer Engel mit dem flammend' Speer!«

Die Anstrengung war wohl zu viel für Guillem, er versank in kaum noch wahrnehmbares Flüstern. »Deckt mich zu, ich bitt' Euch!« Er schloss die Augen. »Küss mich, mein Engel!«, hauchte er noch, sein Mund blieb offen.

»Hat sein Leiden nun ein Ende?«, fragte der Knappe leise in das anhaltende Schweigen hinein.

»Er wird nicht wieder aufwachen«, tröstete ihn der Abt. »Der Wundbrand war schon zu weit fortgeschritten, diese Terès von Mondragon war wohl doch eine weise Frau.« Er lächelte. »Ihre Zaubermittel schenkten ihm eine Reise ohne Schmerz in eine andere Welt, ob Himmel oder Hölle –«

»Vielleicht ins Paradies?« Das kam zaghaft von einem der Mönche, sein Abt funkelte ihn belustigt an.

»Das Paradies? Wollt Ihr wissen, Bruder, wem dieser Ort untertan?!« Der schüttelte schnell den Kopf, der Abt lachte. »Und jetzt einen guten Schluck Roten!«, befahl er. »Wir haben ihn uns verdient!«

Die Bahre mit Guillem wurde hinausgetragen, man brachte den Wein.

Sie saßen schweigend *inter pocula* im *Tabularium* des Abtes, der fremde Knappe, die beiden der Medizin kundigen Mönche und der ebenso feinsinnige wie lebensfrohe Abbas Desiderius. Von dem in eine benachbarte Zelle gebetteten Guillem de Gisors hatten die damit beauftragten Brüder nur zu berichten gewusst, dass er noch atme.

Der schwergewichtige Abt nahm einen tiefen Schluck. »Wie nennt Ihr Euch eigentlich?«, wandte er sich dann leutselig an den Knappen, der in seinem Kummer dem dargebotenen schweren Roten der Campania nicht recht zusprechen mochte und immer wieder mit den Tränen kämpfte.

»Rinat von Sitten ist mein Name«, sagte er dann schniefend. »Acht Jahre diene ich Guillem de Gisors nun schon, seit er mich damals mit sich nahm und wir schließlich mit König Heinrich nach Canossa kamen –«

»Halt!«, rief da der Abt. »Ihr wart in jenem Winter dabei?« Rinat nickte eifrig, der Abt schob ihm jetzt energisch den gefüllten Becher zu. »Das bewegt mich über alle Maßen, ich wollte schon immer aus erster Hand erfahren, was und wie es sich damals in Wahrheit abspielte –«

Rinat griff verwirrt nach dem Becher und trank jetzt doch.

»Aufgewachsen bin ich in den Bergen des Wallis, vierzehn Lenze zählte ich, als –«

Der Abt brachte ihn mit barscher Handbewegung wieder zum Verstummen, um sich an die beiden Mönche zu wenden. »Ich will, dass ihr mitschreibt, was Rinat uns zu berichten weiß.« Er sah die Brüder auffordernd an. »Auf meinem Pult liegen Feder und *Pergamentum*, bedient euch gefälligst!«

Die beiden einigten sich, wer zuerst zur Feder greifen sollte, dann gab der ungeduldige Desiderius dem Knappen ein Zeichen fortzufahren.

»Guillem de Gisors, ein gebürtiger Normanne, kam auf seinem Weg nach Süden durch unser Tal. Angeblich war er ausgezogen, um seinem Freund Raimar von Lecce gegen die widerspenstigen Byzantiner beizustehen –«

»Langsam!«, maulte der Schreiber.

»Fasst Euch kurz!«, mahnte auch der Abt. Rinat nickte, um Vergebung heischend. »Dort zu Sion herrschte – ich nehme an, auch heute noch – mein Großvater Hermanfried –«

»Leider nicht!«, teilte ihm Desiderius trocken mit. »Er starb dieses Frühjahr. Ihm folgte sein Sohn Urs von Sitten als *Praefectus et Comes vallesiae* –«

Rinat schluckte. »Dann also mein Onkel!« Sonderlich zu freuen schien ihn der Wechsel nicht. »Der jedenfalls ist verheiratet mit Miral de Saissac, der Schwägerin des Herrn Guillem –«

»Zur Sache!«, mahnte der Abt ungeduldig, doch Rinat ließ sich nicht mehr aus seinem Erzählfluss bringen. »Bei der weilte zu Besuch eine Dame aus dem Norden, ihre Freundin Fedaye de Béthune, eine wunderschöne Frau.« Rinat geriet ins Schwärmen: »In gekräuselten Löckchen fiel ihr das lange kupferrote Haar über die alabasternen Schultern, ihre grünen Augen glommen wie Smaragde in ihrem blassen Antlitz –«

»Sie also besang Euer Herr?«

»Er verfiel ihr auf der Stelle«, bestätigte Rinat, »und da Guillem ein begnadeter Reimeschmied war und über eine betörende Stimme verfügte –«

»Brach er bald den Widerstand der schönen Fedaye«, schlussfolgerte Desiderius spöttisch.

»Sie hatte lange keinen Mann mehr erkannt, nachdem sie ihrem Ehegespons irgendwo aus den dunklen Wäldern des Nordens davongelaufen war –« Rinat geriet jetzt in Fahrt, die beiden Schreiber wechselten die Hand und warfen ihm wütende Blicke zu. Doch der Abt ließ den Knappen gewähren. »Guillem und Fedaye sangen zusammen, drehten und wiegten sich im Tanze –«

»Preisgegeben dem wilden Rausch der Sinne!«, ergänzte der Abt grienend den Bericht. Doch dann forderte er mit einem trockenen *»Ergo?«* die Fakten ein, und Rinat tat ihm den Gefallen.

»Bald zeigte sich, dass die Schöne schwanger ging von dem Herrn aus dem Reich der Franken: Normannin von Geblüt übrigens auch Fedaye de Béthune!«

»Das ist doch ein ordentlicher Abschluss für heute!«, rief der Abt mit leicht gerötetem Gesicht, er hatte dem Weine gut zugesprochen. »Morgen erzählt Ihr weiter!«

Auf seinen Wink hin schafften die beiden Mönche den Knappen für die Nacht in eine freie Zelle, wo Rinat erschöpft aufs Lager fiel und sofort einschlief.

Der böse Geist von Trifels

Finster drohend ragte die Zwingburg über dem Fluss, der sich im lieblichen Tale wand, inmitten der terrassierten Hänge, auf denen seit der Römerzeit eine säuerliche Rebe angebaut wurde. Die Wasser eines Wildbachs hatten die drei Felsnasen, die Trifels seinen Namen gaben, herausgespült, auf der mittleren erhob sich die Burg. Um sie auch bergseitig vor Überraschungsangriffen zu schützen, hatten die Erbauer das Wasser oberhalb in der Senke gestaut, indem sie die beiden flankierenden Felsen durch dicke Steinwälle aus dem Blaubasalt der nahen Eifel mit dem steilen Hang verbanden. So war ein See entstanden, dessen Wasser Trifels im Notfall mit kostbarem Nass versorgte und dessen mächtige Wehr in das Verteidigungssystem einbezogen war. Die wichtigste Zufahrtsstraße hinab ins reiche Tal der Mosel führte unterhalb dieser Mauern vorbei, was den Besitzern von Trifels einen gefürchteten Zugriff auf alle Reisenden und deren Güter erlaubte. Kaum war der Waldgraf äußerst übelgelaunt von seiner Frankreichfahrt zurückgekehrt, flammte der böse Ruf der Festung wieder auf. Beklommen schlichen die Leute unter den steil aufragenden Wänden vorbei, und oben wütete Norbert von der Lehburg, der Herr über Trifels. Sein Ingrimm richtete sich diesmal allerdings gegen die eigene Brut, seinen Sohn. Immer wieder kam ihm die Galle hoch, wenn er an Gisors dachte, an die erbärmliche Figur, die Berthold dort abgegeben hatte. Ein »Bettnässer« hatte ihn, den gefürchteten Waldgrafen, bloßgestellt!

»Schlappschwanz!«, brüllte er. »Von einem Kind mit einer Holzlatte verprügelt!« Herr Norbert trieb den sich vergeblich duckenden Spross vor sich her und stieß grob dessen Schwester Hedwig beiseite, die dem Wüterich in den Arm fallen wollte. »Eine Schande für die Ehre derer von der Lehburg!« Er griff nach dem eisernen Kaminhaken, zerschlug den tönernen Krug auf dem Tisch. Hedwig warf sich ihm zu Füßen, umklammerte seine Beine in stummem Flehen. »Ich schlag sie tot, diese Missgeburt!«, schäumte der Waldgraf, trat nach der Tochter und stürzte die gedeckte eichene Tafel um, die ihn von seinem Opfer trennte. Berthold rettete sich durch einen Sprung auf das Fenstersims. Ängstlich schaute er in die Tiefe. Dunkel glänzte unter ihm der See. Besser ertrinken, als sich in Stücke hauen zu lassen wie das irdene Geschirr, das hinter ihm scheppernd und knirschend in Scherben ging. Jetzt sah er den Tobenden auf sich zustürmen, Hedwig wie eine verängstigte Katze an seinem Bein, ihr Rock riss – Berthold schloss die Augen und ließ sich fallen.

»Ersaufen soll der Balg, ertränken werd ich ihn!« Der Waldgraf war ans Sims gestürzt, er schleuderte dem Entschwundenen vor Wut den Schürhaken hinterher. Um einen Blick auf den Todeskampf seines Opfers zu werfen, presste er seinen mächtigen Körper in die Fensternische. Da erst spürte er den Leib der Tochter, zwischen sich und den Stein gequetscht. Hedwig, die versucht hatte, ihm den Weg zu versperren, krallte sich immer noch an des Vaters Lenden. Herr Norbert fühlte sein Glied wachsen. Roh schleuderte er sie herum, drückte ihr Gesicht auf das Mauergesims.

»Was tut Ihr da, Vater?«, wimmerte sie, was ihn noch ungestümer zwischen ihre weichen Arschbacken drängen ließ. Hedwig sah, wie unten ihr Bruder aus dem schwarzen Wasser auftauchte, er schlug um sich. Mit verzweifelten, fahrigen Stößen kämpfte er gegen das Ertrinken im modrigen See, spuckte und keuchte – Hedwig spürte den warmen Schlamm an den Flanken ihrer Schenkel herunterlaufen. Mit einem Fluch ließ der Waldgraf von ihr ab und stürmte aus dem Raum.

Fahrendes Volk, das verbotenerweise in dem gestauten Wasser nach Fischen angelte, hatte den Fenstersturz des Knaben beobachtet. Sie warfen dem Ertrinkenden eine Leine zu und zerrten ihn ans Ufer. Ihren Fang ließen sie im Stich, stattdessen stopften sie den halb bewusstlosen Berthold in ihren Eselskarren, bedeckten ihn mit Lumpen und machten sich davon. Als Herr Norbert, gefolgt von einigen Knechten mit langen Stangen, sich auf der Wehr zeigte, waren die Zigeuner schon verschwunden, so dass die Knechte noch etliche Zeit im Trüben stocherten, bevor sie die Suche aufgaben.

Grollend kehrte der Waldgraf in seine Burg zurück. Dort war inzwischen Balduin von LeBourg eingetroffen, der sich schützend vor seiner heulenden Halbschwester Hedwig aufgebaut hatte. Er verkniff sich Vorwürfe gegen seinen Vater – der Priesterzögling Balduin kannte die Zügellosigkeit seines Erzeugers –, überbrachte ihm aber sogleich die Aufforderung seines Herrn, des Bischofs Thierry von Verdun. Der Waldgraf solle gefälligst unverzüglich gegen die Öxfelds vorgehen, die durch die Lande zögen, um für den verfluchten Gottfried von Bouillon Truppen zu werben.

Da lachte der Waldgraf gehässig. »Wer hat denn die blöden Kerle, den Ochsen Sigbert samt Gerald, dem Kalb, aus ihrem Stall gescheucht? Euer Herr Thierry hat ohne jeden Verstand in meinem Gehege gewildert und die beiden Dumpfbacken dem Gottfried regelrecht in die Arme getrieben!«

Balduin ging nicht auf den Vorwurf gegen seinen Bischof ein. »Jedenfalls sind sie Gottfried jetzt behilflich, ein neues Heer aufzustellen, mit dem der von der Kirche in Acht und Bann getane Heinrich wider den Heiligen Vater und die treue Mathilde ziehen wird!«

»Ich kann's nicht ändern!«, knurrte der Waldgraf. »Ich halt mich da raus!«

»Das könnt Ihr nicht!«, belehrte ihn kalt sein Sohn. »Wer diesmal nicht die Partei Mathildens ergreift, gibt sich klar zu erkennen als Feind der allein selig machenden *Ecclesia catholica* und des einzig legitimen Papstes Gregor!« Er machte seiner Schwester ein Zeichen, ihm zu folgen, und verließ grußlos den Raum. Hedwig warf dem Vater einen waidwunden Blick zu und stolperte hinterdrein, der Waldgraf hinderte sie nicht. Er schaute den beiden nicht einmal nach.

Eine offene Wunde

Rinat hatte schlecht geschlafen. Immer wieder sah er seinen Herrn vor sich, wie er mit dem Tode rang und von jener rothaarigen Frau phantasierte, die sich als stärker erwiesen hatte – im Nehmen wie im Geben! – als der unstete Ritter Guillem. Für die schöne Frau Fedaye sang er noch angesichts seines nahen Endes. Doch am meisten beunruhigte den Knappen das »Tock! – Tock!«, das unvermittelt in dem Lied aufgetaucht war. Es rief ihm unerbittlich eine längst begraben geglaubte Erinnerung zurück.

Der Knappe verließ die karge Zelle des Klosters auf dem Monte Cassino und fragte sich durch nach dem Abbas der klösterlichen Gemeinschaft. Er wurde zum Scriptorium verwiesen, wo ihn die Benediktiner schon erwarteten. Desiderius nahm Rinat nicht etwa beiseite, sondern eröffnete ihm vor aller Augen und Ohren, dass sein Herr in der Nacht gestorben sei.

»Ich hatte ihn nach den *Laudes* noch einmal aufgesucht und ihm die Sakramente gespendet«, berichtete Desiderius ohne jede Gemütsbewegung. »Als wir zur *Matutin* nach ihm schauten, war alles Leben aus ihm gewichen.«

Rinat war nicht gewillt, seine Betroffenheit zu zeigen: »Was zu erwarten war.«

»Recht so, mein Sohn«, beschied ihn der Abt sichtbar zufrieden, »alsdann an die Arbeit!« Die beiden Mönche vom gestrigen Tage standen bereits hinter ihren Schreibpulten. Die Blicke, die sie ihm zuwarfen, zeugten kaum von Begeisterung, von Mitgefühl oder Anteil an seiner Trauer schon gar nicht. »Stehengeblieben wart Ihr, Rinat von Sitten, bei jenen *Imponderabilia*, die gemeinhin auftreten, wenn sich zwei ohne das heilige Sakrament der Ehe –«

»Ich weiß!«, unterbrach ihn Rinat bissig. »Wenn Ihr wünscht, dass ich berichte, dann überlasst mir auch den *Modus* und die Wahl meiner Worte!«

Das neugierige Gemurmel der Mönche im Scriptorium erstarb – so hatte noch keiner mit ihrem Abt zu reden gewagt!

Desiderius lachte polternd. »Ihr habt recht! Ich lasse euch jetzt allein.« Damit rauschte er aus dem Scriptorium.

Rinat blieb keine Zeit, darüber zu grübeln, ob er den mächtigen Mann beleidigt hatte, denn der schreibbereite der beiden Mönche trommelte bereits ungeduldig auf sein Pergament. »Als sich nach einiger Zeit herausstellte, dass Fedaye nicht nur guter Hoffnung –«, begann er, nicht gewillt, sich drängen zu lassen, »sondern gar mit Zwillingen schwanger war, ergriff den Herrn Guillem große Unruhe. Nicht mehr war die Rede davon, wie sehr er sich einen Sohn gewünscht, sondern nur noch von den Folgen, dem Eingriff in sein Leben, in seine Freiheit. In völliger Panik sah er sich plötzlich als geplagter Vater, zwei quengelnde Bälger zwischen den Füßen, ein forderndes Weib wie Fedaye im Genack –«

Rinats Stimme hatte sich mehr und mehr zu einem Flüstern gesenkt, er wollte vermeiden, dass alle im Saal hören konnten, was er hier ausplauderte. Doch schon ertönte es gnadenlos vom Schreibpult her: »Lauter!« Also tat Rinat einfach so, als wäre außer ihm keiner im Raum.

»Ich diente damals der verehrten Frau Fedaye als Page und bekam alles mit. Je näher der Tag der Niederkunft rückte, desto blasser und stiller wurde Herr Guillem, als sei er der Gebärende. Schließlich bestellte meine Tante Miral mich zu sich, sie war in Gesellschaft ihrer damals vierzehnjährigen Tochter Cantar, ihr Schwager, der Herr von Gisors, war ebenfalls anwesend.

›Rinat‹, sprach sie, ›der edle Ritter Guillem ist bereit, dich als Knappen mit sich zu führen. Das ist eine große Ehre!‹

Mir wurde klar, dass man bereits über meinen Kopf hinweg entschieden hatte. Andererseits winkte das große Abenteuer und eine vielleicht so schnell nicht wiederkehrende Gelegenheit, der Enge des Wallis zu entkommen. Es tat mir nur leid, dass mir keine Zeit gelassen wurde, mich von der wunderschönen Frau Fedaye zu verabschieden. Sie hatte mich immer herzensgut und so lieb behandelt –« Rinat begann schon wieder seine Stimme zu senken. »Ich kam mir vor wie ein Schuft! Aber wie sollte sich dann erst Herr Guillem fühlen, hinter dem ich bald darauf heimlich aus Sion davonritt? Das war mir zwar kein rechter Trost, richtete mich aber auf. Wahrscheinlich müssen richtige Männer Härte zu zeigen wissen!«

»Pause!«, rief der Skribent, an dem die Reihe war, und rieb sich die Finger.

Rinat war es recht. »Wenn ihr es wünscht«, sagte er freundschaftlich zu den beiden Mönchen, »und euer gestrenger Abt keine Einwände erhebt, will ich gern versuchen mich kurzzufassen.«

»Erzählt nur, wie Euch der Schnabel gewachsen!«, kam die grummelnde Antwort des Älteren, Hageren, aber sie klang nicht unfreundlich.

»Wir sollten uns alle drei stärken«, bot jetzt auch der Dicke an. »Etwas Atzung im Refektorium wird Euren Geist beflügeln und unsere Finger lockern!«

Rinat folgte bereitwillig der Einladung, ihm knurrte der Magen.

Es hatte leckeren Hirsebrei gegeben, mit einem ordentlichen Schuss vom Öl frisch in der Klosterküche gepresster Oliven – er hätte sich auch etwas Weinessig gewünscht, aber den gab es nur an der Tafel des Abtes, und Rinat wollte nicht unbescheiden erscheinen. Als besondere Köstlichkeit bekam dann jeder noch einen Eierfisch. Der Knappe leckte sich die fettigen Finger ab und stellte sich wohlgemut im Scriptorium der Wiederaufnahme der Fron. Wenigstens musste er sich nicht mit widerspenstiger Feder, spritzender Tinte und dem sich ständig wellenden Pergament herumschlagen wie seine beiden Schicksalsgenossen.

»Von Sion aus begaben sich Herr Guillem de Gisors und ich, sein frischbestellter Knappe Rinat von Sitten, in das nahe Savoyen, wo wir dessen Herzogin Adelheid unsere Aufwartung machten. Dort trafen wir auf Hugo, den berühmten Erzabt von Cluny. Guillem de Gisors beichtete dem Archiabbas reuig die begangene Sünde des doppelten Ehebruchs –«

»– den an seinem eigenen Weibe Almodis«, ergänzte der Skribent, mit dem Erfolg, dass flugs auch der Mitbruder sein Scherflein beitrug: »– und den Tort, den er Sigbert von Öxfeld angetan!«

»Wenn ihr mich nicht ständig unterbrechen würdet«, Rinat wurde deutlich ungehalten, »kämen wir schneller aus dem Geschirr!«

»Verzeihung, Herr Chronist!«

Rinat hob die Stimme. »Erzabt Hugo legte ihm als Buße auf, ab sofort als Knecht zu dienen. Mein Herr trat in die niedrigsten Dienste der Herzogin von Savoyen, und die schickte ihn sogleich ins Feld, damit er ihrem Schwiegersohn, dem deutschen Kaiser –«

»Heinrich war damals nur König!«, kam sofort die Berichtigung, die Rinat wortlos kassierte, weil diesmal er den Fehler begangen hatte.

»– damit er Heinrich bei der winterlichen Alpenüberquerung behilflich sei.« Rinat fasste wieder Zutrauen zu seinen Skribenten und lockerte den Ton. »Der Übergang über den Mont Cenis mitten im Winter war eine irrsinnige Strapaze und kostete unsägliche Opfer! Stellt Euch vor –«

»Bitte keine dramatischen Naturbeschreibungen!«, dröhnte da die Stimme des Abtes von der Decke des Scriptoriums herab. Desiderius musste ihnen die ganze Zeit schon gelauscht haben. Die Mönche senkten ertappt ihre Nasen. »Kommt zum Wesentlichen!«, forderte die unsichtbare Stimme noch.

Rinat schenkte sich die Überwindung des Passes bei Eis und tiefem Schnee samt Steinschlag und abgehenden Lawinen. »Doch schließlich kommen sie in der Po-Ebene an und bewegen sich auf Canossa zu, wohin sich der Papst Gregor in die Obhut der Markgräfin Mathilde von der Toskana geflüchtet hatte –«

»Das reicht für heute!«, erscholl erneut streng die Stimme des Abtes. »Ich erwarte den Knappen Rinat bei mir im *Tabularium*!«

»So geht's nicht weiter!«, stürmte Rinat in das Studierzimmer des Abtes. »Diese ständigen wichtigtuerischen, meist unnützen Einwürfe ertrage ich nicht länger, sie bringen mich jedes Mal aus dem Konzept. Da schreib ich alles lieber selber und alleine auf!«

Der Abt hatte ihn erst mit gerunzelter Stirn betrachtet, doch nun hellte sein Gesicht sich schlagartig auf. »Wie bitte? Ihr seid des Schreibens mächtig?!«

»Ihr habt mich nicht danach gefragt!«, gab ihm der Knappe zurück und setzte gleich hinzu: »Eine solche Lösung wäre mir für das Verfassen des ›Canossa-Berichts‹ sowieso die liebste, während ich mich«, er grinste den Abt an, »ansonsten – und auch fürderhin – nicht um das Amt eines Schreibers reiße!«

Desiderius dachte nach. »Ihr wäret also bereit, Euch für mich in der Stille einer Klause dieser Arbeit zu unterziehen?«

Rinat nickte zerstreut, aber zustimmend.

»Dann könnt Ihr das Turmgemach beziehen, das mit dem schönsten Blick vom gesamten Monte Cassino! Ich will es Euch dort oben an nichts fehlen lassen, selbst Eure Mahlzeiten, das Beste, was Küche und Keller zu bieten haben, werden Euch dort serviert, wenn Ihr es wünscht. Der Turm wird ansonsten für niemanden zugänglich sein.«

Rinat erwiderte den fragenden Blick des Abtes mit einem Feixen. »Habt keine Sorge, hochvermögender, gütiger Archiabbas, ich lauf' Euch nicht davon, jedenfalls nicht, bis ich mir den Canossa-Bericht von der Seele geschrieben habe – und solange Ihr mich gut behandelt.«

Desiderius hielt ihm die fleischige Pranke hin, der Knappe küsste den Ring.

Milch, Rose und Dornen

Sigbert von Öxfeld, begleitet von seinem Sohn Gerald, erreichte mit den von ihnen angeworbenen Truppen die Reichsstadt Worms. Er ließ sie ihr Quartier am Rheinufer aufschlagen. Doch nicht alle Ritter, die Gottfrieds Ruf zu den Waffen gefolgt waren, gaben sich mit der Unterbringung in Zelten zufrieden.

In der Altstadt hatten sie bereits die frühere Zunfthalle der Rheinschiffer ausfindig gemacht, deren Nebengebäude wie eine Karawanserei den weiträumigen Innenhof umstanden. Eine reiche jüdische Familie, die Gildermanns, hatte die zu klein gewordene Anlage in der Altstadt erworben und sie zur Absteige für durchreisende Kaufleute ihres Glaubens ausgebaut. Der Weg zur Synagoge war nicht weit. Die adeligen Herrn aus dem Gebiet zwischen Maas und Mosel nahmen sie in Beschlag, ohne zu fragen, und dachten gar nicht daran, dem Juden für die Beherbergung etwas zu zahlen, und der alte Gildermann, der auch Vorsteher der jüdischen Gemeinde war, besaß so viel Fingerspitzengefühl, es seinen christlichen Gästen an nichts fehlen zu lassen. Er lud sie sogar in sein Haus ein, doch die Lothringer lehnten eine solche Einladung an die Tafel eines Juden brüsk ab. Einzig Gerald von Öxfeld nahm sie in Vertretung seines Vaters mit gemischten Gefühlen an. Sigbert hatte es für seine Person und als vorbildlicher Truppenführer vorgezogen, bei seinen Leuten im Zeltlager in den Rheinauen zu bleiben.

Das Essen im Hause Gildermann verlief in einer sehr herzlichen, fast familiären Atmosphäre, etwas, das Gerald seit frühester Kindheit hatte vermissen müssen. Der alte Gildermann liebte es, weitgereiste Gäste an seiner Tafel zu haben, denn so erfuhr er stets aus erster Hand, was in der weiten Welt geschah. Gerald erzählte, dass er auf dem Weg nach Italien seine Frau Mutter zu Sion aufsuchen wolle, die er zum letzten Mal gesehen habe, als er noch ein kleiner Junge war.

»Wie alt?«, fragte das Zauberwesen, das mit bei Tisch saß. Kurz sah Gerald einen Sternenhimmel aufblitzen, bevor ihm die langen Wimpern schamhaft den Anblick von Gottes Herrlichkeit wieder entzogen. Gerald war wie vom Donner gerührt. Die Erscheinung mit einer Haut wie Milch und Honig, deren große Augen unter dichter Haarflechte ihm nur ein einziges Mal kurz zugelächelt hatten, war Miriam Gildermann, die blutjunge und einzige Tochter des Alten.

»Ich ... war wohl zehn –«, stotterte er.

Der Hausherr sprang ihm bei. »Da wir heute, nach Eurer Zeitrechnung, das Jahr 1085 schreiben –«

»Seid Ihr also siebzehn«, hauchte die Überirdische, ohne verlegen zu werden, »und Eure liebe Mutter –«

Ein mahnender Blick des alten Gildermann brachte das himmlische Glockenspiel zum Verstummen. Zu spät! Der Zauberstab hatte Gerald berührt. Aus heiterem Himmel war der Blitz in sein Herz eingeschlagen, hatten sich unsichtbare Fesseln um ihn geschlungen. Ein unsägliches Glücksgefühl durchströmte ihn – doch dann setzte kribbelnd sein Verstand ein. Er spürte gerade noch rechtzeitig, dass ihm die Tür gewiesen würde, wenn er seine Empfindungen für den verborgenen Schatz des Alten auch nur angedeutet hätte. So plauderte er zerstreut mit dem Vater über Kaiser und Papst und hütete sich, noch einmal den Blick zu der lieblichen Tochter schweifen zu lassen, obgleich er fühlte, dass Miriam ihn – mit aller Umsicht – nicht aus den Augen ließ. Gerald verabschiedete sich überstürzt, hörte nur mit halbem Ohr hin, dass der alte Gildermann, der den jungen ›Goi‹ sympathisch fand, ihn aufforderte, sich wieder sehen zu lassen, er sei jederzeit ein willkommener Gast.

Wie betäubt lief Gerald zurück an den Rhein, zum Zeltlager seines Vaters. Er berichtete Sigbert knapp von dem jüdischen Abend, von Miriam jedoch sagte er kein Wort.

Die Ritter waren kaum einen Tag in der Bischofsstadt, da traf eine kleine Reisegruppe ein. Sie bestand im Wesentlichen aus einer verhängten Sänfte, eskortiert von Soldaten des Bischofs von Verdun, und wurde von Balduin von LeBourg angeführt. Unverzüglich geleiteten die Torwachen sie zum bischöflichen Palais, wo sie schon erwartet wurden. Der Sänfte entstieg die Dame Maurcade du Berq, Eingeweihten bekannt als Agentin jener Mathilde von Tuszien, die als Hauptwidersacherin des Kaisers galt. Der Bischof von Worms stand verlässlich auf der Seite Heinrichs. Er berichtete seinen Gästen gleich nach ihrer Ankunft von den Truppen, die unter dem Kommando des Sigbert von Öxfeld in der Stadt haltgemacht hätten. Ihr Weitermarsch nach Italien, wo sie zum Heer Gottfrieds stoßen sollten, stehe unmittelbar bevor.

Maurcade du Berq zeigte sich von dieser Information nicht im Geringsten überrascht. Sie verlangte kühl, mit Balduin allein gelassen zu werden.

Maurcade kam gleich zur Sache. »Eingeholt haben wir diese Saubande nun – jetzt gilt es zu verhindern, dass sie ihr angestrebtes Ziel erreichen!«

»Aber wie?«, wandte der junge Priester kleinmütig ein.

»Lieber Balduin, Ihr als Gottfrieds naher Verwandter könntet vorgeben, namens und im Auftrag Eures Vetters zu handeln. Schickt die Verstärkung doch einfach zurück mit der Behauptung, er bedürfe ihrer nicht länger«, lockte die schöne Normannin.

Balduin wich erschrocken zurück. »Wenn eine derart üble Lüge ruchbar würde, lässt mich Gottfried rädern und vierteilen –«

Maurcade funkelte ihn an. »Wenn er Euch denn findet!«

»Ich wüsste keinen Ort, wo ich mich vor seiner Rache sicher fühlen könnte!«

Die schwarze Katze mit den grünen Augen betrachtete den jungen Priester wie einen aus dem Nest gefallenen Vogel. »Habt Ihr mir was Besseres anzubieten?«

Balduin schlug aufmüpfig mit den Flügeln, obgleich er wusste, dass er ihr nicht entkommen konnte. »Ihr, werte Maurcade, könntet den jungen Öxfeld umgarnen!«

Hell lachte sie ihn aus. »Wenn schon Ardenner Schweinshaxe, dann den alten Keiler – und nicht den Frischling!« Sie überlegte. »Wir müssten eine Schwachstelle bei diesen Öxfelds in Erfahrung bringen – sei es ein Mitglied ihrer Familie, sei es eine Liebesaffäre.«

Balduin wurde noch verzagter. »Ich kenne weder Vater noch Sohn.«

»Das ist allemal gut so«, schnurrte Maurcade. »Also kennen sie Euch auch nicht! Begebt Euch in das Quartier der Ritter in den Rheinauen und spitzt die Ohren!« Sie rekelte und streckte sich. »Ich werde mich derweilen mit der hohen Geistlichkeit beraten.«

Maurcade bemerkte, dass Balduin zögerte, und wurde barsch. »Worauf wartet Ihr noch? Wir haben keine Zeit zu verlieren!«

Am selben Tag noch erreichte, aus Italien kommend, der Söldnerführer Berenguer de Saissac Worms. Was er den Öxfelds an Neuigkeiten mitbrachte, verunsicherte Vater und Sohn. Nachdem Heinrich vom Gegenpapst zum Kaiser gekrönt worden war, hatte sich Gregor in der uneinnehmbaren Engelsburg verschanzt und die Normannen zu Hilfe gerufen. Doch als Guiscard herbeieilte, hatte Heinrich Rom bereits wieder verlassen. Die Normannen verkannten die ihnen gestellte Aufgabe völlig, sie hausten in der Ewigen Stadt wie Eroberer, plünderten, schändeten und brandschatzten. Die empörte Bevölkerung erhob sich und zwang den Normannenfürsten, sich samt seinen Horden zurückzuziehen. Den unglücklichen Gregor, der ihnen das alles eingebrockt hatte, musste er allerdings mit sich nehmen, sonst hätten die Römer ihn in Stücke gerissen. Die Normannen schleppten den Papst mit sich bis nach Salern, wo ihm der einheimische Fürst Exil gewährte.

»Und was macht Gottfried unterdessen?«, verlangte Sigbert zu wissen, kaum dass der Söldnerführer seinen Bericht beendet hatte.

»Er hält dem Kaiser in der Toskana den Rücken frei.«

»Also braucht er uns dringend!«, stellte Gerald voller Zuversicht fest, doch Berenguer schüttelte, kaum merkbar, seinen

Glatzkopf. »Das hängt ganz davon ab, ob er die Stellung gegen Mathilde halten will«, erklärte er. »Den Kaiser zieht es heim ins Deutsche Reich, er strebt eine Aussöhnung mit der Markgräfin an.«

»Ich verstehe«, sagte Sigbert. »Unsere Verstärkungen wären im einen Fall höchst willkommen, im anderen würden sie vielleicht stören.«

»So kann man es sehen!«, grummelte der Söldnerführer etwas unwirsch. Berenguer liebte klare Gefechtslagen und eindeutige Befehle.

Gerald verabschiedete sich hastig. Er hatte den alten Gildermann im Lager erblickt und eilte, ihn zu begrüßen. Der Vorsteher der jüdischen Gemeinde war gekommen, um sich über das disziplinlose Betragen der lothringischen Ritter in seiner Herberge zu beschweren. Der gewiefte Kaufmann drückte sich sehr zurückhaltend aus, Gerald konnte sich dennoch vorstellen, wie sich einige aufgeführt hatten. Dabei hatte der Jude sie als Gäste empfangen und keinen Heller von ihnen verlangt! Gut, dass sein Vater nicht von dieser Unbill vernahm. Gerald versprach für Abhilfe zu sorgen und war enttäuscht, dass der alte Gildermann zum Abschied nicht auf die Einladung in sein Haus zurückkam. Das Verlangen des jungen Gerald, die schöne Miriam wiederzusehen, hatte sich nicht abgeschwächt, sondern eher zugenommen. Er war daher ganz glücklich, dass Berenguer empfahl, noch abzuwarten, bevor man die Truppen über die Alpen führte.

»Habt Ihr schon gehört, mein Balduin, wer soeben im nahen Mainz angelangt ist?«, stieß Maurcade du Berq atemlos hervor. Sie hatte, ohne anzuklopfen, die Kammertür des jungen Priesters aufgerissen und war hereingestürmt. Die Erregung stand ihr gut, ihre Lippen bebten, stellte der Aufgescheuchte fest, bevor er zurückfragte: »Wer?«

»Der Kaiser!« Empörung schwang in ihrer Stimme. »Herr Heinrich wünscht den ›Gottesfrieden‹ zu verkünden! Als wäre es nicht seine eigene Schuld, dass seit Jahren kein *Pax dei* im Lande herrscht!«

Balduin fiel dazu nichts ein. Er flüchtete sich hinter den ihm erteilten Auftrag. »Ich habe im Zeltlager den Söldnerführer Berenguer de Saissac gesehen –«, meldete er.

»Den sturen Glatzkopf!«, fauchte Maurcade sofort. »Diesen Rammler habe ich nun wahrlich zwiefach hinter mir, das erste Mal auf der Reise zur Verlobung von Gisors und damit auch gleich das letzte Mal!« Ihr Groll legte sich. »Den von Euch freundlicherweise vorgeschlagenen Bullen vom Öxfeld möcht' ich mir eigentlich auch ersparen!« Sie richtete ihren Hexenblick auf den jungen Priester, und Balduin fühlte sich bis aufs Lendentuch ausgezogen. Es war eher verwirrend, die erwartete grässliche Scham blieb aus. »Was bleibt«, schnurrte Maurcade, »seid Ihr, Balduin –«, und mit einem raschen Tatzenhieb hatte sie ihn an sich gerissen, ließ sich rücklings auf seine Bettstatt fallen. Balduin spürte, wie sein Glied sich gegen den Hosenlatz presste – Maurcade war es nicht entgangen. Sie streifte ihm die Beinkleider ab. »Wenn Ihr Euch als wahrer Teufel erweisen solltet, der mich durch alle Feuer der Hölle peitscht und stößt, dann werde ich Euch meiner liebsten Freundin und sündigen Schwester Mathilde empfehlen, die bedarf eines tüchtigen Beichtvaters gar sehr!« Maurcades letzte Worte waren ihr nur noch stoßweise entfahren, dann gab sie sich wohlig dem Proberitt des jungen Priesters hin.

Berenguer de Saissac kehrte aus Mainz zurück und trat vor Sigbert von Öxfeld und dessen Sohn. »Euer oberster Feldmarschall und Heerführer Gottfried von Bouillon lässt Euch sagen –«, begann der Söldnerführer. »Wieso«, entfuhr es Gerald, »ist er denn nicht in der Toskana?«

»Sein Kaiser wünschte ausdrücklich, dass der streitbare Graf bei Verkündung des Gottesfriedens *in personam* anwesend sei.«

»Also, was lässt er uns ausrichten?«, fragte Sigbert mit knirschenden Zähnen.

»Dass Ihr das Unternehmen abblasen sollt.« Wie einen persönlichen Rat fügte Berenguer hinzu: »Jedenfalls vorerst –«

»Ich kann doch den Haufen hier nicht untätig herumlungern

lassen!«, empörte sich Sigbert. »Das heißt wohl, ich soll die Truppe auflösen?«

»Aber nein!« Der Glatzkopf grinste. »Zu Quedlinburg hat der päpstliche Kardinallegat Odo von Lagery-Chatillon frecherweise den Kirchenbann gegen Heinrich erneuert und damit einen Aufstand der Sachsen ausgelöst. Der Kaiser wirft alle verfügbaren Reichstruppen gegen die Aufrührer und hat mich beauftragt –«

»Ich verstehe«, knurrte Sigbert. »Ihr übernehmt uns –«

»Im Einvernehmen mit Herrn Gottfried!«

»Damit wir als geschlossener Haufen erhalten bleiben –«

»– und in nützlicher Bewegung!«

»– bis unser Herr Gottfried seine keineswegs begrabenen Pläne, seinen Kampf gegen die Markgräfin Mathilde, wieder aufnehmen kann!«

»Sigbert, Ihr macht Eurem Ruf als weitsichtiger Mann alle Ehre«, griente der Glatzkopf. »Ich bitte Euch auch, weiterhin die Führung der Truppe innezubehalten!«

Sigbert schaute hinüber zu seinem Sohn, der unmerklich nickte. Was blieb ihnen auch sonst? Ein Zurück nach Castelbov gab es nicht mehr – und Frau Fedaye zu Sion musste eben warten. So wie sie ja auch Ehemann und Sohn seit Jahren im Ungewissen hielt.

Gerald dachte mit Wehmut, dass ihm damit ein Wiedersehen der Miriam Gildermann auf lange Zeit verwehrt sein würde, abgesehen davon, dass der alte Gildermann sich nicht geneigt gezeigt hatte, die Einladung in sein Haus zu wiederholen. Er ahnte nicht, dass Miriam auf drängendes Befragen ihres Vaters, der seinem Augapfel den Kummer ansah, gestanden hatte, sie habe den Goi in ihr Herz geschlossen. Daraufhin sah es der Alte als seine Pflicht an – wenn auch schweren Herzens, denn er empfand durchaus Sympathien für Gerald –, dafür Sorge zu tragen, dass sich die beiden unvernünftigen jungen Menschen niemals wieder begegneten.

Einen Tag später verließ der Heerestrupp Worms.

Die letzte Prüfung

Abt Desiderius erhielt Besuch von einem alten Bekannten. In Begleitung von Remy d'Aretin, seinem *Secretarius*, dem er mittlerweile zum Range eines Monsignore verholfen hatte, traf der zum päpstlichen Kardinallegaten aufgestiegene Odo de Lagery-Chatillon auf dem Monte Cassino ein.

»Ich komme sozusagen als *Custos visitans* unserer geplagten Kirche«, ließ er seinen Gastgeber launig wissen, »während Monsignore Remy« – er wies stolz auf seinen Adlatus, der es lieber gesehen hätte, beiläufiger eingeführt zu werden – »mit Siebenmeilenstiefeln Führungsaufgaben in den Geheimen Diensten übernimmt!«

Der alte Abt lächelte Remy aufmunternd zu. »Jetzt ist es also schon so weit gekommen, dass wir, seit dem heiligen Benedikt der älteste Orden der gesamten Christenheit, vom Grauen Kardinal überprüft werden«, er fügte einen kleinen Lacher hinzu, damit es nicht so aussah, als meinte er es ernst, »ob wir wirklich päpstlich gesonnen sind und noch der reinen katholischen Lehre anhängen.«

Remy fing den Ball auf. »In diesem Kloster mag die katholische Welt ja noch in Ordnung sein«, sagte er und verneigte sich zur Andeutung seines Respekts vor dem Abt, »doch da draußen sind der Päpste gleich zwei, ein Usurpator auf dem Thron des Fischers zu Rom und der rechtmäßige *Vicarius Christi* im demütigenden Exil zu Salern.«

Belustigt wandte sich Desiderius an seinen alten Freund und Widersacher. »Sieh mal an! Wie sicher Euer junger Mann in Eurer Fußspur einherstapft.«

Remy lächelte still und fuhr unbeirrt fort: »Was jedoch die ›reine Lehre‹ betrifft, so ist durchaus nicht gesagt, ob die buchstabengetreue Befolgung, wie es die Reformer von Cluny verlangen, der Idee von christlichem Abendland dienlich ist – oder es vielmehr zu zerreißen droht.«

»Oho!«, lachte dröhnend der Abt. »Eine Natter an Eurer Brust, Eminenz!«

Der Kardinallegat ging auf den lockeren Ton nicht ein, er nahm Remy in Schutz: »Unser kluger junger Freund wollte zum Ausdruck bringen, dass es den weltlichen Fürsten, Könige und Kaiser eingeschlossen, leichter fallen würde, sich dem *Dictatus papae* willig zu beugen, wenn der Stuhl Petri ihnen eine überzeugende, sie alle begeisternde Aufgabe weisen könnte.« Odo de Lagery-Chatillon schien es nicht so wesentlich zu sein, ob der Abt ihm folgen konnte, sondern er hielt den Blick auf Remy d'Aretin gerichtet. Erst als er dessen leuchtende Augen unter der zunächst gekräuselten Stirn ihm zustimmen sah, fuhr er fort: »Eine Idee, die ihre ratlosen Herzen zu entflammen vermag –«

Es klopfte an der Tür des *Tabulariums*. Die beiden Mönche, die zur Betreuung des nunmehr vor einem Jahr in Begleitung von Guillem de Gisors ins Kloster geschneiten Knappen vergattert worden waren, schoben Rinat über die Schwelle. Dieser trug ein dickes Bündel eng beschriebener Pergamente im Arm, das er stolz vor dem Abt auf dessen Schreibpult deponierte.

»Geschafft! *Drama ponteficis maximique imperatoris!*«

Odo de Lagery-Chatillon sah ihn stirnrunzelnd an. »Kein guter Titel!«, meinte er dann und, an den Abt gewandt: »Mir missfällt die versuchte Gleichstellung im Rang von Papst und Kaiser!«

»Rinat von Sitten«, verteidigte Desiderius sowohl sich als auch den Verfasser, »war damals in Canossa dabei, auch wenn er im Eifer der Niederschrift vergessen hat«, schob er den Tadel gleich nach, »dass Heinrich damals nur König war. Ich habe ihn als unbeteiligten Augenzeugen gebeten, seine Eindrücke aufzuschreiben –« Der Abt sah, dass sein Einfall keine sonderliche Zustimmung fand. »Er kann es uns ja vorlesen?« Mit fragendem Blick heischte er die Einwilligung seines hohen Gastes.

»Wenn es der Wahrheitsfindung dient –«, hob Remy gerade an, als ihm sein Mentor schon über den Mund fuhr: »Warum sollte ich mir dieses schwärzeste Kapitel in der Geschichte unserer *Ecclesia catholica* noch einmal antun?!«, schnaubte der Kardinal unbeherrscht, aber Remy erwiderte kühl: »Um daraus zu lernen, Eminenz!«

Erstaunt ob dessen Kühnheit schaute Odo auf. »Ihr habt recht, Remy d'Aretin!«, räumte er grinsend ein.

Das wiederum ermunterte den jungen Monsignore zu einem unerwarteten, spontanen Vorschlag. »Lasst uns einen Anfang machen, lasst uns ein Archiv anlegen« – er vergewisserte sich, dass der Abt zustimmend nickte –, »eine Chronik der Zeitläufte, wie wir unser Leben in Dumpfheit, Gleichmut oder Bitternis fristen – oder es erhöhen, indem wir Ziele vor Augen haben, sie kühn oder weise verfolgen!«

Der Kardinallegat räusperte sich. »Und wer soll das, wird das lesen?«

Der alte Abt Desiderius enthob Remy der Antwort. »Der, der von Gott geleitet wird!« Er sah die Skepsis seines Gastes. »Jeder, der dazu berufen ist«, bekräftigte er mit fester Stimme.

Rinat wandte sich an seinen Gastgeber, den Abt. Er wirkte verlegen. »Bedürft Ihr meiner noch länger?«, fragte er zögerlich. »Ansonsten –«

»Seid bitte weiter mein Gast«, sprach der Abt, ohne lange zu überlegen. »Ich habe noch viele Fragen an Euch!« Als er die Verwirrung des Knappen sah, der eigentlich um seinen Abschied hatte einkommen wollen, schob er ein Kompliment nach: »Ihr seid eine köstlich sprudelnde Quelle, mein lieber Rinat, die sich von weitverzweigten, im Fels verborgenen Strömen nährt.«

»Dazu ist Eure Erzählung von sicherem Stil und hoher Eleganz.« Auch Odo de Lagery-Chatillon wusste auf seine sarkastische Art zu schmeicheln.

»Ihr habt zu Beginn, also in Sion, eine gewisse Cantar erwähnt«, wollte er jetzt wissen. »Ich durfte sie später in Gisors kennenlernen – was ist aus ihr geworden?«

Alle im Raum waren verblüfft. Zeigte der Graue Kardinal hier eine geradezu menschliche Schwäche?

Doch Rinat konnte ihm die gewünschte Auskunft nicht geben: »Als ich im Gefolge des Guillem de Gisors meine Heimat verließ, war die Tochter meiner Herrschaft ein fünfjähriges Gör, ein hässliches Entlein –«

»Oh!«, Remy wiegelte sogleich ab. »Ich weilte auf meinem Wege von Sachsen her eine gewisse Zeit im Wallis. Ich kann Euch sagen, die Tochter der Miral de Saissac ist zu einem wundersamen schwarzen Schwan erblüht!«

»Das habt Ihr mir bislang verschwiegen, Monsignore Remy!« Der Kardinallegat ärgerte sich, dass er sich vor Zeugen zu der neugierigen Frage hatte hinreißen lassen. »Damals wollte das mir sehr ernsthaft und gottesfürchtig erscheinende Kind unbedingt Äbtissin werden.« Mit dieser frommen Lüge zog er seinen Kopf aus dem mit roten Rosen gewundenen Kranz, die dazugehörigen Dornen würde er später dem nachlässigen Monsignore unter die Sitzfläche schieben! Es machte ihm nichts aus, wenn Remy um seine kleinen Schwächen wusste, aber er sollte sie achten!

Es klopfte schon wieder, die beiden Mönche drängten aufgeregt ins *Tabularium.* »Der Heilige Vater ist tot!«, riefen sie. »Zu Salern heute Nacht verschieden!«

Die beiden Kirchenfürsten sahen sich an, dann scheuchte der Abt alle anderen aus dem Zimmer. Auch Remy folgte der Aufforderung.

Ein erleichtertes Aufatmen der beiden Männer, kaum dass sich die Tür geschlossen hatte. »Gott hatte ein Einsehen«, sagte der Abt ohne Bemühen, auch nur einen Anflug von Trauer zu zeigen, »und erlöste Gregor von der Pein seines Exils.«

Dann senkte sich ein bekümmertes Schweigen zwischen sie: Sie waren beide *papabiles* – wer würde die Bürde auf sich nehmen? Desiderius ergriff die Initiative. »Ich werde im Konklave für Euch stimmen!«, versicherte er seinem Gegenüber.

Odo betrachtete ihn mit verkniffenen Gesichtszügen. »So wie Ihr, verehrter Desiderius, Eure Geruhsamkeit und Euren exzellenten Wein liebt«, begann er behutsam, »bereitet es mir zurzeit das höchste Vergnügen, mich als Grauer Kardinal frei zu bewegen und doch die unsichtbaren Zügel der Macht in den Händen zu halten.« Er lachte dem Abt ins Gesicht. »Ich werde meine Stimme in die Waagschale werfen, um sicher zu sein, dass die Wahl auf Euch fällt – und nicht etwa auf einen wie den Bischof von Verdun, dem unsere liebe Freundin Mathilde schon lange Hoffnung auf die Tiara macht!«

Desiderius war erschrocken. »Ich bitte Euch, Odo, ich flehe Euch an, lasst diesen Kelch an mir vorübergehen!« Doch seine Worte fielen auf steinigen Boden. »*Amor fati!* Wenn es denn mein Schicksal ist!«, rief er mit gespielter Verzweiflung. »Trost im Weine!« Er griff nach der Glocke auf dem Schreibtisch und befahl dem sogleich herbeigeeilten *Cellerarius*, vom Besten aus seinem Keller aufzufahren.

So überhörte er die kühle Replik seines Gegenspielers. »*Ducunt volentem fata* –«, bemerkte Odo de Lagery-Chatillon mit einem mokanten Lächeln.

Liber II

A. D. MLXXXVI

✣ Freibeuter der Meere 97

✣ Habemus Papam 106

✣ Das dreifache Unglück des Grafen Raimar 113

✣ Aus dem Tagebuch einer Kaiserin 120

✣ Der Zorn der Griechin 127

✣ Conon de la Montana, Tankred du Mar 132

✣ Sultana Melina 136

✣ Leer das Nest in den Bergen 139

✣ Lob der Jungfrau 141

✣ Ein kalter Wind 145

✣ Das eiserne Tor von Mahdia 149

✣ Das Konklave 153

✣ Im Harem 158

Freibeuter der Meere

Mitten auf dem Dorfplatz des kleinen Marktfleckens in der hügeligen Campania stand breitbeinig Astair, den muskulösen nackten Oberkörper nach hinten gebogen, und zog sich langsam den eingeführten Degen wieder aus dem Schlund. Elgaine, in ein flatterndes feuerrotes Gewand gehüllt – ein flügelschlagender Schmetterling –, stand mit einem Krug bereit, den Meister zu erfrischen. Astair nahm einen tiefen Zug, blies die Backen auf und prustete, kaum dass Elgaine mit der brennenden Fackel zur Stelle war, mit einem Schlag den Inhalt seines Mundes in Richtung Flamme. Mit dumpfem Knall verwandelte sich die unsichtbare Wolke in einen davonschwebenden Feuerball – und verlosch. Astair war hinterdreingesprungen, sein roter Schmetterling ebenfalls. Beide konnten sie das kurz aufglühende Phantom nicht mehr erhaschen. Elgaine wippte traurig mit den Flügeln, hielt Astair nochmals bittend die Fackel vor die Lippen. Er pumpte seinen Brustkorb gewaltig auf, entließ noch ein kleines Wölkchen für seine Prinzessin – und wieder entwischte es ihr! Zornig warf Elgaine die Fackel zu Boden, die sogleich zischend verlosch. Beifall der spärlich die Darbietung umstehenden Dörfler.

Elgaine schritt anmutig den Ring der Zuschauer ab, einige wenige Münzen fielen in die herumgereichte Schale. Unterdessen hatte Astair die kärglichen Utensilien ihres Auftritts auf dem zweirädrigen Karren verstaut, vor dem schon ihr Maulesel geduldig wartete. Elgaine schwang sich zu Astair auf den Bock, nahm ihm die Zügel aus der Hand und schnalzte mit der Peitsche. Rumpelnd setzte sich das Gefährt in Bewegung. Die Leute verliefen sich wieder.

Auf dem weiten Meer – es ging kaum Wind – trieb ein Schiff. Es war unter Segeln, aber sie hingen seltsam schlaff, als würde die Mannschaft schlafen, und auch das Ruder schien eher den Wellen zu gehorchen als der starken Hand eines Steuermanns. Der dickbauchige Kauffahrer, in dessen Sichtweite der hochbordige, schlanke Bootskörper schon vor geraumer Zeit geraten war, hielt zögerlich auf den merkwürdig stillen Segler zu. *Laus ad verginem!* zeigte ein säuberlicher Schriftzug den Namen an. Gleich mehrere Fallreeps hingen von der Bordwand herab, an Deck zeigte sich keine Menschenseele, auch nicht auf Zuruf.

Der Kapitän schickte einen seiner Bootsleute in die Wanten. Der rief: »Sieht nach Überfall aus!« Er spähte aufmerksam umher. »Einer scheint noch zu leben, wohl der Schiffsjunge – er klammert sich ans Ruder!«

Der Kapitän ließ sein eigenes, wesentlich mächtigeres Schiff vorsichtig längsseits driften und stieg selbst ins Takelwerk. Auf dem Deck des anderen Boots lagen goldglänzende Münzen herum, die ihm sofort begehrlich in die Augen stachen. Eine aufgebrochene riesige Schatztruhe stand in der Mitte, der Deckel war offen, eine Perlenkette baumelte vom Rand der Kiste herab. Das Ganze sah nach einem Angriff von Piraten aus, die offensichtlich gestört worden waren. Am Steuer hing tatsächlich ein rothaariger, schmächtiger Knabe, offensichtlich der Schiffsjunge. Er brachte nur eine schwache Bewegung zustande, als flehte er um Hilfe.

Der Kapitän gab den Befehl zum Entern. Seine Leute schwangen sich über die Reling und stürzten sich auf die herumliegende Beute. Ihre Begeisterung ob des unerwarteten Reichtums steckte auch die anderen an, die eigentlich an Bord bleiben sollten. Besonders die große Truhe hatte es ihnen angetan. Sie versuchten sie fortzubewegen, sie ließ es nicht zu. Immer mehr strömten hinzu, stemmten sich gegen die eisenbeschlagene massive Kiste –

»Den Deckel!«, rief ihnen der rothaarige Schiffsjunge mit matter Stimme zu. »Ihr müsst den Deckel schließen!«

Sie warfen sich zu mehreren mit aller Kraft auf die schwere Klappe, drückten sie gegen den Widerstand hinunter – es knackte zu ihren Füßen, die Schiffsplanken gaben nach. Schlagartig klappten sie nach unten wie eine riesige Falltür. Es gab kein Halten, sie glitten, purzelten hinab in den tiefen Kielraum des vermeintlich herrenlosen Schiffes. Wie aus dem Nichts tauchten über ihren Köpfen die Piraten auf.

»Herr, steh uns bei!«, schrie einer der Matrosen entsetzt auf, als die massige Gestalt eines schwarzbärtigen Turbanträgers sichtbar wurde. »Yussuf der Ziride!«

Anerkennend tätschelte der berüchtigtste Sklavenhändler der Berberküste den roten Haarschopf des Schiffsjungen. »Gut gemacht, Bert el-Caz!«, und seine Leute hievten die Decksplanken wieder in die Waagerechte, bis sie unter der Schatztruhe einrasteten. Dumpf tönte das Rumoren der Eingeschlossenen aus ihrem stickigen Verlies. Es verstummte allmählich, je mehr ihnen bewusst wurde, dass sie alle Hoffnungen fahrenlassen konnten.

›Lob der Jungfrau‹! Der Hafside schmunzelte. Er wusste, warum er den Namen des Schiffes nie geändert hatte. *Laus ad verginem!* mochte für christliche Ohren doppeldeutig klingen, für ihn, den Sklavenhändler, war es Maxime seines Handelns.

Der mit farbigen Bändern geschmückte Karren der Schausteller hatte die Klippen oberhalb von Amalfi, dem berüchtigten Piratennest, erreicht. Sehnsüchtig ging Astairs Blick über das sich zu ihren Füßen breitende Meer. Elgaine hüpfte vom Kutschbock und starrte neugierig in die Tiefe. Im Hafen zwischen den Felsen lief gerade mit gerefften Segeln die stattliche Handelsbarke ein, die Yussuf dem Ziriden zum Opfer gefallen war. Sein eigenes, wesentlich schmächtigeres Schiff hatte er ins Schlepptau genommen. Nur wenige seiner Leute bewachten dort die unter Deck eingepferchte Mannschaft der Prise. Langsam holten sie den Piratensegler jetzt längsseits, so dass er vom Kai aus nur über das große Schiff zu erreichen war. Elgaine beobachtete das Manöver von ihrer hohen Warte aus mit wachsendem Interesse.

»So ein Schiff sollten wir haben!«, wandte sie sich in ernsthaftem Ton an Astair. »Selbst das kleinere würde mir für den Anfang reichen! Damit könnten wir über die Meere fliegen, zu fernen Inseln –«

Astair schaute belustigt zu seiner kindlichen Gefährtin hinab. »Und wovon, meine Prinzessin, wollt Ihr leben?«

»Als Piraten natürlich!« Das war für sie gar keine Frage. »So wie mein Fechtmeister mit Dolch und Degen umzugehen weiß, wird sich keiner zur Wehr setzen, wenn ihm die Klinge an der Gurgel kratzt – und ich bin, wie Ihr wisst, eine Meisterin im Fesseln und im schnellen Abschneiden von Beuteln!«

»Bis wir erwischt werden!« Astair wusste, wie bedenkenlos Elgaine ihre erschreckend rasch erworbenen Fähigkeiten einzusetzen pflegte, und ihm war nicht ganz wohl dabei. »Oder bis uns einer begegnet, der besser ist als wir –« Elgaine hatte schon wieder die Zügel ergriffen und ließ das Wägelchen die steilen Serpentinen einer Schlucht hinabrollen, die zwischen den ersten Häusern von Amalfi endeten.

Yussuf der Ziride hatte in Begleitung des kleinwüchsigen Füchsleins Bert el-Caz die erbeutete Zweimastbark, einen gediegenen Handelssegler, besichtigt. Er war vollbeladen mit Stoffballen aus dem Orient – Seide aus India, federleichte, aber sündhaft teure Gewebe aus Mosul und schwere, glänzende Ware der Damaszener.

»Das würde im Norden zwar einiges bringen«, grummelte der bärtige Sklavenhändler unter seinem Turban, schwarz wie sein Bart, »aber ich ziehe es vor, die menschliche Fracht so schnell wie möglich – solange sie noch frisch und bei Kräften! – auf dem Großen Markt von Bejaia loszuschlagen!«

»Schade um das kostbare Tuch!«, wandte der Kleine ein.

Yussuf griff nach einem der grasgrünen Ballen vom besten Damast, rollte einige Bahnen ab und zertrennte den Stoff mit einem einzigen Schnitt seines messerscharfen Scimtars. Gekonnt wickelte er einen Turban um das schmächtige Haupt seines Lehrlings, so groß und gewaltig, dass dessen Fuchsgesicht kaum noch darunter hervorschaute. »Wenn du dich weiter so prächtig entwickelst, Bert el-Caz«, sprach er anerkennend, »dann könntest du es zum Ersten Offizier, zu meinem Vize bringen!« Er erwartete Freude ob dieses Lobes, doch der Kleine schaute unter seinem Turban frech zu seinem Gönner auf.

»Wenn Ihr damit meint, Sidi, dass ich erst noch älter werden sollte« – er sprang behände auf die Reling des Seglers und damit in Augenhöhe des Ziriden –, »dann sag ich Euch, dass ich so lange nicht warten werde!«

Der mächtige Schwarzbart lachte dröhnend. »Wenn ich mir sicher wäre, dass es meinem Wohlbefinden dienlich –«, dachte er laut, »könnte ich auch dieses Schiff behalten, die Gefangenen hier einlagern und das Tuch auf meinen alten Kahn verbringen lassen.« Bert el-Caz war ganz Ohr. »Damit könnte ich dich nach Pisa oder Genua schicken, wo du die Ware verkaufst –«

Der perplexe Bert el-Caz wollte sich vergewissern, ob er recht gehört hatte, doch Yussuf der Ziride hatte ihm schon den Rücken zugedreht. Am besten, er, Bert el-Caz, zeigte sich von der tollen Aussicht nicht im Geringsten beeindruckt! »Ich werde von dem Recht der Mannschaft Gebrauch machen und mich etwas in Amalfi umsehen!«, ließ er seinen Herrn wissen. »Ihr, Sidi Yussuf, könnt ja derweil überlegen, woran Euer Herz am meisten hängt: Handel mit lebenden Menschen oder mit toter Ware!«

Ohne eine Antwort abzuwarten, sprang Bert el-Caz mit kühnem Sprung auf den Kai und entschwand im geschäftigen Treiben des Hafens. Die Mannschaft des Ziriden war längst in die einschlägigen Tavernen eingefallen, doch nach Weibern stand ihm der Sinn nicht …

Das vorletzte Messer wirbelte durch die Luft und sauste dicht links neben dem Blondschopf von Elgaine in die mannshohe Holzscheibe, auf der das zierliche Geschöpf breitbeinig angeschnallt war. Rechts neben ihrem Hals steckte bereits ein scharfer Dolch. Auch die ausgestreckten nackten Arme waren beidseitig von spitzen Klingen flankiert.

»Und jetzt, Prinzessin«, rief Astair laut lachend für sein Publikum, »seid froh, dass Ihr kein Mann seid!«, und schon flog das Messer, drang mit der Schneide nach oben genau im Schritt in das weiche Holz, ohne dass Elgaine auch nur mit der Wimper zuckte – kein Finger hätte mehr dazwischengepasst.

»Was starrt mich der kleine Kerl da so merkwürdig an?«,

beschwerte sich Elgaine flüsternd bei Astair, als er behutsam die scharfen Klingen neben ihrem Schenkel aus dem Holz zog. Sie deutete mit dem Kinn in Richtung des Burschen mit dem übergroßen Turban. Astair schnallte seine Prinzessin vollends los, und die griff sich einen der Dolche, schlich sich von hinten durch die gaffende Menschenmenge, bis sie hinter dem Gebilde aus giftgrünem Damast stand. Gerade wollte sie dem Kerl von hinten das Messer an die Kehle setzen, da drehte der sich um, sah ihr ins Gesicht und stammelte verlegen: »Elgaine de Gisors!« Ihre Verwirrung bemerkend, schob sich Bert el-Caz das Tuch so weit aus der Stirn, dass sein rötliches Fuchshaar zum Vorschein kam. »Ich bin's!«, griente er. »Berthold, dein Verlobter!«

Elgaine funkelte ihn an. »Geht zum Teufel!«, fauchte sie erbost, und er grinste.

»Nur wenn ihr beide mitkommt! Ihr, ›Prinzessin‹, und Euer Degenfechter Astair de Saissac!«

Elgaine schaute sich um. Die einzige Nummer, die Astair ohne ihr Mitwirken vollführen konnte, war das Schlucken seines Degens. Er hatte ihn schon fast bis zum Knauf verschwinden lassen. Die Leute klatschten verhalten Beifall. Elgaine wartete nicht auf das Herausziehen, sondern griff nach ihrer Schale und begann mit dem Einsammeln des Geldes. Bert el-Caz mochte das nicht mit ansehen, er baute sich vor Astair auf, kaum dass der den Hals wieder frei hatte.

»Viel ehrenvoller, als sich mit einem Holzschwert verprügeln zu lassen, ist diese Art, seinen Degen zu nutzen, nun auch nicht, Astair de Saissac!«

»Das ist der Sohn des Waldgrafen, dieser Berthold von der Lehburg!« Elgaine war hinzugesprungen, und Astair erkannte den Kleinen jetzt wieder.

»Wisst Ihr etwas Besseres, werter junger Herr«, ging er beherrscht, aber höflich den ziemlich lächerlich wirkenden Turbanträger an, »das zwei Heimatlose mit Anstand ernährt?«

Bert el-Caz hielt den abweisenden Blicken der beiden stand. »Eine im ritterlichen Sinne ehrbar zu nennende Tätigkeit habe ich nicht zu bieten«, antwortete er feixend. »Wer von hier aus auf eigenen Planken in See stechen will, kann sich nur dem Piratenleben verschreiben – also dem Teufel!« Elegant verbeugte er sich vor Elgaine.

»Toll!«, sagte die lachend und ließ Bert el-Caz stehen, denn Astair begann bereits mit der Vorbereitung des nächsten Auftritts, von ihr angekündigt mit: »Die hohe Schule der Entfesselung!«

Er wuchtete zwei dicke, mannshohe Pfosten vom Wagen und stellte sie inmitten des Platzes, der sich unweit der Kaimauern des Hafens befand. Dann winkte er Elgaine zu sich, die bereits eine Rolle kräftigen Taues herbeitrug.

»Jeder von euch«, wandte sich Astair an das Publikum, »kann jetzt hervortreten und die Prinzessin mit diesen Stricken an den Pfahl fesseln! – Ich werde ihn dann an den anderen hier binden, und ich wette jeden Betrag gegen ihn«, Astair hob den Lederbeutel mit den Münzen, die sie bislang eingesammelt hatten, und ließ sie klimpern, »dass die Prinzessin sich schneller von ihren Fesseln befreit als ihr Herausforderer! – Also, wer wagt es? Die Höhe des Einsatzes bestimmt der Herausforderer! – Kommt, Leute!« Astair lockte mit allen Mitteln, als er sah, dass keiner sich ein Herz fasste. »Greift in euren Beutel, verdoppelt seinen Inhalt!«

Das betretene Schweigen rundum zeigte, dass sich niemand so recht traute, entweder, weil er keine Münz hatte, die er setzen konnte – oder weil er einen faulen Trick befürchtete. »Ich erhöhe die Gewinnchance!«, rief Astair wie ein geübter Marktschreier. »Zwei Silberlinge!«, er griff in den Beutel und hielt sie sichtbar hoch. »Gegen den Einsatz von nur einem lumpigen Kupferheller!«

Die verlegene Stille bedrohte das angekündigte Spektakel. Da schob sich, drängte sich von hinten eine mächtige Gestalt durch die zuvorderst Stehenden. Respektvoll wichen sie zur Seite. »Yussuf der Ziride!«, hörte man es murmeln und zischeln, zwischen Hochachtung und Neid. Der Schwarzbärtige mit gleichfarbenem Turban baute sich vor Astair auf.

»Ich nehme die Wette an!«, sprach er laut und vernehmlich. »Ihr dürft mich fesseln, wie es Euch beliebt!« Der Ziride tat so, als würde er Bert el-Caz erst jetzt entdecken, und befahl ihn herrisch zu sich. »Es geht mir nicht um Geld!« Er haute seinen prallgefüllten Beutel vor Astair auf das Tischlein, auf dem dessen Arbeitsutensilien lagen. »Wenn ich gewinne, gehört er Euch, lieber Meister!« Astairs Pupillen verengten sich nur kurz zu einem frohlockenden Schlitz, Yussuf hatte es bemerkt. »Wenn ich jedoch schneller frei bin als Eure Prinzessin, dann – gehört sie mir!«

In die atemlose Stille hinein sagte Elgaine: »Wunderbar!« Ihre Augen blitzten Yussuf an. Astair zögerte nicht lang.

»Und jetzt werde ich den berühmten Yussuf den Ziriden an den Pfahl der Bewährung fesseln!«, verkündete Astair, gefolgt von einer einladenden Geste zu dem selbstsicheren Sklavenhändler hin. Das Publikum johlte, als Astair begann, den Strick um den mächtigen Mann zu schlingen. Astair verknotete das Tau mit geübten Griffen, vor allem die Hände schnürte er mit größter Sorgfalt. »Und nun zu Euch, Prinzessin!«, rief er laut Elgaine zu, die schon brav an den ihr zugedachten Pfosten getreten war.

»Halt! Nicht Ihr!«, knurrte Yussuf. »Das übernimmt gefälligst ein Mann meines Vertrauens!« Er wies mit dem Kinn auf Bert el-Caz. Der folgte gehorsam, nahm den Strick in Empfang und fesselte Elgaine nach allen Regeln der Kunst. Er wieselte geschäftig um den Pfahl, zerrte und zog sichtbar für alle, vor allem für seinen Herrn und Meister, an dem Strick, während er ihr zuzischte: »Wir warten drüben in der Taverne ›Zum letzten Anker‹!« Dann trat er vor den gefesselten Ziriden. »Gestattet mir eine letzte Kontrolle des Kontrahenten!«, sagte er zu Astair, er hatte den auffordernden Blick Yussufs aufgefangen, der seinem zierlichen Dolch galt. Die ziselierte Silberscheide ragte aus der Schärpe seines Hosenbundes. Wie um den rechten Sitz der Stricke noch einmal zu überprüfen, umrundete Bert el-Caz den Pfosten. Yussuf spürte deutlich, wie sich der Dolch zwischen seine Handgelenke schob, seine Finger konnten die Scheide ertasten. Der Schwarzbart schmunzelte zufrieden.

Astair gab das Zeichen zum Beginn des Wettstreits. Sofort begannen beide, die schmächtige Elgaine und der massige Ziride, an ihren Fesseln zu rucken. Die Menge begleitete ihre Anstrengungen mit anfeuernden Rufen, verfiel in rhythmisches Klatschen.

»Ich halt das nicht aus!«, stöhnte Astair.

»Dann wartet den Ausgang in der Taverne ab!« Der kleine Bert el-Caz lachte ihn aus. »Bei einem Schluck stärkenden Weines!« Er zerrte den Waffenmeister mit sich zum gegenüberliegenden ›Letzten Anker‹. Von dort aus, wo auch viele aus der Mannschaft des Ziriden völlig betrunken herumhingen, konnten sie den Schauplatz des Geschehens bestens einsehen. Yussuf rüttelte, bäumte sich auf wie ein tobender Stier, doch die Stricke gaben nicht nach, im Gegenteil, sie zogen sich immer fester zu. Elgaine hingegen bewegte sich nur wenig, wie ein Grashalm im Winde. Sie lächelte still vor sich hin.

In der Taverne hatte Bert el-Caz noch nicht zum Becher gegriffen, als Astair ihn an seiner Hosenschärpe zu sich heranzog. »Ich hab's genau gesehen«, fauchte er den Kleinen zornig an, »wie Ihr den Dolch –«

Bert el-Caz grinste breit. »Scheide! Nur die Scheide!« Flink fasste er sich an seinen grünen Turban und zog die blanke Klinge wie eine Ziernadel aus dem Stoff. Sie tranken sich zu. »Hoffentlich habt Ihr die Prinzessin nicht zu fest –« Astair sah sich nicht gern düpiert, doch ein weiteres Mal musste er ein Feixen des Kleinen hinnehmen.

»Ein Bert el-Caz weiß, wie man Leerschlaufen einlegt!«, trumpfte er zu Astairs Überraschung auf. »Die Zigeuner, die mich vor meinem Vater retteten, haben dem armen Knaben noch ganz andere Sachen beigebracht!« Er lachte meckernd. »Vom ›Ausliefern des diebischen Findelkindes‹ lebten sie ganz gut!«

Astairs Blick traf noch gerade rechtzeitig auf Elgaine, die sich plötzlich wie Espenlaub zu schütteln begann. Die Stricke fielen von ihr ab wie die Larvenhülle vom neugeborenen Schmetterling. Die Prinzessin schlüpfte anmutig aus dem Knäuel zu ihren Füßen und hüpfte hinüber zum schwarzen Yussuf. Sie streckte sich auf die Zehenspitzen, küsste den Verdutzten auf die bärtige Wange, lief weiter zum Tisch, griff sich den Beutel und entschwand.

Habemus Papam

Im höchsten Turmgemach der Klosteranlage von Monte Cassino saß Rinat, der ehemalige Knappe des Herrn von Gisors, zwischen den beiden Mönchen. Sie waren von ihrem Abt Desiderius damit beauftragt, alles aufzuschreiben, was der Knappe zu berichten wusste, so wie er mit seinem Herrn Guillem für den Großgrafen Roger von Sizilien an der Eroberung von Syrakus und Taormina, den letzten Widerstandsnestern der Sarazenen auf der Insel, teilgenommen hatte.

»Eigentlich wollten wir ja zum Grafen Raimar von Lecce nach Apulien ziehen«, plapperte Rinat munter drauflos, »doch dann trafen wir Herrn Guillems Schwager Berenguer de Saissac, der sich als Söldnerführer beim Großgrafen verdingt hatte. Als der hohe Herr Roger d'Hauteville von uns hörte und erkannte, dass mein Herr Guillem Normanne war wie er selbst, bat er ihn in seine Dienste. Er stellte ihm auch gleich ein Lehen in Aussicht – das sich natürlich noch in sarazenischer Hand befand –«

Ohne dass sie es bemerkt hatten, war der Abt in den Raum getreten. Er musste sie schon länger belauscht haben, denn er schaltete sich sogleich spöttisch ein: »Euren Herrn Guillem jedoch, der wohl tausend Hummeln unterm Arsch hatte, verschreckte eine solche Zukunft als Sesshafter, und schnell suchte er wieder das Weite –«

Das wollte Rinat so nicht auf seinem Herrn sitzen lassen. »Guillem de Gisors schlug sich wacker und verdienstvoll, wurde vom Großgrafen auch reich aus der gemachten Beute belohnt«, fuhr er fort, »nahm dann aber das Angebot seines Schwagers Berenguer an, ihn nach Saissac zu begleiten.«

Desiderius schien gutgelaunt, denn er unterbrach die Arbeit, indem er die beiden Mönche nach einem Krug des guten Weines schickte, den der *Cellerarius* in einem gesonderten Fass für den Abt bereithielt. »Ich will die Chronik«, vertraute er dann Rinat an, »zu der Ihr mit Euren bisherigen Erzählungen und Berichten schon den Grundstein gelegt« – er tätschelte aufmunternd die Hand des verlegenen Knappen –, »von nun an permanent fortschreiben lassen. Als Name schwebt mir vor: ›*Annales ad extremum*‹! Wie findet Ihr das?!«

Rinat blieb nichts anderes, als schmallippig zu lächeln, obgleich ihm schwante, dass der Vorschlag ihn in gleicher Weise binden würde, als wäre er ein zur *Oboedientia* verpflichtetes Mitglied des Ordens der Benediktiner. Seine Befürchtungen bestätigten sich. »Die Skribenten – ich will sie fortan Chronisten nennen – werden hier oben von allen störenden Einflüssen und Einflüsterungen verschont –«

»Sind also de facto Gefangene ihrer vertrauensvollen Tätigkeit?«, wagte Rinat nachzufassen, denn er erkannte immer deutlicher, dass sich damit auch sein Schicksal entschied – zumindest auf absehbare Zeit.

»Es wird ihnen an nichts fehlen!«, versicherte ihm tröstend der gemütvolle Desiderius. »Selbst ihren Wein sollen sie aus meinem Keller – wo bleiben die beiden eigentlich?!«

»Sie werden schon mal Eure Fässchen probieren!«, bemerkte Rinat scherzend, doch das kam bei dem Abt schlecht an.

»Das sollen sie nur wagen!«, polterte er los. »Diese Trunkenbolde!«

Grad da kamen die beiden zurück, jeder mit einem Krug in der Hand. »Bleibt stehen!«, befahl ihnen Desiderius, und sie taten es folgsam. »Und nun zeigt mir, dass ihr noch imstande seid, geradeaus zu laufen!«

Beide rührten sich nicht vom Fleck. Der Jüngere, etwas Rundliche sah seinen Abt vorwurfsvoll an: »Ihr habt die Wahl: So Ihr uns wankend macht, schwappt es aus den Krügen –«

Die Antwort gefiel dem Abt, er lachte herzlich. »Ab sofort heißt du *Angelus vigilans*! Deine Aufgabe wird das Beschützen des gesprochenen Wortes sein!«

Der Angesprochene verstand zwar nicht, was sein Abbas damit meinte, aber er strahlte ihn an, aus rosig-pausbäckigem Gesicht. Das forderte seinen hageren Mitbruder heraus.

»Wenn mir jemand den Krug wegnähme«, erklärte er todernst, »könnt' ich zwar kerzengerad auf Euch zugehen – aber nie werd ich das zulassen!« Seine strenge Miene verfinsterte sich. »Eher leere ich ihn selber aus« – und er machte bedrohliche Anstalten, den Krug umzukippen.

»Zum Teufel!«, fuhr ihn der Abt an. »Untersteht Euch!« Dann brach er in noch helleres Gelächter aus. »*Vocator diaboli!*«, rief er, stolz auf seine Eingebung. »Das war die Probe aufs Exempel, und das soll zukünftig deine Rolle sein beim Verfassen der Chronik: jedes Wort auf die Goldwaage zu legen und auf Widersprüchliches hin zu prüfen!«

»Groß in der Art und voll des Wunders!«, meldete sich Rinat respektlos zu Wort. »*Angelus vigilans* versus *Vocator diaboli* – kurz: Der ›Angel‹ worstelt mit dem ›Vocat‹!« Die Lache des Knappen stand der des Alten in nichts nach. »Doch wo bleibt der erzählende Chronist bei dieser Paarung zweier Mühlsteine?«

Desiderius sah ihn belustigt an. »Der Wein, Rinat von Sitten! Ihr vergesst den hilfreichen Saft der Reben!« Er winkte den Dicken und den Hageren jovial zu sich. »Lasst uns jetzt endlich trinken!«, und er nahm selbst einen der Krüge in die Hand und schenkte allen ein. Sie leerten den ersten Krug aus bis zur Nagelprobe. »Stell dir vor, Bruder Vocat«, sprach der trinkfeste Abt Desiderius, »du hättest den Krug in deiner Hand ausgeschüttet, dann müsstest du jetzt einen neuen herbeischaffen.«

Der Angesprochene nickte ernsthaft. »Doch dem ist nicht so!«

»Ganz gegenteilig verhält es sich mit unserem erzählenden Chronisten! Rinat dürstet danach, sich weiter auszumären! Also, Angel, greif zur Feder – meinetwegen beidhändig!«

Flugs nahm Rinat seinen Bericht wieder auf.

»Auf dem Stammschloss der Familie Saissac – alter okzitanischer Adel und dem Herrscherhaus der Grafen von Toulouse nahestehend – führte die weißhaarige Nona, die Mutter des Berenguer, ein straffes Regiment.« Dankbar nahm Rinat den vom

Abt hingeschobenen Trunk entgegen, der von der freundlichen Aufforderung *»Sat celeriter fieri, quidquid –«* begleitet war. Schlagfertig ergänzte Rinat: *»– fiat satis bene!«*, bevor er den Becher zur Gänze leerte. »Im höchsten Turm der Burg entdeckte ich ein verschüchtertes kleines Mädchen, das sofort vor mir floh, als es meiner ansichtig wurde. Ich fragte unseren Söldnerführer, ob es sich um seine Tochter handele. Wie eine Furie ging die Nona dazwischen, der massige Krieger zog sofort den Schwanz ein, und auch ich fühlte mich von der alten Hexe handgreiflich bedroht. Später, bei unserer Abreise, klärte Berenguer meinen Herrn Guillem auf.«

»Fasst Euch knapp!«, raunte der dicke Angel ihm warnend zu, doch der Abt hatte es gehört.

»Breviter in re, citius in modo!«

Rinat nahm es sich zu Herzen. »Philippa, die alle auf der Burg Pilar riefen, war die spätgeborene Tochter und einzige Erbin des alten Grafen von Toulouse. Schon in früher Kindheit wurde sie dem mächtigen Herzog von Aquitanien anverlobt. Doch dann entsagte der alte Herr von Okzitanien der Herrscherwürde, zog sich in ein Kloster zurück und überließ die Grafschaft Toulouse seinem Bruder Raimund. Die kleine Philippa übergab er seinen treuen Gefolgsleuten von Saissac, die sie wie einen Gast betreuen sollten, doch in Wahrheit wurde sie im Turm der Burg Saissac wie eine Gefangene gehalten!«, erinnerte sich Rinat. »Berenguer zeigte sich darüber sehr erregt, es war mehrfach zu heftigen Auseinandersetzungen mit der Nona gekommen –«

Es klopfte an der Tür des Turmgemachs: Ein Bruder von der Torwache meldete dem Abt die Ankunft des Monsignore Remy d'Aretin. Desiderius verließ, leicht wankenden Schritts, den Raum.

»Lasst uns Eure Reise zu Ende bringen, Rinat!«, forderte der hagere Vocat den Knappen auf. »Sonst –«

»An mir soll's nicht liegen! Also, mein Herr Guillem und ich nahmen zu Narbonne ein Schiff. Der besorgte Söldnerführer hatte uns eine Begleitmannschaft angeboten, schon wegen der Geldmenge, die wir mit uns führten. Doch Herr Guillem lehnte ab, er wolle unauffällig endlich nach Lecce gelangen, zu seinem Freund Raimar –«

»Also nicht heim nach Gisors?«, fragte Angel erstaunt nach.

»Kein Gedanke!«, bekräftigte Rinat. »Weder zurück in die Klauen seines Eheweibes noch nach Sion, wo vielleicht die schöne Fedaye auf den Treulosen wartete –« Rinat nahm einen Schluck, auch der zweite Krug ging zur Neige. »Aus Furcht vor Seeräubern segelten wir anfangs dicht an der Küste entlang, aber keiner tauchte auf, der uns ans Leder wollte. Meinen Herrn fasste kühner Mut. In der Höhe vom Cap d'Hyères befahl er der Mannschaft, auf die Südspitze von Korsika zuzuhalten und die Durchfahrt ins Tyrrhenische Meer zu suchen.«

»Ah!«, rief Vocat. »Der berüchtigte Flaschenhals des Bonifacius!«

»Die Männer warnten ihn, doch er bestand auf diesem kürzesten Weg nach Amalfi, von wo aus er über Land Apulien erreichen wollte. Wir zitterten, als wir uns durch die Felsinseln im Norden von Sardinien schlichen. Aber nichts geschah! Wir hatten Ponza schon in Sichtweite, da erschienen aus dem Nichts zwei Boote der Morisken und nahmen uns in die Zange. Ich füllte alles Gold, das hineinging, in einen Lederbeutel, den ich versteckte. Die ›Kriegskasse‹, unsere eisenbeschlagene kleine Truhe, hätte ich gern den Räubern überlassen, aber mein Herr Guillem zog das Schwert, als die Moriskos in großer Überzahl unser Boot enterten. Sein Schlachtross, ein schwerer Brabanter, stand am Mast angebunden. Im Sattel war Guillem de Gisors unschlagbar! Doch zu Fuß?! Er schlug sich furios und völlig sinnlos. Sie waren schon in ihren flinken Booten mit der blöden Kiste auf und davon, als ich sah, wie übel sie Herrn Guillem zugerichtet hatten. Sofort hieß ich die Mannschaft die nahe Küste anlaufen. Den Rest wisst ihr selbst!« Erschöpft griff Rinat zum Krug. Er war leer.

»Nur eines wissen wir nicht«, sagte Vocat ruhig. »Wo ist der Beutel mit dem Gold? Den hattet Ihr nicht dabei, als wir Euch in Mondragon auffischten –«

Rinat sah ihn erstaunt an, dann griente er fröhlich. »Den hab ich dem barmherzigen Weibe überlassen, das meinem Herrn, der in seinem Blute schwamm, den ersten Samariterdienst erwies, jener Terès – so hieß sie doch?!«

»Eine Teufelin!«, empörte sich der pausbäckige Angel. »Dank ihrer ›Heilmittel‹ wäre Euer Herr zur Hölle gefahren, wenn nicht wir –«

»Jetzt ist er im Himmel – so steht zu hoffen«, sprach Vocat gerade salbungsvoll, als vom Hofe des Klosters her laute Rufe, Freudenschreie erschallten: *»Habemus Papam! Hallelujah in excelsis! Papa! Abbas Noster Desiderius Papa!«*

Nun begannen auch alle Glocken zu läuten – von der mächtigen Ora, die dröhnend zum Gebet rief, bis zum Gebimmel des Totenglöckleins.

Sie traten alle drei ans Fenster und schauten hinunter: Die Mönche tanzten wie Derwische, umarmten sich, sprangen in die Luft, wälzten sich am Boden in ihrem Freudentaumel: *»Habemus Papam!«* Vocat und Angel zogen sich leicht indigniert zurück.

»Der arme Desiderius!«, kommentierte der Hagere trocken. »Nichts ist ihm so zuwider wie die Würde Petri des Fischers am eigenen wohlgenährten Leibe –«

Angel stimmte ihm zu. »Allein schon die Vorstellung, den weinseligen Frieden und die Gemächlichkeit unseres Klosters mit dem eitlen Getreibe des Lateranpalastes tauschen zu müssen, wird ihm Übelkeit bereiten.«

»Zumal dort noch der Gegenpapst aus Ravenna hockt!«

Die Tür ging auf, und herein traten der Abt und sein Gast, der Monsignore Remy d'Aretin. Stolz wies der frisch gekürte *Pontifex* auf seine Chronisten, »*Annales ad extremum*, unter diesem Namen werden wir das *Opus magnum* für die Nachwelt schaffen und hier im Schutz des Klosters konservieren!« Er erwartete wenn schon keine Begeisterung, so doch wenigstens ein Lob für seine Initiative, aber Remy runzelte nur die Stirn.

»Mit Eurer Berufung auf den Heiligen Stuhl, hochgeschätzter Desiderius, ist für solch Unterfangen hier nicht mehr die rechte Bleibe –« Der Monsignore sann nach. »Die Aufzeichnungen könnten in falsche Hände geraten. Ich plädiere für eine alsbaldige Auslagerung nach Sion –«

»Nicht, solange ich hier –!«, polterte der Abt los und wurde vom Monsignore unhöflich barsch unterbrochen: »Dem liebgewordenen Amt des Abtes von Monte Cassino werdet Ihr entsagen müssen –«

»Kommt nicht in Frage!«, ereiferte sich Desiderius. »Ich bestehe auf meinem Sitz hier im Kloster – oder sie können sich einen anderen suchen, zum Beispiel Euren famosen Kardinaldiakon Odo de Lagery-Chatillon!«

»Genau der hat sich für Euch entschieden!«, hielt Remy auftrumpfend dagegen. »Er will Euch anstelle des Usurpatoren auf dem Stuhle Petri sehen, im vollen Ornat und höchster Würde!«

Desiderius sah ein, dass Widerspruch sinnlos war, Widerstand musste er im Kleinen leisten. »Die *Annales* jedenfalls bleiben hier, wenigstens solange ich meine Hand schützend über den Ort ihres Entstehens und ihrer Aufbewahrung halten kann. Es wäre ja auch lächerlich«, schnaubte er, sich langsam beruhigend, »kaum begonnen, schon zerronnen?!«

Der Monsignore tat einen Schritt zurück. »Die Unfehlbarkeit Eures zukünftigen Amtes wird Euch die richtige Entscheidung zur rechten Zeit treffen lassen! *Quidquid sit futurum* –« Er küsste dem überrumpelten Desiderius den Ring, winkte augenzwinkernd den Chronisten zu, auch dem Knappen Rinat – eine Geste, die für Vertrauen warb –, und machte Anstalten, das Turmzimmer zügig zu verlassen. Der Abt schenkte allen ein verlegenes Lächeln und folgte ihm nicht allzu hastig – schon um sein Gesicht nicht zu verlieren.

Das dreifache Unglück des Grafen Raimar

In Amalfi war Astair de Saissac, der Waffenmeister, mit seinem Schützling, der blutjungen Elgaine de Gisors, schnurstracks zum Schiff des Ziriden gestürzt, nachdem sie dessen bärtigen Eigner geschickt außer Gefecht gesetzt hatten. Mit von der Partie war – *nolens volens* – Bert el-Caz, den sie schlecht abschütteln konnten, hatte er ihnen doch letztlich die Möglichkeit an die Hand gegeben, sich in Besitz eines Schiffes zu setzen. Sie sprangen an Deck des erbeuteten, dickbauchigen Kauffahrers, der angetäut am Kai lag, und von dort weiter an Bord des Seglers, dem Schiff des Sklavenhändlers, in dessen Kielraum noch immer die gefangene Mannschaft schmorte. Bert el-Caz nahm Elgaine den gewonnenen Beutel mit den Goldstücken ab und verteilte die Münzen großzügig an die Wachen, die auf beiden Schiffen zurückgeblieben waren. Ihr Herr, der Ziride, wünsche, verkündete Bert el-Caz, dass auch sie den erfolgreichen Tag mit ihm feierten. Deshalb werde er, Bert el-Caz, solange hier die Aufsicht übernehmen. Die Piraten zögerten nicht lang, sie waren froh, ihren Kumpanen bei den Weibern in den Tavernen Gesellschaft leisten zu dürfen, und stürmten mit wildem Geschrei von Bord in die übelbeleumdeten Gassen der Altstadt von Amalfi.

Astair und seine beiden Gefährten lösten die Leinen, die den Segler mit dem anderen Schiff verbanden, und hissten hastig das Vorschot. Es fing genügend Wind ein, um langsam aus dem Hafen zu gleiten. Während Bert el-Caz das Ruder übernahm, zerrten Astair und Elgaine die Luke hoch, um den Gefangenen ihre Freiheit wiederzugeben. Die Mannschaft traute sich nur zögerlich nach oben, doch als die Matrosen sahen, dass sie tatsächlich dem Sklavenschicksal entronnen waren, legten sie willig mit Hand an, um so schnell wie möglich den Hafen zu verlassen. Unter vollen Segeln rauschte das Schiff hinaus aufs offene Meer.

Das Kommando ihrer Retter akzeptierten die Männer ohne Widerspruch, auch als Bert el-Caz vorschlug, nach Bari zu segeln, weil dort jetzt leichte Beute zu machen sei. Das wusste er von dem Ziriden, der ihm seine Pläne offengelegt hatte. Die letzte Bastion der Byzantiner stehe gegen die Übermacht der Normannen kurz vor ihrem Fall. Immer mehr Griechen würden jetzt mit Hab und Gut das Weite suchen. Dabei sollte man ihnen doch behilflich sein –

Elgaine sah diese reichlichen Gewinn versprechende Chance sofort, und es war die Prinzessin, die den zögerlichen Astair überredete, dort – weit weg von Amalfi und dem bestimmt nach Rache dürstenden Ziriden – ihr Glück zu versuchen. Sie hatte ihr Ziel erreicht, ihre Rolle war nicht länger die einer stets zu Diensten stehenden, sich aufopfernden Zirkusprinzessin, endlich war sie eine gestandene Piratin!

Viele Monde lang waren Gluthitze und eisige Stürme über Bari hinweggefegt, stolze und reiche Hauptstadt des einst so mächtigen Byzanz auf italienischem Boden. Der glanzvolle Namen *Magna Graecia* war zur leeren, verdorrten Hülse geworden, zum bitteren Hohn! Die köstlichen Früchte seines Besitzes hatten – eine nach der anderen – die normannischen Sturmmöwen aufgepickt. Bari war die letzte Bastion, die sich erst noch heroisch, jetzt nur noch verzweifelt gegen die pausenlosen Schnabelhiebe zur Wehr setzte. Die grausamen Feinde des oströmischen Imperiums brandeten auf der Landseite gegen die bröckelnden Mauern, hackten und stießen die hochragenden Steven ihrer flinken Langboote ohne Unterlass gegen die Hafenbefestigungen – bis der Statthalter Rufo Argyros das kaiserliche Banner mit dem doppelköpfigen Adler über dem Gouverneurspalast einholen ließ. So signalisierte er seine Bereitschaft, eine ehrenvolle Übergabe auszuhandeln. Die Blockade hatte ihre Wirkung getan, doch vor allem fühlte sich der Katapan von Konstantinopel im Stich gelassen.

Fürst Bohemund von Tarent, der die Operation der Normannen befehligte, weilte gerade nicht beim Belagerungsheer, sondern musste erst herbeigeholt werden. So drängte Beowulf, erstgeborener Sohn des Grafen Raimar von Lecce, seinen Vater, an Land zu gehen und die Kapitulation des byzantinischen Statthalters entgegenzunehmen. Graf Raimar, schlichten Gemüts, schätzte gemeinhin keine Ratschläge, schon gar nicht die seines Sohnes, doch vor Bohemund mochte er nicht als Zauderer dastehen.

Die schwere Eisenkette, die den Hafen versperrte, wurde herabgesenkt, und das wolfshauptgeschmückte Schiff des Grafen von Lecce glitt durch das Hafenbecken, um an der Mole direkt unterhalb des Kapogyron festzumachen. Die Pferde wurden angelandet, denn Herr Raimar gedachte nicht zu Fuß aufzutreten. Es ärgerte ihn schon, dass ihm der Katapan nicht bereits entgegenkam. Begleiten ließ sich der stolze Raimar von nur kleinem Gefolge, darunter sein Sohn Beowulf. Vorneweg ritt er in respektheischender, aufrechter Haltung in den Torweg ein, als ein knarzendes Geräusch ihn hochblicken ließ – er konnte gerade noch Kopf und Oberkörper zurückwerfen, da sauste schon das Sperrgitter von oben herab, bohrte seine Spitzen zwischen seinem Unterleib und dem Sattelknopf in den Rücken des Pferdes, das sofort mit zertrümmerter Wirbelsäule in die Knie brach – dann schoss der Schmerz aus seinen Lenden mit solcher Macht in sein Gehirn, dass er sich nicht einmal schreien hörte –

Er nahm auch nicht wahr, dass sein Gefolge hinter ihm absprang und versuchte, mit bloßen Händen das Gitter hochzustemmen. Auf der anderen Seite zerrten die Torwächter hilflos an irgendwelchen Winden, bis ihr herbeigeeilter Herr, der Katapan Argyros, sie zornig anherrschte, sie sollten ihre Kräfte mit denen der Normannen vor dem Gitter vereinen. So gelang es, das Eisen so weit zu lüpfen, dass Beowulf und die hinzugerufenen Krieger Herrn Raimar unter den Zacken hinweg vom Pferdeleibe ziehen konnten. Unter Beowulfs umsichtiger Anleitung betteten sie den Brüllenden auf das Kopfsteinpflaster.

Aus einem schmalen Seiteneinlass trat der Gouverneur, der – so bestürzt er war – bereits einen Arzt bei der Hand hatte. Dieser presste als Erstes Herrn Raimar einen Schwamm mit dem stärksten Betäubungsmittel auf Mund und Nase, und der Lavastrom unmenschlicher Schreie, vom keuchenden Grollen bis zum spitzen Wimmern, erlosch mit einem Röcheln. Außer dem Medicus mochte keiner so recht hinschauen, als der jetzt das Beinkleid zerschnitt und den blutigen Brei freilegte, der früher das Gemächte des Grafen Raimar ausgemacht haben musste.

Mühsam bezwang sich Beowulf. »Wenn er Euch unter den Händen stirbt –«, flüsterte er mit heiserer Stimme und zog mit einem Ruck seinen Dolch aus dem Hals des Pferdes, dem er den Gnadenstoß versetzt hatte. Er behielt ihn in der Faust.

»Wie durch ein Wunder ist der Penis unverletzt!«, stammelte der griechische Medicus. »Ich werde den Hodensack abschnüren, wie ich es zu Salern bei dem großen Gariopontus gesehen –«

»Das ist eine gute Idee, wenn die Eier eh im Arsch!«, höhnte Beowulf, während der Jünger des Äskulap beflissen fortfuhr: »Frisch aufgegossener Sud aus *Polyonum*, *Viscum* und *Capsella bursa pastoris*, den pack ich dazu, wie es Constantinus Africanus in seiner gelehrten Harnschau anweist –«

»Sorgt Euch nicht ums Pissen!«, schnaubte Beowulf. »Das Blut sollt Ihr stillen!«

»Da könnte etwas *Psychotrophon* von Nutzen sein.« Das dürre Männlein hantierte ungerührt zwischen den blutigen Schenkeln des Normannen, der jetzt leise stöhnend aus der heilsamen Ohnmacht erwachte. Aus irdenen Amphoren und kristallenen Flakons, die er scheinbar wahllos aus den weiten Taschen seines Kaftans hervorholte, träufelte der schmächtige Medicus Tropfen diverser Essenzen auf den Schwamm und drückte ihn dem wachsbleichen Raimar energisch auf die Lippen, dann fuhr er mit dem Abbinden der zerquetschten Testikel fort, bandagierte straff den gesamten Lendenbereich, wobei er immer wieder – lateinische Namen wie Beschwörungen murmelnd – getrocknete Blätter von Wermut und Salbei sowie Farne zwischen die Lagen streute.

Das war der Moment, in dem der soeben angelandete Astair

neugierig hinzutrat. Elgaine und Bert el-Caz hatte er an Bord des Seglers gelassen, um erst mal allein die Lage zu erkunden. So war er mitten in den Schrecken geraten und konnte jetzt nicht mehr zurück, ohne verdächtiges Aufsehen zu erregen. Er hielt sich aber im Hintergrund, so dass die Normannen annahmen, er sei einer der Ihren. Schweigend und mit erstaunlicher Behutsamkeit, hatten die rauen Krieger ihren Grafen auf eine Trage umgebettet.

»Ich werde den Schuldigen an diesem Missgeschick strengstens –«, begann der Katapan. »Ihr habt Euch ergeben«, schnitt ihm Beowulf ärgerlich das Wort ab, »der Übeltäter soll sich stellen, oder es wird für alle, die jenseits dieses eisernen Gitters stehen, keine Gnade geben –« Auf sein Zeichen traten zwei Normannen an die seitliche Einlasspforte und verschlossen sie.

Da erwachte Raimar von Lecce aus seiner Betäubung, wischte den Schwamm von seinem Gesicht und versuchte unter Stöhnen zu scherzen. »Was bedarf einer wie ich noch eines *Scrotum*, hab ich doch meinen Erben vortrefflich und beizeiten gezeugt!« Er griff nach der Hand seines Sohnes Beowulf und presste sie an seine schweißnasse Wange. »Euch sei die Ehre zuteil, mein Sohn! Eilt zum Großgrafen und lasst ihn wissen, dass Bari unser ist – führt den Katapan mit Euch, dass er es bezeugt!«

Die Normannen brachten die Trage aus dem engen Torweg hinaus. Vor dem Kapogyron sah sich Rufo Argyros gezwungen, den Seinen zu signalisieren, die Hafenkette endgültig und vollends herabzulassen, damit die vor der Einfahrt lauernde Flotte in den Hafen einlaufen konnte.

»Der Graf in seiner Großmut hat Euch das Leben geschenkt«, belehrte Beowulf den zerknirschten Katapan, »doch nur Euch allein – wenn der heimtückische Meuchler sich mir nicht ausliefert, noch ehe Ihr vor Fürst Bohemund von Tarent, den Sieger, tretet.« Dann führten seine Leute den zitternden Gouverneur mit sich zum wartenden Schiff.

Beowulf hatte sich als Einziger auf sein Pferd geschwungen, er wandte sich gerade um, seinen Vater zu grüßen, dessen stolzes Auge er auf sich ruhen fühlte – da ging ein Ruck durch den Jungen, er griff sich an den Hals –, und schon stürzte er seitlich aus dem Sattel. Die Normannen ließen den Katapan fahren und rannten mit riesigen Sprüngen zurück zu dem rücklings am Boden Liegenden. Ein Armbrustbolzen hatte ihn schräg ins Genick getroffen – dort stak er, kaum dass Blut ausgetreten. Die glasigen Augen zeigten es an: Alles Leben war bereits aus Beowulf gewichen!

Mehr vom Entsetzen getrieben denn aus Mitgefühl, griff jetzt Astair ein. Mit einem kurzen Blick übersah er das Geschehen. Er zerrte den erschrockenen Gouverneur mit sich und drängte zurück zu der Trage mit dem Vater. Ihm stieß er Rufo Argyros vor die Füße, der auch sofort ergeben seinen Nacken präsentierte – ohnmächtig dargebotenes Opfer für eine blind zuschlagende Göttin. Der Pfeil war nicht vom Kapogyron aus abgeschossen worden, sondern oben vom Turm der höhergelegenen Zitadelle. Das hatte der soeben eingetroffene Fürst von Tarent, Bohemund d'Hauteville, festgestellt. Dennoch befahl der ergrimmte Fürst, der mit zusammengebissenen Zähnen den Tod seines Neffen Beowulf hinnehmen musste, den anlandenden Normannen, auf der Stelle den Sitz des Gouverneurs zu stürmen und alle darin Angetroffenen – ohne Ansehen der Person – über die Klinge springen zu lassen.

Astair wünschte sich, der Hermes von Antioch wäre nicht unter den Todgeweihten, sondern stünde ihm jetzt zur Verfügung, um den Schwamm auf das aschgraue Gesicht des Vaters zu pressen, die irr flackernden Augen, die fragend von einem zum anderen irrten, gnädig zu schließen, doch Bohemund, Racheengel mit dem Flammenschwert vor der Pforte des Palastes, war sichtlich nicht gewillt, irgendeine Seele aus dem waffenklirrenden, keuchenden Inferno von knirschenden, brechenden Knochen und erstickt röchelnden Gurgeln entkommen zu lassen.

Da öffnete sich der Mund des Grafen, und der Kehle entströmte ein heulender Ton, der allen, die ihn umstanden, durch Mark und Bein ging. Er schwoll an zu fürchterlicher Lautstärke, wechselte in den schrillen Diskant von Klageweibern, hielt dauerhaft an, trotz rasselnder Atemnot. Ratlos sahen sich alle an. Endlich erhob sich Rufo Argyros und griff zum Siegelring an seiner Hand.

»Sein Inhalt, drei Tropfen«, sagte er bedächtig, »reicht, um einen Ochsen zu fällen, weswegen ich ihn stets bei mir führe –« Er griff sich den Schwamm und ließ die unter der geschnittenen Gemme verborgene Kapsel aufspringen. »Ein einziger jedoch, mit genügend Flüssigkeit vermischt, schickt jeden in Morpheus' Arme, der nur daran schnuppert.« Vorsichtig ließ der Katapan einen glitzernden Tropfen in die Poren der *Spongia* fallen und überreichte sie Astair de Saissac mit einer auffordernden Geste. Der vertraute dem Griechen und hielt den Schwamm dem Schreienden unter die Nase – mit einem Seufzer erstarb das Geheul, ging über in ruhiges Atmen.

Inzwischen war auch Großgraf Roger von Sizilien, der jüngste der Hauteville-Brüder, mit der Flotte im Hafen eingetroffen. Er unterband weiteres Blutvergießen, denn Bohemund war drauf und dran, auch noch die byzantinische Besatzung der Zitadelle zu massakrieren, obgleich diese einen der Ihren, den man für den heimtückischen Schützen halten sollte, von den Zinnen herabgestoßen hatte. Als Großgraf Roger in Astair de Saissac den Sohn des Berenguer erkannte, billigte er, dass dieser die Bahren mit dem verletzten Raimar und dem toten Beowulf nach Lecce begleitete. Dort sollte er es allerdings auf sich nehmen, Melina Argyros, der Ehefrau des Grafen, die beiden Schicksalsschläge beizubringen.

Es erhob sich kein Einwand, als Astair anbot, den Transport mit eigenem Schiff durchzuführen. Also ließ er den Toten und den Waidwunden samt Gefolge auf seinen Segler schaffen und verbat sich jeden bissigen Kommentar seitens des Bert el-Caz, der sich über diesen wenig lukrativen Samariterdienst mokierte. Elgaine hingegen kümmerte sich sofort bereitwillig um den schwerverletzten Grafen. Dann machte sich der verhinderte Pirat mit seiner Fuhre auf nach Lecce.

Aus dem Tagebuch einer Kaiserin

Monsignore Remy d'Aretin kehrte von einer längeren Reise in den Süden auf den Monte Cassino zurück. Auch wenn er noch auf die Machtinsignien des Grauen Kardinals, jene schmuck- und wappenlose Sänfte samt Begleitmannschaft, verzichtete, so war doch sein Auftreten selbstbewusster, aber auch kälter geworden.

»Was hattet Ihr denn so Dringliches in Sizilien zu tun?« Der designierte *Pontifex* Desiderius bot ihm leutselig von seinem Weinkrug den Willkommenstrunk, doch Remy überging die freundliche Geste.

»Die von Euch, hochverehrter Desiderius, verursachte und – schon viel zu lang! – anhaltende Sedisvakanz zwingt die Geheimen Dienste ohne Unterlass zu Schritten, die notwendig sind, um dem Heiligen Stuhl keinen weiteren Schaden erwachsen zu lassen.« Er griff jetzt doch zu dem angebotenen Becher, ohne dass sich seine Laune besserte. »Wenn Ihr Euch endlich aufraffen würdet, Euren Platz in Rom –«

»Hier fühle ich mich aber sicherer«, entrang sich dem fülligen Abt ein unwilliges Stöhnen. »Ich würde gern auf dem Monte Cassino sterben!«

Remy d'Aretin sah ihn belustigt an. »Der Großgraf Roger ist bereit, dafür Sorge zu tragen –«, boshaft ließ er den Satz kurz unvollendet, »dass der kläffende Schoßhund Heinrichs aus der Ewigen Stadt verjagt wird, damit Ihr solenn dort Euren Einzug halten könnt.«

»Was soll ich in dem unordentlichen, aufsässigen Rom?!«, maulte der Abt, doch der Monsignore blieb unerbittlich.

»Ich rühre mich von hier nicht fort, bis Ihr einwilligt, Euch zu Eurem wartenden Thron geleiten zu lassen!«

Die drei aus dem Turmzimmer, Vocat, Angel und Rinat, wurden ins *Tabularium* des Abtes zitiert. Dort wartete, neben Remy d'Aretin und dem widerspenstigen *Electus* Desiderius, auch der vom Kapitel des Ordens an dessen Stelle zum Abbas gekürte Odorisius, ein alter Griesgram. Der fuchtelte erregt mit einer fleckigen, zerfransten Lederhülle, deren Inhalt bereits auf dem Schreibtisch seines Amtsvorgängers ausgebreitet lag.

»Laut Aussage der Torwache«, verkündete er ärgerlich, »waren es Normannen, die diese Pergamente abgegeben haben, ›für den Papst‹!« Er stellte das Fuchteln ein, weil es niemanden beeindruckte. »Angeblich haben sie diese geheime Botschaft in der Höhe von Tarent abgefangen. Ich weiß nicht, was ich davon halten soll!«

Desiderius, der die Schriftstücke aufmerksam studierte, hob seine leicht gerötete Knollennase. »Gar nichts, Bruder Odorisius. Erstens seid Ihr nicht Papst, zweitens versteht Ihr nichts von Politik.« Er schaute seinen Nachfolger mitleidig an. »Weswegen Ihr uns jetzt allein lassen dürft!«

Der Angesprochene zeigte sich störrisch. »Diese Mönche –«, er wies mit spitzem Finger auf die eingetretenen Chronisten, »sollten auch nicht länger mit solchem Unfug befasst werden, sondern sich aufs Neue in die Gemeinschaft der Brüder einordnen und wieder beten lernen!«

Remy d'Aretin enthob den *Pontifex* der Antwort. »Diese Brüder unterstehen, laut Verfügung des Heiligen Vaters, ab sofort nicht mehr Eurer Befehlsgewalt, sondern direkt dem Heiligen Stuhl – und nun geht bitte!«

Wütend, mit Blicken, die nichts Gutes verheißen sollten, trat Odorisius den angewiesenen Rückzug an.

»Angel!«, sagte Desiderius. »Der Ihr in der Lage seid, selbst die Klaue Eures Mitbruders Vocat zu entziffern, lest Uns bitte vor, was Ihr hier geschrieben findet –«

»Auch, wenn es dein Begriffsvermögen überschreitet!«, frotzelte Vocat und fing sich einen rügenden Blick des Desiderius ein.

Der pausbäckige Angel machte sich mit Feuereifer über die Pergamente her, nur um sogleich zu klagen: »Das sind ja alles nur unzusammenhängende Fetzen!«

»Lies nur vor, mein Angel!«, spöttelte Vocat weiter. »Und überlass das Zusammensetzen der Fragmente den dazu Berufenen!«

»Wieso heißt es in der Überschrift ›Aus dem Tagebuch einer Kaiserin‹?« Angel geriet ins Schwitzen. »Der Brief ist gar nicht an den Papst gerichtet, sondern an einen hochstehenden Normannen –«

»... in Euch, der Ihr zu Unrecht vom Throne zu Palermo und der Eisernen Krone ferngehalten ... ein größeres Reich in Aussicht, reicher und mächtiger als Apulien, Kalabrien und die Insel zusammen ... gelingt, den Heiligen Vater zu bewegen, sich an die Spitze der gesamten Christenheit zu stellen.«

Angel verschob fahrig immer wieder die Schnitzel. Er keuchte vor Aufregung.

»... sinnlos ein Appell an die Könige und den Kaiser des Abendlandes ... nur Eroberung und Erweiterung ihrer Macht im Sinn ... bedürfen der militärischen Hilfe, der Verlust Kleinasiens ... bedeutend nicht nur für das einst glorreich ... Bollwerk ... abgeschnitten von der gesamten christlichen Welt das heilige Jerusalem, preisgegeben den Horden des Propheten ... führt Seiner Heiligkeit vor Augen, dass nur ... ein christlicher Schutzwall aus klirrendem Stahl ... niemand als Ihr, von höchstem Geblüt ... unser Statthalter mit oberster Befehlsgewalt über alle Hilfstruppen, die der Papst aus Rom ... auch Gott der Allmächtige wird ... Dank dem Retter ...«

Angel hatte seinen immer wieder durch Austauschen und Zusammenfügen der Pergamentfetzen verzögerten Vortrag stockend beendet.

»Ein ungeheuerliches Komplott!«, schnaubte Desiderius. »Man will uns benutzen, um die griechischen Kastanien aus dem Feuer zu holen –«

»Die dann andere genüsslich verzehren!«, warf Rinat ein. »Aber wer?«

»Byzanthium natürlich!« Das war Vocat.

Der Monsignore hatte bislang geschwiegen. »Das Schreiben ist zweifellos an Bohemund adressiert«, begann er ruhig, »bislang galt er als der erbittertste Feind Konstantinopels.« Er überlegte. »Hat es ernsthaft Sinn für Byzanz, sich so jemanden im Rücken, quasi ins Genick zu platzieren?«

»Ein Blutegel saugt dort, wo man ihn ansetzt!«, trug Angel eifrig sein Scherflein bei.

»Es könnte aber auch sein«, spann Remy seinen Faden fort, »dass Bohemund hier der Konspiration bezichtigt werden soll – oder gedrängt wird, den normannischen Verbund zu verlassen.«

»Wer hätte daran Interesse?«, fragte Desiderius geringschätzig.

»Sowohl sein Halbbruder Borsa, der sich zu Recht unwohl fühlt, als auch der ambitionierte Großgraf von Sizilien –« Remy griff über den Tisch und zog einige der Pergamentfetzen an sich, um sie aufmerksam zu betrachten. »Sie sind nicht zerrissen, sondern mit erhitztem Eisen sorgfältig bearbeitet – angekokelt!«, sinnierte er. »Es macht den Anschein, als hätte man sie so getrennt, dass sie für uns noch einen Sinn ergeben. Das ursprüngliche Skript hingegen könnte wesentlich kompromittierendere Details enthalten – oder vielleicht auch äußerst böswillige Verleumdungen?«

»Seht Ihr im Einbezug des Fürsten von Tarent – über interne normannische Querelen hinaus – ein Signal an die Kirche?« Der jetzt doch interessierte Desiderius war zu diesem Schluss gekommen, kleidete ihn aber in eine Frage an den Monsignore.

»Ja und nein«, antwortete der. »Man kann Bohemund als ein Beispiel sehen für das hier insinuierte Vorgehen: Der Papst stellt sich an die Spitze –«

»Weil ihm ein *Unam sanctam* vorgegaukelt wird, ein freiwilliger Verzicht der schismatischen Orthodoxen!«, erboste sich Desiderius.

Remy fuhr fort, als hätte er ihn nicht gehört: »Der Papst an der Spitze, dahinter keine Monarchen, die ihm den Führungsanspruch streitig machen können, sondern die hierarchisch darunterstehende Schicht: die Fürsten des Abendlandes –«

»So sie denn wollen!« Desiderius nahm es sarkastisch, Remy weniger.

»Dazu wird man sie bringen!« Er schaute wie gedankenverloren aus dem Fenster des *Tabulariums* hinaus auf die Hügel. »Es ist eng geworden für den alteingesessenen Adel im Lande der untergehenden Sonne. Die Idee einer solchen Unternehmung im Zeichen des Kreuzes« – Remy spann seine Vision zügig fort – »könnte für das Papsttum zum rettenden Anker werden. An der Spitze eines christlichen Ritterheeres – ohne Ansehen der landsmannschaftlichen Herkunft – auf zur Befreiung des Heiligen Grabes! Wer wollte da noch dem Träger der Tiara gottgegebene Suprematie absprechen?!«

In das eingetretene Schweigen hinein fragte Desiderius beklommen: »Und was soll jetzt geschehen mit diesem nicht an Uns gerichteten Schreiben?«

»Der Kardinallegat sollte unter allen Umständen Kenntnis davon erhalten«, ordnete Remy befehlsgewohnt an.

»Und wir? Was machen wir?«, verlangte Angel zu erfahren.

Da ließ sich zu aller Erstaunen klar und fest Desiderius vernehmen. »Ihr verschnürt die *Annales* zu transportfertig gewachsten Rollen«, sagte er. »Ich habe den Söldnerführer Berenguer von Saissac einbestellt, damit er das notwendige Verlagern dieser Einrichtung übernimmt, die mir sehr am Herzen liegt. Ihr –«, er wandte sich an Vocat und Angel, »ihr werdet ihn begleiten, denn ich habe mich entschieden, nach Rom zu gehen und jene Bürde auf mich zu nehmen.«

Niemand schaute ob dieser Eröffnung verdutzter drein als der Monsignore. Schweigend verließ Remy d'Aretin den Raum.

Die beiden Chronisten verpackten im Turmzimmer die Blätter der *Annales* sorgsam in Kisten, dazu auch ihre magere persönliche Habe sowie ihre Schreibutensilien. Rinat hatte sich zu den Ställen begeben. Ihm hatte der Monsignore angedeutet, er sähe es gerne, wenn Rinat mit den anderen gen Norden ritte. Im Lager Mathildens bei Canossa solle er sich aber von ihnen trennen, um jenes dubiose Schreiben aus Byzanz dem Kardinallegaten zu übergeben. Rinat hatte zugestimmt.

Im Stall hielt sich neben den Maultieren der Mönche immer noch das Streitross des Guillem de Gisors auf zitternden Beinen. Es war alt geworden und mampfte schlabbernd sein Gnadenbrot. Für einen längeren Ritt nicht mehr zu gebrauchen, stellte der ehemalige Knappe gerade sachkundig fest, als er Stimmen hörte. Es war zu spät, sich noch bemerkbar zu machen, daher verbarg er sich. Der Söldnerführer Berenguer war eingetroffen, an seiner Glatze erkannte ihn Rinat über die Bretter des Verschlages hinweg. Die andere Stimme gehörte zweifelsfrei dem Monsignore, der den Glatzkopf merkwürdigerweise schon hier abgepasst hatte, ehe sich Berenguer im Haupthaus bei Desiderius melden konnte. Was sie miteinander besprachen, konnte Rinat nicht verstehen, denn Remy d'Aretin flüsterte angestrengt, und der befehlsgewohnte Söldnerführer grunzte immer nur knapp: »Verstanden! Wird gemacht!« Dann nahm Berenguer wieder sein Pferd, pfiff im Klosterhof seine Leute zusammen, und sie ritten aus dem Tor hinaus, ohne das Kloster auch nur betreten zu haben. Rinat wunderte sich. War es nicht gerade Remy d'Aretin gewesen, der dem Desiderius eingeredet hatte, wie wichtig es sei, die *Annales* in die Sicherheit von Sion zu schaffen? Ausgerechnet er verhinderte jetzt – hinter dem Rücken des *Pontifex* – den bereits vorbereiteten Abtransport! Verstehe einer die Geheimen Dienste! Die Art, wie hier mit schlichten Christenmenschen umgesprungen wurde, ärgerte den Knappen. Arg enttäuscht würden Angel und Vocat sein. Sie hatten sich schon auf den Umzug nach Sion gefreut, zumal sie unter der Fuchtel des missgünstigen neuen Abtes Odorisius nichts mehr zu lachen gehabt hätten. Dafür, dass der Monsignore den guten Desiderius schändlich hinterging, mochten kuriale Belange ausschlaggebend sein, aber dass er auch mit ihm, Rinat von Sitten, sein Spielchen spielte – das ging zu weit! Rinat schlug mit gleicher Waffe zurück. Er führte den Rappen des Monsignore aus dem Stall und ritt mit größter Selbstverständlichkeit zum Tor hinaus. Angel und Vocat würden schon merken, wenn er nicht wieder im Turmgemach auftauchte, und der Monsignore sollte sich ruhig einen anderen als Briefboten suchen!

In Ermangelung einer stringenten Order packten die Chronisten das anrüchige Schreiben ohne viel Federlesens zuunterst in eine der Kisten mit den *Annales*, wohin es ihrer Meinung nach auch gehörte. Als der Monsignore dann nach dem Verbleib des Schriftstücks fragte, gaben sie keck zur Antwort, das habe doch der Knappe Rinat an sich genommen, als er weggeritten. Remy d'Aretin schien entzückt über die forsche Art, wie der Knappe seinen Auftrag angegangen, selbst den entführten Rappen sah er ihm nach.

Am nächsten Morgen verließ der Monsignore mitsamt seinem Gefolge den Monte Cassino. Mit sich führten sie den untröstlichen Desiderius, der sich am Abend zuvor mit Angel und Vocat sinnlos betrunken hatte. In diesem noch anhaltenden Zustand trug eine schwankende Sänfte den *Pontifex maximus* der Ewigen Stadt entgegen.

Als der *Angelus vigilans* und der *Vocator diaboli* endlich zu der Erkenntnis gelangten, dass weder ein schützender Engel noch das Beschwören des Teufels etwas gegen die geheimen Mächte ausrichten konnte, die hier das Spiel bestimmten, ergaben sie sich ihrem Schicksal und unterwarfen sich der Fuchtel des triumphierenden Odorisius. Vorher hatten sie allerdings noch die fertig gepackten Kisten in den Weinkeller des Desiderius geschafft und den Schlüssel gut versteckt. Irgendwann, das fühlten sie, würde der Tag kommen, und sie und die *Annales* würden wieder gefragt und begehrt sein. Vielleicht sogar das ominöse Schreiben aus Byzanz!

Der Zorn der Griechin

Das Segelschiff der jungen Piraten steuerte mit seiner sinistren Fracht den Hafen von Lecce an. Es erwies sich als richtig, dass sie auf den Landweg verzichtet hatten. Schon das geringfügigste Schaukeln des Seglers – Bert el-Caz am Ruder schnitt geradezu meisterlich die Wellenkämme – reichte aus, den waidwunden Grafen Raimar vor Schmerz aufstöhnen zu lassen. Elgaine kniete an seinem Lager und hielt ihm die Hand.

Am Kai war der Hofstaat des Grafenschlosses erschienen, mit seiner Herrin Melina Argyros an der Spitze. Neben ihr stand ihr hoch aufgeschossener Jüngster, Theodor. Astair ließ das Segel reffen und verlangsamte die Fahrt des Schiffes, um das von mehreren Bewaffneten gehaltene Pferd zu zeigen, über dem nach altem Brauch bäuchlings der Leichnam des Erschlagenen hing. Der Anblick reichte der Gräfin, sie stieß einen schrillen Schrei aus, riss sich von ihren Begleitern los und raste wie von Furien gehetzt zurück in das befestigte Stadtschloss. Der schmalgesichtige Theodor stand allein, als jetzt die Trage mit seinem schwerverletzten Vater vorsichtig über die Reling gehoben und auf den Schultern seiner Mannen langsamen Schritts zur düsteren Burg getragen wurde. Der leichenblasse Sohn hatte für den Stöhnenden keinen Blick übrig. Er starrte an ihm vorbei auf das Schiff, von dem jetzt über eine Planke das Streitross mit seinem toten Bruder Beowulf geführt wurde. Der wartende Hofstaat und die schweigend verharrende Menge entblößten die Häupter, als der Trauerzug an ihnen vorüberschritt. Theodor schloss sich ihm an.

Die herzzerreißenden Schreie der Gräfin gellten noch bis zum frühen Morgen aus dem Sitz der Grafen von Lecce, unterstützt von dem dumpfen Geheul der Klageweiber, denn die meisten ihrer Hofdamen waren Griechinnen wie sie. Dann gingen sie über in wüste Beschuldigungen an die Adresse ihres Ehegatten, dem allein Melina die Schuld gab für den Tod ihres Ältesten. Das anklagende Keifen gipfelte in weithin hörbaren höhnischen Beleidigungen, die allesamt unter die Gürtellinie zielten und die der unglückliche Raimar mit knirschenden Zähnen ertragen musste. Gegen Mittag wurde es still im hafennahen Schloss – bedrückend senkte sich Schweigen über die düstere Burg.

Bert el-Caz, der sich an die Torwachen herangemacht hatte, brachte in Erfahrung, was der Gräfin durch Boten mitgeteilt worden war: dass nämlich ihr Onkel Rufo Argyros, Katapan und byzantinischer Statthalter von Bari, in der Gefangenschaft des Großgrafen Roger zu Tode gekommen sei.

Kurz darauf wurde Astair de Saissac als der Capitan des Seglers in den Palast zitiert. Die Gräfin, schon zuvor dort uneingeschränkte Herrin, hatte jetzt durch die ›Unpässlichkeit‹ ihres Gatten – wie sie es nannte – freie Hand, Entscheidungen zu treffen und durchzusetzen. Sie verlangte von Astair – natürlich gegen Bezahlung –, dass er sie samt ihrem Sohn Theodor in die Sicherheit von Konstantinopel brächte, sie spüre kein Verlangen, auch noch ihren jüngsten, einzig verbliebenen Sohn an die mordlüsternen Normannen zu verlieren. Astair willigte ein.

Kaum dass die Gräfin samt Sohn, lediglich begleitet von zwei Zofen, an Bord war, ließ Astair die Leinen losmachen, und Bert el-Caz steuerte den Segler wieder aus dem Hafenbecken von Lecce hinaus aufs Ionische Meer. Die Mannschaft war's zufrieden, denn Melina hatte gleich jedem ein Geldgeschenk überreichen lassen, auch Elgaine, die, als Schiffsjunge verkleidet, die blonde Lockenpracht unter einer kühnen Kopfschärpe versteckt hatte. Ihr stand nicht der Sinn danach, als einziges weiteres weibliches Wesen auf dem Schiff von den Damen vereinnahmt zu werden. Der schüchterne Theodor hielt sich an den Steuermann Bert el-Caz, zu dem er sofort Zutrauen gefasst hatte. Für die

Dame Melina war auf die Decksplanken ein kostbarer Orientteppich gebreitet, darüber wölbte sich ein zeltartiger Pavillon. Dort lagerte sie und ließ sich von ihren Zofen die Meeresbrise zufächern.

»Offen gestanden«, geruhte sie Astair nach einigen Stunden angenehmer Fahrt unter günstigen Winden wissen zu lassen, »ich habe bereits einen Tag zuvor eine von meinem Onkel aus dem Kerker geschmuggelte Nachricht erhalten, er fühle sich seines Lebens nicht mehr sicher, habe Angst, man würde ihn mit Gift beseitigen –« Melina seufzte mitleidheischend. »So ist es dann ja auch gekommen! Gewisse Kreise der römischen Kurie und der normannischen Herrscherfamilie derer von Hauteville fanden sich zu einem mörderischen Komplott zusammen!«

»Sicher zum Wohle der Christenheit!«, sprach Astair ehrerbietig, er verstand von Politika rein gar nichts.

»Sicher zum Besten des Alleinvertretungsanspruches dieses anmaßenden Bischofs von Rom!«, höhnte die Griechin, entließ den Capitan dann aber doch mit huldvoller Geste.

»Ein Schiff unter vollen Segeln sucht uns den Weg abzuschneiden!«, rief plötzlich aufgeregt Bert el-Caz. Astair und sein zartgliedriger Schiffsjunge traten zu ihm.

»Das ist das Dickschiff«, erkannte Elgaine sofort, »das Yussuf erbeutete!«

»Alle Mann an die Segel!«, befahl Capitan Astair. »Wir müssen ihm entkommen!«

Doch rasch erwies sich, dass die Mannschaft nicht in der Lage war, mit den erfahrenen Piraten des Ziriden mitzuhalten. Obgleich Astair das schnellere Boot hatte, kam der behäbig wirkende Kauffahrer stetig näher. Astair schaute sich nach Elgaine um, sie war verschwunden!

Melina zeterte nicht, was der überforderte Capitan eigentlich erwartet hatte, sondern verfolgte mit erstaunlich geringem Interesse die Wettfahrt der beiden ungleichen Schiffe. Yussuf stand auf der Brücke und genoss es, das gehetzte Wild noch eine Zeitlang hecheln zu lassen, sie glitten nebeneinanderher, doch langsam verringerte sich der Abstand von Bord zu Bord.

Der schwarzbärtige Ziride formte seine Pranken zum Trichter. »Wo ist meine Prinzessin?!«, forderte er drohend. »Gebt sie heraus, dann –«

Astair wusste nicht, was er antworten sollte, ja nicht einmal, wo Elgaine sich versteckt hatte. Bert el-Caz enthob ihn der Auskunft. »Wir mussten sie in Lecce als Geisel zurücklassen«, krähte er als Antwort hinüber, »weil uns die Gräfin und ihr Sohn anvertraut wurden!« Er wies auf Melina, die weiterhin Fassung bewahrte. Sie hatte sich nicht einmal von ihren Kissen erhoben. Das Dickschiff drängte sich noch näher an die Reling seines Opfers, Yussuf ergriff ein Tau und schwang sich herüber auf das Deck seines alten Seglers. Er landete direkt vor den Füßen der Gräfin, begrüßte sie sofort mit galantem Handkuss.

»Unter meinen Händen wäre dieses Schiff spielend entkommen«, erklärte ihr der Schwarzbart fast entschuldigend. »Degenschlucker!«, war die einzige Bemerkung, die er für Astair übrig hatte, dann wandte er sich an Bert el-Caz, der seinen Platz am Ruder nicht verlassen hatte. »Du dagegen, Bert el-Caz, den ich immer noch wie einen Sohn ansehe, obgleich du mich übel reingelegt hast, du hast das Zeug zum Seefahrer!« Bert el-Caz quittierte das Kompliment mit selbstgefälligem kurzen Neigen seines grünen Turbans. Obgleich Astair mit seiner gesamten Mannschaft vor ihm stand, hielt sich der Ziride weiterhin an den alerten Steuermann. »An meinen neuen Kahn habe ich mich inzwischen gewöhnt«, verkündete er wohlwollend, »mit seiner Ladung habe ich meine guten Leute standesgemäß eingekleidet –« Er wies hinüber, wo sich die Piraten aufgereiht an der Reling drängten, alle mit farbenfrohen Damastturbanen und ebensolchen Schärpen, dreifach um die *Djallabijat* aus feinstem Musselin geschlungen, und pludrigen *Sirwals* aus indischer Seide. »Bessere Männer finde ich nicht! Was Ihr hier an Mannschaft geerbt habt, scheint mir die weite Reise zum Großen Markt von Bejaia kaum wert.« Verächtlich ließ er seinen Blick über Astairs Mannen schweifen, bis er mit sichtbarem Wohlgefallen auf Melina und ihren Zofen haftenblieb. »Den Transport dieser wertvollen Dame und ihrer Begleitung indes werde ich Euch abnehmen, wenn Ihr nichts dagegen habt. Auf jeden

Fall ist sie in meinen Händen besser aufgehoben. Auch bietet mein Schiff den Komfort, der ihr gebührt!« Er verneigte sich formvollendet vor der Gräfin und reichte ihr die Hand. Melina hatte für Astair – außer einem gezischten »Schöner Ritter!« – nur einen wütenden Blick übrig.

Klagend fragte Theodor seine Mutter: »Kann Bert denn nicht mit uns kommen?« Der kleinwüchsige Steuermann tröstete den verwirrten Jungen und ermunterte ihn, sich in sein Schicksal zu fügen. Schließlich könne er sicher sein, dass für ihn Lösegeld fließen würde, ein unschätzbarer Vorteil seiner gräflichen Geburt. Bitter kam Bert der Gedanke, dass sein Vater für ihn gewiss keinen Silberling aus der Schatztruhe hätte springen lassen. Er, Bert el-Caz, musste zusehen, wie er selbst zurechtkam!

Der Ziride ließ seine Beute hinüberschaffen und winkte allein Bert el-Caz noch einmal zu, um ihn wissen zu lassen, dass er ihn jederzeit wieder mit offenen Armen aufnehmen würde.

Das große Schiff ließ die glücklosen Piraten schnell hinter sich, als es unter vollen Segeln davonrauschte.

Elgaine kam aus ihrem Versteck gekrochen und schaute ihm verträumt nach, wie es bald zu einem Punkt am Horizont wurde und dann verschwand. »Schade«, sagte sie zu Bert el-Caz, »richtige Piraten! Das wäre vielleicht ein weitaus aufregenderes Abenteuer gewesen, als sich bei den Ratten an der Kielspitze verkriechen zu müssen!«

»Gebt die Hoffnung nicht auf, Prinzessin!«, lachte der kleine Fuchs. »Vor uns liegt immer noch das weite Meer der großen Überraschungen!«

Conon de la Montana, Tankred du Mar

Der Gamsbock stand nicht weit über ihm, sein zottiger Körper zeichnete sich ab gegen das Weiß der schneebedeckten Hänge auf der anderen Talseite, über ihm der strahlend blaue Himmel der Walliser Alpen. Conon tastete über die Schulter zu seinem Köcher, um in langsamer Bewegung einen der Pfeile zu ziehen. Jede Hast hätte das scheue Tier verschreckt. So schnell konnte er keinen Pfeil auflegen, den Bogen spannen und zielen, um eine fliehende, von Fels zu Fels springende Gämse dann noch zu treffen! Behutsam richtete er das Geschoss, konzentrierte sich einzig auf das Zurückziehen der Sehne –

So sehr war Conon auf diesen Handlungsablauf zwischen Auge und Hand fixiert, dass er zu spät spürte, wie der Geröllgrund zu seinen Füßen erst bröckelte und dann nachgab. Er warf sich seitlich zur Felswand, doch die Beine rutschten ihm bereits weg. Steine prasselten, zeigten den Weg seines Sturzes, den es jetzt nur noch zu mildern galt. Er setzte sich rasch auf seinen Hosenboden und schlitterte abwärts. Als Glück erwies sich, dass er die Beute in so geringer Höhe entdeckt hatte, so war die rasante Abfahrt nur von kurzer Dauer.

Conon landete ziemlich genau dort, von wo aus er beim unverhofften Anblick des Bocks seinem Jagdfieber nachgegeben hatte, neben der Grottenöffnung direkt über dem Bergsee. Von der Gämse war keine Spur mehr zu sehen, aber auch nicht von seinen Gefährten. Mit seinem Zwillingsbruder und mit Cantar war er hier hinaufgestiegen, weil die von ihm heimlich Verehrte eine Höhle entdeckt hatte, in der sich der See unterirdisch fortsetzen sollte. Gerade als sie unter der Führung der bergkundigen

Cantar die Grotte betreten wollten, war ihm der Bock dazwischengekommen. Conon klopfte sich Staub und Dreck von den Beinkleidern, damit nichts von dem unrühmlichen Ende seines kurzen Jagdausflugs zeugte. Von der schmerzhaften Erfahrung mit trügerischem Untergrund gewitzt, setzte er vorsichtig seinen Fuß in die dämmrige Höhle. Er musste mehrere herabgestürzte Felsbrocken überwinden, ehe er in einiger Entfernung einen von oben einfallenden Lichtstrahl wahrnahm. Behände kletterte er über die sich jetzt höher auftürmenden Schuttmassen, und dann sah auch er das von Cantar angekündigte Wunder: »Das Auge der Göttin«, ein blauer See von solcher Tiefe und Klarheit, dass es ihm den Atem raubte. Es war das Licht, das ihn zu diesem dunklen Leuchten brachte! Conon ging in die Knie, nun wurde die glatte Oberfläche des Wassers zum Spiegel der Großen Magierin. Der Widerschein blendete ihn, gleichzeitig nahm er aber auch die rostbraun bis silberweiß gefärbten Stalaktiten wahr, die ihm gegenüber wie ein Wald den Rahmen des stillen Spektakels bildeten, die dichten Augenbrauen, die zarten Wimpern der Göttin. Stumm ließ Conon den Zauber auf sich wirken, bevor er endlich Ausschau hielt nach den beiden Gesuchten. Cantar thronte wie eine Hohepriesterin auf einem der wenigen sichtbaren Stalagmiten, die meisten hatte der See verschluckt, bei genauem Hinschauen leuchteten sie matt aus der Tiefe herauf wie versunkene Sterne. Sein Bruder Tankred hockte ihr zu Füßen. Conon ließ sich Zeit. So entging ihm, wie Cantar davon schwärmte, an solch einem Ort, einer Grotte am Meer, lichterfüllt von unsichtbaren Sonnenstrahlen, einer solchen kristallenen Druse von sich brechenden Wellen und tanzenden Reflexen, ein Kind zur Welt zu bringen, einen Knaben natürlich, ganz allein auf sich selbst gestellt und doch in der Geborgenheit einer schützenden Gottheit. Tankred war tief beeindruckt. Bevor er seine Gefühle in Worte fassen konnte, was ohnehin nicht seine Stärke war, erschien Conon und zerstörte die von dem stillen Tankred so genossene Zweisamkeit, denn auch der Zwilling liebte die wunderschöne, rätselhafte Cantar. Aber jetzt teilte er, Tankred, mit der Angebeteten ein wunderbares Geheimnis: Cantar du Mar!

Geräuschvoll, wie es seine Art, war Conon aufgetreten und riss das Gespräch an sich. Er brachte es schnell auf Gisors, ein Erlebnis, das er mit Cantar gemeinsam hatte, aber Tankred nicht. »Stell dir vor, Bruderherz«, gab er sich gönnerhaft, »eine Festung, von hohen Mauern umgeben, Türme, die in den Himmel ragen! Edle Ritter ziehen durch das Tor auf ihren Rossen, an den Farben ihrer Schabracken kannst du ihre noble Herkunft erkennen – reizende Damen erwarten sie zur Tafelrunde, zum ritterlichen Turnier –«

»Aber wohl kaum mit einem Holzschwert!«, gab ihm Cantar eins aufs Maul. »Damals, als wir unter der Obhut unseres Kaplans Remy d'Aretin zu dieser seltsamen Verlobung reisen durften, nanntest du dich Conon de la Montana –«

»So nenne ich mich immer noch«, erwiderte ihr Conon trotzig, »und werde es auch weiterhin tun, solange unsere liebe Frau Mutter uns keine Auskunft über den Namen unseres Vaters gibt!«

»Du solltest sie nicht drängen!«, mahnte der um Frieden bemühte Tankred. »Vielleicht leidet sie unter seinem Verschwinden mehr als wir?«

»Und unter welchem Namen, lieber Bruder, willst du dein Leben bestreiten? Etwa unter dem der Familie der edlen Fedaye de Béthune?«

»Ich heiße ab sofort Tankred du Mar!«, erklärte da der Zwilling überraschend. Conon schaute ihn erstaunt an, das wissende Lächeln von Cantar entging ihm. »Was hast denn du mit dem Meer am Hut?!«

»Viel, jedenfalls habe ich mehr Respekt als du vor den Bergen!«, verteidigte Tankred seine spontane Wahl. »Ich spüre da eine Verbindung«, erläuterte er zunächst unsicher und ergänzte dann stolz: »Es ist ein minniglicher Dienst!« Tankred wagte nicht, zu Cantar aufzuschauen.

»Schau an!«, spöttelte Conon. »Mein Bruder auf Freiersfüßen! Wer ist denn die holde Maid?« Bevor er Tankred in die Enge treiben konnte, rief Cantar: »Es nähert sich jemand!« Da trat schon Berenguer aus dem Felsgestein oberhalb des Sees.

Der glatzköpfige Söldnerführer hatte kaum ein Auge für die

Magie des der Göttin geweihten Ortes, umso mehr für Cantar, dessen würdige Priesterin. Er starrte sie an. »Eine Orchidee«, stammelte er in unbeholfenem Entzücken, »sollte in lichterem Ambiente erblühen, das ihre fremdartige Schönheit und bestürzende Makellosigkeit besser zur Geltung bringt!«

Cantar lachte silberhell auf. »Mein guter Onkel Berenguer! Den Satz müsst Ihr auswendig gelernt haben.« Sie stieg von ihrem Sockel, um den Glatzkopf zu umarmen. »Gut, dass meine Frau Mutter nicht gehört hat, wie ihr mit Frauen so erfahrener Bruder seine unschuldige Nichte zu umgarnen versucht!«

Sie küsste ihn auf beide Wangen, Tankred und Conon notierten die Herzlichkeit mit knabenhafter Eifersucht. »Sagt Ihr das zu allen Weibern, die Ihr verführen wollt – oder wollt Ihr mich gar aus Sion in die gleißende Fremde locken?«

Berenguer bewahrte Fassung. »Erst mal soll ich nur Euch und Eure jungen Freunde nach Hause bringen. In der Burg sorgt man sich schon um die waghalsigen Kletterer im Fels –« Der Glatzkopf wandte sich zum Gehen, ein Mann wie er erwartete keinen Widerspruch. »Gott sei Dank sah euch ein Hütejunge hier in der Grotte verschwinden!«

Sie folgten Berenguer brav wie Bergziegen ihrem Hirten, zurück zur Burg von Sion.

Sultana Melina

Yussuf der Ziride ließ bald den Gedanken fallen, seine Beute auf dem Großen Markt von Bejaia an den Mann zu bringen. Mit dieser Melina, der Gräfin von Lecce, konnte er etwas bewerkstelligen, das ihm wichtiger war:

Es herrschte am Horn von Afrika, auf dem weit ins Meer hinausragenden Felsenriff von Mahdia der greise Sultan Boujaffar ibn Jawhar, ein Nachfahre des großen Generals, der für die Fatimiden Kairo erobert hatte. Zur Belohnung hatten sie ihm jene als uneinnehmbar geltende Festung überlassen. Yussuf hatte mit dem regierenden Sultan zwar den Vater gemeinsam, weswegen er den sicheren Hafen von Mahdia auch als Ausgangspunkt für seine Raubzüge durchs Mittelmeer benutzen durfte, doch Herrscher waren launisch, und es war weise, sie von Zeit zu Zeit mit einem Geschenk zu erfreuen.

So brachte er Melina Argyros und ihren Sprössling Theodor nicht auf den Sklavenmarkt zur Versteigerung, sondern führte sie, versehen mit allen Insignien und Bequemlichkeiten einer Dame von Rang, die tunesische Küste hinab, wo sich für ihn die schwerbewachten Eisentore des in den Felsen geschnittenen Hafenbeckens von Mahdia öffneten. Die resolute Melina spielte bei dem pompösen Empfang durch den Herrscher bereitwillig die ihr zugedachte Rolle, denn sie hatte nicht im Geringsten im Sinn, als irgendeine beliebige Frauensperson hinter den Mauern eines Harems zu verschwinden. Im Dienste der Sache willigte sie auch sofort in die Trennung von dem störenden Theodor ein, den der umsichtige Ziride erst einmal an Bord seines Schiffes behielt.

Ob der unerwarteten Bereicherung seines Schlafgemachs gab der alte Sultan ein rauschendes Fest, danach durften seine begeisterten Untertanen fast drei Tage und zwei Nächte lang den Lustschreien der Melina Argyros lauschen, untermischt mit dem Stöhnen und Keuchen, heiseren Brüllen, Husten und allerlei sonstigen Geräuschen von höchster Anstrengung, Beweisen der scheinbar stierischen Potenz des Sultans.

In den frühen Morgenstunden des dritten Tages ertönte ein tierischer, sicher jedoch unmenschlicher, den Palast erschütternder Schrei – und dann war es still, totenstill! Die Leibdiener fanden den Sultan mit vor höchstem Glück verdrehten, aber bereits glasigen Augen rücklings auf seinem Lager ausgestreckt. Boujaffar ibn Jawhar hatte unter der tosenden Wucht des rasend kreisenden, wie ein Hammerwerk auf ihn niederfahrenden Beckens der Melina Argyros sein Leben ausgeröchelt. Die Gräfin von Lecce saß nackt am Fenster und sah dem Treiben des Personals ungerührt zu. Sie atmete nicht einmal schwer. Dann ließ sie sich ankleiden und gab den herbeigeeilten Kämmerern Anweisungen für die Durchführung des Staatsbegräbnisses.

Nachdem der Sultan mit höchsten Ehren auf dem felsigen Gräberfeld – mit Blick übers Meer – beigesetzt und die ebenfalls drei Tage andauernden Feierlichkeiten beendet waren, empfing die Sultana Melina den Ziriden.

»Schlagt Euch gleich aus dem Kopf, Yussuf«, erklärte sie dem schwarzbärtigen Sklavenhändler, »ich würde Euch an meiner Seite zu Weihen erheben, wie denen eines Sultans.« Die Stimme der Herrscherin zeigte an, dass es nicht ratsam war, ihren Willen anzuzweifeln. »Stattdessen befehle ich Euch, so ihr Euch den besonderen Status Unserer schützenden Hand erhalten wollt, auszufahren und mir den Astair de Saissac beizubringen, ohne – oder mit – seiner kleinen Prinzessin!«

Damit war die Audienz für den Ziriden noch nicht beendet. »Was meinen Sohn Theodor anbetrifft, schafft ihn in den Harem, damit er dort lernt, sich wie ein Mann zu gebärden. Die Weiber sind streng anzuhalten, dass dies mit dem gewünschten

Erfolg vonstattengeht – andernfalls ist von der Peitsche Gebrauch zu machen!«

Yussuf verließ gesenkten Hauptes rückwärts den Saal und machte sich daran, ihrem Verlangen unverzüglich nachzukommen.

Leer das Nest in den Bergen

Zu Sion am Oberlauf der Rhône, inmitten der Walliser Alpen, waren die Zwillinge der Fedaye de Béthune in ein Alter gekommen, in dem es junge Burschen hinauszieht in die Welt der Abenteuer, jedenfalls hinaus aus dem von Felswänden beengten Tal, dessen einzige Zukunft nur darin bestehen konnte, dem deutschen Kaiser weiterhin den Passweg nach Italien offen zu halten. Tankred, der Stillere der beiden, stand zwar an Furchtlosigkeit seinem Zwillingsbruder in nichts nach, fühlte sich aber seiner Mutter Fedaye verbunden, während Conon vor Tatendurst barst. Alles, was er sich an kriegerischen Fähigkeiten hier in der Einöde hatte beibringen können, hatte sich längst erschöpft, niemand und nichts war vor den unbändigen Kräften des kaum Zwölfjährigen sicher.

Dazu schwelte in dem Jungen der unbändige Wunsch, seinen Vater kennenzulernen oder wenigstens in Erfahrung zu bringen, wer dieser Held war – denn ein Held musste er sein, sonst wäre es ihm nicht gelungen, die schöne Fedaye zu freien. Irgendetwas musste er mit Gisors zu tun haben, jener machtvollen Burg im Norden des Frankenreichs, andernfalls hätte Fedaye damals nicht so bereitwillig zugestimmt, dass er Cantar und den Kaplan Remy dorthin begleitete. Ihm kam die ranke Elgaine in den Sinn. Ob sie inzwischen wohl einem anderen Mann anverlobt war? Einen besseren als den mickrigen Rotschwanz namens Berthold hatte sie gewiss verdient, am besten einen, wie er, Conon de la Montana, es war – oder noch werden würde! Für sie wollte er kämpfen – Elgaine de Gisors und Conon, ihr ruhmreicher Ritter! In Gedanken presste er ihre blonden Locken an seine Lippen und küsste sie inbrünstig, als sich von hinten eine schwere Hand auf seine Schulter legte. Ertappt schaute Conon hoch. Es war der glatzköpfige Söldnerführer Berenguer, der ihn aufgespürt hatte.

»Ich werde nicht mehr lange in diesem langweiligen Nest verweilen«, murmelte der alte Haudegen, »einsamer Horst für junge Bergadler, die noch nicht flügge sind oder sich nicht trauen –«

Conon reagierte schnell. »Würdet Ihr mich denn mit Euch führen, Berenguer de Saissac, als Euren Knappen?«

Der Glatzkopf schmunzelte. »Wenn Eure Frau Mutter Euch lässt?«

Trotzig stieß Conon mit dem Fuß auf. »Sie kann mir solche Chance nicht verwehren! Schließlich bleibt ihr ja noch Tankred!«

Berenguer schürzte beiläufig die Lippen, als wäre das alles für ihn nicht von so großer Bedeutung. »Was wird Cantar sagen«, meinte er leichthin, »wenn sie erfährt, dass ihr liebster Spielgefährte sie im Stich lässt?«

»Das bin ich gar nicht! Sie ist viel lieber mit Tankred zusammen, obgleich sie –«, Conon bedachte sich, »eigentlich viel kühner ist. Cantar sehnt sich nach dem größten aller Abenteuer, dem des Geistes, das hat sie mir selbst gesagt!« Er war stolz auf das Vertrauen, das Cantar in ihn gesetzt hatte, und fühlte sich zu ihrer Ehrenrettung aufgerufen. »Ich werde ihr sagen, dass wir hinausziehen werden in die Welt!«

Wilde Begeisterung erfasste ihn. »Ob nun Geist oder Schwert, wir haben die Freiheit gewählt!« Er schlug dem Söldnerführer ein in die hingehaltene Pranke. Damit war das Versprechen besiegelt!

Kurz darauf verließ Berenguer de Saissac das Tal der Rhône in Richtung der Pässe gen Süden. Hinter ihm trabte stolz sein Knappe Conon. Doch schon auf der Passhöhe gesellte sich eine dritte Person zu ihnen, auf einem Maulesel, die Kapuze tief ins Gesicht gezogen – wie ein Mönch vom nahen Hospiz des Sankt Bernhard.

Es dauerte bis zum Abend, bis Herr Urs von Sitten, *Praefectus et Comes vallesiae*, und sein Eheweib Miral de Saissac bemerkten, dass ihre einzige Tochter Cantar verschwunden war.

Lob der Jungfrau

Der Piratensegler, den jetzt Astair als selbsternannter Capitan befehligte, mit Bert el-Caz als erfahrenem Steuermann und Elgaine als umsichtigem Schiffsjungen, schnitt nach Durchqueren von Skylla und Charybdis, der Meerenge von Messina, durch die Wellen des Tyrrhenischen Meeres.

»Kurs Nord-Nordwest!« lautete das Kommando, und Elgaine, die längst besser als jeder in der Mannschaft das Handwerk des Segelsetzens beherrschte, wenn auch die Kraft ihrer Arme sie manchmal im Stich ließ, trimmte gekonnt das sich blähende Tuch, dann zurrte sie die schlagende Schot fest. Stolz schaute sie hinüber zu Bert el-Caz am Ruder, der ihr Manöver geschickt begleitet hatte, während Astair von ihren neuerworbenen Fähigkeiten kaum Notiz zu nehmen schien. Immerhin hatte keiner von beiden Einspruch erhoben, als Elgaine veranlasst hatte, dass der Schriftzug *Laus ad virginem!* übermalt wurde. Lob der Jungfrau! Lächerlich!

Es herrschte dicke Luft zwischen dem Capitan und seinem Steuermann, denn Bert el-Caz war strikt gegen solch, wie er sagte, sinnloses Kreuzen auf offenem Meer, schon weil die Stürme unberechenbar waren. Zudem nahm sich dort das Aufspüren von Beute eher aus wie das Suchen nach der berühmten Nadel im Heuhaufen, während in Küstennähe solche Unternehmungen sich wesentlich erfolgreicher gestalten ließen.

»Auftauchen – blitzschnell zuschlagen – und verschwinden!«, forderte der schlitzohrige Bert el-Caz in Erinnerung an seine straffe Lehrzeit bei Yussuf dem Ziriden.

Doch Astair liebte es, breitbeinig auf dem Hochdeck stehend, sich den Wind durchs Haar fahren zu lassen und möglichst von niederen Tätigkeiten wie dem Aufbringen und Ausrauben von Schiffen unbehelligt zu bleiben. »Wenn's Euch nicht mehr schmeckt, Bert el-Caz«, tönte er herausfordernd von oben herab, »dann könnt Ihr jederzeit von Bord gehen – von mir aus auch gleich jetzt!«

Der drahtige Steuermann duckte sich und riss plötzlich das Ruder herum, dass Astair fast über die Reling ins Wasser gestürzt wäre. Elgaine lachte, doch Bert el-Caz war wütend. »Die Planken dieses Schiffes hättet Ihr nicht unter den Füßen, Astair de Saissac, wenn ich nicht gewesen wäre! Mir gehört es genauso wie Euch – und Elgaine!«

»Lasst die Prinzessin aus dem Spiel!«, schnaubte der Capitan und legte ostentativ die Hand an den Knauf seines Schwertes. »Wenn es Euch danach gelüstet, können wir gern und auf der Stelle ausfechten, wer hier das Sagen hat – Bettnässer!«

»Schämt Euch!«, griff jetzt Elgaine energisch ein, wobei sie offenließ, ob sie beide oder nur Astair meinte. »Wir nehmen jetzt Kurs auf das gute Amalfi, wo unser gemeinsames Abenteuer begann –« Zum Zeichen, dass es ihr ernst war, ließ sie die Leine frei und wies damit dem Schiff den Kurs Richtung Küste. »Und Ihr, mein Herr Fechtmeister, entschuldigt Euch für Euren dämlichen Ausrutscher, er war eines Ritters unwürdig!« Sie drehte Astair den Rücken zu, bis dieser sich herbeiließ, »Verzeihung, Steuermann, es war nicht so gemeint« zu murmeln. Doch Bert el-Caz sah weg und beschäftigte sich damit, sein Ruder auf den von Elgaine eingeschlagenen Kurs umzustellen. So einfach steckte er diese Beleidigung nicht weg! Finster starrte Bert el-Caz aufs Meer hinaus, während Elgaine Astair mit vorwurfsvollem Blick ansah. Er versuchte, sie in die Arme zu nehmen, aber sie wand sich heraus. Gereizt war die Stimmung an Bord, als sie spätabends in Amalfi einliefen.

Die Mannschaft stürmte sofort von Deck in die Tavernen der Altstadt, Bert el-Caz kümmerte sich noch um das ordentliche Festmachen des Schiffes am Kai, dann ging auch er von Bord. Astair und Elgaine blieben allein zurück. Sie sprachen an dem Abend kein Wort mehr und legten sich dann zum Schlafen nieder.

Bert el-Caz hatte seine Schritte in den ›Letzten Anker‹ gelenkt und betrank sich langsam, aber unerbittlich. Es war weit nach Mitternacht, als er sich auf den Weg zu seinem Schiff machte. Er fand es nicht mehr, er fand nicht einmal den Kai. Wankend torkelte er die Außenmole entlang, da entdeckte er plötzlich das dicke Schiff des Ziriden, das dort vor Anker gegangen war. Er sah das ausgelegte Fallreep, betrat die schwankende Planke und fiel nach wenigen Schritten ins Wasser.

Als er wieder zu sich kam, saß er in Decken gehüllt vor dem schwarzbärtigen Yussuf, und vor ihm stand eine Schale dampfenden arabischen *Shais* mit stark duftender Minze und anderen belebenden Kräutern. Der Ziride ließ ihm Zeit, er wusste Bescheid. Seine Leute hatten in den Tavernen von den Missstimmigkeiten zwischen Bert el-Caz und seinem Capitan gehört und ihm berichtet. Bert el-Caz schlürfte sein heißes Getränk.

Schließlich sagte Yussuf: »Wenn du das Schiff für dich allein haben willst, musst du Astair loswerden.« Bert el-Caz nickte düster, und der Ziride fuhr unaufgeregt fort: »Wenn es dir gelingt, Astair de Saissac nach Mahdia zu lotsen, hat sich bei seiner Ankunft dort dein Problem erledigt.«

Bert el-Caz wurde allmählich wieder nüchtern, dafür hatte er jetzt ein flaues Gefühl im Magen. »Und Elgaine?«, fragte er nach. »Was geschieht mit ihr?!«

»Nichts, wenn sie sich besonnen verhält – auch Astair geht es beileibe nicht an den Kragen«, der Ziride lachte dröhnend, »wohl eher an die Hose! Die Rache der Dame zielt unter die Gürtellinie!«

»Aber Elgaine?«, insistierte der kleine Fuchs. Er erkundigte sich gar nicht, wer denn die Dame sei, sein Herz schlug immer noch für die verlorene Verlobte. »Ich will nicht, dass Elgaine irgendein Leid geschieht!«

»Was ihr bestimmt ist, weiß ich nicht zu sagen. Wenn du kein Risiko eingehen willst, dann bleib Mahdia fern – und vergiss das mit dem eigenen Schiff!«

»Schon recht!«, knurrte das Füchslein bissig. »Ich bin ja dabei!«

Yussuf spürte, dass der Fuchs noch nicht die richtige Witterung aufgenommen hatte. »Mach meinetwegen deinem Capitan weis, die reiche Sultana von Mahdia suche dringend tüchtige Piraten mit eigenem Schiff und dafür hohem Anteil an der Beute! Der Degenschlucker ist eitel genug, auf diesen Köder anzubeißen!« Der Schwarzbärtige stimmte eine auffordernde Lache an, bis schließlich auch Bert el-Caz darin einfiel. »Und jetzt kehr zum Schlafen zurück an Bord deines zukünftigen Schiffes und zeig dich großherzig zum Verzeihen bereit.«

Ein kalter Wind

Die beschauliche Ruhe und heitere Sorgenlosigkeit waren von den lieblichen Hängen oberhalb des Rhônetals wie vom Föhn weggeblasen. Mit wirbelnden Schneeflocken untermischt, fegte ein kalter Wind über die Mauern der Burg von Sion. Der Verlust der einzigen Tochter und Erbin schmerzte und empörte die Eltern, den Herrn Urs von Sitten und sein Eheweib Miral de Saissac. Die Schuld an dem Verschwinden gaben sie nicht etwa dem Onkel Berenguer, leichtlebiger Bruder der Miral, sondern dem Nichtsnutz Conon, der bis zu seinem Verschwinden aus Sion zusammen mit seinem Zwillingsbruder Tankred bei seiner Mutter gelebt hatte. Miral hatte Fedaye de Béthune seit Jahren Gastfreundschaft gewährt, die Knaben wie zur Familie gehörig betrachtet – und das war nun der Dank! Denn davon ließ sie sich nicht abbringen, es mussten die Einflüsterungen Conons gewesen sein, die ihre sonst so besonnene Tochter zu diesem unüberlegten Schritt bewegt hatten. Bestimmt hatte Fedaye von diesen kindischen Plänen gewusst, als sie ihrem Conon gestattete, mit Berenguer in die Ferne zu ziehen! Seitdem wechselte Miral mit ihrer Freundin kein Wort mehr.

Die verstörte Fedaye konnte sich schwer vorstellen, dass der Glatzkopf Berenguer nicht eingeweiht gewesen war. Vielleicht hatte er sogar die treibende Kraft dargestellt? Denn so abenteuerlustig sie ihren Conon auch einschätzte, gegen den Willen des Söldnerführers konnte sich Cantar unmöglich den beiden Männern angeschlossen haben. Zudem hatte sich Cantar schon immer als eine sehr eigenartige, eigenwillige Person gezeigt, und sie war – weiß Gott – kein kleines Mädchen mehr, eigentlich war sie das nie gewesen! Diesem früh zur jungen Frau gereiften, äußerst ernsthaften, sehr gescheiten Wesen hätte Conon niemals einen solchen Floh ins Ohr setzen können! Eher schien es Fedaye möglich, dass Cantar den Springinsfeld Conon überredet hatte, ihr Gesellschaft zu leisten! Oder hatte er sich bereitwillig als ihr junger Ritter gesehen?

Tankred wusste auf eindringliches Befragen nichts zur Aufklärung der Motive und des Sachverhalts beizutragen. Seinen Zwilling vermisste er nicht allzu sehr, zu verschieden waren die beiden Brüder, aber Cantar fehlte ihm, ihr hatte er sein Herz ausschütten können, und er verstand nicht, warum sie ihm das angetan hatte. Er fühlte sich hintergangen!

Da sie mit ihrer Freundin Miral, geschweige denn mit deren Gatten, dem *Praefectus et Comes vallesiae*, nicht mehr reden konnte, suchte Fedaye den Bischof des Tales auf. Als Urs von Sitten durch den unerwarteten Tod Hermanfrieds von heute auf morgen das Amt des Präfekten übernehmen musste, hatte die bereits vollzogene Ehe mit Miral von Saissac gegen die damit verbundene Bischofswürde gestanden. So war sein Vetter Gosbart aus dem Priesterseminar zu Chur herausgerissen und mit allerlei Dispens und Fürsprache zum Bischof und *Episcopus sedunensis* geweiht worden. Gosbart von Sitten war ein Krüppel, ein Reitunfall hatte ihn noch im Knabenalter hüftabwärts gelähmt. Die Familie ließ ihm jede erdenkliche Zuwendung zukommen, so konstruierte ein findiger Schmied für den Gehbehinderten einen Stuhl, dem er unter der Sitzfläche eine Achse einzog. An der befestigte er rechts und links ein leichtes Wagenrad, dessen Lauffläche die Kürschner mit Fellen umwickelten, so dass Gosbart – daher stets mit Handschuhen versehen – sie umfassen konnte und sich vorwärts oder rückwärts zu bewegen vermochte. Bald zeigte er sich zudem in der Lage, seine eingeschränkte Bewegungsfähigkeit mit geistigen Dingen zu kompensieren. Gosbart korrespondierte mit allen Großen des Abendlandes, Wissenschaftlern und Theologen, berühmten Ärzten und vor allem mit Leuten, die Sinn für

Macht hatten. Seine Neugier war unstillbar, sein Einfluss wuchs. Bald eilte dem an seinen rollenden Stuhl Gefesselten der Ruf voraus – oder schlich ihm als Gerücht hinterdrein –, dies- und jenseits des Großen Sankt Bernhard der schlimmste Intrigant zu sein. Geheimdienste vieler Mächte bedienten sich seiner, es gab kaum einen Agenten, der ihm nicht verpflichtet war.

Natürlich wusste er mehr über Fedaye de Béthune, als die Schöne ahnen konnte, und so riet er ihr dringend, sich auf die Suche nach der Entschwundenen zu machen. In Sion würde ihr Miral in Zukunft ohnehin das Leben zur Hölle machen! Der Ratschlag fiel bei Fedaye de Béthune auf dankbaren Boden, also würde sie sich auf die Reise begeben. Gosbart empfahl ihr, sich an die Fersen des Söldnerführers zu heften, der sei leichter aufzuspüren als die Kinder, die wohl kaum Spuren hinterlassen würden. Da war sich Fedaye bei ihrem Sprössling Conon zwar nicht so sicher, doch sie versprach, den Rat zu beherzigen, und verließ kurz darauf mit Tankred an der Hand und ausreichendem Gefolge das Rhônetal Richtung Süden. Der Bischof hatte dafür gesorgt, dass ihr vom Schatzamt der Präfektur die notwendigen Geldmittel zur Verfügung gestellt wurden. Schließlich lag die Suchexpedition auch im Interesse der Grafenfamilie derer von Sitten.

Bischof Gosbart war gar nicht dazu gekommen, seiner Besucherin Kenntnis von der Nachricht zu geben, die erst jetzt bis in die Einsamkeit der Walliser Bergwelt vorgedrungen war: Zu Rom war der gerade erst vor einem Jahr gewählte Papst Victor III. verstorben. Der *Episcopus sedunensis* erfuhr es von den Benediktinermönchen, die mit ihren zotteligen, gutmütigen Hirtenhunden oben im Hospiz auf der Passhöhe des Großen Sankt Bernhard hausten. Es sei dem vormaligen Abt Desiderius nicht vergönnt gewesen, rechtzeitig zum Treffen mit dem Allerhöchsten in sein geliebtes Kloster auf dem Monte Cassino zurückzukehren.

Dafür machte jetzt die empörte Dame Miral dem Bischof ihre Aufwartung. Sie war äußerst aufgebracht über die Unterstellung, sie habe ihrer besten Freundin Fedaye die Luft zum Leben in Sion verpestet. Im Gegenteil, sie sei untröstlich, dass nun auch Fedaye und mit ihr der wohlerzogene Tankred dem Wallis den Rücken gekehrt hätten! Sie habe jüngst nur eine gute Nachricht erhalten und die wolle sie den Bischof auch wissen lassen: Ihr früherer Hofkaplan Remy d'Aretin sei zu Kardinalswürden aufgestiegen, denn sein Freund und Protektor, der Kardinallegat Odo de Lagery-Chatillon, sei auf dem sicherem Weg, als Nächster den Thron des Fischers zu Rom zu besteigen. Eigentlich gäbe es gar keine andere Wahl, triumphierte Frau Miral.

»Das freut mich für Remy!«, bedankte sich Gosbart für die Neuigkeiten, die keineswegs an ihm vorbei in die Burg gelangt waren. »Hättet Ihr, liebe Miral, ihn damals nicht zu jener Verlobung von Gisors geschickt, die nicht stattfand, dann säße Remy wahrscheinlich auf diesem prachtvollen Stuhle hier, beladen mit der glorreichen Aufgabe, diesem Tal das Wort des Herrn zu künden, statt innerhalb der öden Kurie die mühselige Erfolgsleiter Stufe für Stufe erklimmen zu müssen!«

Miral bleckte bösbitter die Zähne. »Seid nicht undankbar, Gosbart, wir haben alle unsere vollgepackte Kiepe zu tragen! Hier zwischen Bergziegen und Schlittenhunden!«

»Gewisslich!«, entgegnete der Bischof salbungsvoll. »Vorausgesetzt, man mag Tag für Tag den frischen Käse von den Sennerhütten! So besehen«, erwiderte er mit grimmem Lächeln, »könntet Ihr auch Verständnis aufbringen für jene, die uns verlassen haben. Die Wege des Herrn sind nicht immer unergründlich – gelobt sei Jesus Christus!«

Bischof Gosbart bot ihr seine schmale Hand zum Ringkuss.

Das eiserne Tor von Mahdia

Der schnittige Segler unter Führung der drei jungen Piraten flog wieder wie ein Vogel übers Meer. Ihre Mannschaft hatten sie in Amalfi ausgedünnt, nur die Besten blieben, die anderen verpassten das Auslaufen des Schiffes. Capitan Astair und sein Steuermann Bert el-Caz übertrafen sich unter dem wachsamen Auge Elgaines darin, einander gegenseitig Gefallen zu erweisen. Ohne jeden Widerspruch hatte Bert el-Caz das Ruder zum offenen Meer hin eingeschlagen. Sie segelten jetzt wieder südwärts und zu Astairs Freude westlich an Sizilien vorbei, die Insel Ustica hatten sie schon hinter sich gelassen. Astair war voll lauten Lobes für seinen Steuermann und bot Elgaine an, ihre Fechtstunden wieder aufzunehmen. Ein guter Pirat müsse nicht nur am Segel seinen Mann stehen, sondern auch mit Scimtar und Enterbeil geschickter umgehen können als jeder mögliche Gegner.

Elgaine fing die ihr zugeworfene Waffe im Fluge und sprang den Krummsäbel schwingend in die Wanten. »Vielleicht sollte auch Bert el-Caz mal lernen«, rief sie herausfordernd, »mit etwas Schärferem umzugehen als mit einem Schwert aus Holz?«

Astair ließ sich herab, dem kleinen Fuchs den Umgang mit dem Scimtar beizubringen, allerdings war dessen gebogene Klinge fast größer als der ganze Bert el-Caz, wenn man den grünen Riesenturban mal abzog.

Nur mit dem Schleudern des Enterbeils kannte sich das drahtige Bürschlein besser aus als der elegante Fechtmeister. Den Umgang mit dieser tückischen Waffe hatte der Pirat vom Ziriden gelernt. Elgaine sah ihm aufmerksam zu, mit welcher geschickten, fast hinterhältigen Wurftechnik er das klobige Eisen durch die Luft wirbeln ließ. Astair rettete sich flugs in die Ausrede, dass letztlich nur das Schwert noble Waffe eines Ritters sei und Ritter wolle er auch als Pirat bleiben.

Sie glitten immer tiefer gen Süden, längst, wenn auch in einiger Entfernung, entlang der tunesischen Küste. Die Erde des Landes wurde rotbraun, die letzten grünen Tupfer verschwanden, weiß wie Ablagerungen von grobkörnigem Salz leuchteten einsame menschliche Siedlungen am Ufer.

Bert el-Caz sah immer wieder prüfend hinauf zum Himmel, bis ihn sein Capitan schließlich fragte, wonach er eigentlich Ausschau halte. »Ich rieche einen Sturm«, entgegnete ihm sein Steuermann todernst. »Ein Unwetter braut sich zusammen.«

Elgaine lachte den Steuermann herzlich aus. »Diese kleinen Lämmerwölkchen am strahlend blauen Himmel?!« Sie vergewisserte sich der Zustimmung Astairs. »Denen trotzt ein echter Pirat!«

Schelmisch forderte sie Bert el-Caz heraus: »Ihr wollt nur zurück an Euer Ruder, um nicht das Schwert in die Hand nehmen zu müssen!«

Doch der Fuchs bestand auf seinem Riecher. »Der Sturm kommt aus der Wüste, blitzschnell kann er über uns herfallen!« Angestrengt schauten sie alle drei hinüber zum Festland, doch nur Bert el-Caz erspähte endlich das, wonach er in Wahrheit suchte: In der Ferne erhob sich das Felsenriff von Mahdia aus dem Meer wie ein riesiges weißes Schiff.

Ohne dass seine wieder in ihre schweißtreibenden Fechtübungen verstrickten Gefährten es wahrnahmen, steuerte er auf sein Ziel zu. Erst als die steilen Klippen und darüber die starken Mauern sich vor ihnen erhoben und sie ihn fragend ansahen, wies ihr Steuermann stolz auf das eiserne Gatter, das die in den Felsen geschnittene Hafenanlage vor jeglichen Überfällen schützte.

»Hier können wir Unterschlupf finden«, erklärte ihnen Bert el-Caz mit belegter Stimme, »bis die Gefahr vorüber!«

»Warum nicht?«, erklärte Elgaine mit der ihr eigenen Bestimmtheit. »Frisches Trinkwasser wäre auch nicht schlecht!«

Die eisernen Torflügel schwangen langsam auf, und unter den neugierigen Augen der Wächter fuhren sie in den engen Hafen ein.

Auf dem das Becken umlaufenden Kai standen nur wenige Menschen, die den Neuankömmlingen kaum Beachtung schenkten. Bert el-Caz ließ den Bug des Schiffes behutsam gegen die Felsmauer treiben, bevor er die Haltetaue auswarf. Die Leute fingen sie schweigend auf und vertäuten den Segler an den ins Wasser gerammten hölzernen Pollern. Bert el-Caz sprang an Land.

»Ich werde uns bei dem Kommandanten anmelden!«, rief er Astair und Elgaine zu, die nebeneinander am Heck standen und voller Neugierde die fremdartige Welt auf sich wirken ließen. Ihr kleiner Steuermann verschwand in der sich jetzt rasch ansammelnden Menge. Es dauerte nicht lange, und sie teilte sich. Ein noch gewaltigerer Turban als der des Bert el-Caz, umgeben von einer mit gewaltigen Scimtars bewaffneten Leibwache, näherte sich majestätisch dem eingelaufenen Schiff. Das musste der Hafenkommandant sein! Hinterdrein trabte Bert el-Caz. Er gab Astair ein Zeichen, den hohen Beamten respektvoll zu begrüßen. Würdevoll schritt der Capitan zum Bug und sprang federnden Schrittes vor den großen Turban.

»Ich bin Astair de Saissac!« Ehrerbietig verbeugte er sich.

Der Turban senkte sich unmerklich. »Ergreift ihn!«, rief die hohe Stimme des Eunuchen, und ehe sich's Astair versah, hatten sich die Hände der Leibwächter nach ihm ausgestreckt. Er fühlte sich gefangen wie im Netz einer gesichtslosen Riesenspinne, denn die Gesichter seiner Häscher sah er nicht, lediglich dunkel glühende Augen hinter schmalen Schlitzen zwischen *Assbet Ras* und kinnbedeckendem *Shal*. Es war ihm nur ein geringer Trost, dass er mit raschem Seitenblick wahrnahm, wie sich die aus den weißen *Baranis* hervorschnellenden Hände auch auf die Schultern seines Steuermannes legten. Beide Männer wurden getrennt in Richtung Palast abgeführt. Von dem Schiffsjungen Elgaine hatte keiner Notiz genommen, auch der Mannschaft wurde kein Haar gekrümmt.

Elgaine war nicht einmal erschrocken, als sie die Verhaftung der Gefährten mit ansehen mussten. Sie besann sich kühl ihrer

Rolle als Prinzessin. Doch ein solcher Einsatz wollte gut bedacht sein, denn er ließ sich im Zweifelsfall nicht wiederholen. Da ihre Identität offenbar nicht bekannt war, beschloss sie, erst einmal abzuwarten und diskret den Grund der Festnahme in Erfahrung zu bringen. Erst wenn sie genaue Kenntnis von den Umständen hatte, hatte es Sinn, sich in den Palast zu begeben.

Jäh wurde sie aus ihren Überlegungen gerissen. »Elgaine de Gisors!«, rief eine helle Stimme, die ihr bekannt vorkam. Es war Theodor, der Sohn der Gräfin von Lecce. Es fiel Elgaine wie Schuppen von den Augen, aber Theodor ließ ihr keine Zeit. »Kommt!«, rief er. »Ich bringe Euch in Sicherheit!«

Die Menge war aufmerksam geworden, sie musste der Aufforderung Folge leisten. So ging sie erhobenen Hauptes hinter dem Knaben her und fand sich kurz darauf im Harem des Palastes wieder.

Das Konklave

Odo de Lagery-Chatillon, Kardinal von Ostia und ehemaliger Prior des Klosters von Cluny, legte größten Wert darauf, dass seine anstehende Wahl zum *Pontifex maximus* ohne jeden Prunk und Machtentfaltung vollzogen wurde. Auf die von der Markgräfin Mathilde angebotene Unterkunft in der Burg Canossa hatte er verzichtet und Remy d'Aretin gebeten, dafür zu sorgen, dass Zelte unter freiem Himmel aufgeschlagen wurden, in denen die Herren Kardinäle nächtigen sollten, bevor sie ins Konklave einzogen. Dafür war eigens in der Mitte des Zeltlagers ein gewaltiger Pavillon aus weißem Linnen errichtet worden, der ihnen Beratung und Wahl ermöglichen würde, von der niemand später behaupten sollte, sie sei von irgendwelchen – gutmeinenden oder böswilligen – irdischen Mächten beeinflusst worden. Die dünne Zeltplane schützte nur vor Regen, gab Gott hingegen sichtbar die Möglichkeit, auf die kahlen Köpfe einzuwirken, seinen Heiligen Geist über sie auszugießen.

Nach und nach trafen die wahlberechtigten Kirchenfürsten aus allen Teilen des Reiches ein, nicht einmal die Kaiserlichen hatten ihre Reise behindert oder ihnen die Alpenpässe gesperrt. Remy d'Aretin, vom verstorbenen Desiderius noch mit dem Kardinalspurpur versehen, trat mit einer Bitte vor seinen Herrn: »Es ist wohl das letzte Mal, dass ich Euch nicht mit ›*Sua Santità*‹ ansprechen muss. Gestattet Eurem treuen Diener, dass er sich kurz zurückzieht, denn er –«

»Sagt schon, Remy, was Euch auf den Nägeln brennt!«

»Ich will für Euch etwas aufschreiben, das über einen Bericht zur Lage hinausgeht, eine Art Vision der Zukunft, Gedanken, die Ihr vielleicht in Eurer Ansprache nützlich verwenden könnt – oder es auch lassen!«

»Mein guter Geist für böse Dinge!«, sagte der Kardinal lachend. »Gibt es sonst noch Unheiliges, um nicht zu sagen ›Teufelszeug‹, das Ihr dem Heiligen Vater besser nicht zumuten solltet, mir aber jetzt noch anvertrauen mögt?«

Remy dachte nicht lange nach. »Der von mir gedungene Söldnerführer Berenguer de Saissac hat die ihm übertragene Aufgabe diskret erledigt: Die besagte junge Dame befindet sich bereits wohlauf und guter Dinge im Kloster ›L'Immacolata del Bosco‹ ob Lerici.«

Der Kardinal von Ostia vernahm es mit Genugtuung. »Dann ist als Nächstes der Umzug nach Amalfi ins Auge zu fassen«, gab er sofort die Order. »Ist das dortige Kloster wieder hergerichtet?« Remy nickte bestätigend. »Gut! Dort sollt Ihr dann Cantar als Äbtissin installieren.« Odo de Lagery-Chatillon wartete diesmal das eifrige Nicken seines willigen Helfers nicht ab. »Das wird sie sicher erfreuen und vieles einfacher machen!«

Remy d'Aretin ersparte sich jegliche Stellungnahme, seine Gedanken waren bereits mit anderem befasst. Er verneigte sich und ging.

Remy d'Aretin saß in einem der Turmzimmer der Burg von Canossa und schaute nachdenklich über die Hügellandschaft der Emilia Romagna. In der Ferne erhoben sich die Zelte für das Konklave, es wurden immer mehr. Für morgen war der Beginn der Beratungen angesetzt. Sie dünkten Remy nur das Einhalten einer Form, einer guten Tradition. Denn für ihn bestand am Ergebnis des Urnengangs nicht der geringste Zweifel. Odo de Lagery-Chatillon hatte ihm, dem Kardinal Remus Arentinus, bereits gestern die Führung der Geheimen Dienste der Kurie übertragen. Damit trug er nun den nicht offiziellen Titel des Grauen Kardinals. Das Glücksgefühl über die ihm zugewachsene Macht hielt sich in Grenzen, zu lange schon nahm er *de facto* die Aufgaben des Obersten der Geheimen wahr.

Remy ordnete sein Schreibzeug vor sich auf der Tischplatte. Er war froh, nicht an einem Pult stehen zu müssen, wie es in den

Skriptorien vieler Klöster noch immer Usus. Er beschwerte das Pergament mit den bereitliegenden Bleifüßen und tauchte die Feder in den festgeklemmten Tintenflakon.

›Aus dem Tagebuch einer Kaiserin‹ fiel ihm sarkastisch als Titel ein, in Erinnerung an das ominöse Schreiben vom Monte Cassino, seit damals mitsamt dem begabten Knappen Rinat verschollen. Darunter setzte er ›*A. D. MLXXXVIII – Idibus martiis*‹. Remy sann nur kurz darüber nach, ob diese fatale Zeitangabe den Empfänger irritieren könnte, dann begann er flüssig mit der Niederschrift:

Gottfried von Bouillon, oberster Heermeister des Kaisers und des Reiches Marschall, wird sich binnen kurzem aus Sachsen zurückziehen können.

Der Markgraf Egbert von Meißen, der da meinte, selbst von der deutschen Königswürde träumen zu dürfen, wurde auf der Flucht in einer Mühle von den Kriegsleuten der Äbtissin Adelheid von Quedlinburg erschlagen, Heinrichs geliebter Schwester, die der Meißener hatte schänden lassen.

Bischof Burchard von Halberstadt, Seele des sächsischen Widerstands, wurde zu Goslar von erbosten eigenen Klerikern abgeschlachtet.

Der Waldgraf Norbert von der Lehburg, der ihnen zur Hilfe geeilt war, flüchtete quer durch das Land in die Obhut des Bischofs Thierry von Verdun.

Damit erlischt der Sachsenaufstand, die verbliebenen »gregorianischen« Bischöfe unterwerfen sich Heinrich. Wie lange noch Verlass auf die »mathildischen« Lothringer, wird sich zeigen.

Schon im Vorjahr ist es dem Kaiser gelungen, den Fürsten die Erhebung seines Sohnes Konrad zum »Mitkönig« abzutrotzen. Damit ist das salische Geblütsrecht in der Erbfolge wiederhergestellt.

Das lässt Heinrich auch den Schlag verwinden, den ihm Gott mit dem Tod der Kaiserin Berta versetzte. Die Gute hatte zu allen Zeiten treu zu ihrem Gatten gestanden, trotz der üblen Versuche Heinrichs, sie zu verstoßen.

Somit befindet sich der Kaiser auf der Höhe seiner Macht, der Versuch Gregors, sie zu beschneiden, ist endgültig gescheitert. Ebenso wie das von Gott dem Herrn beendete Unterfangen des letzten *Pontifex* Victor, den Uneinsichtigen zum Einlenken zu bewegen. Dafür hätte Heinrich seinen Komplizen Wibert von Ravenna, der ihn als »Papst Clemens« zum Kaiser gekrönt, fallenlassen müssen, doch das hätte Heinrichs Kaiserkrone nachträglich in Frage gestellt.

Remy hob den Kopf und schaute hinab in den Hof. Die Herrin der Burg, die Markgräfin Mathilde, begleitet von der unvermeidlichen Maurcade du Berq, war auf der Freitreppe erschienen, um eine Dame zu verabschieden. Remy d'Aretin erkannte sofort Fedaye de Béthune, schließlich waren erst vier Jahre vergangen, seit er zu Sion als Kaplan gewirkt. Der Knabe, der sie begleitete und Conon ähnlich sah, war wohl der Zwilling Tankred, der andere ihrer beiden Söhne. Die Verabschiedung durch die Markgräfin war herzlich, dennoch beschlich den Beobachter das unbehagliche Gefühl, eine erfolglose Bittstellerin ginge nun langsamen Schritts auf ihre Kutsche zu, die umgeben von einer stattlichen Begleitmannschaft gleich darauf zum Tor hinausrollte.

Was hatte die schöne Fedaye von Mathilde gewollt? War sie abschlägig beschieden worden? Dass es sich um eine Suche handelte, die er selbst mit der Entführung der Cantar schuldhaft ausgelöst hatte, darauf konnte ein vielbeschäftigter Geist wie Remy d'Aretin nicht kommen! Seine Gedanken waren schon wieder mit seinem Memorandum befasst.

Dies ist also die Situation, vor die sich der neue Papst gestellt sehen wird. Zu raten ist Seiner Heiligkeit der Abschied von den Machtträumen eines Gregors, dem seinen geradezu fanatischen Eifer, gepaart mit unerträglicher Starrheit, wohl der Teufel eingeblasen haben musste! Sein Scheitern war unausweichlich, wenn nicht an Heinrich, dann eben an den Fürsten dieser Welt! Doch auch die Lauheit und das Harmoniebedürfnis des guten Victor waren wenig geeignet, die Sache der Kirche Christi voranzubringen.

Der neue Papst muss völlig neue Wege gehen, nicht Konfrontation, sondern geschicktes Umschiffen der Gegner wird ihm Macht verschaffen! Er muss die Fürsten des Abendlandes, geistliche wie weltliche, hinter sich sammeln durch souveränes Weisen neuer, übergeordneter Aufgaben, so heilig, so groß, dass keiner sich dem entstehenden Sog entziehen kann! Sie müssen sich begeistern für eine neue Idee! Der Papst hält ihnen das Banner Christi hin, und sie müssen es ergreifen, ergreifen aus übervollen Herzen!

Die letzten Sätze hatten selbst eine so kühle und berechnende Person wie Remy aufgewühlt. Er sprang auf, durchmaß das Turmzimmer wie ein gefangenes Raubtier. Dann versiegelte er hastig das gerollte Pergament und stopfte es in die Brusttasche seines Umhangs. Er musste es noch vor Beginn des Konklave dem zukünftigen *Pontifex* zukommen lassen! Beim Abstieg aus dem Turm von Canossa verfehlte der Graue Kardinal den Ausgang und verirrte sich in die Kellergewölbe der Burg, wo keine Menschenseele zu finden war. Da trat ihm ein blasser weißblonder Knabe, ein Kind noch, in den Weg. Seine eisblauen Katzenaugen erinnerten Remy unwillkürlich an Maurcade du Berq. Remy fragte ihn, wie er heiße, erhielt zur Antwort jedoch nur ein unwilliges Kopfschütteln. Aber das Kind wies dem Grauen Kardinal stumm den Weg aus den Grüften.

Verwirrt von dieser merkwürdigen Begegnung, warf sich Remy auf sein Pferd. Hatte der Böse selbst in dieser Gestalt seinen Weg gekreuzt? Als säße ihm die Erscheinung im Nacken, hetzte Remy über die lieblichen Hügel der Emilia auf das Zeltlager der zum Konklave Versammelten zu.

Im Harem

Der Sultanspalast von Mahdia war von außen gesehen eine wild zusammengewürfelte Anhäufung von schmucklosen Kuben, der Hitze wegen durchwegs fensterlos. In den verschachtelten Innenhöfen und auf den stufenartig angelegten Terrassen ließ sich der Reichtum zumindest erahnen; er überwältigte den Besucher, wenn ihm gestattet wurde, das Innere zu betreten – vorausgesetzt jedoch, ihm stand der Sinn danach und er kam als Gast aus freien Stücken. Dies war bei Astair nicht der Fall.

Die Männer, die ihn gefangen genommen hatten, schleppten ihn wie einen zusammengerollten Teppich über Treppen und Balustraden, von der raffinierten Anordnung der Säulenumgänge, den versteckten Emporen und kühlenden Atrien bekam er wenig mit, denn sein Kopf hing meist nach unten, und die Welt der marmornen Springbrunnen und kunstvollen Volieren mit seltenen Vögeln drehte sich ständig für ihn. Riesige messingbeschlagene Türen öffneten sich, eine nach der anderen, bis das wehrlose Bündel endlich brutal auf den Steinboden geschleudert wurde.

Astair sah auf und erblickte über sich das höhnische Gesicht von Melina, einstige Gräfin von Lecce. Dem glücklosen Capitan wurde schlagartig klar, dass ihm wenig Erfreuliches bevorstand. Wenn es dieser Frau gelungen war, sich aus den Pranken des schwarzbärtigen Yussuf zu winden und sich auf diese prunkvollen Seidenkissen zu betten, dann ging sie auch über Leichen!

Astair fühlte sich ausgezogen von dem Blick der Frau, noch bevor die Hände ihrer Schergen ihm die Kleider vom Leibe rissen. Jetzt stand er nackt vor Melina, die ihn mit unverhohlener

Wollust betrachtete, gefolgt von einer herrischen Geste hin zu dem Seidenpfuhl, der sich hinter ihr erstreckte. Astair rührte sich nicht.

»Kommt nur, mein treuer Capitan«, gurrte die Sultana, »lasst mich endlich Euer Schwert spüren, das Ihr damals schmählich und feige stecken ließt!« Melina bog sich genüsslich nach hinten in die Kissen, ihr damastener Umhang klaffte, bot das weiche Fleisch ihrer Schenkel. Astair beugte das Knie und verharrte gesenkten Hauptes vor der Sultana, er gönnte ihr keinen weiteren Blick auf sein Gemächte. »Erhebt Euch gefälligst«, Melinas Stimme bekam einen schrillen Unterton, »und gehorcht auf der Stelle!« Astair warf sich flach vor ihr auf den Bauch, stumm und widerspenstig. »Ich könnte Euch den Kopf abschlagen lassen!«, fauchte die Sultana, am Ende ihrer Geduld. »Wenn Ihr –«

»Tut es!«, war das Einzige, was sich Astairs zusammengebissenen Zähnen entrang – und das angesichts der ihm jetzt schamlos dargebotenen Vulva der Griechin!

»Wachen!«, schrie Melina gellend. »Schafft ihn fort!« Zornig schlug sie den Umhang wieder über ihre Blöße.

Die immer noch bereitstehenden Wächter stürzten hinzu, zerrten den nackten Astair hoch vom Boden, stopften ihn in einen Weidenkorb und schleppten ihn die Treppen hinunter in die feuchtstickige Dunkelheit der unterirdischen Verliese von Mahdia.

Der Harem befand sich fernab jeder Außenmauer des Palastes in einem Turmbau, der sich über dem zentralen Innenhof erhob. Seine Gemächer gruppierten sich um das kreisrunde, mit erlesenen römischen Mosaiken ausgelegte Becken mit geheiztem Wasser. Weitere Marmorwannen waren in den Boden eingelassen, Dampfbäder schlossen sich an, dazwischen immer wieder kunstvoll gefasste Bächlein und sprudelnde, spritzende Fontänen. Hier verbrachten die Odalisken ihre Tage mit ausgiebiger Pflege ihrer meist üppigen Körper. Seit dem Hinscheiden des alten Sultans, der sich ihrer schon spärlichst bedient hatte, blieb den jungen Mädchen nichts anderes mehr zu tun, als sich lasziv in den Wannen zu rekeln, von den Eunuchen mit ätherischen Ölen und allerlei wohlriechenden Essenzen beträufelt und durchgeknetet zu werden und neue Kleider anzuprobieren.

Für Elgaine hätte dies unter anderen Umständen eine langersehnte Wohltat bedeuten können, doch sie konnte das Dahinplätschern der Zeit, die kleinen Freuden und das ewige Gekicher und Geplapper nicht genießen, solange sie im Ungewissen war über das Schicksal ihrer Gefährten. Ihr ›Retter‹ Theodor, der sie zumindest einstweilig dem Zugriff der Häscher entzogen hatte, konnte ihr auch nicht helfen. Der Sohn der Gräfin von Lecce schien froh darüber, sich hinter den Mauern des Harems verstecken zu können, und war geradezu ängstlich darauf bedacht, als Mädchen unter anderen wahrgenommen zu werden. Elgaine war das aufgefallen, als sie ihn ins *Tepidarium* steigen sah. Während alle Damen des Harems sich geradezu mit Freuden ihrer Hüllen entledigten, trug Theodor als Einziger ein sein Geschlecht verbergendes Lendentuch und schien sich dessen auch noch zu schämen. Nach und nach bekam Elgaine aus dem verklemmten Knaben heraus, dass ihn seine Mutter hierhergeschickt hatte, damit die Weiber ihn in die Liebe einweisen sollten, eine Vorstellung, die ihm höchst zuwider war. Da die Mädchen aber auf Anordnung der Sultana mit körperlicher Züchtigung bedroht wurden, wenn der gewünschte Erfolg nicht erreicht werden sollte – »Stellt Euch vor, Liebste«, jammerte Theodor zu Elgaines zunehmender Verwunderung, »sie sollen einen Mann aus mir machen! Grässlich!« –, hatte er für sämtliche Lauscher eine überzeugende List ersonnen. Einmal am Tag zog sich ›Theodora‹, wie alle ihn auf seine Aufforderung hin nannten, mit ausgesuchten Freundinnen in eines der Lustgemächer zurück, und dann setzte dort ein Toben, Kreischen, wollüstiges Gestöhne ein, wie man es sich wüster gar nicht ausmalen konnte. Endlich schafften die Mädchen den völlig ›Erschöpften‹ wieder hinaus, und die Eunuchen mussten ihn salben und pudern und dem Palast über die erbrachte Leistung Bericht erstatten.

Die Weiber ließ Theodora niemals an seinen Schwanz, so liebend gern diese auch von dem raren Stück Gebrauch gemacht hätten.

Mit größter Wonne gab sich Theodora dem Tanz, dem Musizieren und phantasievollen Verkleiden hin – unter reichlicher Verwendung von allerlei farbigen Tüchern, Schleiern und Schminke. Dann hüpfte sie neckend und haschend mit den anderen im Kreise, schien trällernd im siebenten Himmel zu schweben. Elgaine gewann den Eindruck, die Anerkennung als begehrenswerte, geheimnisvolle Odaliske war alles, wonach der seltsame Knabe sich sehnte. Für Elgaines drängendes Bohren und Betteln, die Privilegierte möge doch bitte, bitte in Erfahrung bringen, was mit Astair und Bert el-Caz geschehen sei, hatte Theodora nicht das geringste Verständnis. Elgaine begann dahinzukümmern wie eine Blume, die das Licht der Sonne missen musste. Ihr fehlte die salzige Luft des Meeres, der Wind, der ihr Haar zauste –

Die Sultana gewährte dem Piraten Bert el-Caz Abschiedsaudienz. Sie hatte den rothaarigen Kerl bereits reichlich mit Geschenken bedacht, von wertvollen Pelzen bis zu mit Edelsteinen verzierten Ringen, sogar eine Kiste voll mit Goldstücken hatte sie ihm an Bord des Seglers schaffen lassen. Das Einzige, das Melina verlangte, war, Bert el-Caz möge zuvor noch als Zeuge gegen Astair aussagen, dass dieser sich Mahdia in feindlicher Absicht genähert habe. Der Pirat lehnte das Ansuchen rundheraus ab. Er habe den Auftrag des Ziriden vereinbarungsgemäß ausgeführt und Astair im Hafen von Mahdia abgeliefert! Über die Beweggründe, die den Capitan dazu bewogen hatten, ihm willig zu folgen, könne und wolle er nichts sagen. Vielleicht habe Astair gehört, die erhabene Herrscherin von Mahdia suche tüchtige Piraten, die in ihren Diensten zum Reichtum des Sultanats beitrugen? Verärgert ließ die Sultana Bert el-Caz ziehen.

Die Gerichtssitzung im Großen Zeremoniensaal des Palastes wurde mit viel Sorgfalt vorbereitet. Die Sultana hatte alle Rechtsgelehrten und Mullahs zusammenrufen lassen. Eine Anklage wegen Beleidigung der Herrscherin kam nicht mehr in Frage: Ihr hätte ein sofortiger Strafvollzug durch Köpfen des Frevlers folgen müssen! Zum anderen kamen die anwesenden Wächter als ehrenwerte Zeugen nicht in Betracht, da sie allesamt der Zunft der Palasteunuchen angehörten. Also musste die Anklage auf unerlaubtes Eindringen in den Hoheitsbereich des Palastes lauten, mit der unterstellten Absicht, entweder die Sultana zu ermorden oder den Hafen für einen geplanten Überfall auszuspionieren. Beides todeswürdige Vergehen! Die Rechtsgelehrten brachten das ausgefertigte Urteil gleich mit. Die Mullahs verzichteten darauf, es sich anzuhören, sie verkündeten sogleich und einstimmig ihren Schuldspruch: Tod durch Abschlagen des Kopfes.

Die Sultana machte von ihrem Recht auf eine Gnadenfrist zugunsten des überführten Täters Gebrauch. Das Urteil solle ihm heute noch in seiner Zelle verlesen werden, die Nacht ihm zur Reue verbleiben und die Vollstreckung am frühen Morgen erfolgen. Dem stimmte das Gericht zu. Die Sultana ordnete die erforderlichen Vorbereitungen an, so die Errichtung eines würdigen Schafotts im Großen Hof.

Es gab im gesamten Harem nur ein kleines Fenster, von dem aus das Hafenbecken einsehbar war. Es war schräg wie eine Rutsche in die Mauer eingelassen und hieß bei den Mädchen nur ›Der letzte Ausweg‹, weniger, weil es zur Flucht verleiten mochte, sondern weil man im Harem munkelte, von Zeit zu Zeit würden missliebige Haremsdamen dort hinausgestoßen. Die Mädchen mieden den Platz, so dass Elgaine ihn ungestört besetzen konnte, wenn sie allein sein wollte. Sie saß dort in Gedanken versunken und blickte sehnsüchtig auf ihren Segler, die ehemalige *Laus ad virginem!*, als dieser sich plötzlich in Bewegung setzte.

Elgaine erkannte an seinem grünen Turban Bert el-Caz, der gespreizt, wie ein Pfau über das Deck stolzierte. Das eiserne Gatter öffnete sich, und das Schiff entschwand aus Elgaines Blick. Gutes konnte das nicht bedeuten! Wahrscheinlich hatte der Rotfuchs seinen Capitan Astair verraten und war mit dem Segler und seiner Freilassung belohnt worden? Daran konnte eigentlich gar kein Zweifel bestehen!

Elgaine wurde aus ihrem Grübeln gerissen, als jetzt der Obereunuch erschien und ihr mitteilte, die gnädige Sultana wünsche sie zu sehen. Tapfer unterdrückte Elgaine alle auf sie einstürmenden Befürchtungen. Endlich würde sie erfahren, warum sie wie eine Gefangene behandelt wurde. Und vielleicht enthüllte sich ihr dann auch das Schicksal von Astair? Die damit beauftragten Eunuchen führten sie durch die Flure des Palastes, zum ersten Mal, seit sie dieses verdammte Felsenriff angelaufen hatten. Auf wessen Anraten?! Natürlich von Bert el-Caz, dem Schuft! – Eiligen Schritts durchquerten sie Höfe und Säulengänge, bis sie am Großen Platz vorbeikamen, der die Mitte der Palastanlage bildete. Eine Gruppe von Männern errichtete ein Podest wie für eine bevorstehende Feierlichkeit. Sie wuchteten einen Holzklotz hinauf. Elgaine ging langsamer. Aus dem Schatten des Torbogens trat eine hochgewachsene Gestalt. Sie bestieg das Podest und ließ plötzlich ihre schwarze *Djallabija* fallen. Der muskulöse Torso des Nubiers glänzte ölig in der Sonne. Unter dem Umhang hatte er einen riesigen Scimtar mit schwerer, breiter Klinge verborgen gehalten. Zu ihrem lähmenden Entsetzen sah Elgaine auf dem Holzklotz einen roten Strich. Schon blitzte der Scimtar auf und fiel nieder wie eine Axt: Genau dort, wo der Strich verlaufen war, spaltete er den Klotz mit diesem einen Hieb! Elgaine drohten die Beine zu versagen. Die Eunuchen zerrten sie ärgerlich weiter.

Sie zitterte noch am ganzen Leibe, als sie vor Melina stand. Die Gräfin von Lecce unter diesen Umständen wiederzutreffen verblüffte sie. Die Griechin gab sich von überbordender Herzlichkeit, geradezu mütterlich besorgt nötigte sie Elgaine zum Sitzen, ließ ihr einen penetrant nach Kräutern riechenden Tee von *Valeriana* und getrocknetem *Lupulus* reichen. Er schmeckte bitter und muffig zugleich.

»Das beruhigt!«, gurrte Melina, setzte sich zu ihr und nahm ihre Hand in die ihre. »Ich mache mir Sorgen um Euren Astair«, sagte Melina mitfühlend. »Er hat durch eigene Torheit sein junges Leben verwirkt« – Elgaine hörte die Stimme wie durch einen dicken Vorhang. »Morgen früh wird er von uns gehen.«

Elgaine riss sich zusammen. »Kann ich ihn vorher noch sehen?«

Melina tätschelte ihre Hand. »Euren Wunsch hatte ich erwartet«, erklärte sie freundlich. »Ich werde es möglich machen, dass Ihr, Elgaine, die letzte Nacht bei ihm in der Zelle im Gebet verbringen könnt –«

Verblüfft sah Elgaine zu der Griechin auf. »Ihr seid wirklich sehr vorausschauend«, erwiderte sie kühl, »ich danke Euch.« Sie wollte sich erheben, doch die Sultana hielt sie zurück.

»Ihr könnt hierbleiben und Euch ausruhen, vielleicht etwas zu Euch nehmen oder schlafen, bis es so weit –«

Elgaine sah Melina mitleidig an. »Ich weiß, dass es auch Euch hart trifft, aber ich sehe mich nicht in der Lage, von Eurem großherzigen Angebot Gebrauch zu machen.« Sie gab sich Mühe, ihre Beherrschung nicht zu verlieren. »Mir fehlt der Appetit!«

Die Sultana hatte dennoch die Verachtung herausgehört. Sie ärgerte sich über diesen aufsässigen Ton, aber sie hielt ihre Rolle durch, und dazu gehörte alles, was das Mädchen in die richtige Stimmung versetzte. »Dann wartet hier«, säuselte die pikierte Melina, »bis man Euch zu ihm bringen wird!« Sie verließ den Raum und ließ Elgaine allein.

Sie sah ihn im Dämmerlicht an der Säule stehen. Astair de Saissac trug nichts als ein um die Hüfte geschlungenes, knöchellanges weißes Tuch, sein sehniger Oberkörper war frei, doch die Hände waren ihm auf den Rücken gefesselt. Eine eiserne Kette führte von den Handschellen bis zur Säule. Als Astair in der unerwarteten Freude, sie zu sehen, ein, zwei Schritte vorwärts tat, auf sie zu, wurde er brutal von der Kette zurückgerissen. Elgaine hatte ihm um den Hals fallen wollen, doch mit diesem plötzlichen Ruck war ihr wieder bewusst geworden, in welcher Situation sich Astair befand. Behutsam nahm sie seinen Kopf in beide Hände und küsste ihn. Das hatte sie in den nahezu vier vollen Jahren, die sie nun schon Seite an Seite lebten, nie getan. Jetzt galt es für beide, das Versäumte nachzuholen, wettzumachen, zu übertrumpfen – und das in nur einer einzigen Nacht!

Langsam löste sich Elgaine von der Brust des Mannes. Sie hatte es in der Hand, denn seine Arme konnten sie ja nicht umfangen. Schwer atmend trat sie einen Schritt zurück, seinen angeketteten Leib nicht aus den Augen lassend, er folgte ihr nach, im unbestimmten Wunsch, von ihr gehalten zu werden.

»Könnt Ihr niederknien, Astair de Saissac?« Elgaine gab sich Mühe, die Frage sachlich zu stellen.

Er schaute sie verwundert an, dann lachte er. »Nur, wenn ich mich nicht zu weit von der Säule entferne.«

Schmerzlich registrierte Elgaine, wie sehr sie dieses leichtfertige, dahingeworfene Lachen vermissen würde. »Eigentlich wollte ich mir das Niederknien bis zum frühen Morgen aufsparen!«, setzte er locker hinzu. Astair spielte mit Elgaines Entsetzen, doch genau das stachelte sie an. Ehe er sich's versah, hatte sie ihr *Kamis* über den Kopf gezogen und stand jetzt barbusig vor ihm. Doch nicht genug, sie schlüpfte auch noch leichtfüßig aus ihrer *Sirwal*, schob den Verdutzten energisch zurück Richtung Säule, ging selbst blitzschnell in die Knie und ließ sich in ihrer vollen Nacktheit rücklings auf den kühlen Steinboden des Kerkers gleiten. Erst dann breitete sie ihre Arme auffordernd nach dem Manne aus. Astair stand starr wie ein Baum, bevor er begriff, was Elgaine vorhatte, sie, deren Tugend er jahrelang eifrig, auch eifersüchtig bewacht hatte!

»Das sollt Ihr nicht –«, stammelte der Capitan, doch sie verwehrte ihm den Einwand mit wissendem Lächeln.

»Ich kann es!«, sagte sie stolz. »Zusammen werden wir den Tod besiegen!« Wie um ihre Entschlossenheit zu unterstreichen, winkelte sie ihre Beine an und öffnete dem ihr endlich Entgegenkommenden langsam ihre Schenkel. Schamhaft ließ Astair seinen weiten, weißen Umhang über ihre Knie gleiten, Elgaine stützte den sich zu ihr niederbeugenden Mann behutsam ab, beide Hände gegen dessen Schultern gestemmt. Sie spürte die tastende Eichel, hob ihm ihr Becken entgegen, sie fühlte das Feuer, das sein starkes Glied in ihrem Schoß entfachte, eine Glut, die ihren ganzen Leib erfasste. Es war an ihr, dem Angeketteten den Gebrauch seiner Arme zu ersetzen. Hart und fordernd fasste sie seine Schultern und zwang Astair den Rhythmus auf, nach dem es sie verlangte. Elgaine wollte kein Opfer bringen, noch wollte sie das des Mannes. Ihrer beider Sinne sollten verschmelzen im Feuer von tausend Sonnen! Ihre ungestüme Wildheit riss Astair mit. Elgaine gab sich hin.

Auf dem fernen Monte Cassino – tausend Meilen weit übers Meer – erwachten die Mönche Angel und Vocat mit schwerem Kopf im Weinkeller des Abtes. Nur sie besaßen den Schlüssel, was aber keiner im Kloster wusste.

»Ich glaube, Vocat«, stöhnte der dicke Angel, »wir haben die *Laudes* versäumt! Odorisius –«

»– wird uns schon nicht vermisst haben«, tröstete ihn der hagere Vocat krächzend, »der hängt sich doch in die Chorstallen und schläft jedes Mal sofort ein!«

»Ich glaube, wir waren betrunken?«

»Das, lieber Angel, ist keine Glaubensfrage! Wir sind es immer noch!«

»Ich habe einen höllischen Traum gehabt: Der Remy setzt seinem Meister die Tiara aufs Haupt, und da züngeln feurige Schlangen aus der Krone, und –«

»– und dem Remy d'Aretin wächst ein Horn aus der Stirn –«

»Wieso nur eines?«

»Das andere trägt im Verborgenen der Papst!«

»Vocat!«, mahnte der pausbackige Angel. »Ihr scherzt! Ich aber war in der Hölle –«

»Und wen traft Ihr dort?«

»Den Rinat! Er saß in einem Kessel siedenden Öls und musste die Fragmente des ›Tagebuchs einer Kaiserin‹ zusammenfügen, die in Wein schwammen –«

»Wieso Wein?!«, rügte Vocat streng.

»Weil das dritte Fass des Abtes jetzt auch schon leer ist!«, klagte Angel kleinlaut. »Aber wollt Ihr nicht wissen, wer der Teufel war, der die Glut unter dem Kessel schürte? Es war Remy d'Aretin!«

»Angel!«, knurrte der hagere Vocat. »Wir müssen hier raus, sonst verpassen wir auch noch die *Matutin*, und Odorisius macht uns die Hölle heiß!«

»Ihr seid betrunken, Bruder Vocat!«

»Ich weiß es!« Vocat rappelte sich vom weinfeuchten Boden auf und half auch seinem Mitbruder auf die schwankenden Beine. »Deswegen! Und nun kommt!«

Torkelnd verließen sie den Keller des Abtes. Über dem Monte

Cassino brach sich im leichten Frühnebel tastend die Sonne ihre Bahn.

Elgaine erwachte aus tiefer Ohnmacht im Harem. Der Kabir at-Tawashi, der Obereunuch, der sich in Heilmitteln ebenso auskannte wie in Giften, hatte ihr einen Trunk verabreicht, der ihre Lebensgeister langsam zurückkehren ließ. Wie hinter vorüberziehenden Wolkenfetzen sah sie jetzt schattenhaft den Kerker vor sich, wie sie bewegungslos an Astair lehnte. Astair hatte sie gebeten, ihre abgeworfenen Kleider wieder anzulegen, als wolle er vermeiden, dass irgendein Fremder Anteil an dem hatte, was nur ihnen beiden gehörte – für immer!

Sie hatte seinem Herzschlag gelauscht, bis das Rasseln der Schlüssel in der Gittertür das Ende ankündigte. Der Henker, jener dunkelhäutige Nubier, war mit seinen Gehilfen erschienen. Er trug den gleichen langen schwarzen Umhang wie am Tag zuvor, und Elgaine wusste, dass er darunter das scharfe Richtschwert verbarg. Sie ketteten Astair von der Säule los und führten ihn schweigend hinaus – an mehr konnte sie sich nicht erinnern.

Ihr fehlte auch jedes Gefühl für die verstrichene Zeit. Irgendwann war sie aus ihrem Dämmerschlaf hochgefahren und hatte die Mädchen, die an ihrem Lager Wache hielten, zaghaft gefragt: »Ist die Hinrichtung schon vorüber?«

»Welche Hinrichtung?!«, hatten die erstaunt geantwortet, und Elgaine war wieder in ihren Schlummer gesunken, den der Kabir at-Tawashi mit seinen heilenden Betäubungsmitteln behutsam lenkte. Elgaine hatte volles Vertrauen zu dem alten Mann, sie trank und nahm Nahrung auf, ohne sich darüber Rechenschaft zu geben. Zwischendurch stand sie auf, wurde gebadet und ging auch einige Schritte in ihrem Zimmer auf und ab.

Es mussten Wochen vergangen sein, als ihr plötzlich wieder kräftige, würzige Kost vorgesetzt wurde und der Eunuch erschien, um Elgaine strahlend mitzuteilen, sie sei schwanger. Elgaine hatte es still und heimlich die ganze Zeit über gehofft. Jetzt war sie glücklich, weniger über das Kind als über den Sinn, den es ihrem Leben geben würde.

Liber III

A. D. MXCII

✣ Die Unversöhnlichen 171

✣ Die Rache der Sultana 176

✣ Liebeslos 183

✣ Nonnen und Piraten 189

✣ Steiniger Weg 213

✣ Die Geheimen Dienste 216

✣ Der Riss im Segel 220

✣ Im Vertrauen: Mesusa 223

✣ Rettung wider Willen 233

✣ Camarlingi Sanctae Sedis 242

✣ Zwischen Skylla und Charybdis 246

✣ Der Raub der Odaliske 251

✣ Das adoptierte Glück von Lecce 257

✣ Die Lawine 262

Die Unversöhnlichen

Ein Heer der Deutschen belagerte auf Anordnung des Kaisers die Markgräfin Mathilde in ihrer nördlich vorgelagerten Burg Canossa, um endlich die Unterwerfung der Toskana zu erzwingen. Keinem Geeigneteren hätte Heinrich das Kommando übertragen können als seinem Marschall Gottfried von Bouillon, der mit seiner streitsüchtigen Tante mehr als nur ein Hühnchen zu rupfen hatte. Doch wie ein Habicht über diesen Stall päpstlicher Hennen herzufallen wollte Gottfried nicht gelingen.

Canossa trotzte, und das seit Monaten. Heinrich drängte, denn der leidige Streit belastete sein Verhältnis zu dem neuen Papst, der ihm ohnehin nicht wohlgesonnen war, und das wiederum schaffte Unruhe unter den Bischöfen des Reiches, die nur darauf lauerten, trotz des brüchigen Friedens, den er mit der Niederwerfung des Sachsenaufstandes erreicht hatte, wieder gegen ihn loszuschlagen.

Auch Gottfried von Bouillon, den der Kaiser gerade – nicht zuletzt, um dessen Position in den lothringischen Teilen des Reiches zu stärken – mit der Grafenwürde von Antwerpen belehnt hatte, konnte sich nur auf wenige seiner Leute so verlassen wie auf Sigbert von Öxfeld und dessen Sohn Gerald. Vater und Sohn standen in Treue fest zu ihrem Grafen, doch sie waren auch Gottfrieds Finger am Puls der Stimmung im Heer, und die war nicht gut. Viele waren es leid, mehr oder wenig untätig vor der gutversorgten Festung herumzuhängen, und plädierten entweder für Sturmangriff oder für einen Einfall in die blühende Toskana, die sich im Süden erstreckte und reichlich Beute versprach.

Das war auch Gesprächsthema zwischen Sigbert und Gerald, wobei – zum Kummer des Alten – der Sohn immer weniger Begeisterung für das Kriegshandwerk an den Tag legte. Er wäre lieber heute als morgen heim an den Rhein gezogen.

»Ich weiß schon, was dich treibt«, brummte Sigbert enttäuscht. »Ist es immer noch zu Worms jene jüdische Maid, die dir den Kopf verdreht?«

Gerald lachte wehmütig. »Dazu hätte sie wenigstens einmal das Wort an mich richten müssen, doch dazu kam es nie!«

»Träumer!«, schalt ihn sein Vater. Er liebte seinen Sohn über alles, und auch dem tat es weh zu widersprechen, aber wo, wenn nicht in der Liebe, sollte er zur Wahrheit stehen?

»Ich trage Miriam im Herzen«, erklärte Gerald tapfer, »und bin mir sicher, dass sie Gleiches für mich fühlt!«

»Narr!«, grummelte Sigbert und schüttelte das graue Haupt. »Vielleicht wäre es doch gescheiter gewesen, die Hand der warmherzigen Hedwig von der Lehburg nicht so brüsk auszuschlagen?«

»Fangt nicht schon wieder davon an!«, lachte Gerald befreit. »Stellt Euch bitte nur vor, wen wir dann zum Schwieger hätten!«

Der Alte stimmte in das Lachen ein, schlug Gerald aufmunternd auf die Schulter und überließ ihn seinen Pflichten.

Die Burg von Canossa lag wie eine Bärentatze breit und selbstbewusst inmitten des Hügellandes der Emilia. Dräuend, als nahezu uneinnehmbares Bollwerk, erhob sie sich als Schutz der Mark hinter ihr im Süden, war aber zugleich eine lauernde Ausfallpforte für plötzliche Überfälle in die Po-Ebene, eine latente Bedrohung für den Handel der reichsfreien Städte des Nordens.

Das deutsche Heerlager hielt sich in respektvoller Entfernung, von einer hermetischen Abriegelung konnte gar keine Rede sein. So wie die Eingeschlossenen sich aus den Mauern herauswagten, um ausreichend Nahrung in die Burg zu holen, konnten auch die Belagerer sich im Vorfeld frei bewegen, solange sie nicht in Reichweite der Geschosse gerieten, die von Bogenschützen und

Armbrustern auf den Zinnen unweigerlich abgefeuert wurden, sobald sie ein lohnendes Ziel entdeckten.

Derb und zotig scherzend, zerrte ein Deutscher eine junge Marketenderin mit sich durch das hügelige Wiesengelände, auf der Suche nach einer Kuhle oder schützendem Strauchwerk. Sie riss sich immer wieder los, rannte aber nicht weg, sondern trieb ein neckendes Spiel mit ihm, der seinen Hosenlatz schon geöffnet.

»Was muss ich dir geben«, hechelte der Soldat, »dass du mich einmal lässt?«

Die rundliche Dirn, die ihre üppigen Formen nicht verbarg, lachte ihn aus. »Einmal ist teuer!«, lockte sie und ließ sich zu Boden plumpsen. »Zeig erst mal, was du zu bieten hast!« Ihr spitzer Finger wies auf die offene Hose.

»Das lass ich dich spüren, du Hur!«, keuchte der Mann und warf sich über sie. »Gib mir den Arsch, dann muss ich dein freches Geschau nicht sehn!«, und er versuchte die Liegende auf den Rücken zu drehen. »Ich geb dir drei Soldi!«, stöhnte er.

Das Mädchen machte sich den Spaß, immer wieder platt zusammenzuklappen, wenn er meinte, sie in die rechte Position gebracht zu haben, und so alle Bemühungen zunichtezumachen. Ein Schnaufen und dann: »Vier Soldi!« – »Für was?!«, fragte sie lachend. Sie hatte erreicht, was sie wollte.

Der Mann fiel schwer atmend neben ihr ins Gras.

Ohne dass sie es im Ringen ihrer Leiber bemerkten, hatte sich hinter ihnen der Deckel eines in den Boden eingelassenen, von Pflanzen überwucherten Brunnenschachts spaltweit geöffnet. Die Augen eines Kindes, eines Knaben, spähten vorsichtig hinaus. Kühl verfolgten sie, was sich vor ihnen abspielte. Sie sahen das nackte Fleisch des Mädchens unter dem hochgerutschten Rock, die Hand des Soldaten den Schenkel hochgleiten, seinen Schnauzbart, wenn sein Mund sich sabbernd in den weichen Busen presste. Die Maid schien ihren Widerstand aufgegeben zu haben, der Kerl wähnte sich am Ziel seines brünstigen Verlangens.

Der Knabe hob lautlos den Deckel. Weißblondes Haar, ein

blasses Gesicht mit unheimlichen Augen von einer Farbe wie aus der Tiefe des Meeres. Geschickt wie ein Marder schlüpfte er aus dem Schacht und schlich hinter die sich im Grase Wälzenden, die grunzten und quiekten. Still und unbeweglich verharrte das kleine Raubtier. Es dauerte eine Zeitlang, bis die geräuschvoll miteinander Beschäftigten auf ihn aufmerksam wurden.

»Wo kommst du denn her?«, fuhr der Soldat ihn an, ärgerlich darüber, von einem Kinde überrascht worden zu sein. Der Knabe wies auf den offenen Brunnenschacht, den sie übersehen hatten.

»Aus dem alten Brunnen«, erklärte er, »von dort aus führt ein geheimer Gang –«

»Zur Burg?!« Der Deutsche war gleich aufgesprungen. Dienst geht vor Minne, schien er sich pflichtgemäß in Erinnerung zu rufen. »Zeig mal!«, befahl er dem Knaben, doch der grinste ihn an.

»Erst, wenn Ihr der Dame den ihr zustehenden Sold gelöhnt habt: fünf Soldi!«

»Frecher Bengel!«, schnaubte der Genötigte, griff aber in den Sack und warf der Maid widerstrebend die Münz' in den Schoß. »Drei reichen!«, befand er auftrumpfend und wandte sich dem Knaben zu. »Die Weiber sollten zahlen, merk dir das!« Rasch schritt er auf die Öffnung zu und starrte angestrengt in die Tiefe. »Wo?«, fragte er argwöhnisch.

»Auf halber Höhe«, erklärte der Knabe kühl. »Ihr könnt Euch mit dem Seil herablassen und es mit eigenen Augen –«, er wies auf ein im Gestrüpp verstecktes Tau, mit einem eisernen Ring am Brunnenrand befestigt. Mit dessen Hilfe war er anscheinend auch heraufgeklettert.

»Das werd ich auch! Weiß der Geier –«, schnaufte der Soldat voller Eifer. »Und dann zahl ich dir auch die restlichen zwei!«, rief er großzügig dem Mädchen zu, das im Grase saß und dem blonden Knaben dankbar zulächelte. Der Kriegsmann ergriff das Seil, schlug es kundig um Leib und Arme und begann mit dem Abstieg, sich mit den Füßen gegen das Mauerwerk stemmend. Das Mädchen war zu dem blonden Knaben getreten. Beide kauerten sie am Rande des Brunnens und verfolgten das

Verschwinden des Kletterers in der dunklen Tiefe. »Hier ist eine Tür!«, scholl es dumpf zu ihnen herauf.

»So ein Pech!«, sagte der Knabe. Er hatte plötzlich ein kleines Messer in der Hand. Es war scharf genug, das Seil mit raschem Schnitt zu durchtrennen. Ein verhallender Schrei – und ein platschender Aufschlag in der Tiefe.

»Warum?«, entfuhr es der Maid mit vor Entsetzen geweiteten Augen.

»Warum nicht?!« Der blonde Knabe sah sie leicht verwundert an. »Wir benutzen den Brunnen schon lange nicht mehr zur Versorgung mit Trinkwasser«, versuchte er ihr zu erklären. »Leid ist es mir nur um das gute Seil!«

»Wie alt bist du?«, fragte sie erschüttert.

»Acht Jahre, drei Monde und siebzehn Nächte!«, gab er prompt zur Antwort.

»So genau weißt du das?«

Der Knabe nickte düster. »Meine Frau Mutter zählt sie für mich seit dem verhassten Tag meiner Geburt! Dazu kommen noch zweihundertzweiundsiebzig lange Tage und Nächte, durchlitten ab der ihr aufgezwungenen Empfängnis!«

»Das ist schrecklich!«, stammelte das weichherzige Mädchen fassungslos, doch den Knaben focht ihr Schaudern nicht an.

»Und ich zähle die Tage, bis dass sie endlich tot ist!«, beschied er die verstörte Marketenderin und erhob sich. »Macht Euch um mich keine Sorgen, ich kenne genügend andere Wege nach Canossa hinein!«

Er wandte sich noch einmal um und lächelte ihr verlegen zu wie ein kleiner blonder Engel. »Wie heißt du eigentlich?«

»Hedwig!«, hauchte die Maid und schaute ihm lange nach.

Die Rache der Sultana

Als Astair aus der dämmerigen Zelle, nach einem Marsch durch endlos lange Gänge und über quälend ansteigende Treppenstufen, in den Großen Hof von Mahdia hinausgeführt wurde, blendete ihn schon das gleißende Licht der Sonne. Er sah das für ihn bereitete Schafott, dahinter den baumlangen Nubier, der den glänzenden schwarzen Torso auf sein gebogenes Richtschwert stützte und dem Delinquenten abschätzend entgegensah. Astair spürte den Blick wie eine Schlange um seinen Hals, er nahm ihm die Luft, seine Beine wurden schwer wie Blei. Doch die Gehilfen des Henkers führten ihn an der Hinrichtungsstätte vorbei, sie griffen ihm sogar unter die Arme, als seine Knie den Dienst zu versagen drohten. Sie schleppten ihn regelrecht mit sich fort, hinein in den Palast.

Die Sultana empfing ihn in kühler Berechnung wie zuvor, hingebettet in ihrem Boudoir. Auch die Art, mit ihrem Opfer umzuspringen, war die gleiche geblieben. »Ihr habt jetzt neun lange Monate Zeit, edler Ritter, die Ihr entweder im Kerker oder in meinem Bett verbringen dürft –« Dabei sah sie ihn nicht wie die liebeshungrige Matrone an, sondern eher wie eine feilschende Händlerin im Basar. »Eure Freiheit erhaltet Ihr zurück, wenn die Prinzessin den Sohn zur Welt gebracht hat, Euren Sohn!«

Astair bemühte sich um äußeren Gleichmut, Melina sollte nicht merken, dass ihm Elgaines Schwangerschaft unangenehm war. Aber es gelang ihm nicht, Genugtuung ob dieser Nachricht zu zeigen. »Euren Sohn«, fuhr sie fort, »behalte ich, damit Ihr Euch, Capitan, mir nicht gänzlich entziehen könnt – ich rechne mit Euren Vatergefühlen. Ansonsten werde ich ihn halten wie meinen eigenen –«

Astair sah eine Chance. »Habt Ihr nicht das Glück, mit Theodor –?«, erkundigte er sich hinterhältig, es klang jedoch nach Mitgefühl.

Melina machte eine wegwerfende Geste. »Dem steht das Erbe von Lecce zu, sobald Graf Raimar zur Gänze ein toter Mann ist.« Sie zögerte. »Das könnte eine Eurer ersten Aufgaben sein.« Astair hob abwehrend die Hände, der Sultana behagte das Missverständnis. »Wenn Ihr die Zeit bis dahin mit mir – Also?« Astair musste nicht lange überlegen. »Lieber täglich Lebenssaft im Schwanz –«

»Mäßigt Euren Eifer!«, schalt ihn schelmisch die Matrone. »Zweimal die Woche!«

Aber Astair wollte seinen Satz zu Ende bringen: »– als dass mir all mein Blut auf einmal aus dem Halse schießt!«

»Wundervoller Gedanke!«, gluckste frohlockend Melina. »Jedes Mal will ich daran erinnert werden!«

Astair begann den Knoten zu lösen, der das um seine Hüfte geschlungene *Mandil* hielt. Die siegreiche Sultana zog den strengen Geruch, der von ihm ausging, wollüstig durch die Nüstern, doch anstatt ihren Triumph auf der Stelle auszukosten, verlängerte sie ihren Genuss und rümpfte wie angewidert die Nase. »Zuvor nehmt gefälligst ein Bad!«

Während der Capitan Astair de Saissac solcherart seinen Dienst bei der Sultana antrat, vertrieb sich Elgaine die Zeit, die ihr von der Natur auferlegt war, mit dem Erlernen der arabischen Sprache. Von seinem Überleben ahnte sie nichts, da Astair zumindest so rigide von der Außenwelt abgeschottet wurde wie sie in ihrem goldenen Käfig. Bald las Elgaine die Bücher der kostbaren Bibliothek von Mahdia, die ihr von dem treusorgenden Kabir at-Tawashi gebracht wurden, diskutierte mit geladenen Schriftgelehrten in einer eigens für sie reservierten Laube hinter den hohen Mauern. Und nachdem sie keinen Partner zum Fechten hatte, vervollständigte sie ihre Fähigkeiten, treffsicher mit Messern zu werfen. Doch die Mädchen, die sie bat, ihr als williges Ziel zu dienen, erwiesen sich im entscheidenden Moment als zu zappelig, wenn sie nicht schon bei der Beschreibung ihrer Aufgabe vor Angst starben. Auch die Eunuchen waren nicht die Tapfersten. Um dennoch in Bewegung zu bleiben, trat sie an Theodora heran und bat sie, mit den Odalisken im Reigen tanzen zu dürfen. Solange ihr allmählich schwellender Leib es ihr erlaubte, lernte Elgaine, ihr Becken kreisen zu lassen, ihre Hüften zu schwingen, mit nackten Füßen zierlich aufzustampfen. Immer ungeduldiger sah sie dem Tag ihrer Niederkunft entgegen.

Für Astair in seinem Palastbereich zogen sich die Tage in anderer Weise hin. Die Sultana ließ ihrem Liebesbedürfnis freien Lauf und verwöhnte ihre Beute nach Strich und Faden. Kleine Strafen wie Peitschenhiebe erlaubten ihr, ihren Capitan umso generöser mit Geschenken zu überhäufen. Nachdem sie ihn schon mit allerlei Geschmeide, kostbar ziselierten, mit Edelsteinen besetzten Waffen aus bestem Damaszener Stahl und perlenbestickten Brokatgewändern belohnt hatte und Astair sich keine Steigerung mehr vorzustellen vermochte, führte Melina ihren Liebhaber eines Tages auf jene versteckte Terrasse, von der aus man den Hafen sehen konnte, und zeigte ihm stolz das prächtige Schiff, das sie eigens für ihn hatte fertigen lassen. Da sonst keiner zugegen war, forderte die Unersättliche den Dank gleich auf der Terrasse ein.

»Hat das Schiff schon einen Namen?«, wandte sich Astair nach dem Akt der Übereignung schnaufend an seine Gönnerin.

Melina feierte einen weiteren Sieg. »*Shoka al-Iffriqia* – Der Dorn von Afrika!«

Im sofortigen Gegenstich forderte der Capitan, eine schlagfeste Mannschaft ausbilden zu dürfen. Er grinste. »Was nützt der schönste Stachel, wenn er nicht zuzustechen weiß!«

Melina gestattete Astair, ein abgelegenes Atrium zur Fechtschule umzuwidmen. Schließlich nutzte es auch ihren Piraten, wenn sie firm wurden in Hieb und Hacke, und sie konnte sich an der Geschmeidigkeit der sehnigen Körper und ihrer Wildheit unter wohligen Schauern erfreuen. Die Tage rannen dahin.

Im Harem herrschte Aufregung, bei Elgaine hatten unerwartet die Wehen eingesetzt. Die Hebamme wurde gerufen, die seit dem Hinscheiden des Sultans den Harem nicht mehr betreten hatte. Der Kabir at-Tawashi sorgte dafür, dass es der Gebärenden an nichts fehlte. Energisch scheuchte er die neugierigen Odalisken aus dem Raum, den Elgaine sich für ihr Wochenbett gewünscht hatte, den mit dem ›Letzten Ausweg‹, dem beengten Blick hinab auf das Hafenbecken. Sie spürte, dass sich für sie mit der Geburt ihres Kindes die Verhältnisse hier in Mahdia von Grund auf ändern sollten. Alle – nicht nur der Obeneunuch – waren felsenfest überzeugt davon, dass es ein Knabe sein würde, und Elgaine hatte sich mit dem Gedanken angefreundet. Unter der Aufsicht der Hebamme, einer starkknochigen Frau aus den schroffen Bergen des Hinterlandes, die eine beruhigende, unverwüstliche Gelassenheit ausstrahlte, stellten Dienerinnen Schüsseln mit warmem Wasser neben dem Lager auf und legten Tücher bereit. Der alte Kabir at-Tawashi träufelte aus seinen Flakons sorgsam bemessen einige Tropfen dunkler Essenzen in eine der Schalen. Der aufsteigende Duft streichelte der angespannten Elgaine besänftigend die Sinne. Willig nahm sie die befohlene Rückenlage ein, Kopf und Oberkörper leicht erhöht, und spreizte die angewinkelten Beine. Das Ziehen und Zerren in ihrem Leib begann unerträglich zu werden, wellenartig, in immer kürzeren Abständen durchliefen sie die Wehen wie Feuerblitze. Der Kabir at-Tawashi war hinter sie getreten und umschloss ihren Kopf fest mit seinen kühlen Händen.

»Bleibt ganz ruhig, Prinzessin! Nichts erzwingen – ganz ruhig!«, wiederholte er in monotonem Murmeln. Die resolute Hebamme klemmte sich jetzt Elgaines Unterschenkel unter die Arme, es tat der Gemarterten wohl, die Wärme des fremden Fleisches zu fühlen. Der unsagbare Druck nahm immer mehr zu, ihr war, als müsse sie zerplatzen.

»Haltet noch aus, Prinzessin!«, insistierte jetzt auch die Hebamme. »Schon sehe ich das Köpfchen!«

»Haltet durch!«, tönte fordernd die Stimme des Alten hinter ihrem Kopf. »Nur keine Gewalt! Der kleine Mann braucht seine Zeit!«

»Gleich ist der Kopf draußen!«, meldete triumphierend die kundige Geburtshelferin zwischen ihren Beinen.

Der Kabir at-Tawashi schob der sich immer wieder stöhnend aufbäumenden Gebärenden das bereitgelegte Beißholz zwischen die Kiefer. Seine wiederholte Aufforderung »Nichts erzwingen, keine Gewalt!« klang wie blanker Hohn.

Elgaine biss die Zähne zusammen. Wollte denn diese barbarische Folter kein Ende nehmen? Der Schmerz drohte sie zu zerreißen. So musste sich Vierteilen und Pfählen zugleich anfühlen!

Endlich kam von der Frau vor ihr das erlösende Kommando: »Pressen! Pressen!« Elgaine tat es, die Hebamme griff ihr zwischen die Beine. »Wunderbar!«, schnaufte sie befriedigt. »Und jetzt noch ein letztes Mal, Prinzessin! Nehmt alle Kraft zusammen!«

Elgaine spürte kaum, wie das Kind ihren Leib zur Gänze verließ. Verwundert schaute sie auf das blutige Bündel, das die Hebamme plötzlich vor ihr in die Höhe hielt.

»Ein Knabe!« Elgaine schloss beglückt die Augen und streckte die Arme aus, um das Geschenk entgegenzunehmen. »Entsetzlich, was wir armen Frauen leiden müssen!«, vernahm sie wie durch Watte die empörte Stimme Theodoras, die sich vom heimlichen Beobachten des Vorgangs einen wohligen Schauer versprochen haben musste. Jetzt drängten alle Mädchen zu Elgaine, um das inzwischen gewaschene, rosafarbene Wesen an der Brust der jungen Mutter zu bewundern.

»Wie wollt Ihr ihn nennen?«, fragte der alte Kabir at-Tawashi.

»Pons!«, hauchte Elgaine. »Pons, die Brücke zu einem neuen Leben!«

Im Sultanspalast hieß Melina ihren Capitan sein Festtagsgewand anlegen, denn heute sei der Tag gekommen, an dem sie ihm die Freiheit schenken wolle. Von nun an könne er auf seinem Schiff für sie aufs Meer hinausfahren und, wann immer er wolle, zu ihr zurückkehren, um seinen Sohn wiederzusehen. Den werde sie ihm jetzt vorführen. Sie nötigte Astair, an ihrer Seite neben dem Thron Platz zu nehmen.

Elgaine hatte das Wochenbett kaum verlassen, als ihr der Kabir at-Tawashi den Wunsch der Sultana überbrachte, sie anlässlich eines besonderen Festaktes im Palast zu sehen. Also wurde die Prinzessin standesgemäß in die kostbare Robe gehüllt, die ihr im Namen der Sultana von Dienerinnen überbracht worden war. Elgaine hatte schon gleich nach der Geburt abgelehnt, die Dienste einer Amme in Anspruch zu nehmen. Sie wollte ihrem Sohne selber die Brüste geben, auf die sie jetzt Stolz empfand, nachdem sie bislang darunter gelitten hatte, dass sie nur klein und fest geraten waren. Mit größter Selbstverständlichkeit nahm sie daher Pons in den Arm, um sich in den Palast führen zu lassen. Doch der Obereunuch verwehrte es ihr. Es sei bei feierlichen Anlässen unüblich, mit einem Kind an der Brust zu erscheinen. Die kurze Zeit, bis sie wieder in den Harem zurückkehre, beschwichtigte er die Aufgebrachte, werde sich die Amme darum kümmern.

Als Elgaine den Audienzsaal betrat, fiel ihr Blick sofort auf den Mann an der Seite Melinas, und sie empfand einen Stich. Was sie traf, war weniger die Tatsache, dass Astair noch lebte, sondern sein Erscheinungsbild! Auf den ersten Blick sah Elgaine die Fettringe um seine Hüften, wenn auch vom Brokat gnädig verhüllt, selbst sein Gesicht war voller geworden, von den schlaffen Wangen bis hin zu deutlichen Tränensäcken. Es war nicht zu übersehen, dass der Capitan in dem knappen Jahr seines Liebesdienstes bei Melina Speck angesetzt hatte.

Er grinste sie verlegen an, erhob sich und beugte jetzt sein Knie vor der Sultana. Elgaine fröstelte, Astair war ein Feigling, ein mieser Verräter! Das Ausmaß seines Verrates wurde ihr klar, als jetzt von hinten ein halbes Dutzend Kammerwächter der Sultana an sie herantraten und sie in ihre Mitte nahmen, während Melina stur an ihr vorbeiblickte. Aber zum Glück hatte sie, Elgaine, ja Pons, ihren Sohn!

Nun ergriff die Sultana das Wort. »Schafft mir nun diese Person aus den Augen, nachdem sie ihre Pflicht erfüllt hat!«, fuhr sie Astair herrisch an. Dann wandte sie sich, entgegen ihrem ursprünglichen Vorsatz, doch an Elgaine: »Der Sohn, den Ihr geboren habt«, verkündete sie in eisigem Ton, »bleibt in Mahdia, während Ihr meinem Capitan Astair de Saissac auf sein Schiff folgt, um Euch hier nie wieder blicken zu lassen!«

Elgaine war es, als würde ihr der Teppich unter den Füßen weggezogen. Sie wollte ihren Protest, ihren Zorn hinausschreien, aber bevor sie noch die Lippen auseinanderbrachte, befiel sie eine Lähmung, eine Ohnmacht, die aus abgrundtiefer Trauer aufstieg. Sie spürte nicht einmal, wie sich die Hände der Wächter wie eiserne Klammern um ihre Arme legten. Willenlos ließ sie sich abführen. Ohne Verzug wurde sie zum Hafen verbracht, auf das ihr fremde, neue Schiff, und dort in der Kajüte eingesperrt. Kurz darauf hörte sie, wie Astair an Bord kam und den Befehl zum Ablegen gab. Die Mannschaft schien ihm aufs Wort zu gehorchen. Durch die vergitterte Luke sah Elgaine das eiserne Gatter der Hafeneinfahrt an sich vorüberziehen. Die stärker werdenden Wellen verrieten ihr, dass sie die offene See erreicht hatten.

Elgaine überlegte fieberhaft. Pons, ihr Kind, musste sie für den Augenblick im Stich lassen. Von nun an würde ihr ganzes Bestreben einzig und allein darauf ausgerichtet sein, den Sohn zurückzugewinnen. Auch wenn sie dafür die Abrechnung mit Astair, dem Verräter, verschieben musste.

Es klopfte zaghaft an die Tür der Kajüte. Natürlich war es Astair, der mit rauer Stimme flüsterte: »Könnt Ihr mir verzeihen, Prinzessin?«

Und Elgaine hörte sich mit lieblichem Ton flöten: »Ich verstehe Euch doch, Meister, Ihr musstet so handeln –« Diese Antwort überrumpelte den Capitan. Als der Riegel beiseitegeschoben wurde, trat Elgaine hinaus, als wäre nichts geschehen. »Ein schönes Schiff!«, befand sie anerkennend. Astair war respektvoll zurückgetreten. Er kannte die Heftigkeit seiner Prinzessin, wusste, wie blitzschnell sie zuschlagen konnte. Doch sie hatte bereits mit sicherem Blick das Steuer ins Auge gefasst. »Da Euch der Steuermann abhandengekommen, Capitan, lasst mich das Ruder übernehmen!« Es war keine Frage gewesen, sondern eine Ansage. Astair fügte sich, hocherfreut, dass alles so glimpflich abgegangen war.

Liebeslos

Der Priester Balduin von LeBourg stand vor den Gemächern der Markgräfin Mathilde zu Canossa. Er hatte schon die Hand an den Türriegel gelegt, als er seinen Blick noch einmal über das Vorfeld der Burg schweifen ließ. In der Ferne waren die Zeltspitzen des Heerlagers der Deutschen deutlich zu erkennen. Von den nahen Hügelkuppen ragten die Silhouetten ihrer in Stellung gebrachten Katapulte sinister drohend in den grauen Himmel. Seit Wochen schon belagerte der Herr Gottfried von Bouillon die Festung, ohne sie ernsthaft im Sturm oder durch Beschuss anzugreifen. Balduin glaubte zu wissen, was den Marschall des Kaisers zurückhielt: Mathilde hatte einen Großteil ihres eigenen Heeres gen Norden in Marsch gesetzt, um den Kaiser, der bereits bis Verona vorgestoßen war, aufzuhalten. Heinrich hatte angekündigt, diesmal die Reichsacht, mit der die abtrünnige Mathilde schon mehrfach belegt worden war, mit allen Mitteln durchzusetzen und die Markgräfin in ihren Stammlanden, der Toskana, zu besiegen. Solange über den Ausgang dieser Schlacht Ungewissheit herrschte, würde Herr Gottfried nichts unternehmen. Sollte der Kaiser den Sieg davontragen, dann hätte er in Canossa freie Hand, behielten hingegen Mathildes Truppen die Oberhand, musste der Marschall damit rechnen, dass sie seinen Leuten in den Rücken fielen. Damit würden die Deutschen Gefahr laufen, zwischen ihnen und der starken Besatzung der Burg aufgerieben zu werden.

Balduin von LeBourg dachte in solchen Augenblicken mit einem gewissen Unbehagen daran, wie viele seiner Freunde und Verwandten auf der Gegenseite zur gleichen Zeit die umgekehrten Hoffnungen und Befürchtungen hegen mussten – mit großer Gewissheit Sigbert von Öxfeld und dessen Sohn Gerald. Dass seine eigene Schwester Hedwig ebenfalls vor einem dieser deutschen Zelte hockte, auf den abwegigen Gedanken kam er nicht.

Balduin betrat das Ankleidezimmer der Markgräfin. Es war leer, doch aus dem angrenzenden Schlafgemach hörte er weibliche Stimmen, die lautstark miteinander stritten. Peinlich berührt, wollte er sich zurückziehen. Es lag Balduin auch nicht viel daran, den Grund des Streits zu erfahren, doch da wurde schon die Tür aufgerissen, und auf der Schwelle erschien aufgelöst und wütend Maurcade du Berq. Nur die unerwartete Begegnung mit dem Priester hielt sie davon ab, aus den Gemächern zu stürmen. Hinter ihr tauchte jetzt Mathilde auf, wie immer in solchen Situationen mit süffisanter, überlegener Miene. Ihr schien es nicht das Geringste auszumachen, dass der Priester Ohrenzeuge ihrer Auseinandersetzung geworden war, ebenso wenig wie es sie in Verlegenheit brachte, Maurcade du Berq im Vorzimmer ihres Schlafgemachs mit ihrer anrüchigen Liebschaft zu konfrontieren. Schließlich konnte Maurcade das intime Verhältnis der Markgräfin zu ihrem Beichtvater kaum entgangen sein. Wer sich mit Mathilde einließ, musste sich vieles gefallen lassen, auch Demütigungen.

Um zu zeigen, dass sie über solchen Dingen stand, herrschte Mathilde ihren Priester an: »Haben wir endlich Nachricht von unseren Truppen?« Balduin schüttelte den Kopf.

Maurcade fuhr unvermutet dazwischen. »Ich hatte Euch abgeraten, Herrin, Euch derart zu entblößen!«, ging sie Mathilde an. »Was auch immer mit Eurem teuren Heer geschehen sein mag, hier müssen wir uns mit Eurem Neffen Gottfried auseinandersetzen!« Mathilde schwieg.

Balduin wandte sich an die Aufgebrachte: »Wisst Ihr denn einen gangbaren Weg, wie Eure Herrin den Marschall treffen kann?«

Diesmal gab die Markgräfin die Antwort. »Thierry von Verdun muss auf sein Erbe losgehen, auf Bouillon selbst, auf dessen Besitz Gottfried stolz ist und dessen Namen er immer noch führt!«

»Aug' um Auge, Zahn um Zahn!« Maurcade lachte höhnisch.

Balduin suchte den Augenkontakt mit Mathilde, doch die sah an ihm vorbei. »Es gibt nur eine Person meines Vertrauens, die den Bischof von Verdun zu diesem gewagten Schritt überreden könnte: sein ehemaliger Zögling Balduin von LeBourg! Ihr, mein Lieber, sollt diese Mission auf Euch nehmen –«

Der Priester zeigte sich überrumpelt. »Ihr wollt mich loswerden?«

Mathilde hielt seinem Blick stand. »Ich bitte Euch um einen Dienst«, erklärte sie kalt. »Wenn Ihr meint, es sollte Euer letzter sein, dann sei dem so!«

Balduin neigte unmerklich den kurzgeschorenen Schädel und verließ den Raum.

»Ich merke schon«, stichelte Maurcade, während sie in das angrenzende Schlafgemach zurückkehrten, »kaum habt Ihr dieses bajuwarische Stierkalb am Gängel, da werden die alten Liebschaften aus dem Stall getrieben! Wahrscheinlich bin ich die Nächste!«

»Seid nicht albern, liebste Maurcade, Welf mag zwar ein paar Lenze jünger sein –«

»Siebenundzwanzig Jahre!«, höhnte Maurcade. »Ihr seid mehr als doppelt so alt!«

Die Markgräfin schlug verärgert zurück: »Wenn der Bulle es mich spüren lässt, kann ich ja immer noch Euch zur Hilfe rufen. Ihr habt ja Erfahrung darin, besprungen zu werden, dumme Kuh!«

»Danke!« Maurcade funkelte sie hasserfüllt an, doch Mathilde achtete gar nicht darauf.

»Der Vorteil meines fortgeschrittenen Alters ist, dass ich das Wichtige vom Unwichtigen unterscheiden kann: Welf wird dem Kaiser die Alpenpässe sperren!« Sie hatte, während sie dies sagte, ihre Arme um die zornige Maurcade gelegt und zog sie an sich. »Komm, sei wieder meine liebste Hur!«

Maurcade wehrte sich nicht, sondern nestelte mit geübten Fingern die Verschnürung des Mieders von Mathilde auf. »Warum,

Herrin meiner Sinne«, flüsterte sie verführerisch, »ernennt Ihr nicht Euren Welf, kraft Eures Erbanspruchs, zum Herzog von Lothringen?« Maurcade versenkte ihre Lippen in den schlaffen Busen der Markgräfin.

»Weil er den Titel dem Kaiser nicht abzutrotzen vermag!«, stöhnte die, da Maurcade inzwischen ihre Bemühungen verstärkt hatte. Sie zerrte Mathilde das schützende Mieder vom Leib.

»Heinrich ist nicht in der Lage, irgendetwas zu unternehmen, wenn Euer Welf die Macht in Lothringen übernimmt.« Die schon leicht welken Brüste der Markgräfin waren jetzt in ihrer Hand. »Euer Herrschaftsgebiet reicht dann von der Schelde bis zum Arno, von der Mosel bis zum Inn!«

»Das hilft uns nichts«, jammerte Mathilde. »Gottfried muss weg!« Sie keuchte, und Maurcades Augen funkelten.

»Verratet mir bitte, liebste Herrin«, lockte die Verführerin, »wie das wohl vonstattengehen soll?«

»Ich wüsste jemanden, den Ihr –«, stammelte Mathilde.

»Nein!«, entfuhr es Maurcade, und sie ließ die Brüste fahren. »Nein und nochmals nein!« Zornig stand sie vor der derangierten Markgräfin. »Nie wieder!«

Mathilde, ohne Scham ob ihrer wenig ansehnlichen Blöße, lächelte bös. »Warum kamst du nicht früher auf die Idee?« Sie weidete sich an der Pein ihrer Liebesdienerin. »Den Auftrag hätte der Priester doch gleich mit in sein Reisesäckel packen können, zumal Waldgraf Norbert von der Lehburg schließlich sein leiblicher Vater ist!«

»Eben!«, sagte Maurcade hart. »Er verachtet ihn! Genau wie ich das widerliche Schwein hasse!« Wütend stampfte Maurcade auf. »Abgrundtief!«

In ihrer Erregung hatte Maurcade nicht darauf geachtet, dass Mathilde mit einem Griff zur Gürtelschnalle ihren Rock hatte fallen lassen. Die nackte Markgräfin zog sie blitzschnell an ihren hageren Körper und ließ sich rücklings auf das bereits zerwühlte Lager fallen.

»Ich bin so wahnsinnig wild auf dich, meine Hur! Auf dich und deine rasende Wut!«

In diesem Taumel zwischen Hass und Bösartigkeit, Verletzung und Hohn bemerkten beide Frauen nicht die Augen des Knaben, die hinter einem Schlitz im Wandpaneel leuchteten – grün und eiskalt starrten sie, ohne mit der Wimper zu zucken.

In ihrem Zelt im Feldlager Gottfrieds standen sich Gerald und sein Vater Sigbert von Öxfeld gegenüber.

»Warum nutzen wir nicht das freizügige Ein-und-aus-Gehen von Bauern und Händlern, die täglich Canossa mit frischem Proviant versorgen«, brachte Gerald ungeduldig vor, »um unsere eigenen Leute verkleidet in die Festung zu bringen?« Von Sigberts unwilligem Stirnrunzeln ließ er sich nicht entmutigen. »Ihr, Vater, habt das Ohr des Marschalls, Ihr müsst Herrn Gottfried diesen Vorschlag unterbreiten!«

»Nichts muss ich!«, grollte der Alte. »Und Herr Gottfried braucht keine Ratschläge – außerdem hat er den Kopf voll mit anderen Sorgen: Herzog Welf von Bayern, der frischgebackene Gemahl seiner Erzfeindin Mathilde, hat sich zum Herzog von Niederlothringen ausrufen lassen!«

»Umso mehr würde er wahrscheinlich meinen Plan –«

»Ich verbiete dir –« Ein Wort gab das andere, sie ließen den anderen nicht ausreden, sie hörten einander nicht zu, bis Gerald ausrief: »Dann kann ich ja gleich den Dienst quittieren!«

»Gut, so nimm deinen Abschied und geh!« Der Alte war so erzürnt, dass er gar nicht gewahrte, was er da sagte. Er war völlig perplex, als Gerald sich vor ihm verneigte und festen Schritts das Zelt verließ. Aber Sigbert war zu stolz, ihn zurückzurufen.

Gerade in diesem Moment wurden im Lager Stimmen laut, Freudenrufe. »Sieg! Sieg! Unser Kaiser hat die Schlacht gewonnen!«

»Bei Trisontai hat er das Heer der Mathilde vernichtend geschlagen, in alle Winde zerstreut!«

Auch Hedwig, die Marketenderin, hatte in der Küchengasse, wo sich Ochsen am Spieß drehten, Hühner gerupft wurden und in großen Kesseln Bohnenmus dampfte, von der guten Nachricht gehört. Allerdings war ihr unklar, was das für die Soldaten hier bedeutete. Kam jetzt der Befehl zum Angriff mit Leitern, Wurfhaken und Rammbock auf die Mauern – oder würde die Belagerung gänzlich aufgehoben? Hedwig hatte die ganze Zeit mit sich gehadert, ob sie jemandem von dem toten Brunnenschacht berichten sollte, der wahrscheinlich eine Tür zu einem geheimen Gang in die Festung verbarg. Sie war sich nicht sicher, ob der merkwürdige blonde Knabe ihr nicht etwas vorgeflunkert hatte. Außerdem, wem sollte sie sich offenbaren, sie kannte ja niemanden, und wer würde sie, die Küchenmagd, schon ernst nehmen? Sie hatte die beiden Öxfeld von der Ferne gesehen, den stillen Gerald und seinen bärbeißigen Vater Sigbert – und hatte sich sofort versteckt. Zu sehr hätte Hedwig sich geschämt, gerade von den Öxfelds hier, in dieser für eine Jungfer von Stande völlig entwürdigenden Lage gesehen zu werden.

»Hedwig?« Sie schaute auf – ach, du Schande! Da stand Gerald vor ihr, über ihr, denn er saß reisefertig zu Pferde. »Bist du's wirklich?«

»Ja«, sagte sie verlegen und schüttelte sich die Federn der gerupften Henne von der Schürze. »Ich schlag mich so durch –«

»Hätt' ich das früher gewusst!« Das Zusammentreffen war Gerald peinsam. »Dann hätt' ich was für dich –«

»Wenn Ihr –«, Hedwig achtete auf Höflichkeit gegenüber einem Ritter, wie es der junge Herr Gerald war, »wenn Ihr einen Augenblick Eurer Zeit für mich erübrigen könntet, dann wüsst' ich etwas –«

Er unterbrach sie. »Warum sprecht Ihr nicht meinen Herrn Vater an?«, wimmelte er das Mädchen ab. »Ich bin gerade im Begriff, nach Deutschland zu reiten.« Stolz wandte er sich um. »Also, nichts für ungut«, rief er ihr noch zu, »und grüßt meinen Herrn Vater von mir!«

Hedwig sah ihm nicht lange nach, dann band sie die Schürze ab und wusch sich das Gesicht. Warum sollte sie dem Rat nicht folgen, vielleicht würde sich der Alte freuen?

Nonnen und Piraten

Lerici bot sich dem weit herumgekommenen ehemaligen Knappen Rinat von Sitten als ein armseliges Fischerdorf dar, das wahrscheinlich bessere Zeiten gesehen hatte. Davon zeugte der wehrhafte Turm einer Burgruine, die auf einem hohen Felsen ins Meer hinausragte, dahinter der geschützte Hafen. Auch über der anderen Seite erhob sich oberhalb der Klippen ein geducktes Gemäuer mit weithin sichtbarer Kapelle, die auf das angrenzende Kloster der Barmherzigen Schwestern hinwies. Warum diese den Namen Immacolata del Bosco trug, hätte niemand aus dem Ort Rinat zu verraten gewusst, es waren weithin keine Bäume zu sehen. Nun waren die Bewohner auch keine besonders frommen Leute, sondern durch die Bank Piraten, die sich hier eingenistet hatten, wohl als in diesem Felsennest keine Beute mehr zu holen war.

In dem kleinen Hafen, der keinen Kai besaß, nur eine Mole aus unbehauenen Felsblöcken, die wie die Zangen eines Scherenkrebses die winzige Bucht umfassten, lagen nur wenige Fischerkähne. Aber in den aus Brettern und Treibholz zusammengenagelten Schankstuben, vorgeschoben bis an den flach auslaufenden Strand, herrschte ständiges Kommen und Gehen.

Rinat wählte sich als Absteige eine baufällige Hütte am äußersten Rand und versorgte als Erstes seinen stolzen Rappen, den er sich in recht eigenmächtiger Weise von dem Monsignore Remy d'Aretin ausgeborgt hatte. Die Bruchbude trug auf einem verwitterten Balken eingebrannt den Namen ›Zur heiteren Sirene‹. Gleich hinter ihrer vorgelagerten Veranda begann die *Via crucis*, der Kreuzweg, der im Zickzack durch die Klippen hinaufführte zur Immacolata del Bosco und ihren mildtätigen Nonnen.

»So selbstlos sind die Schwestern nun wieder auch nicht«, klärte der Patron der Herberge seinen Gast auf. »Alle, die hier zur See fahren – es sind auch Fischer darunter –«, er grinste und schob Rinat einen winzigen Becher zu, gefüllt mit einer klaren Flüssigkeit, »sind furchtbar abergläubisch!« Er schenkte auch sich selbst aus dem dickbauchigen Tonkrug ein und kippte den Inhalt in einem Zug hinunter. »Nur die frommen Frauen da oben«, er deutete mit dem Daumen hinauf zu den Klippen, »vermögen dank ihrer Fürbitte diese sündigen Seelen vor dem Feuer der Hölle zu bewahren.« Rinat nickte und nippte vorsichtig. »Ex! Mit einem Schluck!«, befahl der Patron der ›Heiteren Sirene‹, und Rinat gehorchte ihm.

»Feuer der Hölle!«, röchelte er, erschrocken über die Explosion im Gehirn.

Der Patron lachte ihn aus. »Die Schwestern hüten eifersüchtig das Rezept dieses Trunks des Vergebens, *Lacrimae virginis* nennen sie ihren Teufelsbrand, ein Monopol, das sie reich gemacht hat!« Er schenkte sich und Rinat noch einmal nach, dann versteckte er den Tonkrug mit der winzigen Tülle wieder. »Von jeder Prise – ob Ware, Mensch oder Fisch – kassieren sie den Zehnten, schlimmer als der Bischof!«

Ein junger Bursch torkelte zur Tür der Taverne herein und ließ sich wortlos auf eine der Bänke fallen.

»Der kotzt Euch gleich die Bude voll!«, warnte Rinat.

»Macht nichts!«, erwiderte großzügig der Patron. »Die Schwestern zahlen! Sie kommen für den Unterhalt des jungen Mannes auf, seit Berenguer, der Söldnerführer, ihn hier abgeladen hat wie einen überzähligen Welpen! – ›Zu jung, zu verspielt!‹, nannte er als Grund.«

Der Patron schien Mitleid mit dem Betrunkenen zu haben. »Der Glatzkopf ist eine harte Nuss!«, schwatzte er weiter auf seinen Gast ein, der immer noch den Burschen in seinem unwürdigen Zustand anstarrte. »Und der junge Herr ist seitdem hier mein Schlafgast, tagsüber lungert er bei dem Gesindel im Hafen herum, Conon de Béthune –«

»Conon de la Montana!«, protestierte der Junge. »So will ich genannt werden! – Auch wenn es Frau Fedaye, meiner lieben Mutter, nicht passt!«

Rinat war sich jetzt sicher. »Kommt Ihr aus Sion im Wallis?«, fragte er eindringlich.

»De la Montana!«, lallte der Bursche und ließ den Kopf auf die Tischplatte fallen.

»Sein Vater war der berühmte Ritter Guillem de Gisors, dem zu dienen ich die Ehre hatte!«, erklärte Rinat stolz dem Patron, laut genug, dass Conon es hätte hören können.

»Der hat mal wieder den Tränen der Jungfrau zu eifrig zugesprochen«, entschuldigte ihn der Wirt. »Aber auch wenn er nüchtern ist, geht er keinem Raufhändel aus dem Weg! Trotz seiner Jugend weiß Conon de Béthune mit jeder Art von Klinge meisterlich umzugehen – und er schlägt sich gern!«

»De la Montana!«, murmelte dieser und bettete seufzend sein trotziges Bubengesicht auf die untergeschobenen kräftigen Arme.

»Nur gut«, sagte Rinat und erhob sich, »dass seine verehrungswürdige, wundervolle Frau Mutter nicht weiß, welche Schande ihr der Sohn bereitet!« Rinat trat zur Tür. »Dies ist nicht der rechte Ort für einen Spross aus höchstem Adel!« Er ließ den Patron der ›Heiteren Sirene‹ mit beleidigter Miene zurück, auch wenn der seinen jungen Schutzbefohlenen nun doch mit anderen Augen sah.

Rinat von Sitten hatte nur wenige Schritte hinter die Hütte getan, bis dorthin, wo der Kreuzweg zur Immacolata del Bosco begann, als sich ein kleiner Trupp Berittener im scharfen Tempo näherte. Zu spät erkannte Rinat in deren Mitte den Monsignore d'Aretin, dem er schon des Rappen wegen wahrlich nicht in die Arme laufen wollte, aber es war zu spät!

Der Graue Kardinal machte ob des Wiedersehens nicht das geringste Aufheben. Er sprang neben dem Knappen von seinem Gaul – wieder ein Rappe!, wie Rinat erleichtert feststellte – und wandte sich eher beiläufig an den Aufgegabelten. »Einen umtriebigen *Secretarius* wie Euch, Rinat von Sitten, könnt' ich gut brauchen«, eröffnete er freundlich. »Ihr habt das Zeug dazu, und begabt in Wort und Schrift seid Ihr bewiesenermaßen!« Rinat wusste nicht, was er dem entgegenhalten sollte, der Monsignore enthob ihn der Antwort. »Begleitet mich hinauf zum Kloster. Ich habe der jungen Dame Cantar de Sion eine wichtige Nachricht zu überbringen.« Remy d'Aretin wies sein Gefolge an, auf ihn zu warten, und begann mit Rinat den Aufstieg. »Cantar sollte sich eigentlich noch an Euch erinnern«, sagte er, federnden Schritts die breiten Treppenstufen nehmend. »Sie müsste fünf gewesen sein, als Ihr als Knappe dem Herrn von Gisors folgend Sion verließt –« Rinat sagte nichts. Schweigend stapfte er hinter dem Monsignore her. Doch sein Abgang von Monte Cassino blieb nicht ausgespart. »Die *Annales ad extremum* sind immer noch nicht in Sion –«

»Wie sollten sie denn?!«, begehrte Rinat auf. »Ihr selbst wart es, der den Berenguer –«

»Schon gut!«, wehrte der Monsignore ab. »Diesmal gebe ich Euch die Verantwortung, Rinat, und auch die notwendigen Mittel werden Euch zur Verfügung stehen!«

Rinat schwieg, was als Zeichen seines Einverständnisses angesehen werden konnte.

Remy d'Aretin – Rinat hielt sich im Hintergrund – stand vor Cantar, die zur reifen Schönheit erblüht war. Die Ordensschwester war in kleidsamer Tracht, ein breiter Ledergürtel unterstrich ihre schmale Taille, und sie trug Stiefel. Cantar hatte Rinat von Sitten sofort erkannt, aber über ein freundliches Nicken hinaus war die Begrüßung nicht überschwänglich ausgefallen. Auch für den Monsignore, immerhin lange Jahre der Hauskaplan ihrer Familie, der sie ebenfalls nach Gisors begleitete, hatte sie nur ein rätselhaftes, erwartungsvolles Lächeln übrig gehabt. Aber das lag an ihren seltsamen Augen, rief sich Rinat in Erinnerung, so hatte Cantar immer schon geschaut.

Den Monsignore brachte sie damit in Zugzwang, und das ließ er sie auch spüren. »Eure Novizinnen«, begann Remy barsch, »gemahnen mich an eine Schar elternloser Kinder, die hier eher Asyl zu genießen scheinen, als dass sie sich auf ihr zukünftiges Leben als Nonnen vorbereiten.«

Cantar war um eine Antwort nicht verlegen. »Ihre auffällige Jugend, Monsignore, verdanken sie dem Umstand, dass die meisten, kaum zu Frauen erblüht, von den Piraten abgegriffen werden, wenn sie nicht aus eigenem Antrieb oder Unerfahrenheit den Verlockungen des Freibeuterlebens erliegen – oder sich rechtzeitig hier heraufretten.« Cantar hatte diese Erklärung abgegeben, ohne sich zu entschuldigen, als stünde sie über den Dingen.

Remy schob nach: »Offensichtlich fehlt es den jungen Geschöpfen an der Hinwendung zum Glauben, am festen Halt in Jesus Christus und dem Vorbild der heiligen Mutter Maria –«

»Amen!«, sagte Cantar mit trockenem Sarkasmus. »Die wenigen in Ehren ergrauten Schwestern der Immacolata del Bosco haben anderes zu tun, als den Nachwuchs des Klosters zu unterweisen.« Ihre Stimme wurde schärfer. »Die Kirche hat es sich angelegen sein lassen, Monsignore, mich aus Sion fortzulocken in eine Manufaktur für ein Teufelsgetränk namens *Lacrimae virginis*! Eine üble Destille! Doch – *Pecunia non olet* – äußerst profitabel! Die Mehrung des Klosterschatzes ist hier oberstes Gebot – keines der bekannten Zehn, die Moses von Gott auf dem Berg empfing!« Sie war jetzt zornig geworden und wischte den versuchten Einwand ihres Besuchers zur Seite. »Ihr wisst genau, Remy d'Aretin, dass dieses Kloster seit Jahren exemt sich selbst überlassen ist, nicht einmal eine Priorin waltet hier ihres Amtes! Also, beschwert Euch nicht!« Der Monsignore lächelte vergnügt ob dieses Ausbruchs, was Cantar noch mehr ergrimmte. »Wenn Ihr es schließt, versetzt Ihr Lerici den Todesstoß und beraubt die Kirche einer sprudelnden Einnahmequelle!«

Remy wartete geduldig, bis sich die hoheitsvoll Erzürnte wieder gefangen hatte. »Das soll nicht länger Euer Problem sein, Cantar de Sion. Der Heilige Vater bestellt Euch –«, er nestelte aus seinem Umhang das gerollte und versiegelte Pergament und reichte es der jetzt wieder huldvoll Lächelnden, »hiermit zur Äbtissin des wiederaufgebauten Konventes der ›Heiligen Unschuld Magdalenae‹ zu Amalfi.«

Kaum hatte die frisch Bestallte das Siegel erbrochen, entfuhr ihr ein höchst unheiliges »Heiliger Arsch!«. Sie bekreuzigte sich hastig. »Ein wüsteres Sündenbabel konnte dem Papst wohl kaum einfallen! Da greift doch selbst der Bocksfüßige lieber ins Weihwasser –«

»Deswegen!«, lachte Remy, zufrieden mit ihrer Reaktion. »Ihr werdet dort die Zeichen für einen Neubeginn setzen!«

»Und woher kommen die Nonnen?! Von den Piratenschiffen?«

»Auch keine üble Idee, aber unsere heilige Mutter, die Kirche, wird für deren Beistellung Sorge tragen.«

»Unschuldige Magdalenen?«, spottete Cantar, um rasch ihre Einwilligung hinzuzufügen: »Hier hält mich nichts – außer der Fürsorge um den armen Conon.«

»Um den werde ich mich kümmern!«, bot Rinat dem Monsignore an, doch der wehrte ab. »Ihr, Rinat, werdet Euch *stante pede* nach Monte Cassino begeben, um endlich – Ihr wisst schon!«

Rinat nickte zwar, zeigte sich aber widerborstig. »Womit?«

Remy hatte verstanden, er wandte sich an Cantar. »Ich muss einen Griff in Eure Klosterkasse tun, im Namen –«

»Bedient Euch nur!«, willigte Cantar ohne Gegenrede ein und öffnete die Tür zu einer angrenzenden kargen Kapelle, völlig ausgefüllt von einem klobigen, die ganze Breite einnehmenden Altar. »Es ist eh ein Geld der Sünde!« Sie schob ihre beiden Gäste über die Schwelle und schloss hinter ihnen die Tür. Nur ein winziger Lichtschein fiel aus der Kuppel auf den weißen Leib des Herrn. Cantar trat mit dem Stiefel energisch gegen die Konsole des geschnitzten Holzaltars, es knackte, dann ergriff sie den Gekreuzigten mit beiden Händen und drehte ihn wie ein Rad, bis er mit dem Kopf nach unten hing. Mit aller Kraft warf sie sich gegen die marmorne Säule des Portikus, der den Altar einfasste – und langsam gab die schwere Wand nach, glitt um die eigene Achse und zeigte ihr Hinterteil, in Form eines gebückten Teufels, dessen breiter Arsch sich den beeindruckten Zuschauern entgegenstreckte und dessen ihnen zugewandte Fratze sie angrinste. »Der Hüter unseres Schatzes!«, erklärte Cantar ohne sichtliche Rührung. »Dreht ihm den Hals um, und Ihr könnt Euch die Taschen füllen!«

»Wunder der Jungfrau!«, sagte Remy anerkennend. »Doch das Handanlegen überlass ich meinem treuen *Secretarius*, dem ich volles Vertrauen schenke.« Er zog Cantar sanft mit sich aus der kleinen Kapelle. »So muss ich die Schandtat nicht mit eigenen Augen mit ansehen. Kann ich dem Heiligen Vater nach Rom berichten, dass Ihr die Berufung angenommen habt?«

Cantar nickte. »Aber Ihr müsst mir versprechen, dass für Conon gesorgt wird. Ich kann den Jungen hier nicht seinem Schicksal überlassen!«

»Rinat von Sitten ist von mir bevollmächtigt, Euren Umzug nach Amalfi in die Wege zu leiten. Er soll ein Schiff anheuern. Da kann auch Conon mit von der Partie sein – und genügend Mittel stehen Euch ja zur Verfügung.«

Cantar verneigte sich zum Zeichen ihres Einverständnisses, und der Monsignore verließ raschen Schritts das Kloster.

In seiner Absteige hatte Rinat seine wenigen Habseligkeiten zusammengerafft und den Rappen aus dem Stall geholt. Reichlich Gold aus der Klosterkasse hatte er in zwei Säcken rechts und links in den Satteltaschen verstaut. Er warf noch einen Blick auf Conon. Der arme Junge war halb unter den Tisch gerutscht, er schlief noch immer seinen Rausch aus. Ihn auf die Reise mitzunehmen deuchte Rinat nur eine Belastung, und so unterdrückte er die fürsorgliche Anwandlung, die ihn kurz überkam, und weckte ihn nicht. Wegen Cantar machte er sich noch weniger Gewissensbisse. Die besaß genug Geld – und ein starkes Köpfchen dazu! –, um sich auf eigene Faust nach Amalfi zu begeben. Mit den Nonnen da oben wollte er, Rinat von Sitten, sich weiß Gott nicht abgeben, weder mit den jungen Dingern noch mit den alten Hexen an ihrem Brennkessel, denn es war immerhin anzunehmen, dass viele von ihnen sich gern der fortziehenden Cantar anschließen würden. Die Verantwortung für einen solchen Weiberhaufen?! Das war zu viel verlangt! Der Monsignore sollte vollauf zufrieden sein, wenn er, Rinat von Sitten, ihm diese *Annales* endlich nach Sion schaffte! Schon wegen des Goldes in seinen Taschen hatte Rinat kurz überlegt, ob er eine Begleitmannschaft anheuern sollte, zwei, drei Knechte vielleicht. Andererseits fiel er weniger auf, wenn er ganz allein unterwegs war.

Den Piraten von Lerici sei nicht zu trauen, hatte der Patron ihm zum Abschied eingeschärft. Also würde er nicht im Hafen, sondern in einem der nächsten Fischerdörfer nach einem Schiff fragen, das ihn samt seinem Pferd in den Süden bringen konnte.

So ritt Rinat am Strand entlang auf den Felskegel mit der Burg zu. Der Weg, den er nehmen musste, führte landseitig am Fuß des Burgfelsens vorbei, dessen Vorwerk auch einst die Zufahrtsstraße beschützt hatte. Einer der Türme schien noch intakt. Frohgemut bog Rinat um die Ecke – und sah sich plötzlich von finsteren Gesellen umringt. Auch der Rückweg war ihm abgeschnitten! Sie sprangen von allen Seiten herbei, und am Ufer schaukelte zwischen den Felsen ihr Schiff: Piraten!

Bert el-Caz hatte sich diese einträgliche Wegelagerei einfallen lassen, eine Art Straßenzoll auf dem einzigen Zugang nach Lerici. Das ernährte den Erfinder prächtig und hielt die Leute auf Trab, bis man dann wieder in See stach. Der stolze Piratencapitan schaukelte an Bord in seiner Hängematte, von wo aus er die Straße im Auge behalten konnte. Wie eine Spinne über ihr Netz saust, sobald eine Beute zappelt, fuhr er hoch, als er jetzt Rappen und Reiter erblickte, die seine braven Leute zum Halten gebracht hatten. Er hüpfte über die Felsen, um sich den Fang näher anzuschauen.

Rinat war erstaunt über den kleinen Rothaarigen, dem alle respektvoll Platz machten. Er fasste sich ein Herz und verkündete unbekümmert, als wäre er sich keiner Bedrohung bewusst: »Rinat von Sitten, im Auftrage der Kirche unterwegs zum Kloster Monte Cassino!«

Bert el-Caz beäugte ihn listig von unten nach oben, Rinat war einen Kopf größer als er. »Ihr seid doch heute Morgen erst in Lerici eingetroffen! Warum so schnell wieder fort?«

Rinat fasste törichterweise Vertrauen zu dem Füchslein. »Soll ich ehrlich sein?«

Bert el-Caz schien erschrocken. »Wenn's unbedingt sein muss!«

Das wiederum verwirrte Rinat. »Wenn ich länger geblieben wär«, gab er dann freiheraus zur Auskunft, »hätte ich mir 'ne Menge Ärger aufgeladen, einen Haufen Weiber!«

»Als Mann der Kirche?!«

Rinat sah sich genötigt, Klarheit zu schaffen. »Das Nonnenkloster oberhalb von Lerici wird aufgelöst, nach Amalfi verlegt!«

»Vom Regen in die Traufe?«, spöttelte der Pirat ungläubig und beinahe empört. »Was wird denn aus Lerici, wenn die barmherzigen Schwestern samt ihren Wunder wirkenden Tränen der Heiligen Jungfrau uns verlassen?«

»Sie werden gezwungen umzuziehen, mit Sack und Pack!«, erklärte Rinat.

Bert el-Caz sah ihn wieder verschmitzt von unten an. »Mit Sack und Pack, sagt Ihr? Also samt dem Schatz, den sie gehortet haben wie alte Drachen?«

»Ich weiß von keinem Schatz!«, sagte Rinat schnell. »Sie machten auf mich den Eindruck armer Kirchenmäuse!«

»Haha!«, lachte der Capitan meckernd, und seine Leute fielen pflichtgemäß ein. »Fette Ratten sind sie! Ich hab's mal nachgerechnet, was sie für ihren heiligen Trunk Mond für Mond einstreichen! Dafür muss ein ehrlicher Pirat ein ganzes Jahr auf dem Meere ackern!«

»Tja«, seufzte Rinat gottergeben. »Wer hätt's gedacht! Fromm sein macht doch reich! – Ich muss jetzt weiter.«

»Heute nicht mehr!«, entschied Bert el-Caz, er witterte Beute – und Vorsicht war die Mutter jeder Schatztruhe! Er musste handeln, bevor auch andere Wind davon bekamen. »Ihr seid erst mal mein Gast! – Leute!«, wandte sich der Capitan an seine Untergebenen. »Macht den Turm frei! Und dass es unserem Kirchenboten an nichts mangelt!«

Rinat wurde samt seinem Rappen in das geräumige Untergeschoss des Turmes geführt, bekam ausreichend zu essen und zu trinken, bevor der Riegel hinter ihm einrastete. Sie hatten nicht einmal seine Satteltaschen untersucht! Rinat war's zufrieden und streckte sich behaglich auf dem frisch aufgeschütteten Strohlager aus.

Es war mittlerweile Abend geworden. Der Capitan Bert el-Caz wartete noch die einbrechende Dunkelheit ab, dann stieg er auf den Turm und sandte Feuersignale hinaus aufs Meer, ein zwischen ihm und Yussuf verabredetes Zeichen. Im dichten Morgennebel tauchte ein Schatten neben seinem Segler auf. Das herbeigeeilte Sklavenschiff wurde befehligt von einem der Söhne Yussufs, schwarzbärtig wie der Vater, nur ohne die Autorität des Alten. Deswegen zog Bert el-Caz gleich das Kommando an sich.

»Was zahlst du mir für dreißig blutjunge *Qitat*, Jungfrauen natürlich?« Der Schwarzbärtige nannte den Preis, Bert el-Caz sagte: »Das Doppelte – und nur weil du der Sohn meines Freundes Yussuf bist, der dich verprügelt, wenn du dir das Geschäft entgehen lässt!« Der Sohn schlug ein.

»Morgen Nacht gibst du mir dreißig deiner Männer, denn jeder muss eigenhändig so ein Kätzchen an Bord tragen.«

»Und wie soll ich ohne die Männer das Schiff bewegen?«

»Gar nicht!«, erwiderte Capitan Bert el-Caz, überlegen grinsend. »Du legst es morgen Abend auf die andere Seite von Lerici an den Strand, vor die ›Heitere Sirene‹ und wartest, bis deine Männer mit der Ware zurück sind.«

»Das ist alles?«, fragte der Schwarzbärtige ungläubig.

»Ja«, sagte der erfahrene Pirat. »Das Geld zahlst du jetzt, und deine Männer hol ich mir morgen um Mitternacht von deinem Schiff ab. Lass keinen vorher an Land! Sonst ist das Geschäft null und nichtig, und du bist nur dein Geld los!«

»So wird's gemacht!«, bekräftigte der Sohn des Yussuf. Er wollte sich seines berühmten Vaters würdig zeigen.

So weit war Bert el-Caz höchst zufrieden mit dem Gang der Dinge. Seinen Informanten wusste er sicher im Turm, den Hafsiden einzubeziehen schien ihm ein kluger Schachzug. Zum einen hatte er dessen Männer auf seiner Seite, und zwar unter seinem Kommando, zum anderen wurde er auf einen Schlag die bei der geplanten Operation anfallenden, womöglich störenden jungen Nonnen los. Denn Bert el-Caz ging es nur um den Schatz des Klosters, deswegen hatte er von Yussufs Sohn auch den üblichen Preis pro Jungfrau verlangt, damit der ja keinen Verdacht schöpfte. Es gab noch genügend andere Probleme zu bedenken, aber dazu brauchte er Tageslicht. Bert el-Caz warf sich in seine Hängematte und gab Befehl, ihn bei Sonnenaufgang zu wecken. Wenig Zeit für Schlaf!

Die *Shoka al-Iffriqia*, das brandneue Schiff des Astair de Saissac, Geschenk der Sultana von Mahdia, lief im Hafen von Lerici ein. Elgaine, als Mann gekleidet und längst eine erfahrene Steuerfrau, ließ es nicht auf den flachen Strand laufen, sondern legte es an die Mole in den äußersten Winkel der Bucht, dort wo sich die Herberge ›Zur heiteren Sirene‹ befand. Auf diese Weise hatte das Schiff immer noch genügend Wasser unter dem Kiel, um im Bedarfsfall sogleich wieder davonsegeln zu können.

Mit Astair, dem Capitan, sprach Elgaine noch immer nicht mehr als nötig. Es ging ihr einzig darum, sein Vertrauen zu erhalten. Eigentlich war Elgaine entsetzt, wie der Vater ihres Sohnes glauben konnte, sie würde den Verlust von Pons einfach so wegstecken, seine Existenz schlichtweg vergessen! Das nagte an ihr, mehr als die Vorstellung, was er während der Zeit ihrer Schwangerschaft, die sie im Harem eingesperrt war, mit Melina in deren Palast getrieben hatte. Sie hatte nur eines im Sinn: jede mögliche Chance zu ergreifen, um Pons den Klauen der Sultana zu entreißen!

Elgaine prüfte noch, dass die Ankerkette nicht zu viel Spiel hatte und die *Shoka al-Iffriqia* sich an den scharfkantigen Felsblöcken keine Schrammen holen konnte, als sie auf der anderen Seite der Mole, zum offenen Meer hin, den Segler des Bert el-Caz schaukeln sah. Mit schnellem Seitenblick musste Elgaine feststellen, dass auch Astair den Segler des verräterischen Fuchses entdeckt hatte. Von Bert el-Caz selbst war nichts zu sehen, er war also an Land gegangen. Astair erteilte ihr, seinem Steuermann, noch ein paar sinnlose Befehle, um sie an Bord zu halten, kletterte rasch das Fallreep hinunter und entschwand. Elgaine ließ sich Zeit.

Bert el-Caz hatte dem Kloster oben auf den Klippen einen Besuch abgestattet. Dabei betrat er das Gebäude nicht, sondern bewunderte es von außen, wie es da so friedlich wie ein Vögelchen im Nest in den Klippen hockte, auf einem schmalen Vorsprung, denn gleich an der Rückfront stieg die Felswand kerzengrad in die Höhe. Dort hätten sich die Erbauer sogar die Mauern sparen können, die das Kloster wehrhaft umgaben und vor dreisten Überraschungsangriffen schützten. Selbst an eine Zugbrücke war gedacht worden, die von den Nonnen rechtzeitig eingezogen werden konnte, zumal jeder Piratenhaufen gezwungen war, erst mal im Zickzack den Kreuzweg hochzustürmen.

Bert el-Caz warf einen letzten Blick auf die aufregende Kulisse der steil aufragenden, oft überhängenden Klippen und begab sich, zufrieden mit dem Ergebnis seiner Inspektion, in die angrenzende Kirche Immacolata del Bosco. Als Andacht suchender Kirchgänger wollte er verifizieren, ob die über den Daumen geschätzte Anzahl marktfähiger junger Nonnen tatsächlich vorhanden war oder ob er dem Hafsiden zu viel versprochen hatte. Das könnte Ärger geben, vor allem kostbare Zeit brauchen.

Bert el-Caz drängte sich mit anderen Besuchern der Messe in der hinteren Reihe. Die Glocke rief zur *Sext*, der Mittagsandacht. Aufmerksam zählte er die aus einem Seiteneinlass hereinströmenden Novizinnen. Sie waren wirklich blutjung wie frische Feigen, und es gab reichlich von ihnen. Dann erblickte er plötzlich, sie alle überragend, die schöne Cantar unter den Nonnen. Auch durch ihr wenig frommes Verhalten hob sie sich von ihnen ab, als sie jetzt – anstatt mit züchtig gesenktem Haupt zu beten – aufmerksam ihren Blick über die versammelte Gemeinde gleiten ließ. Bert el-Caz tat so, als wär ihm der Schuh aufgegangen, und duckte sich rasch weg. In gebückter Haltung schob er sich durch die Reihen und erreichte, ohne Aufsehen zu erregen, die rettende Kirchentür.

Das Auftreten der Cantar de Sion bestätigte ihm auch die Richtigkeit der Aussage des Rinat von Sitten, dem er am frühen Morgen »in aller Freundschaft« noch einen Besuch abgestattet hatte. Bert el-Caz rief sich die Begegnung in Erinnerung, während er beschwingt die *Via crucis* hinunterhüpfte. Rinat hatte ihm jede Bewegung, jeden Handgriff, den die Dame getan, um den Schatz des Klosters in die geöffneten Hände von Bedürftigen kommen zu lassen, genau geschildert. Dabei hatte er den Namen der hochstehenden Dame nicht genannt, er musste ja davon ausgehen, dass sich Nonne und Pirat noch nie begegnet waren. Rinats Beschreibung hatte wie ein Märchen geklungen, aber jetzt wusste Bert el-Caz, dass es den Schatz wirklich gab!

Elgaine hatte die *Shoka al-Iffriqia* ebenfalls verlassen, um sich auf die Suche nach Bert el-Caz zu machen. Lerici war nicht so groß, dass er ihr nicht irgendwann über den Weg laufen musste, aber sie wollte den kleinen Piraten erwischen, bevor er mit Astair aneinandergeriet. Elgaine war zwar ebenfalls nicht gut auf den treulosen Fuchs zu sprechen, hatte er ihr doch Mahdia eingebrockt. Aber der Verrat hatte nicht ihr gegolten, sondern war ein intrigantes Katz-und-Maus-Spiel der Melina von Lecce gewesen, wobei die Sultana die Katze war und Astair der Dumme. Sie, Elgaine, hatte nur die Zeche gezahlt. Das passiert mir nur einmal!, schwor sich Elgaine und betrat die nahe Taverne ›Zur heiteren Sirene‹. Vielleicht konnte ihr hier jemand Auskunft über Bert el-Caz geben?

Der Schankraum war jetzt am frühen Nachmittag leer. Der Patron wusch die irdenen Becher der Zecher vergangener Nacht in einem Holzzuber. Nur auf der einen Bank lag bäuchlings ein Bursche und schlief, das Gesicht auf die verschränkten Arme gebettet. Um nicht gleich plump mit der Frage ins Haus zu fallen, trat Elgaine zu dem Patron hinter den Tresen und zeigte auf den Schlummernden.

»Ein Hinterbliebener der letzten Nacht?«, spöttelte sie.

Der Patron sah kaum auf. »Nein, das ist bereits der Rausch von heute Vormittag« – er trocknete sich die Hände an der Schürze und wandte sich Elgaine zu –, »den unser Conon jetzt ausschläft.«

Die immer noch männlich gekleidete Piratin, ihre Haarpracht unter rotem Tuch straff verborgen, schaute genauer hin: Es war Conon!

Der Patron setzte hinzu: »Der verträgt erstaunlich viel, ein kräftiger Kerl!« Und plötzlich kam Elgaine ein Gedanke: Könnte auch Conon ein Mann sein, der ihrem Unternehmen, der Befreiung ihres Sohnes Pons, dienlich wäre?

»Darf ich Euch beim Waschen des Geschirrs zur Hand gehen?«, bot sie dem überraschten Patron an.

»Braucht Ihr Geld?«, fragte der schnippisch zurück.

Elgaine schüttelte ihr kühnes Piratenhaupt. »Ich zahl Euch was, wenn Ihr mich Euren Platz am Bottich einnehmen lasst, bis er aufwacht!« Der Patron schaute blöd. »Ich will Conon eine Überraschung bereiten, wir sind nämlich alte Freunde –«, und sie warf ihm ein Goldstück hin.

Da wurde vor der Tür die Gestalt von Astair sichtbar und hinter ihm – Bert el-Caz! Wie der Blitz war Elgaine hinter der Theke abgetaucht und gestikulierte dem Patron, sie nicht zu verraten. Der verstand sofort, zumal Elgaine ihm ein weiteres Goldstück zuschob. Hinter die dünne Holzwand gekauert, sah Elgaine zwar nichts, aber sie konnte jedes Wort verstehen. Von dem Schläfer schienen die beiden Neuankömmlinge keine Notiz zu nehmen, doch da die Bank belegt war, setzten sie sich näher zur Lauscherin. Elgaine hörte, wie der Patron zu den beiden trat und sie nach ihrem Begehr fragte.

Astair bestellte Wein. »Vom besten!«

Während über ihrem Kopf der Besitzer den Krug vom Fass abfüllte, drang Bert el-Caz' meckernde Lache bis in ihr Versteck. »Ihr könnt es Euch jetzt ja leisten, Astair, mit den brandneuen Planken unter den Füßen!«

»Ach«, erwiderte Astair nach längerer Pause. »Nichts als die Verpflichtung, ständig Beute auf ihnen anzuhäufen! – Ich sah Euch gerade den Kreuzweg vom Kloster hinabkommen, Bert el-Caz?« Astair konnte seine Neugier nicht verbergen.

»Hab gebetet!«, gab sich Bert el-Caz wortkarg.

»Euer alter Freund Yussuf soll in der Nähe gesichtet worden sein?« Bert el-Caz ließ ihn reden, wenn er ihm wohl durch Zeichen bedeutet haben musste, es leiser zu tun. Der Patron sollte das Gespräch nicht mitbekommen.

»Arbeitet Ihr wieder mit ihm zusammen? Ein neuer Raubzug? Oder frische Ware für den Sklavenmarkt von Bejaia? Oder«,

Astair senkte seine Stimme wie ein schlechter Verschwörer, »gar die Nonnen von der Immacolata del Bosco?«

Wenn Wein die Zunge löst, dann tat er dies nur bei Astair. Bert el-Caz hüllte sich weiterhin in Schweigen, was sein Gegenüber veranlasste, seine Gedanken ungezügelt fortzuspinnen. »Auch wenn Ihr so tut, alter Fuchs, als hätte Euch ein frommes Gelübde die Lippen versiegelt, nehme ich es als Eingeständnis!« Astair wurde aufdringlicher. »Ich bin dabei! Die *Shoka al-Iffriqia* steht Eurem Unternehmen uneingeschränkt zur Verfügung, mein Wort als Capitan!«

Bert el-Caz bekam zum ersten Mal die Zähne auseinander. »Angenommen, Ihr lägt richtig, Astair de Saissac«, sagte der kleine Pirat leise. »Unter den Nonnen befindet sich eine Dame, der ich dieses Schicksal ersparen möchte –«

»Wer?«, drängte Astair voller Eifer.

»Cantar de Sion sollte auf jeden Fall von Euch und Eurem Schiff übernommen werden.«

»Abgemacht!«, rief Astair erfreut und rief nach dem Patron, um zu zahlen.

»Die weiteren Einzelheiten, Euren Anteil, das können wir an Bord meines Seglers –«

»Gern«, hörte Elgaine den stolzen Capitan Astair verkünden, »betret' ich mal wieder das Deck der alten Schaluppe –«, danach entfernten sich Stimmen und Schritte.

Elgaine verließ ihr Versteck. »Habt Ihr gehört –?« Der Patron hielt sich erst die Ohren zu, dann legte er seinen Zeigefinger entschlossen vor die Lippen, bevor er mit der anderen Hand den absoluten Schlussstrich zog, scharf wie von Messers Schneide.

»Verstehe!«, sagte Elgaine. »Jetzt brauch *ich* einen Wein, von Eurem besten!« Sie hockte sich mit dem gefüllten Becher auf die freigewordene Bank, nachdem sie sich mit raschem Blick überzeugt hatte, dass Conon unverändert seinen Rausch ausschlief. Die Idee, den Burschen mit ins Boot zu nehmen, war wohl doch nicht so gut. Für ihr Unternehmen brauchte sie Leute, auf die Verlass war, und da kannte sie eigentlich nur sich selbst!

Sie tat einen kräftigen Schluck. Cantar zu warnen kam ihr in den Sinn, doch dann dachte sie an die vernünftige Haltung des Patrons. Besser, sie hielt sich da raus, nachher geriet sie dann oben im Kloster grad mitten in den Überfall, mitten in die Kacke gackernder Hühner – oder hätte, wenn der dreiste Zugriff abgewehrt würde, als Verräterin hier in Lerici einen schlechten Stand, nämlich gar keinen! Treulosigkeit oder Spitzeldienste fanden bei Piraten keine Gnade! Auf Astair als Beschützer konnte sie in dem Fall auch nicht mehr bauen –

Am besten war's, sie wartete auf der *Shoka* ab, wie die Dinge sich entwickelten. Langsam schlenderte Elgaine zur Mole zurück.

Bert el-Caz stand am Ruder seines Seglers und beobachtete ungerührt seinen Gast Astair, der in der Mitte des Decks an der ominösen Schatztruhe hing und mit beiden Beinen in der Luft strampelte, nachdem das Deck unter ihm nach unten geklappt war.

»Wie konntet Ihr das vergessen, Astair de Saissac?«, höhnte der kleine Pirat. »Das ist eben Euer Problem: flinke Hände, aber nichts im Hirn! Ein ordentlicher Pirat wird aus Euch nie werden!« Astair wehrte sich verzweifelt vor dem Absturz in den Kielraum, doch seine Arme, vor allem seine Finger, mit denen er sich an die über ihm schwankende Kiste klammerte, drohten unter dem Gewicht seines eigenen Körpers nachzugeben. »Als Mitwisser seid Ihr mir zu gefährlich, als Partner eher lästig!« Bert el-Caz weidete sich an dem stummen Ringen des Fechtmeisters, endlich ließ Astair sich fallen, ohne besonderen Schaden zu nehmen. Bert el-Caz beugte sich über die Öffnung. »Wenn die Arbeit getan ist, kommt Ihr wieder frei!«, schickte er seinem Gefangenen als letzten Gruß hinunter. »Wer will Euch schon länger an Bord haben, Astair de Saissac!« Dann schloss der kleine Pirat mit Hilfe seiner Leute die Luke, gerade noch rechtzeitig, bevor er auf der Mole der Elgaine de Gisors ansichtig wurde und sich von der See her das Schiff des Hafsiden näherte.

Die Sonne sank tiefer, die Sonne ging unter, genau hinter dem Felsen der vorgelagerten Insel. Die Fischerboote kehrten zurück.

Langsam senkte sich die Dunkelheit über Lerici, Feuer flammten auf, ein anderes Leben begann, es war die Nacht der Piraten.

Oben im Kloster der Immacolata del Bosco stand Cantar auf der einzigen Terrasse und betrachtete sinnend die flackernden und huschenden Lichter unten am Strand. Verschwommen drangen Fetzen von Musik und Gelächter hinauf zu der einsamen Gestalt, die sich mal hell, meist gar nicht gegen den dunklen Nachthimmel abhob. Es war Vollmond, vorübergleitende Wolkenbänke erzeugten dieses Wechselspiel.

Cantar dachte an die Aufgabe, ihr vom Papst in Amalfi zugedacht. War das die endgültige Bestimmung ihres Lebens? Sie wandte sich langsam wieder dem Einstieg zu, denn es begann kühl zu werden, außerdem wollte sie die *Komplet*, die letzte Messe nach des Tages Müh und Plag, nicht versäumen.

Es waren meist nur die älteren Schwestern, die an ihr teilnahmen. Cantar blieb länger als die anderen, kniend ins Gebet versunken. Die unerwartete und unverdiente Bestallung zur Äbtissin – war das ihre wirkliche Berufung? Sie fand keine Antwort. Grübelnd kehrte sie nach dem *Nunc dimittis* in ihre Zelle zurück und versuchte Schlaf zu finden.

Ihre innere Unruhe vereitelte immer wieder den ersehnten friedlichen Schlummer, vielleicht auch die stickige, muffige Zelle. Schließlich raffte Cantar sich auf, um auf der einsamen Terrasse in frischer Seeluft ihre Ruhe zu finden. Lerici lag jetzt still und dunkel, an die Feuer des Abends gemahnten nur noch vereinzelte, glühende Punkte. Cantar ließ ihren Blick über die weißen Klippen im Rücken des Klosters schweifen, unnahbar, unberührt erhoben sie sich im Schein des Mondes, wenn er gerade durch die dahinziehenden Wolken brach.

Dann stutzte sie, verharrte wie ein aufgeschrecktes Wild. Dünne schwarze Fäden fielen über das Weiß der Klippen, als würden schwarze Spinnen sich abseilen. Es mussten aber menschliche Wesen sein – Piraten!

Schon sah sie die ersten dicht über der hinteren Mauer baumeln, lautlos sprangen sie ab. Cantar erstickte ihren Aufschrei und rannte die Treppe hinunter. Im Haus ertönte der erste Tumult, das Geräusch aufgetretener Türen, die erstickten Rufe des Entsetzens und barsche, raue Kommandos in moriskem Idiom.

Zielstrebig stürmte Cantar durch die Flure bis zu der kleinen Kapelle. Sie warf die Tür hinter sich zu und kniete sofort nieder. Statt zu beten, griff sie in ihrer Not mitten in die Zeilen des *Ave Maria Stella*:

»*Solve vincla reis*
Profer lumen caecis«

Hier nicht entdeckt zu werden konnte sie nicht erwarten, aber der Altar mit dem drehbaren Christusleib schien Cantar eher wirksamen Schutz zu bieten als die eigene Zelle.

»*Mala nostra pelle*«,
sang sie lauthals,
»*Bona cuncta posce.*«

Der kleine Bert el-Caz mit dem gewaltigen grünen Turban befand sich jetzt auf der gleichen Terrasse, auf der Cantar zuvor gestanden hatte. Zufrieden verfolgte er den Abtransport der kreischenden, um sich schlagenden Novizinnen. Jeder Mann des Hafsiden hatte sich eines der jungen Weiber geschnappt und zerrte oder schleppte es den Kreuzweg hinunter. Bert el-Caz zählte überschlägig die gemachte Beute. Als der letzte Schwarze mit seinem fauchenden, kratzenden oder beißenden Kätzchen verschwunden war, pfiff der erfolgreiche Pirat seine eigenen Leute zusammen, und im Laufschritt machten sie sich unter seiner Führung auf die Suche nach der kleinen Kapelle.

»*Virgo singularis*
Inter omnes mitis«

Cantar fuhr aus ihrer inbrünstigen Anrufung hoch, als plötzlich die Tür aufgerissen wurde und Bert el-Caz vor ihr stand. Sie tat so, als würde sie ihn nicht erkennen, und ihm war das recht.

»*Nos culpis salutos*
Miotes fac et castos«

Er protestierte allerdings heftig, als sie in ihrem trotzigen Gesang fortfuhr:

»*Vitam praesta puram* –«

»*Silentium!*«, brüllte er sie an. »Ich muss mich konzentrieren!« Laut die Reihenfolge der zu tätigenden Tritte und Griffe vor sich hersagend, machte sich der kleine Pirat eilig an die Arbeit. »Tritt an die Konsole! Dann den Leib des Herrn gepackt und gedreht!« Er rüttelte am Kruzifix, nichts rührte sich!

»Nur den *Corpus*!«, kicherte Cantar, der Pirat warf ihr einen erstaunten Blick zu und versuchte es aufs Neue. Nichts!

»Herr!«, zischte Bert el-Caz dem Objekt seines Gewaltausbruchs zu. »Mach nicht, dass ich zu härteren Mitteln –«

»Bis *Caput* zur Erdmitte zeigt!«, wies ihn die besorgte Cantar an.

Der Pirat gehorchte. Es knackte! »Und wie weiter?«

Bevor der wütende grüne Turban noch rabiater mit dem Gekreuzigten umsprang, erlöste ihn Cantar. »Gegen die Säule!«, befahl sie.

»Welche?!«

»Egal!«

Bert el-Caz warf sich mit aller Wucht seines schmächtigen Körpers gegen das letzte Hindernis. Endlich drehte sich die Wand, und der Arsch des *Diabolus* kam zum Vorschein.

Bert el-Caz zollte dem Anblick nur kurz Respekt. »Zwingt mich nicht, ihm die Schwarte in Stücke zu hauen!«

Cantar lachte, sie hatte sich erhoben. »Schont Euren kostbaren Scimtar! Der Topf ist aus Eisen!«

»Also was jetzt?!« Der kleine Pirat stampfte herrisch auf.

»Jetzt will ich bitte erst mal geraubt werden, wie sich's gehört – sonst sag ich kein weiteres Wort!«

Das verwirrte Bert el-Caz nun vollends. »Wollt Ihr denn das Schicksal der anderen teilen, Cantar de Sion? Warum missachtet Ihr das Geschenk der Freiheit?«, stammelte er. »Ich versteh Euch wirklich nicht!«

Cantar sah ein, dass sie ihm zeigen musste, dass es ihr ernst war. »Ihr sollt mich nach Amalfi bringen!«

Das verfinsterte Gesicht des Bert el-Caz hellte sich auf. »Versprochen! Bei meiner Ehre!«

»Beim Heil Eurer Seele, Berthold!«

Das traf den Piraten wie ein Schlag in den Magen. »So wahr mir Gott helfe!« Er hob sogar die Schwurfinger.

»Küsst dem Teufel auf den Anus«, befahl Cantar barsch, »denn der ist es, der Eure Seele holen wird.«

Bert el-Caz wurde blass. »Ich schwöre!« Er beugte sich hastig nieder und applizierte den Kuss.

»Jetzt ruft zwei Eurer Leute, dass sie mich auf Euer Schiff bringen.« Cantar blieb unerbittlich und ließ den Fuchs zappeln, bis zwei Piraten erschienen und sie in ihre Mitte nahmen. In der Tür erst wandte sie sich huldvoll um, lächelte dem Kleinen unter seinem grünen Turban zu und gab das letzte Geheimnis preis. »Dreht ihm das Gesicht ins Genick!«

Elgaine hatte den ganzen Abend und dann auch die Nacht in Lauerstellung auf der *Shoka al-Iffriqia* gewartet. Dass Astair nicht wieder auftauchte, war ihr nur recht. Dann kamen die Piraten den Kreuzweg herab und schleppten jeder eine strampelnde junge Nonne auf das unweit von ihr liegende Schiff des Hafsiden. Elgaine kontrollierte jedes der Gesichter, Cantar war nicht darunter. Mit jedem Gesicht, das an ihr vorübergetragen wurde, begriff Elgaine ein bisschen mehr, dass sie jetzt Herrin auf der *Shoka* war, bei vollzähliger Mannschaft, von der sie sich respektiert wusste, sogar geliebt. Und Astair zeigte sich noch immer nicht! Das war ihre Chance!

Sie gab den Befehl, das Fallreep einzuholen, als sie zwei Piraten – vom Kreuzweg kommend – bei der ›Heiteren Sirene‹ um die Ecke biegen sah. Sie führten Cantar als Gefangene mit sich. Elgaine konnte im Mondlicht deutlich die vertrauten Züge der Base erkennen. Da sprang aus dem Schatten der Taverne Conon de Béthune mit gezückter Klinge die beiden Männer an. Die ließen sofort ihre Beute fahren und gaben schreiend Fersengeld.

Elgaine brüllte, so laut sie konnte: »Hierher, Cantar!«, und Conon und Cantar stürmten ins seichte Wasser.

Vom Schiff des Sklavenhändlers schwangen sich bereits die ersten Piraten an Tauen von Bord, um die Verfolgung aufzunehmen. Elgaine hatte den Anker schon lichten lassen, so konnte sie die *Shoka* den beiden Flüchtlingen noch durch geschickten

Rudereinschlag entgegendrücken, doch dann blähte der Wind das Segel auf.

»Beeilt Euch!«, schrie Elgaine ihnen zu. »Schnell! Haltet Euch fest!«

Conon hob ritterlich Cantar auf seine Schultern, so dass sie im letzten Moment noch das herabhängende Fallreep greifen konnte. Er versuchte, wild mit den Armen rudernd, es auch noch zu schaffen, aber die *Shoka* hatte bereits Fahrt aufgenommen. Völlig erschöpft fiel Conon vornüber ins Wasser – während hilfreiche Hände die Entkommene bereits an Bord gezerrt hatten und sich die beiden Frauen, Elgaine und Cantar, in den Armen lagen.

Kurz darauf, noch ehe der Morgen graute, verließ auch der Hafside die Bucht von Lerici, den Bauch des Schiffes vollgepfercht mit verängstigten, weinenden jungen Mädchen. Längst ahnten die Novizinnen, dass sie nur deshalb nicht sogleich vergewaltigt wurden, weil mit ihrer Jungfräulichkeit auf dem Sklavenmarkt bessere Preise zu erzielen waren.

Als hätten sie nur auf das Verschwinden des Sklavenhändlers gewartet, schleppten die Piraten jetzt säckchenweise das geraubte Gold aus dem Klosterschatz die *Via crucis* hinab zum Segler des Bert el-Caz. Überall entlang der Wegstrecke tauchte sein grüner Turban auf, denn der kleine Pirat wachte mit Argusaugen darüber, dass keiner der schweren Lederbeutel auf dem Weg zu ihrem Bestimmungsort ›verlorenging‹. An Bord wurden sie unter strengster Aufsicht des Bert el-Caz in die mitten auf dem Deck stehende, festverankerte Schatztruhe entleert. Jedes Mal, wenn die Goldmünzen klirrend in die Kiste sprangen, erfreute den Rotfuchs diebisch der Gedanke, wie dies Geräusch wohl dem darunter eingelochten Astair in den Ohren klingen musste. Als das letzte Säckchen seinen Inhalt abgeliefert hatte und seine ›Kriegskasse‹ bis zum Rand gefüllt war, warf sich Bert el-Caz tief befriedigt in seine Hängematte, mit dem üblichen Befehl, ihn bei Sonnenaufgang wieder zu wecken. Seine Leute drängte es noch, ihrem Capitan zu berichten, dass sie Conon gefangen hätten, bei seinem leider geglückten Versuch,

Cantar zu retten – da war Bert el-Caz schon geräuschvoll eingeschnarcht.

Als die ersten Sonnenstrahlen seine Nase kitzelten, fuhr der Pirat zornig hoch, um sofort seine Mannen anzuherrschen, wieso sie ihn nicht längst geweckt hätten. Sein gewaltiger grüner Turban war verrutscht. Erst als er ihn gerichtet hatte und darunter hervorschauen konnte, erblickte er Conon, den sie zum Paket verschnürt vor ihm abgesetzt hatten, so dass er kniend zu ihm aufschauen musste. Dennoch war Bert el-Caz so erschrocken, dass er sofort nach seinem riesigen Scimtar griff, mit dem auf der Brust er stets zu schlafen pflegte. Ohne die schaukelnde Wiege zu verlassen, setzte er blitzschnell dem Knienden die Spitze seines Krummsäbels unters Kinn.

»Das ist kein Holzschwert, Conon de la Montana!«, zischte er, den kleinen Triumph nicht verbergend. »Was hat den Helden von Gisors bewogen, mich hier, in meinem Reich, herauszufordern?«

Conon konnte die rothaarige Fuchsvisage unter dem viel zu großen Turban nicht ernst nehmen. »Die Frauen!«, lachte er ihm ins Gesicht. »Diese wunderbaren Geschöpfe, die uns zu jeder Torheit zu verleiten imstande sind, werter Berthold!«

»Nenn mich gefälligst Bert el-Caz«, schnaubte der kleine Pirat und fuchtelte bedrohlich mit dem Scimtar herum, »sonst schneid ich dir die –« Da erhielt er unter die Hängematte einen so gewaltigen Tritt in den Arsch, dass ihm der Scimtar aus der Hand flog.

Es war Astair, der unbemerkt hinter ihm aufgetaucht war. Bert el-Caz rappelte sich aus der Matte und wollte nach seiner Waffe greifen, doch Astair hatte schon den Fuß auf die Klinge gesetzt. »Wer hat dich denn freigelassen?«, schnaubte der Capitan wütend.

Astair durchschnitt seelenruhig die Schnüre, die Conon fesselten. »Deine Leute waren so blöd, die Leiter in der Luke stehen zu lassen, als sie vorhin Conon aus dem Kielraum holten –«

Der Pirat schaute wutentbrannt in die Runde, seine Mannen, die die Szene respektvoll – oder schadenfroh – in gebührendem

Abstand umstanden, senkten schuldbewusst die Nasen. »Na gut!«, gab sich der gefürchtete Capitan versöhnlich. »Ihr könnt beide anheuern!« Er blinzelte listig zu Astair hin. »Aber, damit eines klar ist: Der Capitan auf diesem Schiff bin ich!« Conon griente ob dieser Vorstellung, während Bert el-Caz auftrumpfte: »Ihr, Astair de Saissac, mögt allenfalls den Mann am Ruder abgeben – und wenn Euch das nicht passt oder Ihr Euch als unfähig erweisen solltet, dann dürft Ihr Euch zum Teufel scheren!«

»Verlockende Alternative«, spöttelte der freche Conon, »und was wird aus mir?!«

»Als dem Jüngsten von uns dreien –«, Astair hatte sich schon mit seinem Posten als Vize angefreundet, »bleibt Euch, Conon, nur das Ehrenamt des Schiffsjungen!«

»Was hat der zu tun?«, begehrte Conon ernsthaft zu wissen.

»Der zieht mir morgens die Stiefel an«, erklärte ihm Bert el-Caz ebenso ernsthaft, »und schleift des Nachts meinen Scimtar, stumpf geworden von –«

»In seiner Freizeit schrubbt er die Decksplanken sauber vom Blut der abgeschlagenen Köpfe –«, setzte Astair trocken hinzu.

»Das gefällt mir!«, rief Conon lachend. »Und was machen wir jetzt, großer Capitan?«

»Wir fahren aufs Meer hinaus!«, gab Astair großspurig die Order aus.

»Nein, Steuermann«, wies ihn Bert el-Caz sofort in die Schranken. »Ich habe zuvor eine Dankesschuld abzutragen!« Er tat so, als wollte er nach Astair treten, der wich geschickt aus. »Ich befehle Euch, das Schiff – unter Umgehung des Hafens – dort hinten zu dem Turm zu steuern! Wir nehmen noch einen Passagier auf, als Gast, meine Herren!«

Der Segler legte von der Mole ab, beschrieb einen weiten Bogen und entschwand hinter dem Burgfelsen im Süden von Lerici.

Gegenüber dem Turm des Vorwerks angekommen, sandte Bert el-Caz das Beiboot aus, um seinen unfreiwilligen Gast samt Pferd aus seiner Haft zu erlösen und an Bord zu bringen. Es dauerte nicht lang, da legte das Ruderboot zwischen den Felsen des Ufers ab und hielt auf den Segler zu. Deutlich war die Gestalt des Knappen und seines Rappen zu erkennen.

»Das ist Rinat von Sitten«, erklärte der Capitan stolz seinen beiden Gefährten. »Im geheimen Auftrag der Kirche nach dem Monte Cassino unterwegs. Wir werden ihn weisungsgemäß in Mondragon absetzen. – Ich glaube, er ist ein Mann des Grauen Kardinals!«

Bert el-Caz wartete nicht ab, ob seine Ankündigung den gewünschten Eindruck hinterlassen hatte, sondern trat an die Reling, den perplexen Rinat zu begrüßen. Dieser hatte mit seiner Freilassung durchaus gerechnet, nicht aber mit diesem großzügigen Angebot einer Schiffsreise, die ihn reichlich für die verlorene Zeit entschädigen würde. Und dem kleinen Piratencapitan gab es das prickelnde Gefühl, ein Mann von Ehre und gleichzeitig noch der Kirche gefällig zu sein – man konnte ja nie wissen!

Steiniger Weg

Auf dem Monte Cassino tanzten zwar nicht die Mäuse auf den Tischen, aber immerhin gestattete die Abwesenheit des missgünstigen alten Katers den beiden Chronisten Angel und Vocat, sich wieder ungehemmt ihrer Leidenschaft, dem Sammeln von Nachrichten, zu widmen. Abt Odorisius hatte den Papst nach dessen Rückkehr vom Konzil von Melfi nach Rom begleitet und war seitdem noch nicht zurückgekehrt.

»Weißt du, Angel«, sagte der hagere Vocat, kaum dass sie ihre frühere Wirkungsstätte, das Turmzimmer, betreten hatten, »dass unser Herr Papst dort die Zölibatsgesetze gelockert hat? Für den niederen Klerus bis zur Würde eines Subdiakons ist jetzt die Ehe wieder gestattet!« Der pausbäckige Angel schaute ungläubig, was seinen Mitbruder veranlasste, voller Eifer zu zitieren: »– es erscheint mir hart und unbillig, dass einer, der sich nicht zuvor zur Enthaltsamkeit verpflichtet hat, gezwungen wird, sich von seinem Weibe zu trennen!«

Angel blies belustigt die Backen auf. »Dich hat vorher schon keine gewollt, Bruder Vocat, und jetzt bist du ein Benediktiner und kein Subdiakon!«

Ungewohnte Geräusche lenkten den auftrumpfenden Angel ab, er sah hinab in den Klosterhof. Eine Dame, umgeben von zahlreichen Reisigen, hatte ihre Sänfte verlassen und schaute sich hilfesuchend um. An ihrer Seite befand sich ein Knabe, der seine Umgebung eher missbilligend betrachtete.

»Und schon erscheint die Feenkönigin aus der Fabel«, feixte Vocat, der ebenfalls ans Fenster getreten war, »um dich aufgeblasenen Frosch zu freien!«

»Wieso Frosch? Du vertrockneter –« Dem Dicken fiel der passende Vergleich nicht ein.

»Sie wird dich küssen, und schon wirst du quaken!«

Angel hatte keine Lust, den Beleidigten zu spielen. »Lass uns lieber hinuntereilen und die Dame nach ihrem Begehr fragen, da es anscheinend keiner unserer Brüder für notwendig hält.«

Schnell liefen sie die Treppen hinunter.

Fedaye de Béthune, begleitet von dem ihr verbliebenen Sohn Tankred, war immer noch auf der Suche nach Conon und desgleichen nach der Cantar de Sion. Sie hatte sich die Mühe gemacht, den Klosterberg zu erklimmen, weil ihr in Rom jemand gesagt hatte, die schlauen Brüder des heiligen Benedikt von Monte Cassino hörten sogar das Gras wachsen, zumindest könnten sie ihr – wenn überhaupt irgendjemand – Auskunft geben über die Vermissten.

So war sie dankbar für das Erscheinen von Angel und Vocat, die sie im Namen ihres abwesenden Abtes begrüßten und in das Besucherzimmer baten. Tankred, der den ganzen Abstecher für sinnlos hielt, stapfte missmutig hinterdrein. Die beiden Chronisten übertrafen sich in Artigkeiten, boten der Reisenden vom Weine des Abtes und warteten begierig darauf, was die Dame ihnen zu erzählen hatte.

»Ich war beim Papst in Rom«, begann Fedaye, weil das sicher einen starken Eindruck machte und auch die Bedeutung ihrer Person ins rechte Licht rückte, »und als ich ihn bat, in seinen Segen auch meinen Sohn Conon einzubeziehen, nach dem ich auf der Suche sei, da tat er dies mit großer Liebenswürdigkeit. Doch als ich desgleichen für meiner Freunde Tochter erfragte, Cantar de Sion – da reagierte der Heilige Vater höchst merkwürdig.«

»Ihr, werte Dame, seid also –«, wollte Angel aufgeregt wissen, doch Vocat fuhr ihm übers Maul.

»Cantar de Sion, sagtet Ihr?!«

»In der Tat«, bekräftigte Frau Fedaye. »Seine Heiligkeit schalt mich: Cantar sei nun Äbtissin von Amalfi, und damit sollten sich ihre Eltern abfinden! Über meinen Sohn Conon wisse er nichts zu sagen. Mit diesem Bescheid wurde ich ziemlich rüde weitergeschickt –«

»Ihr seid die schöne Dame von Sion, die uns der Knappe Rinat beschrieb!«, platzte es voller Befriedigung aus Angel heraus.

Fedaye war diese Anspielung sichtlich unangenehm, Vocat kam ihr zur Hilfe. »Somit«, unterbrach er Angel scharf, »befindet Ihr Euch auf dem Weg nach Amalfi?«

»Ja«, hauchte die schöne Fedaye dankbar, »ob ich dort allerdings auf eine Spur von Conon stoßen werde –?«

»Gottes Segen für Eure Suche!«, sprach der Hagere salbungsvoll, bevor Angel noch einmal auf seine peinsamen Fragen zurückkommen konnte.

Der Dicke hatte begriffen. *»Pax vobiscum!«* Sie geleiteten Mutter und Sohn wieder hinaus.

»Wir sollten das alles notieren«, sagte Angel, als sie wieder ins Haupthaus zurückgingen, »demnach hat Berenguer also den Auftrag des –«

»Merk dir, Angel, der Auftrag wurde von Remy d'Aretin erteilt! Und von sonst niemanden!«

»Reg dich nicht auf, du klapprige Vogelscheuche!«, keilte der Dicke erbost zurück. »Ruf dir lieber zur allfälligen Abrundung unserer *Annales ad extremum* in Erinnerung, was sonst noch zu Melfi geschah.«

»Wie so üblich und erprobt, wurde – Brüder in Christo und so – die Hand gen Byzanz ausgestreckt, der zum wiederholten Male gegen Kaiser Alexios ausgesprochene Kirchenbann zurückgenommen –«

Die beiden so ungleichen Chronisten wollten gerade in den nur ihnen zugänglichen Weinkeller des Desiderius hinabsteigen, als sie dem heimgekehrten Abt Odorisius in die Arme liefen.

»Was treibt ihr beiden euch in den Fluren herum«, schimpfte er sogleich auf sie ein, »und plappert törichtes Zeug, statt zu beten?«

Sie zogen feixend die Köpfe ein, froh, dass er ihrem kleinen Geheimnis nicht auf die Spur gekommen war, und trollten sich.

Die Geheimen Dienste

Kurz hinter Elba erfasste der Sturm den Segler des Bert el-Caz. Der wetterkundige Pirat hatte ihn schon über dem zerklüfteten Cap an der Nordostecke von Korsika gesichtet, wie er sich schwarz und drohend zusammenballte. Er ließ das Tuch reffen und gesellte sich hilfsbereit zu seinem Steuermann Astair de Saissac. Der wies anfangs jede Unterstützung hochfahrend zurück, doch als die ersten Brecher gegen das Boot anrollten, ließ er rasch die erfahrene Hand mit ans Ruder greifen. Die aufgewirbelte Gischt mischte sich mit Regenböen, peitschte über das Deck. Rinat hatte sich neben seinem Gaul an den Mast gebunden und den Rappen, der sich nur mühsam auf den Beinen hielt, an den kurzen Zügel genommen. Conon leistete dem Knappen Beistand. Für ihn war solch Unwetter eine willkommene Herausforderung. Das Heulen des Windes und das Tosen der Wellen machten eine Verständigung fast unmöglich. Dennoch brüllte Bert el-Caz gegen Donner und Blitz seinem Steuermann zu: »Warum ist Elgaine – auf Euch so – schlecht zu sprechen?!«

Astair sah keine Not, dem Kleinen zu antworten, dennoch schrie er den schlichten Grund heraus: »Wegen Pons!« Und er setzte noch stockend hinzu: »– wird sie – weder mir – noch Euch, Bert el-Caz – verzeihen!«

Bert el-Caz musste schlucken. »Dass Ihr – Vater wurdet – meine Mitschuld – doch im Stich gelassen – habt Ihr sie allein!«

Astair hörte das nicht gern, zumal es die Wahrheit war. »Scheißkerl!«, fegte er den Piraten an. »– schlau daherreden –«

Ein Brecher schwappte die weiteren Worte über Bord. »– wenn man in der Scheiße steckt?«

Bert el-Caz grinste. »Keine Scheiße ist so tief –«, brüllte er gegen den allmählich abflauenden Sturm an, »– dass ein Mann – nicht – eigenen Haaren – herausziehen kann!«

Noch immer klatschten die Wellen gegen die Bordwand, ächzten die Spanten, jaulte und pfiff der Wind in der Takelung, doch die dunkle Wand war weitergezogen. Bert el-Caz überließ das Ruder wieder dem Steuermann. Breiten Schritts stakte er hinüber zu Conon und Rinat. Das Pferd hatte sich beruhigt.

»Warum wollte Cantar unbedingt nach Amalfi?«, fragte er Conon rundheraus.

»Weil die Kirche sie dort zur Äbtissin bestellt hat!«, gab Rinat die Antwort. »Ich war Zeuge!«

»Dann ist also anzunehmen, dass die *Shoka al-Iffriqia* mit den beiden jungen Damen dorthin unterwegs?«

»Davon könnt Ihr ausgehen, Capitan«, bekräftigte Rinat eilfertig. »Eine derartige Berufung schlägt niemand aus!«

»Würd' ich nicht sagen!«, widersprach Conon. »Schiff und Besatzung stehen jetzt Elgaine zur alleinigen Verfügung. Ihr Ziel dürfte weit über Amalfi hinaus –«

»Ihr denkt an –?«

»Ich kenne Elgaine!«, beschied Conon ihn schroff.

»Weit können sie, unerfahren wie sie sind, noch nicht gekommen sein«, meinte Bert el-Caz nachdenklich und gab Order, die Segel wieder zu setzen.

Sie erreichten Mondragon, den Fischerhafen, der Rinat noch in Erinnerung war, seit er damals mit dem waidwunden Guillem de Gisors hier gestrandet war.

Bert el-Caz gab den Befehl, das Beiboot mit dem Pferd zu beladen, denn ein Anlanden war wegen der immer noch hochgehenden Wellen nicht ratsam. Er umarmte Rinat wie einen alten Freund und steckte ihm noch einen Beutel mit Goldmünzen zu.

»Für die Misshelligkeiten Eures unfreiwilligen Aufenthaltes im Turm von Lerici!«

»Wäre nicht nötig gewesen«, dankte der Knappe bescheiden. »Ihr habt mich ja nicht beraubt –«

Conon und Astair erboten sich, Rinat und seinen Gaul an Land zu rudern, Bert el-Caz, der ihren seemännischen Fähigkeiten misstraute, gab ihnen noch zwei erfahrene Ruderer mit. Er streckte sich erst beruhigt in seiner Hängematte aus, als er sah, wie das tanzende Boot sicher die Felsen in der Brandung umschiffte.

Rinat sprang als Erster an Land – und stand vor dem Grauen Kardinal! Den Hut tief ins Gesicht gezogen, den schwarzen Umhang dicht gegen Wind und Regen um den asketischen Körper geschlungen, hatte Remy d'Aretin wie eine Salzsäule am Strand ausgeharrt, seine Ungeduld entlud sich erst jetzt.

»Wo ist Berenguer?«, fuhr er den Knappen unwirsch an.

»Woher soll ich das wissen?«, muckte der auf. »Ich hab ihn nicht herbestellt!«

»Aber ich!«

Mittlerweile hatten Astair und Conon den Rappen aus dem Boot auf sicheren Boden geführt und traten hinzu. Sie erkannten Remy sofort wieder, und der machte auch keine lange Umschweife: »Der Kaiser bewegt sein Heer, nach dem Sieg über Mathildes Truppen, nunmehr stracks Richtung Rom. Mit sich führt er seinen eigenen Papst Wibert von Ravenna, von dem er nicht lassen will. Für Urban, den rechtmäßigen Heiligen Vater, bedeutet das höchste Gefahr. Doch dieser will das nicht einsehen. Also muss eine Flucht gegen den erklärten Willen Seiner Heiligkeit durchgesetzt und bewerkstelligt werden. Seine Sicherheit ist für mich oberstes Gebot.« Remy hielt kurz inne, um zu sehen, wie seine Ausführungen von den jungen Männern aufgenommen wurden. Astair schaute verkniffen drein, aber Conons Augen leuchteten. »Da Berenguer, der erprobte Söldnerführer, nicht rechtzeitig eingetroffen ist und ich das Risiko nicht länger auf mich nehmen will, erwarte ich von seinem Sohn Astair de Saissac und von Euch, Conon de Béthune, dass Ihr mir folgt! Unter meiner Anleitung sollt Ihr das Notwendige unternehmen.« Das war keine Bitte, sondern die klare Forderung eines Mannes, der es gewohnt war, dass man sich seinen Befehlen fügte.

Für Conon bedurfte es keiner Order, hier winkte endlich ein

Abenteuer ganz nach seinem Geschmack. Womöglich würde er als großer Held aus dieser Unternehmung hervorgehen! »Ich bin Euer Mann!«, erklärte er sofort.

Remy d'Aretin nickte. Er hatte es nicht anders erwartet.

In Astair tobte ein Widerstreit. Dumpf fühlte er sich Elgaine verpflichtet, ihr bei der Wiedergewinnung des Sohnes zu helfen, andererseits hatte sie ihm sein Schiff, seinen Stolz, genommen. Ohne die *Shoka al-Iffriqia* fühlte er sich wie ein Krüppel! Hier bot sich die Chance, mit seinen eigentlichen Fähigkeiten als Meister der Klinge seine Reputation wiederherzustellen – »Ich stelle mich zu Eurer Verfügung!«, ließ er den Mann wissen, der ihm mit seiner Klarheit imponierte.

»Ich wusste, dass ich auf Euch zählen kann«, erwiderte Remy d'Aretin und wandte sich an Rinat. »Ihr wartet hier, bis Berenguer eintrifft, und führt dann die Euch bekannte Operation durch. Ich verlasse mich auf Euch, Rinat von Sitten!« Der Geistliche, dessen Rang alle kannten, schritt zu seinem Gefolge, ließ für Astair und Conon Pferde herbeibringen, und kurz darauf stob die Kavalkade die alte Via Appia entlang in Richtung Rom.

Unterdessen hatte Bert el-Caz gewartet. Als er das Beiboot ohne Astair und ohne Conon zurückkehren sah, war sein Entschluss gefasst. Er segelte von der Küste weg aufs offene Meer hinaus und hielt alsbald unverdrossen Kurs auf Süd.

Der Riss im Segel

Schwer angeschlagen von dem Sturm, hatte die *Shoka al-Iffriqia* Zuflucht auf der Insel Ponza gesucht. Das Segel hing zwar nicht in Fetzen, aber es hatte einen Riss, der seine weitere Benutzung ausschloss. Elgaine musste sich vorwerfen, es zu spät eingeholt zu haben. Doch zu dem Zeitpunkt hatten beide Frauen unter Aufbietung aller Kräfte allein damit gekämpft, das wild schlagende Ruder zu bändigen. Die weisungsgewohnte Besatzung aus Mahdia verharrte viel zu lange untätig, bis Cantar sich in dem Chaos endlich Gehör verschaffte und die Bergung des Tuches veranlasste. Mit letzter Not hatte Elgaine das Schiff auf den seichten Strand auflaufen lassen. Jetzt waren die herbeigelaufenen Fischer dabei, die üble Scharte doppelt und dreifach zu vernähen, so dass eine Weiterreise bei günstigen Winden möglich sein sollte.

»Wir müssen ja nichts überstürzen, liebe Cantar.« Elgaine verschwieg bewusst, wie sehr es sie zur Eile drängte. Dabei wurmte sie der begangene Fehler mehr, als sie sich zuzugeben bereit war, und das gleich bei ihrer ersten Fahrt als eigenverantwortlicher Capitan. Sie hatte sich eben zu sehr auf das Steuern konzentriert, das Einzige, was sie bei Astair gelernt hatte, und so die Übersicht über das Schiff als Ganzes verloren. Doch genau das macht eine tüchtige ›Capitana‹ aus!

Elgaine brannte die Zeit unter den Nägeln. Noch wusste die Base nicht von ihrem Plan, sie musste ihn Cantar jedoch irgendwann unterbreiten, wenn sie nicht mit der angehenden Äbtissin in Amalfi landen wollte.

»Ich seh mich schon in Amalfi ankommen«, sagte Cantar, als

hätte sie – wenigstens zum Teil – die Gedanken Elgaines erraten, »und das Kloster ist leer! Eine Äbtissin ohne Nonnen!«

Am liebsten hätte Elgaine sofort eingehakt: Das trifft sich ja großartig. So könnt Ihr mich nach Mahdia begleiten, wo ich Pons abholen werde! Doch sie sagte es nicht und ließ Cantar weiter ihre vergleichsweise harmlosen Probleme überdenken.

»Andererseits könnte das auch ein Fingerzeig Gottes sein, dass ich mir meine Mitschwestern selber zusammensuchen soll«, sinnierte Cantar laut, »unter den Armen, den Schwachen, den Verstoßenen! Das würde der mir auferlegten Bürde einen Sinn geben – und Ihr, Elgaine, könntet mir dabei helfen –«

Elgaine hätte am liebsten aufgejuchzt vor Freude ob dieser unerwarteten Wende. Stattdessen gab sie sich nachdenklich. »Im Harem vom Mahdia«, verriet sie dann mit abgrundtiefer Trauer in der Stimme, »der mangels eines männlichen Herrschers nur noch der perfiden Sultana als schnödes Gefängnis dient für« – etwas Nass in ihren Augen wäre jetzt recht – »von den Eltern erpresste, zusammengeraubte Jungfrauen –«

Elgaine malte das furchtbare Schicksal der Odalisken in dem goldenen Käfig von Mahdia genüsslich aus: »Da hocken die armen Geschöpfe und warten darauf, den Capitanen der Sklavenhändlerin zur Lustbeute vorgeworfen zu werden, als wohlfeile Entlöhnung!« Cantar schaute erschüttert, Elgaine ließ nicht locker. »Sie weinen sich die Augen aus, beten in der tiefen Verzweiflung zu ihrem Gott Allah, denn den Trost Christi, die Fürsprach' der heiligen Mutter Maria kennen sie nicht –«

Cantar schlug die Hände vors Gesicht. »Diese Seelen müssen wir retten!«

Sie kniete nieder und forderte mit sanftem Blick Elgaine auf, es ihr gleichzutun. »Danken wir der Jungfrau, wenn sie denn uns Unwürdigen solche Gnade erweisen will!« Sie verharrten eine geziemende Weile in dieser Demutspose, dann war es Cantar, die zuerst aufsprang und die Fischer antrieb, ihre Flickarbeit gefälligst zügig zum Ende zu bringen. Das kalfaterte und mehrfach verstärkte Segel, das sie ablieferten, könnte an jeder anderen Stelle reißen, schworen die tüchtigen Männer, nur nicht mehr da, wo sich einst der Riss zog. Elgaine entlohnte die braven Leute, nahm reichlich Trinkwasser an Bord und ließ das Segel hissen. Die *Shoka al-Iffriqia* nahm Kurs auf die tunesische Küste.

Im Vertrauen: Mesusa

Die alte Reichsstadt Worms, das so innig ersehnte Ziel des jungen Öxfeld, bewegte sein Gemüt weit weniger als das Bild, das er die langen Jahre über im Herzen getragen. Fremd geworden waren ihm die lieblichen Rheinauen, die verwinkelten Gassen der Altstadt, und auch das ehemalige Zunfthaus, das dem Knaben und seinem Vater Sigbert damals als gastliche Herberge gedient hatte, wirkte arg heruntergekommen. Einzig den Weg zum Hause der Gildermanns fand er gleich und unverändert wieder. Gerald zögerte kurz, dort vorstellig zu werden. Wegen der von ihm immer noch heißgeliebten Tochter des Hauses hatte er seinen Dienst in Gottfrieds Heer quittiert, die Reise in eine ungewisse Zukunft auf sich genommen. In allen Ehren, doch ohne Umschweife, wollte er diesmal bei dem Vater um Miriams Hand anhalten, das hatte er sich fest vorgenommen. Gerald ermannte sich, auf der Stelle kühn diesen Schritt zu wagen, bevor ihm Bedenken wegen Miriams jüdischem Glauben erneut den Mut raubten!

Doch die Tür des Hauses blieb ihm verschlossen. Der betagte Majordomus des Handelsherrn machte Gerald keinerlei Hoffnung, dass der alte Gildermann ihn überhaupt empfangen werde. Mit betrübter Miene legte er Gerald höflich, aber bestimmt nahe, es besser nicht noch einmal zu versuchen.

Der junge Öxfeld war wie vor den Kopf geschlagen. Ziellos irrte er durch die Gassen der Stadt, die ihm sein einzig Glück verweigerte. Er schlich sich an der Synagoge vorbei wie ein Dieb, denn er wollte auf keinen Fall dem Vater der Angebeteten zu der Vermutung Anlass geben, er, Gerald von Öxfeld, lauere dem Juden auf. Fast gehetzt erreichte er den Domplatz. Ungewöhnlich viele Menschen strömten in das Gotteshaus, die Leute waren erregt. Der berühmte Prediger Thierry von Verdun würde sprechen! Gerald ließ sich in der Menge mittreiben, hinein in den Dom, der bis zum letzten Platz gefüllt war. Gerald fand nur Platz unter denen, die sich weit entfernt von der Kanzel zwischen den gedrungenen Pfeilern des Vorbaus drängten. Von der eifernden Predigt des Thierry bekam er nur Bruchstücke mit, Wortfetzen.

Der Bischof von Verdun, einst skeptischer Parteigänger Gregors, doch nun glühender Anhänger des neuen Papstes, hatte die weite und beschwerliche Reise zum Konzil von Melfi vor allem deswegen auf sich genommen, um Urban den Rücken zu stärken. Mit der feinen Witterung des Intriganten legte Thierry die zu Melfi in Gang gesetzte Annäherung an Byzanz auf seine Weise aus. Hemmungslos warf er sich zur Speerspitze einer Strömung auf, deren Ziele er längst selbst steckte – auch wenn er den moderaten Reformkurs des Heiligen Vaters als Banner vor sich herflattern ließ. Der Größe des hochverehrten *Pontifex maximus*, so Thierry, entspräche letztlich nur ein gewaltiger Brückenschlag, der kühne Griff nach dem himmlischen Hierosolyma! Unerträglich sei der Gedanke, das Heilige Jerusalem in den Händen der Feinde zu wissen, der perfiden Muslime und der treulosen Juden! Ihnen müsse der Kampf angesagt werden, wo immer man sie antraf! In die Kernlande des Christentums – und dafür stehe die Bischofsstadt Worms wie keine andere! – seien die schrecklichen Türken noch nicht vorgedrungen, wohl aber die verräterischen Söhne Abrahams. »Die Juden! Sie sind mitten unter uns!«

Solche Worte fielen beim Volk auf fruchtbaren Rheinschlamm, Gerald spürte die wachsende Erregung der herausströmenden Menge, die ihn wieder auf den Domplatz spülte. Angestachelt heizte sie sich mit den Worten des Predigers weiter auf.

»Also, was zögern wir noch? Christi Blut schreit nach Vergeltung!«

Für Gerald von Öxfeld war der Bischof von Verdun bisher in erster Linie jener mächtige Kirchenfürst gewesen, der sie aus

Castelbov vertrieben und heimatlos gemacht, jetzt stak sein schlichtes Gemüt verstört inmitten dieser malmenden, dampfenden und spuckenden Geräuschkulisse. Gerald kam sich vor wie in einem gewaltigen Suppenkessel, eingestampft zwischen gallertartigem Geschling und fauligen Rüben! Doch die Glut, die diesen übelriechenden Eintopf aufbrodeln ließ, die konnte der fremde Bischof unmöglich aus eigener Kraft entfacht haben. Für Gerald hatte dieser Thierry von Verdun nur kräftig in die glimmende Asche geblasen! Hing der Kessel mit den armen Seelen in Wahrheit über einem Spalt der Hölle, die sich aufgetan? Es musste der Teufel selber sein, der Worms heimsuchte!

Gerald stand vor dem Bischofspalast, dort war der Gast aus Verdun abgestiegen. Eine doppelte Reihe Bewaffneter, zu Fuß und zu Pferde, riegelte das Gebäude zum Platz hin ab. Sie ließen nur Besucher durch, die sich durch Empfehlung legitimieren konnten. Gerald sah den ihm verhassten Waldgrafen von der Lehburg auf das Portal zuschreiten. Wie ein aufgeblasener Pfau stolzierte Herr Norbert eine Weile lang vor dem Palast auf und ab, als sollte ein jeder sehen, dass er dort willkommen war! In Wahrheit wartete er auf seinen Sohn Balduin, der in den Diensten des Bischofs Thierry stand, damit der ihm Einlass verschaffte. Als Balduin von LeBourg endlich auftauchte, heftete sich Herr Norbert geschäftig an dessen fliegende Soutane, und beide verschwanden im Inneren des bischöflichen Sitzes.

Thierry von Verdun verlangte vom Waldgrafen zu hören, welche handfesten Schritte er zu unternehmen gedenke, um Mathilde Luft zu verschaffen und den rechtmäßigen Papst von dieser unerträglichen kaiserlichen Pression zu befreien. Es ginge wohl nicht an, dass der Usurpator Wibert von Ravenna frech den Stuhl Petri in Beschlag halte und Urban, der wahre *Pontifex*, entweder im Süden seines römischen Thrones bei den Normannen oder im Norden bei Mathilde Zuflucht und Schutz suchen müsse!

Norbert wand sich wie ein Aal. Ihn beschlich jedes Mal ein mulmiges Gefühl, wenn die Sprache darauf kam, er solle Gottfried aus dem Weg räumen. Nicht, weil Gottfried von Bouillon sein Neffe war – Verwandtschaft war in seinen Augen kein Hindernis: Er hatte schlichtweg erbärmliche Angst! Unbestimmt fühlte er, dass ein solches Unternehmen schiefgehen würde, er sah es wie sein Menetekel an die Wand geschrieben! Nur konnte er das dem mächtigen Thierry nicht eingestehen. Beim geringsten Anzeichen von Feigheit oder Schwäche würde ihn der skrupellose Kirchenfürst kurzerhand zertreten wie eine hässliche, unnütze Nacktschnecke!

Um das entwürdigende Gebaren seines Vaters zu beenden, schaltete sich Balduin von LeBourg ein. Es gebe ja noch eine andere Möglichkeit, Herrn Gottfried ruhigzustellen: nämlich Einfluss auf Mathilde zu nehmen, dass sie ihm nicht länger Bouillon streitig mache. Im Gegenzug könne der Marschall dann die Kampagne gegen die Toskana und damit gegen Rom abblasen, dem Kaiser bliebe gar nichts anderes übrig, als seinen Antipapst Clemens zurückzuziehen, und der rechtmäßige Papst könne den Thron besteigen.

Während Balduin noch meinte, er habe einen gangbaren Weg aufgezeigt, braute sich über seinem Haupt bereits ein heftiges Gewitter zusammen.

»Glatter Verrat an Gottes Willen!«, fauchte ihn sein Vorgesetzter an. »Wenn Wir nicht wüssten«, fuhr er dann mit gefährlich leiser Stimme fort, »dass Ihr, Balduin, die Gunst Mathildens besitzt – zu Recht, so hoffen Wir! –, könnte man auch denken, sie hätte einer Natter Platz an ihrem Busen geboten!« Der Bischof spuckte jetzt Gift und Galle: »Doch vielleicht steckt Ihr, Balduin von LeBourg – wie womöglich auch der Waldgraf der Ardennen –, mit Gottfried heimlich unter einer Decke?!«

Balduin wollte auffahren ob dieser perfiden Unterstellung – sein Vater Norbert ließ ihn durch Schweigen im Stich –, doch er besann sich zu einer kühlen Erwiderung. »Wenn Ihr, Eminenz, Gründe habt, an meiner Loyalität zur päpstlichen Sache zu zweifeln, dann sagt es laut und deutlich!« Balduin bebte sichtbar vor verhaltenem Zorn. »Jetzt und hier!«

Thierry lenkte ein. »Der Weg ist nicht gangbar, denn Ihr plant ihn, ohne die Halsstarrigkeit Gottfrieds zu bedenken –«

»– die der Fürstin Mathilde ist nicht eben viel geringer!«, hielt der Gemaßregelte dagegen. »Ich kenne sie!«

»Darum nimmt es mich wunder«, erwiderte Bischof Thierry maliziös, »dass Ihr, mein lieber Balduin, auf solche Gedanken kommt und sie auch noch offen aussprecht!«

»Wie sonst soll sich etwas bewegen in einer Sache, die seit Jahren festgefahren ist?«

»Ihr vergesst den neuen Papst«, ließ der Bischof seinen Eleven abblitzen, »er wird bewegen!« Thierry sah ihn durchdringend an. »In der Zwischenzeit solltet Ihr Euch besser überlegen, Balduin von LeBourg, was Ihr selbst zur Beseitigung Gottfrieds beitragen wollt.« Der Ton des Bischofs war wieder zu seiner alten Bösartigkeit zurückgekehrt. Balduin war nicht gewillt, sich noch einmal der unausgesprochenen Drohung zu beugen. Thierry musste man die Zähne zeigen, oder man wurde gebissen!

»Nachdem es Euch nicht einmal gelungen ist, Eminenz, jemanden wie meinen Vater, den Waldgrafen, als Meuchler zu gewinnen, könnt Ihr Euch aus dem Kopf schlagen, mich zu einer solchen Untat zu pressen!« Er verneigte sich vor seinem Dienstherren und stürmte aus dem bischöflichen Palast.

Gerald sah ihn davonlaufen. Ohne zu wissen, was vorausgegangen war, ahnte er, dass es etwas mit oder vielmehr gegen Gottfried zu tun hatte. Doch merkwürdigerweise berührte ihn das nicht mehr. Er, Gerald von Öxfeld, hatte den Dienst beim Marschall beendet. Dessen Schicksal lag nun in Gottes Hand.

Eine drückend schwüle Wolke hatte sich seit der Predigt des Thierry von Verdun über die Stadt gelegt. Gerald bezwang seine Hemmungen, bei dem alten Gildermann erneut vorstellig zu werden. War es nicht die Pflicht eines jeden Christenmenschen, dem Teufel in sein übles Handwerk zu pfuschen, selbst wenn es um eine Jüdin ging? Er rannte fast zum Hause des jüdischen Gemeindevorstehers. Seine Bedenken, die er mit solcher Atemlosigkeit unterdrücken wollte, erwiesen sich als unbegründet. Kaum hatte er den eisernen Türklopfer betätigt, öffnete sich das Tor bereits einen Spaltbreit, und der alte Majordomus ließ ihn hineinschlüpfen. Durch die dunkle Stille des Hauses geleitete er

Gerald in das Kontor des reichen Kaufmanns. Der silberbärtige Gildermann erwartete ihn mit freundlicher Neugier. Der junge Öxfeld überwand seine anfängliche Scheu und berichtete sprudelnd über die Hetzpredigt des Thierry von Verdun, den offenkundigen Widerhall bei der christlichen Bevölkerung der Stadt und über seine Befürchtungen. Er sehe die drohende Gefahr, dass sich gerade die einfachen Leute, die nichts besaßen und nichts zu verlieren hatten, wie die Lastenträger und Tagelöhner, die Gerbergehilfen und die Abdecker, von solchen verführerischen Ideen einfangen ließen.

Gerald wiederholte die Worte des Predigers: »›Jerusalem, das Grab des Herrn und all die anderen heiligen Stätten müssen von der Schande, von dem Ungeziefer der Ungläubigen befreit werden, aber beginnen sollte für jeden braven Christen das Ausfegen bereits hier vor der eigenen Schwelle!‹« Gerald war so empört, dass er in einen Sog geriet und, ohne es zu merken, selbst redete wie der Herr Thierry. »›Waren es nicht die Juden, die unseren Heiland verrieten und dafür sorgten, dass er ans Kreuz geschlagen wurde? Leben diese Blutsauger nicht immer noch mitten unter uns, stets bereit, der Heiligen Kirche, ihrem Papst, unserem Heiligen Vater, ja dem gesamten christlichen Abendland immer aufs Neue unermesslichen Schaden zuzufügen?‹ Das waren seine Worte!«, endete Gerald erschöpft.

Der alte Gildermann, der mehrfach zusammengezuckt war, zwang sich zu einem müden Lächeln. »Das hören wir nun schon seit vielen Hundert Jahren«, sagte er leise, »meist als Getuschel hinter unseren Rücken, selten uns ins Gesicht geschrien. Damit müssen wir leben. Die neuen Töne, die mich beunruhigen«, fügte er nachdenklich hinzu, »sind die seit einigen Jahren sich steigernde Forderung nach der ›Rückgewinnung Jerusalems!‹ – als hätten die Juden es erobert!« Ein trauriges Lächeln glitt über die Züge des alten Mannes. »Schön wär's!«, seufzte er. »Aber es sind die Muslime, die Anhänger des Propheten Mohammed, die es mit Gewalt in ihren Besitz genommen, erst die Seldschuken aus *Asia minor*, jetzt die Fatimiden von Kairo!«

Gerald war verstummt ob dieser ruhigen Feststellung, die mit einem resignierten »Was will man machen?« geendet hatte. Nun begehrte er auf. »Dann muss man die Juden warnen, sie auf die neue Gefahr aufmerksam machen!«

»Müsste man, könnte man!«, sinnierte der weißhaarige Vorsteher der jüdischen Gemeinde der Reichsstadt Worms am Rheine. »Kein Eroberer aus dem Abendland wird einen Unterschied machen zwischen Muslimen und den selber unterdrückten Juden! Ja, ich möchte nicht einmal in der Haut eines einheimischen Christen stecken, wenn's so weit kommt – und die stellen die überwiegende Mehrheit der Bewohner der Heiligen Stadt dar!«

In das lange Schweigen hinein sagte Gerald beschämt: »Das wusste ich nicht!«

»Ach, junger Mann«, erwiderte ihm der alte Gildermann, »manchmal ist Nichtwissen eine große Hilfe fürs Überleben des Gemüts!« Wieder schwieg er eine ganze Weile, dann seufzte er. »Ich wollte es Euch ersparen: Miriam, meine liebe Tochter, ist vor zwei Jahren gestorben. Ich sage Euch das um ihretwillen, denn sie war ihrem Goi, also Euch, bis zum letzten Atemzug gut. Die Schwindsucht hat sie dahingerafft.«

Gerald war es, als hätte man ihm den Boden unter den Füßen weggezogen, er stürzte in einen Abgrund, fiel und fiel. Der alte Gildermann betrachtete ihn mit zunehmender Besorgnis, dann erhob er sich und legte dem jungen Öxfeld beide Hände auf die Schultern.

»Was kann ich für Euch tun? Wenn ich nur wüsste –«

»Ich bin es«, brach es aus Gerald heraus, »der etwas tun muss! Etwas tun will! Für Euch – und auch für Miriam!«

Der alte Mann sah dem Erregten ins offene Gesicht. »Es müsste eine große Aufgabe sein?«

»Ja«, sagte Gerald, »eine Aufgabe, die meinem Leben einen neuen Sinn gibt – ich könnte für Euch nach Jerusalem –«

»Lasst mich nachdenken!«, unterbrach ihn der Alte. »Auch Ihr solltet Eure Gedanken ordnen und klären, bevor Ihr aus einem ersten Ansturm von großem Schmerz Euch auf Unbedachtes einlasst.« Er trat zurück, um Gerald den Weg freizugeben. »Kommt in ein paar Stunden wieder, bis dahin wird mir etwas eingefallen sein.«

Gerald wurde vom Majordomus zur Tür begleitet.

Ohne dass er sich dessen bewusst wurde, lenkte Gerald von Öxfeld seine Schritte in die Rheinauen. Er setzte sich auf einen Stein und starrte auf den vorüberziehenden breiten Strom. Er war wie benommen. Hellwach wurden seine Sinne erst wieder, als er hinter sich, beim Landesteg der Schiffer, Stimmen vernahm. Ein Organ hatte er noch in den Ohren, es gehörte dem Bischof von Verdun.

Der Kirchenfürst begab sich offensichtlich auf die Heimreise, darauf ließen das zahlreiche Gefolge und das bereitliegende Schiff schließen. Thierry unterhielt sich mit einer Dame, die wohl zu seiner Verabschiedung herbeigeeilt war. Was sie besprachen, konnte Gerald nicht verstehen, aber ihm fiel die offen zur Schau getragene Schönheit der jungen Frau auf. So wie ihr das schwarze Haar ins Gesicht und über den schneeweißen Busenansatz fiel, hatte sie etwas von der Wildheit einer Raubkatze. Der Bischof schien kein Kostverächter! Gerald sah, wie Thierry auf die äußerst verführerische Erscheinung einredete, aber nur Fetzen des Gesprächs drangen bis zu dem unbeachteten Lauscher.

»Liebste Maurcade«, wies der Kirchenfürst die Schöne mit aller Schärfe an, »es ist Eure Aufgabe, diesen – zugegeben abstoßenden – Norbert von der Lehburg dazu zu bringen, dass er es macht! Eigenhändig, mit Gift oder durch gedungene Hand. Ihr steht mir dafür gerade – wenn's sein muss, flachgelegt!«, fügte er in seiner boshaften Arroganz hinzu.

»Niemals!« Die Katze fauchte und spuckte unter dem Würgegriff. »Nie, nie wieder! Wie oft soll ich es Euch noch sagen, Thierry?« Maurcade schien bereit, mit ihren Krallen oder einem Dolch auf den Kirchenfürsten loszugehen. »Ihr könnt es von mir nicht verlangen und erzwingen ebenso wenig!«, sagte sie, nun mit gefährlicher Ruhe. »Eher bring ich den Waldgrafen um, dann Euch, Eminenz, und mich selbst zuallerletzt!«

Thierry war es offenbar leid, noch länger gegen ihren Widerstand anzurennen. »Dann findet jemand anders!«, befahl er bündig und wandte sich brüsk dem wartenden Schiff zu.

Maurcade du Berq zog ärgerlich ihren brokatenen Umhang zu, ließ sich die Kapuze übers Gesicht fallen und winkte ihre Sänfte herbei.

Für Gerald von Öxfeld war es an der Zeit, sich zum Hause des Juden zurückzubegeben. Im Kontor des Hausherrn erwartete ihn, neben dem Vorsteher, der gesamte jüdische Gemeinderat.

»Wir haben uns entschlossen, unseren Brüdern in Jerusalem eine Nachricht zukommen zu lassen«, sprach der alte Gildermann. »Damit Ihr Euch als Überbringer legitimieren könnt, verbergen wir die Botschaft in einer Mesusa, einer unscheinbaren Hülle, die sonst an unseren Türpfosten das wohlgefällige Auge Gottes auf das Haus lenkt. Statt der üblichen Zeilen aus der Thora haben wir warnende Worte geschrieben. Zwei Mitglieder der Gemeinde haben als Zeugen unterfertigt, so dass an der Echtheit des Dokuments niemand zweifeln wird.« Er nahm das schlichte silberne Etui und hängte es Gerald um den Hals. »Möge es auch Euch auf Eurer langen und beschwerlichen Reise beschützen!«

Gerald verneigte sich vor den Weißbärtigen und verließ aufgewühlt das Haus der Miriam Gildermann.

Der Majordomus des jüdischen Kaufmanns hatte in dessen Auftrag eine solche Menge an Proviant, Kleidung und Decken in die Absteige gebracht, dass Gerald, nachdem er endlich alles auf seinem Gaul verstaut hatte, selbst keinen Platz mehr auf dessen Rücken fand. Am Zügel führte er sein Pferd durch die Ausläufer des Pfälzer Waldes am Hardt entlang gen Süden, denn vor Antritt der langen Reise ins Heilige Land wollte er unbedingt zu Sion bei seiner Mutter Fedaye vorbeischauen. Zuvor musste er sich allerdings dringend einen Packesel besorgen.

Im Laufschritt überholte ihn eine geschlossene Sänfte, umgeben von einigen Reisigen. Doch plötzlich hielt sie an und wartete auf das Näherkommen Geralds. Erst als der Schlag sich öffnete und eine feine weiße Hand ihn heranwinkte, erkannte er in der Insassin das aufregend schöne Weib, das er in den Rheinauen beim Abschied des Thierry von Verdun gesehen hatte.

»Ein edler Mann wie Ihr sollte nicht zu Fuß gehen«, gurrte Maurcade du Berq, »kommt, leistet mir Gesellschaft!«

Gerald war nicht auf Abenteuer aus, aber er sah sich nicht in der Lage, die Einladung abzuschlagen. Die Berittenen nahmen mit steinernen Mienen sein Pferd am Zügel, hinter ihm schloss sich der Schlag wie eine Falltür, und der Zug ruckte wieder an. Schweigend wechselten die Träger der Sänfte vielsagende Blicke mit den Reisigen und richteten sich auf das Tragen einer bewegten und doppelten Last ein. Es dauerte auch gar nicht lange, da flog die Tür wieder auf, und heraus stolperte Gerald.

»Der Dolch, den Ihr in der Hose tragt«, fauchte hinter ihm die erboste Stimme der Maurcade, »taugt weder, ein Weib in den Himmel zu heben, noch, einen Mann in die Hölle zu befördern!« Die weiße Hand zerrte den noch offenen Schlag mit einem Ruck wieder zu.

Der verstörte Gerald ließ sich von den hämisch feixenden Begleitern der Sänfte seinen Gaul wieder aushändigen – und der Zug verschwand um die nächste Wegbiegung.

So war der erste Versuch der schönen Maurcade du Berq fehlgeschlagen! Gerald von Öxfeld hatte sich dem Angebot gegenüber, Gottfried zu verraten, völlig uneinsichtig gezeigt, ja, er hatte das Ansinnen gar nicht recht begriffen. Kopfschüttelnd setzte er seinen Weg fort.

Rettung wider Willen

Völlig abgehetzt hatte der in aller Eile zusammengestellte Trupp des Grauen Kardinals die Ewige Stadt erreicht und war sofort durch die Porta Appia bis zum Lateranpalast durchgeprescht. Hier unterhielten die Geheimen Dienste ihre Uffizien, auch wenn ihr Vorgesetzter, der *Caput canis*, gemeinhin davon wenig Gebrauch machte. Remy d'Aretin zog es vor, ›im Felde‹ zu agieren. Doch diesmal war er froh, vor Ort über eine intakte Mannschaft zu verfügen.

Er schob seine beiden frisch angeworbenen Agenten Conon de Béthune und Astair de Saissac vor sich her durch die dreifach abgesicherte Tür. Auf den ›Graukopf‹, wie er intern im Dienst genannt wurde, warteten bereits seine engsten Mitarbeiter, durch die Bank meist ältere Kleriker, wenig Mönche. Allen gemeinsam waren auffällig asketische, fast harte Schädel. Zu spaßen ist mit denen nicht!, fuhr Conon durch den Kopf, da setzte schon die Berichterstattung ein.

»Die Deutschen unter Gottfried von Bouillon stehen beim sogenannten Grab des Nero im Norden der Stadt!«

Eine frisch eingegangene Nachricht korrigierte diese Aussage sofort: »Die Deutschen haben die Mauern der Stadt bei der Porta Flaminia erreicht, aber keinerlei Versuch unternommen einzudringen, sondern sie haben sich geteilt: Die Hauptmacht unter Gottfried zieht unter den Mauern entlang Richtung Osten, ein kleiner Stoßtrupp unter dem Feldobristen Sigbert von Öxfeld überquert das Marsfeld, offenbar in der Absicht, über den Fluss zu setzen und landseitig auf die Engelsburg vorzustoßen!«

»Gute Arbeit!«, lobte Remy. »Ich möchte jetzt gern mit Seiner Heiligkeit ein Gespräch unter vier Augen.«

Betretenes Schweigen. Schließlich raffte sich einer auf. »Der Heilige Vater hat sich im Castel Sant'Angelo verschanzt! Er hat darauf bestanden!«

»Das sagt ihr mir erst jetzt?! Zum Teufel noch mal!« Der *Caput canis* explodierte. »Ist der denn von allen guten Geistern verlassen?! So läuft der *Pontifex* nun Gefahr –« Wen er ansah, der beeilte sich, schuldbewusst sein Haupt zu senken. »Conon, Astair!«, herrschte er die beiden Frischlinge an, und seine Befehle kamen wie Bolzengeschosse: »Nehmt Euch sofort Pferde – Stellt ihnen einen Trupp zusammen!« Letzterer Schuss galt seinen Untergebenen. »Ihr reitet mit den Männern« – er hielt sich jetzt an Astair – »quer durch die Hügel, an den Caracalla-Thermen vorbei, bis Ihr am Ende des Circus Maximus auf den Tiber stoßt. Dort, bei der römischen Palatinbrücke, lasst Ihr die Pferde, treibt ein gutes, schnelles Boot auf, mit Geld oder Gewalt – und rudert, bis Euch die Zunge aus dem Hals hängt, zur Engelsburg und holt ihn raus!«

»Mit gutem Zureden oder mit List?«

»Wie Ihr das macht, ist mir egal! Der wahre *Pontifex* darf den Deutschen nicht auch noch in die Hände fallen!« Remy überlegte kurz, ob er auch alles gesagt hatte, während in den Vorzimmern bereits heftiges Gerenne einsetzte.

Astair nutzte die Gelegenheit. »Gebt uns bitte nur einen ortskundigen, wachen Burschen als Führer! Alles andere erledigen wir lieber auf uns selbst gestellt!«

Der Graue Kardinal verharrte, Widerworte war er nicht gewohnt. Er nickte. »Flussabwärts fahrt Ihr dann, bis ich Euch auflese!«

Astair und Conon rannten die Treppen hinunter. Im Hof hielt ein dunkler Lockenkopf mit gewaltiger Hakennase drei Pferde bereit. Sie sprangen alle drei auf und ritten los.

»Mehr rausgejagt als losgeschickt!«, lachte Conon. Auf solche Weise Rom zu erobern behagte ihm ganz ungeheuer!

Kaum hatten die beiden neuen Helfer den Raum verlassen, traf Remy d'Aretin seine nächsten Anordnungen. »Alfons de la Carmen!«, wandte er sich an einen hageren, hochgewachsenen Herrn, ein langes düsteres, fast trauriges Gesicht. »Nicht umsonst haftet Euch der Spott an, dem Heiligen Vater wie aus dem Gesicht geschnitten zu sein –«

»Es ist mir peinlich!«, sagte der Angesprochene verlegen.

»Nicht jetzt!«, befand der *Caput canis*. *»Vestitiarius!«* Er ließ den obersten Verwalter der päpstlichen Kleiderkammer herbeirufen und befahl ihm, den Alfons de la Carmen einzukleiden. »Volles Ornat, mit Stab und Tiara – nein! Das nun doch nicht!«, bedachte er sich. »Alfons soll Kapuze tragen, zum Zeichen der Trauer und Schmach, dass es so weit kommen musste!« Es folgte Anweisung an die Kleriker: »Kündigt sofort eine Große Messe an – hier in Sankt Johann! ›Der Heilige Vater, unser gütiger Hirte, ist zurückgekehrt, um hier, inmitten seiner Herde, dem Frevler Heinrich zu trotzen!‹ Sorgt dafür, dass sich das wie ein Lauffeuer herumspricht! Ich will den Feind möglichst rasch und ohne Umwege hierher zum Lateran locken und so vor möglichem Zugriff auf die Engelsburg abhalten!«

Wieder schwärmten die Geheimen Dienste aus, um alles Notwendige in Bewegung zu setzen.

»Auf das Schweigen der Römer könnt Ihr Euch verlassen«, höhnte der hagere Alfons de la Carmen, der schon im Hemde dastand. »Ehe sich die Weiber vom Fischmarkt über die heimliche Rückkehr Urbans nach San Juan das Maul zerreißen, haben es seine Spione dem Gottfried bereits gesteckt!«

»Nur Mut, Sua Santità!«, bedankte sich Remy für die aufmunternden Worte.

»Die Deutschen sind bei der Porta Pia in die Stadt eingedrungen, ohne auf nennenswerten Widerstand zu stoßen!«, rief jemand in den Raum. »Sie bewegen sich jetzt am Kastell der Prätorianer vorbei auf uns zu!«

»Also, meine Herren!«, feuerte der Graue Kardinal seine Mannschaft an.

Astair de Saissac und Conon de Béthune waren unter der Führung des Struwwelkopfs Dado – so nannte er sich – die steile Straße zur Rotunde des Stephanus hinabgeprescht, gleich wieder hinauf auf den nächsten Hügel – es war der Celius, wie ihnen Dado zurief, der jeden Schleichweg zu kennen schien – und befanden sich nun schon auf dem ungepflasterten Pfad, der sich unterhalb der Ruinen der Kaiserpaläste an den oberen Rängen des Circus der Wagenlenker entlang hinunterschlängelte zum Tiber, genau dort, wo sich die prunkvolle Pons Palatinus aus edlem weißen Marmor hinüberschwingt zu den übel beleumdeten Hafenquartieren *transtiberim*. Wichtiger als alle kundigen Informationen über Glanz und Elend des antiken Roms, von denen Astair nicht genug hören konnte, schien es Conon, einen einigermaßen gesicherten Abstellplatz für die Pferde und dann so rasch wie möglich ein Boot zu finden, das sie den Fluss hinauftrug. Doch der quirlige Dado wusste auch da Rat. Die Pferde verschwanden kurzerhand in einem Rundtempel.

»Der Göttin Vesta geweiht!«, wie sie Dado wissen ließ, und auf einen gellenden Pfiff ihres jungen Führers tauchten unter der Brücke ein gutes Dutzend wenig Vertrauen erweckende Gestalten auf. »Meine Freunde!«, verkündete Dado stolz. »Und sie haben auch ein Boot!«

Kurz darauf legten sich je acht Mann auf jeder Seite in die Riemen eines ansehnlichen Kahns, dessen Besitzer für den Ausflug sicher nicht um Erlaubnis gefragt worden war. Mit kräftigen Schlägen erreichten sie die Stromschnellen der Leprainsel, wo sie einfach in das hüfthohe Wasser sprangen und das Boot über die Steine schoben und stießen – dann ruderten sie wieder, als habe Dado ihnen den Schatz des Königs Salomon als Preisgeld versprochen. Noch war das Kastell, das zur päpstlichen Festung umgewidmete Grabmal des Kaisers Hadrian, nicht in Sicht.

Sigbert von Öxfeld stand mit seinem kaum hundert Mann zählenden Stoßtrupp vor dem mächtigen Rundbau am Tiberufer. Sie hatten ihn in respektvoller Entfernung umrundet, als ihnen, kaum dass sie sich ihm nähern wollten, die ersten Armbrustbolzen um die Ohren geflogen waren. Der alte Haudegen betrachtete gerade zweifelnd die aquäduktähnliche Mauer, die als Einzige landseitigen Zugang versprach, als seine Leute ihm drei verdächtige Gestalten brachten.

»Aufgegriffen am Fuße des Kastells, wollten offensichtlich mit den Verteidigern Verbindung aufnehmen!«

Sigbert stutzte, die beiden kamen ihm bekannt vor. Auch Astair und Conon sahen sofort ein, dass es keinen Sinn hatte, ihre Identität zu verleugnen. Im Gegenteil, die gemeinsame Erinnerung an jene Verlobung von Gisors konnte ihnen vielleicht sogar zum Vorteil gereichen. Des misstrauischen Feldobristen erste Frage mussten sie allerdings zufriedenstellend beantworten.

»Was führt die jungen Herren an diesen Ort? Wolltet Ihr etwa dem Papst Eure Aufwartung machen?«

Astair reagierte geistesgegenwärtig. »Wieso dem Papst? Der weilt doch wohl im Lateran! Erst heute Morgen haben wir seiner Frühmette in Sankt Johann beiwohnen dürfen!«

»Wie?« Sigbert war kurz verwirrt. »Wir haben zuverlässig Information, dass er sich da oben« – er zeigte hinauf zu dem zweifachen Mauerring – »verkrochen hat!«

»Unmöglich!«, griff Conon ein. »Schneller als wir, dank der kundigen Führung unseres Freundes Dado, kann der Heilige Vater unmöglich hergeflogen sein! Er ist ja schließlich kein Engel!«

»Weiß Gott?!«, grummelte Sigbert und sah die drei skeptisch an. »Ich will es aber genau wissen!«, sagte er dann offen. »Wenn ich hier unverrichteter Dinge abziehe, muss ich meine Hand dafür ins Feuer legen, dass dieser Papst sich tatsächlich nicht hier versteckt«, und mit plötzlicher Erleuchtung erkundigte er sich: »Warum wird das Kastell dann so vehement verteidigt?« –

»Weil es dem Papst gehört!«, meldete sich Dado keck zu Wort. »Aber wenn Ihr wollt, dann gehen wir nachschauen.« Er sah den zweifelnden Blick des Feldobristen. »Ich habe Freunde unter den Wächtern – die lassen uns hinein, ohne uns gleich zu erschießen!«

»Euer Risiko!«, willigte Sigbert ein. »Wenn ihr nach einem Ave-Maria nicht zurückgekehrt seid, stürmen wir!«

»Zwei!«

Die drei liefen zurück bis zum letzten Turm in der Mauer, die sich in Bögen bis zum ersten Mauerring des Kastells spannte. Dort verschwanden sie.

Als die Hauptmacht der Deutschen dem Lateran immer näher rückte, ließ der Graue Kardinal die ›Papstmesse‹ in Sankt Johann abbrechen, und zwar unter gewollt tumultartigen Umständen. Der Trupp, den er mit sich führen wollte, war schon bereitgestellt. Er verließ ungesehen den Lateranpalast durch ein unscheinbares Nebentor in der Mauer. Den Alfons de la Carmen nahm der umsichtige Kardinal fürsorglich mit sich. Der Missbrauch päpstlicher Würde könnte vom Feind schlecht vermerkt werden und den glanzvollen Darsteller nachträglich den spanischen Kragen kosten!

Die Flüchtigen bewegten sich meist durch die Katakomben, von denen es in diesem Gebiet nur so wimmelte. Wer sich hier unten auskannte, konnte sich wie ein Maulwurf leicht bis nach ›Sankt Paul vor den Mauern‹ durchwühlen, wo er dann die – hoffentlich erfolgreichen – Heimkehrer von der Engelsburg am Fluss erwarten wollte.

Die drei standen im Vorzimmer zu den päpstlichen Gemächern im Kastell Sant'Angelo. Der *Secretarius* hatte zuerst ziemlich ungläubig geschaut, als sie erklärten, sie seien gekommen – im Namen des Herrn Kardinals Remy d'Aretin –, um den *Pontifex maximus* von hier fortzuschaffen und in Sicherheit zu bringen. Sie mussten dem übervorsichtigen *Secretarius* ihre Namen geben, wobei sie noch schnell hinzusetzten, er möge den Heiligen Vater bitte an den Lautenschläger von Gisors erinnern, das würde sie gewiss bestens legitimieren. Sie warteten. Die Zeit drängte. Endlich öffnete sich die Flügeltür, und heraus trat Papst Urban in eigener Person.

»Conon de Béthune und Astair de Saissac«, sprach er sie mit heiterer Ruhe an. »Es gibt keinen Grund – auch nicht die unnötige Aufgeregtheit des guten Remy –, dass ich diese uneinnehmbare –«

In dem Moment wurden erregte Stimmen laut, Rufe ertönten:

»Die Deutschen! Die Deutschen! Sie versuchen über die Borgomauer Einlass zu erzwingen!«

Der *Secretarius* war nach draußen geeilt, er kam blass zurück. »Sie treiben unsere Leute unaufhaltsam im versteckten Gang auf dem alten Aquädukt vor sich her! Lange werden sie nicht mehr –«

»Bene«, befand Urban gelassen. »Remy hatte mal wieder recht, mir seine Schutzengel zu schicken!« Er wandte sich an Astair. »Wohin soll ich Euch folgen?«

Der *Secretarius* führte den kleinen Trupp hastig in die Tiefe des wie eine Termitenburg von Gängen durchzogenen *Tumulus*, bis sie endlich vor einer kleinen Eisentür standen. Dado schlüpfte hinaus und winkte das Boot mit seinen Freunden herbei. Der *Secretarius* warf seinen schwarzen Umhang über den schneeweißgewandeten *Pontifex*. Das Boot legte an, schnell sprangen sie hinaus – hier draußen war der Waffenlärm der im engen Aquädukt Kämpfenden deutlich zu vernehmen. Sigbert von Öxfeld hatte, als die beiden im Turm verschwunden waren, den gleichen Einstieg benutzt, um sich im Handstreich der Festung zu bemächtigen.

Kaum hatten die beiden Engel Conon und Astair samt ihrer kostbaren Fracht das Boot bestiegen, steuerte die Mannschaft es unverzüglich in die Mitte des Flusses, dann legten sie sich wie die Teufel in die Riemen. Dank der jetzt für sie vorteilhaften Strömung glitt der Kahn pfeilschnell flussabwärts, unangefochten unter den nächsten beiden Brücken hindurch. Doch als sie gerade wieder die Stromschnellen bei der Leprainsel durchfahren wollten, erschien am Ufer einer der Barmherzigen Brüder, die dort ihren Dienst an den Siechen und Krüppeln versahen. Er gestikulierte aufgeregt mit beiden Armen.

»Pons Palatino ist besetzt! Die Deutschen wollen Euch abfangen!«

»Danke, Bruder!«, rief Dado. Sie verließen nur zu viert das Boot und krochen jenseits des Tiber an Land. Dort stand schon ein anderer Bruder, der wohl von der Insel oben über die schmale Brücke gelaufen war. »Die *Trasteverini* lassen sie nicht durch! Bislang mit Erfolg!«

Dado schickte seine Freunde mit dem leeren Boot flussabwärts zur Porta Portualis, dort wo der Tiber doppelt und dreifach gesichert die den Hafen schützende Mauer verlässt.

»*Merda!*«, entfuhr es Conon. »Verzeihung, *Sua Santità*, jetzt sind wir unsere Gäule los! Sie stehen im Tempel der Vesta!«

Der Papst lächelte milde. »Eine Opfergabe an die Göttin für das Gelingen unserer Flucht!«

Durch enge Gassen liefen sie durch das Hafenviertel der Ewigen Stadt. Die Leute erkannten Urban und jubelten ihm zu.

»Lasst Euch Zeit, *Padre Santissimo*!«, riefen andere, die mit blutigen Köpfen von der Brücke zurückkamen. »*Non passeranno!* Wir lassen sie nicht durch!«

In der Tat strömten immer mehr Schiffer und Fischer, aber auch allerlei zwielichtige Gestalten mit Äxten und Sensen bewaffnet Richtung Pons Palatinus. Das Geklirr der Waffen und die wütenden Schreie waren bis hierher zu hören. Obgleich die treuen Leute Dado als einen der Ihren kannten, ließen sie es sich nicht nehmen, Seite an Seite mit dem *Papa* durch die verwinkelten schmalen Straßen zu rennen. Am liebsten hätten sie ihn auf ihren Schultern getragen! *»Er Papa, er Papa!«*

So gelangten sie – ohne dass dem Heiligen Vater auch nur ein Haar gekrümmt wurde – hinter dem Rücken der Kämpfenden an ihr vorgegebenes Etappenziel. »Vesta sei Dank!«

Gleich hinter dem Tor zum Flusshafen lag das Boot schon wieder wartend bereit, im Getümmel des Kampfes war es unbehelligt unter der römischen Brücke hindurchgeschlüpft. Mit zügigem, aber nun kräftesparendem Schlag trieben die Ruderer das Boot mit dem Heiligen Vater und seinen drei Rettern den Fluss hinab. Der Papst löste seine goldene Kette mit dem Kreuz, die er auf der Brust trug, und hängte sie dem Dado um, der daraufhin in Tränen ausbrach.

Bei der am Tiber gelegenen Basilika ›Sankt Paul vor den Mauern‹ erwartete sie Remy mit ausreichend bewaffneter Begleitmannschaft. Die Reisigen nahmen den *Pontifex* in ihre Mitte, die Benutzung der mitgeführten Sänfte lehnte Urban ab. »Auch der Heilige Vater will Buße tun für seinen Eigensinn!«, sagte er augenzwinkernd und leise zu Remy. »Deswegen mit dem Arsch in den längst ungewohnten Sattel!«

Über den Pilgerweg – beim Volk als *Sette Chiese* bekannt –, der sich durch die dichtbewaldeten Hügel schlängelt, erreichten sie endlich die alte Via Appia, die sie bis zum sicheren Monte Cassino bringen sollte.

Remy d'Aretin geleitete seinen *Pontifex* noch eine Weile, dann verabschiedete er sich und ritt zurück in die Ewige Stadt.

Astair und Conon hingegen blieben auf seinen Wunsch hingegen noch beim Papst, bis das Ziel endgültig erreicht war.

Camarlingi Sanctae Sedis

Rinat war zusammen mit dem äußerst missmutigen Berenguer am Fuße des Monte Cassino angelangt. Der Söldnerführer verspürte nicht die geringste Lust, sich nur wegen ein paar Kisten mit Pergamenten den steilen Klotz hochzuquälen. Wenn es sich wenigstens um einen Schatz handeln würde! Rinat willigte ein, allein den Aufstieg zu unternehmen, Berenguer sollte unten auf ihn warten.

Für den bevorstehenden Transport hatten sie sich eigens Maulesel besorgt. Zwei dieser Tiere an der Leine hinter sich herzerrend, ritt Rinat von Sitten die Serpentinen hoch. Doch als er sich den Klostermauern näherte, wurde ihm bewusst, dass der neue Abt von den *Annales* womöglich gar nichts wusste. Rinat band die beiden Muli und auch sein Pferd an einen verkrüppelten Feigenbaum und setzte den Weg zu Fuß fort. Am besten, er gab sich als Verwandter eines der beiden Chronisten aus, des runden Äpfelchens Angel oder der Bohnenstange Vocat. Dann fiel ihm ein, dass wohl keiner im Kloster die beiden Mönche unter diesen Namen kannte. Zu Rinats freudiger Überraschung war es der etwas schrumpelig gewordene *Angelus vigilans*, der auf sein Klopfen hin seine Knollennase durch das Fensterchen steckte, er ließ den ehemaligen Knappen des Guillem de Gisors sofort ein.

Rinat berichtete dem strafversetzten Torwächter, der Kardinal Remy d'Aretin verlange, dass die *Annales ad extremum* nun endlich von hier fortgebracht würden. Er und der Söldnerführer Berenguer de Saissac seien beauftragt, sie nach Sion im Wallis zu begleiten.

Angel rannte los, so schnell ihn seine kurzen Beine trugen, seinen Kumpan Vocat zu benachrichtigen. Um jedes Aufsehen zu vermeiden, schmuggelten sie Rinat derweil in den Weinkeller des Abtes Desiderius. In der Dunkelheit der Nacht wollten sie ihm dann helfen, die Kisten aus dem Kloster zu schaffen.

So saß Rinat im trüben Licht der Grüfte von Monte Cassino vor den berühmten Fässern voll des köstlichen Roten. Den Becher hatten die beiden Chronisten wohlweislich gut versteckt. Rinat legte sich rücklings auf den Boden und ließ sich den ersten kleinen Strahl direkt vom Zapfhahn ins offene Maul rinnen. Köstlich!

Von der plötzlichen Unruhe oben bekam er nichts mit.

Mit kleinster Begleitung war in den frühen Abendstunden der Papst eingetroffen, die Mönche waren in heller Aufregung! Niemand, nicht einmal der Abt Odorisius, der sonst immer ein strenges Auge auf sie hatte, kümmerte sich um Angel und Vocat. Äußerst gelegen für ihr heimliches Vorhaben!

Ungesehen stahlen sich die beiden Chronisten davon und verschwanden in der Tiefe – und standen vor einem bis zur Halskrause vollgelaufenen Rinat! Er wusste nicht einmal mehr, wo er sich befand, geschweige denn, dass er in der Lage gewesen wäre, sich zu erheben. Fluchend machten Angel und Vocat sich daran, die Kisten aus ihrem Versteck zu zerren und durch dunkle Gänge zu einer verborgenen Tür zu schleppen. Dann schleiften sie auch noch Rinat dorthin, und zwar rabiat wie einen Sack Nüsse. Nachdem er auch dadurch nicht wach geworden war, halfen sie durch derbe Ohrfeigen nach – so lange, bis Rinat endlich lallend Auskunft gab, wo die Muli standen. Sie warfen ihn bäuchlings über eines der Tiere, beluden das andere mit den Kisten, bestiegen zu zweit den Gaul des Rinat und machten sich an den mühseligen Abstieg zum wartenden Berenguer.

»Den Papst musst du herbeigerufen haben, mein Angelus!«, stöhnte Vocat ob all der Anstrengung.

»Es könnte aber auch ein Fingerzeig des Himmels sein, dass wir jetzt auf und davon fliegen sollten –?«

Der Dicke schwitzte. »Wenn es dein Werk gewesen sein sollte, steckt sowieso der Teufel dahinter, und dann will ich erst recht nicht mehr zurück ins Fegefeuer des Odorisius!«

Und schon waren sie sich einig, dass sie – sich opfernd für den armen, entscheidungsunfähigen Rinat – den Transport bis Sion begleiten würden.

In den Gemächern des Abtes, von diesem sofort für den hohen Gast geräumt, hatte sich der *Pontifex* frisch gemacht nach den Strapazen der aufregenden Reise und empfing jetzt im vollen Ornat die beiden jungen Helden Astair de Saissac und Conon de Béthune. Sie hatten den Abt Odorisius wissen lassen, dass sie nun, nach Erfüllung ihrer Mission, den Monte Cassino wieder zu verlassen gedächten. Ohne dass sie es aussprachen, ließ die Art, wie sie um ihren Abschied einkamen, die Erwartung spüren, dass ihnen ein kleines Entgelt für die geleisteten Dienste nicht ungelegen käme. Schließlich lag eine ungewisse Zukunft vor ihnen, und sie hatten beide keinen Besanten mehr in der Tasche, sie standesgemäß zu bestreiten.

Seine Heiligkeit Papst Urban gab sich leutselig. »Ich weiß, dass die Überreichung eines Geldgeschenks mit der Ehre von jungen Rittern nicht vereinbar ist und die Glorie Eurer einzigartigen Tat nur schmälern könnte.« Der *Pontifex* nahm Platz auf dem bereitgestellten Sessel. »So möchten Wir Unserer Dankbarkeit für Euren ebenso kühnen wie umsichtigen Einsatz durch eine besondere Ehrung Ausdruck verleihen«, begann der Papst mit wohlgesetzten Worten. »Sie ist zwar für Männer jüngeren Alters keineswegs üblich, aber es ist Unser Wille: Ich, *Urbanus Pontifex maximus*, ernenne Euch zu *Camarlingi* des Heiligen Stuhls, zu päpstlichen Kammerherren auf Lebenszeit!«

Die beiden Geehrten wussten zwar mit der Bedeutung des Titels wenig anzufangen, knieten aber spontan nieder. Sie erwarteten eine Art Ritterschlag, doch der *Pontifex* streifte mit rascher Bewegung eine seiner Sandalen ab und hielt ihnen den nackten Fuß zum Kuss der Ergebenheit hin. Dann packte er einen nach dem anderen bei den Schultern, richtete sie auf und steckte jedem einen Ring von seiner Hand an den Finger.

»So wie Ihr mich schützt, schütze Euch der Himmel«, sprach der Papst leise und schlug das Kreuz über sie. Kurz darauf verließen Conon de Béthune und Astair de Saissac schweigend den Klosterberg.

Zwischen Skylla und Charybdis

Die Dame Fedaye de Béthune befand sich in einer ziemlich verzweifelten Lage. Sie war mit ihrem Sohn Tankred fast bis ans Ende der Welt gereist, ohne auch nur auf die geringste Spur von dessen Zwillingsbruder Conon oder der Cantar de Sion zu stoßen. Die einst für ihre Schönheit gerühmte Frau fühlte sich müde, entsetzlich müde. Ihre Geldmittel waren zwar noch nicht restlos aufgebraucht, hingegen lag ihr Tankred ständig in den Ohren, die sinnlose Suche abzubrechen. Fedaye wäre bereit gewesen aufzugeben, aber selbst dazu fehlte ihr inzwischen die Kraft.

Mann für Mann hatte sie ihre einst so stattliche Begleitmannschaft entlassen müssen. Inzwischen waren es nur noch eine Handvoll Diener und ihre zwei Zofen, die ihre Herrin nicht im Stich lassen wollten. Sie waren an der einsamen Spitze des italienischen Stiefels angelangt, gegenüber lag Sizilien, und wenn die tapfere Dame sich ihre Lage nur etwas bewusster gemacht hätte, wäre ihr klargeworden, dass es nur noch eine Frage der Zeit sein konnte, bis sie – derart schutzlos – unter die Räuber fallen würde. Fedaye de Béthune lagerte mit den um sie Verbliebenen am Strand, starrte verloren auf die eintönige Brandung des Meeres und vermochte Tankred nicht einmal mehr die Frage zu beantworten, wohin sie sich denn jetzt noch wenden wolle.

Das Schiff, das aus dem Nichts aufgetaucht war und nun auf das einsame Ufer zuhielt, erregte nur die Zofen.

»Das sind Piraten!«, raunten sie verschreckt, als der Segler noch vor der Brandung seinen Anker auswarf. Die Dame Fedaye blieb ganz ruhig und meinte nur: »Na und?!« Sie schaute interessiert dem Manöver zu, mit dem jetzt das Beiboot zu Wasser gelassen wurde.

»Sie werden uns gefangen nehmen!«, klagten die Zofen.

Ihre Herrin suchte die Verängstigten zu beruhigen: »Ich bin zu alt für die Sklaverei!«, was denen geringer Trost war.

Doch statt der erwarteten Horde wilder Gesellen bestieg nur ein einzelner Mann das Boot. Er war von kleinem Wuchs, was durch einen riesigen grünen Turban besonders augenfällig wurde. Der Kleine ließ sich ein Kind herabreichen, einen Knaben von höchstens vier Jahren, er nahm ihn liebevoll in den Arm, bevor er ihn vor sich auf die Bank setzte. Dann ruderte er mit geschickten Schlägen durch die Brandung auf den Strand zu, ließ das Boot auflaufen, sprang in das seichte Wasser und hob den Jungen aus dem Boot. Hand in Hand stapften sie durch die flach auslaufenden Wellen. Der Knabe weigerte sich, die Muscheln zu sammeln, auf die der Mann mit dem Turban ihn aufmerksam machte, stattdessen trapste er mit seinen nackten Füßen in den aufgeweichten Grund, dass es spritzte. Gleichzeitig entdeckten beide das ängstlich um seine Dame gescharte Häuflein.

»Du hast mir doch versprochen, mich zu meiner Mutter –«, rief der Knabe laut, riss sich los und machte Anstalten, auf die fremde Frau zuzulaufen.

Mit einem Hechtsprung fing ihn der Kleinwüchsige wieder ein. »Das ist nicht deine Mutter!«, belehrte er sanft das Kind. »Wir werden –« Doch der Knabe zeigte sich störrisch: »Ich frag sie!«, und er zerrte den Träger des grünen Turbans in die gewünschte Richtung.

Bert el-Caz blieb nichts anderes übrig, als zu folgen. Ehe er sich noch für das Betragen des ungestümen Knaben entschuldigen konnte, war der schon mit dem wilden Ruf »Gold oder Leben!« auf Fedaye losgestürmt. Doch bei näherer Betrachtung der fremden Dame kamen ihm offenbar Zweifel. Statt auf seiner Forderung zu bestehen, schlug er die Augen nieder und verfiel in trotziges Schweigen. Ihr mildes Lächeln verwirrte ihn.

Dafür starrte jetzt der Turbanträger unhöflich an Fedaye vorbei Tankred an. »Habt Ihr einen Zwillingsbruder?«, platzte es ihm heraus.

Tankred grinste verlegen, aber Fedaye, neugierig geworden, zog das Gespräch sofort an sich. »Kennt Ihr etwa Conon? Meinen Sohn, den ich suche –«

Bert el-Caz fühlte sich überrumpelt. »Nicht so recht.« Er war ratlos, was er preisgeben sollte – die Geschichte, dass Conon ihn bei ihrer ersten Begegnung verprügelt hatte, wollte er doch lieber verschweigen. »Conon heuerte in Lerici auf meinem Schiff an und quittierte den Dienst bereits wieder zu Mondragon.«

»Und wo ist er jetzt?«

Der kleine Pirat zuckte so übertrieben mit den Schultern, dass sie fast an seinen Turban stießen.

»Und wer seid Ihr?« Tankred missfiel, dass der schmächtige Kerl sich wichtig machte, doch Fedaye legte auf Förmlichkeit jetzt keinen Wert. Zum ersten Mal tat sich eine Fährte vor ihr auf!

»Habt Ihr denn keinen Anhaltspunkt, wohin –?«, hakte sie nach, aber der misstrauische Tankred fuhr dazwischen: »Wenn Ihr nun auch noch behaupten solltet, meine Freundin Cantar de Sion sei Eure –?«

Bert el-Caz musste lachen über diesen unerwarteten Angriff. »Ich war zugegen, als Conon de la Montana die designierte Äbtissin von Amalfi auf seinen Schultern vor dem Zugriff höchst gefährlicher Piraten rettete!«

»Ich glaub diesem Kerl kein Wort!«, schnaubte Tankred, doch seine Mutter winkte ihn souverän zur Seite.

»Ich hielt Euch selbst, werter Herr, anfangs für einen Freibeuter der Meere!«, sagte die immer noch schöne Frau Fedaye und lächelte gewinnend.

»Gott steh mir bei! Wo denkt Ihr hin, meine Dame!« Bert el-Caz fand das Spiel jetzt richtig lustig. »Cantar de Sion segelte mit ihrer Base Elgaine de Gisors –«

»So heißt sie! Genau so!«, drängte jetzt aufgeregt der Knabe in das Geplänkel, das er mit großen Augen und hochgestellten Lauschern verfolgt hatte. »Elgaine! So soll meine Mutter geheißen –!«

»Wieso? Kennst du sie nicht?« Fedayes mütterlicher Instinkt ließ sie die Arme ausbreiten, doch der Knabe dachte nicht daran, sich von der fremden Frau umarmen zu lassen. Fedaye schaute fragend auf Bert el-Caz.

»Nicht so recht!«, antwortete dieser, und Tankred spöttelte: »Seid Ihr etwa der Vater?«

Der kleine Pirat senkte bekümmert den grünen Turban. »Eher die Mutter! Eigentlich beides!« Er zog den Knaben fürsorglich an sich.

Fedaye rührte die Szene. »Ich wollte, ich könnte etwas für Euch und das arme Kind tun«, sagte sie, »aber meine Mittel –«

»Wir sind nicht arm!«, krähte der Knabe dazwischen. »Wir haben Kisten voller Gold!«

»Also doch Piraten!«, stichelte Tankred.

»Schön wär's!«, entgegnete Bert el-Caz seufzend. »Meine einzige Beschäftigung ist, dieses schwierige Kind bei Laune zu halten, bis seine Mutter sich wieder meldet.« Doch dann ritt den Capitan der Teufel. In gleichbleibendem, resignierendem Ton fuhr er fort: »So lange segeln wir halt übers Mittelmeer, rauben fremde Schiffe aus, plündern wehrlose Küstendörfer und entführen alleinreisende Damen, um sie in die Sklaverei zu verkaufen!« Es gelang ihm sogar ein trauriges Lächeln.

Tankred zischte, nun völlig verunsichert: »Wer's glaubt!« Doch spontan besann sich Fedaye.

»Dann könntet Ihr uns eigentlich auch nach Lecce bringen?« Ihr war rechtzeitig eingefallen, dass Guillem de Gisors damals zu seinem Freund Raimar ziehen wollte, als er in Sion auftauchte. Vielleicht lebte der noch, vielleicht fand sie sogar dort Conon oder Cantar – oder beide! Hier konnte sie nicht bleiben, und irgendwohin musste sie sich wenden.

Bert el-Caz lächelte sie an. Wenn dieser Fuchs unter dem grünen Turban nun doch ein Pirat war? Dann hatte sie eben Pech gehabt! Wahrscheinlich der Schlussstrich, der ihr gebührte, unter eine lange Reise, die sie nie hätte antreten sollen! Zaghaft erwiderte sie das Lächeln, aber es war das Kind, das schließlich den Ausschlag gab.

»Das könnten wir doch?!« Es sah seinen Begleiter auffordernd an. »Edle Ritter wie wir sind einer schönen Dame stets zu Diensten!« Der Knabe strahlte, als der grüne Turban wippend sein Einverständnis gab.

In zwei Bootsfuhren wurde Fedaye de Béthune samt ihrem Sohn Tankred, den Zofen und den Dienern an Bord des Seglers gebracht. Bert el-Caz pfiff vergnügt vor sich hin, als er den Anker lichten ließ und mit seiner Fracht aufs Meer hinaussegelte.

Der Raub der Odaliske

Die *Shoka al-Iffriqia* pflügte durch die Wellen des Mittelmeeres. Ihre knabenhafte Capitana hatte sie an den Egadischen Inseln im Westen von Sizilien vorbeigesteuert und sich seitdem vom Kurs gen Süden nicht mehr abbringen lassen. Dem Mittagsstand der glühenden Sonne folgend, war Elgaine damit in ein Gebiet eingedrungen, das selbst die meeresbeherrschenden Normannen Siziliens nicht mehr dem Abendland zurechneten. Die *Shoka* befand sich bereits mitten im Machtbereich der Sarazenen von der nahen Berberküste.

Das focht Elgaine de Gisors nicht an. Sie hatte einzig ihr Ziel vor Augen: die Befreiung ihres Söhnleins aus den Klauen der Sultana von Mahdia. Doch das verschwieg sie Cantar nach wie vor. Die Base hätte sonst auf den Gedanken kommen können, dass Elgaine die Rekrutierung von jungen Haremsweibern als zukünftige Nonnen letztlich ziemlich Hekuba war.

Längst waren sie der tunesischen Küste näher als dem Süden von Sizilien. Bei der winzigen Insel Lampion nahe Lampedusa ging sie ein letztes Mal vor Anker. Die übervorsichtige Cantar hatte darauf gedrungen, vor dem Beginn des eigentlichen Unternehmens die Mannschaft noch einmal auf Treue zu der jugendlichen Capitana einzuschwören, denn schließlich stammten die meisten aus Mahdia und könnten dort vielleicht anderen Sinnes werden, wenn sie nun als Angreifer auftreten sollten.

Elgaine willigte ein. »Angst, meine Gute«, wies sie dennoch die Base zurecht, »ist das Einzige, was wir Frauen jetzt schon gar nicht zeigen dürfen!« Sie trat vor die Mannschaft und hielt ihre Ansprache auf Arabisch, das sie fließend beherrschte und auch noch den Vorteil hatte, dass die zukünftige Äbtissin ihre Rede nicht verstand.

»Männer!«, sagte sie. »Wir werden jetzt in den Hafen von Mahdia eindringen und kühn den Palast der Sultana seines Harems berauben. Die jungen Weiber bringen wir nach Amalfi. Bis dahin, also sobald und solange sie an Bord sind, mögen sie euch gehören! Wem das zu gefährlich erscheint, soll es jetzt kundtun: Er kann auf dieser Insel«, sie zeigte auf das wenig einladende Felsland, »warten, bis wir siegreich zurückgekehrt sind.« Sie musterte kühl ihre angetretenen Mannen, vom erfahrenen Maat bis zum blutjungen Schiffsjungen.

Keiner trat vor außer dem Ältesten der Bootsleute, der sein Knie vor Elgaine beugte und sprach: »Wir sind gut gefahren unter Eurem Kommando, Capitana, wir vertrauen Euch und Euren klugen Plänen voll und ganz!«

Die Leute klatschten seinen Worten Beifall. Elgaine sah befriedigt, dass Cantar beeindruckt war, und befahl nunmehr, Kurs auf Mahdia zu nehmen.

Das eiserne Gitter der Hafeneinfahrt öffnete sich zu Elgaines Erstaunen, kaum dass die Torwächter der *Shoka* ansichtig wurden. Sie hatte die meisten ihrer Leute unter Deck verbannt, um einen möglichst harmlosen Eindruck zu erwecken, auch Cantar, damit eine weitere Frau an Bord kein unnötiges Aufsehen erregte. Geschmeidig glitt die *Shoka* durch das in den Fels geschnittene Becken bis zum Anlegeplatz. Der Eunuch mit dem weißen Turban, gewaltig wie ein damastenes Ruhekissen, seines Zeichens der Hafenkommandant, schlurfte herbei.

»Allah sei mit Euch, hochvermögender Beherrscher des Hafenbeckens!«, rief Elgaine ihm zu. »Capitan Astair liegt schwer erkrankt in seiner *Qamrah*!«

Der Turban zuckte erschrocken zurück. »Ansteckend?«, begehrte die hohe Kastratenstimme entsetzt zu wissen.

»Nicht doch!«, beruhigte ihn Elgaine. »Er ist eigens gekommen, um in den Armen seiner Herrin, der Sultana, Heilung zu finden!«

»Ich muss ihn mir anschauen!«, befand der Kommandant und ließ sich an Bord helfen.

Elgaine geleitete ihn zur Kajüte, sie ließ ihn vorgehen und schloss die Tür hinter sich. Auf dem erwarteten Krankenbett lag Cantar. Ehe der Eunuch noch irgendeinen Ton hervorbringen konnte, spürte er schon die Kühle der Klinge, die ihm Elgaine von hinten an die Gurgel gesetzt hatte. »Gebt mir den Weg zum Harem frei!«, fauchte ihm die Capitana ins Ohr. »Ein verräterisches Wort, und Ihr seid ein toter Mann!«

»Schön wär's!«, sagte der Eunuch mit erstaunlicher Gelassenheit.

Cantar war aufgesprungen und fesselte ihm mit einer dünnen Schnur die Hände auf den Rücken. Dann stieß Elgaine ihn zur Tür.

»Begleitet die edle Dame und ihr Gefolge zum Kabir at-Tawashi!«, gab der Hafenkommandant laut die Anweisung an seine Leute, Elgaine hatte Cantar den Dolch übergeben, und die, unerfahren im Umgang mit einer Stichwaffe, bohrte dem Armen die Spitze des Stahls schmerzhaft in den Rücken.

»Bitte sagt ihr, sie soll mich nicht umbringen!«, rief er leise wimmernd der schon davoneilenden Elgaine nach: »Von mir habt ihr keinen Verrat, keinen Widerstand zu befürchten!«

Elgaine wartete die weiteren Worte nicht ab, sondern trieb die ausgesuchte Mannschaft, mit der sie den Sturm auf den Harem durchführen wollte, voran. An ihrer Spitze sprang sie an Land. Dem Befehl ihres Kommandanten entsprechend, ließen sich die Hafenwärter lustlos herbei, den wilden Haufen durch die Höfe zu jenem Turm zu führen, der den Harem beherbergte. Der Palast wirkte wie ausgestorben. Erst jetzt fiel Elgaine auf, dass nirgendwo die bis an die Zähne bewaffneten Wächter herumstanden, die Höfe waren leer, auf den Gängen, unter den Arkaden stießen sie auf keine Menschenseele. Im Turmbau angekommen, hieß Elgaine die anderen warten und begab sich allein in die Gemächer des Obereunuchen.

Der alt gewordene Kabir at-Tawashi wirkte weder erstaunt noch empört über ihr Eindringen. Elgaine ließ ihm auch keine

Zeit für irgendwelche Lamentelen. »Wo ist Pons?«, fuhr sie ihn an, doch einschüchtern ließ sich der Kabir at-Tawashi nicht.

»Das müsst Ihr die ehemalige Sultana fragen«, knurrte der Alte furchtlos, und ein Schreck durchfuhr Elgaine.

»Was ist geschehen?«, stammelte sie.

»Yussuf der Ziride hat eine Palastrevolte angezettelt und die Dame Melina entmachtet –«

»Wo ist sie?« Elgaine schnürte es fast die Kehle ab vor Angst.

»Hier, zu uns in den Harem verbannt! Ich führe Euch zu ihr!«

Elgaine folgte ihm durch den Hamam mit seinen dampfenden Bädern, seinen Düften von süßlicher Schwere. Immer noch die gleichen Larven, dachte Elgaine bitter, das gleiche Gekicher, das gleiche Gealbere! Ohne die neugierigen Blicke der Mädchen zu erwidern, stürmte sie hinter dem Alten her. Melina lag in demselben Gemach, in dem Elgaine ihr Kind zur Welt gebracht hatte, dem ›Letzten Ausweg‹, jenem Fenster mit der Rutsche. Nichts mehr erinnerte an die stolze Matrone, Melina wirkte abgehärmt und ohne jede Hoffnung. Elgaine traf das mehr, als hätte ihr die Widersacherin von einst, die rücksichtslose, machtbesessene Griechin, gegenübergestanden.

»Ich bin gekommen, Pons zu holen«, sagte sie leise.

Melina sah sie verstört an. »Den hat Bert el-Caz, der elende Wicht, entführt – damals, kurz bevor der Ziride mich vom Thron stieß!«

»Wie?!«, entfuhr es Elgaine. »Mein Kind?«

»Keiner hat's bemerkt«, barmte die abgehalfterte Sultana. »Erst Yussuf ließ es mich später hohnlachend wissen! Der hat ja einen Narren an dem bösartigen Knirps gefressen!«

Benommen verließ Elgaine den Raum und trat grußlos neben den Kabir at-Tawashi. »Dies ist ein Überfall!«, sagte sie stattdessen mit müder Stimme. »Die Mädchen sollen binnen einer Sure den Harem verlassen und sich zum Hafen begeben.«

Der alte Eunuch fiel vor ihr auf die Knie. »Lasst mich bitte nicht allein zurück!«, bettelte er. »Was sollen die Mädchen ohne mich machen?«

Elgaine musste trotz ihres Kummers lachen. »Die Erfahrung, mein Guter, die fehlt Euch noch!« Sie ging hinunter zu ihren wartenden Leuten. »Ihr könnt sie euch jetzt holen!«, sagte sie im Vorbeigehen, bevor sie allein den Weg zurück zum Hafen schritt.

Mit lautem Gebrüll stürmten die Männer die Treppe hinauf und brachen in den Harem ein. Das Gequieke und Geschrei verebbten hinter der bitter enttäuschten Elgaine, je weiter sie sich von dem Turm entfernte.

Die Capitana hatte wieder ihren Platz an Bord der *Shoka al-Ifriqia* eingenommen. Neben ihr stand Cantar, die den gefesselten Eunuchen noch immer mit ihrem Dolch drangsalierte. Jetzt erschien der Zug der Haremsweiber, johlend umringt von der Schiffsmannschaft. Die Hafenwärter sahen zu, ohne einen Finger für sie zu rühren, wie ihnen ihr Kommandant eingeschärft hatte.

»Was habt Ihr Euren Männern eigentlich als Auftrag erteilt?«, wandte sich Cantar empört über das rüde Treiben an Elgaine. »So behandelt man doch keine zukünftigen Novizinnen!«

»Ach, liebste Cantar, in Eurem Konvent wird dann eben die einzige Jungfrau die Äbtissin sein!« Sie wurde ernst. »Ihr wolltet Barmherzigkeit nicht an frommen, tugendsamen Jungfern üben, sondern an Ausgestoßenen und Gefallenen – so fallen sie eben jetzt!«

Elgaine sah, dass ihre Piraten rigoros die Alten von den Jungen, die Hübschen von den Hässlichen schieden. Die einen wurden, noch bevor sie ihren Fuß auf die Planken setzen konnten, ins Wasser des Hafenbeckens gestoßen, die anderen in der Mitte des Decks zusammengetrieben. Einige weinten bitterlich, die meisten genossen die aufregende Abwechslung, wieder andere fanden sich dumpf mit ihrem ungewissen Schicksal ab.

Unter den Mädchen auf Deck entdeckte sie auch, grell geschminkt und unter Tränen, die verschreckte Theodora – glücklich, nicht ins Wasser geflogen zu sein! Der Kabir at-Tawashi hatte dieses Glück nicht. Es stimmte Elgaine traurig, als sie den Alten ans Ufer paddeln sah. Doch jetzt noch einzugreifen hätte ihre Position geschwächt, obwohl es eigentlich eine feine Idee gewesen wäre, Cantar für ihr Nonnenkloster einen leibhaftigen Eunuchen unterzujubeln! So würde die Äbtissin eben mit Theodora vorliebnehmen müssen.

»Ihr leistet der Unzucht leichten Sinnes Vorschub, Elgaine!«, ging Cantar die Capitana an, als sie erschrocken mit ansehen musste, was sich an Deck anbahnte, kaum dass die *Shoka* jetzt unter Elgaines kundiger Hand zum eisernen Hafentor glitt.

»Nicht leichten Sinnes, sondern schweren Herzens«, erwiderte die Frau am Ruder, »weil ich ohne Pons von hier abfahren muss – ohne zu wissen, wo und wie ich ihn finden soll!«

»Die Weiber des Harems waren Euch nur Vorwand, mich auf diese Reise zu schleppen, das weiß ich!« Cantar umarmte Elgaine mit plötzlicher Heftigkeit. »Doch jetzt erkenne ich, dass entweder nicht jede Frau zur Nonne taugt – oder ich nicht zur Äbtissin!«

»Je höher, desto einsamer, desto kälter –« Warum sollte sie der von verborgenen Mächten protegierten Cousine Trost spenden, das Leid der Elgaine de Gisors kümmerte ja auch niemanden? »Geschenkt wird einem nichts auf Erden!«

Bevor sich das Gatter hinter der *Shoka al-Iffriqia* schloss, landete auch noch der Hafenkommandant samt seinem weißen Turban im Wasser. Einer gewaltigen Seerose gleich schwamm er noch eine Zeitlang neben der *Shoka* in den Wellen. Das Schiff mit den Frauen fuhr aufs offene Meer hinaus.

Das adoptierte Glück von Lecce

Bert el-Caz segelte mit seinen Gästen rund um die Stiefelspitze, die Sohle und den Absatz der Apenninenhalbinsel. Er hielt sich in sicherer Entfernung von der Küste, denn er wusste, dass die Normannen, wenn sie schlecht gelaunt waren, mit seinesgleichen gern kurzen Prozess machten. Die Reise hatte er mehr zur Unterhaltung von Pons auf sich genommen, als um der Dame Fedaye de Béthune und ihrem unwirschen Sohn Tankred einen Gefallen zu erweisen. Es war für den Knaben das erste Mal, dass er mit Menschen aus einer anderen Welt als der der Piraten und des Harems von Mahdia samt seinen orientalischen Bräuchen zusammentraf. Pons nützte die Gelegenheit weidlich, er löcherte die ihn liebevoll bemutternde Fedaye mit Fragen nach ›edlen Rittern‹, ihre Weise zu kämpfen und ihren Streitrossen. »In Mahdia tragen wir *Malabis* und schwingen den Scimtar!«, stellte er klar, wunderte sich über die unverschleierten Zofen und wollte wissen, wo denn ihr Kabir at-Tawashi sei?

Es versöhnte Bert el-Caz, dass es Tankred war, der sich die Mühe machte, den Wissensdurst des Kindes zu stillen. Was Fedaye verblüffte, war hingegen die reife Art des Knaben, aus dem Leben in einem Harem zu erzählen, besonders eine bizarre Figur namens Theodora hatte es ihm scheinbar angetan. Er unterhielt die Reisegesellschaft mit seinen unglaublichen Geschichten, die alle für Gespinste der blühenden Phantasie des Knaben hielten, bis Bert el-Caz sie aufklärte, dass Pons tatsächlich in einem Harem an der afrikanischen Berberküste aufgewachsen war. Er habe ihn dort entführt, um ihn seiner Mutter zurückzuerstatten, doch die sei bislang unauffindbar.

»Das ist doch Elgaine de Gisors?«, schaltete sich Tankred ein.

»Ja, es ist die junge Tochter des Guillem«, gab Bert el-Caz mit geschwellter Brust zur Auskunft.

Fedaye ließ nicht erkennen, welchen Stich ihr der Name dieses Mannes versetzte. Nur Tankred irritierte den Piraten erheblich, als er mit trockenem Sarkasmus vermerkte: »Klingt vertraut! Könnte sich um eine Weibsperson aus dem Gestrüpp meiner unordentlichen Sippschaft handeln!« Doch seine Mutter verwies ihm mit strengem Blick weitere Erörterungen bezüglich seiner Halbschwester Elgaine.

Sie waren bei Cap Leuca um die Spitze des Absatzes gebogen und segelten bereits wieder in nördlicher Richtung. Bald würden sie Lecce erreichen, doch genau das wollte Bert el-Caz tunlichst vermeiden. Er musste befürchten, dort nach dem Schicksal der Melina Argyros, Gräfin von Lecce, gefragt zu werden. Gut, es war Yussuf der Ziride gewesen, der das Eheweib des Grafen Raimar an den Sultan von Mahdia verhökert hatte, aber dann wäre doch herausgekommen, dass er, Bert el-Caz, nur ein mieser Pirat war! Er legte Wert darauf, auch in den Augen von Pons als edler Ritter dazustehen, der in Not geratenen Damen hilfreich und selbstlos beistand.

Bert el-Caz landete seine Reisegesellschaft kurzentschlossen in Otranto an, dem ehemals griechischen Hydruntum. Von hier aus könnten sie sich ohne Gefahr bis nach Lecce begeben, erklärte er und drängte der überraschten Fedaye einen seiner Beutel auf, prall gefüllt mit Goldmünzen. Damit könne sie ihr Gefolge wieder standesgemäß auffüllen und prächtig ausstatten. Das werde auf den Grafen Raimar einen weit besseren Eindruck machen, als wenn sie mit einem so mickrigen Segler einträfe.

»Ich habe meine Gründe«, gab der kleine Mann mit dem viel zu großen grünen Turban bekümmert zu, »mich dort nicht sehen zu lassen!«

Es war Tankred, der auf Bert el-Caz zuging. »Ihr habt viel Herz bewiesen!«, sagte er laut. »Meine Frau Mutter wird Euch das nicht vergessen – und ich auch nicht!« Er umarmte den Verblüfften, bevor er bei Pons niederkniete und ihn herzte. Dabei flüsterte er: »Und doch ist und bleibt dein Herr Capitan ein Pirat!« Leise, aber respektvoll setzte er hinzu: »Wenn auch ein ungewöhnlicher!«

Bert el-Caz griff den Knaben bei der Hand und zog den Widerstrebenden rasch hinter sich her zu seinem Schiff. Tankred hatte ja recht! Andererseits, wie grundverschieden war der doch von seinem Zwilling Conon.

Der Pirat Bert el-Caz steuerte seinen Segler ohne weiteren Verzug wieder aufs offene Meer hinaus. Pons stand neben ihm am Bug und schaute immer noch sehnsüchtig zurück, dorthin, wo er sich so überstürzt von der netten Reisegesellschaft hatte verabschieden müssen.

»Ist ein Pirat so wie ein edler Ritter – ohne Pferd?«

»Schlimmer, mein Kind, und tausendmal besser zugleich!«

»Dann bleibe ich Pirat«, sagte Pons und ergriff die Hand seines Hüters, »weil ich dann mit dir zusammen sein kann.«

Bert el-Caz dachte mit Wehmut daran, dass er sich eines Tages von Pons würde trennen müssen, sobald er Elgaine aufgetrieben hatte. An ihr, seiner kindlichen Braut von Gisors, hing wenigstens noch immer ein Teil seines Piratenherzens – Astair hingegen, dieser Rabenvater, der sollte den Knaben nicht in die Hand bekommen!

Sie kreuzten schon eine Zeitlang ziellos in der Ionischen See. »Suchst du eine Insel?«, fragte Pons.

Den Piraten erstaunte die Frage. »Wie kommst du darauf?«, gab er mürrisch zur Antwort.

»Weil du da deinen Schatz verstecken willst!« Für Pons schien das eine ganz selbstverständliche Sache zu sein, ihm selbst war dieser Gedanke nie gekommen.

»Nicht hier, in dieser Gegend!«, beschied er den Frager. »Es müsste ein Ort sein, den du leicht wiederfindest.« Er schaute sinnend auf das Kind. »Du sollst den Schatz nämlich erben«, beschied er ihn dann, »wenn ich einmal nicht mehr bin!«

Pons schaute sofort unmutig. »Dann wirf ihn ins Meer!« Stolz fügte er hinzu: »Ich will ihn nicht!«

Gerührt strich Bert el-Caz dem Knaben, dem er Vater und Mutter ersetzen musste, über den Wuschelkopf und begann die Rückreise in die heimischen Gefilde längs der tyrrhenischen Küste.

Als Graf Raimar von Lecce vernahm, dass in Otranto ein junger Ritter mit seiner Mutter an Land gegangen sei, schickte er sofort Boten, um die Fremden zu sich zu bitten. Der einsame und verbitterte Herr von Lecce hatte den Tod seines Sohnes und Erben Beowulf nie verwunden, während er den Weggang seines zänkischen Weibes Melina samt ihrem jüngsten Spross Theodor – auf dem Namen hatte die Griechin bestanden! – leicht verschmerzte. Er witterte Morgenluft, als er Tankreds ansichtig wurde. Er überredete die Dame Fedaye, sich auf seiner verwaisten Burg zu Lecce niederzulassen.

Fedaye de Béthune war des Herumreisens herzlich müde und nahm dankend das Angebot an. Und Tankred gefiel es, nach all den Entbehrungen, die das Herumvagabundieren seiner Frau Mutter mit sich brachte, endlich mal wieder standesgemäß und ohne Sorgen auftreten zu können.

Über drei Jahre waren ins Land gezogen, seit sie Sion verlassen hatten. Jetzt konnte Tankred sich mit Gleichaltrigen messen, und er fand die Burschen aus Familien des Landadels der Umgebung, aus dem Salent, der Basilicata oder Lucania, ihm freundschaftlich aufgeschlossen, waren sie doch Normannen von Geblüt wie er.

Graf Raimar beobachtete den Jungen genau. Mit wachsendem Stolz stellte er fest, wie Tankred zunehmend von seinen Gefährten als Anführer geschätzt und bewundert wurde. Der seiner Manneskraft beraubte Graf blühte richtig auf, seitdem Tankred wieder Leben in den Palast brachte. Raimar bat Fedaye um eine vertrauliche Unterredung.

Fedaye hatte längst begriffen, dass die Avancen des Grafen nicht ihr galten, sondern Tankred, und höchst ehrenhaft waren. Nach einer harten Kindheit, derer man sie beraubt hatte, all den Demütigungen, die sie von Männern erfahren hatte – Erfahrungen, von denen Fedaye nie und zu niemandem sprach –, schließlich einer in Langeweile erstickten Ehe und einer aufregend zu Bruch gegangenen Affäre stand ihr auch nicht mehr der Sinn nach einer neuen Beziehung. Sie war dennoch überrascht, als Graf Raimar sie um ihre Einwilligung ersuchte – es sei sein Wunsch, Tankred zu adoptieren! Fedaye machte es von der Entscheidung des mündigen Sohnes abhängig.

Tankred, der im Gegensatz zu Conon nicht auf den verschollenen, ihm unbekannten Vater fixiert war, nahm das Angebot gelassen auf. Er, der den Cantar gewidmeten Namen ›Tankred du Mar‹ wie einen Talisman mit sich trug, hatte schon geahnt, dass sich hier am Meer sein Schicksal erfüllen sollte. Für ihn sei wichtig, erklärte er Raimar, der sich etwas mehr Begeisterung gewünscht hatte, dass Bohemund, der Fürst von Tarent und Oberlehnsherr von Lecce, zustimme und ihn als zukünftigen Grafen akzeptiere.

Bohemund, der selbst böse Erfahrung mit der Erbfolge im normannischen Herrscherhaus hinter sich hatte, zeigte für das Begehr vollstes Verständnis und erteilte seine Genehmigung. Dann erst fiel Tankred zunächst seiner Mutter, dann dem alten Grafen vor eitel Freude um den Hals, bevor er vor Raimar niederkniete und als Sohn die Grafenwürde annahm. Für Fedaye war es das Ende einer langen Reise, die Neugeburt des ›Tankred von Lecce‹!

Die Lawine

Der geheime Transport der *Annales ad extremum* vom Monte Cassino im Süden Roms nach Sion in den Walliser Alpen war sorgfältig geplant. Um den umständlichen und gefährlichen Landweg zu vermeiden, konnte der für das Unternehmen verantwortliche Berenguer bereits zu Mondragon über einen Schnellsegler verfügen, der im Dienste der Kurie stand. Das unscheinbare Fischerdorf in der Ebene des Volturno war Remy d'Aretin als strategisch besonders günstig aufgefallen, als er damals als junger Begleiter des heutigen Papstes die verschwiegene Lage des Ortes erkannt hatte. Seitdem griffen die Geheimen Dienste stets gern auf Mondragon zurück.

Rinat von Sitten, der den Transport auftragsgemäß begleitet hatte, bat Berenguer in Lerici, ihn von Bord gehen zu lassen, was der Söldnerführer ihm gern zugestand. Er selbst setzte die Seereise, zusammen mit den beiden Chronisten, noch fort bis Savona, den am weitest nördlich gelegenen Hafen des Tyrrhenischen Meeres. Erst von hier aus zog der kleine Trupp unter dem Schutz der Herzogin von Savoyen zu Lande weiter und drang durch das Val d'Aosta, über den Großen Sankt Bernhard, ins Tal der Rhône vor.

Berenguer ritt vorne an der Spitze, dann folgte die Begleitmannschaft der Piemontesen, bergerprobte Männer, die ihnen die Herzogin beigegeben hatte. Der eigentliche Tross der Maultiere mit den Kisten machte den Mittelteil aus, und in der Nachhut ritten auch die beiden Benediktiner Angel und Vocat. Sie hatten ein wachsames Auge auf die kostbare Fracht, denn sie würde den Grundstock für die Arbeit bilden, die sie hier in Sion fortsetzen wollten.

Es war ein beschwerliches Vorankommen. Das Tauwetter des Frühjahres hatte eingesetzt, und immer wieder fanden sie Teile des Saumpfades weggespült, viele Brücken fortgeschwemmt. Wildbäche, die zur übrigen Jahreszeit munter dahinplätscherten, waren zu reißenden Strömen geworden. Dazu kam immer wieder Steinschlag. Ein Maultier hatten sie schon eingebüßt, seine Last musste auf die anderen verteilt werden. Und die wetterkundigen Männer aus dem Piemont warnten vor zunehmender Lawinengefahr.

Schon kam Sion in Sicht, mit seinem den Bischofssitz Sankt Theodulus überragenden Kastell des Präfekten. Der Söldnerführer hatte Boten zur Burg vorausgeschickt, das Eintreffen seiner Fracht anzukündigen. Der Inhalt der Kisten galt als ›geheim‹, und so waren der Präfekt Urs von Sitten samt seiner Frau Miral de Saissac neugierig der Kolonne entgegengeeilt.

Der Glatzkopf sah dieser Begegnung mit seiner Schwester mit gemischten Gefühlen entgegen, aber ausweichen wollte er ihr auch nicht. Schließlich hatte er die Tochter Cantar damals nicht entführt, sie hatte sich ihm und Conon freiwillig angeschlossen. Dass er auf ihren Entschluss, Sion zu verlassen, kräftig eingewirkt hatte, konnte ihm Miral kaum beweisen!

Er zügelte sein Reittier, als er das Grafenpaar auf sich zukommen sah, und wischte sich den Schweiß von der Glatze, denn die Sonne brannte jetzt zur Mittagszeit heiß herunter, und der reflektierende Schnee verstärkte noch die Wirkung. Doch Miral strafte ihren Bruder mit kalter Verachtung. Grußlos drängte sie an ihm vorbei, um einen Blick auf die geheimnisvollen Kisten zu werfen, die sie bereits als ihren Besitz betrachtete.

Remy d'Aretin, ihr früherer Kaplan, hatte sie mit keinem Wort über das Archiv, über Sinn und Zweck der *Annales ad extremum* aufgeklärt, nicht einmal über die beiden Chronisten, die den Transport begleiteten. Für den Grauen Kardinal war die Einrichtung des Archivs zu Sion seine ureigene Angelegenheit, genau wie er Angel und Vocat als nützliche Teile der Geheimen Dienste sah, weisungsgebunden nur ihm allein.

Die aufgeregte Miral hatte gerade ihren Ehemann herbeigerufen, als es geschah: Vom steilen Berghang löste sich unter dumpfen Getöse eine Lawine. Der Luftdruck, der ihr vorauseilte, warf Menschen und Tiere auf dem Saumpfad um, ehe sie alles unter sich begrub, mit sich über die Felsen hinabriss. Der Präfekt Urs von Sitten und seine Frau Miral de Saissac wurden, wie der größte Teil der Ladung, von der eisigen Wucht zermalmt. Einige der schweren Kisten lösten sich von den Tragtieren, stürzten in den Fluss und wurden von der aufgepeitschten Flut fortgerissen, zerbarsten an den Steinen, wurden von den gurgelnden Wassern verschluckt.

In letzter Sekunde war der Glatzkopf von seiner Begleitmannschaft vorwärtsgezerrt worden, die Kante des gewaltigen, ins Tal donnernden Schneebretts verfehlte ihn nur um wenige Meter. Auch die Nachhut hatte das Glück, dass sie nur von den seitlichen Ausläufern der Schneemassen erwischt wurde. Mit Entsetzen sahen die beiden Chronisten, wie vor ihren Augen das Ergebnis jahrelanger Arbeit weggewischt wurde, wie sich alle Beweise ihres Talents in einer kristallenen Wolke auflösten. Sie warfen sich, obgleich selbst bis zu den Knien feststeckend, in wilder Verzweiflung auf die schmutzig weiße Pampe, versuchten, mit bloßen Händen zu graben. Doch der gestauchte Schnee der Lawine war bereits wie Stein geworden. Alles, was bis jetzt nicht seinen Kopf oder wenigstens eine Hand aus der nassen Masse hatte strecken können, war verloren. Endgültig.

Der Kardinaldiakon Remy d'Aretin hatte sich rechtzeitig zum Empfang des Archivs in Sion eingefunden. Einzig dem Umstand, dass er dem Bischof Gosbart in dessen Amtssitz Sankt Theodulus einen Besuch abstattete, hatte Remy es zu verdanken, dass er nicht vom Präfekten aufgefordert wurde, ihn und seine Frau zu begleiten. So entging er zwar einem möglichen Grab im eisigen Schnee, aber die Folgen des Unglücks blieben ihm nicht erspart. Es würde Tage dauern, bis man die Leichen geborgen hätte. So lange konnte er nicht warten.

Cantar als einzige Erbin des Amtes und Titels eines *Praefectus et Comes vallesiae* musste sofort gefunden und heimgeschafft werden, andernfalls lief Sion Gefahr, von Savoyen vereinnahmt zu werden. Der arme Glatzkopf, dem nicht einmal Zeit blieb, sich von dem Schrecken zu erholen, wurde vom Grauen Kardinal aufgefordert, schon am nächsten Tag Sion wieder zu verlassen und sich auf die Suche nach der Verschollenen zu machen. Remy d'Aretin empfahl ihm, sich unverzüglich nach Amalfi zu begeben, denn es sei anzunehmen, dass Cantar inzwischen dort bereits ihr Amt als Äbtissin angetreten habe. Am besten sei es, er selbst würde sie zurück nach Sion bringen – so wie er sie auch seinerzeit hervorragend von hier fortgelockt habe!

Der ergraute Söldnerführer nahm den Auftrag entgegen, ohne mit der Wimper zu zucken. In Wirklichkeit kochte er. Berenguer de Saissac hatte die Schnauze gestrichen voll, von Remy landauf, landab gehetzt zu werden, um für die Geheimen Dienste – und wahrscheinlich mehr noch für die persönlichen Ambitionen des Grauen Kardinals – Botengänge auszuführen oder die Kastanien aus dem Feuer zu holen!

Remy d'Aretin bestellte die beiden Chronisten zu sich, denen der Schock noch in den Gliedern steckte. Das Zittern hatte bei Angel und Vocat erst eingesetzt, als die Piemonteser sie aus dem Lawinenfeld fortzerrten, wo sie noch lange sinnlos nach ihren Kisten herumgestochert hatten. Sie wagten dem Generaldiakon nicht zu sagen, dass sich in einer von ihnen auch die fragwürdige Botschaft aus Byzanz befunden hatte, jene seltsamen Pergamentfetzen ›Aus dem Tagebuch einer Kaiserin‹, die sie – gegen seinen ausdrücklichen Befehl – zuunterst verstaut hatten.

Doch Remy kam auf Vergangenes gar nicht zu sprechen. Eine höhere Gewalt, wahrscheinlich Gott selbst, habe einen von ihm nicht gewünschten Schlussstrich unter die *Annales ad extremum* gezogen. Also sei ein völliger Neubeginn nötig und hiermit auch angesagt. Angel und Vocat sollten sich nach eigenem Gutdünken unverzüglich im Kastell die notwendigen Arbeitsmöglichkeiten schaffen und sofort mit ihrer Tätigkeit beginnen: Die Lawine sei doch ein schöner Anfang! Er wünsche, ihren zu erwartenden

Ergüssen einen völlig neuen, jedoch diesmal schlichten Titel zu geben: ›Die geheimen Protokolle von Sion‹.

Die Leichen des Präfekten und seines Weibes waren immer noch nicht gefunden, da traf aus Worms kommend Gerald von Öxfeld in Sion ein. Er wollte seine Mutter Fedaye de Béthune sehen. Ehe er vom Personal mit Einzelheiten über die bewegten Jahre jener Dame überschüttet werden konnte, nahm ihn der Generaldiakon energisch zur Seite, erklärte ihm, dass seine Mutter schon vor Jahren gen Süden weitergezogen sei und man seitdem nichts mehr von ihr gehört habe. Gerald war bitter enttäuscht.

Remy d'Aretin bewegte den Söldnerführer Berenguer de Saissac, nunmehr auf der Stelle aufzubrechen und Gerald von Öxfeld mitzunehmen, gleichgültig, wohin es diesen zöge. Am besten sei wohl, er liefere ihn wieder bei seinem Vater ab, der als Feldobrist dem Gottfried von Bouillon diene. Der Glatzkopf nickte einverständig. Endlich hatte er jemanden, auf den er den ihm höchst lästigen Auftrag abwälzen konnte, die Heimschaffung der Cantar de Sion.

Als die beiden auf dem Saumpfad, der in Richtung des Passes führte, auf die Überreste der Lawine stießen, wurden dort im Schneefeld gerade die steifgefrorenen Leichen des Präfekten Urs von Sitten und seiner Frau Miral de Saissac geborgen. Gerald bekreuzigte sich, und der Glatzkopf spuckte schnell dreimal rechts und links neben sich. Er war abergläubisch.

Liber IV

A. D. MVIXII

✣ Die gute Hexe von Mondragon 269

✣ Die geheimen Protokolle von Sion 272

✣ Tussilago und Plantago 276

✣ Ein Brief an den Zwillingsbruder 283

✣ Gehievt ins Fegefeuer 288

✣ Eine Odaliske im Himmel 297

✣ Die Masken der schönen Melusine 310

✣ Irrwege 316

✣ Entlarvung eines bösen Wichts 328

✣ Shoka al-Iffriqia 334

✣ Das Bett des Papstes 339

✣ Trügerische Planken, trügerischer Strand 345

✣ Caput canis 354

Die gute Hexe von Mondragon

Bert el-Caz hatte mit seinem Segler wieder vertraute Gewässer erreicht. Allerdings war er vor der Südspitze Kalabriens in einen der gefürchteten Frühjahrsstürme geraten. Für ihn und seinen Segler hatte es keine schwerwiegenden Folgen, aber Pons hatte sich, obgleich er ihn mehrfach in die Kajüte zurückgeschickt hatte, immer wieder an Deck geschlichen, um neben dem von ihm bewunderten Piratencapitan am Ruder seinen Mann zu stehen. Natürlich wurde er jedes Mal von den Brechern und eiskalten Regengüssen völlig durchnässt. Schließlich schleppte Bert el-Caz den eigensinnigen Knirps, sobald er das Steuer einem seiner Männer überlassen konnte, selbst zurück in ihre gemeinsame Behausung unter dem Hochdeck, zerrte ihm die nassen Klamotten vom Leib, rieb ihn mit allerlei ätherischen Ölen sowie mit Branntwein ein und packte ihn unter wärmende Decken und Kissen. Leider dauerte es nicht lang, da klagte Pons über Halsweh, er fing an zu husten und bot schnell ein Bild des Jammers. Bert el-Caz flößte ihm Wermutstropfen ein, der bittere Absinthgeschmack war Pons ganz und gar zuwider, aber es half auch nichts. Wenigstens blieb der Knabe jetzt im Bett, fieberte leicht und schwitzte.

Der Pirat machte sich Sorgen. Amalfi hatten sie inzwischen im weiten Bogen umfahren, was er bereits bereute. Da fiel ihm ein, dass Rinat ihm, als sie damals Mondragon ansteuerten, von der kundigen Kräuterheilerin erzählt hatte, die dort seinerzeit dem Guillem de Gisors erste Linderung angedeihen ließ. Terès hieß das junge Weib, erinnerte er sich. Die müsste helfen können! Also hielt er jetzt schnurstracks auf das unscheinbare

Fischerdorf zu. Diesmal ankerte Bert el-Caz nicht außerhalb der Brandung, sondern steuerte unter Aufbietung all seiner seemännischen Fähigkeiten den Segler todesmutig zwischen den scharfen Felsen hindurch und ließ ihn auf dem flachen Strand auflaufen. Dem Piraten fiel ein Stein vom Herzen, als ihm schon der Erste, den er fragte, bestätigte, dass es die Terès noch immer gab, in einer Hütte oberhalb des Dorfes. Bert el-Caz hievte sich den dick vermummten Pons auf den Rücken und machte sich an den Aufstieg.

Die Tür zur Hütte stand offen, es brannte auch Feuer unter einem leise vor sich hin blubbernden Kessel, ein eigenartiger, stark duftender Sud, aber die Bewohnerin zeigte sich nicht. Bert el-Caz bettete Pons in der Nähe der Feuerstelle und wartete. Alles deutete schließlich darauf hin, dass die Kräuterhexe nicht allzu lange aushäusig sein würde. Der Pirat nahm einen Holzspan und kostete von der köchelnden Brühe.

»Hilft immer!«, sagte eine raue Stimme von der Tür her. »*Trigonella*, für alle, denen das Wetter auf Hals und Brust geschlagen! Heißer Bockshornklee!« Die starkknochige Frau erfasste mit scharfem Eulenblick die Situation, bevor noch der Capitan auf sein Sorgenkind weisen konnte. Sie kippte den Inhalt ihrer Kiepe, allerlei Kraut, Zweige und Büschel, auf den Holztisch und langte behutsam nach Pons. »Schließt die Tür!«, wies sie barsch den Piraten an. »Der junge Mann hat schon genug feuchten Wind abbekommen!«

Terès richtete Pons auf und legte den Oberkörper des Knaben frei, der sie mit fiebrigen Augen, aber mit hoffnungsvollem Vertrauen musterte. Die Kräuterfrau presste ihr Ohr an seinen Rücken, dann gegen seine Brust. »Rasselt wie Bohnen in der Hülse!«, sagte sie vorwurfsvoll und setzte hinzu: »Vonnöten ist auf der Stelle ein heißer Trank aus *Tussilago farfara* mit *Plantago* zu gleichen Teilen!« Sofort begann sie in den Säckchen zu wühlen, die gebündelt von einem Holzgestänge herabhingen. »Getrockneter Spitzwegerich stets auf Vorrat, und Blätter des Huflattich gerade frisch gerupft!«

Sie hängte den Kessel über dem Feuer zur Seite und goss Wasser in einen kleinen Topf. Dann hackte sie mit dem großen

Haumesser, das an ihrem Gürtel baumelte, die herzförmigen, an ihrer Unterseite weiß behaarten Blätter des Lattich, streute die zerbröselten Stängel und Blüten des Wegerichs darunter. Dann warf sie drei Handvoll von der Melange in den bereits siedenden Topf und nahm ihn vom Feuer.

»Während er zieht«, sprach sie begütigend zu Pons, »werd' ich dich mit Olivenöl und Honig einreiben!« Und schon goss sie aus der einen Amphore das grünliche Öl, aus der anderen ließ sie dunklen Bienenhonig tropfen, verrieb das Gemisch auf der Haut des Knaben mit weichen, runden Bewegungen. Dann seihte die Kundige den Sud durch ein Tuch, goss das Gebräu in eine kleine Schale, kostete und gab dann Pons zu trinken. »Viele kleine Schlucke!«, ermutigte sie ihren Patienten, der schon beim ersten das Gesicht zu einer Grimasse verzog. Fürsorglich hielt sie mit der einen Hand seinen Kopf, während sie ihm mit der anderen unerbittlich die heiße Flüssigkeit einflößte, bis die Schale leer war. Dann griff sie zu einem Tiegel und bestrich Brust, Hals und Nacken mit einer gelblichen Masse. »Gut gewürzter Rindertalg!«, wandte sie sich zufrieden an Bert el-Caz. »Aber was da alles drin ist«, gluckste sie listig, »Geheimnis der Terès!«

Der Capitan nickte dankbar. Die resolute Frauenperson bettete Pons in einer Schütte, angefüllt mit trockenem Heu, deckte ihn mit Lammfell zu bis zu den Ohren.

»Ihr wacht bei ihm, er wird schwitzen!« Sie wandte sich zum Gehen. »Ihr könnt über Nacht bleiben!«

Bevor Bert el-Caz irgendwelche Einwände erheben konnte, war sie verschwunden.

Die geheimen Protokolle von Sion

Im Kastell zu Sion hatte der Graue Kardinal die beiden Chronisten Angel und Vocat zu sich rufen lassen. Es war am Tage der Beerdigung des Urs von Sitten, *Praefectus et Comes vallesiae*, und seines Weibes Miral de Saissac. Vorangegangen war eine feierliche Totenmesse zu Sankt Theodulus.

»Ich habe Bischof Gosbart für heute Nachmittag hierher gebeten, für euch die gebotene Gelegenheit, mit eurer neuen Tätigkeit zu beginnen«, eröffnete ihnen Remy d'Aretin in aller Seelenruhe. Wenn ihn das plötzliche Ableben des Grafenpaares überhaupt berührte, so wusste er dies meisterlich zu verbergen. Auch der Spott ging ihm trocken von den Lippen. »In Zukunft müsst ihr selber dafür Sorge tragen, willige, aber auch störrische Informanten, mitteilungsbedürftige Durchreisende oder sonst wie interessante Gesprächspartner aufzutreiben und zum Sprechen zu bewegen.« Unwillig nahm er ihre skeptischen Blicke wahr. »Gebratene Tauben, wie auf dem Monte Cassino, fliegen euch hier im Wallis nicht ins aufgeklappte Maul!« Er lachte. »Sion ist kein Taubenschlag!«

»Kein Dreck, keine Eier!«, wandte der hagere Vocat ein. »Bislang konnten wir uns noch nicht mit den räumlichen Möglichkeiten fürs heimliche Lauschen –«

»Dann diesmal eben ohne!«, beschied ihn der Kardinal. »Ihr werdet offiziell, aber still wie die Mäuse im Raum sitzen und mitschreiben, was zwischen mir und dem Bischof gesprochen wird. Bereitet euch also vor!«

Der kunstsinnige Angel malte in verschnörkelter Schrift **Aus den geheimen Protokollen von Sion** auf sein Pergament. Darunter setzte er feierlich *A.D. MXCII.* Da ging schon die Tür auf, der Graue Kardinal ließ es sich nicht nehmen, den an seinen Radstuhl gefesselten Bischof Gosbart persönlich hereinzurollen. Er schob ihn sich zurecht, nahm selber am Fenster Platz. Von den zwischen Folianten und Pergamenten an ihrem Tisch hockenden Angel und Vocat nahmen beide kaum Notiz.

»An Eurer Stellung ändert sich nichts, lieber Gosbart«, eröffnete Remy das Gespräch. »Nicht einmal, wenn nach dem Tode der Herzogin Adelheid der Kaiser seinen Sohn Konrad nach Turin schicken würde, damit er Savoyen als Erbe von seiner Großmutter übernimmt.«

Der Bischof bemerkte den fragenden Unterton. »Das hätte den Kaiser Heinrich in der für ihn strategisch so überaus wichtigen Frage der Alpenpässe von dem bösen Schritt der Mathilde, also ihrer Sperrung durch den Welf von Bayern, unabhängig gemacht.« Gosbart bedachte die Lage, die so wie geplant nicht eingetreten war. »Höchst bedauerlicherweise wird es so kommen, dass der charakterlich nicht gerade feste Kaisersohn von LeBourg, bekanntermaßen ein Günstling der Mathilde, ins päpstliche Lager hinübergezogen –«

»Falls es so kommt, lieber Gosbart, solltet Ihr Euch von mir besser nicht ertappen lassen, dass Ihr Eure Pfoten im Spiel – Ihr würdet sie nicht mehr wiedererkennen!«

Gosbart war blass geworden. »Ich bitte Euch sehr, Exzellenz, dreht mir keinen Strick aus den feingesponnenen Fäden, die mich mit Informationen versorgen, die letztlich Euch zugutekommen!«

Remy lachte, und dem Bischof lief es kalt den Rücken hinunter. »Ihr wisst doch, wie Gewaltherrscher mit den Überbringern schlechter Nachrichten verfahren?«

»Was soll mir Krüppel noch Schlimmes zustoßen?!«

»Langsam, ganz langsam«, spottete der Kardinal, doch dann lachte er, was Gosbart wieder Mut gab.

»Wenn nicht Balduin, dann wird sie Maurcade du Berq auf Konrad ansetzen!«, flüsterte er. »Ich wollte Euch nur warnen!«

»Welch hübsches Paar!«, höhnte Remy. »Luzifers Hofgesind, wenn wir Mathilde so viel Ehre antun wollen!«

Gosbart gab sich nicht geschlagen. »Auch jeder für sich könnte Euren Plänen arg lästig werden!«

»Balduin von LeBourg«, unterbrach ihn Remy ärgerlich, »sollte endlich von der Markgräfin entfernt und an die Seite von Gottfried gestellt werden, wo er hingehört!«

Der Bischof lächelte sanft über diesen emotionalen Ausrutscher des Grauen Kardinals. Ein Zeichen von Schwäche? »Die Trennung muss er selber vollziehen, doch Ihr könntet ihn ja in Eure Dienste nehmen!«, schlug er listig vor, aber Remy d'Aretin blieb bei seiner weichen Linie der offenen Flanke.

»Vielleicht habt Ihr recht, mein lieber Gosbart. Eigentlich hatte ich Rinat von Sitten für diesen Vertrauensposten vorgesehen, aber der hat sich ja vor Sion gedrückt.«

Der Bischof griente. »Und damit den richtigen Riecher gezeigt, sonst wär' vielleicht auch er unter die Lawine geraten!«

Der Graue Kardinal lächelte immer noch freundlich. »Das Unglück, liebster Gosbart, scheint Euch recht gelegen gekommen. Ganz plötzlich – wenn auch nicht unverhofft – ist für den Bischof das Amt des Präfekten in Reichweite gerückt –«

»Eine Personalunion, wie sie im Wallis schon immer bestand«, ließ sich Gosbart arglos entlocken. »Nichts sollte einen treuen Diener der *Ecclesia* davon abhalten, diese doppelte Bürde auf sich zu nehmen – zumal sie in alter Reichstradition verankert und weit und breit kein anderes Mitglied der Grafenfamilie in Sicht, das sich gleichzeitig als Kleriker auszuweisen vermag!« Er verstummte, weil er zu spät erkannte, dass er dem Grauen Kardinal in die Falle gegangen war. Dessen trockene Korrektur war nicht mehr nötig; sie galt lediglich den Chronisten, die seine Bemerkung schriftlich festhalten sollten.

»Ich nehme nicht an, dass Ihr Cantar de Sion vergessen habt«, musste Gosbart jetzt hören. »Sie wurde von Seiner Heiligkeit Urbanus Secundus, unserem *Pontifex maximus*, zur Äbtissin bestellt. Damit hat sie die nötigen Weihen – und sie ist die einzige Blutserbin des Grafen!« Der zuvor so gesprächige Bischof schwieg betroffen, ungerührt fuhr Remy fort: »Cantar wird nach Sion zurückkehren, und ich warne Euch, Gosbart, es wird ihr nichts zustoßen! Cantar wird das Amt des Präfekten übernehmen.« Der Kardinal milderte seinen Ton mitnichten. »Im Gegenzug werde ich zu Turin den für Euch zuständigen *Archi-Episcopus tarantasiensis* wissen lassen, dass Ihr weiterhin Euren Stuhl behaltet.« Remy d'Aretin reichte seinem Gegenüber die Hand zum Ringkuss.

»Ich danke Euch, Eminenz!«, stammelte Gosbart.

Gleich darauf verließ der Kardinal Sion.

Tussilago und Plantago

Lerici war noch immer ein wüster Ort, doch die Piraten des Tyrrhenischen Meeres mieden ihn seit einigen Jahren, denn sowohl die Genuesen als auch die Pisaner duldeten immer weniger, dass der kleine Hafen von ihnen als Stützpunkt für ihre Raubzüge benutzt wurde. Jede der beiden rivalisierenden Seerepubliken hatte am Strand ein solides Gerüst aus Eichenstämmen errichtet, das zur Abschreckung stets mit einigen Gehenkten bestückt war. Wenig einladend schwangen die vor sich hin rottenden Kadaver im Winde. Der Galgen von Pisa erhob sich unterhalb des Burgfelsens, und der von Genua ausgerechnet vor der Taverne ›Zur heiteren Sirene‹, sehr zum Ärger des Patrons, denn wer will schon beim Saufen ständig Leichen vor der Nase baumeln sehen.

Einziger Quartiergast, der ihm dennoch geblieben, war der ehemalige Knappe Rinat von Sitten. Der hatte sich an den unerfreulichen Anblick in dem Maße gewöhnt, in dem er den gelblich schimmernden *Lacrimae virginis* zusprach. Dieses Destillat, für das Lerici weithin berüchtigt war, wurde immer noch von den alten Weibern oben im Kloster Immacolata del Bosco gebrannt.

»Die halten sich nach wie vor für fromme Nonnen!«, schimpfte der Patron und goss seinem Gast aus dem dickbauchigen Tonkrug mit der winzigen Tülle in den kleinen Becher nach. »Und verdienen sich auch noch ’ne goldene Nase an dem Teufelszeug!«

Rinat schaute ihn aus glasigen Augen an. »Ihr seid doch froh«, sagte er bedächtig und süffelte aus seinem Becher, »wenn nachher die Schwester Pförtnerin herabgeschwebt kommt und Euch von ihrem Nektar nachfüllt, obgleich Ihr bei den Damen tief in der Kreide steht!«

»Ein Schiff!«, rief da der Patron und zeigte hinaus auf das wolkenverhangene Meer.

Trotz seines Unmuts über die Art, wie der Graue Kardinal ihn als Botengänger herumschubste, hatte Berenguer de Saissac den ihm zur Verfügung gestellten Segler zu Savona wieder bestiegen und sich an die Erfüllung seines Auftrags gemacht: die Suche nach der Cantar de Sion. Mit sich führte der glatzköpfige Söldnerführer den Deutschen Gerald von Öxfeld, ihm zwar von Remy d'Aretin aufgedrängt, aber vielleicht doch ganz nützlich.

Gerald trug noch immer Trauer um seine verlorene Liebe, die Jüdin Miriam, und war wild entschlossen, nach Jerusalem zu gelangen. Er hatte sich die Fahrt als Trauerarbeit auferlegt, aber auch, um die Bewohner der Heiligen Stadt vor den eifernden Christen zu warnen. Eine Mesusa zum Beweis seiner Verpflichtung hing als silbernes Amulett vor seiner Brust. Die jüdische Gemeinde von Worms hatte ihm zwar eine bescheidene Summe Geldes für die Fahrtkosten zugesteckt, aber der unerfahrene Deutsche hatte nicht die geringste Ahnung, wie und wo er eine Schiffspassage auftreiben sollte. So war er glücklich, dass ihm Berenguer erst mal jegliche Entscheidung abnahm, indem er kurzerhand den Hafen von Lerici anlief.

Kaum hatte das Schiff Strand unter dem Kiel, sprang der Glatzkopf von Bord und stiefelte schnurstracks auf die ›Heitere Sirene‹ zu. Unsicher, was ihn erwartete, folgte Gerald von Öxfeld dem Söldnerführer.

Wortlos warf Berenguer dem Patron eine Münze auf die Tischplatte und deutete auf den kleinen Becher vor Rinat. *Zwei!*, zeigte er mit gespreiztem Finger an. Der Patron schenkte ihnen aus dem dicken Tonkrug die goldgelbe Flüssigkeit ein.

»Was ist das?«, fragte der Glatzkopf, kaum dass er sie hinuntergestürzt.

»*Lacrimae!*«, erteilte der Patron stolz Auskunft. »Geheimes, streng gehütetes Rezept der Schwestern von der Immacolata del Bosco!«

»Reines *Artemisia absinthium*!«, befand der Söldnerführer, mitnichten erstaunt oder gar erschüttert. »Hat – lange genug und regelmäßig genossen – noch jeden Mann zur Strecke gebracht!«

»Mir hat es die Zeit versüßt, werter Herr de Saissac«, griente Rinat, »die Ihr mich hier warten ließt – eine Ewigkeit!«, fügte er vorwurfsvoll hinzu.

»Im Undank zeigt sich bereits die fatale Wirkung, Rinat«, parierte Berenguer trocken. »Schon ist vergessen, dass ich Euch den Marsch durch Eis und Schnee ersparte?« Er lachte und ließ sich vom Patron nachfüllen. »Dafür hab ich Euch einen deutschen Träumer mitgebracht –« Er sah, dass Gerald seinen Becher noch nicht einmal angerührt hatte. »Nun ziert Euch nicht, Gerald von Öxfeld!«, forderte er seinen Reisegefährten auf. »Der junge Herr will absolut nach Jerusalem, als wär's um die nächste Ecke gelegen! Vielleicht könnt Ihr ihm behilflich sein?« Die beiden musterten sich mit verlegener Neugier.

Der Glatzkopf verkündete: »Ich muss weiter nach Amalfi. Ihr beiden, die ihr hierbleibt, denkt gefälligst daran, dass die Dame Cantar de Sion – so sie auftauchen sollte – schnellstens ins heimatliche Wallis zurückzuschicken ist, Befehl des Herrn Kardinaldiakons Remy d'Aretin!«

Rinat schaute ihn aufsässig an, dann verkündete er, mit einem vielsagenden Blick auf den stummen Gerald: »Kaiser Heinrich hat seinen Papst Clemens nun in Rom installiert, und die Deutschen marschieren ums andere Mal zurück gen Norden.«

Der Glatzkopf nahm es gelassen, aber der Öxfeld zeigte Unruhe. »Schon sind die ersten Truppen des Gottfried von Bouillon hier durchgezogen. Euer Herr Vater«, wandte sich Rinat an Gerald, »scheint Gefallen an Lerici gefunden zu haben, würde mich nicht wundern, wenn er bald wieder –«

»Ein Grund mehr«, knurrte der Söldnerführer, »schleunigst von hier zu verschwinden!«

»Nehmt mich mit«, ließ sich Gerald kleinlaut vernehmen. »Ich kann mir ebenso gut in Amalfi ein Schiff suchen, das mich –«

Berenguer kehrte plötzlich Disziplin hervor, mit der er es sonst nicht so genau nahm. »Ich bin im Dienst«, ließ er den enttäuschten Gerald wissen, »der Graue Kardinal sieht es ungern, wenn man seine Anordnungen nicht befolgt –«

Das war an die Adresse Rinats gerichtet. Ärgerlich musste er sich eingestehen, dass er mal wieder Remy d'Aretin gegenüber eingeknickt war. Feixend streute der Knappe Salz in die Wunde. »Segelt unbesorgt, Berenguer de Saissac, ich werde mich hier um alles kümmern.«

»Meinem Vater Sigbert«, maulte Gerald, während der Söldnerführer schon hinausstapfte zu seinem wartenden Segler, »möcht ich ungern gegenübertreten.«

Vor der Taverne kreuzte sich Berenguers Weg mit dem der rundlichen Nonne, die den Kreuzweg herabgestiegen war. Sie trug eine gewaltige Korbflasche auf dem Rücken wie eine Kiepe und betrat schnaufend die ›Heitere Sirene‹.

»Schwester Ermengarda di Toano«, stellte der Patron sie eilfertig dem Deutschen vor. »Verehrungswürdige Pförtnerin zur Quelle des Glücks!«

»Zahlt Eure Schulden!«, bekam er barsch zur Antwort, und an Gerald gewandt, lächelte die Dicke breit. »Ihr dürft mich Schwester Erma nennen!«

Doch der Patron gab so schnell nicht auf. »Der Herr von Öxfeld hat sich bereit erklärt, gegen Kost und Logis für Eure Destille das Brennholz zu hacken und auch sonst jede körperliche Arbeit zu leisten, derer es im Kloster Immacolata del Bosco bedarf!«

Gerald schaute beglückt ob der Volte des listigen Patrons, die ihm kostenlosen Unterschlupf verschaffte und gleichzeitig dessen Schulden tilgte. Stand nur zu hoffen, dass die ›Heitere Sirene‹ nicht allzu tief in der Kreide stand und er nicht für den Rest seiner Tage dort oben Holz schlagen und Wasser schleppen durfte. Instinktiv griff er an das Amulett auf seiner Brust. Die Mesusa würde ihn vor jedwelcher Unbill behüten!

Rinat schien seine Befürchtungen zu erahnen. »Ich werde derweil hier unten den Ansturm der Deutschen über mich ergehen lassen und nach einem Schiff und nach Cantar Ausschau halten«, versicherte er Gerald.

Solcherart beruhigt und versorgt, schulterte Gerald von Öxfeld die leere Korbflasche und folgte der Schwester Pförtnerin.

Die beiden Ritter Conon de Béthune und Astair de Saissac hatten sich nach ihrer ehrenvollen Verabschiedung durch den Heiligen Vater vom Monte Cassino aus endlich auf den Weg nach Amalfi gemacht, ihrem ursprünglichen Ziel. Sie trabten am Meer entlang und kamen bald durch Mondragon, das Fischerdorf, in dem ihr römisches Abenteuer seinen Anfang genommen hatte. Sie hatten keineswegs vor, eine Rast einzulegen, doch dann sahen sie einsam am Strand, mehr auf der Seite liegend als noch mit dem Kiel den sandigen Untergrund berührend, den einst so stolzen Segler des Bert el-Caz. Völlig verlassen, ein Bild des Jammers.

»Vielleicht eine Falle?«, argwöhnte Astair, durch schlechte Erfahrung mit dem gerissenen Bert el-Caz übervorsichtig.

»Was sollte er von uns wollen?«, hielt Conon dagegen. »Das kleine Schlitzohr müsste wohl Euch eher aus dem Weg gehen, anstatt dem Betrogenen nachzustellen!« Er ließ sich vom Pferd gleiten und schritt auf den wie ein gestrandeter Wal anmutenden Schiffskörper zu. Keine Menschenseele wollte sich zeigen. Doch der im Ufergeröll verhakte Anker zeigte, dass die Mannschaft ihn erst ausgeworfen haben musste, als das Schiff schon nahezu aufgelaufen war. Was war geschehen?

Jetzt fasste auch Astair Mut und folgte dem Gefährten nach. Zu seinem Erstaunen sah er die schmiedeeiserne Schatzkiste immer noch inmitten des Decks aufragen. Wahrscheinlich hatte sie der Pirat entleert, bevor er sich davongemacht.

Conon schwang sich über die geneigte Reling und zog sich an den herabhängenden Tauen über die schrägen Planken hoch. Er rüttelte an dem Deckel der Truhe.

»Gebt acht!«, warnte ihn Astair. »Der Deckel löst eine Falltür aus!«

Conon hielt in seinen Bemühungen inne und beäugte das Deck. »Wohin sollte ich fallen?«, spottete er. »Wenn die Spanten schon den Sand berühren –«

Astair kletterte jetzt bis hinauf zum Ruder, das am Heck frei über der auflaufenden Brandung in die Luft ragte. »Hier pflegte unser großer Piratencapitan immer zu stehen«, rief Astair sich und damit auch Conon laut in Erinnerung. »Wenn sich dann plötzlich der Boden unter den Füßen des Begehrlichen öffnete –« Astair bewegte das Ruder, es schwang knarrend hin und her, aber nahm nicht den geringsten Einfluss auf die Kiste oder deren Deckel.

Conon zog sein Schwert und klopfte mit dem Knauf das überkragende Eisenband der Truhe ab. Nichts! Conon ließ von dem störrischen Objekt ab und kroch zu Astair aufs Oberdeck, aber auch dort fiel ihm nichts auf, außer einem bronzenen Hebel, der unscheinbar zu ihren Füßen aus den Planken ragte.

»Das könnte der Auslöser sein!«, flüsterte er, jetzt selbst vom Schatzfieber ergriffen. Langsam trat er dagegen, bereit, den Druck zu verstärken – doch er traf auf keinen Widerstand. Es war, als ginge der verborgene Mechanismus ins Leere. Er griff nicht! Enttäuscht starrten beide auf die sich so verlockend darbietende Truhe.

»Wie ein schönes Weib«, scherzte Astair bitter, »das dir einladend seinen Arsch entgegenreckt – und dich dann doch nicht lässt.«

»Finden wir uns damit ab«, spottete Conon, »dass deine Schöne uns angepupt hat. Da wird sowieso nichts drin sein außer stickiger, abgestandener Luft! Komm, vergessen wir den Traum!«

Sie sprangen beide vom schrägen Ruderdeck hinunter bis zur Bordkante. Um ihrem Ärger Luft zu machen, hielten sie sich an den Tauen und hüpften wie die Kinder auf der umlaufenden Reling auf und ab. Der bereits krängende Schiffsleib neigte sich schwankend immer mehr. Es machte ihnen Spaß, sich an Bert el-Caz ein wenig zu rächen und seinen Stolz, die frühere *Laus ad virginem*, flach in den Sand zu legen. So toll hopsten und lärmten sie, dass sie nicht hörten, wie sich in ihrem Rücken mit leichtem Knarzen der Deckel öffnete, immer weiter aufklaffte – bis mit einem dumpfen Schlag der erste Goldbeutel heraussprang und ihnen über die Planken vor die Füße rutschte. Und schon folgte der nächste.

»Weiterspringen!«, schrie Conon aufgeregt wie ein kleiner Junge, und sie hüpften an den Seilen auf und ab wie hart aufgeblasene Schweinsblasen, bis die Kiste nichts mehr hergab. Als sie endlich Ruhe gaben, senkte sich der Deckel wieder, klappte zu, der misshandelte Segler richtete sich langsam wieder auf und kehrte in die alte Seitenlage zurück.

»Jetzt aber nichts wie weg von hier, Herr *Camarlingo*!«, befahl Conon. Sie holten eiligst ihre Pferde und stopften sich die Satteltaschen mit der unverhofften Beute voll.

Ein Brief an den Zwillingsbruder

Im Kastell von Sion hatten die beiden Chronisten sich weisungsgemäß eingerichtet. Auf den Komfort eines hochgelegenen und verschwiegenen Turmzimmers mussten Angel und Vocat allerdings diesmal verzichten, weil zur Erfüllung der Aufgabe ihr *Scriptorium* gleichzeitig als das große Ohr dienen musste, mit dem sie die Gespräche im darunterliegenden Amtszimmer des Präfekten belauschen sollten.

So befand sich jetzt dort, unauffällig im Stuck der Saaldecke versteckt, ein geradezu klassisches ›Ohr des Dionysos‹. Heimliche Proben hatten ergeben, dass jedes Wort, das darunter – selbst geflüstert – gesprochen wurde, deutlich im oberen Raum zu verstehen war. Das einzig Ärgerliche: Es kam keiner, den es abzuhören lohnte!

»Ich vermisse den Ausblick«, klagte der dicke Angel, »der unser Auge erfreute, als wir noch von der Höhe des Monte Cassino über das weite, hügelige Land –«

»Hochgelegen, mein Engel, sind hier bereits die Täler«, wies ihn sein hagerer Gefährte zurecht, »und selbst wenn die elende Kammer ein Fenster hätte, würdet Ihr lediglich auf die gegenüberliegende kahle Felswand starren!« Vocat betrachtete aufmerksam die weißgetünchte Wand des allein von zwei Ölfunzeln erhellten Raumes. »Was mich hingegen erstaunt, mein guter *Angelus vigilans*, ist, dass man uns alle Umbauten so widerspruchslos ausführen ließ, kein Meckern wegen der Kosten, nicht einmal neugierige Fragen wurden gestellt –«

Der Dicke sah auf. »Ihr meint, Vocat, der Arm der Geheimen Dienste reicht so weit?«

»Oder der Atem des Bischofs Gosbart ist uns bereits so nah, dass wir ihn längst im Genick spüren müssten!«

»Vielleicht lässt er uns gewähren, weil er selbst davon zu profitieren gedenkt? Entgangen sein können ihm die Umbauten wohl kaum.«

»Wir waren die einzigen Zeugen, als Remy Gosbart ausdrücklich davor warnte, die Hand nach dem Erbe der Cantar auszustrecken!«

»Das hat den Ehrgeizigen nicht gehindert, als *Vicarius* das Amtszimmer des Präfekten zu beziehen, angeblich nur bis zur Rückkehr der Cantar de Sion –«

»Und da fragt Ihr noch, Engelchen, warum er so tut, als gäbe es uns nicht? Er will uns benutzen! Die Frage ist nur, für wen er tätig ist.«

Den pausbäckigen Angel schien das wenig zu belasten. »Muss es uns kümmern, Herr Beschwörer des Bösen? Wir wissen ja nicht einmal, was der Graue Kardinal mit unseren Protokollen bezweckt.«

Da ging unten im Amtszimmer die Tür, und das ihnen schon geläufige Quietschen der Achsnaben und das wispernde Geräusch der fellumwickelten Räder von Gosbarts fahrbarem Stuhl war zu vernehmen. Sofort verstummten die Chronisten und griffen zur Feder.

»Die Herren Großohrfledermäuse können den Griffel erst mal wieder aus der Hand legen!«, spottete die Stimme des Bischofs zu ihnen herauf. »Auf Lateinisch: *Plecoti auriti!* Hier ist ein Brief des Tankred von Lecce eingetroffen, gerichtet an seinen verlorenen Zwilling Conon de Béthune.« Gosbart hatte eine provozierend kühle Art, seine Anweisungen so zu verpacken, als handele es sich lediglich um unverbindliche Empfehlungen. »Es steht nichts in dem Schreiben, was wir nicht schon wüssten! Ihr solltet es dennoch in eure ›Chronik‹ aufnehmen, schon um eurem Mentor Remy d'Aretin eine Freude zu bereiten, denn nach Sitten dringt nur weniges, das wert ist, schriftlich festgehalten zu werden –«

Vocat war drauf und dran, dem Mann im Stuhl zu antworten, es liege auch wohl an ihm, dass keiner sich traue, ihm sein Herz auszuschütten. Aber er unterließ solche Unbotmäßigkeit, und Angel vermeldete launig nach unten: »Wir danken Eurer Exzellenz für die unverdiente Aufmerksamkeit, die Ihr den zwei armen Vampiren, über Euch an der Decke hängend, zukommen lasst, und werden uns sofort über das Schriftstück hermachen!«

Der Bischof lachte leise. »Ich gehe davon aus, dass ihr die rechte Stellung des *Plecotus auritus* einzunehmen wisst: Kopf nach unten und die Lauscher gespitzt!«

Das Knarzen seines davonrollenden Stuhls übertönte sein meckerndes Lachen.

Aus den geheimen Protokollen von Sion
A. D. MXCIII

Tankred Graf von Lecce
an seinen Bruder Conon de Béthune:

Unwerter, dennoch geliebter Bruder, ich sende Euch diese Zeilen weder aus eigenem Antrieb noch aus übergroßer Sehnsucht, sondern einzig und allein, weil unsere liebe Mutter mich dazu drängt. Die Liebe, die sie für Euch ungebrochen aufgewandt, habt Ihr nicht verdient: Ein rücksichtsvoller, Zuneigung und Respekt zeigender Sohn hätte längst ihrer Sorge um Euch Linderung verschafft durch wenigstens ein Lebenszeichen! Auf puren Verdacht hin sende ich Nachricht an den Ort, an dem wir Euch das letzte Mal sahen.

Frau Fedaye und ich hatten auf unserer langen Reise bis Apulien das zweifelhafte Glück, dem Piraten Bert el-Caz zu begegnen. Von dem mussten wir vernehmen, dass Ihr, Conon, anscheinend ein unwürdiges Leben führt, was unsere Frau Mutter äußerst betrübt.

Dagegen einige Worte über mein erfreuliches Ergehen: Ich gewann die Freundschaft des Fürsten Bohemund von Tarent, was mich mit Stolz erfüllt. Leider ist der Fürst von dem Wunsch beseelt, dass wir gemeinsam ein neues Reich erobern, wenn nicht in byzantinischen Kernlanden, dann in *Asia minor* oder gar in *Syria: Terra sancta*! Er sieht uns als Teil eines großen, göttlichen Planes, aber ich ziehe es vor, mich mit dem zu bescheiden, was Gott mir zugeteilt.

Lieber die Felsenküste von Lecce bis Otranto in der Hand als die Sandwüsten von Palästina unter den Hufen! Gern bin ich bereit, mit ihm, dem Erstgeborenen des großen Guiscard, gegen das an ihm verübte Unrecht anzugehen, für die ihm zustehende Herzogskrone zu streiten: Alles für Apulien! Doch bitte keine Hirngespinste von einem »Königreich der Himmel«. Es gilt, Vorsorge für ein friedliches, geruhsames Alter zu treffen!

Unsere Frau Mutter Fedaye ist wohlauf. Vielleicht solltet Ihr wissen, was sie mir jüngst bei einem Glas des vorzüglichen apulischen Roten – womöglich einem zu viel! – anvertraut hat: Wir haben eine ältere Schwester, eine »Jugendsünde«, wie sie mir gestand, über deren Verbleib sie jedoch nichts wisse. Die Tochter wurde ihr damals gleich nach der Geburt weggenommen, und sie selbst gegen ihren Willen mit einem grässlichen Manne vermählt, dem sie aber dann weggelaufen. Sie gab mir allerdings weder den Namen der Tochter preis noch nähere Umstände dieser erzwungenen Ehe. Ich kann mir nicht vorstellen, dass es sich bei dem Grässlichen um den deutschen Ritter Sigbert von Öxfeld handelt, den sie uns immer als höchst ehrbaren, braven Mann geschildert hat und dessen Sohn, unseren Halbbruder Gerald, sie stets mit liebevollen Gedanken bedachte. Unser Vater hingegen, lieber Conon, sei der Mann gewesen, den sie immer heiß geliebt, um den man sie betrogen habe, bis das Schicksal ihn nach Sion führte und sie endlich ihr Glück fand, dessen Frucht wir beide seien. Lieber Conon, wir sind die Kinder einer großen Liebe! Wenigstens das wissen wir jetzt.

Wenn ich Euch nun umarme, dann tue ich dies vor allem für unsere wunderbare Mutter.

Tankred, Graf von Lecce und Otranto

Die beiden Chronisten sahen sich bedeutungsvoll an. »Die gute Fedaye de Béthune«, sagte der hagere Vocat bedächtig, »scheint ein wesentlich reicheres Liebesleben hinter sich zu haben, als sich das bisher darstellte!«

»Wenn ich richtig mitgerechnet habe«, Angels Bäckchen glühten vor Aufregung, »›Jugendsünde‹, dann ›Ehe mit einem grässlichen Mann‹, von deren Folgen wir noch gar nichts wissen, danach wohl die Heirat mit dem braven, aber wohl langweiligen deutschen Ritter und schließlich ›das große Glück von Sion‹ mit dem hier nicht genannten Guillem de Gisors –«

»Da kommen wir auf vier Kinder von drei verschiedenen Vätern«, errechnete der *Vocator* diabolisch, »bislang!«

Der Pausbäckige grinste verschmitzt. »Stille Wasser gründen tief!«

Er dachte angestrengt nach, was zur Folge hatte, dass sich seine Stirn in wulstige Bernhardinerfalten legte. »Was wir jetzt herausbekommen sollten: Was ist aus jener Tochter geworden?«

»Mich interessiert weitaus mehr, wer war oder ist der ›grässliche Mann‹?«, setzte Vocat energisch dagegen. »Wie ist sie ihm entflohen und an den Herrn von Castelbov geraten?«

»Der Einzige, der ihr gut wollte und den sie schmählich verließ –«

Gehievt ins Fegefeuer

In der Hütte der Terès über dem Fischerkaff von Mondragon wartete der Pirat Bert el-Caz besorgt auf die Rückkehr des heilkundigen Weibes. Das Befinden von Pons machte Fortschritte zum Guten, seine Augen glänzten nicht mehr so fiebrig, sein schauerlicher Husten, das Keuchen und der schleimige Auswurf hatten nachgelassen. Dennoch drängte Bert el-Caz seinen vor sich hin dösenden kleinen Patienten unerbittlich, weiter in winzigen Schlucken von dem Sud zu trinken, den er ständig mit frischem heißem Wasser aufgoss. Auf Anweisung der Kräuterfrau fügte er noch einige Blätter von *Sambucus ebulus*, Zwergholunder, hinzu und machte sich daran, die reifen Beeren der Pflanze durch ein Tuch auszupressen – sehr vorsichtig, hatte Terès gemahnt, und nur einen Löffel voll, denn die Samen seien hochgiftig! Bert beäugte den roten Saft argwöhnisch, bevor er ihn Pons einflößte. Dem schien das gefährliche Zeug zu munden! In der Tür erschien Terès, mit raschem Blick kontrollierte sie den Stand der Dinge.

»Eure Mannschaft, Herr Capitan«, rief sie dann fröhlich, »hat sich aus dem Staub gemacht!«

»Bei vollem Sold!«, gab Bert el-Caz unwirsch zurück. »Habt Ihr ihnen denn nicht gesagt, dass ich bald zurückkehre?«

»Die haben sich wohl gelangweilt auf dem Trockenen.« Terès zeigte Verständnis für die Piraten. »Mondragon hat ja wirklich nichts zu bieten, nicht einmal für gutes Geld! Ich nehme an, sie sind nach Amalfi gezogen –«

»Da bin ich grad noch froh, dass sie mir mein Schiff gelassen!«, versuchte der verärgerte Piratencapitan zu scherzen.

»Das ist unter die Räuber gefallen!«, versetzte ihm das Weib den nächsten Schlag. »Es liegt seitlich auf dem Strand, wie eine angeschwemmte tote Kuh, dass Gott erbarm!« Sie warf einen Blick auf Pons. »Hingegen wirkt unser junger Mann schon wieder gesund und kregel!« Bert el-Caz nahm das als Kompliment für seine pflegerischen Bemühungen und griente zufrieden, doch Terès hatte ihren Bericht noch nicht beendet: »Als ich herabstieg, sah ich, wie zwei Burschen sich an Eurem Segler zu schaffen machten, sie hatten es wohl auf die schwere Kiste abgesehen, die Ihr leichtsinnigerweise an Deck aufbewahrt –«

Bert el-Caz grinste überlegen. »Und? Haben sie den Deckel öffnen können?«

»Weiß nicht!«, sagte Terès. »Ich glaube, sie hatten ihn schon wieder geschlossen, als ich unten ankam. Als sie mich sahen, ritten sie eiligst von dannen.«

Das selbstsichere Grinsen unter dem grünen Turban war verschwunden. »Habt Ihr sie erkannt? Ihre Pferde?«

Terès dachte nach. »Ich habe die beiden schon einmal in Mondragon gesehen«, fiel ihr dann ein, »da trafen sie einen Herren, der mir unheimlich war, wie einer von der Kirche. Mit dem ritten sie dann fort – und Ihr, Herr Capitan, lagt derweil draußen vor der Brandung mit Eurem Segler!«

»Respekt, Terès!«, entfuhr es dem Piraten. »Ihr habt nicht nur ein scharfes Auge, sondern auch ein gutes Gedächtnis!«

Das Weib lachte. »In Mondragon wird man nicht durch weltlichen Tand abgelenkt! Die Suche nach den rechten Pflanzen schärft die Sinne.«

Bert el-Caz betrachtete das kräftige Weib längst mit anderen Augen. »Wenn Pons«, sagte er bedächtig, »dank Eurer Hilfe bald genesen, würdet Ihr dann mit mir kommen, ich meine, gegen guten Lohn in meine Dienste treten und Euch um Pons kümmern? Ich bin vielleicht doch keine so gute Mutter!«

Belustigt schaute Terès auf den gut einen Kopf kleineren Piraten. »Solange das kein Heiratsantrag ist, könnt' mich ein Ortswechsel schon reizen!« Sie lachte über das beleidigte Gesicht des Bert el-Caz. »Nur als freie Piratin sollt Ihr mich in Eure Dienste nehmen! Die Sorge um Pons hingegen lass' ich mir nicht entlohnen!«

»Dein Wort gilt!«, krähte Pons plötzlich munter. »Ich will, dass du mit uns kommst!« Der Junge breitete seine Arme aus, und das harte Weib ließ sich willig von ihm umarmen.

»Hier stand ich einst mit meiner kleinen Prinzessin«, sprach Astair so laut zu sich selbst, dass es Conon nicht überhören konnte, »mit unserem mit farbigen Bändern geschmückten Schaustellerkarren, zu unseren Füßen Amalfi und vor uns das Leben –«

»Das Elgaine auf bravouröse Weise gemeistert hat, während Ihr, Astair de Saissac, heute kaum besser dasteht als vor acht Jahren.« Doch auch er, Conon de Béthune, konnte keineswegs die Heldentaten vorweisen, die er sich erhofft hatte, seitdem er im Gefolge von Berenguer, dem Söldnerführer, Sion verlassen hatte – abgesehen von der gemeinsamen Rettung des Papstes.

Von den Klippen blickten sie hinab auf das Piratennest, dem ersten Etappenziel auf ihrer Reise ins Ungewisse. Astair träumte noch immer von einem glorreichen Piratenleben mit Decksplanken unter dem Stiefel und einem sich blähenden Segel über dem Haupt, deswegen war Amalfi zweifellos für den Fechtmeister der geeignete Ort, aber ihn, Conon, zog es nicht länger hinaus aufs Meer. Seine Sehnsucht galt dem Feld, auf dem Schlachten geschlagen wurden, wo sich ein Ritter Ruhm und Ehre erwerben konnte.

»Ob Ihr nun dort unten«, Conon zeigte hinab auf das Gewimmel im engen Hafen, »ein passendes Schiff findet oder nicht, unsere Wege werden sich über kurz oder lang trennen, Astair.« Mit diesen Worten lenkte er sein Pferd auf den schmalen Pfad, der hinabführte in die Gassen zwischen an den Felsen klebenden Häusern.

Astair folgte ihm missgelaunt. »Ich dachte, wir könnten den Inhalt unserer Satteltaschen zusammenlegen, Conon? Für meine Säckchen allein bekomm' ich nicht einmal einen morschen Fischerkahn!«

Conon zügelte sein Tier. »Beschwert Euch bei Bert el-Caz«, spottete er, »dass der seine Schatztruhe nicht reichlicher gefüllt hatte – oder tut Euch wieder mit ihm zusammen! Er wird sicher bald hier auftauchen und nach Euch Ausschau halten.«

»Wieso nur nach mir?«, empörte sich Astair, und Conon lachte ihm ins Gesicht. »Weil ich dann schon längst über alle Berge sein werde!«

Astair ging darauf nicht ein. Er zeigte sich verbindlich: »Ich erinnere mich da an eine Taverne, ›Zum letzten Anker‹, die vermieteten auch Schlafplätze. Der Wirt war ein stämmiger Grieche, Alekos, glaub' ich, hieß er.«

Fast hätte Astair die Taverne des Griechen nicht wiedererkannt. Sie war frisch gestrichen, ein Ziegeldach über gemauerten Pfeilern bedeckte den Vorraum. Gleich daneben, offensichtlich dazugehörig, ragte ein seltsames Holzgestell. Zwei jeden Mast überragende, glatt gehobelte Stämme waren im Felsen verankert und führten kerzengerad in die Höhe. Oben schwebte ein gewaltiges Rad über dem steil abfallenden Abgrund, eine eiserne Kette lief darüber. An dem einen Ende, das sich gerade oben über ihren Köpfen befand, hing ein mannshohes Holzfass, aus dem es heftig tropfte. Am anderen Kettenende war ein geflochtener Weidenkorb befestigt, groß genug, um drei, vielleicht auch vier Personen zu fassen. Er befand sich jetzt unten am Boden.

Alekos, der Wirt, trat stolz zu seinen Gästen. »Diese segensreiche Einrichtung verdankt Amalfi dem Papst zu Rom«, begann er routiniert die Erläuterung der merkwürdigen Installation. »Seine Heiligkeit ließ es sich angelegen sein, vor drei Jahren das verfallene Nonnenkloster da oben in Windeseile wieder herrichten zu lassen – und ohne mit Mitteln zu geizen!« Alekos ließ seinen Blick hinaufschweifen, wo aber hinter der Felskante nur die Spitzen von Mauerwerk zu erkennen waren. »Ursprünglich war es mal ein Höhlenkloster für Eremiten«, plauderte er munter weiter. »Es wurde eigens ein Dombaumeister aus dem Burgund hergeschickt, der konstruierte diesen genialen Lastenaufzug, denn in der Höhe tritt – glückliche Fügung des Himmels! – eine Quelle aus dem Stein. Ihr Wasser füllt den Bottich, den Ihr da oben seht, und sein Gewicht zieht dann den Korb mit den Menschen nach oben –«

»Und wie kommt man wieder runter?«, fragte Conon misstrauisch.

»Genauso!«, sagte Alekos. »Ihr steigt in den Korb, in dem Fass ist nur wenig Wasser, grad mal so viel, dass Ihr nicht bolzengrad in die Tiefe saust – ich hab' inzwischen ein feines Händchen für die rechte Balance. Ich nehme einen viertel Besant für jede Nacht, die Ihr da oben verbringt, und einen halben für den Transport.«

»Und wer ist jetzt da oben?«, wollte Astair wissen.

»Mein stummer, aber bärenstarker Knecht, der Euch beim Ein- und Aussteigen behilflich ist!« Alekos kam zum Ende seiner Kundenwerbung. »Es ist der sicherste Platz in Amalfi, kein Langfinger, kein Beutelschneider langt da hinauf. Der Blick über Bucht und Hafen ist gratis und auch das köstliche Quellwasser, das ich hier unten für teures Geld verkaufe«, fügte er grinsend hinzu. »Eure Pferde, die Ihr hierlassen müsst, versorge ich ebenfalls.«

»Ein überzeugendes Angebot!«, sagte Astair und kramte in seiner Satteltasche. »Nehmt dies als Anzahlung für mich und meinen Gefährten!«

Conon sah ihn von der Seite an. »Gebt Euch nicht der falschen Hoffnung hin, Astair«, sagte er dann lächelnd, »mich mit Hilfe dieses Systems hier als Einsiedlerkrebs gefangen halten zu können – was ist übrigens aus den Nonnen geworden, Patron?«

»Die sind nie hier eingetroffen«, gab der bereitwillig Auskunft. »Weder die angeblich durch Wundertaten berühmte Äbtissin noch die Ordensschwestern oder irgendwelche Novizinnen.«

Die beiden Ritter befreiten ihre Gäule von den Sätteln samt den schweren Taschen und bestiegen den schwankenden Korb. Alekos stieß einen schrillen Pfiff aus – zweimal kurz, einmal lang –, und der Bottich zu ihren Häuptern setzte sich ruckend in Bewegung. Astair und Conon schwebten mit ihrer kostbaren Last dem verwaisten Höhlenkloster entgegen.

Die erste Nacht im leerstehenden Konvent hatten Conon und Astair hinter sich. Was am Abend bei Fackelschein ziemlich wüst ausgesehen hatte, entpuppte sich bei Tageslicht als recht ordentliche Anlage. Alle Zellen zogen sich die Klippen entlang, waren frisch gekalkt und machten den Eindruck von Bienenwaben, die nur noch auf den Einzug ihrer emsigen Bewohnerinnen warteten. Die kleinen, Schießscharten ähnlichen Fenster im dicken, steil abfallenden Mauerwerk gingen allesamt auf den Hafen hinaus. Auf der einen Seite befand sich die Plattform mit der auskragenden Balkenkonstruktion, die das gewaltige Rad hielt und die beiden unterschiedlichen Gefäße umfasste, so dass man den Korb sicher besteigen konnte, während der Bottich über eine schwenkbare, hölzerne Rinne vom Wasser der Quelle gespeist wurde – wenn er voll war, lief er über, und das Plätschern zeigte dem geschäftstüchtigen Betreiber an, dass die Anlage bereit war, neue Gäste hinaufzuschaffen. Hier an diesem Ende befanden sich auch die Wirtschaftsräume und die Küche. Ein langer überdachter Korridor führte hinter dem Zellentrakt zur Felsenkirche mit der Grotte und ihrer Marienstatue. Ein erstaunlich großer Andachtsraum, der weitaus mehr Gläubige fassen konnte als nur die Schwestern des Konvents. Daran schloss sich das Refektorium an, gleichfalls in den Felsen eingekerbt, was ihm den Luxus einer offenen Veranda verlieh samt einer Pergola mit wildwucherndem Wein. Die Gemächer der Äbtissin lagen am äußersten Ende der Klippen, ein mosaikgeschmückter Pavillon in der Bauart der Sarazenen, einem seltsam arabesken Stil. Dort hatte sich zielstrebig Conon einquartiert, unter anderem deshalb, weil er den einzigen Punkt des Konvents bot, von dem aus man nicht nur den Hafen, sondern auch die dichtgedrängten, hochgebauten, verfallenen Palazzi der Stadt und die düsteren, engen Gassen einsehen konnte. Astair hatte sein Quartier gleich neben der Küche aufgeschlagen, wo auch der stumme Knecht hauste. Es war Conon so vorgekommen, als wollte sich Astair dieserart versichern, dass sich der Gefährte und Besitzer des anderen Paares prall gefüllter Satteltaschen nicht unbemerkt aus dem Staube machen konnte.

Noch war zwischen ihnen nicht ausgemacht, wer hier oben bei dem erbeuteten Gold aus dem Segler des Bert el-Caz bleiben sollte, damit der andere sich unten im Hafen umschauen konnte – woran vor allem Astair lag –, oder ob sie gar alle beide gleichzeitig hinunterfahren müssten, damit der andere nicht die günstige Gelegenheit ergriff.

So – mehr sich gegenseitig belauernd als die Schiffe beobachtend – sahen sie wider jedes Erwarten die *Shoka al-Iffriqia* unter vollem Tuch in die Bucht einlaufen. Sofort erwachte in ihrem ehemaligen Capitan Astair die Begehrlichkeit, sein Schiff wieder in die Hand zu bekommen. Auch Conon erfasste die veränderte Situation auf der Stelle.

»Wenn Elgaine de Gisors Euer ansichtig wird, armer Astair«, spöttelte er, »wittert sie sofort Unrat.« Er fasste den Gefährten scharf ins Auge. »Doch wenn Ihr meint, dass daher ich sie treffen sollte, dann nehme ich meine Satteltaschen mit mir –«

»Und verschwindet sogleich mit ihr und meinem Schiff?«, brauste Astair empört auf. »Ich kann Euch nur gehen lassen, wenn Ihr mir Euren Beuteanteil als Garantie für Eure Rückkehr hierlasst!«

»Ich soll Euch also glauben, dass –«

»Ihr müsst mir glauben, Conon«, beschwor ihn der Capitan, »dass ich ohne die *Shoka* keinen Schritt mehr –«

»Ich will Elgaine«, bedachte sich Conon immer noch argwöhnisch, »– und ich nehme an, mit ihr auch Cantar de Sion – gewiss nicht überrumpeln, kaum dass sie Anker geworfen!« Und, mittlerweile siegessicher, fügte er hinzu: »Das gibt mir die köstliche Gelegenheit, Euch noch etwas auf die Folter zu spannen!«

Die Ankunft eines Schiffes voller junger Weiber sprach sich in dem Piratennest Amalfi wie ein Buschfeuer herum. Die *Shoka* hatte noch nicht am Kai festgemacht, da war sie schon umringt von wilden Gesellen, die es kaum abwarten konnten, dass sich das Fallreep senkte und die Damen von Bord gingen. Also drang Cantar, die sich längst keine Illusionen mehr über die Bereitwilligkeit der Mädchen machte, in Elgaine, diesen leicht erstürmbaren Verbindungssteg zum Kai vorerst nicht herabzulassen, sondern mit ihr zu warten, bis sich die Meute beruhigt und womöglich wieder verlaufen hätte. Sie selber wolle erst mal die örtlichen Gegebenheiten allein erkunden.

»Im Gegensatz zu Euch, ehrenwerte Äbtissin«, entgegnete Elgaine, »bin ich schon mal in Amalfi gewesen und erinnere mich an eine Taverne namens ›Zum letzten Anker‹. Die lag unterhalb des Zugangs zu Eurer neuen Wirkungsstätte, genau auf der gegenüberliegenden Seite des Hafens!«

»Warum liegen wir dann hier?«, rügte die ältere Cousine.

»Weil ich Eure Weiber so schnell wie möglich loswerden wollte!«, schnappte Elgaine zurück. »Ich wusste nicht, dass ich die Mädchen auch noch ins Bett bringen soll.«

»Elgaine!«, sagte Cantar mit Schärfe. »Ihr habt mir Euren Harem angedreht als brauchbare Novizinnen für meinen Konvent! Jetzt sorgt gefälligst auch dafür, dass die verwirrten Geschöpfe hier wie Nonnen behandelt werden und nicht wie aus dem Paradies gefallene *Hurijat*!«

Unter heftigem Murren und Unmutsäußerungen der begierig wartenden Männer lichtete die *Shoka* nochmals den Anker und schob sich quer durch den Hafen bis zum Strand vor der Taverne des Griechen.

Cantar sprang von Bord in den Sand und stiefelte hinüber zu Alekos, dem stämmigen Wirt, der erwartungsvoll vor seine Taverne getreten war. Er war ganz außer sich vor Freude, als er hörte, wer sie war und dass der Konvent oben endlich in Betrieb genommen werden sollte.

»Jede Art von Hilfestellung, die zu leisten ich imstande bin«, biederte er sich gerade an, als der Korb unten aufsetzte und Conon ihm entstieg.

Cantar hielt die Wiedersehensfreude kurz. »Ihr, Ritter Conon, habt mir gerade noch gefehlt!«, und der verdatterte Conon bot an, dass er ihr behilflich sein könne, ihre Gefährtinnen in kleinen Portionen nach oben zu befördern.

»Ich hatte Euch längst dort oben als Äbtissin etabliert erwartet«, scherzte er, »doch offensichtlich fehlte es Euch an Nonnen für Euren Konvent!«

»Der Mangel wurde behoben!« Cantar war nicht zu Scherzen aufgelegt. »Die Mädchen müssen in Sicherheit gebracht werden, bevor sie den Verlockungen des Fleisches erliegen!«

Conon erklärte der zukünftigen Äbtissin den Mechanismus, und bald schwebte schon der erste Korb mit quiekenden Mädchen hinauf, dem unter der Last der Kette knirschenden Rad entgegen. Von der Anwesenheit Astairs hatte Conon wohlweislich kein Sterbenswörtlein verlauten lassen. Der Abend war hereingebrochen, der geschäftige Alekos ließ Fackeln anzünden und dirigierte mit gellenden Pfiffen das Auf- und Abgleiten von Korb und Wasserfass. Die Damen würden gute Kundinnen seines Systems werden!

Conon war inzwischen bereit, sich an Bord der sich leerenden *Shoka* zu begeben, um Elgaine zu begrüßen, von der er annahm, dass sie ihren Sohn Pons mit sich führte – was die Sache mit Astair, dem leiblichen Vater, sicher nicht einfacher machen würde. Er spürte förmlich den misstrauischen Blick Astairs aus der Höhe des nun von Fackeln illuminierten Konvents auf sich gerichtet, als er jetzt auf das Fallreep zuschritt. Die bevorstehende Begegnung mit Elgaine ließ sein Herz schneller schlagen, was ihn ärgerte. Noch hatte ihn von der *Shoka* keiner gesehen, da hielt er in seinem Schritt inne. Mit plötzlichem Entschluss drehte er auf dem Absatz um und trottete zurück zur Taverne des Alekos. »Pfeift bitte meinem Gefährten«, bat er den stämmigen Wirt, »damit er mir beim Saufen Gesellschaft leistet!«

Eine Odaliske im Himmel

Am späten Abend traf, von allen unbemerkt, der Segler des Bert el-Caz in Amalfi ein. Der kleine Fuchs war vorsichtig. Als er die auf- und absteigenden Fackeln, die hin und her eilenden Lichter zwischen der *Shoka* und der Taverne des Griechen sah, ankerte er abseits im Dunkeln. Seine resolute Begleiterin Terès di Mondragon ließ sich von ihm mit dem Beiboot an Land rudern, um festzustellen, was da Seltsames zwischen dem ›Letzten Anker‹ und dem bisher leerstehenden Konvent in den Klippen geschah. Der Capitan wartete zusammengekauert in der Jolle, das Gesicht unter dem giftgrünen Riesenturban verborgen, als würde ihn so keiner erkennen!

Terès schlenderte unbeachtet bis zur Taverne, wo die letzten Damen des Harems inzwischen vom Aufzug nach oben befördert worden waren – zumindest diejenigen, die den Versuchungen Amalfis und den eindeutigen Angeboten der herumlungernden Männer widerstanden hatten. Terès sah die beiden Pferde von Conon und Astair unter dem Vordach angebunden, aber von ihren Besitzern fehlte jede Spur. Die Heilkundige fasste sich ein Herz und sprach den Wirt auf die beiden Ritter an. Dieser gab freimütig Auskunft, dass die sich dort oben im Konvent eingenistet hätten, ein Quartier, das er ihnen nun aber kündigen müsse, nachdem die Nonnen eingetroffen. Der Herr Astair weile noch oben, wohin sich jetzt auch die Frau Äbtissin habe hinaufbringen lassen, aber der Herr Conon habe sich an Bord des Schiffes begeben, mit dem die Damen gekommen. Der umsichtige Alekos sagte bewusst die Unwahrheit. Conon saß in der Ecke der Gaststube und war drauf und dran, sich zu betrinken, während er auf seinen Gefährten wartete. Diesen Anblick sollte der junge Herr der Fremden nicht bieten!

Terès wusste genug, sie verschwand im Dunkel der Nacht und schlich zurück zu dem wartenden Bert el-Caz. Mutig bot sie an, das allgemeine Wirrwarr zu nutzen und sich ebenfalls im Korb hinaufbefördern zu lassen. Ihr werde es sicher gelingen, die gestohlenen Goldsäcklein zu finden und ungesehen aus dem Konvent zu schaffen. Doch Bert el-Caz schreckte vor einem Zugriff zurück. »Kommt Zeit, kommt Rat!« Hingegen sah er die Chance, den von ihm gehüteten Pons endlich seiner Mutter Elgaine zurückzugeben. Die Gelegenheit war günstig, offenbar wurde Astair oben im Konvent festgehalten. Gerade wollten sie zurückrudern, um den Knaben aus dem Bett zu holen, da stieg Astair aus dem Korb. Bert el-Caz geriet in Panik. Wollte Astair sich etwa an Bord der *Shoka* begeben? Die resolute Terès lachte den Hasenfuß aus, doch gegen den Verfolgungswahn des kleinen Piraten war sie machtlos.

»Zeit verrinnt, Rat lässt sich nicht blicken!«, hänselte sie ihn. »Ich werde den von Euch so Gefürchteten außer Gefecht setzen!« Sie zog eine kleine Phiole aus ihrem Gewand und hielt sie Bert el-Caz unter die Nase. Der schaute zwar ungläubig, nickte aber schließlich ergeben. Hinter der Bordwand ihres Bootes verborgen, beobachteten sie den weiteren Verlauf der Dinge.

Cantar war nach schwankender Fahrt im Korb an ihrer zukünftigen Wirkungsstätte eingetroffen. Ehe sie sich noch um ihre Mädchen kümmern konnte, entdeckte sie Astair, der sich am Kamin der Küche zu schaffen machte. Er schob zwei offensichtlich schwere Satteltaschen hinein und bedeckte sie sorgfältig mit bereitliegenden Holzscheiten, so dass nichts mehr von ihnen zu sehen war. Dann begab er sich hastig zum Aufzug und ließ sich von dem Stummen hinunterbefördern.

Astair hatte Cantar nicht bemerkt, und sie hatte es dabei belassen. Sofort machte sie sich daran, den Inhalt der Satteltaschen zu untersuchen. Wie leichtsinnig! Es hätte nur eines der Mädchen die Feuerstelle in Betrieb nehmen müssen – und die teuren Ledertaschen wären ein Raub der Flammen geworden.

Zu ihrer größten Verwunderung stellte Cantar fest, dass die unter dem Holz verborgenen Taschen jene Säckchen mit Gold enthielten, die der Pirat Bert el-Caz damals dem Kloster von Lerici geraubt hatte. Sollte Astair etwa mit dem Füchslein unter einer Decke stecken? Cantar beschloss, ein Auge auf die Taschen zu haben.

»Die Anwesenheit von Conon auf dem Schiff soll mich gewiss nicht stören!«, entschied Bert el-Caz und verschwieg Terès, dass ihm Conon als Zeuge für seine großherzige Geste sogar sehr willkommen war. »Geht Ihr bitte zu Elgaine und fordert sie auf, zum Strand zu kommen, damit ich ihr Pons wohlbehalten übergeben kann!«

Terès begab sich zur *Shoka*, und Bert el-Caz machte sich daran, Pons zu wecken und ihn auf das Wiedersehen mit seiner Mutter Elgaine einzustimmen. Ganz wohl war ihm dabei nicht zumute, denn sein Herz hing an dem Knaben, und ihm war klar, dass Pons die Übergabe als Vertrauensbruch, ja als Verrat sehen könnte!

Elgaine empfing die aus dem Nichts auftauchende, ihr völlig fremde Terès äußerst misstrauisch. Ihr erster Gedanke galt Astair, dem ehemaligen Capitan der *Shoka*, obwohl sie von dessen Anwesenheit in Amalfi nichts wissen konnte – war die Frau etwa eine von ihm entsandte Spionin?

Doch die selbstbewusste Terès verkündete mit brutaler Offenheit ihre Botschaft: »Mich sendet Euer Verehrer, der große Piratencapitan Bert el-Caz«, erklärte sie. »Er bietet Euch die Übergabe Eures Sohnes Pons gegen die Rückerstattung der ihm von Conon und Astair geraubten Satteltaschen mit dem Gold –«

Elgaine war erschüttert und selig zugleich. »Mein Pons! Hier?!«

»Klar«, sagte Terès. »Bert el-Caz hat ihn gesund und munter mitgebracht!«

»Ich will ihn sofort –«

»Erst die Satteltaschen!« Terès fiel es nicht leicht, gegenüber der von ihrem unverhofften Glück völlig verwirrten Mutter

Härte zu beweisen, aber nachdem sie das Spiel nun mal begonnen hatte, musste sie es auch durchziehen.

»Ich weiß nicht einmal, wo Conon und Astair –«

»Die beiden haben sich oben im Kloster einquartiert«, unterbrach Terès sie schroff. »Es ist also anzunehmen, dass sie dort auch die Satteltaschen deponiert haben.«

»Da kann nur Cantar helfen!« In ihrer Verzweiflung vertraute sich Elgaine der Wildfremden an. »Aber die hat mich hier einfach sitzenlassen!«

In diesem Moment schwankten, Arm in Arm und ziemlich betrunken, Conon und Astair das Fallreep der *Shoka* herauf. Sie torkelten auf Elgaine zu, um sie zu umarmen.

»Da sind wir alten Piraten wieder fröhlich vereint!«, lallte Conon, dem es gelang, Elgaine um den Hals zu fallen. Einer Umarmung durch Astair konnte sie sich gerade noch entziehen, der Düpierte lachte und schwenkte den Krug, den sie aus der Taverne mitgebracht hatten: »Darauf müssen wir einen trinken!« Von der Anwesenheit der Terès nahmen sie keinerlei Notiz. Elgaine blieb nichts anderes, als herzliche Miene zu dem blöden Spiel zu machen, sie fiel in das Lachen ein. »Her mit den Pokalen!«, polterte Astair.

Beherzt griff Terès nun ein. »Lasst mich Euch den Wiedersehenstrunk kredenzen!«, bot sie freundlich an und zog den Krug an sich.

»Wir drei sollten wieder gemeinsam –«, prustete Conon, der noch berauschter schien als sein Gefährte. »Elgaine als Steuermann, ich als Schiffsjunge und Astair –«

Elgaine trat ihm heftig gegen das Schienenbein. »Äh, Elgaine ist die Capitana!«

Terès hatte drei Pokale aus der Anrichte der Kajüte bereits mit Wein aus dem Krug gefüllt. Blitzschnell ließ sie aus der winzigen Phiole einige Tropfen in zwei der Becher fallen und reichte sie den beiden Männern, den dritten hielt sie Elgaine hin, die nicht die geringste Lust auf Wein verspürte.

Doch wieder war es Conon, der sie zum ersten Schluck drängte. »Brüderschaft! Schwesterchen!«, lallte er und tauschte mit ihr den Becher. Arm in Arm mit ihm musste Elgaine von seinem

Pokal kosten, während er den Inhalt ihres Bechers auf einen Zug hinunterstürzte. Sein Gefährte wollte nicht nachstehen und tat es ihm gleich, ebenfalls Elgaine zuprostend, die nicht umhinkonnte, auch ihm zuzutrinken. Terès sah es mit Entsetzen.

Astair war der Erste, der die Augen verdrehte und zu Boden ging wie ein nasser Sack. Dann wankte Elgaine, Conon fing sie auf, und engumschlungen ging er mit der Last in die Knie. Sie bettete ihr Haupt auf seiner Brust, noch bevor sie beide die Bretter berührten.

Aufgelöst stürmte Cantar in die Kajüte. »Was geht hier vor? Wer sind Sie?«, herrschte sie Terès an, die jetzt Mühe hatte, nicht als heimtückische Giftmischerin dazustehen.

»Elgaine wollte die Männer ausschalten«, sie wies verächtlich auf den zusammengesackten Astair, »um endlich ihren Sohn Pons zurückzuerlangen.« Terès wirkte glaubhaft in ihrer Darstellung. »Aus Versehen hat sie selbst auch aus dem Becher getrunken!«

Cantar schien nicht zu zweifeln, zeigte aber, dass sie ungehalten war. »Und was nun?«

»Ihre letzten Worte waren: ›Cantar weiß, wo sich die Satteltaschen befinden!‹ – Ist dem so?!«

Das ärgerte Cantar noch mehr. »Und selbst wenn ich es wüsste – wie komm' ich dazu?«

»Wenn Ihr sie Bert el-Caz nicht aushändigt«, bedauerte Terès, »dann ladet Ihr die Schuld auf Euer Gewissen, dass die Mutter ihr Kind –«

»Hört auf mit diesen Unterstellungen!«, schalt Cantar die begabte Quacksalberin. »Folgt mir stattdessen zum Aufzug und holt Euch gefälligst selbst das verdammte Gold, stopft es Eurem Bert el-Caz in den Rachen, damit er Pons herausgibt, und dann schert Euch zum Teufel!« Cantar war die ganze Geschichte leid, doch besann sie sich rechtzeitig ihrer Würde und Pflicht als christliche Äbtissin und nahm Terès versöhnlich beim Arm. »Männliche Habgier und Schwäche der Weiber sind Euch ja nicht anzulasten –« Sie geleitete Terès das Fallreep hinunter und stracks hinüber zum ›Letzten Anker‹, wo der Korb noch stand, mit dem sie gekommen war.

Alekos war mit dem Kopf auf dem Schanktresen eingeschlummert, Cantar weckte ihn und schob Terès energisch Richtung Korb.

»Wenn Ihr oben ankommt«, instruierte sie hastig das Kräuterweib, »steht Ihr vor dem Küchenkamin. Unter den Holzscheiten findet Ihr die Satteltaschen!« Der Korb ruckte an, das gefüllte Wasserfass setzte sich schwappend in Bewegung, Terès schwebte nach oben.

Im Konvent hatte Theodora die Zügel in die Hand genommen, nachdem die junge Äbtissin – kaum erschienen – schon wieder verschwunden war. Die Mädchen maulten, sie hätten Hunger, und die Odaliske ordnete an, dass sämtliche Vorräte, jedes Stück Brot, jede noch so harte Käsekante, Speckschwarte, jede Nuss oder Bohne in den großen Topf zu werfen sei, um mit dem reichlich vorhandenen Quellwasser eine Suppe zu kochen. Der Kessel wurde von den begeisterten *Hurijat* zur Feuerstelle geschleppt, und unter der hohepriesterlichen Anleitung von Theodora machten sich die von ihr eingeteilten Küchenmägde daran, das Feuer anzufachen. Da entdeckten die Mädchen die Sättel mit den Taschen unter den Holzscheiten – gerade, als der Korb mit Terès genau vor dem Küchenkamin zum Halten kam. Geistesgegenwärtig sprang sie zwischen die aufgeregt schnatternden Mädchen und entriss ihnen den Fund. Theodora sah sich gefordert und verstellte der resoluten Kräuterfrau den Weg.

»Fass mich nicht an, garstige Ziege!«, fauchte Terès wie ein feuerspeiender Drache.

»Was fällt dir ein, du stinkende Fotze von Stallmagd?«, keifte Theodora zurück. »Du sprichst mit der Gräfin von Lecce!«

Die Küchenmädchen erstarrten.

Noch ehe es zu Handgreiflichkeiten kam, warf Terès kurzentschlossen Sättel und Taschen hinter sich in den Korb, mit dem sie soeben eingetroffen war.

»Ergreift sie!«, gellte die Stimme der Hohepriesterin, und die Küchenmägde warfen sich auf Terès, doch hinter ihrem breiten Rücken hatte sich, erst zögernd, dann mit schnellen Rucken der

Korb wieder in Bewegung gesetzt. Durch das Gewicht der goldgefüllten Satteltaschen sauste er in die Tiefe, denn unten hatte niemand das leergelaufene Wasserfass mit Gegengewichten beschwert.

Cantar stand noch wartend unten am Fuß des Aufzugs, als neben ihr der Korb hart aufschlug. Sie reagierte blitzschnell, band die beiden Pferde los, warf ihnen die Sättel samt Taschen über und stob davon. Erst dann fiel ihr ein, dass sie diese Terès gar nicht gefragt hatte, wo sich Bert el-Caz zur Übergabe einfinden wollte. Aber sollte sie auf das Weib warten?

Sie riss die letzte Fackel, die noch neben dem Fallreep im Sand steckte, aus dem Boden und schwenkte sie weithin für jedermann sichtbar über ihrem Haupt. So sprengte sie am nächtlichen Strand entlang und hielt Ausschau zum Meer hin. Ihr Bemühen wurde belohnt, vom Wasser her antwortete ihr ein unregelmäßig aufflammender Lichtschein. Cantar gab ebenfalls Signal und wartete.

Es dauerte nicht lange, da löste sich der Schatten eines Ruderboots aus der weißgischtigen Brandung und glitt auf das Ufer zu. Cantar trieb die Pferde in das Wasser. In dem Boot saß tatsächlich der Pirat Bert el-Caz, um ihn zu erkennen, hätte es nicht einmal des ominösen Turbans bedurft. Vor ihm auf der Bank hockte ein eher unwirsch als verängstigt dreinschauender Knabe. Das musste Pons sein! Cantar zögerte keinen Augenblick. Sie warf dem Piraten die abgeschnallten Satteltaschen mit Schwung ins Boot, dass es bedrohlich schwankte.

Bert el-Caz war aufgesprungen, ließ sich, ungelenk wie alle Nichtschwimmer, ins hüfthohe Wasser plumpsen und hob dann den Knaben zu sich herab. Er nahm ihn auf die Schultern und stapfte Cantar und den beiden Pferden entgegen. Kein Wort wurde zwischen ihnen gewechselt. Der Pirat stemmte, ohne dem Knaben ins Gesicht zu schauen, seine Last von den Schultern in den Sattel des von Cantar bereitgehaltenen Tieres. Dann wandte er sich wortlos ab, stürmte durch die Wellen und schwang sich über die Bordwand in sein schwankendes Boot. Dort richtete er sich noch einmal auf, als wollte er nun doch wenigstens zum

Abschied winken, verlor sein Gleichgewicht, stolperte über die Ruder und fiel kopfüber ins Wasser.

»Nein!«, ertönte der Schreckensschrei von Pons, der mit einem kühnen Satz sein Pferd zurück in die Fluten trieb, bevor die erstarrte Cantar ihn hindern konnte. Der Knabe ließ sich genau dort vom Rücken seines Tieres in die Brandung gleiten, wo der mächtige Turban zum letzten Mal aufgetaucht war.

Ein Schatten flog an Cantar vorbei, Terès hatte sich aus vollem Lauf in die Wellen geworfen. Mit kräftigen Schlägen arbeitete sie sich an die beiden heran, die verzweifelt gegen das Ertrinken kämpften. Sie bekam Pons zu fassen und drängte ihn gegen das in der Brandung tanzende Boot, griff nach seinen Beinen und wuchtete sie über die Bordwand. Pons war geistesgegenwärtig genug, seinen Oberkörper ins Bootsinnere zu zwingen und sofort eines der Ruder zu ergreifen, das er dem wie ein strubbeliger Nöck aus der Gischt auftauchenden Bert el-Caz hinstreckte. Terès hatte nicht mehr die Kraft, sich an Bord zu stemmen, sie klammerte sich ebenfalls an das Ruderblatt. Inzwischen hatte die Mannschaft des Seglers die Not ihres Capitans bemerkt. Einige, die schwimmen konnten, waren ins Wasser gesprungen, sie enterten das Boot und ruderten mit Bert el-Caz und Terès im Schlepptau und dem stolzen Pons an der Pinne zurück zum Segler.

Als Cantar sich der glücklichen Bergung sicher sein konnte, wandte sie ihr Pferd – das, mit dem sie Pons hatte zu seiner Mutter zurückbringen wollen, folgte ihr mit leerem Sattel. Nachdenklich begab sich Cantar zurück zur friedlich am Strand liegenden *Shoka al-Iffriqia*, band die Tiere am Fallreep an und stiefelte an Bord. In der Kajüte schlummerten immer noch Elgaine und ihre beiden Männer. Ihrem Schnarchen konnte Cantar beruhigenderweise entnehmen, dass sie alle drei noch am Leben waren. Die glücklose Äbtissin griff sich einen Becher nach dem anderen und trank sie allesamt aus bis zur Neige. Sie wollte sich noch den Rest aus dem Krug einschenken, da hatte der Schlaftrunk schon seine Wirkung getan. Cantar sank neben den Gefährten der Kindheit zu Boden, in der stillen Hoffnung, morgen mit ihnen zusammen aufzuwachen und nicht mehr wissen zu müssen, was in dieser Nacht alles geschehen war.

Morgennebel über Amalfi. Hinter den Klippen kündete sich bereits das Licht das Tages an, doch Stadt und Hafen lagen noch im Schatten. Berenguer de Saissac hatte Mühe, zu dieser frühen Stunde jemanden aufzutreiben, den er fragen konnte, wo die Äbtissin Cantar de Sion zu finden sei.

»*Vasciama la uallera!*«, grummelte einer der beiden alten Fischer. »Der Teufel leck mir die Eier!«, und er bekreuzigte sich, der andere deutete wortkarg mit dem Daumen nach oben, wo sich der Konvent in den Klippen versteckte.

Doch dann sah der Söldnerführer die *Shoka al-Iffriqia* am Strand, nicht weit von der Taverne ›Zum letzten Anker‹. Gleich daneben ragte das klobige Holzgestell des Aufzugs, der angeblich hinaufführen sollte zum Konvent, »– wenn nicht gar geradewegs in den Himmel!«, wie der zweite Fischer – sich gleich dreimal bekreuzigend – geargwöhnt hatte.

»Wer sich danach sehnt!«, war Berenguers gemurmelter Dank. Die ersten Sonnenstrahlen trafen seine Glatze, als er schweren Schritts das stille Deck des Schiffes betrat. Alle schienen noch zu schlafen. Er stieg hinauf aufs Steuerdeck, die Tür zur Kapitänskajüte war angelehnt. Der Anblick, der sich dem furchtlosen Söldnerführer bot, ließ ihn nur kurz erschrecken, am Boden der Kajüte lagen, wie hastig ausgezogene Kleidungsstücke übereinandergeworfen, sein einziger Sohn Astair, daneben dessen Kumpan Conon de Béthune, den Lockenkopf seiner ungebärdigen Nichte Elgaine de Gisors auf der Brust, und ganz zuoberst die grazile dunkelhaarige Gestalt, derentwegen er hier war: Cantar de Sion. Sie war ebenfalls ein Schwesternkind, wenn nun auch Vollwaise – aber das wusste Cantar noch nicht, und beileibe wollte er nicht derjenige sein, der es ihr beibringen musste!

Tot war keiner von ihnen, dagegen sprach schon ihr rasselndes, schnaufendes Atmen. Alle vier schliefen offenbar einen schweren Rausch aus. Der Glatzkopf räusperte sich vernehmlich.

Conon war der Erste, der die Augen aufschlug und den Söldnerführer entgeistert anstarrte. Wie zur Entschuldigung murmelte er: »Keine Ahnung – ich weiß auch nicht, wie –« Erst jetzt nahm er Notiz vom Kopf Elgaines, den sie unterhalb seines Kinns gebettet hatte. Eine blonde Lockenspitze kitzelte ihn in der Nase. Er grinste und biss Elgaine zärtlich ins Ohrläppchen.

Diese fuhr sofort hoch und funkelte Berenguer an. »Wo ist diese Frau?« Sie richtete sich auf. »Die hat uns –«

Elgaine begriff, dass der Glatzkopf natürlich überhaupt nichts wissen konnte, darum wandte sie sich an Conon, der sie ebenfalls verständnislos anstarrte. »Diese Frau, sie wollte mir doch Pons –?!«

Inzwischen war Cantar erwacht und griff sofort ein. »Als ich dazukam, hielt mir Conon den Becher hin«, behauptete sie dreist. »Oder war es diese Frau?« Damit hatte sich Cantar glaubhaft in das Häuflein der unglücklichen Opfer eingereiht.

Berenguer interessierte das alles wenig. »Cantar de Sion«, raunzte er sie an. »Der Kardinaldiakon Remy d'Aretin wünscht Eure sofortige Rückkehr ins Wallis!«

Cantar war wie vor den Kopf geschlagen. »Traut mir die Kirche diese Aufgabe nicht mehr zu?«, bäumte sie sich auf. Sie hatte ihre Zweifel gehabt, ob sie dieser Berufung zur Äbtissin gewachsen wäre, doch nun war sie bereit, um das Amt zu kämpfen. »Die Kurie kann mir doch nicht einfach so den Stuhl, den ich noch nicht einmal in Besitz –«

»Eben darum!«, entgegnete der Glatzkopf in plötzlicher Eingebung. »Es geht wohl um Höheres. Ich bin beauftragt, Euch ohne Verzug nach Sion zu geleiten!«

Conon ärgerte der soldatische Ton des Söldnerführers, dem Glatzkopf fehlte jedes Einfühlungsvermögen in die Seele einer jungen Frau. »Wenn Ihr es wünscht, Cantar«, bot er spontan an, »übernehme ich gerne Euren Schutz!« Er wandte sich herausfordernd an Berenguer. »Ich stelle mich als Eskorte für die Dame zur Verfügung!«

Elgaines Gesichtsausdruck zeigte keinerlei Begeisterung ob dieser Wende, und an dem Glatzkopf schien das Angebot abzuprallen wie Wassertropfen an gewachstem Linnen.

»Wo bin ich?!«, stöhnte da Astair, der als Letzter aus der Ohnmacht wieder ins Leben zurückfand. Er schaute wirr um sich, während er sich am Türrahmen hochzog. Sein Blick fiel auf das untere Ende des Fallreeps. Dort standen die beiden Pferde, die da nicht hingehörten, gesattelt, aber ohne Taschen! Astair geriet in Panik. Sättel und Satteltaschen hatte er doch gemeinsam, hoch oben im Konvent, unter dem Kaminholz gut versteckt? Er taumelte das Fallreep hinunter und rannte quer über den Strand zum Aufzug neben dem ›Letzten Anker‹.

Ungerührt griff Berenguer de Saissac die Frage nach der Heimschaffung der Cantar de Sion wieder auf. »Von mir aus!«, antwortete er Conon und ließ dabei nicht im Geringsten erkennen, wie sehr ihm dessen Angebot in den Kram passte. Cantar gab sich ähnlich gelassen. Auch sie wusste ihre klammheimliche Freude, dass Conon sie anstelle dieses polierten Holzschädels Berenguer auf ihrer Reise begleiten wollte, gut zu verbergen. Denn mit Conon de Béthune konnte sie unterwegs in Rom vorstellig werden, oder wo immer sich derjenige gerade aufhielt, der diese ungerechte Entscheidung getroffen hatte. Dass Remy d'Aretin im höheren Interesse der *Ecclesia* handeln könnte, kam ihr nicht in den Sinn.

Elgaine de Gisors war sauer auf beide, auf den sprunghaften Conon, dessen muskulöser Brust sie eben noch ihr Haupt anvertraut hatte, und auf Cantar, diese falsche Nonne, die wohl kaum eines Burschens wie Conon zum Händchenhalten bedurfte. Ganz besonders ärgerte sie, dass jetzt die Base ihr gönnerhaft die hohe Ehre antrug, sie, *Abbatissa venerabilis*, während ihrer Abwesenheit von Amalfi zu vertreten. »An Frömmigkeit kann ich es mit Euch nicht aufnehmen, Cantar, noch mit der rechten Sorge um das Seelenheil Eurer Schutzbefohlenen«, sagte Elgaine mit mühsam verhüllter Wut, »aber ich will versuchen, wenigstens mit Euch gleichzuziehen, was die Bedürftigkeit der Leiber junger Frauen anbelangt!«

Cantar schaute sie erst strafend an, dann erwiderte sie milde: »Nehmt Euch ein Beispiel an der Heiligen Jungfrau, Elgaine de Gisors.«

»Zu spät!«, platzte Elgaine der Kragen. »Ich habe Pons in

Sünde empfangen und liebe ihn weit mehr als jedes Mannsbild auf dieser Welt – Anwesende ebenso wie gerade Abwesende eingeschlossen!« Ihr funkelnder Blick streifte sowohl Conon wie Astair. »Ihr werdet Eure Nonnen nicht wiedererkennen, das verspreche ich Euch, liebe Cantar!«

Am Fuß des Aufzugs stand Theodora und feilschte mit Alekos über die Höhe ihrer Beteiligung an der Maut für die Beförderung von männlichen Besuchern des Konvents. Der Grieche war hingegen der Meinung, er müsse an dem Liebeslohn partizipieren, den *Madame* oben vor Betreten der Zellen einkassieren würde. »Dann wird eben nicht gevögelt, und der Aufzug wird stillgelegt!«, drohte Theodora eiskalt. »Überlegt es Euch!«

Das bekam Astair noch mit, bevor sich Theodora brüsk ihm zuwandte: »Euch kenne ich aus Mahdia, Ihr mich nicht! Und das ist auch gut so!« Die Odaliske hatte den ehemaligen Liebhaber ihrer Mutter sofort erkannt und weidete sich am Erfolg dieser Einleitung. »Ihr kommt sicher wegen des Sattelzeugs? Es wurde von einer bösen Hexe geraubt! Haare hatte sie auf den Zähnen, auf der Brust und ihren starken Armen!« Gekonnt tat Theodora so, als zitterte sie noch jetzt vor Abscheu. »Das grässliche Mannsweib entriss uns die Taschen und warf sie in dieses Körbchen«, sie zeigte auf die mannshohe, geflochtene Kiepe, in der sie gerade herabgeschwebt war, »und hier unten stand Cantar, unsere neue Äbtissin!«

Astair schüttelte unwillig den Kopf, sowohl über die Schilderung als auch über die Aufmachung Theodoras, die eines ihrer gewagtesten Odaliskenkostüme trug und grell geschminkt war, ein viel zu großer Purpurmund, kajalumrandete, tiefschwarze Augenränder, hennarotes Haar und pfirsichfarbene Bäckchen. »Ihr müsst Euch getäuscht haben, werte –?«

»Ihr dürft mich Theo nennen, Astair de Saissac, ich bin der legitime Graf von Lecce und Otranto –«

»Cantar befand sich doch in der Nacht –« Astair war jetzt völlig verunsichert. »Im Übrigen wird sie gar nicht Eure Äbtissin, weil sie abberufen wurde nach Sion –«

Das wiederum schien Theodora zu treffen. »Ojemine! Diese liebreizende Person!«, jammerte sie. »Und was soll aus uns nun werden?« In Wahrheit frohlockte sie. Welch himmlische Fügung!

Astair hatte keine Zeit mehr zu verlieren. »Ojemine!«, spottete nun auch er etwas herzlos. »Warum lebt ihr nicht als freie Hetären in einem Tempel der Liebe?« Höhnisch setzte er hinzu: »So wie Ihr, werter Theo, es schon mit Alekos, dem Wirt, ausgehandelt habt!«

Die gräfliche Odaliske sah ihn strafend an. »Für Euch doch noch immer: Theodora!«

Astair kehrte mit den Neuigkeiten zurück zur *Shoka*, als Conon und Cantar gerade davongeritten waren. Er vermochte sie in der Ferne noch gut zu erkennen. Cantar hatte sich sein Pferd genommen, niemand hatte es ihr verwehrt. Offenbar war die Abreise Hals über Kopf vonstattengegangen und nicht, ohne eine missvergnügte Stimmung hinterlassen zu haben. Elgaine war sauer, Astair selbst ziemlich ratlos, nur Berenguer de Saissac gab sich keine Mühe mehr, seine Zufriedenheit zu verbergen. Er hatte bereits den Capitan des Seglers der Geheimen Dienste, mit dem er gekommen war, nach Mondragon zurückgeschickt mit der stolzen Erfolgsmeldung, *stante pede* weiterzuleiten an den Grauen Kardinal: Es sei ihm gelungen, Cantar de Sion aufzugabeln, sie befinde sich bereits auf dem Wege ins Wallis, begleitet von einer zuverlässigen Person, dem *Camarlingo papale* und edlen Ritter Conon de Béthune.

Die Masken der schönen Melusine

In ihrem lichtlosen Kämmerchen hockten die beiden Chronisten, der pausbäckige Angel und der hagere Vocat, und stritten sich, wem es oblag, endlich die längst vollzogene Eheschließung des Kaisers mit dieser russischen Prinzessin Praxedis schriftlich festzuhalten. Gosbart, der Bischof von Sitten, nutzte das zu Sion entstandene Vakuum nicht nur zur Ausübung des Präfektenamtes, sondern griff auch tyrannisch in ihre Tätigkeit ein, für die sie eigentlich nur dem Grauen Kardinal Rechenschaft schuldeten. Er trieb sie an, kontrollierte und benutzte sie – und sie waren ihm wehrlos ausgeliefert. Wehrlos?

»Tun wir ihm den Gefallen!«, seufzte der dicke Angel.

»Also, erstens nennt sie sich jetzt Adelheid«, grollte der Hagere, »zweitens ist sie Tochter eines Großfürsten der Ukraine. Dass sie trotz ihrer Jugend bereits Witwe war, des Grafen der Nordmark, erscheint mir hingegen unbehelflich!«

»Sie soll aber diese slawischen Reize besitzen«, verteidigte Angel die Schönheit aus dem Osten, »hohe Backenknochen, flachsblondes Haar – jedenfalls alles im ausreichenden Maße, dass Herr Heinrich, nach angemessener Trauerzeit für seine ungeliebte, aber treue Berta von Savoyen, ihr schnell verfiel!«

»Zweiter Frühling für den Kaiser!«, höhnte Vocat. »Als hätte Heinrich keine anderen Sorgen –«

»Die nimmt ihm der tüchtige Gottfried von Bouillon ab!«, tröstete ihn der pausbäckige Angel, und der Gefährte hielt prompt dagegen: »Ob Prinzessin Praxedis ihm diese heftige Zuwendung mit gleicher Hingabe und Treue vergelten wird, mag die Zukunft weisen!«

Damit war für Vocat die Angelegenheit erledigt. Gerade rechtzeitig, denn ohne dass sie es bemerkt hatten, war unter ihnen im Amtszimmer Besuch eingetroffen.

»Balduin von LeBourg«, hörten die Lauscher die kalte und lauernde Stimme des Bischofs, »wir haben uns lange nicht gesehen, aber dafür war einiges zu vernehmen von Eurem priesterlichen Werdegang –«

»Siehst du«, zischte Vocat. »Er weiß genau, dass wir –«

»Du nimmst den Bischof«, unterbrach ihn Angel leise, vom Jagdfieber ergriffen, »ich diesen Balduin.«

»Nicht jedem ist das Glück beschieden, Gosbart von Sitten, aus dem Priesterseminar direkt auf einen Bischofsstuhl gehievt zu werden!«

»Nur keinen Neid! Der Thron eines *Episcopus sedunensis* ist härter als die Daunenbetten von Canossa, insbesonders, wenn dieser über Stock und Stein gerollt wird!«

»Worauf wollt Ihr hinaus, Eminenz?«

»Mich interessiert in dieser Einöde der Berge, wo einer wie Ihr steht, wenn er nicht mehr liegt?«

»Eure Begehrlichkeit, Gosbart, könnt Ihr schlecht hinter purer Neugier verstecken: Für wen gedenkt Ihr mich hier auszufragen?«

»Gegenfrage, Balduin, was treibt Euch her? Der Weg aus Lothringen zurück in die Toskana führt nicht ohne Grund über Sion.«

»Wer sagt Euch, Eminenz, dass es mich dorthin zurückzieht?« Balduin von LeBourg schwieg eine Weile, was den Skribenten in ihrer Kammer die Gelegenheit gab, kurz Blicke auszutauschen. Sie waren beide ratlos.

»Gleich, ob Ihr, Gosbart, mir im Auftrag der Markgräfin Mathilde nachspionieren sollt oder ob die Geheimen Dienste meine Verfügbarkeit zu überprüfen wünschen, ich habe die Reise unternommen, um mein Gewissen, mein Innerstes zu erforschen!«

»Eure Offenheit – so es sich um solche handelt – ehrt mich.«

»Euch für einen Mann von Ehre zu halten liegt mir fern, Gosbart von Sitten.«

Gosbart war ein Meister im Hinnehmen von Schlägen, als wäre sein an den Stuhl gefesselter Körper mit Strohballen gepolstert. »Geht nicht so harsch mit mir zu Gericht, Balduin von LeBourg, wir hängen an den Schnüren des gleichen Puppenspielers! Deshalb bin ich froh, von Euch zu hören, dass Ihr aus Deutschland kommt, also nicht verantwortlich gemacht werden könnt für das, was sich gerade jenseits des Passes im lieblichen Italien abspielt –«

»Lieblich für Mathilde«, unterbrach ihn Balduin, »düster und herzzerreißend schrecklich für Heinrich.«

»Ihr wisst es also?«, fragte der Bischof lauernd.

Balduin nickte. »Es war zu erwarten. Der Kaisersohn Konrad konnte der Versuchung nicht widerstehen –«

»Maurcade du Berq?«

Balduin antwortete mit wegwerfender Handbewegung. »War gar nicht vonnöten! Es genügte der Reiz der Krone, die seines Vaters Widersacher dem Schwächling aufs Haupt drückten!«

Der Bischof schaute bekümmert drein. »Wie soll das alles je enden?!«, klagte er.

»Gebt Euch bitte nicht betroffener, als Ihr seid, Exzellenz«, fuhr ihn Balduin scharf an. »Ich dagegen habe ein legitimes Interesse an einer Klärung des Zwistes, der nicht nur Kirche und Kaiser zerfrisst, sondern auch die dem Papst ergebene Markgräfin und Heinrichs treuen Heerführer, den Marschall des Reiches, langsam, aber unerbittlich wie zwischen zwei Mahlsteinen zerbröselt. Das war auch der Grund meiner Reise, die mich weit hinauf in den Westen und in den Norden führte. Ich mache mir Sorge um Bouillon, das Gottfried vererbte Leibgedinge seiner Mutter Ida von Lothringen, und die diesbezüglichen Machenschaften des Thierry von Verdun.«

»Macht ist eine böse Mühle«, seufzte Gosbart, aber Balduin überging den Einwurf.

»So bin ich einerseits Freund Mathildens und Anhänger des rechtmäßigen Papstes, aber auch leiblicher Vetter Gottfrieds, der mir lieb und teuer!«

Die Nöte des anderen interessierten Gosbart nicht, er fragte spitz: »Und was hat Eure Forschungsreise in den hohen Norden, in die Tiefen Eurer Seele, gezeitigt?« Balduin ließ sich davon nicht provozieren. »Da Ihr ein Mann des Kardinals seid –«

»Wie auch Ihr!«

»– will ich es niedergelegt wissen, bevor ich mich zurückbegebe in die Mühle, von der kein Korn weiß, wie geschroten oder zu Staub zermalmt es in den Sack fällt.«

»Wenn überhaupt! Also bitte keine Schwermut!« Gosbart hatte jetzt Oberwasser. »Keiner muss freiwillig in die Mühle, Ihr, Balduin von LeBourg, jedenfalls nicht!«

Balduin lächelte müde. »Weniger um alten Streit zu verstehen, als um neuen zu vermeiden, habe ich die Reise auf mich genommen.«

»Für Gottfried?«

»Das hatte ich vor, aber dann wandte sich der Wind und blies mir ins Gesicht, wirbelte mich wie ein Blatt im Herbst –«

»Heischt nicht Mitleid für Euer hohes Alter!«

Balduin griente dankbar ob der rüden Art des Bischofs. Der lockere Ton machte ihm das Erzählen leichter. »Das Ganze, das ich als solches noch nicht zu erkennen vermag, hat mehr mit den Normannen und Gisors zu tun als mit Lothringen und Bouillon.« Der Bischof ließ ihn reden, er nickte nur verständig, ohne zu wissen, worauf das alles hinauslief. Er war hier ein Außenstehender – dem Himmel sei Dank! Der beglückende Gedanke kam ihm, als Balduin jetzt weit ausholte. »William der Eroberer hatte drei Söhne. Der Erstgeborene und ausersehene Erbe Robert schwängerte die blutjunge Melusine de Béthune, Halbschwester der Ida von Lothringen, die seit ihrer frühen Kindheit seinem Bruder Rufus versprochen war. Büßen musste dafür Melusine. Sie wurde auf die düstere Küstenfestung Berq verbannt, brachte dort ein Kind zur Welt und wurde sofort danach – gegen ihren Willen – mit einem entfernten Verwandten der Lothringer verheiratet.«

»Dummerweise«, fügte der Bischof genüsslich hinzu, »hatte sich das junge Ding zu der Zeit schon in einen normannischen Ritter verliebt, Guillem de Gisors!«

»Dem sie aber verweigert wurde«, ergänzte Balduin bitter. »Vermutlich hat der Käufer, mein entsetzlicher Vater Norbert, Waldgraf der Ardennen, mehr Geld für die arme Melusine geboten, die so gezwungenermaßen zu meiner Mutter wurde –«

»Der Ardennerwald samt Schloss Trifels des Herrn Norbert von der Lehburg liegt schlichtweg viele Meilen weiter vom Ort der Schande entfernt als das sowieso schon heftig umstrittene Gisors!«, bot Gosbart als Erklärung. »Aber was ist aus Eurer Frau Mutter geworden, abgesehen von dem Glück, Euch, werter Balduin, gebären zu dürfen?«

»Als ich klein war«, erinnerte sich der Priester, »hieß es, sie sei verstorben. Später, auf mein Drängen, gab Herr Norbert zu, dass sie eines Tages ›verschwunden‹ sei. Er sprach von ihr wie von einem unwirklichen Feenwesen, ›Melusine Lointaine‹, entrückt in unbekannte Ferne – voller Sehnsucht! Ich verzieh ihm, dass ich meine schöne Mutter nie kennengelernt habe, weil ich dachte, er hätte sie vielleicht doch geliebt. Aber bald wurde er zornig, wenn ich ihren Namen auch nur erwähnte. Er schlug mich dafür – und ich begrub Melusine in meinem Herzen und wurde Priester –« Der Bischof nickte sinnend. »Den Bruder strafte Rufus, indem er sich, an ihm vorbei, zum König von England ausrufen ließ und Robert höhnisch mit der Herzogswürde der Normandie abspeiste.«

»Womit er den Erstgeborenen zu seinem Vasallen erniedrigte«, bestätigte Gosbart. »Zudem droht er ihm bis heute ständig damit, auch das Herzogtum als Kronland einzuziehen.«

»Roberts einziger Verbündeter ist jetzt sein Erzfeind, der König von Frankreich, der zwar auch auf die Oberlehnshoheit pocht, ihm aber die Normandie lassen würde!«

»Damit sind wir bei der umstrittenen Grenzfeste Gisors angelangt, die genau auf der Trennlinie liegt, die sich mitten durch das Vexin zieht.«

»– uralter Zankapfel zwischen Paris und den Normannen!«, griff Balduin den Faden auf. »Guillem de Gisors rächte sich an ihnen, als er – inzwischen längst mit einer Saissac aus Okzitanien verheiratet – die Hand seiner Tochter Elgaine ausgerechnet einem Nachkommen jenes lothringischen Waldgrafen versprach, der ihm einst Melusine gestohlen.«

»Doch nicht jede Rechnung, mit der Tinte des Hasses geschrieben, geht so auf wie ausgeheckt – wie man an dem kühnen Streich zu ersehen vermag, den Elgaine de Gisors und Astair de Saissac solchen Plänen versetzten!«

»Weswegen ich auch noch längst nicht an das Gelingen des Schachzugs von Mathilde und ihrem nicht einmal halb so alten Ehemann Welf von Bayern glaube, als sie Konrad bewogen, seinem kaiserlichen Vater abtrünnig zu werden.«

»Den Jungen hat es bereits die deutsche Königskrone gekostet, eingetauscht gegen den perlenumwundenen Dornenreif der aufmüpfigen Lombardei! *Sic erat in fatis!*«, beschloss Gosbart die Unterredung. Balduin verstand die Aufforderung und erhob sich.

»Wenn ich wüsste, dass meine Mutter noch lebt«, sagte er nachdenklich, »ich würde sie überall auf der Welt suchen, um sie wissen zu lassen, dass ich nicht so bin wie der Mann, der mich zeugte!«

Gosbart sah ihn prüfend an. »Wenn Wir«, er sprach jetzt von ›Wir‹, ganz im Geiste der Geheimen Dienste, »die Spur aufgetan, werden Wir Euch das wissen lassen!«

»Danke, Exzellenz! Und nichts für ungut!«

Balduin lag jetzt daran, so schnell wie möglich das Hochtal des Wallis wieder zu verlassen. »Was Wir hingegen von Euch erwarten, werter Balduin, ist, dass Ihr mit Eurem Gewissen und Eurer Vernunft zu Rate geht, in wessen Dienste Ihr Euer vielseitiges Talent in Zukunft stellen wollt.«

Darauf gab Balduin von LeBourg dem Bischof keine Antwort. Seiner Zweifel war er sich selbst ausreichend bewusst.

Irrwege

Elgaine war nicht gewillt, weitere Zeit in Amalfi zu vergeuden. Der nächtliche Besuch jener fremden Frau hatte ihr gezeigt, dass Bert el-Caz nicht nur in nächster Nähe gewesen, sondern offenbar gewillt war, ihr Pons zurückzugeben. Irgendwo entlang der tyrrhenischen Küste des Mittelmeers müsste es ihr gelingen, den fuchsigen Piraten samt seinem kostbaren kleinen Passagier abzufangen. Doch zuvor wollte Elgaine dem ihr gegen ihren Willen aufgedrängten Konvent einen Besuch abstatten. Nicht, dass sie sich von einer wie Cantar in die Pflicht genommen fühlte, doch es trieb sie die Verantwortung, dafür Sorge zu tragen, dass die aus dem Harem von Mahdia entführten Mädchen hier ihr sicheres Auskommen hatten und nicht zur wehrlosen Beute einheimischer Piraten oder durchreisender Sklavenhändler würden. Die Anlage des von der Kurie eigens für Cantar als Äbtissin wieder hergerichteten Konvents, geschützt in den unzugänglichen Klippen gelegen, schien Elgaine für eine solche Heimstatt bestens geeignet, mit Theodora gab es auch eine Person, die sich für deren straffe Leitung anbot. Nachträglich war sie ihrer Eingebung dankbar, dass sie die Odaliske in Mahdia nicht von Bord gewiesen hatte.

Theodora in ihrer Rolle als Leitwölfin zu bestärken war der feste Vorsatz Elgaines, als sie jetzt auf den ominösen Aufzug neben der Taverne ›Zum letzten Anker‹ zuschritt. Ihr folgte Astair de Saissac, ihr ehemaliger Fechtlehrer und Vater ihres Kindes, den sie aufgefordert hatte, sie zu begleiten. Elgaine wollte den immer noch ambitionierten früheren Capitan der *Shoka al-Ifriqia* nicht allein auf den Planken lassen, denen seine ganze

Sehnsucht galt – Piraten war, was ihr Treue anbelangte, nicht zu trauen! So wie die Mannschaft damals für ihren Capitan keinen Finger gerührt, würde sie heute vielleicht ihre Capitana Al-Gaina ohne jegliche Gewissensbisse im Stich lassen!

Sie bestiegen den Korb, und Alekos, der stämmige Wirt des ›Letzten Anker‹, pfiff zweimal schrill auf den Fingern, nachdem er seine Hand weit aufgehalten. Ruckelnd, aber zügig setzte sich das Gefährt in Bewegung, während sich über ihren Köpfen das mit Quellwasser gefüllte Fass schwappend von oben näherte. Neben dem stummen Faktotum des Griechen stand Theodora zu ihrem Empfang bereit.

»Ahi!«, juchzte sie. »Unsere junge Mutter!« Die Odaliske reichte der Besucherin die Hand, um ihr beim Ausstieg behilflich zu sein. Doch kaum hatte Elgaine ihren Fuß auf die sichere Plattform gesetzt, ließ der Knecht den Korb mit Astair ohne jegliche Vorwarnung schlagartig nach unten sausen. Auf halber Höhe bremste der Stumme den Korb ab, so dass er mitsamt seinem hilflosen Insassen jetzt zwischen Taverne und Konvent vor den Klippen schaukelte.

»Der Herr kommt mir nicht mehr ins Haus!«, fauchte Theodora und besah sich triumphierend ihr Opfer von oben. Elgaine sah keinen Grund, ihr zu widersprechen.

In der Annahme, Elgaine wäre gekommen, um nach dem Verbleib der Taschen zu forschen, deutete Theodora hinter sich, wo nun die rotglühenden Holzscheite reichlich Wärme ausstrahlten. »Die Taschen zog Eure Freundin Cantar hier aus dem Kamin«, plapperte die Odaliske drauflos, »geraubt wurden sie dann von dieser wilden Teufelin! Ich habe alles mit eigenen Augen beobachtet.«

»Eigentlich interessiert mich das kaum!«, bemerkte Elgaine schroff und fügte hinzu: »Selbst wenn Ihr, Theodora, diese Geschichte erfunden haben solltet, um das Gold an Euch –«

»Gold?« Erstaunt glitzerten die schwarz umrandeten Augen der Odaliske. »Ihr könnt den gesamten Konvent auf den Kopf stellen«, empörte sie sich, »und mich gleich dazu!«

Elgaine legte ihr die Hand besänftigend auf den mit klirrenden Ringen geschmückten Arm. »Mein einziges Begehr ist, meinen Sohn Pons wieder in die Arme schließen zu dürfen, deshalb werde ich Amalfi heute noch verlassen.«

»Macht Euch keine Sorgen, Capitana Al-Gaina! Ich habe die Weiber hier oben gut im Griff.« Theodora bemühte sich ihrerseits, Elgaine Trost und Mut zu spenden.

»Ich vermag Euch zwar nicht zur Äbtissin zu erheben, Theodora, doch statte ich Euch gern mit allen Vollmachten aus, derer Ihr –«

»*Auctoritas*«, erklärte die Odaliske mit überraschender Festigkeit, »kann man weder verleihen noch verschenken, nur besitzen!«

An Selbstbewusstsein fehlte es der guten Theodora nicht, was Elgaine zu der leicht hingeworfenen Bemerkung verführte: »Eine Charaktereigenschaft, die Euch für das Erbe prädestiniert, das Euch eigentlich zusteht, Graf Theodor von Lecce!«

Da sprühten die Augen der Odaliske sofort wieder Flammen. »Ich fühle mich wohler in meiner Haut als Ihr Euch in der Euren!« Sie stampfte mit dem Fuß auf, dass die Reifen an ihren Knöcheln scheppernd klingelten. »Für Piraten auf Passage bin ich die kretische Meerjungfrau, und der Minotauros für die etwas ausgefalleneren Gelüste von Kurie und Kardinälen!«

»Viel Glück!«, sagte Elgaine und küsste die Überraschte auf den Mund.

»Das wünsche ich Euch auch, von ganzem Herzen, Elgaine de Gisors!«

Auf ihren Wink wand das bärenstarke Faktotum den Korb wieder so weit in die Höhe, dass Elgaine hineinhüpfen konnte. Astair drehte ihr wütend den Rücken zu, was sie nicht störte. Unten angekommen, teilte sie dem Alekos, Herr über Aufzug und Taverne, mit, dass Theodora bis auf weiteres die Leitung des Konvents innehabe.

Elgaine marschierte zurück zur *Shoka al-Iffriqia*. Astair konnte kaum mit ihr Schritt halten, er folgte der Capitana wie ein begossener Pudel. Dort verkündete Elgaine dem Berenguer de Saissac, der auf sie gewartet hatte, ihre geplante Abreise. Sie werde versuchen, den Piraten Bert el-Caz, der ihren Sohn Pons mit sich führte, in Lerici zu erwischen, andernfalls würde sie ihm über das gesamte Mittelmeer nachjagen. »Wenn's sein muss, bis ans Ende der Welt!«

Astair hatte dazu nichts beizutragen, seine stille Hoffnung war, dem Piraten das Gold ein weiteres Mal abzuluchsen – oder wahlweise die *Shoka* wieder in die Hand zu bekommen. Am liebsten beides! Aber davon ließ er sich nichts anmerken.

Berenguer war mit allem einverstanden. Allerdings wuchsen seine Zweifel, ob es richtig gewesen war, Conon an Cantars Seite ziehen zu lassen. Mit Recht!

Gerade wollten sie ablegen, da erschien mit dem Segler der Geheimen Dienste der römische Wuschelkopf Dado, den Astair sofort wiedererkannte. Der Segler hatte sich vor den Bug der *Shoka* gelegt, Dado sprang herüber aufs Deck des Piratenschiffes. Ohne Umschweife ging er den Glatzkopf an: »Ihr seid nicht nur fristlos entlassen, Berenguer de Saissac, sondern ich habe auch den Auftrag und Befugnis, Euch auf der Stelle zu verhaften!« Als Dado bemerkte, dass der Söldnerführer ihn ungläubig anglotzte wie ein Schafsbock, fügte er hinzu: »Wegen sträflichen Ungehorsams!«

»Wieso?«, stammelte der Glatzkopf erschrocken.

»Der Befehl an Euch lautete klipp und klar, Cantar persönlich nach Sion zu geleiten! Dem habt Ihr wissentlich und ohne Not nicht Folge geleistet! Jetzt haftet Ihr mit Eurem Kopf dafür, dass die Dame unversehrt dort eintrifft. Gebt Euer Schwert ab und begebt Euch an Bord des Seglers, der unter meinem Kommando steht!«

Unter den Augen seines Sohnes musste der altgediente Söldnerführer sein Schwertgehänge abschnallen und es dem Wuschelkopf Dado überreichen. Grußlos stapfte er hinüber zur Reling und begab sich an Deck des Seglers, mit dem er schon so manche Reise im Dienste des Grauen Kardinals absolviert hatte. Welch Schmach! Astair starrte ihm düster hinterdrein.

Elgaine versuchte die günstige Gelegenheit zu nutzen: »Vielleicht möchte der junge Herr de Saissac seinem Herrn Vater beistehen und mit ihm reisen?«

Der Blick, den sie dafür von Astair erntete, sprach Bände, aber Dado lehnte kühl ab. »Davon ist in dem mir erteilten Auftrag nicht die Rede!« Er verneigte sich vor Elgaine und auch vor dem dumpf brütenden Astair, schwang sich hinüber auf sein Schiff und segelte mit seinem Gefangenen davon.

Elgaine gab den Befehl, nun endlich die Leinen loszumachen, und steuerte die *Shoka* aus dem Hafen von Amalfi. Kaum hatte die Brise ins Segel gegriffen, rauschte die *Shoka* hinaus aufs Meer. Die Capitana ließ die gesamte Mannschaft an Deck antreten. Elgaine hatte aus der Vergangenheit gelernt – sie verlangte den Treueschwur! Der alte Bootsmaat trat vor und bekräftigte die unverbrüchliche Loyalität aller, auch der Weiber an Bord. Denn sie hätten, erläuterte er, auf Verständnis ihrer generösen Capitana bauend, einige der Damen aus dem Harem an Bord behalten. »Unter Deck und aus freien Stücken!«

Elgaine musste ein Exempel statuieren, schon um der Disziplin willen! »Der Herr de Saissac wird Euch sein Schwert aushändigen!«, befahl sie kühl. Astair warf ihr sein Schwert vor die Füße, doch Elgaine begegnete auch diesem Affront. »Für die nächsten drei Tage wird der Herr in Ketten gelegt!«

Der Bootsmaat führte den Befehl aus, Astair leistete keinen Widerstand. Die Capitana ließ Kurs nehmen auf Lerici.

Die Reise der Cantar de Sion, Äbtissin ohne jede Hoffnung auf Ausübung dieser Würde, ging bislang glatt vonstatten. Bei Nola war sie samt ihrem Ritter Conon de Béthune endlich auf die Via Appia gestoßen, nachdem sie den Vesuv zur Linken hinter sich gelassen hatten. Conon atmete heimlich auf. Die Gefahr, von Räubern überfallen zu werden, war auf der alten Römerstraße etwas geringer, denn die Herzöge von Capua, durch deren Stadt sie bald darauf ritten, sorgten sich – schon im Interesse ihrer einträglichen Wegzölle – um die Sicherheit des stark benutzten Handelsweges.

Kurz vor Gaeta, der Grenzfestung des Kirchenstaats, erreichten sie das Meer, und nach Umgehung der Sümpfe von Fondi ging es – nach einer letzten Übernachtung in den Tempelruinen des Jupiter Anxur – nun schnurgerade bis hinein in die Ewige Stadt. Drei Tage waren sie jetzt schon unterwegs.

Auf dem Abstecher nach Rom hatte Cantar bestanden, denn

noch war sie nicht gewillt, den Verlust des ihr fest zugesagten Amtes hinzunehmen. Hinter den Mauern des Laterans wusste sie den Mann, dem sie das alles zu verdanken hatte. Nicht Papst Urban war der eigentliche Spieler, auch wenn der zwar ursprünglich *Spiritus rector* der höchst dubiosen Angelegenheit gewesen sein mochte, sondern der elegante Kaplan ihrer Eltern zu Sion, der damalige Monsignore Remo d'Aretino – oder Remy d'Aretin, wie er sich jetzt, als Kardinaldiakon, nannte. Was Remy dazu getrieben hatte, konnte sie nur ahnen; Avancen hatte sie ihm nie gemacht! Vielleicht fand er seine Befriedigung im Spiel mit ihren Gefühlen darin, sie hochzuschleudern zu höchsten, ihr, Cantar, keineswegs zustehenden Ehren – und sie dann stürzen zu lassen in wiederum völlig unverdiente Tiefen! Sie war aber nicht sein Ball, hatte es nie sein wollen und würde ihm auch in Zukunft nicht gestatten, sie aufzufangen, an sich zu pressen – und dann auch noch in die entfernteste Ecke der Walliser Alpen zu schleudern, weil angeblich Höheres auf dem Spiel stand!

Conon de Béthune, ihr ritterlicher Begleiter und ehemaliger Spielgefährte, begriff wenig von dem, was im Kopf der Cantar de Sion vorging. Sie war immer die Reifere gewesen, diejenige, die ihn und seinen Zwillingsbruder Tankred je nach Laune teilhaben ließ an ihren kühnen, oft waghalsigen Abenteuern. Aber schon immer war für Conon ein Zauber von Cantar ausgegangen, eine magische Kraft, der er sich nicht zu entziehen vermochte – sobald er sich auf die Rätselhafte einließ. Und genau das hatte er getan, als er sich für diese Reise zu ihrem Ritter aufgeschwungen hatte.

Kaum waren sie in Amalfi aufgebrochen, hatte Cantar ihn bestürmt, ihr auf der Stelle zu offenbaren, was der Grund sei des unverständlichen Gebots, auf der Stelle heimzukehren nach Sion. Conon wollte ausweichen, Zeit gewinnen, war schlichtweg zu feige, sie mit dem Schicksalsschlag zu konfrontieren, den die Lawine im fernen Wallis ausgelöst hatte. Doch Cantar drang mit derartiger Vehemenz auf ihn ein, dass ihm klarwurde, sie würde ihm die Reise zur Hölle machen – und so hatte er es ihr gesagt. Offen und schonungslos. Zuerst war sie wie erstarrt gewesen. Sie hatte auch keine weiteren Einzelheiten zu erfahren verlangt, hatte sich still abgewandt. Drei Tage lang hatte sie geweint, schweigend, nicht etwa laut klagend. Nicht einmal ein Schluchzen entrang sich ihrem breiten, zuckenden Mund. Jedes Mal, wenn Conon sie anschaute, sah er Tränen in ihren Augen. Sie perlten so langsam wie damals die Tropfen in den kristallenen Spiegel des unterirdischen Bergsees. Dabei blieb ihr Gesicht weiß wie Marmor, keine Rötung, keine verquollenen Augen unter den langen schwarzen Wimpern. Conon wagte nicht, sie in den Arm zu nehmen, wahrscheinlich hätte sie ihn zurückgewiesen. Erleichtert hatte er an diesem Morgen, ihrem vierten gemeinsamen Reisetag, festgestellt, dass ihre Tränen versiegt waren.

Aus heiterem Himmel richtete sie seit langer Zeit zum ersten Mal wieder das Wort an ihn: »Das ist alles noch kein Grund, dass mich die Kurie, sei es in ihrer höchsten, die Tiara tragenden Spitze, sei es mit ihrem unsichtbaren Arm, übers Brett schiebt wie die Dame im Schachspiel: Rochade!«, höhnte sie mit zornigem Lachen. »Die Äbtissin tauscht mit dem Turm im Wallis und mutiert ruck, zuck zum *Praefectus vallesiae*!« Ihre Augen funkelten jetzt wieder. »Auch der Graue Kardinal muss sich an Brauch und gute Sitte halten!«

»Was wissen wir von der *Règle du jeux*, das die *Ecclesia* spielt?«, wagte Conon nachdenklich einzuwerfen.

Das Funkeln geriet zu feuersprühenden Blitzen. »Genau deswegen werde ich in Rom erscheinen: Jetzt will ich es wissen!«

Zur Rechten der beiden Reiter senkte sich die Sonne langsam dem Horizont entgegen, die Appia begann ihre letzten Windungen vor dem Erreichen der Ewigen Stadt, indem sie sich nach Velletri hinaufschlängelte und von dort aus in die Kraterlandschaft der Albaner Berge. Jenseits des kreisrunden Lago di Nemi versank der glutrote Ball. Cantar und Conon stiegen hinab zum dunklen See und schlugen ihr letztes Nachtlager vor Rom auf. Wie all die Tage lagen sie still nebeneinander und schauten schweigend hinauf in den Sternenhimmel. Doch diesmal war Conon von Unruhe ergriffen. Lag es an dem magischen Ort, lag es an der Spannung, die sich Cantars bemächtigt hatte, da das Ziel ihrer Reise nun in unmittelbarer Reichweite lag?

»In der Tiefe des Sees soll ein priesterliches Schiff versunken liegen«, Conon hatte die Legende aufgeschnappt, als er damals mit Remy d'Aretin diesen gleichen Weg entlanggeprescht war, »von gigantischen Ausmaßen und einzigartiger Pracht. Auf ihm fuhr der Kaiser über den See, um mit der Göttin Zwiesprach zu halten –« Seine Vision füllte sich mit Bildern von dunkler Schönheit, Nymphen wiegten sich im Licht des Mondes – sanft glitt Conon in den Schlummer.

Als er mitten in der Nacht aus seinem Traum auffuhr, war der Platz an seiner Seite leer. Einem Schlafwandler gleich fand Conon seinen Weg durch die Felsen. Tief unter sich sah er den weißen Leib der Cantar im dunklen Wasser treiben. Doch bevor der Schrecken sein Herz verkrampfen konnte, teilte sie mit ruhigen Zügen den schwarzen Spiegel und entstieg dem nächtlichen Bad. Conon zog sich diskret zurück. Kurz darauf lagerte sich die Nackte wieder an seiner Seite. Er stellte sich schlafend. Cantar schlug seine Decke zurück, und er spürte die kühlen Finger der Frau, die ohne jede Provokation, ohne irgendwelche Erregung zu zeigen, sein aufgerichtetes Glied umfassten. Conon rührte sich nicht. Die Hand wurde warm, ihm wurde heiß. Gerade als er glaubte, jetzt müsste er das qualvolle Sichverstellen beenden, ließ sie von ihm ab und deckte ihn wieder zu. Die Ruhe, die von ihr ausging, ließ auch Conon bald wieder einschlafen. Traumlos.

Wäre er nicht am frühen Morgen durch einen zarten Kuss auf die Stirn geweckt worden, hätte Conon den nächtlichen Vorfall vielleicht vergessen. Jetzt stieg er mit dem Gedanken an jene Berührung in den Sattel. Cantar lächelte. Sie traten ihren Ritt hinunter nach Rom an.

In der ›Heiteren Sirene‹ zu Lerici hockte der ehemalige Knappe Rinat von Sitten und sprach den *Lacrimae virginis* zu. Dass er hier auf das Auftauchen des Piraten Bert el-Caz wartete, der angeblich den Sohn der Elgaine de Gisors entführt hatte, war seinem absinthvernebelten Hirn längst entfallen – oder ging es etwa darum, Cantar de Sion aufzutreiben, die ins heimatliche Wallis zurückkehren sollte? Stammte der Auftrag vom Glatzkopf Berenguer oder gar vom Grauen Kardinal höchstselbst? Alles lag im dichten Säufernebel, manchmal glaubte Rinat Schiffe herangleiten zu sehen, direkt auf die ›Heitere Sirene‹ zu – dann rannte er winkend hinaus, stolperte über die eigenen Füße im Sand, fiel hin. Der Patron sammelte ihn irgendwann wieder ein und tröstete ihn mit einem weiteren Gläschen aus dem dickbäuchigen Krug mit der winzigen Tülle.

Erma di Toano, die Schwester Pförtnerin, war mit ihrer Kiepe auf dem Rücken die *Via crucis* herabgekommen. Die sehnsüchtig erwartete Dicke, die für den Nachschub des höllischen Getränks sorgte, setzte sich zu dem Knappen und genehmigte sich auch ein Gläschen. »Euer Gerald«, wusste sie zu berichten, »hackt unser Holz wie ein büßender Berserker. Wir kommen gar nicht mit dem Brennen nach!«

»Wer?«, lallte Rinat, ihm war der junge Öxfeld mit seiner silbernen Mesusa um den Hals seit geraumer Zeit aus dem Gedächtnis gerutscht. Hatte er dem nicht versprochen, nach einem Schiff Ausschau zu halten, das ihn nach Jerusalem bringen sollte? »Ist der denn immer noch da?«

»An ihm könntet Ihr Euch ein Beispiel nehmen!«, gluckste die Dicke. »Scheut keine noch so schwere Arbeit, singt jeden Tag in unserer Immacolata del Bosco, trinkt auch nicht –«

Der Patron schenkte den beiden nach. »Geht aufs Haus!«, befand die Schwester Pförtnerin. »Von mir aus kann der noch lange bleiben. So keusch, so deutsch und fromm! Aber sein Traum ist allein Jerusalem.« Rinat starrte sie aus glasigen Augen an, die Dicke erhob sich schwerfällig. »Wir würden ihm ja das Geld geben«, wandte sie sich an den Patron, »wenn der da«, sie wies mit dem Daumen auf den zusammengesackten Rinat, »endlich ein Schiff auftreiben würde, das unseren braven Gerald wie auf Engels Flügeln ins Heilige Land trägt.« Sie schulterte ihre Kiepe und ging.

In lockerer Formation schoben sie sich am unteren Turm des Vorwerks entlang, gepanzerte Reiter, dann Fußvolk und als Nachhut wieder lanzenbewehrte Ritter. Zu befürchten hatten sie nichts von der Ruine zu ihren Häuptern, auf der schroffen Höhe des Burgfelsens am südlichen Ortausgang von Lerici: Die Deutschen marschierten nach Erfüllung ihrer Aufgabe in Rom heimwärts. Sie waren frohen Muts und beladen mit Beute, denn sie hatten die reiche Toskana der verhassten Mathilde nicht ungeschoren hinter sich gelassen – »Wir zogen in das Feld, da hätt' wir weder Säckl noch Geld« –, und ihr Herr Gottfried hatte sie auch nicht hindern wollen. *»Strampede mi a la mi presente«*, sangen sie grölend, *»al vostra signori!«* Sie marschierten in langen Zweierreihen, an ihrer Spitze hoch zu Ross der grauhaarige Feldobrist Sigbert von Öxfeld. Der Patron war vor die ›Heitere Sirene‹ getreten. Sigbert ließ seinen Zug unterhalb der *Via crucis* vorbeiziehen, stieg aber nicht aus dem Sattel. Der Patron, der ihn kannte, reichte ihm sein Gläschen hinauf. Der Feldobrist hielt sich die Nase zu und kippte die *Lacrimae* ex hinunter. Sigbert tippte mit zwei Fingern an den Helmrand und ritt hinter seinen Leuten her. »Wir kamen auch für Rom, da hätt' wir sehn den Papst im Dom!«, verhallte der Marschgesang in den Hügeln der Toskana. *»– – a la mi presente al vostra signori!«*

Als sie mit der *Shoka al-Iffriqia* um den Felskegel bog, der im Süden der Hafenbucht von Lerici vorgelagert, erinnerte sich die Capitana plötzlich daran, wie sie Cantar hier vor Jahren in letzter Minute vor der Sklaverei rettete. Bert el-Caz und seine Piraten waren über das Kloster da oben hergefallen – sie konnte die Mauern von Immacolata del Bosco jetzt gut erkennen. Eigentlich war es Conon gewesen, der durch sein beherztes, fast tollkühnes Eingreifen Cantar vor der drohenden Versteigerung auf dem großen Sklavenmarkt von Bejaia bewahrt hatte. Gemeinsam mit der zukünftigen Äbtissin hatte sich Elgaine dann auf jene gewagte Fahrt an die Berberküste begeben, die ihr den dort festgehaltenen Sohn und Cantar die gewünschten Nonnen für ihren Konvent einbringen sollte. Nun kehrte sie mit leeren Händen an diesen Ort zurück – und Cantars Hoffnungen waren ebenfalls zerstoben! Als Elgaine ihr Schiff in das weite Halbrund steuerte, das die zur Mole aufgetürmten Felsbrocken in der Bucht von Lerici bildeten, musste die junge Frau mit aller

Macht gegen die bittere Erkenntnis ankämpfen, dass sie gescheitert war. Die Capitana ließ den Anker gleich hinter der Hafeneinfahrt werfen, denn sie beabsichtigte nicht, lange zu bleiben. Sie hatte nur vor, sich ihres lästigen Passagiers zu entledigen. Elgaine ließ Astair an Deck bringen und befahl, ihn von seiner Kette zu befreien.

»Ihr könnt an Land gehen, Astair de Saissac«, teilte sie ihm ungerührt mit, »und dort auch bleiben!«

Der hinreichend Gedemütigte ließ sich das nicht zweimal sagen. Er nahm sein Schwertgehänge wieder in Empfang und stiefelte zornbebend von Bord.

Rinat hatte alles reglos über sich ergehen lassen, den Durchzug der Deutschen und die Ankunft der *Shoka*, obgleich Erinnerungsfetzen durch sein umnebeltes Hirn flatterten, die mit dem Verbleib der Cantar de Sion und diesem Schiff zu tun hatten. Doch er bekam den Arsch nicht hoch. Das änderte sich erst, als der Patron ihm mitteilte, seine Zechschulden hätten eine Höhe erreicht, dass die winzige Tülle an dem dickbauchigen Krug für ihn keinen Tropfen mehr abgeben würde. Der Nebel lichtete sich, und mit dem Erwachen setzte bei Rinat die Panik ein. Er schwor, er werde alles begleichen, verlegte sich aufs Bitten und Betteln, und als auch dies nichts fruchtete, begann er schließlich zu weinen über sein verpfuschtes und nun auch trockengelegtes Leben.

Finsteren Gemüts betrat Astair de Saissac den Schankraum. Als der Ritter den Knappen wiedererkannte und sofort zweimal *Lacrimae* beim Patron orderte, verzogen sich bei beiden sofort die Wolken, die Sonne brach durch. Der Wirt goss sich selbst auch ein Becherchen voll und setzte sich zu ihnen. Wirr redete Rinat auf den neuen Gast ein, und damit dieser auch wirklich verstand, übernahm es der Patron, die Lage klarzustellen: Oben im Kloster warte ein braver deutscher Ritter auf eine Passage ins Heilige Land, eine Pilgerfahrt nach Jerusalem. Geld spiele keine Rolle!, tönte der Patron und spendierte gleich noch eine weitere Runde. Rinat sei beauftragt, ein solches Schiff zu besorgen. Er, der uneigennützige und geduldige Patron, sei nur daran interessiert, dass Rinat bei ihm aus der Kreide käme. Wenn der ehrenwerte Herr Astair de Saissac *in personam* behilflich sein könnte, so werde es sein Schaden nicht sein, die Summe, die er nennen würde, könne er sich ohne Abstriche und – dabei sah er den begierig lauschenden Knappen streng an – ohne mit jemandem teilen zu müssen, in die Tasche stecken!

Astair übernahm die nächste Runde. In seinem Hirn rumorte es. Bot sich hier die einmalige Gelegenheit, wieder auf die Füße zu kommen, auf die Planken eines Schiffsdecks natürlich, und gleichzeitig der undankbaren, herzlosen Elgaine eins auszuwischen? Das wollte wohl bedacht sein!

»Lasst den Trost und Freuden spendenden Krug gleich bei uns stehen!«, wies er den Patron mit jovialer Geste an. Bis der geleert war, musste die Lösung gefunden sein! Der Herr der ›Heiteren Sirene‹ fasste weitaus mehr Vertrauen in die Fähigkeiten des Astair de Saissac als der Knappe Rinat, der sich fragte, woher einer wie Astair an ein Schiff gelangen wollte. Doch letztlich hatte Rinat nichts zu verlieren.

»Auf Jerusalem!«, rief er munter und leerte seinen Becher auf einen Zug.

Entlarvung eines bösen Wichts

Was für ein Spiel betreibt unser Bischof Gosbart?«, fragte flüsternd der dicke Angel seinen hageren Gefährten. Selbst die Tatsache, dass sie den Krüppel unter sich über den Hof rollen sahen, löste sie nicht aus der ständigen Furcht, von ihm belauscht zu werden. Die Chronisten waren Opfer ihrer Tätigkeit geworden. Sie standen an einem der hohen Fenster des Arbeitszimmer des Präfekten, das sie eigentlich nicht betreten sollten, und spähten, hinter den schweren Vorhängen verborgen wie unfolgsame Kinder, hinab zum Tor.

Ein Zug bis an die Zähne bewaffneter Reiter quoll aus dem Torhaus in den Innenhof der Burg von Sion. Der Anführer sprang ab und kniete vor dem Wägelchen des Bischofs nieder. Angel und Vocat beeilten sich, in ihr höher gelegenes Kämmerchen zu gelangen, denn der Besuch des fremden Kriegsherrn verhieß Arbeit.

»Nach meinem Ermessen hetzt Gosbart«, zischte Vocat seinem ächzend die Treppen voransteigenden Mitbruder zu, »einen auf den andern! Frage ist nur, ob in Abstimmung mit dem Grauen Kardinal oder um dessen Pläne zu durchkreuzen?« Sie waren an ihren Schreibpulten angekommen.

»Was führt Euch zu Uns, Norbert von der Lehburg, Waldgraf der Ardennen und Herr auf Trifels?« Die Stimme des Bischofs klang nicht sonderlich freundlich.

»Unser gemeinsamer guter Freund Thierry, Bischof von Verdun, ließ mich wissen, dass ich in Euch, Exzellenz, einen Mann unserer Partei finde, dem ich vertrauen kann, im Kampf gegen die von Gott und unserem Heiligen Vater Verdammten – Gottfried und seinen Kaiser.« Die Stimme des Waldgrafen wirkte meckernd, unangenehm blechern. Das empfand wohl auch Gosbart so.

»Eure Vorgabe, werter Herr, hat den Fehler, dass eines das andere ausschließt: Betrachtet Ihr Uns als der gleichen Partei zugehörig, solltet Ihr Uns tunlichst kein Vertrauen schenken – wirken wir vertrauenswürdig, sind Wir nicht von Eurer Partei!« Der Bischof ließ dem Waldgrafen Zeit, diesen Satz zu verdauen, und schlug dann erneut zu: »Ihr, Norbert, giert also ebenfalls nach der Herzogswürde von Niederlothringen?«

»Die stellte mir zwar mein Freund und Gönner Thierry in Aussicht, aber dafür muss erstens Gottfried weg, zweitens der Kaiser in die Knie, und drittens bedarf es des Segens von Mathilde, die ihren Blödmann Welf gern auf diesem Thron sieht, als weitere Stufe zum Rang eines Königs der Deutschen!«

»Um in Eurer schlichten Sprache zu bleiben«, Gosbart verbarg seinen Spott nicht, »den törichten Konrad habt Ihr ja schon abgeschossen!«

»Das war so bolzenleicht, dazu bedurfte es eines preisgekrönten Schützen wie mich nun wirklich nicht! Der eitle Tor ließ sich blenden vom Glanz einer zweiten Krone, nun hat er bald gar nur noch die Schellenkappe über den Ohren!« Des Waldgrafen meckerndes Lachen begleitete seinen Scherz.

»Wenn Ihr weder Armbrust noch Bolzen gewesen sein wollt«, bohrte der Bischof schneidend, »bleibt nur noch Maurcade.«

»Wieso Maurcade und nicht Balduin?«

»Weil Wir Letzterem zugutehalten, dass er sich für Intrigen solcher Art weder hergibt noch eignet! Maurcade du Berq steht Euch hingegen ziemlich nahe –? Sie ist doch wohl die Tochter Eurer Melusine?«

Die Schlagfolge war zu dicht für den Waldgrafen. Die Chronisten hörten ihn vernehmlich schnaufen. »Woher wisst Ihr von Melusine?« Herr Norbert wirkte angeschlagen, und der Bischof setzte nach.

»Ihr eignetet Euch das Mädchen an, als es aus Berq entflohen und auf dem Weg nach Gisors war –«

Nach langer, von schwerem Atmen gefüllter Pause ließ sich der Waldgraf keuchend vernehmen: »Ehe Ihr mich weiter auf diese Weise verhört, Exzellenz, will ich den Schutz der Beichte in Anspruch nehmen!« Es sollte trotzig klingen, kam aber recht kleinlaut herüber.

»Seht in mir den Priester«, erwiderte der Bischof ungerührt, »doch meine Geduld hat Grenzen!«

Stockend begann Norbert von der Lehburg mit seinem Sündenbekenntnis: »Die normannischen Prinzen waren in ihrer Ehre getroffen. Rufus, weil er sich gehörnt fühlte, und Robert, weil Melusine es wagte, einen anderen zu lieben als ihren gewalttätigen Verführer. Zur Strafe sollte sie den, der an alldem völlig schuldlos, jetzt erst recht nicht bekommen! Die Lothringer waren bereit, Melusine samt Töchterlein aufzunehmen. Der Auftrag, sie auf Berq abzuholen, erging an meinen Lehnsmann Sigbert von Öxfeld. Ich hatte es selbst übernehmen wollen, denn mir war die große Wonne zuteilgeworden, einmal ein Auge auf die schöne Melusine werfen zu dürfen, damals, als sie auf der Festung weggesperrt wurde – welch wundervolles Geschöpf! Aber die Gräfin von Boulogne, die Mutter Gottfrieds von Bouillon, traute mir nicht über den Weg. Also zermarterte ich mir mein Hirn, wie ich es anstellen könnte, mich in den Besitz der köstlichen Beute zu setzen, ohne meinen Lehnsmann, den treuen Sigbert, zu erschlagen! Selbst dazu wäre ich bereit gewesen –« Der Waldgraf musste Luft holen in dem atemlosen Gesprudel seiner eitlen Beichte. »Sigbert von Öxfeld war ein ordentlicher und umsichtiger Mann, er bereitete auf Berq alles sorgsam für die Abreise vor, nur ließ er dabei seine Schutzbefohlene aus den Augen. Der Gedanke, sie könnte entfliehen, kam ihm nicht, fühlte er sich doch dank seines Auftrags als ihr Befreier nach langem Kerker! Melusine indes hatte keineswegs im Sinn, sich nach Boulogne oder Bouillon verbringen zu lassen, sondern einzig den dickköpfigen Wunsch, zu dem von ihr heimlich angeschwärmten Ritter Guillem de Gisors zu gelangen! Hals über Kopf floh sie aus Berq – und lief mir direkt in die Arme. Ihr Widerstand, ihre Wut reizten mich noch mehr. Vor Glück zitternd, drohte ich ihr, sie zu töten, wenn sie mir nicht folgte. Die herrliche Melusine funkelte mich an. ›Tötet mich!‹, rief sie. Die zweijährige Maurcade hatte sie in Berq zurückgelassen, weil sie ohne das ungeliebte Kind zu ihrem Guillem wollte, dabei hätte der Tropf sie auch mit Tochter genommen! Ich war verrückt nach Melusine, ich musste sie haben!«

»Ihr zwangt sie mit dem Dolch an der Kehle auf Euer Pferd und verschlepptet sie nach Trifels. Dort sperrtet ihr sie ein, vergewaltigtet sie – sie brachte Euren Sohn Balduin zur Welt – und entfloh!«

»Ihr seid verdammt gut informiert – weg war sie! Es dauerte Jahre, und es war reiner Zufall, dass ich das Castelbov meines Lehnsmannes Sigbert aufsuchte. Der war nicht da, aber sein Weib Fedaye – meine Melusine!«

»Wart Ihr eigentlich eine mit dem Sakrament versehene Ehe mit ihr eingegangen?«, unterbrach ihn der Bischof scharf.

»Wozu?«, schnappte der Waldgraf höhnisch zurück.

»Ihr fielt also über Eure Kebse her wie gewohnt?«, setzte Gosbart die Befragung fort.

»Ihre tumben Knechte Rutger und Jakob traten dazwischen, ich verließ Castelbov mit der Drohung, wiederzukommen und sie mir mit Gewalt zurückzuholen.«

»Melusine oder Frau Fedaye befand sich inzwischen im Stand der Ehe?«

»Wahrscheinlich! Gab sie doch ihrem Balg, diesem Kalb Gerald, ihre wundervolle Brust«, seufzte Herr Norbert. »Bei meinem nächsten Überraschungsbesuch war sie jedenfalls nicht mehr da.«

»Aus Angst vor Eurer Gewalttätigkeit hatte sie sich ihrem braven Mann Sigbert entzogen«, stellte der Bischof lakonisch fest.

»Der Scheißkerl hatte ihr geholfen, aus Trifels zu entkommen!«

»Ihr Glück! Aber das geht Euch nichts an!«, schlug ihm der Bischof mit genüsslicher Strenge aufs Maul. »Zumal Ihr Eure hemmungslose Begierde inzwischen von der entschwundenen Mutter Fedaye auf die sinnenfrohe Tochter Maurcade übertragen habt, von der Ihr Euch reichliche Kompensation verwehrter Fleischeslust versprecht –«

Norbert von der Lehburg sagte zu dem Vorwurf nichts. Er musste ihn schlucken. Ihm blieb der Triumph, die Früchte längst eingesackt zu haben, die der Bischof noch eilig hatte schütteln wollen, damit sie vom Baum der Erkenntnis nicht in schmutzige Hände wie die seinen fielen!

Gosbart ahnte das wohl, denn er eröffnete eine neue Front. »Wisst Ihr«, begann er unvermittelt, »dass Herzog Robert der kleinen Maurcade versprochen hat, dass sie, wenn Guillem de Gisors ohne Nachkommen stirbt, Gisors bekommen soll?«

»Ha!«, spottete der Waldgraf. »Späte Wiedergutmachung für die geprellte Mutter?« Er nahm die Geschichte offenbar nicht für bare Münze.

»Einzige Bedingung an Maurcade«, fuhr Gosbart frohlockend fort: »– die Ehe mit einem Ritter normannischen Geblüts!«

Der Waldgraf zeigte maßvolle Empörung. »Gisors ist meiner Brut versprochen!«

»Das war, als Melusine sich noch in Eurer Hand befand. Aber der einzige Sohn aus dieser Verbindung wurde Priester, damit ist Euer Anrecht erloschen!« Genussvoll setzte Gosbart hinzu: »Nicht einmal, wenn Maurcade Euch zum Mann nähme, wäre daran zu rütteln, denn Ihr seid nun wahrlich kein Normanne und werdet es auch nie und nimmer mehr!«

»Ich scheiß auf dieses Normannenpack!«, trompetete der jetzt in Wut versetzte Norbert. »Männer wie Weiber! Ich verlange nur noch eines: Gottfrieds abgeschlagenes Haupt! Das mag mir Maurcade auf einer Silberschüssel bringen! Ansonsten kann mir dieses Luder gestohlen bleiben!«

»Klare Worte«, spöttelte der Bischof. »Nur scheint Ihr nicht zu wissen, wer Pate der Maurcade du Berq ist?«

Der Waldgraf schüttelte abweisend den Kopf. »Ich wusste nicht einmal, dass sie getauft –«

»Der Herzog bat einen Mann, der ihm weit genug entfernt und keine weltlichen Interessen zu haben schien, ihre Vormundschaft zu übernehmen. Der tat ihm den Gefallen widerwillig, aber dann entpuppte sich das Mündel in seiner Hand zum goldenen Apfel im Spiel um die Macht.«

»Wer?!«, schnaubte Norbert ärgerlich. »Sagt schon: wer?«

»Euer guter Freund Thierry, Bischof von Verdun!«

Der Schlag saß! Der Waldgraf war leichenblass geworden und würgte schweigend. Er fühlte sich hintergangen, benutzt von Spielern, die sich für größere Meister hielten.

»Will der mich hindern? Oder etwa Euer Grauer Kardinal?« Norberts Augen bekamen einen leicht irren Glanz. »Und wenn ich Euch, Exzellenz«, Norberts Stimme nahm einen lauernden Ton an, »Cantar vom Leibe halte, ihre Rückkehr nach Sion vereitele?« Er legte eine auf Wirkung erpichte Pause ein. »Bringt Ihr mich dann in die Lage, den Erzfeind mit einem Stich zu erledigen?«

»Eine reuige Rückkehr ins kaiserliche Lager lässt sich einrichten, vielleicht an der Seite Eures Sohnes Balduin von LeBourg, doch wenn Ihr die Hand gegen Gottfried erhebt, dürfte das Euren sicheren Tod bedeuten.«

»Lasst das meine Sorge sein! Mein Angebot gilt.«

»Erfüllt es, und ich werde dafür sorgen, dass Ihr dem Mann gegenübertreten werdet, dem Ihr so süchtig nach dem Leben trachtet. Gott mit Euch!«

Gleich darauf vernahmen die Chronisten die sich entfernenden Schritte des Waldgrafen, seine Sporen klirrten.

»Wie war's?«, tönte die Stimme des Bischofs zu ihnen hinauf.

»Wunderbar«, juchzte Angel, »aber mir schmerzen die Finger!«

»Seid froh, dass Ihr sie noch spüren dürft!«, erscholl die Antwort. »Ich wünschte, meine Füße würden mir noch das große Glück eines kräftigen Tritts in den Hintern gewähren!«

»Der Herr verteilt die Lasten und das Vergnügen«, sagte Vocat sanft, »Gottes Wille geschehe!«

»Manch einer tritt sich selber in den Arsch!«

Shoka al-Iffriqia

Mathilde, die Markgräfin der Toskana, zeigte sich nach der erfolgreichen Wiedereinsetzung des Antipapstes Clemens durch den Kaiser zu Rom endlich verhandlungswillig. Doch auf lange Sicht war sie gewiss nicht bereit, den Wibert von Ravenna auf dem Stuhle Petri anzuerkennen. Wie eine Schlange wand sich Mathilde, um sich ja nicht auf irgendwelche Zugeständnisse festnageln zu lassen. Stattdessen stellte sie heimlich ihr geschlagenes Heer neu auf und bereitete sich auf den Fortgang der Auseinandersetzung vor.

Balduin von LeBourg, ihr wieder in Gnaden aufgenommener lothringischer Beichtvater, täuschte zwar, was seinen früheren Dienst als Liebhaber anbetraf, seit seiner Rückkehr aus Deutschland Besinnung auf seinen priesterlichen Stand vor, aber als fähiger Berater ließ er Mathilde nicht im Stich.

»Zur Unterstützung Eurer Truppen und zur Sicherung der Nachschubwege«, schlug er ihr vor, »solltet Ihr Euch eines freien Zugangs zur Küste vergewissern! Ich denke an Lerici –«

Die Markgräfin sah ihn nachdenklich an. »Würdet Ihr das übernehmen, Balduin?«

Der nickte.

Der unerwartete Vorstoß des Priesters und seine überraschende, mit allen Vollmachten versehene Beauftragung rief Mathildes Favoritin Maurcade du Berq auf den Plan. »Ihr vertraut Euer Schicksal einem Vetter Gottfrieds an?«, stichelte sie. »Morgen könnten dort mit Hilfe Pisas die Deutschen an Land gehen und Eure Truppen, die bei Canossa stehen, abschneiden!«

Mathilde reagierte verärgert. »Was willst du?«

»Ihm auf die Finger schauen!«

»Wenn du meinst –«

So kam es, dass die ohnehin schon schwache päpstliche Streitmacht, die von der Markgräfin für das Unternehmen freigestellt wurde, zwei Personen an der Spitze sah, die beide über keinerlei militärische Erfahrung verfügten. Balduin vermied einen Streit mit seiner Rivalin, indem er nur einen Stoßtrupp für sich beanspruchte, aber das Recht, damit zu verfahren, wie es ihm gutdünkte. Maurcade setzte sich an die Spitze des Zuges.

Balduin von LeBourg sickerte – von Norden kommend – als Erster in Lerici ein. Er besetzte heimlich, still und leise die ungeschützte Flanke des Piratennestes dort, wo die *Via crucis* vom Kloster Immacolata del Bosco herabkam und am Strand lediglich die einsame Taverne ›Zur heiteren Sirene‹ lag. Seine Leute versteckte er in den aufsteigenden Serpentinen des Kreuzweges, er selbst nahm die Taverne in Beschlag. Sein Plan war, sobald Maurcade den Zugang zum Ort bei dem Engpass unterhalb des gegenüberliegenden Burgfelsens blockiert hatte, im schnellen Vorstoß über die Mole den Hafensack zu schließen, mit allen Piratenseglern darin als willkommene Beute, denn an Schiffen mangelte es den Päpstlichen erheblich.

Elgaine befand sich an Deck ihrer *Shoka al-Iffriqia*, als sie verdächtige Bewegungen in den Felsen unterhalb der Burgruine wahrnahm. Fremdes Militär in offenbar unguter Absicht! Da die *Shoka* nicht festgemacht hatte, sondern nur ankerte, befahl sie unbemerkt ihre Leute an die Segel und ließ, ohne auffällige Geräusche zu verursachen, den Anker einholen. Die sich in den Felsen ungeschickt verbergenden Soldaten wurden erst stutzig, als plötzlich die Segel am Mast hochgingen und der Wind sofort das Tuch blähte, aber da hatte die *Shoka* schon Fahrt in Richtung Meer aufgenommen.

Doch genau in diesem Moment schoss der Segler des Bert el-Caz durch die enge Hafeneinfahrt ins Innere der Bucht von Lerici, von den Molen umfasst wie Scheren eines Krebses. Neben dem Piraten mit seinem unübersehbaren grünen Turban stand ein Knabe und winkte aufgeregt zur *Shoka* herüber.

»Pons!« Elgaine riss das Ruder herum, um nicht mit dem Schiff aufs Meer hinausgedrückt zu werden. »Mein Pons!«

Wie ein Feldherr in der Schlacht wies Bert el-Caz mit ausgestrecktem Arm auf das äußerste Ende der Bucht hin, wo bei der ›Heiteren Sirene‹ der Strand erlaubte, sacht anzulanden. Elgaine, die es hätte besser wissen müssen, verlor ihre kühle Übersicht. Sie schnitt dem Segler des Piraten den Weg ab, drängte ihn quasi in die hinterste Ecke des Hafens. Pons winkte mit beiden Armen, Elgaine hatte nur noch das Wiedersehen mit ihrem Sohn vor Augen. Führerlos ließ sie die *Shoka* auf dem Sand des Ufers auflaufen, schon sprang sie über die Reling ins seichte Wasser, um den Knaben endlich in ihre Arme schließen zu können. Jetzt gestikulierte auch Bert el-Caz, der Pirat winkte warnend, verschränkte energisch verneinend die Arme in der Luft. Elgaine begriff nicht, wollte er ihr Pons nicht übergeben oder ihr mit seiner Fuchtelei die Wiedersehensfreude verderben?

Sie stürmte auf die einsame Taverne zu, dorthin, wo der Pirat ebenfalls das Ufer erreichen musste – und lief Balduin von LeBourg genau in die Arme.

Bert el-Caz, der das Unheil nicht hatte verhindern können, riskierte eine haarscharfe Wende, leicht die Felsen der Mole schrammend, schlug er einen meisterlich engen Bogen und entwischte grad noch der Falle, die die Päpstlichen jetzt zuschnappen ließen.

Willenlos ließ sich Elgaine de Gisors festnehmen. Keine Sehne straffte sich zur Gegenwehr, kein Muskel stemmte sich gegen das unabwendbar erscheinende Schicksal. Sie ließ sich in den Sand fallen und hörte unbeteiligt zu, wie Maurcade du Berq »diese Weibsperson« für sich als Gefangene reklamierte. Balduin stellte sich dem nicht entgegen, sorgte aber dafür, dass Elgaine erst mal in die ›Heitere Sirene‹ geschafft wurde.

Astair de Saissac war kein Held. Als die Päpstlichen unter Balduin von LeBourg die Taverne überfallartig in Beschlag genommen hatten, war es ihm mit Hilfe des Patrons gerade noch gelungen, in den Schweinestall zu entkommen, auch wenn das eines Ritters unwürdig schien. Schon wollte er sich zum Strand schleichen, um dort in dem Gewimmel aus päpstlichen Truppen und aufgebrachten Weibern der Fischer unterzutauchen, als er Zeuge wurde, wie Elgaine vor seiner Nase von Balduin persönlich in Haft genommen wurde. Nachdem Maurcade du Berq sich sofort und vehement einschaltete und Elgaine nun zur ›Sirene‹ gedrängt wurde, beschloss er, zunächst nicht einzugreifen. Er verschloss die Stalltür wieder und zog sich hinter den Schweinekoben zurück. Die Füße in der Gülle, den beißenden Gestank in der Nase, sah sich der Ritter nun gefordert, einen Ausweg aus dem Dilemma zu finden. Die Lösung konnte nur Rinat heißen!

Der Knappe hatte das Eindringen der päpstlichen Besatzer in die ›Sirene‹ dumpf über sich ergehen lassen, und diese hatten von dem Saufkopp auch kaum Notiz genommen. Eher unwirsch war er der Aufforderung des umsichtigen Patrons nachgekommen, Astair im Schweinestall ein Becherchen mit *Lacrimae* zu kredenzen und zu schauen, wie es dem Ritter ginge. Den Absinth schüttete Rinat sich in die Kehle, kaum dass die Tür hinter ihm geschlossen. Von Astair war nichts zu sehen. Erst auf leises Rufen des Knappen hin schälte sich der Ritter aus dem Stroh.

»Wir müssen uns in Besitz der *Shoka* setzen!«, beschwor ihn Astair leidenschaftlich, aber Rinat erteilte dem edlen Ritter vom Koben gleich einen gehörigen Dämpfer. »Die wurde auf Anweisung des Balduin von LeBourg an die Kette gelegt!« Doch so schnell gab ein Astair de Saissac nicht auf. »Dann müssen wir eben die Mannschaft aufwiegeln! Am besten, Ihr, Rinat, schleicht Euch im Schutz der Nacht an Bord –«

»Sonst noch was?!«, knurrte aufsässig der Knappe. »Euch täte es gut, werter Herr, mal wieder an die frische Luft zu kommen und Eure Stiefel im Sand zu säubern!«

Astair überging den Einwand souverän. »Dabei solltet Ihr der Mannschaft mitteilen, ihr früherer Capitan kehrt zurück, mit reichlich Heuer für alle bis hinab zum Schiffsjungen!«

Rinat sah den Ritter höchst belustigt an – Stroh im Haar, die Stiefel bis zum Schaft mit Kot bespritzt. »Seit wann verfügt Ihr über solche Mittel?«, spottete der Knappe.

Astair war um die Antwort nicht verlegen. »Euer Deutscher wird die notwendige Summe den Schwestern entsteißen!«

»Um nach Jerusalem zu gelangen«, wies Rinat ihn leicht empört zurecht, »nicht, um Euch die Taschen zu füllen!«

»Ohne mich wird er nicht einmal an das Schiff kommen, geschweige denn mit der *Shoka* bis in die *Terra sancta*! Dazu braucht er einen Capitan!«, trumpfte Astair auf. »Und die Mannschaft ist immer noch die alte, die unter meinem Kommando fuhr!«

Rinat betrachtete den eifrigen Ritter amüsiert. »Wenn Ihr Euch all dieser Prämissen so sicher, Astair de Saissac«, er wandte sich zum Gehen, »dann ist es dennoch unumgänglich, dass Ihr mit der Mannschaft sprecht! Die Nacht schützt auch Euch – nicht nur mich armes Schwein!«, goss er weitere Gülle über dem Ritter aus. »Ich warte gern bei einigen Bechern auf das Ergebnis Eurer kühnen Bemühungen!«

Grinsend verließ Rinat wieder den Stall und kehrte auf seine Bank zurück. Er hob die Finger zum Siegeszeichen gespreizt. »Zwei Doppelte auf Rechnung des Ritters Astair de Saissac!«

Das Bett des Papstes

Dank des guten Erinnerungsvermögens von Conon fanden die beiden Reiter, von Süden kommend, mühelos den Dienstsitz der Geheimen, die Kathedrale Sankt Johann im Lateran. Cantar war beeindruckt von dem Treiben in der Stadt und den mächtigen Bauten rund um den Heiligen Stuhl, doch nicht so sehr, dass sie ihren Ingrimm vergaß, mit dem sie seinen im Verborgenen wirkenden, übereifrigen Dienern entgegentreten wollte. Conon hieß sie in dem riesigen Kirchenschiff Platz nehmen – einer zukünftigen Äbtissin zieme es allemal, ihre Ankunft in Rom mit einem Gebet zu begehen, scherzte er –, während er ihre Präsenz in den heiligen Uffizien melden wolle. Als *Camarlingo* hatte Conon keine Schwierigkeiten, in die inneren Bereiche päpstlicher Macht vorzudringen, jene Räume, in denen – so jedenfalls der Anspruch – das Schicksal der Welt entschieden wurde. Er fragte nach dem Kardinaldiakon Remy d'Aretin und wurde durch mehrere Korridore und ineinander übergehende herrschaftliche Säle geleitet, bis sich vor ihm die dreifach gesicherte Tür öffnete und er vor dem hageren Monsignore Alfons de la Carmen stand.

»Der *Caput canis* steht Euch, Conon de Béthune, und der Dame in Eurer Begleitung nicht zur Verfügung –«, eröffnete ihm der langschädelige Kleriker betont kühl. »Wir verstehen auch nicht, warum Cantar de Sion sich die Mühe eines Umwegs über Rom macht, anstatt sich schnellstmöglich, also unter Benutzung des Seeweges, zurück ins Wallis zu begeben, wie es ihr auferlegt war –« Conon wollte verärgert widersprechen, doch der Monsignore schnitt ihm jeden möglichen Einwand ab. »Wir haben die Dame bereits aus der Kirche entfernt und in geeignete Räumlichkeiten verbracht. Dort werdet auch Ihr, Conon de Béthune, Unterkunft nehmen.«

Damit war die Unterredung beendet.

Die Gemächer, die man ihnen zugeteilt hatte, erwiesen sich als überaus prächtig, vom Dekor der Wände und Saaldecken her sogar geradezu pompös, wenn auch ihre Möblierung sehr karg bemessen war. Vor allem aber wirkten sie unbewohnt, schon lange schien niemand mehr sie benutzt zu haben, und sie lagen völlig abgelegen in einer äußeren Ecke des gewaltigen päpstlichen Palastes.

»Die Privatgemächer seiner Heiligkeit«, hatte der alte Bedienstete gemurmelt, der sie hergeführt. »Dank den Engeln, dass dieser Antichrist Clemens sie nicht entweiht, der bettet sein frevlerisches Haupt vor lauter Angst lieber in der Engelsburg!«

Cantar wirkte recht verloren in der kalten Pracht, wie sie da auf einer der mit Schonbezügen bedeckten Sitzgelegenheiten hockte – verflogen die trotzige Zuversicht! Conon stieß die hohen Fensterläden auf, über die Mauern der Stadt ging der Blick zu den Albaner Bergen, von wo aus sie heute Morgen voller Hoffnung aufgebrochen waren.

»Sie wünschen sich auf keine Diskussionen einzulassen«, teilte ihr Conon seinen Eindruck so schonend wie möglich mit. »Der Graue Kardinal, unser Freund Remy d'Aretin, lässt sich nicht sprechen – oder ist vielleicht auch gar nicht anwesend.« Er setzte sich Cantar gegenüber. »Doch die Anweisungen, die er seinen Leuten gegeben hat, sind ziemlich eindeutig: ohne weiteren Verzug zurück nach Sion!«

Cantar starrte blass zum Fenster hinaus. »Warum hat man mich damals von dort fortgelockt?«, hielt sie voller Bitternis dagegen. »Warum mir die Möglichkeit einer Übernahme eines Klosters als Äbtissin vorgegaukelt? Mich kirre gemacht, mich begeistert für eine Aufgabe in meinem Leben, nach der ich mich nie gedrängt habe?«

Conon sah sich von ihrer Pein genötigt, sich darüber Gedanken zu machen. »Zwei Dinge könnten die völlige Abkehr von den Plänen, die man mit Euch hatte, bewirkt haben – einmal der Tod Eurer Eltern. Der andere Grund mag in der Veränderung der Lebensumstände des Mannes liegen, der mit Euch Großes vorhatte –«, sinnierte Conon laut vor sich hin, offenbar recht stolz auf seine bisherigen Feststellungen. »Ich weiß ja nicht, liebe Cantar«, wagte er behutsam anzufügen, »wie Euer Verhältnis zu Remy –«

»Das tut wirklich nichts zur Sache!«, unterbrach ihn Cantar heftig. »Doch erinnert Ihr Euch an jenen fremden Spielmann, der anlässlich der geplanten Verlobung von Elgaine auf der Burg Gisors erschien?«

»Als ich den heutigen Bert el-Caz mit dem Holzschwert verdrosch?« Conon lachte schallend bei der Erinnerung, aber Cantars strenger Blick verwies es ihm.

»Dieser Mann«, spann sie ihren Gedanken fort, »dessen dunkle Augen mich damals –« Sie schwieg einen Augenblick. »Der Spielmann ist zum Papst geworden!«

»Das ändert doch vieles!«, steuerte Conon bei, als die Stimme des Remy d'Aretin zu ihren Häuptern aus der Kassettendecke des Saales erscholl.

»Zu Eurem eigenen Wohle, Conon de Béthune und Cantar de Sion, solltet Ihr es unterlassen«, leichter Spott schimmerte durch die Kälte des Tons, »Euch die beschränkten Köpfe über mögliche frühere Pläne und Motive eines *Pontifex maximus* zu zerbrechen!« Es trat eine Pause ein, in der die beiden Angesprochenen durch zerknirschtes Schweigen beweisen konnten, dass sie die Warnung verstanden hatten, dann fuhr der Graue Kardinal fort: »Die Unfehlbarkeit des Papstes erübrigt jede Diskussion!« Er räusperte sich. »Wenn Ihr, Cantar, einen Grund braucht, warum Ihr für das Amt einer Äbtissin ungeeignet seid, dann erinnert Euch, dass ich Euch bei der Bestallung ankündigte – die Nonnen für Euer Kloster zu Amalfi würden von der *Sancta ecclesia* gestellt. Ihr dagegen vermeintet, nach mildtätiger Eingebung verfahren zu können. Das ist klare Insubordination und reicht völlig aus, Euch des Amtes zu entheben! Was hingegen Eure Heimreise nach Sion anbelangt, so ist diese durch den bedauerlichen Tod Eurer Eltern und durch die Lücke, die Urs von Sitten als *Praefectus et Comes vallesiae* hinterließ, notwendig geworden. Es muss den Gelüsten eines Mannes vorgebeugt werden, der – bereits im Besitz des Bischofstitels – seine Hand ausstrecken könnte –«

»Gosbart!«, wagte Cantar erstmals die harschen Beschuldigungen zu unterbrechen.

»Richtig!«, sagte die Stimme. Sie klang nun schon viel gelöster, und Cantar setzte nach.

»Ist es denn gegen die Interessen der *Sancta ecclesia romana* gerichtet, wenn ich arme, fehlgeleitete, wider Willen Gestrauchelte –?«

»*Oboedientia!*«, dröhnte die Stimme. »Wo kämen wir denn hin, wenn jede Dienerin der Kirche deren Vorgaben nach ihren eigenen Bedürfnissen auslegen würde – seien es nun Barmherzigkeit, missionarische Ambition oder *Caritas*! Den Spielraum, den Ihr Euch zu schaffen versuchtet, hatte Euch niemand zugebilligt, im Gegenteil: Ihr habt dem *expressis verbis* ausgesprochenen Gebot zuwidergehandelt – und seht Euch das Ergebnis an! Ein Sündenbabel, einen Hort käuflicher Fleischeslust, habt Ihr aus dem Kloster zu Amalfi gemacht – so töricht edel auch Eure Intentionen gewesen sein mögen!«

»Ihr habt mir keine Zeit gelassen!«

»Verfehlungen werden nicht mit der Zeit ungeschehen, höchstens durch Buße vergeben!«

Die Pause, die jetzt entstand, wusste Cantar nicht zu nutzen, aber Conon fasste den Mut, seinerseits einzuwerfen: »Gnade?«

»Die Gnade, die Wir bereit sind zu erwägen, Conon de Béthune, könnte darin bestehen, dass Wir Cantar – nach Übernahme ihrer weltlichen Pflichten und der erfolgreichen Durchsetzung ihres alleinigen Erbanspruchs – gestatten, zu Sion eine Art klösterliche Gemeinschaft ins Leben zu rufen und in strikter Absprache mit Uns zu gestalten. Darüber können Wir zu gegebener Zeit reden«, sagte die Stimme abschließend, »über alle anderen Hirngespinste nicht! Wir haben keine Stunde zu verlieren – und Ihr, Cantar de Sion, desgleichen! Morgen früh setzt Ihr Eure Reise fort.«

Sie hatten gut zu Abend gegessen, auch an Wein und Früchte hatten die Dienste gedacht. Conon und Cantar saßen noch lange beim Schein silberner Kerzenleuchter, die man aufmerksam für sie entzündet hatte. Schließlich sagte Cantar trocken: »Auch ein Grauer Kardinal kann nicht ständig lauschen.« Sie erhob sich und griff nach einem Kandelaber. »Irgendwann muss er zu Bett gehen und ›Wir, Cantar de Sion‹«, sie äffte seine Stimme nach, »›wir haben keine Zeit zu verlieren!‹« Sie nahm den erstaunten Conon an der Hand und führte ihn, mit dem Kerzenhalter den Weg weisend, durch einige der anschließenden Gemächer, bis sie vor einer in ihren Ausmaßen eher bescheidenen Bettstatt standen, über der sich ein mächtiger Baldachin wölbte. »Das Bett des Papstes!«, flüsterte Cantar verschwörerisch und strich genüsslich über das blütenweiße Laken. Dann drückte sie Conon den Leuchter in die Hand. »Geht ins Ankleidezimmer Seiner Heiligkeit und entledigt Euch allen Tuches an Eurem Leibe.« Sie schob ihn, der erst langsam begriff, energisch zur Seite und zog dann die seidenen Vorhänge zu. »Wenn Ihr zurückkommt, lieber Conon, werdet Ihr hier wahrscheinlich den Teufel finden!«

Conon zog sich ins Nebengemach zurück und warf die Kleider ab, dann ergriff er den Kandelaber und stürmte zurück zum Bett des Papstes, er riss den Vorhang zur Seite – statt ihm die nackte Cantar darzubieten, so alabastern, wie er sie vom See in Erinnerung behalten, zeigte sich das Lager unberührt! Verstört stellte er den Leuchter ab – da blies hinter ihm jemand lachend die Kerzen aus. Er verharrte im Dunkeln, er hörte ihr Atmen in seinem Rücken, Conon fühlte sein Glied wachsen, er wartete auf ihren schon eingeübten Griff, stattdessen bohrten sich ihre Zähne blitzschnell in seinen angespannten Hintern. Im Dunkeln griff er über sie hinweg, unter ›höllischem‹ Gelächter fuhren ihm Krallen brennend den Rücken hinab, bevor ein Stoß in die Kniekehlen ihn vornüberstürzen ließ, sie mit sich reißend. Im Ringen ihrer Leiber, heißen Küssen und zärtlichen Bissen verlor die jungfräuliche Cantar ihre letzten Hemmungen. Sie zerrte seine Hüften an sich, presste sich an seine Lenden, schrie wild auf, als er seinen Schaft in ihr sich aufbäumendes Becken stieß. Sie tobte, schon um dem stechenden Schmerz keinen Raum zu geben, sie ritt und peitschte Conon, der gar nicht wusste, wie ihm geschah, als sie schon ihrer Erfüllung entgegenstürmte. Dann war es auch um ihn geschehen.

Bei dem dunklen Fleck, der sich auf dem Laken ausbreitete, sollte es nicht bleiben, Cantar hatte sich freigekämpft. »Holt den Wein, Liebster«, schnurrte der Panther wohlig und stieß Conon vom Liebeslager. Er rannte davon und kam mit der Karaffe. Beide tranken mit gierigen Zügen aus dem silbernen Gefäß. »Verschüttet auch etwas über Eure zu allem bereite Gämse!«, bettelte Cantar und fasste beherzt nach seinem schon wieder harten Gemächte. Conon kam ihrem Wunsch nach, und sie nahm sein Haupt bei den Haaren und presste seine Lippen in ihren Schoß. »Denn dies ist mein Blut!«, höhnte sie lachend und drehte sich langsam auf den Bauch, ihm ihr Gesäß entgegenstreckend. »Und dies ist mein Leib!«, keuchte sie. »Und Conon ist mein Bock!« Conon wusste, worauf das wilde Geschöpf aus den Bergen anspielte, oft hatten sie zusammen den Gämsen bei der Paarung zugeschaut. Er kniete hinter sie und zog ihren weißen Hintern zu sich heran. Es gefiel ihr, er griff nach ihren Brüsten, sie schrie leise vor Freude, und das gefiel ihm. Conon steigerte die Folge seiner Stöße, verringerte sie, erhöhte sie, Cantar wimmerte und lachte – sie trieben es die ganze Nacht, bis der Morgen graute. Dann verließen sie die verwüstete Stätte, verschlossen sie sorgfältig und begaben sich in die ihnen zugewiesenen Gemächer.

Trügerische Planken, trügerischer Strand

Das Schicksal hatte Maurcade du Berq nie mit Samthandschuhen angefasst. Auch wenn Männer sich ihrer jederzeit gern und skrupellos bedienten, zu einer schützenden Ehe war es nie gekommen. Diese Rolle hatte Mathilde übernommen, und die benutzte, trieb sie noch erbarmungsloser, als das je ein Mann fertiggebracht hätte. Die ewige Hatz hatte aus Maurcade eine streunende Wildkatze gemacht, argwöhnisch, stets auf der Lauer, tückisch, bissig und inzwischen selbst beutelüstern.

Sie konnte daher ihr Jagdglück kaum fassen, dass ihr Elgaine de Gisors in die Hände gefallen war. Mit einem solchen Fang hatte Maurcade schon gar nicht mehr gerechnet, wie aus dem Nebel der fernen Normandie auftauchend, eröffnete sich ihr plötzlich die Verwirklichung des Versprechens aus ihrer Kindheit: Gisors! Und das einzige Hindernis stand schutzlos vor ihr, wehrlos ihr ausgeliefert: Elgaine, die bislang unbestrittene Erbin! Die Wildkatze dachte gar nicht daran, jetzt zuzubeißen! Wie einen kostbaren, zerbrechlichen Vogel würde sie ihre unerwartete Beute erst mal in Sicherheit bringen. Ein falscher Biss zur falschen Zeit könnte den Traum ihrer Jugend auf einen Schlag wieder zerstieben lassen! Die schönste Sänfte, die sich auftreiben ließ, wurde Elgaine zum gepolsterten, bruchsicheren Käfig. Solcherart vor allen Blicken und äußeren Gefahren geschützt wie in einem feingesponnenen Kokon, wurde sie, umgeben von waffenstarrender Eskorte, zur Burg von Canossa verbracht.

In der Taverne ›Zur heiteren Sirene‹, nicht im Schweinestall, sondern in der Schankstube, hatten sich der ehemalige Fechtlehrer und der Knappe endlich geeinigt, wie sie sich in Besitz der herrenlosen *Shoka al-Iffriqia* setzen könnten. Dass diese an der Kette der Päpstlichen hing, störte die beiden Verschwörer nicht im Geringsten. Ihr gegenseitiges Misstrauen hingegen war so groß, dass sie die zur Durchführung ihres Plans zu bewältigenden Aufgaben tauschten.

Astairs Einsatz sollte nun darin bestehen, den Deutschen aus dem Kloster auf die *Shoka* zu schmuggeln. Der Ritter wollte nämlich sichergehen, dass Gerald von Öxfeld von den Barmherzigen Schwestern auch wirklich mit reichlich Gold versehen auf die Reise nach Jerusalem geschickt wurde. Davon, dass sie ihre Schatztruhe so weit öffneten wie ihre Herzen, hing das Gelingen des gesamten Planes ab! Gewissensbisse hatte er keine, verdienten doch die habgierigen Hexen ihr Gold in schlimmer Sünde, mit dem Brennen ihres teuflischen Tranks, den *Lacrimae virginis*!

Rinat hingegen sollte sich zur gleichen Zeit auf die *Shoka* schleichen und heimlich die dort untätig und herrenlos herumlungernde Mannschaft darauf einstimmen, dass ihr alter Capitan Astair wieder das Kommando auf dem Schiff übernehmen werde, um einen steinreichen Kaufmann nach Palästina zu geleiten. Zuvor mussten sie sich allerdings der Wachen entledigen, die Herr Balduin von LeBourg auf dem beschlagnahmten Schiff postiert hatte. Mit Gewalt, im Handstreich oder mit List? Das war noch zu klären.

Von Balduin, dem Beichtvater und abgehalfterten Favoriten der Markgräfin Mathilde, war zu hören, dass er wenig Lust verspüre, hier in Lerici als Gouverneur des Hafens und Bewacher der erbeuteten Piratenschiffe zu versauern. Das erhöhte die Gefahr, dass er, wenn sich Anzeichen von Disziplinlosigkeit und Anarchie bemerkbar machten, an den Piraten ein abschreckendes Exempel statuieren könnte. Dazu gehörte gewiss der Raub eines Schiffes wie der *Shoka al-Iffriqia*.

Vor den in der ›Heiteren Sirene‹ residierenden Gouverneur trat die Schwester Erma di Toano, ihres Zeichens Pförtnerin des oberhalb Lericis gelegenen Klosters Immacolata del Bosco.

»Wir haben einen schweren, gar schlimmen Krankheitsfall droben im Kloster«, vermeldete sie Balduin mit tiefbekümmerter Stimme. »Schon seit geraumer Zeit ist unsere liebe Mitschwester Gheraldina, nach einer Pilgerfahrt ins Heilige Land, von der heimtückischen Lepra befallen. Bislang wurden wir damit durch strenge Isolation und Vermeidung jeglicher Berührung mühselig, aber erträglich fertig«, berichtete die Dicke klaglos, wenn auch mit schmerzlicher Miene. »Doch nun hat sich ein grässliches Fieber samt blutigem Auswurf hinzugesellt, das die Geschwüre stinkend aufbrechen lässt und die Extremitäten zusehends schwarz verfärbt. Ich will den Teufel nicht an die Wand –«

»Die Hölle tut sich auf!«, stammelte Herr Balduin entsetzt. »Das tönt ja ganz furchtbar, Schwester – und ist womöglich ansteckend im höchsten Maße!«

»Das befürchten wir im Kloster auch!«, bestätigte ihm Erma mit unheilschwangerer Stimme. »Weswegen wir beschlossen haben, die Kranke fortzuschaffen, auf eine einsame Insel. Dort soll der Allmächtige ihre arme Seele zu sich rufen, bevor hier schlimmeres Unheil –«

»Aber gewiss doch!«, bestätigte Herr Balduin. »Und dies gefälligst ohne jeglichen Verzug!«

Erma senkte ihr fettes Kinn und schaute dem Gouverneur treuherzig in die gestrengen Augen. »Dafür bräuchten wir aber ein Schiff, das die Sieche dorthin bringt, in Begleitung der beiden Schwestern, die sich für ihre Pflege aufgeopfert haben – sie könnten sich bereits angesteckt haben, deswegen müssen sie zu unserer aller Sicherheit fürs Erste ebenfalls verbannt werden –«

»Weiß Gott!«, rief Herr Balduin. »Ein Schiff muss her!« Da kam ihm die Erleuchtung. »Ich hätte da die *Shoka al-Iffriqia*, ein seetüchtiges Piratenschiff, voll bemannt. Allerdings müsste man noch einen vertrauenswürdigen Capitan –« Ihm entging das triumphale Aufblitzen in den Augen der Dicken.

»Die heilige Mutter Maria, unsere Schutzpatronin, erbarmt sich unserer armen Schwestern!« Sie sank vor dem Gouverneur auf die Knie, die Hände zum Dankesgebet erhoben. »Heute Nacht klopfte der berühmte Capitan Astair de Saissac an unsere Pforte –«

»Doch nicht jener Pirat, der mit Elgaine de Gisors –?«

»Das ist lang abgebüßte Vergangenheit!«, wiegelte die rundliche Schwester ab. »Eine vom Papst vergebene Jugendsünde!« Erma legte sich jetzt richtig ins Zeug. »Wie sonst hätte der *Pontifex maximus* den werten Ritter zu seinem *Camarlingo* ernannt, jüngst auf dem Monte Cassino, und mit dem Ring von seiner eigenen Hand geehrt?«

»Was dem Heiligen Vater recht, darf mir allemal billig sein!«, murmelte Balduin mit einem erleichterten Seufzer. »Das Schiff steht zu Eurer Verfügung!«

Erma küsste ihm den Mantelsaum, bevor sie sich von ihm auf die Beine helfen ließ. So schnell sie ihre Füße trugen, keuchte sie die Serpentinen der *Via crucis* hoch, zurück ins Kloster.

Der Gouverneur rief die vor der Tür zur ›Heiteren Sirene‹ postierte Wache herein und befahl, die zur Bewachung der *Shoka al-Iffriqia* abkommandierten Bewaffneten sofort abzuziehen und die Kette zu lösen. Seine Leute sollten nicht mit der Trägerin einer so todbringenden Krankheit auch nur im Geringsten in Berührung kommen. Rinat, der in seiner Ecke alles mitbekommen hatte, schlüpfte mit hinaus und trottete hinter dem Boten her, nur darauf wartend, dass ihm der Weg an Bord freigemacht wurde.

Oben in Immacolata del Bosco hatte fieberhaftes Treiben eingesetzt, kaum dass Schwester Erma das Signal gegeben hatte – den kleinen und den Stinkefinger zum Zeichen des Bocksgehörn abgewinkelt. Gleich etliche Schwestern machten sich über Gesicht und Hände des armen Gerald her, formten und kneteten aus honiguntermischter Mehlpampe, Eigelb und Saft der Holunderbeere aufbrechende Geschwüre und eitrig-blutende Knoten. Sie verwüsteten sein Antlitz, dass es ein Graus war, verstümmelten die Finger seiner Hand, dass es einem schlecht werden konnte. Andere richteten die tragbare Sänfte her, ein Siechenbett unter einem Baldachin, über und über mit Gazetüchern aus feinstem Mosul-Linnen verhängt, die das Grauenhafte sanft verhüllten, es aber schaudernd erahnen ließen. Währenddessen durfte

Astair de Saissac die Schwester Pförtnerin und die zwei auserwählten ›Pflegerinnen‹ in die Klosterkapelle begleiten, wo die Altarwand den Tresor kunstvoll verbarg. Mit gierigen Augen verfolgte Astair die Prozedur des Öffnens, den Tritt gegen den Sockel, das Drehen des Gekreuzigten, bis er mit der Dornenkrone nach unten hing, das Sich-gegen-die-Säule-Werfen der dicken Erma – und der Teufel wies ihnen seinen bronzenen Arsch! Lustvoll drehten sie ihm die Fratze ins Genick – und der Deckel der Truhe öffnete sich: Sie war bis zum Rand voll mit Goldstücken! Astair brauchte sie nur noch in mitgebrachte Säckchen zu füllen und hinunterzuschaffen in den Hof, wo schon die Sänfte bereitstand.

»Die Säcklein trage ich!«, bot er eifrig an – zu eifrig!

Der Blick der Dicken zeigte es ihm. »Die kommen zuunterst in die Krankenliege! Unsere arme Schwester Gheraldina wird auf ihnen gebettet sein. So ist es am sichersten!«

Ehe Astair noch zur Widerrede ansetzen konnte, wurde schon der als lepröse Schwester Gheraldina hergerichtete Deutsche in den Hof geführt und sorgfältig unter dem Baldachin aufgebahrt. Dann fielen die Gazebahnen herab und entzogen ihn und das Gold allen weiteren Blicken.

Auf der *Shoka* hatte Rinat die Mannschaft um sich versammelt. Der weit herumgekommene Knappe wusste mit den Piraten umzugehen, vor allem erwarb er sofort das Vertrauen des alten Maats. Rinat schwärmte von der Reise nach Jerusalem wie von Tausendundeiner Nacht und von der Großherzigkeit des Gerald von Öxfeld, der all sein Geld für diese eine Reise zu opfern bereit sei. »Es ist Euer Geld«, beschwor er die beeindruckten Piraten. »Allein Gott wohlgefällig will er nichts behalten, nur pilgern zum Grab –«

So viel Frömmigkeit verfehlte ihre Wirkung auf die muslemischen Freibeuter nicht. »Ein wahrer Hadsch!«, murmelten einige voller Ehrfurcht.

Rinat schlug behutsam weiter in die Kerbe. »Einen Hadsch rührt kein gläubiger *Moslemun* an oder erhebt gar die Hand gegen ihn, sondern schützt ihn vor jeder Unbill!«

»Niemals!«, riefen die Männer. *»Allahu Akbar, al qawiyo al raheem!«*

Im feierlichen Zuge kamen die Nonnen des Klosters Immacolata del Bosco die *Via crucis* herab. Die Päpstlichen standen Spalier. Vorneweg schritt die beleibte Pförtnerin Erma di Toano, dann trugen die sechs kräftigsten Weiber die Sänfte mit der so gefährlich erkrankten Schwester Gheraldina, zwei weitere Schwestern, die ›Pflegerinnen‹, trippelten rechts und links neben dem mit Gazeschleiern dicht verhängten Baldachin. Am Ende folgte gesenkten Hauptes der Capitan Astair de Saissac. Balduin von LeBourg erwartete den Zug am Strand vor der Taverne. Als die Tragbahre passierte, traten er und sein Gefolge vorsichtshalber einen Schritt zurück, um ihr ja nicht zu nahe zu kommen. Der Gouverneur wandte sich an Astair, während die makabre Prozession unbeirrt weiterzog in Richtung Schiff.

»Ich danke Euch, Ritter«, sagte Balduin leise, »dass Ihr dieses Opfer auf Euch nehmt!«

Astair hielt in seinem Schritt inne und sah dem Gouverneur mit trauerumflortem Blick tief in die Augen. »Als Christ und *Camarlingo* Seiner Heiligkeit Urbanus Secundus weiß ich, wem ich zu dienen habe!«

Balduin fasste sich ein Herz und umarmte den todesmutigen Capitan. »Kommt nach Erledigung Eurer edlen Mission mit dem Schiff hierher zurück, ich will Euch die gute Tat reichlich vergelten!«

»Gottes Lohn ist meiner Seele Heil!«, sprach Astair demütig und schritt weiter auf die *Shoka al-Iffriqia* zu.

Herr Balduin folgte ihm in gebührendem Abstand.

Schwester Erma und die sie begleitenden Nonnen blieben jetzt zurück, während die Trägerinnen den luftigen Pavillon langsam über das Fallreep an Bord brachten. Ein Windhauch wehte den ekligen Gestank der Schwären zu ihnen hinüber. Astair hielt sich demonstrativ diskret die Nase zu. Tapfer sein! Die Trage mit dem Baldachin wurde behutsam auf dem Deck abgesetzt, die sechs Trägerinnen eilten sich, zurück an Land zu gelangen, nur die beiden auserwählten Pflegerinnen blieben bei der Kranken.

Die *Shoka al-Iffriqia* machte sich zum Auslaufen bereit. Der Gouverneur und seine Begleitung zogen sich zurück.

Gemächlich legte das Schiff ab und näherte sich der den Hafen begrenzenden Mole. Triumphierend richtete Astair seine vorbereitete Ansprache an die vollzählig angetretene Mannschaft, auf Arabisch. Sie gipfelte in dem drohenden Hinweis: »*Min djadeed ana qubtanakum* – ich bin jetzt wieder Euer Capitan!« Die *Shoka* hatte die Hafenausfahrt passiert, da riss er die Gazeschleier der Sänfte zur Seite und gab mitleidslos den Blick auf den erbarmungswürdig hergerichteten Gerald frei: »Und jetzt nehmt diesem Betrüger das Gold ab, auf dem er liegt, und werft den Kerl in den untersten Kielraum!«

Da trat der Bootsmaat vor, mit ihm drei Mann. Stumm ergriffen sie Astair de Saissac an Armen und Beinen, schaukelten ihn ein-, zweimal wie einen Sack Mehl und ließen ihn mit Schwung im hohen Bogen über die Reling ins Wasser fliegen.

Entsetzt waren nur die beiden Nonnen. »Das könnt Ihr als guter Christ nicht dulden!«, wandte sich die eine empört an den Knappen. »Setzt auf der Stelle das Beiboot aus, damit wir ihn vor dem Ertrinken retten!«

»Wollt Ihr denn nicht nach Jerusalem?«, fuhr Rinat sie ärgerlich an.

»Nicht unter solchen Bedingungen!«, rief die andere Nonne, und Rinat gab achselzuckend Order, das Beiboot zu Wasser zu lassen. »Mit einem Menschenleben auf dem Gewissen wollen wir das Heilige Land nicht gewinnen!« Sie sprangen in das schaukelnde Boot, griffen beherzt in die Riemen und ruderten auf den aus den Wellen auftauchenden Kopf des Astair zu.

Die frische Seebrise bauschte das Segel der *Shoka al-Iffriqia*, sie gewann rasch an Fahrt. Rinat trat an das Siechenlager des Gerald von Öxfeld, der das Geschehen eher mit ungläubigem Staunen als mit Schrecken verfolgt hatte.

»Jerusalem?«, fragte er mit schüchterner Hoffnung.

»So Gott will!«, antwortete Rinat bedächtig und reichte Gerald die Hand, damit der sich von seinem unbequemen Lager erheben konnte. »Lasst mich Euer Knappe sein!« Rinats Vorschlag war keine Frage, sondern bekräftigte nur seinen langgehegten Wunsch. »Jerusalem!«

Die beiden Schwestern hatten den Astair mühsam aus dem Wasser gefischt und in das schwankende kleine Boot gezogen. Er nahm ihnen sofort die Ruder aus der Hand und hieß sie auf der Bank Platz nehmen. Die Küste mit der Mole von Lerici war noch in Sichtweite.

Ohne ein Wort des Dankes knurrte er seine Retterinnen an. »Wenn nur ein Wort über das Geschehene über eure Lippen kommt, schlage ich euch die Schädel ein!« Wie um seiner Drohung Nachdruck zu verleihen, hob er leicht eines der Ruder und ließ das Blatt über ihre geduckten Köpfe hinwegsausen. Die beiden Barmherzigen Schwestern nickten eingeschüchtert und waren still.

Der Gouverneur war von seinen Leuten zurückgeholt worden und erwartete den Capitan erregt am Strand. »Ich kann mir den Vorfall nur so erklären«, rief Astair ihm beherrscht entgegen, sobald er wieder festen Boden unter den Füßen hatte, »dass die muslimischen Piraten, aufgewiegelt von diesem Trunkenbold Rinat von Sitten, sich in den Besitz des Goldes der todkranken Schwester Gheraldina setzen wollten, von dem sie – ohne mein Wissen – reichlich mit sich führte.« Als Astair sah, dass seine Schilderung auf offene Ohren traf, setzte er noch eins drauf. »Roh stießen sie den mit Gebresten behafteten Leib der Armen von der Trage und rissen die unter ihm versteckten Säcke voller Goldmünzen heraus, dass sie platzten!« Sein Blick wanderte zu den beiden Schwestern, die mit angstvoll aufgerissenen Augen stumm der Schilderung folgten. »Dass die fromme Frau selbst dem Tod geweiht –« Astair versagte gekonnt die Stimme. »Ein erbarmungswürdiger menschlicher Leib wird den Fischen –« Der Capitan unterdrückte einen Schluchzer und zwang sich mannhaft, seine Schilderung zum bitteren Abschluss zu bringen. »Meine Wenigkeit und die beiden zur aufopferungsvollen Pflege bereiten Barmherzigen Schwestern«, sein Finger stach spitz in ihre Richtung, »störten bei dieser Untat als lästige Zeugen!«

Balduin war erschüttert, die Pflegerinnen vor sichtbarem Entsetzen mundtot. »So wurden auch wir von Bord gestoßen, das Beiboot uns nachgeworfen, um den feigen Anschlag zu vertuschen! Nur dank meiner –«

»Ihr seid ein bewundernswerter Mann, Astair de Saissac«, rief Balduin überwältigt. »Nicht nur von Opfermut beseelt, sondern Ihr beweist auch noch Umsicht in größter Not! Der Heilige Vater wusste, was er tat, dass er Euch die Würde eines persönlichen Kammerherren verlieh!« Er suchte nach den rechten Worten, was die beiden mit dem Leben davongekommenen Schwestern benutzten, um sich eiligst zu entfernen, hinauf in die Sicherheit ihres Klosters oben in den Klippen. »Um Euch den Respekt zu erweisen, verbleibt mir nur eine vergleichsweise bescheidene Geste: Ich ernenne Euch hiermit zum päpstlichen Gouverneur von Lerici!«

Herr Balduin wandte sein Pferd, um dieses dämliche Piratennest endlich hinter sich zu lassen. »Ich reite jetzt auf geradem Weg zur Markgräfin Mathilde und werde sie davon in Kenntnis setzen, dass Lerici nicht nur unser, sondern dank Eurer Übernahme des Amtes auch in den besten Händen ist. Sie wird diese glückliche Fügung auch den *Pontifex maximus* wissen lassen! Alle werden stolz auf Euch sein!« Balduin grüßte knapp und ritt davon.

Caput canis

Zu ihrer Verabschiedung wurden Cantar de Sion und ihr Ritter Conon de Béthune nochmals ins *Ufficium* der Geheimen Dienste im Lateran bestellt. In Vertretung des Grauen Kardinals eröffnete ihnen der Dienstälteste Alfons de la Carmen, dass von nun ab die Verantwortung für die gesicherte Heimreise der Dame – das Wort ›Äbtissin‹ fiel nicht mehr – von den Geheimen Diensten übernommen werde. Conons Einsatz sei nicht länger vonnöten, doch es werde ihm gestattet werden, sich dem Zug anzuschließen.

»Ohne jede Kommandogewalt!«, fügte der Hagere hinzu. »Das gilt auch für den Mann, dem wir eine zweite Chance einzuräumen bereit sind –« De la Carmen schwieg, bis Berenguer de Saissac hereingeführt worden war. Der Söldnerführer wirkte wie ein Angeklagter, der nach langer Haft seinen Urteilsspruch entgegennehmen durfte.

»Berenguer de Saissac wird dem Zug von nun an ständig folgen, damit ihm zu einem bestimmten Zeitpunkt die Eskorte der Cantar de Sion bis an ihren endgültigen Bestimmungsort übergeben werden kann.« Der Hagere räusperte sich, bevor er warnend fortfuhr: »Wir empfehlen ihm, sich diesmal an diese Vorgabe zu halten.«

Damit waren sie verabschiedet und wurden hinunter in den Innenhof geleitet, den Conon schon kannte. Es wunderte ihn daher auch nicht, als Anführer ihrer Begleitmannschaft den Wuschelkopf Dado wiederzufinden. Anders als damals, als sie zur Bergung des legitimen *Pontifex* aufgebrochen waren, verließen sie diesmal den Palast der Päpste durch das Hauptportal und schlugen den Weg zum Colosseum ein.

Unbeachtet ritten sie durch die Stadt, vorbei an den Überresten der prächtigen Foren und Tempel, Siegessäulen und Triumphbögen, durch die Porta Flaminia und hatten bald die Mauern Roms hinter sich gebracht. Sie folgten der alten Römerstraße, überquerten an der Milvischen Brücke den Tiber und hielten in seinem enger werdenden Tal weiter Richtung Norden.

Dado, stolzer Kommandant des Trupps, drängte sein Pferd eng an die Seite seiner Schutzbefohlenen, nachdem er Berenguer und Conon, die unbekümmert die Nähe von Cantar gesucht hatten, fast verschämt gebeten hatte, sich den Weisungen zu fügen und am Ende des Zuges zu reiten. Die Begleitmannschaft bestand aus einem guten Dutzend Bewaffneter und etlichen Tragtieren für Zelte und Proviant. Der Glatzkopf und Conon hatten sich ohne Widerworte zurückfallen lassen und trabten mit einigem Abstand hinterdrein. Sie wollten dem sympathischen Wuschelkopf die Aufgabe nicht unnötig erschweren.

Beim Passieren des römischen Triumphbogens am Wachturm Prima Porta fiel Conon ein dort wartender, bereits aufgesessener Trupp von Reitern auf, die die Vorbeireitenden mit unfreundlicher Kälte musterten. Als er sich kurz darauf umdrehte, sah er, dass sich die Reiter in Bewegung gesetzt hatten und ihnen folgten.

»Mir gefallen diese schweigsamen Burschen nicht!«, sagte er zu dem neben ihm reitenden Berenguer. »Schaut nach vorn!« Der Glatzkopf musterte argwöhnisch den bewaldeten Felshang zu ihrer Linken, wo sich immer wieder Grotteneingänge auftaten. Conon behielt das tiefeingeschnittene Flusstal des sich windenden Tibers zu ihrer Rechten im Auge, vor allem die voranreitende Gruppe um Cantar. Die Straße schlängelte sich jetzt durch die Schlucht, nach einer scharfen Wegbiegung sah Conon, dass unweit vor ihnen eine weitere Reiterschar langsam dahintrabte. Das war genau der Moment, in dem er und Berenguer von den Reitern hinter ihnen überholt wurden. Sie hatten nun die Visiere heruntergeschlagen und drängten schweigend an ihnen vorbei, ohne sonderlich Notiz von ihnen zu nehmen.

»Dranbleiben«, knurrte der Glatzkopf Conon zu. »Das stinkt!«

Conon sah, dass die voranreitende Schar den Schritt ihrer Tiere so weit verlangsamt hatte, dass Dados Trupp unweigerlich auf sie aufreiten musste. Der Zusammenprall war unvermeidlich. Berenguer gab seinem Tier die Sporen, Conon folgte ihm. Er musste Cantar zur Hilfe eilen, nur ihr konnte dieser offensichtlich geplante Überfall gelten!

Das Handgemenge war um sie herum bereits im Gange, Conon sah, wie sich der fremde Anführer an die Seite von Cantar schob, ihr in die Zügel griff. Dado ging dazwischen, Conon bemerkte die mit Stacheln besetzte Ledermanschette des Mannes, aus der eine kurze Klinge herausschoss wie die gespaltene Zunge einer Viper. Stahl blitzte auf, fuhr dem Wuschelkopf in den Nacken, er fiel vor dem heranstürmenden Berenguer vom Pferd.

»Riskiert nicht um meiner willen Euer Leben!«, rief Cantar erschrocken dem Glatzkopf zu. »Ergebt Euch!«

Der packte sein Schwert an der Spitze der Schneide, als wollte er es dem feindlichen Anführer zum Zeichen seiner Unterwerfung übergeben. Conon passte das mitnichten, er hieb und stach so wild um sich, dass um ihn herum ein Freiraum entstand. Der Anführer griff nach dem Schwert Berenguers, da stieß der ihm den Knauf mit solcher Wucht gegen den Helm, dass das Visier aufsprang. Conon sah in das vor Wut verzerrte Gesicht des Norbert von der Lehburg!

»Rette deine Freiheit!«, schrie Cantar ihrem Gefährten zu, und Conon sah, dass der Glatzkopf bereits mit gewaltigem Sprung die Lücke nutzte, die um den vor Schmerz aufheulenden Waldgrafen entstanden war. Conon ließ sein Pferd steigen und grüßte Cantar galant mit gezückter Waffe, die er dann gleich darauf dem letzten Gegner in den Hals hieb, bevor er mit kühnem Satz dem Söldnerführer hinab ins Dickicht des Flusstales folgte.

»Greift sie!«, kreischte hinter ihm die Stimme Norberts. »Lasst sie nicht entkommen!« Am Prasseln von Steinen hörte Conon, dass einige bereits die Verfolgung aufgenommen hatten.

Da griff ihm Berenguer in den Zügel. »Still!«, zischte er, und beide verharrten regungslos.

Die Verfolger wurden unsicher, hielten ebenfalls inne. Kein Geräusch außer dem Rauschen des Flusses war zu hören, die Fliehenden schienen entkommen. Sie drehten um.

Der erfahrende Söldnerführer wartete noch eine Zeitlang, bevor er das Zeichen zum Aufstieg gab. Von den Reitern, die den gut vorbereiteten Zugriff ausgeführt hatten, war keine Spur mehr zu sehen. Selbst den toten Dado hatten sie mitgenommen.

»Wer mag dahinterstecken?«, fragte Conon, immer noch verwirrt.

»Wenn sich einer traut, seine Hand gegen den Grauen Kardinal zu erheben«, entgegnete ihm Berenguer mit düsterer Miene, »kann der nur aus den eigenen Reihen kommen!«

»Aus den Diensten selber?« Conon klang wenig überzeugt. »Habt Ihr nicht den Waldgrafen Norbert erkannt?«

Der Glatzkopf nickte. »Wir können mit der Erkenntnis leben«, knurrte er. »Nicht aber der Graue Kardinal! Und das ist für Norbert von der Lehburg so gut wie ein Todesurteil!«

Von den beharrlich schweigenden Reitern wurde Cantar von Sion nach Rom zurückgebracht und in der Engelsburg abgeliefert. Dort wusste aber keiner so recht was mit ihr anzufangen. Sie wurde treppauf, treppab durch die dunklen Gänge des Termitenbaus geführt, schließlich schob man sie in ein vom Tageslicht hell erleuchtetes Zimmer und schloss die Tür hinter ihr. Es war das erste in einer ganzen Reihe, die ringförmig ineinander übergingen. Im letzten saß ein alter Mann an seinem Tisch und schrieb. Der weißhaarige Greis schaute Cantar mit hellen, grauen Augen an, als wäre ein Engel zu ihm herabgestiegen.

»Welch unerwartete Huld!«, sagte er mit klarer Stimme und hieß sie mit einladender Geste, Platz zu nehmen. Einzige Sitzmöglichkeit bot das im Raum stehende Bett unter einem Baldachin. Schüchtern hockte sie sich auf dessen Kante. »Ich erwarte hier keine Besucher«, sagte er entschuldigend.

Der erschöpften Cantar entfuhr die gegenüber dem würdigen Alten unziemliche Frage: »Wer seid Ihr?«

Da lachte der Greis. »Das frage ich mich auch manchmal – immer häufiger.«

Cantar schämte sich ihrer Neugier, doch der Alte schien sich nichts draus zu machen. »Ich heiße Wibert, Wibert von Ravenna!«

Cantar sagte das nichts. »Cantar de Sion!«

»Ah«, schmunzelte Wibert und blickte sinnend aus dem kleinen Fenster über die Dächer der Stadt. »Sion! – Hält dort nicht der gute Gosbart den Stuhl von Sankt Theodulus zu Sitten?« Wibert schaute auf, weil er keine Antwort erhielt.

Cantar war zur Seite gesunken und eingeschlummert.

Es klopfte an der Tür. Ein Kammerherr erschien, aufgeregt »Verzeihung, *Sua Santità*« stammelnd. »Ein überaus peinliches Versehen!«

»Leise!«, mahnte ihn der Papst. »Sie schläft!«

»Aber sollen wir sie nicht –?«

»Aber nicht doch!«, beruhigte ihn der Papst. »Sucht für mich ein anderes Bett!« Er unterstrich seine Forderung: »Das Geschöpf Gottes, das den Namen ›Clemens‹ trägt, sollte sich daran gewöhnt haben, jede Nacht, die der Herr ihm gewährt, sein Haupt woanders zu betten!« Er verließ auf Zehenspitzen den Raum. »Und jeden Morgen sollten Wir der Jungfrau danken, dass Wir Sünder noch am Leben sind! Also«, fügte er mahnend hinzu, »lasset sie ruhig schlafen in ihrer engelsgleichen Unschuld!«

Abseits der Hauptverbindungswege in den Süden lag das Städtchen Anagni an der Casilina, stark befestigt und geschützt durch die Rom vorgelagerten Albaner Berge. Hierhin hatte sich der rechtmäßige *Pontifex maximus* zurückgezogen. Seine Heiligkeit Papst Urban weilte inkognito in diesen Mauern, gekleidet wie ein Mönch Benedikts, der er ja mal war, und somit ohne jeglichen Prunk oder großes Gefolge. Natürlich hatten die Geheimen Dienste der Kurie in der Umgebung des Hauses, das er bewohnte, unauffällig ein Gardedukorps einquartiert und ließen desgleichen die zwei Tore des Ortes bewachen. Hierher hatte der Heilige Vater seinen Vertrauten Remy d'Aretin, den Grauen Kardinal, zu einem verschwiegenen Besuch bestellt. Sie hatten sich lange nicht gesehen.

»Sieben Jahre sind vergangen«, empfing Urban den Freund,

»seit auf dem Monte Cassino jene Fragmente eintrafen, ›Aus dem Tagebuch einer Kaiserin‹, in denen, geschickt verklausuliert, Byzanz zum ersten Male um unsere Hilfe gegen die Heiden bat –«

»Davon allein fünf Jahre unter Eurem Pontifikat«, griff Remy den erinnerungsseligen Ton auf. »Vor drei Jahren, bald nach Eurem Konzil zu Melfi, schickte Euch Kaiser Alexios ein neuerliches Beistandsersuchen.«

»Wie lange mag es noch dauern, bis –«

»In kürzester Zeit«, unterbrach ihn Remy eilfertig, »werden alle notwendigen Vorbereitungen abgeschlossen sein, um Eure Rückkehr nach Rom triumphal in Szene zu setzen.«

Der Papst schenkte seinem Kardinal ein erstauntes Lächeln. »Das weiß ich, mein guter *Caput canis*, ich vertraue Euch blind, aber was ich meinte, war, wie weit ist unsere Idee von einem einzigartigen, großartigen Aufbruch des Abendlandes gediehen? Was ist aus unserem brennenden Wunsch geworden, das Heilige Grab zu befreien?«

Der Kardinal tat so, als schwiege er geknickt ob des unausgesprochenen Verweises, in Wahrheit ordnete er seine Gedanken für eine den Erwartungen des *Pontifex* entsprechende Antwort. Es lag Remy völlig fern, trügerische Hoffnungen zu nähren. »Im Grunde haben wir das gleiche Problem wie der Kaiser von Konstantinopel: Wir verfügen über kein Heer, das hinsichtlich Umfang und Schlagkraft einer solch gewaltigen Aufgabe gewachsen ist!«

Urbans Schweigen ließ auf Betroffenheit schließen, aber nur kurz, dann hatte der *Pontifex* schon wieder zu seiner Tatkraft zurückgefunden. »Den weltlichen Herrschern des Abendlandes stünde es prächtig an, ihre Kräfte in dieses Unternehmen zu stecken, anstatt sie in schändlichen Bruderkämpfen zu vergeuden!«

»Wohl wahr!«, pflichtete ihm Remy bei. »Aber unsere großen Monarchen kommen allesamt nicht in Frage – ihr Verhalten schließt sie von einer solchen Ehre aus!«

»Ihr seid streng, mein *Caput canis*, aber Ihr habt recht: Der Kaiser ist und bleibt für absehbare Zeit im Kirchenbann – auch wenn mir sein Sohn Konrad gerade zu Cremona demütigst gehuldigt hat!«

»Er leistete Euch den geschuldeten Stratordienst, den Euch Heinrich stets verweigerte. Der Sohn half Euch in die Steigbügel«, bestätigte Remy ehrerbietig. »Aber auch der König von Frankreich hat so viel Schuld auf sich geladen, dass –«

»Ich weiß, er verstieß sein rechtmäßiges Ehegespons Berta von Holland, raubte seinem Vasallen Fulk d'Anjou dessen Frau Bertrada de Montfort –«

»– ließ sich von deren Bruder, den er flugs zum Bischof von Paris ernannte«, unterbrach ihn Remy, »das Sakrament der Ehe spenden, steckte den aufrechten Erzbischof Ivo von Chartres, der gegen die offenkundige Bigamie protestierte, in den Kerker! Philipp von Frankreich ist anzuklagen wegen übler Simonie und *Adulterium* in Tateinheit mit bösartiger und dreister *Rapina* –«

Der Papst griente ob der Rage, in die sich sein Kardinal hineingesteigert hatte, dann mussten sie beide lachen. »Ich werd' den Herrn wohl exkommunizieren müssen«, schloss Urban den Fall ab, »aber das hat Zeit bis zum nächsten Konzil!«

»Dann wäre da noch der Sohn des Eroberers auf dem englischen Thron, dieser Rufus, doch vor dem kann ich nur warnen. Hat er doch unlängst seinem Bruder Robert, dem Herzog von der Normandie, übel mitgespielt –«

»Auch der kein Unschuldslamm!«, flocht Urban ein. »Die Normannen sind ein heißes Eisen –«

»– an dem man sich leicht die Finger verbrennen –«

»Daraus ein guter Schmied aber eine brauchbare Klinge hämmern kann!«, beschied der Papst den Warner.

»Also, die gekrönten Häupter fallen allesamt durch den Rost«, fasste Remy frohlockend zusammen, »und das ist auch gut so! Erinnert Euch an den Rat aus dem ›Tagebuch einer Kaiserin‹! Wenn sich auch nur einer der Monarchen zur Teilnahme bereitfinden sollte, würde Euch der alleinige Führungsanspruch sofort streitig gemacht. Keiner von denen würde sich den Befehlen der Kirche oder eines von Euch eingesetzten Legaten unterstellen!«

»So bleiben uns nur die großen Fürsten –?«

»So ist es, *Sua Santità*!« Remy sah sich seinem Ziele näher kommen. »Vorausgesetzt, Ihr habt sie zuvor durch Exkommunikation ihrer Souveräne von deren Verfügungsgewalt und ihrer Vasallenpflicht befreit –«

»Es sollte ein französisches Unternehmen sein, das wäre mir zumindest ein Herzenswunsch!«, warf Urban ein.

»Das hängt von den Herren ab, die wir bewegen, und den Heeren, die sie stellen.«

»Nehmen wir Herzog Robert von der Normandie«, schlug der Papst vor, er war jetzt Feuer und Flamme. »Wir beschützen ihn, solange er uns, unserer Sache dient, vor Zugriffen auf sein Herzogtum seitens des Königs von England –«

»Und Philipps von Frankreich!«, setzte der Kardinal schnell hinzu. »Denkt an Gisors!«

»Was die Normannen betrifft, kommt Ihr, Remy, mir vor wie ein süchtiger Bader, der unbedingt seine Schröpfgläser ansetzen will, damit das hitzige Blut der Nordmänner sich abkühlt –«

»Nennt es ruhig Aderlass, mein Herr Papst! Das kann gewissen Volksstämmen hierzulande nicht schaden!«

»Wir bewahren Raimund von Saint-Gilles, den Grafen von Toulouse, vor dem beutelüsternen Aquitanier! Mit wehenden Fahnen wird er zu uns stoßen!« Der Papst war jetzt richtig in Fahrt gekommen, sein Kardinal sah sich veranlasst, die Euphorie etwas zu bremsen.

»Selbst dafür werden wir, Eure getreuen Diener, uns noch gehörig ins Zeug legen müssen, um bei allen den notwendigen Druck zu erzeugen« – Remy versuchte seine Bedenken hintanzustellen –, »bevor wir ihnen dann den entscheidenden Knuff verpassen! Aber auch das reicht noch bei weitem nicht –«

»Die Burgunder, die Flamen?«, schlug Urban vor. »Die Bretonen? Die von der Champagne?« Er wollte nicht nachlassen, doch der Graue Kardinal wiegte jedes Mal wenig überzeugt seinen schmalen Schädel.

»Ich dachte eher an die Normannen im Süden Italiens –«

»Erst wollt Ihr mich vor jeder Berührung abschrecken«, spottete der Papst, »jetzt könnt Ihr gar nicht genug von diesen Wikingern ins Boot holen!«

»Ihr habt mich zum Vampir ernannt, ich sauge nur das überflüssig brodelnde Blut ab zwischen Bari und Sizilien!«

»Also halten wir unsere schützende Hand auch über Bohemund von Tarent, der eh nicht froh wird mit seinem zum Herzog gekürten Halbbruder Borsa und seinem mächtigen Onkel Roger als König von Sizilien!«

»Und bewahren so Byzanz vor weiteren Aggressionen ebendieses ungebärdigen Fürsten.« Der Kardinal erkannte sogleich den nützlichen Nebeneffekt. »Damit gewinnen wir die wohlwollende Unterstützung durch den Kaiser Alexios, der sich ja Truppenhilfe wünscht –«

»Ich weiß nicht«, meinte Urban nachdenklich, »ob das, was wir hier vorhaben, ihn glücklich machen wird. Die große Mehrzahl der von Uns ins Auge gefassten Fürsten werden sich ein neues, eigenes Herrschaftsgebiet erobern wollen; sie sind keinesfalls gewillt, für Byzanz die Kastanien aus dem Feuer zu holen –«

»Wir müssen *unsere* Interessen im Auge haben, die Festigung der römischen Kirche im Abendland.« Remy hatte eine klare Vorstellung von dem, was vonnöten war. »Deshalb wäre es geboten, das Problem des Deutschen Reiches ebenfalls anzugehen, Heiliger Vater«, sprach er bedächtig, »es wird zwar ein gewagter Schritt sein, an dem wir aber nicht vorbeikommen.« Er wartete, bis er sich der Aufmerksamkeit des Papstes sicher war. »Wir sollten Gottfried von Bouillon aus seinem Dilemma herausholen, in dem er wie in einem Sumpf durch Um-sich-Schlagen und -Treten immer tiefer zu versinken droht! Wir müssten ihn nicht nur vor den Machenschaften seiner Tante, den Intrigen der lothringischen Bischöfe und jener skrupellosen Ausbeutung seiner Treue, die ihm Kaiser Heinrich zuteilwerden lässt, schützen, sondern vor allem vor sich selbst!« Remy machte eine Pause. Er wollte seinem *Pontifex* Zeit geben, diesen so kühnen Gedanken wenigstens zu bedenken und in seinem Herzen zu bewegen – dass er ihn sich zu eigen machte, war ohnehin nicht zu erwarten! »Den Fähigkeiten, der Tüchtigkeit dieses tiefgläubigen Heerführers müssen neue Ziele gesetzt werden, große, überzeugende, überwältigende!«

»Ich soll meine Hand über unseren Erzfeind –?!« Urban war fassungslos. »Den Mann, der mir Wibert vor die Nase setzte und ihm immer noch den Platz auf dem Stuhle Petri sichert, der unsere liebe Freundin Mathilde schikaniert und bedrängt, der unsere treuen Bischöfe verfolgt und bedroht, der –« Urban fehlte der Atem, um in der Aufzählung der empörenden Fakten fortzufahren, und Remy nutzte die Schwäche sofort.

»Das Christuswort lautet: ›Liebet eure Feinde!‹«

»Ihr meint allen Ernstes, Remy d'Aretin, ich sollte dem Mann verzeihen, ihn vom hundertfach verdienten Kirchenbann lösen und ihn –?« Der *Pontifex* blickte seinem Diener fest ins Auge. »Remy, Ihr seid genial!«, sprach er dann erschüttert. »Gottfried wird von den Erzengeln gegriffen, durch die Lüfte getragen und weit, weit weg von hier wieder fallen gelassen, inmitten einer steinigen Wüste voller Dornen! – Und wir sind ihn los!«

»Nicht nur das, Heiliger Vater! Er führt Eure Heerscharen bis nach Jerusalem, er dient Euch aufopfernd als ›Befreier des Heiligen Grabes‹!« Remy war jetzt selbst überwältigt von der Magie seiner Vorstellungskraft. »Ohne ihn muss Heinrich zu Kreuze kriechen, wird Mathilde zu bewegen sein, von ihren ehrgeizigen Plänen abzulassen, werden die Bischöfe Ruhe geben und sich endlich wieder den Aufgaben zuwenden, zu denen sie berufen sind – als Hirten der ihnen anvertrauten Seelen zu wirken –«

»Das wird nicht leicht werden!«, seufzte der Papst aus tiefster Seele.

»Weder für Euch noch für ihn!« Es war ein schwacher Trost, den Remy dem Heiligen Vater spendete. »Aber erst durch Gottfrieds Mitwirken könnte Eure grandiose Idee Wirklichkeit werden, das riesige Heer, das ihm gehorcht, würde sonst Eurem Unternehmen bitter fehlen! Und der Graf von Bouillon ist auch weit und breit unter all den gerade erwähnten eigensinnigen Fürsten der Einzige, der nicht auf Machtgewinn aus ist, dem Besitz wenig gilt, wohl aber die Geisteskrone Christi, die Glorie eines himmlischen Königreiches von Jerusalem!«

Der Papst erhob sich. »Macht Euch an die Arbeit, mein guter *Caput canis*! Ihr habt mein volles Vertrauen und alle Vollmachten, derer Ihr bedürft – ich überlasse Euch die Details! Ich werde Euch in jeder Situation den Rücken stärken mit der Macht meines Amtes –« Der Kardinal kniete nieder zum Ringkuss. »Darum werde ich jetzt meinen Stuhl zu Rom wieder besteigen, damit die Welt sieht, wo der wahre Nachfolger Petri als Stellvertreter unseres höchsten Herren sitzt und das Zepter in starker Hand hält.« Der *Pontifex* ergriff Remy bei den Schultern und zog ihn zu sich hoch. Fast feierlich tauschte er mit dem Diener den Bruderkuss.

Der Kardinal musste sich zusammenreißen, um nicht wankenden Schritts den Raum zu verlassen. Was für eine Schlacht! ging ihm durch den ergrauten Kopf, und es würden noch viele auf diesem Felde des Geistes zu schlagen sein, bevor der erste Streiter für die Sache der Kirche Christi seinen Fuß auf den fernen Sandboden jener *Terra sancta* setzte, die es dann auch noch zu erobern galt. Doch was immer die Heere des Abendlandes dort erreichen würden, den triumphalen Sieg hatte Rom schon errungen, sobald sie sich in Marsch setzten!

Liber V

A. D. MXCIV

✥ Schlechte Nachrichten 367

✥ Erzwungene Bewegungen 377

✥ Keine sichere Bleibe 388

✥ Das Duell 406

✥ Die Neiderin 422

✥ Versöhnung? 431

✥ Mutwillig in die Falle 440

✥ Die Helden 452

✥ San Gorgò 460

✥ Heimkehr nach Sion 467

✥ Das Konzil von Piacenza 482

Schlechte Nachrichten

Zu Sion hatte Angel mit sorgfältigem Federstrich die Ziffern ***MXCIV*** wie gestochen über die ganze Breite des Pergaments gesetzt und darunter die Titelzeile **Aus den geheimen Protokollen von Sion.** Nun lauschte er der Formulierung, die heute dem Vocator oblag.

Im ewigen Rom hält triumphal seinen Einzug der glorreiche Papst Urbanus Secundus als *Pontifex maximus*, während sein vom Kaiser eingesetzter Widersacher Wibert, der den Namen Clemens angenommen, sich bereits nach Ravenna zurückgezogen haben soll. Zum Zeichen des Sieges der rechtmäßigen *Ecclesia catholica* erteilte der Heilige Vater der Stadt den Segen *Urbis et orbis*.

»Wunderschön!«, lobte ihn der Schreiber. »Es jubeln die Engel!« Da stieß von unten der Krüppel mit seinem Krückstock gegen die Zimmerdecke, und sein schepperndes Organ drang verzerrt aus dem ›Ohr des Dionysos‹.

»Herabgeflattert, meine großohrigen *Plecoti auriti*!« Um seinem Befehl Nachruck zu verleihen, stocherte er herrisch in die Muschel. Die Chronisten eilten die Wendeltreppe hinab. Bischof Gosbart war hinter seinen Arbeitstisch gerollt und wedelte mit einer bereits versiegelten Pergamentenrolle. »Damit ihr mal wieder an die frische Luft kommt«, eröffnete er ihnen freundlich meckernd, »sollt ihr dieses Schreiben ins päpstliche Feldlager der Markgräfin Mathilde tragen. Dort werdet ihr einen Mann des Grauen Kardinals treffen, sein Name ist Alfons de la Carmen. Dem übergebt ihr diese Zeilen!« Der hagere Vocat streckte sofort die Hand aus, doch Gosbart entzog die Rolle seinem Griff, als könnte er sich nicht von ihr trennen. »Damit ihr unterwegs nicht auf die Idee kommt, aus Neugier das Siegel zu erbrechen, lass ich euch gleich wissen«, er richtete seine Rede mehr an Angel, weil Vocat ihm solche Unterstellung wahrscheinlich übelgenommen hätte, »was darin geschrieben steht – und was ihr ohnehin schon wisst, Vampire meines Vertrauens, die ihr mir das letzte Quäntchen meiner geheimsten Empfindungen aus dem Hirn gesaugt –« Er stieß seinen Radstuhl vorwärts und reichte die Rolle jetzt doch Vocat. »Das Schreiben enthält eine Aufforderung an Balduin von LeBourg, den Schritt zu tun, den ich ihm schon vor einiger Zeit ans Herz gelegt hatte – ihr erinnert euch? –, sowie unbedingt seinen grässlichen Vater, den Waldgrafen Norbert, bei der Gelegenheit gleich mitzunehmen.« Er sah, dass seine Worte den Vocator nicht überzeugten, und so setzte er noch forsch hinzu: »Damit endlich Bewegung in die Lager der beiden Streithähne kommt!«

Der hagere Vocat sah den Bischof nachdenklich an. »Wenn Ihr meint, dass die Art von Bewegung, die dem Herrn von der Lehburg vorschwebt«, er machte mit flacher Hand die Geste des Halsabschneidens, »in der gegenwärtigen Lage dienlich ist?«

Der Bischof grinste. »Wen es treffen wird, liegt allein in Gottes Hand! Aber so kann es nicht weitergehen!«

»Wir spielen also Schicksal?«, murmelte der dicke Angel und wurde blass. »Oder zumindest die Boten der Göttin.«

Gosbart maß ihn mit mitleidigem Blick.

»Fühlt Ihr Euch der Aufgabe nicht gewachsen, Herr Schutzengel?«, spottete er. »Tröstet Euch! Das *Fatum* nimmt sowieso seinen Lauf, für jeden von uns!«

»Dann soll es wohl sein«, sprach Vocat bedächtig, verneigte sich vor dem Bischof und schob den unschlüssigen Angel aus dem Amtszimmer. Als sich die Tür hinter ihnen schloss, lief ein böses Lächeln über das Gesicht des Krüppels.

Der glatzköpfige Söldnerführer Berenguer de Saissac und sein Begleiter Conon de Béthune trabten schweigend nebeneinanderher gen Norden. Weit waren sie seit dem Zwischenfall von

Prima Porta noch nicht gekommen. An Berenguer nagte diese neuerliche Niederlage, für ihn kam der Verlust von Cantar persönlichem Versagen gleich. Er sah schon die höhnische Miene des Grauen Kardinals vor sich. Eine solche Schlappe konnte der Kriegsmann nicht auf sich sitzen lassen!

Conon kümmerte wenig, was den Glatzkopf bewegte. Er wollte endlich in das Feldlager des kaiserlichen Heerführers Gottfried von Bouillon, der sich seit Wochen, seit Monaten im Norden der Toskana einen zermürbenden Kleinkrieg mit Mathilde lieferte. Conon sehnte sich nur nach einem, sich als Held in der Schlacht zu bewähren!

»Bis hierher und keinen Schritt weiter, Herr *Camerarius papae.*« Der Söldnerführer hatte seinem jüngeren Gefährten in die Zügel gegriffen und so beide Pferde zum Stillstand gebracht. »Wir drehen jetzt um und holen sie raus!«

Conon zerrte ihm das Leder aus der Hand. »Mehr Respekt, mein Herr!«, fauchte er den weitaus Kräftigeren mutig an. »Ich ruf Euch besoldeten Glatzkopf ja auch nicht *Calvena numerata*!«

Der Glatzkopf griente. »Würde mir nichts ausmachen! Aber nun gefälligst zurück nach Rom, ich denke, man wird Cantar wieder auf die Engelsburg gebracht haben!«

»Das wäre folgerichtig, wenn die Entführer dieselben sind wie ihre bisherigen Kerkermeister!«, hielt ihm Conon nachdenklich entgegen. »Aber vielleicht sind es die Gleichen, und Cantar nur ein Spielball einer internen Fehde innerhalb der Geheimen Dienste?«

»Also nicht die Engelsburg?« Als Stratege war der Glatzkopf kein großes Licht.

»Doch«, beschied ihn Conon sanft. »Erinnert Ihr Euch des geheimen Einstiegs im Pfeiler des Aquädukts?« Der Glatzkopf strahlte, aber nicht lange, denn Conon setzte trocken hinzu: »Den findet Ihr auch ohne mich, denn ich werde Euch nicht begleiten! Viel Glück!«, rief er dem Verdutzten zu, gab seinem Tier die Sporen und entschwand mit einem Satz aus der Reichweite des Söldnerführers. Berenguer schaute noch eine Zeitlang ungläubig hinter Conon her, wie der die Flaminia gen Norden davongaloppierte. Dann wendete er sein Pferd und ritt gesenkten Hauptes nach Rom zurück.

An der Engelsburg herrschte hektisches Treiben. Der bislang hier residierende Wibert, Papst des Kaisers, Erzbischof und Exarchos von Ravenna, war im Begriff, die Ewige Stadt zu verlassen. Im Trubel des Aufbruchs war es Berenguer de Saissac ein Leichtes, durchs offene Tor in die Festung hineinzuspazieren, statt umständlich über die Wasserleitung zu klettern. Dank seiner Ortskenntnis der für Fremde verwirrenden Gänge des Tumulus gelangte er ungehindert bis zu den privaten Gemächern des Papstes – und stand plötzlich vor Alfons de la Carmen!

Der innerhalb der Geheimen Dienste ranghohe Monsignore war zumindest ebenso verblüfft wie der Söldnerführer. »Als Befreier kommt Ihr zu spät, Berenguer de Saissac«, empfing er ihn trocken, »außerdem sollte ein erfahrener Kriegsmann nicht zweimal an den gleichen Ort zurückkehren, zumal, wenn er dort schon mal eins auf die Nase bekommen hat.« Er lächelte den Glatzkopf freundlich an. »Abführen!«, sagte er dann laut genug, dass einige der durch die Flure hastenden Wachen es hörten und dem Befehl Folge leisteten. »Verzeiht, aber Ihr stört hier!«, verabschiedete der Monsignore den Kriegsmann, als wollte er um Verständnis heischen.

Berenguer wurde über Treppen und endlos sich windende Gänge, die er noch nicht kannte, hinab in die unterirdischen Verliese geführt und dort weggeschlossen.

Cantar hatte von dem Auftauchen ihres verhinderten Beschützers auf der Engelsburg nichts bemerkt. Sie befand sich im Schlafgemach des Papstes Wibert, als der gestrenge Monsignore de la Carmen hereinkam. Er blickte irritiert.

Der nette alte Herr, der so gar nicht wie ein *Pontifex maximus* wirkte und dies auch nicht anstrebte, schien sich über das Befremden des Geheimen zu amüsieren. »Bereitet Euch die holde Weiblichkeit meines Besuchs«, er wies dabei lächelnd auf die an seinem Bett sitzende Cantar, »etwa Unannehmlichkeiten, liebster de la Carmen?«

Der Monsignore wiegte betrübt seinen länglichen Pferdeschädel. »Ich weiß nicht, wohin mit ihr«, murmelte er zerstreut, »in welche Hände ich sie auch immer gebe –«

»Ich nehm sie mit mir!«, unterbrach ihn Clemens. »In Ravenna wird es Cantar gefallen!«

Der Monsignore blickte auf die junge Frau, die über diese Wendung der Dinge sichtlich erstaunt war. Ihr gingen allerdings bereits Fluchtgedanken durch den Kopf. Cantar spürte, dass de la Carmen sie sofort durchschaut hatte, aber merkwürdigerweise kam von seiner Seite kein Widerstand. »Das ist eine gute Idee, damit ist schon mal ein Drittel des Weges zurückgelegt!« Cantar strahlte ihren Kerkermeister noch dankbar an, als der hinzufügte: »Falls es vorgesehen sein sollte, dass sie je nach Sion gelangt –«

Das Strahlen war verschwunden, wütend funkelte sie de la Carmen an: »Vielleicht fragt mal einer der Herren über die göttliche Vorsehung, was denn mein Wunsch ist!«

»Recht so!«, seufzte schmunzelnd der nette alte Herr. »Gegen die Patriarchen in der *Sancta ecclesia* sollten die Schwestern Magdalenens immer wieder aufbegehren!« Er reichte Cantar die Hand. »Jetzt, wo ich die Bürde eines Heiligen Vaters bald abstreifen kann, entwickle ich ungeahnte Sympathien für eine Neuauslegung des Wortes ›*Pontifex*‹. Warum sollte er nicht auch Brücken schlagen zu den weiblichen Nachfahren der drei Marien?« Monsignore de la Carmen verließ den Raum, und sie folgten ihm. »Er hält mich jetzt für einen Ketzer!«, flüsterte Wibert und lachte seiner Begleiterin schalkhaft zu. »Wahrscheinlich war ich ihm schon immer suspekt!«

Der Monsignore drehte sich um. »Die Dienste, die wir im Geheimen leisten, bleiben der *Ecclesia* und ihren höchsten Würdenträgern fast immer unverständlich!« Er lächelte maliziös. »Ich begebe mich jetzt nach Canossa.« Nach einer korrekten Verneigung, die jedoch den Ringkuss ausließ, fügte er betont herzlich hinzu: »Ich wünsche eine angenehme Reise nach Ravenna.«

Das Leben eines Gouverneurs zu Lerici deuchte Astair schnell wenig beneidenswert, besonders im nun einbrechenden Winter, wenn eisige Winde über den schutzlosen Hafen fegten, nicht einmal mehr die Fischer ausfuhren und alle Piraten sich längst in wärmere, südliche Gewässer verzogen hatten. Obwohl erst vor kurzem von Balduin eingesetzt, stand dem Ritter bald nur nach einem der Sinn: genügend von dem wenigstens das Gedärm erwärmenden Trunk aus der dickbauchigen Kanne mit der winzigen Tülle im Becher zu haben. Doch der Patron der ›Heiteren Sirene‹, seiner Stammtaverne, ließ über alles mit sich reden, nur nicht über weiteren Ausschank der teuflisch köstlichen *Lacrimae virginis*. Die Kreidestriche auf dem Balken über dem Haupt des einsamen Zechers hatten eine Höhe erreicht, zu der sich der Patron nicht mehr recken mochte. Der Herr Gouverneur wirkte arg heruntergekommen, wild wucherte sein ungepflegter Bart, von der einstigen Geschmeidigkeit des Fechtlehrers, eines *Maestro d'armi*, war kaum noch etwas geblieben. Fett hatte Astair zwar keines angesetzt, aber sein Gesicht war aufgedunsen und seine Augen rot angelaufen.

Erma di Toano, die Schwester Pförtnerin von dem hoch über der Taverne gelegenen Kloster Immacolata del Bosco, soeben mit ihrer Kiepe den Kreuzweg herabgestiegen, um die ›Heitere Sirene‹ mit Nachschub an *Lacrimae* zu versorgen, empfand Mitleid mit dem einst so stolzen Ritter, der vor seinem leeren Becher saß und dumpf vor sich hin stierte.

»Schenkt dem edlen Herrn noch einen aus!«, forderte sie den mürrischen Patron auf, doch der schüttelte unwirsch den Kopf. So leicht ließ sich die resolute Erma nicht abweisen. »Dann eben aufs Kloster!«, orderte sie die Bestellung.

Astairs Laune verbesserte sich dadurch keineswegs.

»Ich könnte auch – kraft meines Amtes – jeden Krug, der hier ausgeschenkt wird«, grollte er, »mit einer Steuer belegen!« Der Patron und die dicke Pförtnerin sahen sich erstaunt an, sagten aber nichts, was Astair veranlasste, seinen Faden genüsslich weiterzuspinnen: »Eine Sondersteuer als Beitrag zu den Kriegskosten, die unsere Landesherrin Markgräfin Mathilde zu tragen hat.«

Er wurde unterbrochen von der Ankunft der beiden Schwestern, die ihn damals aus dem Meer gefischt hatten. Astair hatte ihnen das schon bei seiner Rettung nicht gedankt, jetzt polterte er: »Was schmuggelt ihr da ins Kloster?«

Die Nonnen hatten ihre Kiepen bis zum Rand mit frischen Kräutern gefüllt. »Elsenkraut!«, stammelte eingeschüchtert die eine, und die andere setzte entschuldigend hinzu: »Zum Pressen des öligen Wermuts –«

»Ha!«, schnaubte Astair. »*Artemisia absinthium!* Auch das unterliegt jetzt einer Abgabe bei hoher Strafe –« Das glucksende Lachen der Dicken brachte ihn aus dem Konzept.

»Gebt ihm doch endlich einen Schluck!«, rief Erma dem Patron zu. »Unser *Gobernatore* leidet unter Entzugserscheinungen!«

Doch Astair hatte sich bereits so weit in seinen Wahn gesteigert, dass er losbrüllte: »Ich lasse euch alle arretieren, wegen Widerstand gegen markgräfliche Gewalt, die ich allein hier vertrete!«

Diese Ankündigung erhöhte die Heiterkeit nur noch, auch die beiden Schwestern fielen kichernd ein, denn jeder wusste, dass der Gouverneur über nicht einen einzigen Bewaffneten mehr befahl. Die Garnison des kleinen Hafens hatte sich mangels Sold längst verkrümelt.

Keiner hatte bemerkt, dass vor der Taverne neue Gäste eingetroffen waren, ein Trupp finsterer, bewaffneter Gesellen. Ihr Anführer hatte den Schankraum bereits betreten und war Zeuge der einseitigen Auseinandersetzung geworden. Es war der Waldgraf Norbert von der Lehburg. »Wer«, schnarrte er mit kaltem Hohn, »vertritt hier die Interessen meiner noblen Herrin Mathilde?«

Die beiden Schwestern hatten schnell ein Becherchen gekippt, und das gab ihnen Mut, während Astair noch nach Worten rang: »Der Herr Gouverneur vertritt sie so gut«, kringelte sich die eine, »dass er ein Schiff, das Herr Balduin gerade für die Markgräfin beschlagnahmt hatte, sich unterm Hintern wegstehlen ließ!«

»Nicht doch!«, prustete die andere los. »Er wollte es sich selber unter den Nagel reißen, setzte sich aber voll in die Dornen, der Herr Capitan!« Mitleidlos, eher schadenfroh bekräftigte sie:

»Den Stachel der Berberküste im Arsch!«, ohne dem in sich zusammenfallenden Astair einen Blick zu schenken. Das tat auch der Waldgraf nicht.

»Ha!«, triumphierte er. »Verletzung der Aufsichtspflicht und versuchter Unterschleif!«

»Die Piraten der *Shoka al-Iffriqia* warfen ihn – platsch! – ins Meer!«, wieherte die Erste. »Und Herr Balduin, der das Nachsehen hatte –«

»– aber keinen Durchblick! –«

»– ernannte den Herrn Piratencapitan zum *Gobernatore*!«

Aller Augen, besonders die stechenden des Norbert von der Lehburg, waren jetzt auf Astair gerichtet. »Alles Lügen!«, heulte der dumpf stöhnend auf. »Nichts als das Geschwätz garstiger, alter Weiber!«

Der Waldgraf der Ardennen, der endlich seine Chance sah, sich am Entführer der Braut für die Schmach von Gisors zu rächen – es hatte etwas gedauert, bis er den Waffenmeister erkannt hatte –, musterte ihn wie eine Würgeschlange das Kaninchen. »Das könnt Ihr, Astair de Saissac, meinem lieben Sohne Balduin von LeBourg erzählen, wenn ich Euch nach Canossa gebracht habe –« Er öffnete die Tür. »Wachen!«, rief er, und drei, vier seiner Gesellen drängten in die Taverne. »Ihr seid Eures Postens enthoben!«, wandte er sich an Astair, in Erwartung von dessen wie auch immer geartetem Protest. »Ich verhafte Euch!«

Doch Astair ließ alles ohne Widerrede oder gar Gegenwehr mit sich geschehen, wortlos legte er sein Schwertgehänge ab. Das Einzige, was er nun mit fast kindlich dankbarer Geste entgegennahm, war ein Becher, voll bis zum Rande mit den ersehnten *Lacrimae*, den ihm der Patron jetzt mit einer entschuldigenden Verneigung zuschob, bevor Astair abgeführt wurde.

Durch den hohen Schnee oben an der Passhöhe des Großen Sankt Bernhard stapften zwei tiefvermummte Gestalten und zerrten ihre Maulesel hinter sich her. Die beiden Chronisten aus Sion waren auf dem Weg in den Süden.

»Habt Ihr, Bruder Angel, schon mal darüber nachgedacht«, grummelte der hagere Vocat hinter einem dicken Wollschal hervor, »wieso uns Gosbart den Inhalt der Botschaft, die wir überbringen sollen, zuvor so detailliert zur Kenntnis brachte?«

Der beleibte Angel mühte sich mit seinen kürzeren Beinen durch den Schnee. »Vielleicht wollte er sichergehen, dass wir nicht lesen, was wirklich in dem Pergament geschrieben steht«, keuchte er. »Als ob wir ein Siegel erbrechen würden!« Seine roten Bäckchen leuchteten vor gespielter Empörung.

Sein Gefährte hatte verstanden.

Als sie sich gegen den zähen Widerstand der weißen Pracht bis zum Scheitelpunkt hinaufgequält hatten, nestelte Vocat die Rolle aus seinem wollenen Umhang. »Der Empfänger, dieser Monsignore de la Carmen«, gab er zu bedenken, »wird natürlich merken, dass der Lack gebrochen –?«

»Wird er nicht!«, entgegnete ihm Angel grienend. »Ich bin dem Herrn Bischof zuvorgekommen und hab vor seinem Einzug ins Schloss den Siegelring des *Praefectus et Comes vallesiae* in einer alten Schachtel gefunden und an mich genommen!«

»Gosbart hat aber mit seinem Bischofsring gesiegelt!«, wandte Vocat ein.

»Das kann de la Carmen nicht wissen, er wird es schlimmstenfalls für eine eitle, den Fakten vorgreifende Geste des Herrn Bischofs nehmen!«

Vocat zerbrach das Siegel mit einer einzigen Bruchstelle. Sie lasen das in krakeliger Schrift, wohl hastig aufgesetzte Schreiben gemeinsam, es enthielt tatsächlich nicht mehr als die knappe Anweisung, auf Balduin von LeBourg einzuwirken, dass er die Fahne wechselte, also von der päpstlichen zur kaiserlichen Partei überlief.

»Das ist schon ein starkes Stück Verrats!«, überlegte Angel laut.

»Dieser rein moralische Begriff kommt in der Welt der Geheimen Dienste nicht vor«, konstatierte Vocat. »Aber vor allem scheint es dem Verfasser darum zu gehen, dass Balduin seinen Vater, den Waldgrafen der Ardennen, Herrn Norbert von der Lehburg, mit hinübernimmt ins Lager der Deutschen –«

»– und ihn damit in die Nähe von Gottfried von Bouillon zu bringen. Genau dazu hat sich unser Bischof Gosbart ja auch verpflichtet, wenn Cantar im Gegenzug von Sion ferngehalten wird.«

»Somit beinhalten diese Zeilen eine klare Aufforderung zum Mord!« Der Tatbestand selbst erschütterte Vocat nicht, wohl aber die Folgerung, die ihm nun dämmerte: »Meint Ihr nicht, werter *Angelus vigilans*, dass wir zu viel wissen?!«

Der kleine Dicke wurde blass. »Ihr meint, *Vocator diaboli*, wir wurden nicht nur mit dem infamen Plan, Gottfried aus dem Weg zu räumen, losgeschickt – wovon Balduin, da bin ich mir sicher, nicht das Geringste ahnt –«

»Sondern auch mit unserem eigenen Todesurteil!«, bestätigte ihm der Hagere. »Seht her, was hier am Ende steht, ganz unscheinbar, geradezu wie eine Ermunterung des Adressaten anmutend: *nec metu*?«

»Ich versteh zwar so viel Latein wie Ihr, aber das sagt mir lediglich: Der Empfänger möge keine Furcht empfinden –«

»Und wäre eine unsinnige Empfehlung an einen Mann des Grauen Kardinals!«, höhnte Vocat. »Es geht dem Schreiber aber um das *nec*!«

»Und aber auch nicht?«, übersetzte Angel zaghaft. »Weder noch?«

Doch Vocat schüttelte unwirsch seinen harten Schädel, dass der Schal ihm übers Kinn herabrutschte. »Die Lesart für unbedarft Friedfertige!«, murrte er. »Aber unter Leuten mit einer anderen Gangart liest der Empfänger: *Nuntium est caedendum* – kurz und knapp: ›Der Überbringer ist zu töten‹!«

»Schöne Aussicht!«, griente Angel, und sie stiegen den Pass hinab gen Italien.

Erzwungene Bewegungen

Schon seit zwei Tagen lag der Segler des Bert el-Caz im Hafen von Amalfi, genau vor der Taverne ›Zum letzten Anker‹. Der kleinwüchsige Pirat klopfte an die Tür seiner eigenen Kajüte, doch er erhielt keine Antwort. Vorsichtig öffnete er die Verriegelung. Sein Gast hatte das Bett verlassen und saß mit abweisender Miene hinter dem Kartentisch des Capitans und starrte aus dem bleiverglasten Heckfenster hinaus auf das trübe Wasser des Hafens. Eine schlecht gealterte Matrone, diese abgedankte Sultana von Mahdia, schoss es Bert el-Caz in einer Mischung von Schadenfreude und Mitleid durch den Kopf. Verhärmt und verbittert war Melina geworden in der langen Zeit ihrer Verbannung in den Harem. Sein alter Gönner und jetziger Herrscher über das Felsenriff, Yussuf der Ziride, hatte sich ausgesprochen erleichtert gezeigt, als der Pirat um ihre Auslieferung nachgefragt hatte. »Für die Erlösung von dem grauslichen Drachen« hatte er Bert sogar mit Geschenken überhäuft, kostbaren Seidentüchern, ganzen Rollen von glänzendem Damast und feinem Gespinst aus Mosul, durchsichtig und schillernd wie Libellenflügel. Dabei erfüllte der Pirat lediglich einen gutbezahlten, höchst geheimen Auftrag!

»Wenn Ihr, werte Dame, Euch bereitfinden würdet, auf Euren Sohn einzuwirken«, das fuchsige Gesicht des Bert el-Caz wirkte bekümmert unter dem speckig gewordenen giftgrünen Turban, »dass er mit uns nach Lecce zurückkehrt, würden wir uns viel Zeit ersparen – und die sonst notwendige Mühe, Druck auf ihn auszuüben.«

Wenigstens würdigte sie ihn jetzt einer Antwort. »Theodor

hat es damals in Mahdia für richtig gehalten, seine aufopfernde Mutter zu verlassen, ohne um Erlaubnis zu fragen«, erklärte sie kalt. »Warum sollte ich ihn jetzt anbetteln, mit mir zurückzukommen?«

»Weil es zu seinem Besten ist!«, erklärte Bert und bemühte sich, seiner Stimme einen aufrichtigen Klang zu verleihen.

Melina wandte sich brüsk ab, zum Zeichen, dass die Audienz beendet sei. Wütend die Tür hinter sich zuschlagend, verließ der Capitan den Raum.

Bert el-Caz fand seine Gefährtin Terès und seinen kleinen Schützling Pons in der Staukammer des Seglers, wo nicht nur all die Stoffe aufgestapelt waren, mit denen der Ziride sie beschenkt hatte, sondern wo sie auch notgedrungen schliefen, nachdem die Sultana die einzige Kajüte für sich requiriert hatte.

»Pons und ich haben uns eine List ausgedacht«, empfing ihn Terès, »wir verkleiden uns –«

»Bitte keine Betäubungstropfen!«, wehrte der Capitan sofort ab. »Außerdem, wie kommen wir ins Kloster hinauf, um sie in den Wein der Odaliske zu mischen? Theodora erkennt mich doch sofort!«

»Wir kommen als berühmte Schneider aus dem Morgenland!«, ließ sich Pons munter vernehmen. »Wir bieten die schönsten Tuche, nach denen er sich nur zu sehnen vermag!« Der Sohn Elgaines war noch keine sechs Jahre alt, doch sein wacher Geist brachte mühelos Phantasie und Findigkeit zusammen.

»Wenn wir an Theodora herankommen, haben wir gewonnen!«, drang jetzt auch Terès in den zögernden Bert el-Caz. »Im Schutz der Nacht schaffen wir die Stoffe in die Taverne, zum Fuße des Aufzugs«, legte sie ihre Pläne dar, »denn die Damen vom Kloster haben unser Schiff wahrscheinlich längst als höchst verdächtig im Visier! Offiziell segeln wir ab –«

»Das ist gut!«, rief Pons. »Ich übernehme das Ruder!«

Bert el-Caz lächelte über den Eifer des kleinen Kerls. »Wir können es versuchen!«, beschied er grinsend seine Terès und umarmte seinen Schützling.

Alekos, der stämmige Wirt des ›Letzten Anker‹, tat, wie ihm geheißen. Er pfiff, kaum dass die Sonne aufgegangen war, seinem treuen Knecht oben an der Plattform des Aufzugs das vereinbarte Signal zu, den Korb herunterzulassen. Terès hatte sich in den angekündigten ›kaiserlich byzantinischen Hofschneider‹ verwandelt, während Bert el-Caz als stumme *Musa'edah* in ein langes Frauengewand mitsamt *Burqu* geschlüpft war.

»Theodora«, wusste der Wirt zu berichten, »ist furchtbar ängstlich und argwöhnisch. Sie fürchtet sich vor Entführung durch Seeräuber!« Ruckelnd schwebte der Korb zu ihnen herab. »Gestern Abend hatte ich sogar Mühe, sie zu bewegen, einen hochgestellten Kurienkardinal zu empfangen, der das Kloster zu visitieren wünschte – er ist jetzt noch dort oben.«

Das Grinsen des Piraten hinter dem Gitter der Burka bekam Alekos nicht mit. Der Graue Kardinal ließ es sich also nicht nehmen, den Erfolg der von ihm angeordneten Aktion in eigener Person zu überwachen!

Sie schoben den gesamten, zusammengeschnürten Ballen mit den kostbaren Stoffen in den unten eingetroffenen Korb und ließen ihn hochfahren. Der ›Hofschneider‹ und seine ›Ankleidehilfe‹ mussten auf die nächste Fuhre warten. Alekos würde sie hinaufbegleiten, darauf hatte Theodora bestanden.

Remy d'Aretin stand neben der aufgeregten Theodora auf der Terrasse, die einen weiten Blick über Stadt und Hafen von Amalfi gestattete.

»Das Schiff ist endlich wieder fort!«, schnurrte die Odaliske erleichtert und schaute dankbar zu dem hohen Kirchenfürsten auf. »Ich bin mir sicher, dass es Piraten waren, doch dank Eurer Gebete, Eminenz, hatte der Himmel ein Einsehen und beschützte uns!«

Sofort nach der Ankündigung der klerikalen Visite hatte Theodora für sich und ihre Mitschwestern Ordenstracht angeordnet. Das beige Nonnengewand mit großer, steifer Haube stand ihr sehr gut, fand sie und hoffte, der schlanke Kardinal neben ihr, in seiner roten Soutane mit gleichfarbigem Birett auf dem ergrauten Haupt, empfand das genauso!

»Ich habe gehört«, sprach der Kardinal salbungsvoll, »dass Ihr die Mühen nicht scheut, einen Schneider kommen zu lassen, um Eure Garderobe zu vervollständigen.«

Theodora war zusammengezuckt, sie hatte das für ihr Geheimnis gehalten. Doch der Kirchenmann ging höflich darüber hinweg. »Ich werde unterdessen mit Euren Schwestern in der Kapelle beten. So stören sie Euch nicht!«, sprach er verständnisvoll. »Die Sorge um Schönheit ist auch ein Dienst am Herren, wie uns das himmlische Beispiel der Jungfrau lehrt.« Er reichte ihr die Hand zum Ringkuss, und die Odaliske hüpfte davon, dankbar, dass alles so gutgegangen war.

Theodora saß in ihrer Zelle vor dem – ansonsten wohlweislich versteckten – Spiegel aus poliertem Silber und genoss die Bemühungen um ihre Person. Der Meister und seine Gehilfin breiteten ein teures Tuch nach dem anderen über ihre Schultern, sie vermochte die Arme kaum noch zu heben unter der Last der kostbaren Stoffe. Dann trat die Gehilfin hinter sie und legte auch noch brokatene, sammete, mit Stickereien verzierte Schals um ihren Hals – bis plötzlich einer ihr über den Mund glitt. Theodora glaubte an eine Ungeschicklichkeit, aber der Knebel straffte sich, verschloss ihr die Lippen! Geschwind verknotete Bert el-Caz das Tuch fest im sich aufbäumenden Nacken. Ein bereitgehaltenes großes Laken fiel über die hilflos mit den Unterarmen wedelnde Theodora. Sie wurde genauso verschnürt wie der Ballen, mit dem der Schneider oben im Konvent angekommen war. Der bärenstarke Knecht trat ein, und gemeinsam schleiften sie das unförmige Paket zum Korb, wuchteten es hinein – und ab ging die Fuhre in die Tiefe.

Nach der Messe und dem Gebet mit den *Sorores* trat der Kardinal wieder sinnend auf die Terrasse des Klosters hoch über Amalfi. Unten im Hafen lichtete der Segler des Piraten gerade seinen Anker. Remy d'Aretin war versucht, dem davonfahrenden Schiff ein »*Vale, vale, vale*« nachzuschicken. Er milderte es ab in ein diabolisches Lächeln. Die Fracht würde – so stand zu hoffen! – in Lecce den gewünschten Effekt auslösen. Des einen

Freud', des anderen Leid – *sic erat in fatis*! Manchmal musste man Odalisken auf die Sprünge helfen.

Die Burg von Canossa lag gleich einer eisernen Faust auf der Hügellandschaft der südlichen Emilia. Die trutzige Festung war der am weitesten gen Norden vorgeschobene Vorposten der Toskana. Nichts erinnerte hier an die lieblichen Weinberge des Chianti, an die warme Behäbigkeit von Siena oder die schlanken Wehrtürme von San Gimignano, die türkisfarbene Küste von der Mündung des Arno bis zu den weißen Marmorbrüchen in den Bergen Carraras. Das Umland von Canossa war wild und öde, die nähere Umgebung von unzähligen Kriegen verwüstet.

Aus ihrem geräumigen Gemach, weitab von den starken Mauern und Türmen der Festung, hatte die auf Canossa inhaftierte Elgaine de Gisors einen Blick hinaus auf das hügelige Land. Die Herrin Mathilde hatte gegenüber ihrer leicht aufbrausenden, um nicht zu sagen jähzornigen Geliebten Maurcade darauf bestanden, dass es der Gefangenen an nichts mangeln sollte – außer an ihrer Freiheit. Sie dulde keinesfalls, dass ihr eigener Ruf durch höchst persönliche Gelüste des Fräuleins du Berq Schaden erleide! Natürlich wusste Mathilde nur zu gut um den strittigen Besitz von Gisors und Maurcades brennenden Ehrgeiz, diese Frage schnellstmöglich und definitiv für sich zu entscheiden. Um sicherzugehen, dass sich die heißblütige Normannentochter in ihrer Abwesenheit zu keinen unbedachten Handlungen hinreißen ließ, hatte sie Maurcade mit sich ins Feldlager ihrer Truppen geschleppt, die sie zu inspizieren wünschte.

Elgaine war also allein geblieben. Nicht, dass sich Maurcade bislang mit ihr abgegeben oder gar unterhalten hätte, die Kerkermeisterin strich lediglich wie eine lauernde Wildkatze um die Räume, die ihre Gefangene bewohnte, in der Hoffnung, ihr ›Vögelchen‹ könnte vielleicht doch einen Fluchtversuch wagen. Dann hätte sie – ungestraft – zuschlagen können! Wahrscheinlich bereute Maurcade längst, dass sie ihre Beute nicht sofort, am besten schon in Lerici, totgebissen hatte! Jetzt waren die Augen aller auf diesen kostbaren Fang gerichtet. Dabei stand Elgaine der Sinn zurzeit nicht im Geringsten nach einem spektakulären Ausbruch oder heimlichem Entweichen. Dem Vögelchen waren die Flügel gebrochen! Nachdem es ihr zum wiederholten Mal misslungen war, ihren Sohn Pons wieder in die Arme zu schließen, waren ihr Lebensmut und ihre Kraft geschwunden. Gequält von Vorwürfen und Selbstzweifeln, starrte Elgaine sehnsüchtig auf die Hügel hinab und grübelte.

Aus dem Vorraum waren laute Stimmen zu vernehmen, unverkennbar Balduin von LeBourg und dieser ansonsten eher verschlossene spanische Kleriker, der auf Canossa als Monsignore de la Carmen eingeführt worden war. Die Tatsache, dass die beiden sich nicht die geringste Mühe gaben, den Ton zu dämpfen oder gar den Inhalt ihrer Unterredung unverständlich zu halten, machte Elgaine schlagartig klar, dass man sie als Zeugin nicht fürchtete. War sie schon so gut wie tot?

»Mit der Erhebung ihres jungen Gatten Welf in den Stand eines Herzogs von Niederlothringen«, ließ sich Balduin mit genüsslichem Spott vernehmen, »hat die Markgräfin doch erreicht, was sie –«

»Dennoch ist noch längst keine Versöhnung mit ihrem Neffen absehbar!«, fiel ihm der Spanier ins Wort. »Mathilde will auch Bouillon für sich, einzig um Gottfried den Tort anzutun!«

»Nie!«, rief Balduin. »Und da versteh ich meinen Vetter nur zu gut! Bouillon stellt längst keinen Wert mehr dar, um dessen Besitz man sich streiten mag, geschweige denn einen besonders klangvollen Titel – es geht um seine Ehre!«

»Der Kaiser wird seinem Marschall in dieser Frage nicht beistehen!« Der mysteriöse Monsignore de la Carmen gab sich nachdenklich. »Aber Gottfried wird ebenso wenig zurückweichen, wie Heinrich den Rückzug seines Papstes Wibert nach Ravenna hinnehmen wird!«

»Dabei wäre dieser wahrscheinlich ganz froh, wenn er nie mehr auf dem heißen Höllenstuhl Petri Platz nehmen müsste!«

»Auch Gottfried könnte, bei ruhiger Einschätzung des Verhältnisses zwischen Wert und Aufwand, seine Energien auf höhere, lohnendere Ziele richten – aber dazu bedarf es eines kühlen Kopfs!«

»Warum erteilt Ihr, *Venerabilis*, solche Empfehlungen nicht der Markgräfin?«, wollte Balduin wissen.

»Weil die Dame zurzeit noch zu sicher im Sattel sitzt!«

»Noch!«, wiederholte Balduin grimmig. »Die Geheimen Dienste der Kirche halten es gern mit den Mächtigen.«

»Falsch!«, entgegnete ihm der Monsignore. »Sie halten an ihren Zielen fest!« Er legte eine betonte Pause ein. »Doch die zu erkennen ist nicht jedermann gegeben, nicht einmal denen, die ihnen dienen!«

Daraufhin trat im Vorzimmer Schweigen ein. Die Herren waren wohl auseinandergegangen.

Aus der Wandtäfelung glitt wie ein silberschuppiger Salamander der weißblonde Knabe. Seine Augen waren wie gefrorenes Wasser, wie Elgaine jedes Mal mit Schaudern feststellte. Guy d'Abreyville hatte sich zu ihrem Hüter aufgeschwungen, ohne dass sie ihn darum gebeten hätte.

»Ich beschütze Euch!«

Elgaine sah ihn traurig an. »Was will Maurcade du Berq von mir?«, fragte sie den rätselhaften Knaben. Eigentlich hatte sie nicht mit einer Antwort gerechnet, doch die erhielt sie prompt und völlig emotionslos.

»Eure Haut, Elgaine, sie will in Eure Haut schlüpfen – und wenn sie Euch die bei lebendigem Leib abziehen muss!«

»Warum?!«, stammelte Elgaine fassungslos.

»Weil Ihr Euch Gisors' nicht würdig erwiesen habt!«

»Wieso Gisors'?!«

»Für Maurcade ist Gisors ein mystisches Heilsversprechen!« Guy lachte hell. »Sie sieht sich als heilige Priesterin eines unterirdischen, höchst geheimen Tempels der Normannen, eine Art Wikinger-Druidin!«

Elgaine sah wenig Anlass zum Scherzen. »Warum spricht sie nicht mit mir über das, was sich da in ihrem Kopf festgesetzt hat?«

»Eine Priesterin spricht nicht zu Uneingeweihten!«, strahlte er Elgaine an. »Macht Euch keine Sorgen! Solange ich lebe – und ich werde sie überleben! –, wird Maurcade du Berq keine

Macht über Euch erlangen, keine Locke Eures blonden Haares darf sie Euch abschneiden, geschweige denn Euren schönen Kopf!«

Eisern beherrschte sich Elgaine, nur ja keinen Schrecken oder gar Angst zu zeigen.

»Mir reicht schon, dass ich Gefangene dieser Irren bin!«, begehrte sie heftig auf.

»Das ist nur ein Traumgespinst von Mademoiselle.« Guy d'Abreyville lächelte versonnen vor sich hin. »In Wirklichkeit seid Ihr mir anvertraut – mir ganz allein!«

Elgaine zwang sich zu einem dankbaren Lächeln. Der Knabe verschwand wieder durch die Wand, das Holzpaneel, durch das er gekommen war.

Wunderbar aufgehoben in Gottes Hand, dachte Elgaine, zwischen einer Wahnsinnigen, die mir das Fell über die Ohren ziehen will, und einer erfrorenen Seele, die mich davor zumindest bewahren will! Plötzlich erwachten wieder ihre Lebensgeister. Und wenn alles nur für Pons war! Eine Gisors konnte man foltern und quälen, aber nicht in die Knie zwingen, solange noch ein Tropfen Bluts durch ihre Adern rann. Das war sie ihrem Vater schuldig – und Pons!

Der Waldgraf Norbert von der Lehburg traf ein. Er benutzte den geheimen Seiteneingang der Festung, der unmittelbar zu den Verliesen von Canossa führte, denn er wollte seinen Gefangenen in sicherem Gewahrsam wissen, bevor er mit der Bekanntgabe seines Fangs Mathilde und ihren beiden verstrittenen Favoriten gegenübertrat. *Stante pede* würden sich Maurcade du Berq auf der einen Seite und sein Herr Sohn Balduin von LeBourg auf der anderen in heftige Diskussionen verstricken. Dem Waldgrafen brannte die Frage unter den Nägeln, was Gosbart von Sitten unternommen hatte, um Balduin seinen Plänen gefügig zu machen. Er ahnte, dass gerade sein eigen Fleisch und Blut ihm erheblichen Widerstand entgegensetzen würde. Gut verstanden hatten sie sich nie! Das lag wohl auch an der Mutter Balduins, jener vermaledeiten Melusine!

Er musste sich sputen! Dieser Nichtsnutz Conon de Béthune

hatte ihn bei dem Zwischenfall von Prima Porta mit Sicherheit erkannt. Nichts läuft so schnell wie böse Nachrichten, und der Graue Kardinal würde nicht lange fackeln! Also musste er, Norbert, Waldgraf der Ardennen, schneller sein als dieser eitle Bastard Remy d'Aretin. Das eiserne Gatter des Kellerverlieses fiel hinter Astair de Saissac ins Schloss. Norbert spürte ›im Harn‹ – wie er gern zu sagen pflegte –, dass der Bursche seinen Plänen noch nützlich sein würde!

Ravenna, wo sie den freundlichen Wibert verlassen hatte, lag hinter ihr. Cantar de Sion rollte in einer schweren, vierrädrigen Kutsche dahin, der sanftmütige alte Mann hatte sie ihr zur Verfügung gestellt, quasi aufgedrängt. Auch auf der eisenstarrenden Eskorte hatte er bestanden. Der Weg bis in die Alpen des Wallis sei weit und beschwerlich, das Gefährt zwar nicht sonderlich bequem – die beiden Reisenden waren auf der bisherigen Fahrt arg durchgeschüttelt worden –, biete dennoch vor allem Sicherheit! Cantar dachte mit Dankbarkeit an die Fürsorge dieses bemerkenswerten Mannes, der klaglos von den höchsten Würden, die auf Erden zu vergeben, herabgestiegen war und das Feld anderen überließ.

Die gescheiterte Äbtissin erinnerte sich an die Gespräche, die sie in der rumpelnden, ungefederten Kiste auf Rädern mit dem Menschen Wibert hatte führen dürfen.

»Ich würde ja gern, allzu gern auf alle Titel und Ehren verzichten«, vertraute ihr der Papst Clemens fast wehmütig an, »aber des Kaisers Stolz lässt diesen letzten Schritt nicht zu, er hält mir die Treue – und verwehrt mir damit einen Lebensabend im Frieden des Herrn!«

Cantar zeigte mehr Unverständnis als Mitgefühl: »Kann der Kaiser mit seinem gewaltigen Heer denn nicht obsiegen?« Wibert lächelte schmerzlich.

»Wie jeder deutsche Kaiser ist auch mein guter Freund Heinrich in jedem Moment seines Erdenwandels abhängig von den Launen, Interessen, Torheiten und Begehrlichkeiten seiner Fürsten und Bischöfe. Das nagt an ihm, macht ihn schwach!«

»Aber er ist doch der Kaiser?« Cantar sah auf einmal auch die Vorrechte der eigenen höheren Geburt in Frage gestellt.

»Was sagt das schon?«, wischte der Leidgeprüfte den Einwand beiseite. »In einer solchen herausgehobenen Stellung bedarf der Inhaber eines steten, unantastbaren *Consensus*, der von allen Kräften getragen werden muss – weltlichen wie geistlichen!« Cantar schwieg betroffen.

Wibert fuhr fort: »Mit jedem Wimpernschlag kann er plötzlich allein dastehen, zumal, wenn fortschreitendes Alter den Verfall von Macht ankündigt.«

»Was macht dann die Kirche, den Papst so stark?«, bohrte Cantar nach. Wibert lächelte nachsichtig. »Die *Sancta ecclesia* erneuert sich aus sich selbst heraus, ein Papst wird vom Herrn abberufen, ein neuer wird gewählt!«

»Oder zwei!« Cantar zeigte sich aufmüpfig, auch wenn ihr Erröten verriet, dass sie den Einwurf schon bereute.

»Das sollte eigentlich nicht vorkommen!«, räumte der Antipapst Clemens ein. »Weswegen ich ja auch schon des längeren bereit bin, meinen Rückzug anzutreten!«

Cantar nahm sich diese Haltung zu Herzen.

Von Ravenna hatte sie sich nichts angesehen, obgleich ihr Gastgeber dazu geraten hatte. Es drängte sie wie ein Tier in die schützende Höhle, heim in die vertraute Bergwelt. Die Gewissheit war inzwischen eingetreten, ihre Mensis waren ausgeblieben: Cantar war schwanger. Das hatte sie zwar so gewollt und im Handstreich auch erreicht, aber nun musste sie dem Umstand Rechnung tragen. Cantar verabschiedete sich von dem Mann, der als *Pontifex*, als Brückenschläger wahrscheinlich viel zur gütlichen Klärung der verfahrenen Verhältnisse hätte beitragen können, den aber das Schicksal nur als störenden Antipapst vorgesehen hatte. Sie versuchte daraus ihre Lehren zu ziehen.

»So tue ich gut daran, Heiliger Vater«, sie kniete vor Wibert nieder und presste seine zartgliedrige Hand mit dem Bischofsring an ihre Lippen, »mich den Anweisungen der *Sancta ecclesia* zu fügen und mich der Aufgabe, die mich erwartet, zu stellen?«

Der Weißhaarige nickte, wiewohl mit seinen Gedanken

längst woanders. »Macht was draus!«, sagte er leichthin, strich Cantar übers üppig dunkle Haar und hieß sie, sich zu erheben. Umgeben von einer waffenklirrenden Leibgarde aus deutschen Landen verließ sie zur gleichen Stund Ravenna, um poaufwärts, quer durch die lombardische Tiefebene, über Savoyen endlich das heimatliche Wallis zu erreichen.

Keine sichere Bleibe

Frauen und Kinder von Schafhirten hockten um eine Feuerstelle, über deren Glut ein dicker Topf mit Bohnensuppe sanft blubbernd vor sich hin dampfte. Sie hatten die beiden aus der Kälte der Berge herabgestiegenen Mönche anstandslos in ihren Kreis aufgenommen. Weit konnte es bis Canossa nicht mehr sein. Es herrschte eine ausgelassene Stimmung. Das lag zum einen daran, dass die Düfte aus dem Kupferkessel an Intensität zunahmen, aber auch an der Drolligkeit der so unterschiedlichen Benediktiner, der eine ganz hager, dürr wie eine Bohnenstange, der andere rund, wenn auch geschrumpelt, wie ein über den Winter gelagertes Äpfelchen. Sich gegenseitig mit Grimassen bedenkend, unterhielten sie die Kinder, die sich vor Lachen kringelten. Doch plötzlich sprang der Hagere entsetzt auf.

»Eine Schlange!«, stieß er in Panik hervor und zeigte hinter den Dicken, der warf sich sofort erschrocken zur Seite.

»Da im Gras!«, brüllte Vocat warnend. »Es sind zwei! Hochgiftige Vipern!«

Jetzt stoben auch die Frauen auseinander, zerrten ihre Kinder an sich. »Giftschlangen? Besser weg von hier!«, stammelte Angel und erhob sich torkelnd, was die Weiber noch mehr in Angst versetzte.

»Du bleibst hier«, befahl Vocat seinem Gefährten erregt, »und hilfst mir die tückischen Biester zu erschlagen!«

Angel hüpfte ängstlich im hohen Gras von einem Bein aufs andere. »Da hat was geraschelt!«, stöhnte er. »Ihr lieben Frauen«, wandte er sich an die Weiber, die noch nicht das Weite gesucht hatten, »rettet das Leben Eurer Kinder!« Er warf sich in die Brust. »Wir rufen Euch, sobald wir das todbringende Geschlinge zur Strecke gebracht!« Stolz wies er auf Vocat, der mit einem aus dem Feuer gerissenen Ast, Funken sprühend und Rauchfahnen wirbelnd, wild aufs Gras eindrosch. Dabei sprang er todesmutig immer wieder vorwärts und zurück, als würde er von unsichtbaren Reptilien zuhauf und verbissen attackiert. Die letzten Frauen griffen nach ihren Kleinen und rannten davon.

»Jetzt aber schnell!«, keuchte Vocat vor lauter Rauch und zerrte das Schreiben des Bischofs aus dem Gewand. Angel griff sich den einzigen Metalllöffel, leckte ihn sauber und streute die Lackkrümel sorgfältig in die Vertiefung, dann hielt er sie über die Glut. Kaum dass die dunkelrote Masse Blasen schlug, nahm Vocat ihm den Löffel aus der Hand und träufelte den dickflüssigen Brei genau auf die Stelle des Pergaments, wo zuvor das Siegel gesessen. Angel hatte den gestohlenen Siegelring schon zur Hand und presste ihn sorgsam in den schnell erkaltenden Lack.

»Wie neu!«, bejubelte er sein Werk, als er den Ring gelöst hatte und die Prägung des Siegels sichtbar wurde.

»Wirkt wie echt«, stimmte ihm nun auch Vocat zu, »vorausgesetzt, wir haben keinen Fehler mit der kühnen Wahl des *Sigillum* gemacht!« Er konnte das Schreiben gerade noch in den Falten seines Umhangs verschwinden lassen, da trauten sich schon die ersten Kinder zurück. »Wir haben die teuflischen Drachen in die Flucht geschlagen!«, rief ihnen der pausbäckige Angel zu. »Die Suppe ist fertig!«

Da wagten sich auch die Weiber wieder an die Feuerstelle.

Auf der Burg Canossa ging die Ankunft der beiden Chronisten im Trubel unter. Kommandos erschollen, Bewaffnete rannten zur Bewehrung der Zinnen, die Markgräfin war von ihrer Truppeninspektion zurückgekehrt und duldete es schlecht, wenn nicht jedermann an seinem Platze stand. Angel und Vocat fragten sich nach diesem Monsignore de la Carmen durch. Er empfing sie in dem Vorzimmer zu den Gemächern der Elgaine de Gisors, denn er wollte vermeiden, dass die mit Mathilde heimgekehrte Maurcade du Berq womöglich sogleich zu ›ihrer‹ Gefangenen stürmte, und sei's nur, um ihr Mütchen zu kühlen.

Doch Maurcade war – völlig unerwartet – auf den Mann gestoßen, den sie weiß Gott am wenigsten zu sehen wünschte, den sie hasste wie die Pest – Norbert von der Lehburg! So war die Normannin aufgebracht in das Schlafzimmer ihrer Freundin Mathilde gerannt und hatte sich dort eingeschlossen.

Der Monsignore de la Carmen nahm das Schreiben in Empfang, das ihm Vocat überreichte. Er erbrach das Siegel, ohne auch nur einen Blick auf das Kunstwerk zu werfen. Angel wirkte einen Augenblick wie ein beleidigtes dickes Kind, Vocat stieß ihm in die Rippen, de la Carmen sah nur kurz stirnrunzelnd zu ihnen hinüber und überflog die Zeilen.

»Ihr hattet einen weiten Weg, liebe Brüder«, sagte er dann mit freundlichem Lächeln. »Lasst Euch in der Küche etwas zu essen geben, das nicht, wie dieses Pergament, nach verbrannten Bohnen stinkt.«

Vocat war blasser geworden, als er von Natur aus ohnehin schon war, und Angel kicherte verlegen. »Reisende wie unsereins«, erklärte er treuherzig, »nehmen halt, was barmherzige Seelen ihnen unterwegs anbieten!«

»Auslöffeln muss man jede Gabe«, entgegnete der Monsignore heiter, »auch die milden.«

Er deutete mit dem Zeigefinger auf das Ende des Schreibens in seiner Hand. »Was sich der gute Gosbart allerdings bei *nec metu* gedacht hat, ist mir unerfindlich: Gehört doch bei dem schönen Sinnspruch *nec spe* stets davor! Oder sollte der *Episcopus sedunensis* bereits alle Hoffnung fahrenlassen?«

Die beiden Chronisten hingen, ob sie nun wollten oder nicht, an seinen schmalen Lippen. »Was sagen eure knurrenden Mägen, liebe Herren? Eine warme Mahlzeit steht ihnen gewisslich zu!« Hatte er sie durchschaut und trieb jetzt böses Spiel mit ihnen? »Mein Segen wird euch begleiten – Amen.«

Damit verabschiedete er die beiden Boten und ließ sie in die Küche führen.

»Henkersmahlzeit?«, flüsterte Angel, während sie den Wachen durch die Gewölbe in die Tiefe folgten.

»Ich hab' einen Bärenhunger«, knurrte Vocat zurück, »und

lasse mir den Appetit nicht verderben, der Braten des Monsignore wird schon nicht vergiftet sein! Das würde ich riechen!«

Im Gemach der Elgaine de Gisors schlüpfte ihr weißblonder Schutzengel aus dem Wandpaneel. »Dieser düstere Monsignore de la Carmen macht den Geheimen Diensten alle Ehre, aber Guy d'Abreyville ist er nicht gewachsen!«, wandte sich der schlanke Knabe an Elgaine, die verwundert und zugleich erwartungsvoll in seine grausam blauen Augen blickte. »Befahl er doch den Wachen, die beiden Benediktiner nach gutem Essen durch den Gang zu führen, der hinter den Kerkern mit einer geheimen Pforte im Freien mündet.«

»Das ist vielleicht eine Vorsichtsmaßnahme – oder ein freundliches Entgegenkommen für die Heimkehrwilligen?«, befand Elgaine arglos.

Guy lachte. »Beides, meine liebe Dame! Vorsichtsmaßnahme, weil sich so bei den Verurteilten kein Verdacht einstellt – und ein Entgegenkommen gegenüber der Markgräfin, weil so der Ärger mit Leichen in der Küche von Canossa vermieden wird!« Er weidete sich an den entsetzt aufgerissenen Augen seines Schützlings.

»Was werdet Ihr unternehmen?«, stammelte Elgaine einigermaßen fassungslos.

»Ich lasse sie sich erst mal in Ruhe den Magen vollschlagen«, beschied Guy sie freundlich, »dann geleite ich sie aus der Küche durch einen engen Tunnel, der in einem tiefen Brunnen endet, weit von der Burg entfernt!« Er lachte bei dem Gedanken. »Und weit genug entfernt von jenen, die auf die verfressenen Brüder da draußen vor der Geheimen Pforte lauern.«

Sarkastisch fügte er noch hinzu: »›Bei versuchter Flucht erschossen!‹«

»Ich bitte Euch, lasst die Armen nicht zu lange auf ihre Errettung warten!«, flehte Elgaine, Guy aber grinste zuversichtlich, als er auf dem gewohnten Weg durch die Wand verschwand.

Der glücklose Söldnerführer Berenguer de Saissac lag in seiner Gefängniszelle auf der hölzernen Pritsche und starrte hinauf zu dem vergitterten Lichteinlass, hinter dem der Himmel Roms nur zu vermuten war. Zu sehen bekamen sein Blau sowieso nur jene vom Glück Begünstigten, die eines der kargen päpstlichen Gemächer auf der Engelsburg bewohnen durften.

Aus einem dieser hochgelegenen Räume schaute Remy d'Aretin hinab auf den träge dahinfließenden Tiber. Er überdachte die Zwecklosigkeit seines Unmuts, den er – wiewohl zu Recht – gegenüber dem Glatzkopf hegte, und orderte eine Karaffe des exzellenten Roten aus päpstlichen Beständen nebst zwei geschliffenen Pokalen. Der Graue Kardinal musste nicht lange warten, dann wurde der immer noch kräftige Söldnerführer wie ein gefährlicher Verbrecher von mehreren Wachen in den Raum geschoben. Remy lachte, als Berenguer sie abschüttelte wie lästige Fliegen und sich sogleich beschwerte.

»Was soll das Scheißspiel?!«, polterte er los. »Ihr, Eure Geheimen Dienste, beauftragen mich mit der sicheren Heimschaffung meiner Nichte Cantar de Sion – und dann werft Ihr mir einen Knüppel nach dem anderen zwischen die Beine?«

Der Kardinal reichte dem Aufgebrachten zur Beruhigung einen der gefüllten Pokale. »Erzählt!«, forderte er ihn auf.

»Erst überfallen uns, kaum dass wir Rom verlassen, schon bei der Prima Porta finstere Gesellen! Ihren Anführer habe ich erkannt: Es war dieser abtrünnige deutsche Waldgraf, Norbert von der Lehburg. Er war es übrigens auch, der den uns von den Diensten beigegebenen Mann abstach, diesen sympathischen Wuschelkopf Dado.«

»Interessant!«, sagte Remy d'Aretin und nahm selbst einen Schluck. »Das ist noch längst nicht alles!«, entgegnete Berenguer in unvermindertem Ärger. »Die gleiche Figur, die uns auf den Weg geschickt hatte, erwartete mich dann hier in dieser Fluchtburg, wohin die Räuber Cantar verschleppt hatten: Euer feiner Monsignore de la Carmen!«

Der Kardinal betrachtete sinnend seinen Gast. »Und wieso hat er Euch nicht umgebracht!«

Diese Frage schubste den Glatzkopf aus seiner anklagenden Empörung. »Ja, wieso eigentlich nicht?« Dann kam ihm die Erleuchtung: »Wahrscheinlich hält man einen nützlichen Idioten wie mich noch ein bisschen in Reserve? Vielleicht brauchen die Geheimen Dienste demnächst mal wieder einen Sündenbock?« Berenguer gab sich keine Mühe, den Vorwurf gegen Remy selbst zu verbergen.

»Mit einem notorisch unzuverlässigen Faktor, wie Ihr ihn leider darstellt, Berenguer de Saissac, ist es schwer, einen vernünftigen Plan durchzuziehen«, bemerkte Remy in spöttischem Ton. Der bullige Söldnerführer schluckte, es dauerte, bis er den Sinn des Gesagten begriff. »Ihr solltet Euch mal eine Ruhepause gönnen«, fuhr der Graue Kardinal ungerührt fort, »Euch zurückziehen auf Eure Weingüter von Saissac. – Apropos!«, fügte er eher beiläufig hinzu. »Wie geht es eigentlich jenem kleinen Mädchen, das Graf Raimund Euch in Obhut gegeben hat? Seine eigene Nichte Philippa, die aber – im Gegensatz zu ihm – einen berechtigten Erbanspruch auf die reiche Grafschaft besitzt!«

Dieser unerwartete Themenwechsel brachte Berenguer nun endgültig aus dem Gleichgewicht. Er versuchte Zeit zu gewinnen. »Ich war schon so lange nicht mehr daheim«, sein Tonfall wurde weinerlich, »als ich das letzte Mal zu Saissac weilte, war Pilar – also Philippa – dort bestens aufgehoben, sie machte keinerlei Schwierigkeiten!«

»Ich fragte nicht nach dem Befinden der fürsorglichen Kerkermeister, sondern nach dem von Philippa! Kommt sie nicht demnächst in das Alter, in dem die Eheschließung mit dem Herzog von Aquitanien vollzogen werden müsste, dem sie schon als Kind anverlobt wurde?«

»Das könnte dem so passen!«, brauste der Söldnerführer auf. »Der wartet ja nur darauf, sich die Grafschaft Toulouse einverleiben zu können! Die junge Braut schert ihn da wenig.« Berenguer hatte sich in dumpfe Rage hineingesteigert. »So verwöhnt und frei wie auf Saissac wird Philippa – Pilar, wie wir sie nennen – dort niemals leben dürfen, das weiß sie auch! Es zieht sie nichts in das aquitanische Brautgemach!«

Der Graue Kardinal hatte den Elogen aufmerksam zugehört. »Dann, mein Lieber, müsste es erst recht in Eurem Interesse sein – und in dem Eures Grafen Raimund von Toulouse –, dass diese Ehe weiterhin verhindert wird, zumal die Bewachung der Braut Euch übertragen wurde –«

»Wieso?«, fragte Berenguer aufgeschreckt. »Droht Pilar in Saissac Ungemach?«

»Gefahren, die nicht rechtzeitig erkannt werden –«, entgegnete Remy vieldeutig und rief nach den Wachen. »Bringt den Herrn Berenguer zurück in seine Zelle!«, gab er kalt den Befehl. »Und lasst es ihm an nichts fehlen!«

»Aber wieso denn?!«, empörte sich der Arretierte. »Ich hab' doch nichts getan, was –!«

»Eben!«, erwiderte ihm der Kardinal. »Deshalb werdet Ihr weiterhin sicher verwahrt, bis für Euch geeignete Verwendung gefunden, bei der Euer Einsatz – mit geringstmöglichem Risiko – zweckmäßig erscheint! Abführen!«

Wie ein vor den Kopf geschlagener Stier verließ der Söldnerführer den von Licht durchfluteten Raum. Remy griff zur Karaffe und gönnte sich einen gutgefüllten Pokal, dessen Inhalt er jetzt erst so recht genießen konnte.

Elgaine de Gisors hatte eine Nacht schlechten Schlafes hinter sich. Es musste kurz nach Mitternacht gewesen sein, als in ihrem Vorzimmer ein wütender Aufschrei ertönte und dann das Geräusch eines stolpernden, stürzenden Körpers.

»Wer zum Teufel hat –!«, schrillte die Stimme Maurcades, schnell übertönt vom Getrampel herbeistürmender Wachen, dann schlugen Türen, und es trat wieder Ruhe ein, eine für Elgaine bedrohliche Stille. Kaum war sie endlich in den ersehnten Tiefschlaf gesunken, wurde sie wieder herausgerissen vom heftigen Streit männlicher Stimmen auf der anderen Seite der Zimmerwand. Wie zur Beruhigung erschien ihr blonder Schutzengel am Kopfende ihres Bettes, sie hatte sein Kommen schon wieder nicht bemerkt.

»Mademoiselle du Berq hat in ihrem Eifer, Euch mitten in der Nacht aufzusuchen, das Gebot ihrer Gönnerin vergessen und sich in den feinen Seidenfäden, die dicht über dem Boden gespannt waren, verheddert!« Elgaine schaute in die unergründlich saphirblauen Augensterne des Guy d'Abreyville. »Keine

Spur von einem solchen Spinnennetz fanden jedoch der Monsignore de la Carmen und Herr Balduin vor, die sich zurzeit im Vorraum unterhalten.« Er sprang zu seiner Tür im Holzpaneel. »Von ihnen droht Euch keine Gefahr«, versicherte er lächelnd seinem Schützling. »Ich darf jetzt meine Fechtstunde nicht versäumen!« Und schon war er verschwunden.

»Wie Euch unser gemeinsamer Freund Gosbart schon andeutete«, krächzte die heisere Stimme des Monsignore so einschmeichelnd, als habe er Honig gelöffelt, »erachten wir es an der Zeit, dass Ihr das Lager wechselt.« Schweigen trat ein. Als keine Antwort erfolgte, fuhr der Spanier fort: »Es ist nicht etwa so, dass wir plötzlich Sympathien für die kaiserliche Partei entwickelt hätten, wohl aber einen Plan, um den anhaltenden Konflikt zu entschärfen. Dazu gehört die Schwächung der zurzeit übermächtigen Seite –«

»Das wären ja wohl die Deutschen unter meinem Vetter Gottfried?«, fragte Balduin lauernd. Ihm war noch nicht klar, wo es langging.

»Das könnte sich ändern«, wandte der Monsignore behutsam ein. »Ihr an der Seite Mathildens seid jedenfalls ein rotes Tuch für den Marschall!« Erklärend fuhr er fort: »Ebenso aufreizend wäre für die Markgräfin Euer Abgang hier – erst recht Euer Erscheinen im kaiserlichen Lager! Es würde allerdings Lösungen ermöglichen, die wir für dienlich halten.«

»Mathilde wird mich einen treulosen Verräter schimpfen!« Balduin tat über die Maßen erschrocken, womit er zu erkennen gab, dass er mit dem Gedanken bereits gespielt hatte.

De la Carmen verstärkte den Druck auf die schwache Stelle: »Wir sehen uns in der Lage, dafür zu sorgen, dass der Anstoß von anderer Seite kommt, so dass Ihr keine Schuldgefühle hegen müsstet.«

Balduin ließ die nicht klar gestellte Frage unbeantwortet, indem er den Monsignore ebenso vage beschied: »Lasst mir Zeit, mich zu bedenken!«

Danach waren die beiden Herren wohl auseinandergegangen, Elgaine hatte die sich entfernenden Schritte gehört. Dass dieser merkwürdige Monsignore de la Carmen hier im Hause Mathildens, wo die Wände Ohren hatten, derart bedenkenlos konspirierte, ließ nur den einen Schluss zu: Die Markgräfin war in die Intrige eingeweiht!

In dem großräumigen Verlies, in dem Astair de Saissac untergebracht war, erschollen die mal dröhnenden, mal klirrenden Töne aufeinandertreffender Klingen. Den harten Schlägen folgten immer wieder das Jammern und Zirpen misshandelten Stahls, dazwischen das Fauchen der Luft, wenn ein Hieb in die Leere ging, und kurze Kommandos. Der ehemalige Waffenmeister erteilte seinem höchst gelehrigen Schüler Guy d'Abreyville eine Lektion im einhändigen Schwertkampf, wobei in der ›falschen‹ Hand, der linken, zusätzlich ein Dolch geführt wurde. Für Astair bedeuteten die Fechtstunden willkommene Gelegenheit, sich seine Fähigkeiten zu erhalten, der Knabe genoss es, immer neue Varianten und Finten zu erlernen, vorgetäuschte Ausfälle, tückische Stiche und rückwärtsgeschlagene tödliche Hiebe. Guy war noch jung, und Astair forderte schnaufend eine Auszeit.

»Warum bin ich eigentlich hier als Gefangener?« Astair war der tiefere Grund nach wie vor schleierhaft.

Der Blondschopf parierte: »Das fragt sich auch Elgaine – Tag um Tag eingeschlossen in zwar fürstlichen Gemächern, doch zur Gänze ihrer Freiheit beraubt!« Guy spürte, dass der Hinweis für Astair nicht sonderlich hilfreich war. »Es könnte doch sein, dass sich der Herr von der Lehburg absichern will?«

»So wie sich Eichhörnchen Vorräte für harte Zeiten anlegen? Um mich dann eines Tages hier unten zu vergessen, mich bei lebendigem Leibe –!«

»Ihr habt ja mich!«, unterbrach Guy kalt das beginnende Lamento. »Tröstet Euch damit, dass es Euch in Eurer Ungewissheit viel besser geht als Eurer Dame! Elgaine hätte sich vielleicht längst die Adern aufgeschnitten, wenn sie wüsste, was Mademoiselle du Berq mit ihr vorhat!«

Astair betrachtete seinen gewitzten Eleven mit einem gewissen Unbehagen, bevor er mit seinem Angebot herausrückte:

»Was verlangt Ihr, Guy d'Abreyville, damit Ihr uns zur Freiheit verhelft?«

Über das glatte Antlitz des Angesprochenen huschte blitzschnell ein verächtliches Zucken. »Was immer ich tue, geschieht nie um Lohnes willen oder aus Liebe, sondern einzig aus dem Antrieb, Schaden zu stiften, Böses zu tun, merkt Euch das!« Guy sah, dass der Hieb für seinen Lehrmeister zu heftig gewesen war. »Ich werde es tun«, setzte er versöhnlich hinzu. »Wenn der richtige Zeitpunkt gekommen!«

Balduin von LeBourg stand auf den Zinnen der Burg Canossa und quälte sich mit einer Entscheidung, die er schon oft getroffen und jedes Mal wieder verworfen hatte. Sollte er Mathilde diesmal endgültig den Rücken kehren? Dass er eine Zeitlang ihr Geliebter gewesen – so rum und nicht anders! –, spielte bei seinen Überlegungen die geringste Rolle. Das war reines Machtspiel gewesen, das ihr gefallen hatte und das er mit seinem klerikalen Gewissen leicht vereinbaren konnte. Wichtiger war ihm seine Loyalität zum vormaligen Grauen Kardinal und jetzigen Papst Urban, wie auch zu den langjährigen Weggefährten innerhalb der undurchschaubaren Bruderschaft, die sich stolz ›Die Geheimen Dienste‹ nannten. Doch gerade aus ihren Reihen wurde nun das Ansinnen an ihn herangetragen, zu der Seite überzuwechseln, die bisher als die feindliche galt? Stimmte die ›Wahrheit‹ nicht mehr – oder verrieten ihre Verteidiger nun die eigene Sache?

Balduin, in seine Zweifel verstrickt und mit seinem schlechten Gewissen kämpfend, wünschte niemanden weniger zu sehen als – ausgerechnet jetzt! – den Waldgrafen der Ardennen, Norbert von der Lehburg, bedauerlicherweise sein leiblicher Vater! Doch Herr Norbert schien ihn gesucht zu haben, denn er steuerte freudestrahlend – dieses widerliche Grinsen! – auf seinen Ältesten zu.

»Hörte ich doch«, trompetete er schon von weitem los, »Ihr würdet in Bälde das deutsche Lager aufsuchen!«

Balduin verhehlte seinen Unmut nicht. »Wer behauptet das?«

Herr Norbert ließ sich nicht in Verlegenheit bringen. »Das tut doch nichts zur Sache!«, rief er und schlug seinem Sohn aufmunternd auf die Schulter. Wie Balduin diese falsche Kumpanei, dieses plumpe Anbiedern hasste! Aber schon folgte der nächste Hieb.

»Ich werde Euch nicht allein ziehen lassen, Monsignore!«, posaunte der Waldgraf unbekümmert. »Ich komme mit Euch, um in die Dienste unseres tüchtigen Herrn Gottfrieds zu treten!« Erst jetzt wurde er der abweisenden Haltung seines Sprösslings gewahr. Er versuchte diese im Sturm zu überrennen. »Ihr werdet doch wohl bei Eurem Herrn Vetter ein gutes Wort für mich einlegen?« Der lauernde Blick aus den Schweinsäuglein war nicht dazu angetan, Balduin günstiger zu stimmen oder gar seine Bereitschaft anzufachen. Norbert wechselte die Taktik. »Ihr wollt einem Herrn von Trifels ja wohl nicht zumuten, sich dem Kommando eines früheren Lehnsknechts zu unterstellen? Dieser Sigbert von Öxfeld diente einst unserem Hause als schlichter Vasall!«, fügte er empört hinzu, in der Hoffnung, dass der Appell an die Familienehre den starrköpfigen *Filius* zum Einlenken bewegen würde. Doch Balduin gab sich bockig.

»Wenn Herr Gottfried den Ritter Sigbert von Öxfeld zu seinem Feldobristen bestellt hat, wird er seine guten Gründe haben. Sollte das Euch, Herr Vater, nicht schmecken, dann entsagt doch dem Gang! Ihr könnt wohl kaum erwarten, dass man Euch mit offenen Armen aufnimmt – geschweige denn, dass Gottfried Euch eine Kommandeursstelle anbietet.«

Falls Balduin geglaubt hatte, den Waldgrafen damit von seinem aberwitzigen Vorhaben abzubringen, sah er sich getäuscht. »Was nicht ist, kann ja noch werden!«, lenkte Herr Norbert ein. »Hauptsache, Ihr, werter Balduin, führt mich bei Herrn Gottfried ein. Von meiner Tüchtigkeit will ich ihn dann schon überzeugen!«

Balduin vermied jeden Blickkontakt mit seinem lästigen Erzeuger, so bemerkte er auch nicht das bösartige Glitzern in dessen Augen. Aber er war nicht gewillt, sich breitschlagen zu lassen. »Genau diese Peinlichkeit werde ich mir sicher ersparen!«, sprach der Herr von LeBourg mit fester Stimme und machte sich auf den Weg nach unten, um dem Alten zu zeigen, dass für ihn das Gespräch beendet sei. Doch dann wandte er sich noch einmal um. »Haltet Euch an Euren Informanten, der mir Euch auf den Hals gehetzt. Der Monsignore sollte – weiß Gott und alle heiligen Dienste! – über so exzellente Beziehungen verfügen, dass Gottfried von Bouillon Euch sogar bitten wird, an seiner Tafel Platz zu nehmen, um mit ihm zu plaudern und zu trinken!«

Damit ließ Balduin den Waldgrafen auf der Mauer zurück und begab sich auf die Suche nach einem Ort, wo er von derartigen Zumutungen verschont blieb.

Astair schreckte hoch, weil er meinte, das Klirren von Schlüsseln gehört zu haben. Zum Gang hin wurde seine Zelle nicht von einer Mauer, sondern durch eiserne Gitterstäbe begrenzt. Das erlaubte den Wächtern, nach ihrem Gefangenen zu sehen, ohne das geräumige Verlies zu betreten, versetzte ihn aber andererseits in die Lage, beizeiten zu bemerken, wenn sich jemand näherte. Sehen konnte er niemanden, doch jetzt war auch deutlich das Entriegeln des Schlosses zu hören. Astair glitt von seinem Lager in den Schatten der Säule, von der die einzige Lichtquelle herabhing, eine spärlich flackernde Ölfunzel. In deren Schein trat jetzt die späte Besucherin und verharrte dort abwartend, furchtlos. Es war Maurcade du Berq. Ihr einziges Kleidungsstück war ein lang herabfallendes, schwarzes Gewand in der Art einer *Djallabija*, wie sie die Frauen der Berberküste trugen. Der weiche Stoff schmiegte sich an ihren Leib und brachte die Konturen angenehm zur Geltung. Astair riss sich aus der Betrachtung und trat vor.

»Wenn ein schönes Weib wie Ihr, Maurcade«, ließ er sich spöttisch vernehmen, »heimlich inmitten der Nacht einen Gefangenen aufsucht«, die schlecht unterdrückte Erregung ließ seine Stimme rauer werden, »dann geht's gemeinhin um heiße Liebe – oder kalten Tod?«

Maurcade ließ es zu, dass Astair sie mit den Augen verschlang.

»Von einer Frau wie mir solltet Ihr stets beides erwarten,

Astair de Saissac.« Sie genoss die Begierde des Mannes. »Ich will mich jedoch Euch gegenüber großzügig zeigen: Über die flüchtige Lust hinaus bin ich bereit, Euch die begehrte Freiheit zu schenken, für einen Preis, der mir gering erscheint –« Mit geschickter Bewegung ließ sie den seitlichen Schlitz ihres Gewandes klaffen und zeigte kurz einen alabasternen Schenkel.

Astair wich zurück in den Schatten. »Die Angel, die Ihr auswerft, schwingt zu verführerisch, die See schimmert zu glatt«, flüsterte er, »um keinen meuchlerischen Haken im Köder verborgen zu halten –« Er hatte seine Stimme noch weiter gesenkt, um dann plötzlich ganz trocken zum Abschluss zu kommen: »Euer Fisch stinkt!«

Maurcade war nicht die Frau, die eine Attacke unterhalb der Gürtellinie ins Wanken brachte. Sie wechselte das Register. »Seht in mir eine arme kleine Meerjungfrau«, hauchte sie wie unter Tränen in die Richtung des Mannes, der ihr nicht vom Haken gehen sollte, »wehrlos in Eurer Gewalt!« Ihre funkelnden Augen richteten sich auf den Tisch neben seinem Lager, wo sich jede Art von Klingen, Schwerter und Dolche türmten, die der Fechtmeister bei seinen Lektionen einsetzte. »Ihr verfügt hier über ein Waffenarsenal, Astair«, flüsterte sie mit brüchiger Stimme. »Ich – bin unbewaffnet!« Wie durch einen blitzschnellen Schnitt gelöst, glitt ihr Gewand zu Boden. Maurcade schlug die Augen nieder und brachte eine schutzbedürftige Geste zustande, die weder Scham noch Brüste bedeckte, aber ihre schwarzen Haarflechten malerisch über Gesicht und Schultern fallen ließ.

»Wen soll ich töten?« Die Frage des Starrenden klirrte in fiebriger Kälte. Ihrer beider Erregung stieg.

»Elgaine de Gisors!« Der metallische Klang ihrer Stimme bot dem Mann Widerpart.

Astair gefror wie Blitzeis. »Zieht Euch wieder an!«, befahl er keuchend. Für einen Augenblick sah es so aus, als wollte er sich auf Maurcade stürzen. Die blickte der Bedrohung bebend entgegen.

»Was hängt Ihr an dem Weib, das Euch nicht mehr liebt!«, fauchte sie, eine letztlich doch um Zärtlichkeit bettelnde Katze.

Astair trat trotzig den Rückzug an. »Ich hänge an der Achtung vor mir selbst!« Er brachte den von Waffen starrenden Tisch zwischen sich und seine Gegnerin.

»Dafür seid Ihr bereit, in den Tod zu gehen?« Maurcades Frage folgte ihm mit ungläubigem Spott.

»Gewiss! – So Gott mir die Kraft gibt!«

Maurcade bückte sich und zerrte ihr Kleid wieder über den Leib. »In der Nacht, bevor Ihr dem Henker überantwortet werdet, Astair de Saissac«, rief sie hohnlachend, »werde ich Euch Gelegenheit geben, mir Eure Stärke noch ein letztes Mal zu beweisen!«

Astair wandte sich ab. Die eiserne Tür fiel krachend in die Riegel, der Luftzug ließ die Flamme der Öllampe kurz aufflackern.

Der Festsaal von Canossa war ein lichtloser quadratischer Raum, seine hohen Fenster gingen zum Innenhof hinaus. Mathilde nutzte ihn selten, er war vollgestellt mit klobigen Tischen und langen Bänken, aber er wies für sie einen erhöhten Sitzplatz auf. Dieser eindeutige Ausdruck von Autorität schien ihr wichtig für das Gespräch, um das sie der Waldgraf der Ardennen, Norbert von der Lehburg, ersucht hatte. Der umtriebige Lothringer war eine ihrer stärksten Stützen in jener abgelegenen, jedenfalls von der Toskana weit entfernten Gegend, obwohl sie dem Herrn von Trifels weder Sympathie entgegenbrachte noch letztlich ihr volles Vertrauen schenkte. Zu oft hatten die lothringischen Bischöfe, allen voran Thierry von Verdun, sie gewarnt, der Waldgraf verfolge höchst egoistische Ziele, die mit ihren erklärten Interessen in der Region kaum übereinstimmen würden. Skrupellos, wie er seine nächsten Verwandten verraten habe, könne er auch ihr eines Tages in den Rücken fallen. Doch Mathilde fegte, wie es ihre Art, solche Bedenken beiseite, sie war mit Heimtücke und Gattenmord aufgewachsen und mächtig geworden, und seitdem es ihr gelungen war, ihren knapp halb so alten Ehemann Welf in Lothringen mit des Kaisers zähneknirschender Billigung auf den verwaisten Herzogthron zu setzen, betrachtete sie diesen Unruheherd vorerst einmal als befriedet. Blieb nur noch Bouillon, ihr höchst privates Sahnehäubchen auf dem Nachtisch von eingelegten Früchten! Was wagte dieser Waldschrat sie warten zu lassen?! Statt des Säumigen stürmte schnellen Schritts der baumlange Monsignore de la Carmen den Saal, nachdem er die Wachen an der Tür ärgerlich beiseitegeschoben hatte. Als wichtiger Vertreter der Kirche konnte er sich solchen Auftritt erlauben. Die Herrscherin, die sich auf einen förmlichen Empfang des Ardenners vorbereitet hatte, gab sich nicht die Blöße, den stolzen Spanier ihren Unmut spüren zu lassen.

»Wo brennt's im Gebälk der *Sancta ecclesia*?«, begrüßte sie den Monsignore launig. Mathilde hatte sich im Griff, nicht so der Monsignore.

»Der Mann, dem Ihr als Eurem Beichtvater volles Vertrauen schenkt, ist im Begriff, Euch schmählich zu verraten!«, fiel er gleich mit der Tür ins Haus. »Balduin von LeBourg plant, zu den Deutschen überzulaufen!« Alfons de la Carmen wirkte aufs Höchste erregt. »Nicht nur das!«, rief er unnötig laut. »Diese Natter trat auch an den ehrenwerten Waldgrafen Norbert von der Lehburg heran und versuchte, den Aufrechten mit sich in dieses Vipernnest von treuloser Niedertracht zu zerren!«

Wie bestellt betrat nun auch Maurcade du Berq den Saal und nahm ihren gewohnten, unübersehbar tiefer angeordneten Platz an der Seite Mathildens ein. »Welch jeglichem Anstand spottender, zutiefst beschämender Undank!«, verkündete sie unaufgefordert ihr Urteil zu den Anwürfen, von denen sie Kenntnis gehabt haben musste – was aber in der allgemeinen Entrüstung niemandem aufstieß.

Mathilde zeigte sich als Herrin der Lage. »Ruft den Herrn von der Lehburg herein!«, befahl sie mit gequälter Miene. »Er soll als Zeuge aussagen zu diesem ungeheuerlichen Vorwurf!«

Der offensichtlich bereitstehende Waldgraf wurde von den Wachen in den Saal geführt, doch als er jetzt den Mund aufmachte, setzte er die Anwesenden vollends in erschrockene Verwirrung. »Ja!«, bellte er, noch bevor ihm das Wort erteilt worden war. »Ich werde meinen lieben Sohn in das Lager des Feindes begleiten – um dort mannhaft zu erledigen, wessen es schon lange bedarf!«

Diese nur Eingeweihten verständliche und offenbar nicht abgesprochene Ankündigung löste fast einen Tumult aus. Geistesgegenwärtig übertönte der Monsignore das empörte Aufbegehren. »Hochverrat!«, dröhnte er mit grollender Predigerstimme.

»Wachen!«, befahl Mathilde schneidend in die eingetretene Stille hinein. »Räumt den Saal!«

Die Türwächter begannen alle, die sich nicht auf dem erhöhten Podium befanden, aus dem Saal zu scheuchen. Selbstverständlich legten sie auch Hand an den Waldgrafen.

»Den nicht!«, brüllte sie der Monsignore an. »Der bleibt hier, um uns Rede und Antwort zu stehen!« Zur Beruhigung der Wächter trat der geistliche Herr an den Beschuldigten heran und ließ sich dessen Schwert aushändigen, er riss es ihm fast aus der Hand. Die Protagonisten der Inszenierung warteten, bis auch der letzte Zuschauer den Raum verlassen hatte.

»Ich darf Euch wohl noch dankbar sein«, eröffnete Mathilde den Angriff auf den Waldgrafen, »dass Ihr mich nicht vor aller Welt bloßgestellt habt mit einer unmissverständlichen Ankündigung dessen, was Ihr vorhabt!« Sie verbarg ihren Zorn nicht, doch Norbert von der Lehburg schürte ihn weiter.

»Der Kerl muss weg!«, spie er giftig, um sich dann theatralisch in die Brust zu werfen: »Und wenn's kein anderer auf sich nimmt, werde ich es tun!«

Monsignore Carmen wollte beschwichtigend eingreifen, aber eine herrische Geste Mathildens unterband sein Bemühen. »Ich bin dagegen!«, sagte sie ruhig. »Und wenn Euch Hass und niedere Beweggründe leiten, dann erhebe ich hier die Stimme der Vernunft!«

Das war auch ein Seitenhieb auf den Monsignore, er verunsicherte den Waldgrafen. »Aber Ihr habt doch selbst immer –«

»Keinesfalls!«, unterbrach ihn Mathilde scharf. »Und nicht zu diesem Zeitpunkt! Der Kaiser zeigt sich zu Verhandlungen bereit, deswegen ließ er auch Wibert nach Ravenna ziehen –«

»Und darauf fallt Ihr rein?!«, höhnte Norbert. »Morgen steht der Antichrist wieder vor Canossa, aber diesmal nicht barfuß, sondern gestiefelt und gespornt, seinen üblen Hetzhund Gottfried bei Fuß!« Wenn er Mathilde beeindruckt hatte, ließ sie es sich nicht anmerken.

»Ich kann Euch nichts befehlen, Waldgraf Norbert«, entgegnete sie beherrscht, »aber wenn Ihr auf Eurem törichten Vorhaben besteht, dann trennen sich unsere Wege!« Sie merkte, dass sie ins Leere redete, so setzte sie noch hinzu: »Was mich angeht, so unternehme ich nichts, was ich nicht mit dem klugen Mann abgesprochen habe, auf den sich auch unser Heiliger Vater verlässt: den Kardinallegaten Remy d'Aretin –«

Alle übersahen, dass der Monsignore unmerklich zusammengezuckt war.

»Der Graue Kardinal?« Herr Norbert ließ sich Zeit für seinen letzten Dolchstoß. »Dem Euren Herzen so nahestehenden *Caput canis* widerfährt diese Ehre zu Recht: Schließlich ist Remo d'Aretino ein Bastard Eures Vaters, des Markgrafen Bonifaz!« Die Pause, die er einlegte, sollte die Wirkung des Offenbarten noch steigern, allein sie stellte sich nicht ein. So sattelte er noch plump drauf: »Von seiner Blutslinie her könnte seine Eminenz Euch sogar die Toskana –«

»Elender Verleumder!«, gellte das schrille Organ der Maurcade du Berq dazwischen.

»Halt's Maul!«, fuhr ihr Mathilde zornig über den Mund. »Bringt mir jetzt den Herrn Balduin von LeBourg!«, befahl sie mit zitternder Stimme, sie rang um ihre Beherrschung. »Und lasst alle meine Getreuen zugegen sein!« Die Wachen öffneten die Saaltüren und ließen die draußen Harrenden wieder hereinströmen.

Als endlich erwartungsvolle Ruhe eingekehrt war, sprach Mathilde: »Kraft meines mir von Gott verliehenen Amtes und der Würde einer Markgräfin der Toskana weise ich –«

Balduin wurde hereingeführt. Er hatte die letzten Stunden in den Gemächern der Elgaine de Gisors verbracht, wohin er sich vor den Nachstellungen seines Vaters geflüchtet hatte, und war ohne die geringste Ahnung, was hier vor sich ging.

»– die Herren Norbert von der Lehburg und Balduin von LeBourg von meinem Hofe! Ich habe fürderhin nichts mehr gemein mit ihnen oder von ihnen verübten Taten! Diesem meinem unwiderruflichen Gebot sollen die Verbannten binnen drei Stunden Sorge tragen, oder sie sollen behandelt werden wie gemeine Spione des Feindes! Christus ist mein Zeuge, hier vertreten durch einen Abgesandten«, damit nagelte sie geschwind auch noch den Monsignore ans Kreuz, »des rechtmäßigen Papstes Urbanus Secundus!«

Die Leute schwiegen erschüttert.

Das Duell

Angel und Vocat, die beiden Chronisten, waren nach ihrem glücklichen Entkommen durch den Brunnenschacht so weit gerannt, wie ihre Beine sie trugen. Endlich konnten sie Canossa, die mörderische Todesfalle, nicht mehr hinter sich erblicken.

»Das haben wir uns selbst eingebrockt!«, schnaufte der rundliche Angel. »Der Teufel muss uns geritten haben, dieses Schreiben zu überbringen!«

»Dafür wäre ich dann zuständig!«, knurrte sein hagerer Leidensgefährte. »Aber so wissen wir wenigstens, was wir von Gosbart zu halten haben.«

»Dem machen wir die Hölle heiß!«, ereiferte sich Angel, seine roten Apfelbäckchen glühten. »Wenn wir wieder in Sion –«

»Bitte, Herr Schutzengel«, mahnte ihn Vocat, »kümmert Euch erst mal darum, wo wir heute Nacht unser Haupt betten sollen.«

»Bei den Deutschen natürlich!«, beschied ihn Angel, schon wieder guten Muts. »Denen müssen wir doch stecken, was sie von Herrn Balduin und seinem Vater zu erwarten haben!«

»Habt Ihr immer noch nicht genug davon, guter *Angelus vigilans*, anderer Leute Häupter zu retten?«, grollte der Hagere. »Und dafür das eigene in die Schlinge zu stecken?!«

»Nec metu!« Der kleine Dicke griente, was den *Vocator diaboli* noch mehr erboste.

»Nec spe!«, schnaubte er. »Bei Euch ist wahrlich alle Hoffnung verloren!«

Als die beiden eifrigen Warner nach längeren Fußmärschen im Lager der Deutschen auftauchten, kümmerte sich niemand um sie. Sie gerieten an Hedwig, die vor dem Zelt ihres Beschützers, des Feldobristen Sigbert von Öxfeld, Wäsche aufhing. Die junge Frau stieß einen Schrei des Erschreckens aus, als die beiden sich zwischen den nassen Laken verhedderten und wie zwei weiße Gespenster zu fliehen versuchten. Sofort herbeigeeilte Wachen schleppten die beiden Benediktinermönche, die sie fraglos den Papisten zurechneten, vor Sigbert von Öxfeld. Der hörte sich die Geschichte von Sion bis Canossa in aller Ruhe an, bis der Name des Norbert von der Lehburg fiel. Doch anstatt alarmiert zu sein, fiel sein Argwohn auf die Erzähler. Dennoch entschloss sich der brave Mann, ungeachtet der Schilderung seiner trauten Kebse Hedwig, die sie nach wie vor für als fromme Brüder verkleidete Wäschediebe hielt, die beiden seinem Herrn Gottfried vorzuführen. Der hatte noch weniger Verwendung für die auf frischer Tat Ertappten und beschied seinen Feldobristen knapp: »Hängt sie auf!«

Nur der Verzweiflungsschrei Angels, »Euer Vetter Balduin will Euch ermorden!«, ließ Sigbert von der Ausführung des Befehls kurzfristig Abstand nehmen. Endlich durfte Vocat, als der bislang Schweigsame weitaus verdächtiger, zu Gehör bringen, was er mit eigenen Ohren vernommen hatte. Die Geschichte vom ›Ohr des Dionysos‹ zu Sion klang allerdings derart abstrus, dass Herr Gottfried, obwohl ihm die erwähnten Namen geläufig waren, schließlich seinen Kommandierenden großzügig beschied: »Jagt sie zum Teufel! Ich will die Hände unseres hiesigen Meisters vom Strick nicht mit dem Angstschweiß von als Märchenerzähler hochbegabten Brüdern des heiligen Benedikts beflecken! Schon um des Andenkens an den liebwerten Desiderius von Monte Cassino willen!«, fügte er leutselig hinzu, als die beiden wie aus einem Munde ausriefen: »Von dort kommen wir doch her, eigentlich! Unser herzensguter Herr Erzabt!«

»Seht Ihr, Sigbert von Öxfeld, sie scheuen vor nichts zurück! Gebt ihnen eine Tracht Prügel und dann schickt sie fort!« Damit war der Fall für den Grafen von Bouillon erledigt. Einzig die Tatsache, dass Hedwig, die ihre heftige Panik jetzt ebenso heftig bereute, sich für sie bei ihrem Sigbert einsetzte, ersparte den beiden Chronisten die schmerzhaften Rutenhiebe, und sie kamen noch einmal mit heiler Haut davon. Wieder liefen sie, so schnell ihre Beine sie trugen, in die Hügel. Bald jedoch erlahmten ihre Schritte, sie hatten seit zwei Tagen nichts mehr gegessen.

Der Zug Berittener, der sich mit provozierender Gemächlichkeit von der Festung Canossa weg gen Norden bewegte, bestand zur Hauptsache aus dunklen Gestalten, allesamt bis an die Zähne bewaffnet. Ihre hündische Ergebenheit galt dem Ardenner Waldgrafen, auch wenn sie eher wirkten wie eine mit Stachelhalsbändern gespickte Meute blindlings zupackender Bluthunde. Ihr Jagdherr, der gerissene Finsterling Norbert von der Lehburg, ritt an ihrer Spitze.

Sein Spross Balduin von LeBourg, langjähriger Beichtvater der Mathilde von Tuszien, hielt sich – mit etlichem Abstand – am Ende des Zuges. Sein Abgang aus Canossa, erzwungen durch die dreiste Unverfrorenheit des Waldgrafen, erfüllte ihn mit stummer Wut. Nicht das abrupte Ende seiner Beziehung zu Mathilde ärgerte ihn, sondern der damit verbundene peinliche Eklat. Doch weitaus mehr zermarterte Balduin sich den Kopf, wie er es vermeiden sollte, den grässlichen Herrn Norbert im deutschen Lager, gar bei seinem Vetter Gottfried von Bouillon einzuführen. Das wollte er weder diesem antun noch sich selber zumuten!

In seinem Grübeln hatte Balduin nicht bemerkt, dass der Haufe ihn hatte aufreiten lassen, so dass er sich plötzlich an der Seite seines verhassten Erzeugers wiederfand.

Norbert grinste jovial: »Ich habe das starke, väterliche Gefühl, mein Sohn, dass Ihr Euch schämt, an meiner Seite in das Zeltlager der Kaiserlichen einzureiten?« Der Sohn beging den Fehler, dies nicht auf der Stelle empört zurückzuweisen. Er wollte sich anhören, was dieser Kotzbrocken des Weiteren vorzubringen hatte, doch sein trotziges Schweigen genügte dem Waldgrafen. Er befahl seinen Spießgesellen: »Legt mein eigen Fleisch und Blut in Ketten aus schwerem Eisen, damit er spürt, welch schwere Last und Pein es mir bereitet, meinem lieben

Neffen Gottfried einen verräterischen Meuchelmörder zu übergeben, gedungen von seiner Erzfeindin Mathilde, um ihn, ihren glorreichen Widersacher, aus dieser Welt zu schaffen!«

Balduin sah seinem Erzeuger mit einem Blick tiefster Verachtung ins flackernde Auge. »Und so glaubt Ihr, Herr Norbert, Euch das Vertrauen des Grafen von Bouillon zu erschleichen?« Balduin fand das zum Lachen. Dann aber überkam ihn die Angst vor dem Irrsinn, der grausamen Tücke des Mannes, in dessen Hand er sich befand. Womöglich hieß er seine Häscher, ihm die Zunge – er führte den Gedanken nicht zu Ende.

Noch hatten die Knechte die Ketten nicht um ihn geschlungen. »Was sagt Euch eigentlich, lieber Herr Vater, dass ich mich schäme, Euer Sohn zu sein? Bin ich denn überhaupt dieser Ehre wert? Bin ich, ein abtrünniger Priester, abgehalfterter Liebesdiener jener Mathilde, würdig, an Eurer Seite zu reiten? Ist es nicht vielmehr so, dass ich es bin, der Euch dankbar sein muss, dass Ihr mich vor Gottfried nicht verleugnet? Der mir angemessene Platz ist gewiss am hintersten Ende Eures Zuges!«

Der Waldgraf schien von dieser, in salbungsvollem Ton meisterhaft vorgetragenen Rede wie vom Donner gerührt. Das Bild des Gekreuzigten stand ihm vor Augen, der Vorhang des Tempels zerriss. Er neigte sich von seinem Pferd und zerrte Balduin an seine Brust. »Vergib Deinem sündigen Vater!«, keuchte er. »Lasst mich Unwürdigen der Diener unseres Herrn Jesus Christus sein, dessen Geist der Versöhnung Ihr als Vertreter der allein selig machenden Kirche Roms und unseres verehrten Heiligen Vaters so trefflich –« Dem Waldgrafen gingen die Worte aus, glucksendes Schluchzen schüttelte ihn. Dann trocknete er seine Augen, schneuzte sich und sie ritten gemeinsam weiter.

Der Segler des Bert el-Caz legte in Lecce an. Der Pirat hätte es zwar vorgezogen, sich seiner Fracht bereits im südlicher gelegenen Otranto zu entledigen, doch dagegen stand die ausdrückliche Anweisung des Grauen Kardinals. Wenn der Capitan sich auch ansonsten wenig um Gebote der Kirche, geschweige denn deren moralische Richtlinien scherte – mit den Geheimen Diensten wünschte er sich, weiß der Teufel!, nicht anzulegen! So aber fühlte er sich geborgen im Schoß der *Sanctissima ecclesia*, für ihn verkörpert von den weiten Falten des dunklen Umhangs des Remy d'Aretin, in denen eine kleine Laus mit speckig-grünem Turban wohlig ihr Auskommen fand. Von seiner Kopfbedeckung hingegen trennte er sich, bevor noch die Hafeneinfahrt in Sicht kam. Wer konnte wissen, wie lange das Erinnerungsvermögen der Hafenbehörde zurückreichte? Ganz wohl war ihm nicht zumute, als ihm jetzt der freche Pons den Silberspiegel hinhielt und er sein eigenes Haupt erblickte. Es war – bis auf einen spärlichen rötlichen Haarkranz – kahl und fleckig geworden!

Wortlos stürmte er aus seinem Verschlag, rannte über das Deck, die Stufen hinauf zur Capitanskajüte, die er Frau Melina überlassen hatte. Die Sultana hatte sich, wohl mit Theodoras Hilfe, herausgeputzt für den feierlichen Moment, wo sie als rechtmäßige ›Gräfin von Lecce‹ heimzukehren gedachte in jenes apulische Hafenstädtchen, das sie vor vielen Jahren fluchtartig verlassen hatte. Die beleibte Matrone hatte sich zwar willig den Schminkkünsten ihres Sohnes unterworfen, Theodora aber anschließend gezwungen, seinerseits jeglichen Attributen zu entsagen, die an seine glorreiche Zeit als Odaliske erinnern mochten.

Bert el-Caz war ziemlich verblüfft, als er jetzt vor Mutter und Sohn stand: Melina, die er als verhärmtes, vom Schicksal geprügeltes altes Weib erst kürzlich in Mahdia an Bord genommen hatte, zeigte sich nun wieder als die hochmütig strenge, wahrscheinlich auch herrschsüchtige Person, an deren Raub er vor Urzeiten mal beteiligt gewesen. Das waren seine Lehrjahre gewesen, bei dem Sklavenhändler Yussuf, dem berüchtigten Ziriden! Gott sei Dank hatte die Sultana ihm alles verziehen, als er sie aus dem Harem an der felsigen Berberküste befreite und ihr versprach, sie – ohne List und Arg – nach Hause zurückzubringen.

Anders stand es mit Theodor/Theodora. Es hatte schließlich eines energischen Machtworts von Mutter Melina bedurft, bevor sich Theodor Graf von Lecce auch innerlich von der zickigen Odaliske Theodora trennte. Lange war die Haremsdame Bert el-Caz böse gewesen, vor allem ob der Art und Weise, wie er sie aus dem Konvent von Amalfi entführt hatte. Jäh war der Sturz gewesen von der unbestrittenen Hohepriesterin über alle lieblichen *Hurijat* zur unförmigen Wäscherolle, die als hilfloses Kleiderbündel im Korb jener genialen Konstruktion in den Klippen von Amalfi abwärtssauste. Nur dank der eifrigen Fürsprache von Pons und den beruhigenden Worten von Terès hatte Theodor schließlich eingesehen, dass der Rollenwechsel nicht zu seinem Nachteil sein musste.

In der Tat, wenn der Capitan sich den jungen Mann mit kurzgeschorenen Haaren und gestutztem Bart jetzt so anschaute, gab er ein durchaus akzeptables Bild ab. Ein klein wenig neidete er Theodor sogar die Metamorphose zu solch stattlicher Erscheinung! Und weil auch der wiederauferstandene Graf von Lecce wie seine vormals weibliche Morphe zu theatralischer Übertreibung neigte, hatte Theodor darauf bestanden, den Piraten Bert el-Caz noch während der Seereise als seinen Retter zum Ritter zu schlagen. Der kleine Fuchs verschwieg ihm, dass er dieses Attribut, gar versehen mit einem Grafentitel, schon bei Geburt in die Wiege von Trifels gelegt bekommen hatte, und Frau Melina überzeugte ihren generösen *Filius*, dass ein solcher Festakt in der großen Halle der Burg zu Lecce wesentlich eindrucksvoller in Szene zu setzen sei. Kurzum: Theodor verehrte Bert el-Caz, war vernarrt in Pons und hatte sich heimlich in die herbe Terès verliebt. Das war alles nicht so schlimm und mit einigem Geschick durchaus zu stemmen, Misshelligkeiten, wenn nicht sogar einiger Ärger konnten hingegen von seiten des Grafen Raimar und seines Adoptivsohnes Tankred drohen. Dieser Möglichkeit musste er ins Auge schauen! Seinen Fahrgästen gegenüber hatte er die veränderte Situation in Lecce wohlweislich nicht zur Sprache gebracht.

Tankred von Lecce wurde zum Portal des Grafenschlosses gerufen. Ein Schiff sei eingelaufen mit der früheren Frau des Grafen Raimar, dieser Griechin Melina. Der Majordomus, der ihm diese Nachricht zuflüsterte, schien nicht viel von der Dame zu halten. »Sie weiß nicht einmal, dass sie Witwe geworden!«

Tankred schwieg, er hatte keine Vorstellungen von der Frau.

Sein Adoptivvater, mit dem sie verheiratet gewesen, war gestorben, schon vor Jahresfrist. Er, Tankred, allein hatte die Hand des Sterbenden gehalten und ihn in seiner letzten Stunde, bis zum letzten Atemzug, begleitet. Jetzt erschien dieses Weib, die Byzantinerin. Was wollte sie?

»Mit ihr ist der Sohn des Grafen Raimar gekommen, Graf Theodor«, fügte der Majordomus, sich zuvor räuspernd, dann noch trocken hinzu.

Tankred wurde schwindelig. Er sprang auf, um sich zu beweisen, dass er nicht wankte. Nicht weichen und nicht wanken! schoss es ihm durch den Kopf. Ohne es zu bemerken, hielt er sich an der Armlehne seines Thronsessels fest. Alle starrten ihn an. Natürlich wusste er von der Existenz, vom Verschwinden dieses Theodor. Dieser Sohn galt als verschollen. Niemand, insbesondere Tankred nicht, hatte ihn vermisst oder gar nach dem Verbleib des Nachgeborenen geforscht. Der ursprüngliche Erbe war Beowulf gewesen. Als Byzanz diesen Lieblingssohn des Grafen Raimar hingemeuchelt hatte, war dessen Mutter mit dem verbliebenen Theodor in Panik aus Lecce geflohen und hatte nie wieder von sich hören lassen. Sie sei Piraten in die Hände gefallen, hieß es. Erst Jahre später hatte der einsame und verbittert zurückgebliebene Graf Raimar die ebenso einsame und enttäuschte Dame Fedaye de Béthune kennengelernt und Tankred an Sohnes statt angenommen. Ihm war die Grafschaft als Besitz versprochen, daran gab es keinen Zweifel, das waren auch die letzten Worte des alten Grafen auf dem Totenbett gewesen. Raimar hatte beruhigt die Herrschaft in seine, Tankreds, Hände übergeben und war friedlich entschlafen.

»Ihr solltet sie sitzend empfangen, sitzend auf Eurem Thron!«, raunte ihm der Majordomus zu. »Damit sie gleich erkennen –«

Tankred hörte ihm nicht zu. Gefasst, auch wenn es ihm ein Spießrutenlaufen deuchte, schritt er durch Reihen seiner besorgt dreinblickenden Getreuen, achtete nicht auf das Getuschel des Hofstaats. Immer schneller hetzte er die Freitreppe hinunter, rannte durch den fast leeren Innenhof und stürmte vor zum Torbau. Seine Wachen empfingen ihn mit erregten, bestürzten Mienen. Sie hielten einen Jüngling fest, der offenbar versucht hatte, das Portal zu durchschreiten, ohne sich von ihnen aufhalten zu lassen. Kein Wort sei den Lippen des jungen Mannes zu entlocken, vernahm Tankred die Beschwerden wie im Traum. Er sah die trotzig verzweifelten Augen des anderen, die tiefe Trauer, die sich in ihnen spiegelte, und er schob die Wachen beiseite und umarmte den heimgekehrten Bruder.

Conon de Béthune sah zum ersten Mal das Feldlager der Kaiserlichen unten im Tal. Endlich war er also am Ziel seiner Wünsche. Er schaute hinab auf die sauber aufgerichteten weißen Zeltstraßen, die unzähligen Wurfmaschinen und Steinschleudern in Reih und Glied hinter den aufgeworfenen Wällen und die Pferde und das Vieh in den umzäunten Koppeln. Ein Zug bewaffneter Ritter bewegte sich mit wehenden Fahnen vom Süden kommend auf das Lager zu. Wahrscheinlich, dachte Conon, kehren die Reiter siegreich zurück von einem blutigen Scharmützel mit den Päpstlichen, die sich zu Canossa versammelt haben. Ein solches Leben, als Ritter in wilder Schlacht Ehre und Ruhm erwerbend, würde ihm nun auch beschieden sein, denn Herr Gottfried, des kaiserlichen Heeres höchster Held und Marschall, und dessen bester Feldobrist, der Herr Sigbert von Öxfeld, würden eine gute Schwerthand wie ihn, Conon de Béthune, mit Freuden in ihren Reihen aufnehmen! Guten Mutes lenkte der Ritter sein Pferd den Hügel hinab.

Die kleine Truppe des Waldgrafen der Ardennen ritt in das Lager der Deutschen ein, Norbert von der Lehburg an der Spitze und neben sich, unwillig und leidend an dieser Pein, Balduin von LeBourg. Jedes Mal, wenn er während des Ritts versucht hatte, sich zurückfallen zu lassen, hatte ihm sein Vater in die Zügel gegriffen und ihn wieder an seine Seite gezogen – zum Schluss hatte der Waldgraf das Leder einfach nicht mehr aus der Hand gelassen.

Herr Norbert verlangte gar nicht erst nach Sigbert – die Vorstellung, sich an seinen ehemaligen Vasallen zu wenden, war ihm zuwider –, sondern erwartete, direkt zu Herrn Gottfried von Bouillon geführt zu werden. Zu seinem Ärger erschien dann doch mit undurchdringlicher Miene der Feldobrist mit seinen Leuten und hieß sie alle absteigen und ihre Waffen ablegen. Der Waldgraf leistete der Aufforderung zähneknirschend Folge, und auf sein stummes Geheiß taten seine Spießgesellen das Gleiche. Nur Balduin sah sich nicht in der Lage, dem Befehl nachzukommen, denn er führte als Priester kein Schwert bei sich. Dies schien ihn jedoch in den Augen von Sigbert besonders verdächtig zu machen, er ließ ihn als Einzigen von Kopf bis Fuß gründlich untersuchen. Sie fanden nichts! So befahl der Feldobrist dem Herrn Balduin, er möge sich ausziehen bis aufs Hemd. Jetzt platzte dem Waldgrafen der Kragen. Unflätige Beschimpfungen ausstoßend, bestand er darauf, auf der Stelle und ohne jeglichen Verzug vor Herrn Gottfried gebracht zu werden. Da dessen Diener längst die Ankunft des Herrn von der Lehburg im Feldherrnzelt vermeldet hatten, traf auch schon die Anweisung beim Lagertor ein, der Kommandant möge seinen Verwandten, Vater wie Sohn, den Weg freigeben und sie persönlich zu seinem Zelt geleiten. Geschickt verhaltener Triumph bei Norbert, sichtbarer Schrecken bei Balduin! Der getreue Sigbert sah seine Befürchtungen bestätigt. Da er sich nicht anders zu helfen wusste, nahm er Balduin, der im Hemde dastand, einfach beim Arm und führte ihn wie einen gefassten Dieb mit eisernem Griff ab, so dass der, selbst wenn er es im Sinn gehabt hätte, zu keiner Untat fähig war. Der Waldgraf, im vollen Besitz seiner Bewegungsfreiheit, sah es mit finsterer Genugtuung. So schritten sie durch die Zeltgassen auf den Platz zu, wo Gottfried von Bouillon und sein Gefolge schon zum Empfang der Gäste herausgetreten waren.

Conon von Béthune traf hoch zu Ross mitten im Lager ein, weil die Torwachen noch von den vorangegangenen Ereignissen abgelenkt waren. Sein ritterliches Auftreten war so selbstverständlich, dass ohnehin keiner nach seinem Begehr fragte. Dies führte dazu, dass er sich in den Zeltgassen verirrte, bis eine junge Frau ihn ansprach, er sei doch Conon de Béthune und wohin er denn wolle. Das verwirrte den Ritter vollends. Woher sie denn wisse, wer er sei, und wie ihr Name laute?

»Ihr entsprecht so sehr dem Bilde«, sagte sie, ohne zu erröten, »das ich mir immer vom Helden meiner Kindheit gemacht, dass Ihr es sein müsst!«, und sie lachte Conon offen an. »Und ich heiße Hedwig und hüte das Zelt des Feldobristen Sigbert von Öxfeld!«

Conon erschien dies eine Fügung des Schicksals. Er bat sie, ihm den Weg zu Herrn Gottfried von Bouillon zu zeigen.

Keck forderte Hedwig den Ritter ihres Herzens auf, sie in den Sattel zu nehmen, und so erreichten sie den Vorplatz vor dem Feldherrnzelt genau in dem Moment, als der Waldgraf der Ardennen vor Herrn Gottfried treten sollte.

»O Gott!«, entfuhr es der Maid, als sie Norberts ansichtig wurde, und ließ sich aus dem Sattel gleiten.

Das bewirkte wiederum, dass Conon alle guten Vorsätze der Zurückhaltung fahrenließ und noch im Sattel dem ihm unbekannten Gottfried von Bouillon zurief: »Ihr fasst in Scheiße, wenn Ihr diesem Mann die Hand reicht!« Alle starrten auf Conon, meist empört, nur Hedwig lächelte erfreut, als ihr Ritter jetzt aus dem Sattel sprang und stürmisch zwischen Gottfried und den Waldgrafen drängte.

»Ihr beleidigt meine Gäste!«, grollte Gottfried, während der Waldgraf grinsend die Zähne fletschte. Höhnische Überlegenheit schien ihm in dieser Situation das Angemessene, denn der freche Kerl sollte ihm nicht noch einmal in die Quere kommen, ihn schon gar nicht von dem Herrn von Bouillon fernhalten, von dem ihn nur noch fünf Schritte trennten.

»Dafür könnt Ihr mich strafen, Gottfried von Bouillon«, rief Conon schnell und deutete einen Kniefall nur an, um sich dann blitzschnell umzudrehen, so dass er direkt vor dem Waldgrafen stand. Sie starrten sich in die Augen wie zwei Fleischerhunde; die Nackenhaare sträubten sich, dann knurrte der Lehburg: »Was willst du, Wicht?!«

»Einem Köter die Schnauze in das Blut stoßen, das er mit feigem Mord und Vergewaltigung vergossen!« Conon hatte das so laut und deutlich gesagt, dass dem Waldgrafen nichts anderes mehr blieb, als – in der atemlosen Stille – langsam seinen linken Handschuh abzustreifen. Conon sah gebannt hin – das war der Arm mit der Manschette! Hier versteckte er den tödlichen Dolch, der Dado zum blitzschnellen Verhängnis geworden. Conon spannte seine Sehnen. Als Norbert dann plötzlich mit dem eisengespickten Lederhandschuh zuschlug, um ihn ins Gesicht zu treffen, fuhr seine Rechte vor, umklammerte den Unterarm wie eine eiserne Zwinge. Der Handschuh fiel zu Boden, aber Conon hatte erreicht, was er wollte, er hatte die hartlederne Schatulle gefühlt – und der Fehdehandschuh lag zwischen ihnen am Boden! Rasch hob er ihn auf und warf ihn dem Waldgrafen vor die Füße.

Gottfried war wütend, aber er konnte nun nicht anders. Er flüsterte mit seinem Feldobristen, der immer noch Balduin unnachgiebig im Griff hatte. Sigbert von Öxfeld ließ den Priester fahren und trat vor die immer größer werdende Menge. »Räumt den Platz!«, befahl er seinen Wachen. »In einer halben Stunde beginnt das Duell zwischen Norbert von der Lehburg, Waldgraf der Ardennen, und dem Ritter Conon de Béthune. Ein Kampf zu Ross und Fuß, ohne Lanzen, ohne Schild, ansonsten sind jegliche Waffen gestattet. Die Entscheidung wird nicht durch Kampfunfähigkeit herbeigeführt, sondern durch den Tod!«

Die Knechte begannen mit der Errichtung der hölzernen Bande rings um das Geviert, das fast den ganzen Platz einnahm. Sigbert von Öxfeld ließ die dem Waldgrafen abgenommenen Waffen herbeibringen. Es waren neben seinem Schwert eine Streitaxt, ein Morgenstern, ein zweiseitig geschliffener Dagger – eine Art Hirschfänger – und ein unförmiger Zweihänder. Auf der einen Schmalseite wurde der Waldgraf von seinem Haufen umringt, auf der anderen sah sich Conon wider Erwarten von dem Priester Balduin und jener Hedwig sekundiert.

»Sie ist meine Schwester«, sagte Balduin. »Ihr kämpft gegen den Mann, der uns zeugte, aber auch für die Wiederherstellung meiner Ehre.« Er setzte bekümmert hinzu: »Noch immer verdächtigt Herr Sigbert mich, ich würde meinem Vetter Gottfried heimtückisch nach dem Leben trachten.«

»Ich hab nur mein Schwert«, klärte Conon seine Helfer auf. »Doch wenn es ihm vergönnt sein sollte, auch Eurem guten Ruf zu dienen, würde ich mich doppelt freuen!«

»Dafür will ich Euch, lieber Conon, dem Kaiser vorstellen, damit er Euren Sieg, auf den ich hoffe, würdigt und belohnt.«

Hedwig lächelte ihren Helden verlegen an. Sie warteten.

Drei Fanfarenstöße, zwei kurze, ein langer. Gottfried von Bouillon, der in der Mitte der engen Kampfbahn direkt an der Bande Platz genommen hatte, gab das Zeichen. Jeweils auf den Stirnseiten wurden die beiden Kontrahenten hoch zu Ross eingelassen, die Holzbarrieren hinter ihnen sofort wieder geschlossen. Die Ritter grüßten förmlich knapp hinüber zu dem Feldherrn. Conon sah, dass hinter Gottfried sein Feldobrist Sigbert stand, neben dem hockte Hedwig, dessen liebenswerte Haushälterin, die dem alten Haudegen wohl auch das Bett warm hielt. Der Waldgraf hatte sich mit schnellem Blick davon überzeugt, dass Conon als Waffe nichts als sein Schwert führte. Norbert hatte sich das schon gedacht und deshalb mit Bedacht den Morgenstern gewählt, dessen tückische, von eisernen Stacheln starrende Kugel an der Kette den meisten Rittern fremd war. Eine grässliche Waffe, die den Gegner völlig überraschend sowohl zu entwaffnen als auch zu zerschmettern vermochte. Drohend ließ er sie über seinem Kopf kreisen, klappte das Visier herunter. Mit rauem Kampfschrei gab er seinem Gaul die Sporen und sprengte auf seinen Gegner los. Conon verzichtete um der besseren Sicht wegen auf das Schließen des Helms, ließ sein Pferd tänzeln, bevor er ihm die Zügel freigab. Sie schossen aufeinander zu, Conon duckte sich erst im letzten Moment, so dass die Kugel über ihn hinwegsauste und Norbert an ihm vorbeidonnerte. Doch als der Waldgraf gewendet hatte, erblickte er seine Beute zu Fuß. Conon war an der oberen Bande abgesprungen und führte sein Pferd am Halfter zur Seite. Er erwartete den Waldgrafen mit dem Schwert in der Hand. Norbert frohlockte, er dachte nicht daran, gleich zu ziehen, falls dieser Conon darauf aus war. Er preschte heran, schwang den Stern, doch auch sein zweiter Schlag verfehlte den Gegner. Conon sprang noch ein ums andere Mal geschickt zur Seite, den Waldgrafen in seiner Wut mit jedem Schritt dichter an die hölzerne Bretterwand der Begrenzung heranführend. Rückwärtsgehend, von der am

Holz scheppernden Rüstung am weiteren Ausweichen gehindert, schickte Conon dem Angreifer einen verzweifelten Blick entgegen. Erbarmungslos schlug Norbert zu – mit aller Kraft! Seine Stachelkugel sauste in das Holz und fraß sich fest. Conon hatte sich auf ein Knie fallen lassen, sofort schnellte er wieder hoch. Er schwang sich auf seinen Gaul, bevor der Waldgraf seine schwere Streitaxt aus dem Sattelgehänge zerren konnte. Conon witschte an ihm vorbei und durchschnitt ihm die Zügel. Ungelenkt trabte Norberts Ross los, und Conon brachte dem Waldgrafen die ersten Schläge auf Helm und Schulter bei, doch dann ließ Norbert seine Axt niedersausen. Conon konnte nur noch sein Schwert hochreißen, um den furchtbaren Schlag abzufangen. Mit hellem Klang zersprang seine Klinge, nur der Stumpf blieb Conon in der Faust. Er schleuderte ihn dem Angreifer ins Gesicht – nicht aus Zorn, sondern um ihn abzulenken, denn Conon hatte nur eines im Blick: den riesigen Zweihänder, den der Waldgraf an der Bande abgestellt. Norbert warf die Axt nach ihm, krachend schlug sie in der Bretterwand ein – da hatte Conon sich schon wieder vom Pferd gleiten lassen und das Langschwert beidhändig ergriffen. Das zwang nun auch den Waldgrafen aus dem Sattel. Ihm war noch sein Schwert geblieben, und zusätzlich zog er seinen Dagger, den doppelschneidigen Hirschfänger. So, sowohl in der Rechten wie in der Linken gut bewehrt, war er Conon mit dem unhandlichen Langschwert wieder über. Herr Norbert trieb den mit dem ungewohnt schweren Eisen mühsam Löcher in die Luft Schlagenden vor sich her, zur Mitte hin, wo Gottfried an der Bande saß und sich den mit so ungleichen Waffen geführten, erbitterten Zweikampf gutgelaunt zu Gemüte führte. Conon wollte vor dem Feldherrn glänzen, und es gelangen ihm furiose Achterschleifen und Kreisschläge, Norbert flog das Schwert aus der erhobenen Hand. Entsetzt erkannte Conon, dass jetzt die Manschette drohend wie ein zum Sturzflug bereiter Falke über dem sich darbietenden Nacken des ahnungslosen Gottfried von Bouillon stand. Ihm blieb nur die Wahl, seinen eigenen Leib ungeschützt dem mit Sicherheit zustechenden Dagger auszusetzen – oder sich auf die Spitze des Zweihänders zu verlassen.

Conon zwang seinen Leib in eine Pirouette, des Zweihänders furchtbare Klinge fegte durch die Luft – gerade als, sonst von niemandem bemerkt, die doppelzüngige Stahlklinge aus dem Leder hervorschnellte. Die Schneide des Zweihänders durchtrennte den Unterarm des Waldgrafen wie Butter, der zur Faust geballte Handschuh mit der stoßbereiten Klinge wirbelte durch die Luft, das herausspritzende Blut hinter sich wie ein Kometenschweif. Die abgeschlagene Hand samt dem kurzen, schmalen Stahl landete ausgerechnet auf dem Busen der entsetzten Hedwig, ritzte sie leicht. Ein unterdrückter Aufschrei – Conon war abgelenkt wie alle ringsherum, er spürte nicht einmal die Schnittwunde, die ihm der Dagger beigebracht. Norbert sah seine letzte Chance, wenigstens den verhassten Gegner mit sich in den Tod zu nehmen, er war nach dem Verlust der Hand vor Schmerz fast ohnmächtig in die Knie gegangen, den Dagger über die trennende Bande hinweg dem Gottfried ins Herz zu stoßen war ihm nicht mehr gegeben. Nur Conon konnte er noch in den Rücken springen, bevor der Blutverlust ihm auch das verwehrte. Unter Aufbietung seiner letzten Kräfte schnellte Norbert los, den Dagger wie einen Kurzspieß vorgestreckt. Es waren Hedwigs vor Schreck geweitete Augen, die Conon warnten. Ohne sich umzuwenden, schlug er das riesige Schwert nur mit einer Hand blind nach hinten, mit der anderen hielt er sich an der Bande fest – ein gellender Aufschrei! –, der Schwertgriff riss ihm das Fleisch in der Innenfläche seiner Hand in Fetzen, das schwere Eisen flog davon. Dass es zuvor dem Waldgrafen Helm mit Kopf vom Hals getrennt, berührte Conon nicht; er drehte sich nicht einmal um, sondern starrte auf die Totenblässe, die Hedwigs Gesicht überzog. Der hilflose Sigbert hielt ihren Kopf in seinem Schoß, ein wenig Schaum trat ihr auf die Lippen, Balduin kniete neben seiner Schwester, hielt ihre Hand und betete für sie. Hedwig verdrehte die Augen, ihr Kopf fiel zur Seite. Das Viperngift an der so hinterhältig verborgenen winzigen Klinge hatte seine Wirkung getan.

Conon fand sich wieder in einem Feldlazarett. An seinem Bett saß Balduin.

»Hedwigs Haut wies nur einen winzigen Ritzer auf«, es hörte sich an, als wollte er Conon trösten, »doch der genügte, allen zu beweisen, welch tödlicher Gefahr Herr Gottfried nur dank Eures Einsatzes entgangen ist.«

»Es war die Hand ihres Vaters!«, murmelte Conon.

»Sie hat ihm vergeben, so wie auch ich es tat!«

Conon erinnerte sich, dass Hedwig nach der todbringenden Verletzung kein Wort mehr herausgebracht hatte, aber er beließ es dabei. »Ich wünschte, sie hätte auch für mich noch ein Wort des Trostes –«

»Seid gewiss«, sagte Balduin, »sie war Euch dankbar, sie sah in Euch den Ritter ihrer Jugendträume – und Ihr habt unserem Vater den schmählichen Tod des Gerädert- und Gevierteiltwerdens erspart, der ihn nach seiner bösen Tat gewisslich erwartet hätte!« Conon versuchte sich aufzurichten, aber ein stechender Schmerz warf ihn zurück aufs Krankenlager. »Es ist weniger die leichte Schnittverletzung«, klärte ihn Balduin kundig auf, »als die Zerrung, die Ihr Euch zuzogt, als Ihr diesen Wahnsinnsschlag nach hinten führtet! – Mit einer Hand einen Beidhänder!«, rief der Priester voller Bewunderung. »Und dann auch noch treffen, so sauber wie ein Scharfrichter!«

Conon lächelte über den Eifer. »Hoffentlich haftet mir diese aus purer Not begangene Tat nicht für ewig an! Ich für meinen Teil werde nie wieder einen Zweihänder in die Faust nehmen!«

»Für die Deutschen seid Ihr der große Held!«, klärte ihn Balduin auf. »Herr Gottfried wartet nur auf Eure Genesung, um Euch dann vor allen zu ehren. Er würde Euch jeden Wunsch erfüllen, wenn Ihr Euch entschließen könntet, beim Heer des Kaisers zu bleiben!«

»Das war eigentlich mein Wunsch«, sagte Conon nachdenklich, »doch jetzt bin ich mir nicht mehr sicher, ob solch Dienst meine eigentliche Berufung ist.«

»Geht mit Euch zu Rate«, empfahl ihm Balduin. »Für mich war dieses Geschehen der letzte Anstoß zu dem Entschluss, den ich schon seit langem erwägte: Ich habe mich meines Priesterrocks entledigt.«

Conon sah ihn belustigt an. »Wollt Ihr mir etwa raten, ihn mir überzustreifen?!«

»Einen *Mauclerc* gäbt Ihr ab, einen schlechten Priester!«, scherzte Balduin bitter, um sofort wieder ernsthaft zu werden. »Aber ich muss jetzt das Erbe als Waldgraf der Ardennen antreten, und nur als solcher kann und will ich meinem Vetter Gottfried von Nutzen sein!«

»Na, da seht Ihr, wie leicht ich als Bundesgenosse zu ersetzen bin!« Conon lachte. »Richtet Eurem Gottfried aus, ich sei ein Wanderfalke, von dem keiner weiß, wie lange er sich auf einer ausgestreckten Hand niederlässt!«

Die Neiderin

»Wohin so eilig, Liebste?« Mathilde, Großherrin und Marquesa von Tuszien, saß aufrecht, den Rücken von unförmigen Seidenkissen gestützt, in ihrem Bett. Die so unerbittlich Zurückbeorderte war Maurcade, schon an der Tür des Schlafgemachs angelangt. »Seit du dich nicht mehr unter meiner Decke verkriechen musst« – das war eine Anspielung auf Maurcades fast panische Furcht vor den Nachstellungen durch den Waldgrafen Norbert –, »hält dich hier wohl nichts mehr? Komm gefälligst zurück und frag mich, ob ich deiner noch bedarf!«

Maurcade senkte trotzig den Kopf, die ihr ins Gesicht fallenden dunklen Locken verfehlten ihre Wirkung nicht, das wusste sie nur allzu gut! Genauso wie sie wusste, dass die Herrin jetzt ihre mageren Arme ausbreiten würde. Mademoiselle du Berq ließ sich am äußersten Ende der Bettkante, zu Füßen der Herrscherin, nieder, ohne den Blick zu heben.

»Falls es dich juckt, meine schwarze Katze«, ging Mathilde ihre aufsässige Freundin scharf an, »deine Krallen an Elgaine de Gisors –«

»Gisors ist mir fotzegal!«, fauchte Maurcade, was Mathilde nun noch zorniger knurren ließ.

»Damit du dir nicht deine hübsche Fratze an einem Schildbuckel einrennst: Ich habe Bewaffnete vor ihren Gemächern aufziehen lassen, mit striktem Befehl, niemanden durchzulassen, auch dich nicht!«

Maurcade schaute auf, aus ihren Augen sprühten Funken. »Welches Interesse habt denn Ihr an der Ziege?«

Wie zur Einleitung einer Versöhnung streckte Mathilde die

Hand nach ihr aus, Maurcade übersah die Geste geflissentlich und schwieg.

»Sie weiden lassen, geschützt vor Wölfen und wildernden Katzen«, erklärte die Markgräfin der Bockigen geduldig. »Ziegen sind lebend nützlich, man kann sie melken, man kann sie paaren, tauschen – schlachten wird sie der gute Hirte erst dann, wenn nur noch ihr Fleisch etwas bringt.«

»Sie ist *meine* Ziege!«, begehrte Maurcade auf, schon schwächer, und so ließ Mathilde es dabei bewenden. »Ratet mir lieber, mein zärtliches Raubtier«, schnurrte sie, »was stellen wir mit diesem Astair de Saissac an, den uns Freund Norbert hergeschleppt und im Kerker hat liegen lassen!«

»Eurer Hirtenweisheit zufolge, liebste Herrin«, spottete Maurcade, »lasst den Bock im Gatter – oder holt ihn auf Euer jungfräuliches Laken. Er gibt zwar keine Milch«, ihre Stimme nahm an Hohn zu, das behagte Mathilde ungemein, »für den Metzger ist er jedenfalls noch nicht fett genug!«

»So gefällst du mir, meine allerliebste Hur'!« Mit blitzschneller Bewegung warf sie sich vor, doch Maurcade war bereits geschmeidig von der Kante geglitten.

»Eigentlich war ich gekommen«, wies sie die Herrin zurecht, »um Euch daran zu erinnern, dass Ihr den Monsignore Carmen einbestellt habt!« Sie nickte Mathilde aufmunternd zu und verließ energischen Schritts das markgräfliche Schlafgemach.

»Ich weiß nicht, ob Ihr es sehr bedauern werdet«, eröffnete der hagere Monsignore mit dem traurigen Eselskopf der mit Verspätung in ihrem Empfangssaal eintreffenden Mathilde, »Euer treuer, wenn auch oft unberechenbarer Parteigänger, der Waldgraf der Ardennen, hat beim Versuch – fast wär' es ihm geglückt! –, Euren Neffen Gottfried aus dem Weg zu räumen, einen misslichen Fehler begangen: Er hat sich nicht rechtzeitig weggeduckt –«

»Nun kommt schon zur Sache, Hochwürden!«, unterbrach Maurcade das kunstvolle Gespinst des Monsignore Carmen, der daraufhin pikiert verstummte. »Bitte lasst Euch von meinem normannischen Geparden nicht stören!«, legte sich Mathilde spöttisch ins Zeug, doch Carmen war aus dem Konzept geraten.

»Der Giftdolch tötete die Kebse des Feldobristen, der Kopf rollte dem Herrn von Bouillon vor die Füße –«

»Wessen Kopf?«, schrie Mathilde erregt. »Gottfried ist tot?!«

»Nicht doch!«, verbesserte der Monsignore trocken. »Norberts! – Conon de Béthune trennte ihm mit einem Hieb den Hals vom Rumpf!«, setzte er höhnisch hinzu. »Der ist jetzt der große Held der Deutschen, ihr Retter, *Salvator mundi*!«

Die Markgräfin hatte sich schnell gefasst. »Um Norbert von der Lehburg ist es wahrlich nicht schade«, sagte sie mit einem Seitenblick auf Maurcade, der die Nachricht wesentlich stärker zugesetzt hatte. »Ich habe dem Kerl nie so recht getraut!«

»Er war eine Natter an Eurer Brust, werte Dame«, murmelte Carmen, »aber was Euch zu schaffen machen wird, ist der Verrat des Balduin von LeBourg! Der hat den Tod seines Vaters nicht nur billigend hingenommen, sondern – eh noch die Leiche erkaltet – sein Priestergewand ausgezogen, sich zum Erben des Waldgrafen der Ardennen erklärt und sich mit allem, worüber er nun verfügt, dem Gottfried von Bouillon zur Verfügung gestellt!«

»Der Schuft!«, entfuhr es Maurcade ehrlich empört – trotz aller Erleichterung, die sie bei der Nachricht von dem Tode des Mannes empfunden haben musste, der sich wie ein Besessener immer wieder in ihr Leben gedrängt hatte. Die gleiche Besessenheit hatte ihn schließlich – endlich! – in sein Verderben rennen lassen!

»Triumph für meinen lieben Neffen auf der ganzen Linie!«, stellte Mathilde sarkastisch fest.

»Dem solltet Ihr einen Dämpfer versetzen«, forderte Carmen mit steinerner Miene die Markgräfin auf.

Maurcade sprang mit ausgefahrenen Krallen nach dem ausgelegten Köder. »Wir sollten ihm seinen ruhmreichen Drachentöter vom Brett schlagen!«

»Nicht übel, der Gedanke.« Mathildes Lob blieb verhalten. »Was ratet Ihr, Monsignore?«

Der Mann mit dem Eselskopf zog den Schwanz ein. »Ich muss mich da raushalten, doch zweifellos würde die Waage des Ruhms wieder Eurer Seite zuneigen – vorausgesetzt, es wird spektakulär, das heißt: brillant und perfekt in Szene gesetzt!«

»Umbringen –?«

Monsignore Carmen winkte indigniert ab. »*Non semper similia similibus curantur.*« Er wirkte leicht enttäuscht ob solcher Einfallslosigkeit. »Nicht stets Gleiches mit Gleichem vergelten!«

Die Markgräfin hatte verstanden. »Eine Entführung! Und dann auftauchen im Lager des Papstes! – Ist Conon de Béthune nicht sogar dessen *Camarlingo*?«

»Übertragt die Aufgabe, ihn aus dem Feldlager der Kaiserlichen herauszuholen, Eurer liebsten Hur'!«, bettelte Maurcade ohne Rücksicht auf die Anwesenheit des Monsignore, aber der grinste nur.

Mathilde ging, sich ihrer Macht bewusst, lächelnd darüber hinweg. Sollte dieser Carmen doch denken, was er wollte! »In wessen Pranken sollte ich ein solches Unterfangen denn sonst wohl legen, mein schwarzer Panther!«

Maurcade spreizte flugs die Krallen. »Nach einem schnellen Tod wird er sich sehnen!«, knurrte sie und ließ Mathilde nicht aus den Augen. »Wenn ich die Beute geschlagen habe und Euch Conon zu Füßen lege, dann nehme ich mir dafür meine Ziege!«

»Das ist es mir wert«, erwiderte die Markgräfin kühl, verärgert über diese Widersetzlichkeit. »Ich hoffe nur, du bist dem Spiel gewachsen, auf das du dich da einlässt!«

Maurcade verzog geringschätzig den Mund und verließ den Audienzsaal.

Im strömenden Regen hatten die beiden flüchtenden Chronisten notdürftig Zuflucht unter einem Baum gesucht. Vom Hügel herab schauten sie in die wolkenverhangene Poebene, niedergeschlagen und ratlos, wohin sich wenden. Außer an der kalten Nässe litten sie auch noch nagenden Hunger.

»Ich sehe uns als zwei Stallhasen, werter Herr *Vocator diaboli*«, klagte der abgemagerte Angel, »die auf freiem Feld verloren von einer Falle in die nächste hoppeln. Wir hätten unser warmes Gehege zu Sitten nie verlassen sollen!«

Der Hagere schaute mit spöttischem Mitleid auf den zu seinen Füßen kauernden Gefährten herab, der sich in seiner verschlissenen Kutte verkrochen hatte. »Ihr scheint vergessen zu haben, Bruder Angel, dass wir gezwungen waren, Sion zu verlassen! Warum sollten wir uns freiwillig zurückbegeben, wo uns der Bischof – denk an *N. E. C.*! – das Fell über die Ohren ziehen will!«

»Nichtsnutzige Lauscher!«, jammerte das arg geschrumpelte Äpfelchen und zog sich die Kapuze tief in die Stirn. »Zu lange Löffel!«

»Zu wenig Hirn!«, rügte ihn die klapprige Bohnenstange. »Aber offensichtlich kommen Schutzengel mit einem Minimum an schlichten Instinkten aus!«

Das wollte Angel nun nicht auf sich sitzen lassen. »Und was weiß der Herr zu raten, der angeblich mit dem Teufel auf so inniglichem Fuße steht?«

»Dass Ihr die Augen aufmachen sollt, Herr Angel!«, und Vocat wies mit der Hand in die Ebene hinab. Die Sonne war durchgebrochen. Ein unwirklicher Regenbogen spannte sich über die abfallende Hügelkette. Es blinkte in der Ferne, immer stärker, immer unheimlicher, bedrohlicher. Ein gewaltiges Heer, von Norden kommend, ergoss sich wie ein dunkler Brei, ein Lavastrom. Speerspitzen glitzerten, Helme glänzten, dazwischen die Farbtupfer wehender Fahnen. Es drängte im Tal an den Hügeln vorbei.

»Das muss der Kaiser sein«, murmelte ängstlich der aufgesprungene Angel, »der gegen Mathilde zieht.«

»Wir sollten uns daranhängen«, schlug Vocat vor, wenn auch nicht sonderlich überzeugt. »Dann würden wir wenigstens wissen, wo wir hingehören –«

»Vielleicht sind wir dort vor Feinden sicher, die überall auf uns lauern.« Angel hatte wieder Zuversicht gefasst. »Schließlich ist Sion noch immer kaiserlich!«

Sie begannen mit dem Abstieg.

Die Nachricht vom Herannahen des kaiserlichen Heeres, unter der Führung von Kaiser Heinrich in eigener Person, bewegte die Markgräfin Mathilde, hastig ihre Burg Canossa zu verlassen und in der südlichen Toskana Verstärkungen auszuheben.

Sie ließ ihre Burg unter dem Oberbefehl ihres Vogtes zurück, ohne ausdrückliche Order, welche Befugnisse ihrer Vertrauten Maurcade du Berq zustehen sollten. Auch die Position des immer noch anwesenden Monsignore de la Carmen wurde in der Eile der Abreise nicht geklärt. Obgleich der Vertreter der Kirche, von dem Maurcade wusste, dass er den Geheimen Diensten angehörte, bisher stets als Gast in Canossa aufgetreten war, wies er die Wachen vor den Gemächern der Elgaine de Gisors an, den Zugang freizugeben.

Elgaine vernahm diese Maßnahme mit Empörung, aber schon stand Maurcade, ihre Kerkermeisterin, vor ihr. Wider alles Erwarten gab sich ihre Erzfeindin äußerst freundlich, fast fürsorglich.

»Die Herrin der Burg, die Euch als Geisel in der Auseinandersetzung mit dem Kaiser hier weiterhin in Haft halten will, ist zurzeit aushäusig, und ich will die Gelegenheit wahrnehmen.« Sinnend betrachtete Maurcade du Berq ihre Gefangene. Elgaine durchlief ein kalter Schauer, als sie begriff, dass sie sich nun ohne den Schutz der Markgräfin in der Hand ihrer Rivalin befand. Umso erstaunter war sie, als die Dame du Berq jetzt fortfuhr: »Ich habe mich entschlossen, Euch nach Gisors zurückzubringen.«

Elgaine glaubte ihr zwar kein Wort, hörte aber fröstelnd den weiteren Ausführungen zu. »Wir werden – nur unter kleinster Eskorte, um nicht aufzufallen – uns auf dem Landweg bis nach Savona durchschlagen, denn der nähere Hafen von Lerici ist wahrscheinlich schon wieder in deutscher Hand. Von Ligurien aus hingegen wird uns ein Schiff, das verlässlich im Dienst der römischen Kurie steht, bis zur Mündung der Rhône tragen. Danach sehen wir weiter. Also macht Euch reisefertig!«

Maurcade du Berq verließ Elgaine, die jetzt mit ihrer aufsteigenden Angst fertig werden musste. Würde sich ihr Schicksal auf dieser Reise erfüllen – weitab von Canossa und ohne

Zeugen? Ihr Bangen galt weniger der Frage, ob sie Gisors je wiedersehen würde, sondern einzig und allein dem furchtbaren Gedanken, sie könnte ihren verlorenen Sohn Pons vielleicht niemals wieder in die Arme schließen! Diese Vorstellung schnürte ihr die Kehle ab. Verzweifelt suchte sie nach dem Strohhalm, an den sie sich klammern konnte, doch der Himmel sandte nur ihren selbsternannten blonden Schutzengel Guy d'Abreyville, der alles mitgehört hatte und nun aus dem Holzpaneel der Wand trat.

»Ich flehe Euch an, mein lieber Guy!«, beschwor ihn Elgaine. »Irgendwie müsst Ihr es fertigbringen, Conon de Béthune zu benachrichtigen, der sich – wie Ihr mir selbst gesagt – bei den Deutschen aufhält. Nur er ist in der Lage, mich auf der Reise aus den Händen dieser Maurcade zu befreien!«

»Das will ich für Euch liebend gern auf mich nehmen«, ließ der Knabe sie kühl wissen, »obgleich ich mir gewünscht hätte, Ihr würdet eine solche Aufgabe mir zutrauen.« Elgaine sah, dass sie ihn verletzt hatte, und wollte ihn versöhnlich an sich ziehen, doch Guy entzog sich jeglicher Berührung. »Eines Tages soll mein Ruhm den Eures Helden überschatten, doch es wird ein fürchterlicher sein!« Mit einem irren Flackern in den eisblauen Augen reckte er seine sehnige Gestalt. »Denn mit mir wird das Böse siegen!«

Mit diesen fast gebellten Worten entschwand er. Was Elgaine nicht wusste, sie aber vielleicht beruhigt hätte: Guy verließ tatsächlich sofort Canossa und machte sich auf den Weg zum deutschen Lager.

Was Elgaine allerdings ebenfalls entging, war, dass diesmal Maurcade durchaus ein Auge auf die Bewegungen Guys hatte. Mit Genugtuung stellte sie sein abruptes Verschwinden fest. Sie traf sich mit dem Monsignore, und sie beschlossen, dass de la Carmen mit einem kleinen Trupp ausgesuchter Männer ihr und der Kutsche, in der sie Elgaine mit sich führen würde, folgen solle. Sie selbst würde das Zeichen geben, um die rollende Falle zuschnappen zu lassen.

»Seid Ihr Euch sicher«, hakte Carmen nach, »dass Elgaine auch wirklich diesen Conon herbeirufen wird?«

»Wen hat die Ziege denn sonst noch, nach dem sie erbärmlich meckernd um Hilfe schreien kann?«, höhnte Maurcade. »Ich werde Euch den Helden ans Messer liefern«, setzte sie hinzu, als sie die Zweifel des Monsignore bemerkte. »Mir geht es nur um die Ziege von Gisors!« Das räumte die Bedenken des Monsignore erst recht nicht aus.

»Vergesst bitte nicht, Maurcade du Berq, dass Ihr zugesagt habt, Euch – samt Eurer Beute – zu Sion einem von Eurem leiblichen Vater, dem Herzog Robert, wie auch von Eurem Vormund und Paten Thierry von Verdun eingesetzten Schiedsgericht zu stellen!«

»Mäh! Mäh! Mäh!« Maurcade glaubte den Einwand des Monsignore mit diesem obstinaten Ausdruck ihrer Geringschätzung beiseitewischen zu können. Diese Auflage zu beachten hätte seinem Wunsch entsprochen, aber nicht dem ihren!

»Ich habe mich gegenüber diesen Herren verbürgt –«, zischte sie. »Dass Ihr keinen eigenmächtigen Schritt unternehmt«, fiel ihr de la Carmen ins Wort, »oder gar das Leben der Elgaine de Gisors in Gefahr bringt.« Der Monsignore hatte das Gefühl, gegen eine Wand zu sprechen. »Ich warne Euch, Maurcade, bei jeder Zuwiderhandlung legt Ihr Euch nicht mit mir an, sondern mit der geballten tödlichen Macht der Dienste!« Er ließ die Drohung im Raum stehen, bevor er fortfuhr: »Nur unter der Zusicherung, dass Ihr Euch auf direktem Wege nach Sion verfügt, sehe ich mich in der Lage, bei Eurem Plan mitzuwirken.«

Widerwillig zustimmend nickte Maurcade. Für sie zählte nur, dass Elgaine in der Frage Gisors klein beigab. Nur wenn sie die physische Macht über ihre Gefangene behielt, durfte sie sicher sein, dass alles nach ihren Wünschen lief. Das alte Machtwort des Herzogs von der Normandie hatte sie immer wieder verdrängt, aber nun machte es sich in ihrem Hinterkopf wieder breit: Nur mit einem Normannen als Ehemann konnte sie auf die Erfüllung der Zusage pochen, Gisors zu erhalten. Conon entsprach genau den Anforderungen! Diese Überlegung verschwieg sie de la Carmen – in der Hoffnung, dass dem Monsignore dieses kleine, für sie so wichtige Detail nicht bekannt war.

Maurcade ließ Guy ausreichend Zeit, seinen ungewollten Anteil an ihrem Plan zu erledigen. Das war die verdiente Strafe für den tückischen Knaben, der sich einbildete, er könnte ihr, Maurcade, in den Rücken fallen!

Versöhnung?

Im Kastell zu Sion, das der Bischof von Sitten zu seinem Amtssitz erkoren, solange Cantar, die einzige Tochter und Erbin des *Praefectus et Comes vallesiae*, nicht zurückgekehrt, hockte Gosbart missmutig hinter seinem Arbeitstisch. Allein schon, dass Diener ihn jedes Mal in seinem unbequemen Rädersessel hierher schieben mussten, ärgerte ihn. Außerdem mangelte es ihm auf der Burg an Besuchern, und wenn sich ein Reisender nach Sion verirrte, dann verfügte er über niemanden, der die Gespräche notierte. Warum hatte er bloß die beiden fleißigen Chronisten fortgeschickt, diese schrulligen Benediktinermönche aus der Campania? Gut, sie wussten zu viel, aber bei genauer Überlegung hätte er sie auch hier, vor Ort, praktisch mundtot halten können – sicher weggesperrt, doch wenigstens für allfällige Schreibarbeiten verfügbar. Jetzt musste er alles selber machen, denn andere Lese- und vor allem Schreibkundige gab es nicht vor Ort! Er hätte auch niemandem getraut. Diesem Angel und Vocat, wie sie sich nannten, waren wenigstens durch die harte Schule von Monte Cassino gegangen und von den ›Diensten‹ darauf geeicht, mit Geheimnissen und Intrigen jeder Art umzugehen. Seufzend griff Bischof Gosbart zur Feder, strich das vor ihm liegende, seit Wochen schon bereitliegende Pergament glatt, raute es auf, blies den feinen Sand weg, tauchte den zurechtgeschnittenen Kiel in das Töpfchen mit der Tinte und schrieb krakelig:

Aus den geheimen Protokollen von Sion
A. D. MXCV

Schreiben des Tankred Graf von Lecce an seinen Bruder Conon de Béthune

Danach fühlte er sich bereits erschöpft. Wieder war ein Brief, schon der zweite, von diesem Tankred eingetroffen, der vor Urzeiten mit seiner Mutter Fedaye von hier aufgebrochen war, um den Zwillingsbrùder zu suchen. Anscheinend hatte er ihn bis heute nicht gefunden!

Gosbart beschloss, das Schreiben kommentarlos der Chronik beizulegen. Er las es noch einmal durch:

Liebwerter Bruder, diese Zeilen sende ich Euch aus Otranto, dem Alterssitz unserer Frau Mutter Fedaye, auf deren Burg ich mich zurückgezogen habe. Es geht ihr gut, und ich preise meine Weitsicht – nein, es war die dankbare Fürsorge des Sohnes –, dass ich ihr Stadt und Grafschaft einst als Apanage zugewiesen hatte.

Der jüngste und erbberechtigte Sohn des Grafen Raimar, Theodor, ist nach vielen Jahren des Verschollenseins nach Lecce zurückgekehrt. Und ich bin, zugegeben, nach langen inneren Kämpfen, nicht gewillt, ihm Lecce streitig zu machen. Dies, obwohl Theodor es liebend gern sähe, wenn ich weiterhin die Herrschaft ausübte und er sich in einem Kloster verkriechen könnte. Ich nehme sein wie mein Schicksal als Fingerzeig des Himmels, dass Gott mit mir anderes vorhat.

So habe ich mich mit meinem Paten, dem Fürsten Bohemund von Tarent, ins Benehmen gesetzt und ihn wissen lassen, dass ich frei bin, bereit, mit ihm zusammen etwas Großes zu unternehmen. Es traf sich gut, dass ihn kürzlich der Kardinallegat des Papstes, ein hochgestellter Herr innerhalb der Kurie, aufsuchte und anfragte, ob er gewillt sei, sowohl auf seine Ansprüche als Erbe des großen Guiscard zu verzichten als auch die ewig drohend erhobene normannische Streitaxt gegen das Kaiserreich von Konstantinopel sinken zu lassen, im Tausch gegen die glorreiche Aussicht, im Namen des Heiligen Vaters jenseits des *Mare nostrum* in Syrien oder Palästina ein neues, weitaus größeres Reich zu erobern?

Das Angebot gefiel dem Fürsten, er fand es – im Gegensatz zu dem ihm überlassenen Tarent – seinem Stande und seiner Würde angemessen, und ich beeilte mich, ihm meine volle Unterstützung zuzusagen.

Mein guter Bruder Theodor ist mit Freuden einverstanden, mir die gesamte Streitmacht der Grafschaft Lecce mitzugeben, was keinerlei Risiken beinhaltet, denn die *Ecclesia* garantiert allen, die dem Geheiß des Heiligen Vaters folgend ausziehen, völlige Unversehrtheit ihres Besitzes für die Zeit ihrer Abwesenheit!

Ich empfinde diese Aussicht als großartig und wundervoll: das Erlangen eines Königreiches des Himmels auf Erden! Ich wünsche mir, mein liebster Zwilling, Ihr könntet auch mit von der Partie sein! Wie ich Euch kenne, guter Conon, werdet Ihr der Verlockung nicht widerstehen. So lange will ich ausharren in unerschütterlicher Hoffnung, dass Euch dieser Brief doch noch rechtzeitig erreicht, damit wir gemeinsam dieses größte Anliegen meines Herzens bestreiten dürfen. Jeden Tag, den mich Gott unser Herr erleben lässt, warte ich – und auch unsere liebe Frau Mutter –, auf eine Nachricht von Euch – oder gar Euer Erscheinen in einem der apulischen Häfen!

Voller Sehnsucht umarme ich Euch in unverbrüchlicher Liebe

Tankred Graf von Lecce

Bischof Gosbart ließ nachdenklich das Blatt sinken. Dieser Tankred – und mit ihm seine Mutter, die schöne Frau Fedaye de Béthune – hatte offensichtlich nach langen Irrfahrten, Irrungen sein Glück gefunden, oder zumindest den Schlüssel dazu. Er hingegen, Gosbart von Sitten, war verstrickt in allerlei Intrigen, vom Streit zwischen der Markgräfin Mathilde und ihrem Neffen Gottfried von Bouillon um die Herzogswürde von Lothringen bis zur Begehrlichkeit jener frühen Tochter der vormaligen ›Melusine‹, Maurcade du Berq, nach dem Besitz von Gisors, leichtsinnig entfacht von einem unbedachten Versprechen des Herzogs Robert von der Normandie. Mit seinem Freunde Thierry von Verdun war Gosbart so verblieben, dass sie beide versuchen sollten, diese Streitfälle aus der Welt zu schaffen. Aber sie hatten es mit widerborstigen Dickschädeln und gehässigen, besessenen Streithammeln zu tun! Sich selbst und Thierry wollte Gosbart da gar nicht ausschließen. Dass er sich mit seinen Machenschaften in eine Position manövriert hatte, die den Plänen des Grauen Kardinals *in extenso* entgegenstand, sie sogar unterlief, bereitete Gosbart wachsendes Unbehagen. Aber konnte er noch zurückrudern? Er saß ganz offensichtlich im falschen Boot, und leck war es wahrscheinlich auch!

Balduin von LeBourg und Conon de Béthune hatten das Feldlager Gottfrieds verlassen, um dem herannahenden Kaiser entgegenzureiten. Balduin hatte den Helden dazu überredet, mit dem fadenscheinigen Argument, dass es für Conon wichtig sei, vom Kaiser selbst als neuer Ritter in den Dienst an seiner Sache aufgenommen zu werden. Damit bekäme Conon für die Zukunft weitaus glanzvollere Möglichkeiten, sich als Held hervorzutun, als wenn er, an der Seite Gottfrieds, sich in dem aussichtslosen Zwist zwischen dem Grafen von Bouillon und seiner unnachgiebigen Tante Mathilde aufreiben würde. Conon sah zwar keine sonderliche Notwendigkeit zu diesem Schritt, es deuchte ihm auch keine Heldentat, den treulosen Waldgrafen der Ardennen, Norbert von der Lehburg, im Duell getötet zu haben. Es stand ihm fern, sich damit zu brüsten. Andererseits reizte es den jungen Krieger, dem Kaiser selbst von Angesicht zu Angesicht zu begegnen, wie ihm Balduin versprochen hatte.

Die Wahrheit war, dass Balduin, dem durch Conons Tat das Erbe von Trifels zugefallen war, sich nicht sicher war, ob Heinrich ihm – nach langer Abtrünnigkeit an der Seite Mathildens und seiner klerikalen Vergangenheit – so ohne weiteres verzeihen und ihn mit der Waldgrafschaft über die Ardennen belehen würde. Da machte es sich vielleicht nicht schlecht, um das Vertrauen des Kaisers zu erwerben, wenn er Conon de Béthune mit sich brachte. Was gab es Besseres zum Beweis, dass er, Balduin von LeBourg, keinerlei Rachsucht gegen den Mann empfand, der den Norbert von der Lehburg im ehrlichen Zweikampf zur Hölle geschickt hatte? Solcher Großmut sollte sich doch auszahlen?!

Als hätte Conon diese Gedanken des neben ihm reitenden

Balduin lesen können, sagte er unvermittelt: »Leid ist mir nur um den Tod Eurer Schwester Hedwig!« Mehr als ihr Halbbruder schien sich Conon um das tragische Schicksal der jungen Frau zu grämen. »Hätte ich dem Waldgrafen die Faust mit dem Giftzahn nicht so rabiat vom Arm getrennt, hätte es vielleicht nicht –«

»Werft Euch nichts vor, Conon!«, unterbrach ihn Balduin sofort. »Damit erfüllte sich letztlich das Schicksal der armen Hedwig: Als Mädchen konnte ich sie im letzten Augenblick vor der Notzucht durch den eigenen Vater bewahren, diesmal hat der gottverdammte Schurke sie mit in seinen Tod genommen!«

Conon war nicht sonderlich überzeugt von der Idee solch himmlischer Fügung. »Sie machte mir einen glücklichen Eindruck –«, wandte er tröstend ein.

»Als Kebse des Vaters, dessen Sohn Gerald sie einst heiraten sollte?« Leichter Spott schwang in Balduins Bemerkung mit, und Conon ließ die Angelegenheit ruhen.

Sie ritten schon eine Weile in Richtung Nordosten, aus der sie das Heer des Kaisers erwarteten, doch noch gab es nicht die geringsten Anzeichen anrückender Truppenhaufen. Hingegen nahmen sie einen seltsamen Jüngling wahr, der bereits seit einiger Zeit an ihren Fersen klebte, ohne sich ihnen zu nähern. Balduin war es leid und zügelte sein Pferd. Das Auffällige an dem blonden Knaben, der weder Furcht noch Scheu zeigte, waren seine beunruhigenden kristallenen Augen. Er richtete sie auf Conon, als wäre Balduin gar nicht vorhanden.

»Conon de Béthune«, sprach er unaufgeregt leise, »Elgaine de Gisors bittet Euch um ihre Errettung aus den Klauen der Maurcade du Berq.« Er wartete geduldig, ob der Empfänger der Botschaft bereit war, ihn anzuhören. Conon machte ihm ein Zeichen fortzufahren. »Sie hat mit ihr – und einer einladend geringfügigen Eskorte – Canossa verlassen, um sich nach Savona zu begeben, wo ein päpstliches Schiff sie erwartet. Sie reisen so langsam, dass es Euch möglich sein müsste, sie noch vorher einzuholen.«

»Das klingt nach einer Falle!«, schnaubte Balduin erregt.

»Das ist es auch«, erwiderte der Jüngling seelenruhig.

»Wer seid Ihr überhaupt?«, fuhr ihn der Herr von LeBourg heftig an. »Doch nicht etwa der Sohn –?«

»Mein Name ist Guy d'Abreyville und tut nichts zur Sache!« Die Antwort kam schneidend scharf wie eine Klinge und brachte den Frager zum Schweigen. »Der Plan der Maurcade ist zweifellos, dass ich Euch, den Helden Conon, dazu bewege, blindlings in einen Hinterhalt zu preschen, bei dem Elgaine als Köder dient.«

»Schert Euch zum Teufel, Guy d'Abreyville!«, grollte Balduin. »Wir lassen uns nicht von unserem Weg abbringen.« Eitel und mit einem auffordernden Blick zu Conon setzte er noch hinzu: »Der Kaiser erwartet uns!« Er wandte sein Pferd, aber Guy fiel Conon in die Zügel.

»Wollt Ihr Eure Ruhmsucht befriedigen, während sich für Elgaine mit jedem Schritt die Gefahr vergrößert?«, warf er ihm rüde vor. »Maurcades Ziel ist der Besitz von Gisors! Sie wird auf der Reise dorthin alles unternehmen, dass Elgaine als einzige rechtmäßige Erbin ihren Anspruch aufgibt, freiwillig oder mit Gewalt – sprich: Maurcade wird ihre Rivalin töten, wenn diese sich nicht fügt!«

»Das kann sie doch nicht!«, empörte sich Conon.

»Kennt Ihr Maurcade du Berq?«, gab Guy knapp zurück. »Sie ist dazu fähig, und sie wird es kaltblütig ausführen, wenn sie ihren Willen anders nicht durchsetzen kann: Verzicht oder Tod! – Wenn nicht beides!«

Conon war betroffen, Balduin wütend. »Ihr fallt doch wohl nicht auf solche Hirngespinste herein!«

Guy d'Abreyville warf ihm einen verächtlichen Blick zu. »Maurcade du Berq ist Tochter des Herzogs von der Normandie! Eine Bastardtochter zwar, aber in einer späten Anwandlung von Gewissen versprach ihr Robert Courteouse, Maurcade könne Gisors erhalten, wenn der damalige Burgherr Guillem de Gisors sterbe, ohne Erben zu hinterlassen. Es *gibt* aber eine Tochter: Elgaine!«

»Weiß Gott!«, stöhnte Conon. »Und diese Teufelin hat sich jetzt in den Kopf gesetzt –«

»Genau so!«, bestätigte Guy. »Es hat sich dort eingenistet

wie ein bösartiges Geschwür. Das Hirn der Maurcade du Berq wird allein regiert von dem heftigen Verlangen nach Gisors! Besessen!«

»Von Satanas!«, schnaubte der Herr von LeBourg, der seine Felle davonschwimmen sah.

»Nennt es, wie Ihr wollt, Balduin von LeBourg, aber unterschätzt die Euch wohlbekannte Dame nicht ein weiteres Mal!«

»Ich muss Elgaine da herausholen!«, verkündete Conon mit fester Stimme. »Für sie reite ich auch bis in die Hölle und stelle mich dieser Maurcade!« Conon grüßte den vergrätzten Balduin und ritt mit Guy in Richtung der ligurischen Ausläufer des Apennins, in der Hoffnung, an einer der wenigen Furten der zum Po hinabströmenden Flüsse auf die Gesuchten zu stoßen.

Wie ein gewaltiges, schimmerndes Reptil wälzte sich das Heer Kaiser Heinrichs aus der Po-Ebene auf den Gebirgsrücken des Apennins zu. Der gefräßige Lindwurm sog mit seinem weichen, klebrigen Unterleib alles und alle auf, die ihm in den Weg gerieten, meist ohne es zu spüren, es sei denn, ein Staubkorn bestand darauf, vor das Auge des mächtigen Herrschers gebracht zu werden.

Die ins heimatliche Wallis strebende Cantar wurde gar nicht gefragt. Ihre deutsche Eskorte, die ihr der wohlmeinende Wibert von Ravenna mitgegeben, hatte dem Sog nicht zu widerstehen vermocht. Fortan wurde Cantar im Tross mitgeführt, ohne dass irgendjemand nach ihrem Begehr forschte. Desgleichen waren die beiden Chronisten in den sich langsam südwärts bewegenden Strudel geraten und mitgerissen worden, obwohl eigentlich auch sie in entgegengesetzter Richtung unterwegs waren. Wenigstens führte dieses Schicksal Angel und Vocat mit der verärgerten Cantar zusammen. Groß war die Freude über das gemeinsame Ziel Sion in den Walliser Alpen, auch wenn dieses vorerst in immer weitere Ferne rückte.

Zielstrebig und bewusst war Herr Balduin von LeBourg zum Heer des Kaisers gestoßen, und er verlangte sofort, von Herrn Heinrich empfangen zu werden. Die Stimmung, in der er den Kaiser vorfand, war gereizt. Seit Tagen eilten Boten zwischen seiner Kanzlei und dem zurückweichenden Hof der Markgräfin hin und her. Mathilde sollten ehrenvolle Bedingungen für ihre Unterwerfung zugestanden werden. Die Verhandlungen hatten auf der Burg Capinata begonnen und zogen sich immer weiter in die Länge. Heinrich hatte zum Zeichen seines Entgegenkommens sogar die Belagerung von Monteveglio wieder aufgehoben, doch Mathilde wich ihm aus.

Es trug nicht gerade zur guten Laune des Kaisers bei, als ihn Balduin ohne Umschweife davor warnte, Mathildens angeblicher Bereitschaft zum Frieden Glauben zu schenken. Dagegen stünden ihre geistlichen Berater – Balduin dachte an den Monsignore de la Carmen und dessen fanatische Gegnerschaft – gegen jede Annäherung. Äußerst behutsam gelang es dem Herrn von LeBourg, dem Herrscher die offizielle Haltung der Kirche klarzumachen, nach der einem im Banne Befindlichen jedes Recht zu Absprachen jeglicher Art schlichtweg verweigert wird.

»Mögen die Vereinbarungen auch von Vernunft zeugen und größten Vorteil versprechen« – wider Willen sah sich Balduin in die Rolle des *Advocatus diaboli* gedrängt –, »so nähme doch die himmlische Seele des von einem Exkommunizierten Berührten Schaden, gleich als habe er sich mit dem Teufel eingelassen!«

Herr Heinrich wurde rot vor Zorn, und Balduin musste das Schlimmste befürchten, doch er knickte nicht ein. »Mathilde wird sich nur dem Druck und der Schärfe Eures Schwertes beugen, so wie es des Reiches treuer Marschall Gottfried von Bouillon bisher für Euch ins Feld geführt hat«, sagte er mutig. »Ihm solltet Ihr den Rücken stärken, so wie auch ich meinen Fehler eingesehen habe und heute fest an der Seite meines Vetters stehe! Ich kenne das Natterngezücht, das sich um die Füße der Markgräfin windet, aus eigener, bitterer Erfahrung!«

Der Kaiser war beeindruckt von der kühnen Offenheit des neuen Mannes. Nach kurzer Beratung mit seinem Oberhofmeister stellte er Balduin von LeBourg wohlwollend die Berufung zum neuen Waldgrafen der Ardennen in Aussicht, ohne sich jedoch festzulegen und ohne auf das Ableben des bisherigen einzugehen oder auf Balduins Vergangenheit als Priester. Zu prüfen sei lediglich, ob der Belehung Ansprüche weiterer Glieder der

Familie derer von der Lehburg entgegenstünden. Mit Schrecken kam Balduin sein verschollener jüngerer Halbbruder Berthold in den Sinn, von dem es allerdings hieß, er treibe als Pirat im Mittelmeer sein Unwesen – aber vielleicht war er längst tot? Da der neue Lehnsmann ohne eigenes Truppenaufgebot erschienen, wurde ihm ein Platz in der Entourage des Kaisers zugewiesen.

Mutwillig in die Falle

Auf diese Weise finden wir die Gesuchten nie!«, beschwerte sich Conon de Béthune voller Unmut bei seinem jungen Reisebegleiter. »Fluss für Fluss grasen wir hier in der Ebene die Furten ab, fragen die Fährleute und die Bauern auf den Märkten, während die Dame Maurcade mit ihrer Beute wahrscheinlich längst weiter oben, wo jeder Strom noch schmal, ungehindert solche Hindernisse übersprungen hat!«

Guy d'Abreyville sah den von ihm bewunderten Recken mit gequältem Lächeln an, solcherart Kleinmut enttäuschte den blonden Knaben. »Und?«, fragte er aufsässig zurück. »Sind wir nicht auf Spuren gestoßen? Sie legt Euch eine deutlich erkennbare Fährte, Conon de Béthune!«

»Um uns in die Irre zu führen!«

»Ihr vergesst, dass Maurcade unbedingt von Euch gefunden werden will«, hielt Guy ihm entgegen, »also wird sie schon dafür sorgen, dass Ihr sie einholen und stellen könnt, damit ihre Falle – hinter dem mitgeschleppten Köder Elgaine – endlich zuschnappen –«

»Traut sie mir so viel Torheit zu, dass ich blindlings –?«, unterbrach ihn Conon heftig. »Damit überschätzt sie ihre Fähigkeiten aber gewaltig!«

Guy parierte sein Pferd, eine Unmutsfalte erschien auf seiner Stirn. »Ich habe Euch von Anfang an gewarnt, Conon de Béthune«, entgegnete er dem aufgebrachten Ritter kühl. »Maurcade ist im Vorteil. Wie ich sie kenne, wird sie ihre Vorbereitungen getroffen haben, Ihr hingegen müsst Euch mit dem begnügen, was Ihr vorfindet!«

»Ich verlasse mich auf mein Schwert!« Conon zeigte sich uneinsichtig. »Gleich wie viel Mann an Eskorte die Dame gegen mich aufbietet, ich werde Elgaine heraushauen!«

»Genau das wäre der Fehler!« Guy lachte ihm ins Gesicht. »Als Verhalten voraussehbar und leicht zu berechnen! Wenn Ihr sie überraschen wollt, müsst Ihr Euch schon etwas anderes einfallen lassen.« Conon hörte dem Jüngeren nun doch zu. »Maurcade hat zwar dem düsteren Monsignore de la Carmen versprochen, sich nach Sion zu begeben, wo sie sich einem Beauftragten des Herzogs von der Normandie zum Schiedsspruch stellen soll –«

»Daran wird sich die Dame aber kaum halten!«

»Richtig!«, bestätigte ihm der Knabe mit den kristallen schimmernden Augen. »Sie will sich in Savona nach Frankreich einschiffen, um vermutlich zu Gisors selbst die Entscheidung zu erzwingen!«

Conon hatte endlich begriffen: »Es geht ihr also gar nicht um mich –?«

Guy sah ihn belustigt an. »Hart zu nehmen für einen Mann von Eurem Selbstwertgefühl, Conon de Béthune!«, meinte der Knabe forsch, fügte jedoch rasch hinzu: »Dazu habt ihr natürlich allen Grund! Aber dennoch seid Ihr hier nur Beiwerk, vielleicht ein Teil des Preises, vielleicht ein möglicher Rächer, der jetzt schon vorsorglich ausgeschaltet werden soll, vielleicht auch nur ein Ablenkungsmanöver? Wie schon gesagt, wir sind im Nachteil, wir können nur vermuten und – sollten wir richtigliegen – noch schnell versuchen, angemessen zu reagieren!«

Conon blickte dem Knaben erstaunt in die Augen. »Was lässt Euch eigentlich meine Partei ergreifen, Guy?«, fragte er – in einem Gemisch von Respekt und Misstrauen.

»Schätzt mich nicht falsch ein! Ich bin hier nicht für die Sache von Elgaine, sondern gegen die Dame du Berq!«

»Maurcade ist –«

»Eine nahe Verwandte!«, blockte der Knabe sofort ab. »Zurück zu Eurem Problem: Wenn Ihr Elgaine schützen wollt –«

»Dann sollte ich mich widerstandslos überrumpeln lassen?«, spottete Conon.

»Eine Möglichkeit«, erwiderte Guy nachdenklich, »aber

keine Garantie! Maurcade steht mir an Schlechtigkeit des Charakters kaum nach.«

»Also was?«, fragte Conon ungeduldig.

Der Knabe wies hinunter ins Tal, auf einen Fluss, der von den Bergen kommend zur Ebene drängte. An einer Kate dicht am Ufer, wohl die Hütte des Fährmanns, hielten Reisige, sie waren abgestiegen und umringten eine Kutsche.

»Ich kenne diese Art hochrädriger Reisekisten, sie stammt eindeutig aus dem Besitz der Markgräfin Mathilde! – Viel Glück!« Guy wendete seinen Gaul.

»Wollt Ihr mich denn nicht begleiten?«, entfuhr es Conon enttäuscht.

»Ich will mich lieber nicht mit Euch sehen lassen!«, beschied ihn der Knabe freundlich. »Schon gar nicht ›mitgefangen‹ werden!« Er lachte. »Als frei streunender Wolf kann ich Euch – und Elgaine – nützlicher sein!«

Conon blieb allein auf dem Höhenweg zurück.

Der Vormarsch des kaiserlichen Heeres geriet immer wieder ins Stocken. Kaiser Heinrich, so hieß es, sei unschlüssig über sein weiteres Vorgehen gegenüber der aufsässigen Markgräfin der Toskana. Sie habe sich geweigert, seinen Papst Clemens anzuerkennen, was er zur Bedingung gemacht hatte, und ihm im Gegenzug vorgeschlagen, er solle sich von ›dem Antichristen‹ Wibert von Ravenna lossagen. Das kam für Heinrich nicht in Frage, teils um der Treue willen, vor allem aber, weil er damit die Anerkennung der von Papst Clemens vollzogenen Kaiserkrönung in Gefahr gebracht hätte. Andererseits wollte er Frieden – das war sein Dilemma! Schlimm genug, dass Gottfried von Bouillon, dem er den Oberbefehl über sein Hauptheer anvertraut hatte, in privater feudaler Fehde mit der Markgräfin lag und kein Interesse hatte, den Druck auf Mathilde zu mindern. Die Verhandlungen gingen hin und her. Gerade erst war Papst Urbans Kardinallegat Remy d'Aretin im kaiserlichen Feldlager erschienen und hatte dort, umgeben von stattlichem Gefolge, sein Zelt aufgeschlagen – ein Zeichen, dass auch die Gegenseite sich jetzt bemühte, zu Ergebnissen zu gelangen.

Der Graue Kardinal hatte sofort den Herrn Balduin von LeBourg einbestellt, als er erfuhr, dass sich dieser im Lager Heinrichs aufhielt. Balduin begab sich ungern zu diesem Treffen, doch seine Bedenken erwiesen sich als unbegründet. Der Kardinal machte ihm keinen Vorwurf, sein Priestergelübde gebrochen zu haben, sondern empfing den Abtrünnigen verständnisvoll.

»Ich habe vernommen«, begrüßte er Balduin freundlich, »dass Ihr dem Kaiser Anspruch auf die Waldgrafschaft der Ardennen avisiert habt –«

»Sie steht mir als Erbe zu!«, stellte der Angesprochene sofort klar.

»Als Sohn aus erster Ehe könnte dem so sein«, wiegelte Remy mit betonter Sanftheit ab. »Es sei denn, dass Euer Vater dem Sohn aus zweiter Ehe – zumal Ihr die Priesterweihe erhieltet – den Vorrang gegeben hat.«

»Pah! Der mickrige Berthold? Dieser Kümmerling! Für Herrn Norbert nichts als ein peinsamer Schandfleck der Familie. Außerdem ist er –«

»Berthold ist mir seit langer Zeit zu Diensten, für beide Seiten erfreulich. Er wäre wahrscheinlich bereit, das Amt anzutreten, wenn ich ihn darum bitten würde!«

Balduin war wie vor den Kopf geschlagen. »Ihr wollt mich also als Lehnsträger für die Waldgrafschaft der Ardennen verhindern?«, empörte er sich. »Nur weil ich den Rock des Priesters –?«

»Das habe ich Euch nicht vorgehalten, das müsst Ihr mit Eurem Gewissen ausmachen«, gab Remy zurück, um dann unbeirrt fortzufahren: »Ich könnte den Kaiser genauso gut – und wohl mit Erfolg – dazu überreden, Euch Titel und Lehen zu verleihen –«

Balduin sah dem Grauen Kardinal gefasst ins Auge. »Was, Exzellenz, muss ich leisten, um mich solchen Gunstbeweises zu erfreuen?«

Remy bedachte sich nur kurz. »Ich habe vor, Euch mit einer delikaten Mission zu betrauen, Graf Balduin, die einem Mann von weltlichem Adel besser anstünde als einem Mann der *Sancta ecclesia*! Setzt Euch!«

Balduin gehorchte, der Kardinal ließ Wein bringen.

»Es geht vordergründig um Gisors«, begann Remy d'Aretin. »Ein, wie Ihr wisst, umstrittener Besitz. Zurzeit hält ihn Frankreich. Robert, der derzeitige Herzog von der Normandie, leidet darunter und würde wahrscheinlich viel drum geben, wenn die Festung wieder in normannische Hände gelangte. Wir – der Papst, für den Ihr sprechen dürft, ohne allerdings seinen Namen zu erwähnen – würden dafür sorgen, dass des Herzogs Wunsch in Erfüllung geht –«

»Was verlangt die *Sancta ecclesia* als Gegenleistung?«, unterbrach Balduin, nicht aufsässig, aber mit leichtem ironischem Unterton.

Der Kardinal tat so, als hätte er die Frage überhört. »Zur gegebenen Zeit erwartet der Papst, dass Herzog Robert ihm für ein christliches Unternehmen von noch nie da gewesener Bedeutung und Größe zur Verfügung steht. Kein Krieg gegen Nachbarn, keine gewaltsamen Eroberungen, im Gegenteil: Für die Zeit seiner Verpflichtung garantiert ihm die Kirche Bestand seines Besitzes, sei es gegen Begehrlichkeit seitens des Königs von Frankreich, sei es vor Zugriffen seiner englischen Brüder. Er hat also nichts zu verlieren, sondern höchste Ehre und Glorie Christi zu gewinnen!«

»Damit soll ich ihn ködern?«, fragte Balduin zweifelnd. »Warum sollte er mir Glauben schenken?«

»Ich hoffe, Balduin von LeBourg«, rügte ihn der Kardinal, »dass die Bemühungen des Priesterseminars, Euch Predigt, *orationis gravitas et eloquentia* zu lehren, nicht vergeudet waren!« Remy wechselte zur Milde. »Außerdem tritt die Kirche in Vorleistung – siehe Gisors!«

»Ich werde mein Bestes geben!«, seufzte Balduin, wenig überzeugt.

»Dessen bin ich mir sicher. Der Heilige Vater wird Euch diesen Dienst nicht vergessen, wenn die Stunde gekommen –«, fügte er vielsagend hinzu. »Ihr könntet einer der Bannerträger werden, die dem Aufbruch des christlichen Abendlandes voranschreiten! Weltlicher Lohn fällt dabei immer reichlich ab!«

»Ich bin Euer Mann!«, sagte Balduin, es klang ergriffen. »Lasst mich wissen, wann ich reisen soll.«

»Ich werde Euch schriftliche Vollmacht ausstellen lassen, ich habe hier im Lager jene zwei zuverlässigen Benediktiner aufgetan, die mir schon oft als kunstfertige Skribenten zu Diensten waren. Ihr erhaltet Eure Akkreditierung mit meinem Siegel. Im Übrigen untersteht Ihr mit der Annahme Eures Auftrages von nun an wieder den Geheimen Diensten, deren Regeln Euch ja geläufig sind.«

»*Nec spe, nec metu!*«, erlaubte sich Balduin zu scherzen. »*In primis obsequium in principe!*«

Remy d'Aretin lächelte. »Ich lasse Euch dann rufen!«, und der Graue Kardinal widmete sich wieder seinen Geschäften als Kardinallegat seiner Heiligkeit Papst Urban.

Ein junger Bursche mit ungewöhnlich weißblondem Haar bahnte sich aufgeregt seinen Weg durch die Zeltgassen des kaiserlichen Heerlagers. Sein Verhalten musste schon deshalb auffällig erscheinen, weil es im völligen Kontrast zu der Trägheit stand, mit der das Heer seit Tagen verharrte. Es war, als hätte eine Lähmung Kaiser Heinrich ergriffen – vielleicht die Strafe Gottes für seine üble Verstocktheit? Guy d'Abreyville konnte von Glück sagen, dass er nicht irgendwelchen Bütteln in die Arme rannte, sondern zwei Benediktinermönchen, einem langen Hageren und einem pausbäckigen kleinen Dicken.

»Wo find' ich, werte Herren *Fratres benedicti*«, erkundigte sich der Knabe, »Seine Exzellenz, den Kardinal Remy d'Aretin?«

Die beiden betrachteten verdutzt die seltsame Erscheinung mit den aquamarinfarben schimmernden Augen, die sie sofort in ihren Bann schlugen.

Der lange Vocat raffte sich schließlich auf. »Meint Ihr, der Vielbeschäftigte wartet auf jemanden wie Euch?«

Der rundliche Angel zeigte sich entgegenkommender. »Ihr dürft uns folgen«, lud er Guy freundlich ein. »Wir sind gerade auf dem Weg zu ihm!«

»Meine werten Meister der Feder!«, begrüßte der allmächtige Graue Kardinal leutselig die zwei Chronisten, als sie zusammen mit dem jungen Mann, der sich ihnen nicht vorgestellt hatte, vor Remy d'Aretin standen. Zu ihrer Überraschung wandte sich der Kardinal gleich an den blonden Engel. »Wo brennt's im eisigen Feuer Eurer Hölle, Guy d'Abreyville?«, fragte er spöttisch, es klang aber auch nach Vertraulichkeit.

»Maurcade hat die Abwesenheit der Markgräfin benutzt«, sprudelte der Knabe los, »und ist unter Mitnahme der gefangenen Elgaine de Gisors aus Canossa entwichen!«

»Das war über kurz oder lang zu erwarten!« Der Kardinal schien die Nachricht auf die leichte Schulter zu nehmen.

»Leider hab' ich mich vom Mitgefühl für die Gefangene bewegen lassen, Conon de Béthune zur Hilfe herbeizurufen –« Guy d'Abreyville senkte schuldbewusst seinen blonden Lockenkopf.

Remy bedachte kurz die Situation. »Das war zwar so nicht in meinen Plänen vorgesehen«, beschied er den Knaben, »ist aber vielleicht auch nicht falsch: So wissen wir also unseren Helden sicher hinter Schloss und Riegel zu Canossa.«

»Sicher?«, wagte Guy nachzufragen, und das Lächeln des Grauen Kardinals verschwand.

»Monsignore de la Carmen, der Maurcade mit gewissem Abstand gefolgt ist, wird ihn dort abliefern, wo er – und das gefällt mir – mit Astair de Saissac zusammentreffen wird –«

»Verzeiht mir, großer *Caput canis*«, begehrte Guy auf, »aber ich traue Eurem Monsignore nicht über den Weg.«

»Lernt daraus, lieber Guy, ein erkannter Falschspieler ist berechenbarer als ein gutmeinender Laie!«

»Ich widerspreche Euch, Maestro«, entgegnete Guy unbelehrbar. »Wenn einer erkennt, dass sein falsches Spiel durchschaut ist, vermag er in seiner Verzweiflung ebenso blindwütig um sich zu schlagen und zu beißen wie ein angestochener Gutmensch, nur eben bösartiger!«

Remy sah seinen jungen Eleven nachdenklich an. »Ich will mich Euren Instinkten nicht versagen, Guy d'Abreyville, Ihr seid mit dem Höllenfeuer in den Abgründen menschlicher Seelen vertrauter als jeder Kleriker in den Geheimen Diensten der Kirche.«

Der Kardinal nestelte ein seltsam geformtes Amulett, eine Art Lilie, von seiner Brust, das zuvor in den Falten seines Gewandes verborgen gewesen war, und reichte es Guy. »Gebt dies Mathilde mit meinem ausdrücklichen Wunsch, dass bis zu meinem persönlichen Erscheinen – das Ihr schon mal ankündigen sollt – den Herren Astair de Saissac und Conon de Béthune kein Haar gekrümmt werden darf!«

Guy presste den flachen Stein kurz an seine Lippen, bevor er ihn in seiner Tasche verschwinden ließ. Ohne ein weiteres Wort wurde der junge Bursche entlassen, und der Graue Kardinal wandte sich den beiden Chronisten zu.

»Abgesehen von einer offiziösen, also höchst pompösen Vollmacht für den Grafen von LeBourg zur Vorlage beim Herzog Robert von der Normandie, die Ihr mir bitte gleich ausstellen wollt« – der Kardinal wies Angel und Vocat ein Schreibpult zu –, »habt ihr ja bereits Kontakt zu der hier eingetroffenen Cantar aufgenommen.« Die Mönche nickten bestätigend. »Ihre Anwesenheit im kaiserlichen Feldlager war keineswegs vorgesehen!« Der Kardinal sah die beiden streng an. »Genauso wenig wie die Eure! Wer hat Euch gestattet, den zugewiesenen Posten zu Sion zu verlassen?!«

Die ungleichen Chronisten drucksten herum, schließlich gab der dicke Angel sich einen Ruck. »Bischof Gosbart wollte uns loswerden – töten!«, fügte er empört hinzu. »Weil wir Zeugen waren all seiner Intrigen, die er spann, seitdem Ihr, Remy d'Aretin, Sion verlassen!«

»Er wies Euren Monsignore de la Carmen an, uns um die Ecke zu bringen!«, bekräftigte Vocat trotzig. »Dieser unschönen Aussicht haben wir uns entzogen!«

Der Graue Kardinal sah sie belustigt an. »Soll nicht wieder vorkommen, meine tapferen Ritter der spitzen Feder!«, versprach er und wurde ernst. »Diesmal bin ich es, der Euch beauftragt, und zwar mit dem persönlichen Schutz des Leibes der Erbin von Sion«, verkündete er ihnen dann, wobei er den hageren Vocat streng ins Auge fasste. »Cantar ist schwanger. Ihr werdet sie zurückbegleiten, bis hinein in das Kastell von Sion, und dort meiner weiteren Aufträge harren.«

Remy wandte sich dem kleinlaut gewordenen Dicken zu. »Ihr haftet mir beide mit Eurem schütteren Haarkranz für die glückliche Heimkehr der Präfektin des Wallis!«

»Und Gosbart?«, fragte Angel ängstlich. »Wird er –?«

»Vergesst ihn!«, beschied der Graue Kardinal mit kaltem Fingerschnippen die Benediktiner, »und nun an die Arbeit!«

Conon de Béthune ließ sein Pferd durch das dichte Unterholz des bewaldeten Hügels traben, zu dessen Füßen er von oben den reißenden Gebirgsfluss hatte austreten sehen. Er wollte den steinigen Pfad vermeiden, weil dieser sich zumeist als Hohlweg nach unten schlängelte und er befürchtete, dass ihm dort ein Hinterhalt gestellt sein könnte. Dagegen rechnete er sich aus, auf diese Weise womöglich ein Überraschungsmoment für seinen Angriff zu erhalten. Unter ihm kamen die Kate und das Flussufer zwischen den Bäumen in Sichtweite – und da war keine Menschenseele mehr zu sehen, keine Kutsche, keine Pferde und Reiter, nichts! Vorsichtig ließ er sich von seinem Gaul gleiten. Das roch arg nach Falle! Bewegungslos verharrte er im Unterholz und beobachtete aufmerksam die Umgebung des Fährhauses. Einzig die Fähre selbst, eine Art Floß aus zusammengebundenen Baumstämmen, schaukelte zwischen den Steinen am Ufer. Es hing an einem Tau, das über das tosende Wasser hinweglief, in der Mitte sogar eintauchte, um dann drüben irgendwo festen Halt zu haben. Nichts rührte sich.

Conon nahm sein Ross am Zügel und stieg vollends hinab, bis er vor dem kurzen Steg stand, an dessen Ende sich die schlichte Hütte auf Pfählen erhob. Ihm war unwohl zumute, er liebte es, seinem Gegner ins Auge zu sehen. Argwöhnisch beäugte er die verschlossene Tür. Eine unbestimmte Angst stieg hoch, schnürte ihm den Hals ab. Er sah sich die Brettertür eintreten – und vor ihm hing gespenstisch vom Deckenbalken herab der strangulierte Körper Elgaines! Nein! Das würde die Teufelin nicht wagen – aber sich selbst könnte sie womöglich anbieten? Vor seinem Auge rekelte sich der nackte Leib dieser Maurcade du Berq, die er als kleiner Junge nur einmal kurz erlebt hatte, als sie zu Elgaines geplatzter Verlobung auf Gisors erschienen war.

Er stellte sich ihre schwarzgekräuselte, höllische Scham vor, ihre schneeweiße Haut, ihre Augen! Wo hatte er dergleichen schon einmal erblickt? Guy d'Abreyville! Seine Augen glichen genau den ihren mit jenem bläulichen, kristallenen Schimmer und der brennenden Eiseskälte, die von ihnen ausging! Deswegen wusste dieser Bursche alles über Maurcade, weil er war wie sie! Ein Schauer durchfuhr Conon. Hasste Guy sie deswegen so glühend?

Oder würde er beide Frauen finden? Elgaine und Maurcade, vor seinen Blicken schamlos verknäult in wilder Lust? Er musste sich endlich Klarheit verschaffen!

Conon riss sein Schwert aus der Scheide und stürmte vor gegen die Holztür, die Bretter splitterten, als er sich mit der Schulter dagegenwarf, er stolperte in den halbdunklen Raum: nichts! Außer den paar armseligen Habseligkeiten des Fährmanns, das Stroh am Boden, eine irdene Schüssel, ein Kescher – ernüchtert trat Conon wieder ins Freie. Dann würden sie eben bei der nächsten Fährstelle oder Furt auf ihn warten. Wahrscheinlich hatte Maurcade die Geduld verloren und war genau in der Zeit, die er für seinen Abstieg brauchte, übergesetzt und hatte den Fährmann mitgenommen? Das sah dann mehr nach Flucht aus und sollte ihn vermutlich kirre machen. Am geschicktesten wäre es, er würde sie heimlich überholen und – vielleicht als Fährmann verkleidet – Maurcade und ihre mitgeschleppte Beute beim nächsten Flussübergang selber überraschen.

Behutsam führte er seinen Gaul auf das schwankende Fährfloß und griff nach dem Seil, das durch zwei primitive, mit Ösen bestückte Tripoden am Anfang und am Ende der Konstruktion hindurchlief. Langsam zog er sich samt dem Floß an dem Seil hinaus in den Fluss. Die Strömung ließ das Gefährt bedenklich schaukeln, drückte die stromaufwärts gelegene Seite immer wieder hoch in gefährliche Krängung, ständig bereit, das Floß samt Ross und Reiter umzustülpen. Conon schaute konzentriert nach vorn, hangelte sich Elle für Elle das Tau entlang – er hatte schon die Mitte des Stromes erreicht, als er im Dickicht des gegenüberliegenden Ufers glaubte, die gesuchte Kutsche zwischen dem Blattwerk zu entdecken. Da war sie also, die lang erwartete Falle! Eine Art Glücksgefühl durchströmte Conon, ungeachtet aller auf ihn lauernden Gefahren: Es ging um Elgaine!

Er hielt einen Moment inne – und glitt plötzlich wieder rückwärts. Energisch griff er in das Halteseil, aber der Zug nach hinten war stärker! Ungläubig wandte er sich um: Mehrere stämmige, schwerbewaffnete Knechte zerrten die Fähre zurück zum Ufer, sie taten es gekonnt im Takt. Hinter ihnen erhob sich die düstere Gestalt des Monsignore de la Carmen. Seine Züge blieben undurchdringlich, auch als das wehrlose Opfer jetzt eingeholt war.

»Werft Euer Schwert ans Ufer, Conon de Béthune«, rief er ihm zu, als dieser in Hörweite gekommen war. »Leistet keine Gegenwehr! Ihr seid Gefangener der Markgräfin!«

Conon sah ein, dass er hier, zumal auf dem schwankenden Floß, keine Chancen hatte. Einige der Knechte hatten auch schon ihre Bögen von den Schultern genommen und in die Köcher gegriffen. Gut, er konnte versuchen, sich in den reißenden Fluss zu werfen und schwimmend zu entkommen – Elgaine wäre damit kaum gedient! Für sie musste er sein Leben erhalten. Conon warf sein Schwert zwischen die Ufersteine, dem Monsignore vor die Füße, und führte sein Pferd von der Fähre, die ihm kein Glück gebracht. Sie fesselten ihm die Hände so, dass er noch die Zügel halten konnte, nahmen ihn in ihre Mitte, und der Trupp setzte sich in Bewegung.

»Nach Canossa!«, wie ihn der Monsignore de la Carmen grimmig wissen ließ. Insgeheim ärgerte sich der erfahrene Geheime, denn am liebsten wäre es ihm zweifellos gewesen, Conon auf Maurcade gehetzt zu sehen. Doch eine innere Stimme warnte ihn vor der Niedertracht der Maurcade du Berq. Hätte sie – wie auch immer – den Helden, einen reinrassigen Normannen väterlicher- wie mütterlicherseits, in die Finger bekommen, wäre das Leben der Elgaine keinen Pfifferling mehr wert gewesen! So biss der Monsignore in den sauren Apfel und machte sich daran, seinen Auftrag ordnungsgemäß zu erfüllen.

Maurcade hingegen konnte nun ungehindert mit Elgaine,

ihrem kostbaren Fang, auf Gisors zuhalten, und das würde sie jetzt zweifellos! Sie war nie ernsthaft gewillt gewesen, sich irgendeinem Schiedsspruch zu unterwerfen! Eine wie Maurcade konnte nur von des Schwertes Schärfe davon abgehalten werden, eine einmal geschlagene Beute wieder fahrenzulassen.

Die Helden

Unschlüssig bewegte Kaiser Heinrich sein Heer durch das ihm feindliche Land der Markgräfin Mathilde. Er hatte es bisher nicht einmal für nötig befunden, seine Truppen mit der von Gottfried von Bouillon geführten Hauptstreitmacht zu vereinen, die in respektvoller Distanz zu Canossa seit Monaten ihr Lager aufgeschlagen.

Der päpstliche Kardinallegat Remy d'Aretin hatte ihn wieder verlassen, um des Kaisers Angebot der Markgräfin zu unterbreiten. Remy hatte die Hoffnung durchscheinen lassen, dass Mathilde im Gegenzug zur kaiserlichen Zusage, sie ›auf immer und ewig‹ in ihrem Besitz der Toskana zu bestätigen, ihre Feindseligkeit einstellen würde. Doch kaum war Remy d'Aretin weggeritten, brachten Boten Mathildens ein Schreiben, in dem die Markgräfin darauf bestand, dass Papst Urban den Stuhl Petri zu Rom unangefochten behalten müsse, sonst fände ihre Seele nicht den gewünschten Frieden vor Gott. Heinrich war außer sich. Ohne auch nur Verbindung mit seinem Marschall Gottfried aufzunehmen, befahl der Kaiser trotzig den weiteren Vormarsch in die sich vor ihnen erhebende Gebirgskette des Apennins.

Der Monsignore Alfons de la Carmen traf mit seinem Gefangenen, dem Ritter Conon de Béthune, auf Canossa ein.

Damit sah er seinen Auftrag als erledigt an. Conon, der Held des Kaisers, war ausgeschaltet worden, und Maurcade befand sich weit genug abseits und zudem hinter den Linien des kaiserlichen Heeres, so dass ihre Reise in den Norden Frankreichs durch nichts mehr gefährdet war.

Mit Besorgnis stellte der Monsignore fest, dass die Markgräfin Mathilde vom Anwerben neuer Truppen noch immer nicht zurückgekehrt war. Auch in der südlichen Toskana, vor allem in Siena und Arezzo, ließ sie alle wehrfähigen jungen Männer ausheben, zur Verteidigung ihres Landes gegen den herannahenden Kaiser. De la Carmen nutzte das Fehlen ihres strengen Regimes, um beim Burgvogt durchzusetzen, dass Conon – genau wie der bereits inhaftierte Astair de Saissac – im tiefsten Kerker der Festung weggeschlossen wurde. Auch wenn der ursprüngliche Auftrag der Markgräfin zur ›Beschaffung‹ von Conon an Maurcade ergangen und es letztlich nur ihrer List zu verdanken war, dass der ruhmreiche Ritter schließlich in die Falle stolperte, wünschte der Monsignore den Erfolg des Unternehmens an die eigenen Fahnen geheftet zu sehen. Er kümmerte sich persönlich darum, dass den beiden Eingekerkerten die Eisen fest angelegt wurden, damit jeder Gedanke an einen spektakulären Ausbruch bereits im Keim ersticken sollte. Ein solches Signal hätte eine fatale Wirkung gezeitigt und genau das Gegenteil von dem ausgelöst, was Mathilde mit dem gelungenen Coup erreichen wollte.

Der Wagen von Cantar rollte am Ende des kaiserlichen Heeres im Tross. Sie saß auf dem Kutschbock, eingerahmt von den beiden Benediktinermönchen *Angelus vigilans* und *Vocator diaboli*, den Chronisten von Sion. So hatten sie sich ihr vorgestellt, und Cantar fand die Namen passend und die beiden so grundverschiedenen *Fratres* eine höchst angenehme, ja willkommene Reisebegleitung. Ihr jedenfalls lieber als jene deutsche Eskorte, die sich bei ihrer Ankunft im Heer sofort verflüchtigt hatte. Es galt nun, sich so weit zurückfallen zu lassen, dass es nicht mehr auffiel, wenn sich der unscheinbare Karren vom Tross absetzte. Doch dann geriet der Vormarsch ins Stocken, vor ihnen entstand Unruhe, immer lauter, immer heftiger.

Rufe wie »Canossa!« waren zu vernehmen. Sie trieben die beiden Zugpferde eine Anhöhe hinauf. Vor ihnen, auf der gegenüberliegenden Seite, erhob sich die mächtige Festungsanlage. Der Kaiser, wohl selbst überrascht, sich jählings mit seiner Schicksalsburg konfrontiert zu sehen, musste spontan den

Sturmangriff befohlen haben. Cantar und die beiden Chronisten sahen, wie die mitgeführten Katapulte in Stellung gebracht wurden, wie kleine Trupps bereits hastig mit langen Leitern vorwärtsrannten, bevor noch die riesigen Belagerungstürme mit ihren mauerbrechenden Rammböcken herbeigeschafft waren.

Doch die Mauern der Festung waren nicht unbemannt. Die drei einsamen Beobachter konnten zwar auf die Entfernung keine Verteidiger auf den Zinnen ausmachen, aber die vorwärtsstürmenden Leitern begannen zu wanken, fielen zu Boden, ein Pfeilhagel musste die Bedienungsmannschaften niedergestreckt haben, die ihnen beutelüstern und zügellos nachfolgenden Trupps von Fußsoldaten verklumpten oder fluteten zurück.

»Das sieht nicht nach einem Überraschungssieg aus!«, beschied der hagere Vocat sarkastisch seinen bereits bibbernden Gefährten.

Cantar war ruhig geblieben, und ihre kühle Überlegenheit teilte sich auch den Mönchen mit. »Wir sollten schleunigst von hier verschwinden«, sagte sie, »bevor wir von einem möglichen Strudel allgemeiner Flucht erfasst werden.«

Sie wendeten den Karren und trieben die Pferde an, sich gegen die vereinzelt immer noch vorwärtsdrängenden, hochbeladenen Fuhrwerke durchzusetzen.

Der Markgräfin Mathilde war es in letzter Minute gelungen, in ihre Burg hineinzuschlüpfen, bevor der ungestüme, oft wütende und dann doch wieder halbherzig wirkende Angriff Heinrichs gegen deren Mauern brandete. Mit ihr waren die herangeführten Verstärkungen vollständig und unangefochten in die Festung gelangt. Noch außer Atem, belobigte Mathilde den alten Burgvogt ob der hervorragenden Organisation der Verteidigung.

Der Monsignore de la Carmen drängte sich heran. »Ich habe für Euch diesen Conon gefangen!«, heischte er ebenfalls Anerkennung. »Der von den Deutschen so gerühmte und begehrte Ritter schmachtet bereits im tiefsten Kerker von Canossa.«

»Was nützt das mir jetzt noch!«, schalt ihn die Markgräfin ungehalten.

»Soll ich ihn – aufhängen?«, schlug de la Carmen maliziös vor. »Da sieht der Antichrist gleich –«

»Was sieht er da?« Mathilde kam eine bessere Idee. »Hängt sie vor die Mauern, lebend!«, befahl sie ihrem Vogt.

Der Monsignore frohlockte: »So fangen sie in ihrer Todesangst als brüllende Schutzschilde die Pfeile der anstürmenden Teufel ab!« Wie herbeigerufen, schob sich stumm Guy d'Abreyville in den Kreis, eine Erscheinung, angesichts derer der Monsignore sofort ein Kreuz schlug.

Der blonde Engel mit den eisblauen Augen nahm keine Notiz von ihm, sondern ließ mit verstohlener Handbewegung die Markgräfin das Signum des Grauen Kardinals sehen.

Mathilde zuckte zusammen, unmerklich für die sie Umstehenden. »Da uns in Kürze der Kardinallegat unseres Heiligen Vaters mit seiner Anwesenheit beehren wird«, verkündete sie mit gefasster Miene, »will ich die Entscheidung über das Schicksal der beiden Ritter in seine Hände legen.« Sie befahl ihrem Vogt: »Holt sie herauf und führt sie vor mich!« Ihr war nicht entgangen, dass ihre Ankündigung beim Monsignore Wirkung gezeigt hatte; sie schob es allerdings auf die allzu strenge Behandlung, die er den beiden Eingekerkerten hatte angedeihen lassen, als er sie in Eisen werfen ließ.

Doch es war kein schlechtes Gewissen des Alfons de la Carmen. Guy war nicht entgangen, welcher Schrecken dem Monsignore in die Glieder fuhr, als er von der unmittelbar bevorstehenden Ankunft des *Caput canis* vernahm. Gelinder Spott kräuselte die ebenmäßigen Züge des eiskalten Engels, er würde den verunsicherten Verräter nicht mehr aus den Augen lassen. Noch hatte er für ihn kein Mandat, aber er wusste, die Tage des Alfons de la Carmen waren ebenso gezählt wie die des Gosbart zu Sion. Er kannte das geringschätzige Schnippen seines Meisters. Gegen die tödliche Schärfe dieses Verdikts war die in den Geheimen Diensten übliche Formel *N. E. C.* – die Aufforderung, den Überbringer einer Botschaft zu beseitigen –, eine vergleichsweise freundliche Empfehlung.

Jenes ›Feu de Lis‹, das Erkennungszeichen der höchsten Gewalt der Geheimen Dienste, hatte Guy nicht – wie ihm geheißen – Mathilde überlassen, sondern einfach einbehalten. Das war klarer Ungehorsam! Nun brannte das steinerne Siegel wie glühendes Eisen durch den Stoff seiner Tasche auf seiner Haut. Es jetzt herauszuzerren wagte Guy erst recht nicht mehr! Er sah das in den Stein gekerbte Bild vor sich, es war kein Kreuz, sondern ein brennender Dolch, der einer Lilienblüte entstieg. Er, Guy d'Abreyville, musste diesen *Lapis* besitzen, von nun an sollte er ihm als sein *Signum* dienen!

Conon und Astair wurden, von Wachen umringt, von ihren Ketten jedoch befreit, in den markgräflichen Gerichtssaal geführt. Sie neigten sich stumm vor Mathilde, nicht mehr als ein Nicken ihrer gefährdeten Köpfe. Vor den Mauern von Canossa wogte noch immer der Kampf gegen die kaiserlichen Truppen, die im Vertrauen auf ihre Übermacht immer wieder gegen die Burg anrannten, nachdem sie sich von dem ersten Schrecken der nicht erwarteten erbitterten Gegenwehr der Verteidiger erholt hatten. Mathilde hatte keinen Blick auf das Geschehen, aber sie vernahm verärgert und gereizt den Schlachtenlärm.

»Eigentlich solltet ihr hängen!«, eröffnete sie grimmig den beiden vor ihr Stehenden. »Doch da ich mich entschlossen habe, meinem Vetter Heinrich die Lust, mich zu belästigen, durch einen Ausfall auszutreiben, stelle ich an euch, edle Herren, die Frage, ob es euch nicht besser munden würde, auf dem Schlachtfeld den Tod zu finden als von der Hand des Henkers?« Conon und Astair wechselten belustigte Blicke ob dieser Unverfrorenheit, sagten aber nichts. »Selbstverständlich erwarte ich von euch ein Ehrenwort, dass ihr diese Gelegenheit, mir gegen meine Feinde beizustehen, nicht zur schnöden Flucht missbraucht – ebenso wie ich euch meines gebe, dass ihr, nach erfolgreicher Schlacht in die Burg zurückgekehrt, freie Männer seid. Auch winkt euch reiche Beute, wie jedem Ritter hier im Saal, der sich tapfer für meine Sache und die unseres Heiligen Vaters schlägt.«

Nach diesen Worten der Mathilde herrschte gespanntes Schweigen im Saal, die Markgräfin ließ den so kühn Geforderten Zeit für ihre Antwort. Conon machte sich zum Sprecher. »Astair de Saissac« – er wies mit galanter Geste auf seinen Gefährten –

»nimmt als *camerlengo Papae* Eure Einladung mit Freuden an. Ich für meinen Teil kann mein Schwert nicht gegen den edlen Herrn erheben, in dessen Diensten ich stehe – ich meine Euren Vetter Gottfried von Bouillon!« Mathilde schwieg eisern, und alle im Saal hielten den Atem an, was Conon zwang – seiner eindeutigen Aussage zum Trotz – fortzufahren: »Ich bin jedoch bereit, mich Eurer Bedingung der Rückkehr auf Ehrenwort zu unterwerfen und meinen Gefährten Astair de Saissac in die Schlacht zu begleiten, zu seinem Schutz, womit sich seine Chance erhöht, lebend zu Euch zurückzukehren!«

»Ihr traut mir wenig zu, Conon de Béthune!«, grollte der solcherart bevormundete Astair.

Mathilde griff ein. »Es könnte ja auch umgekehrt kommen, edler Conon«, rügte sie den Helden, »und Astair de Saissac, der als Meister aller Hieb- und Stichwaffen gilt, muss Euch aus dem Kampfgetümmel bergen, damit Ihr mit dem nackten Leben davonkommt!« Damit hatte Mathilde ihre Zustimmung zu dem Einsatz der beiden Ritter erteilt. Beifall brandete im Saal auf.

Der Ausfall der Besatzung von Canossa, verstärkt durch die Sienesen und Aretiner und angeführt von Astair de Saissac, dem Sohn des berühmten Söldnerführers Berenguer, erfolgte überraschend wie der Ausbruch eines Vulkans und derart geballt, dass die kaiserlichen Sturmtruppen, die schon unter den Mauern kämpften, in Panik die Flucht ergriffen. Sie ließen ihre Leitern fahren, die Steinschleudern und Rammböcke stehen und rissen binnen kürzester Zeit das gesamte Heer mit sich, wie eine durch Seebeben ausgelöste Flutwelle, die alles ihr im Weg Befindliche fortspült. Die ersten Ausläufer rasten so schnell durch das hügelige Land, dass sie sogar noch den Karren von Cantar und die beiden Mönche überholten, die sich gerade anschickten, den Po zu überqueren, um, dem Lauf seiner nördlichen Quellflüsse folgend, endlich Sion im Wallis wieder zu erreichen.

In die Verlegenheit, Astair inmitten des Getümmels beispringen zu müssen, kam Conon nicht, hingegen packte ihn selber unversehens wilde Kampfeslust. Conon konnte sich einfach nicht zurückhalten, wenn um ihn herum die Schwerter klirrten! Als fremder Ritter kämpfte er mit geschlossenem Visier, damit ihn auf der Seite der Deutschen keiner erkennen sollte, und dennoch gingen nach der Schlacht reichlich Geschichten durch das Land, die von der großmütigen Tapferkeit des Unbekannten zu erzählen wussten, der keinen der von ihm Besiegten verletzte, sondern ihnen nur die Waffe abnahm. Conon hatte ein stattliches Bündel erbeuteter Schwerter und Spieße geschultert und befand sich schon auf dem Rückzug, als er Astair de Saissac erblickte. Fasziniert starrte der Fechtmeister auf ein Häuflein Ritter, das sich um des Kaisers Banner scharte, um es vom Schlachtfeld in Sicherheit zu bringen. Ein kurzes Nicken gegenseitigen Einverständnisses, und sie preschten beide – von verschiedenen Richtungen herangaloppierend – mitten in den völlig abgekämpften und jetzt auch noch überrumpelten Haufen. Die Deutschen glotzten verwirrt den merkwürdigen Ritter an, der mit Schwung und ohne jede Erklärung einen Berg Schwerter vor ihnen auf den Boden warf. Während sie noch rätselten, war Astair schon herangefegt, hatte mit einem gezielten Schwertschlag die Fahnenstange durchgehauen, und das kaiserliche Bannertuch sank dem fremden Ritter quasi in den Schoß. Conon ließ sein Pferd steigen, Astair hatte gewendet und bedrohte die erst erschrockenen, dann erbosten Hüter der Fahne nun schon wieder mit seinen Streichen. Der gewaltige Hieb, der das Holz durchtrennt hatte wie die Sense den Halm, hatte seinen Eindruck hinterlassen – Conon nutzte die Ablenkung, um aus dem Ring auszubrechen, die Fahne fest an sich gepresst!

Astair sprang ihm zur Seite, Conon überließ ihm geschickt und unbemerkt das symbolträchtige Tuch und zog die wilde Meute der verzweifelten Deutschen auf sich. Doch als sie Astair in der Ferne spöttisch mit ihrer Fahne winken sahen, ließen sie von weiterer Verfolgung ab.

Conon und Astair trabten auf Canossa zu, als sie eine über das verlassene Schlachtfeld hastende, hagere Gestalt erblickten, die sich zwischen den umgestürzten Karren und Katapulten zu verbergen suchte. Trotz der tief in die Stirn gezogenen Kukulle erkannten sie den Monsignore, der offensichtlich das Weite suchte. Er musste für seine heimliche Flucht eine geheime Ausfallpforte in der Mauer benutzt haben, denn sie entdeckten beim Näherkommen in der noch offenen Tür den blonden Knaben, der sie erwartete.

»Das ist Guy d'Abreyville!«, klärte Astair unnötigerweise den Gefährten auf. »Ich selbst habe ihm das Kämpfen mit einem Schwert beigebracht – in der tückischen Handhabung seines Dolches bedurfte der Bursche keiner Lehrstunde mehr!«

Conon de Béthune und Astair de Saissac hatten mit Guys Hilfe stillschweigend ihre Kerkerzellen wieder bezogen. Als die Markgräfin davon erfuhr, begab sie sich persönlich in die Grüfte von Canossa, die sie zuvor nie betreten hatte. Sie bat die Ritter herauszukommen, um oben auf der Burg ihre Gäste zu sein.

»Macht von unserer kleinen Lockerungsübung bitte kein Aufhebens«, bedankte sich Astair de Saissac artig, doch Conon mochte sich eine winzige Spitze nicht verkneifen: »Als *Camarlingi* des Heiligen Vaters taten wir nicht mehr als unsere christliche Pflicht!«

»Wie?«, entfuhr es Mathilde. »Ihr seid tatsächlich –? Der Monsignore behauptete, solche Bestallung habe nie stattgefunden, alles sei nur erstunken und erlogen!«

»Der muss es ja wissen!«, knurrte Astair empört.

»Der weiß es genau und will es nicht wahrhaben!«, verbesserte ihn Conon. »Es gibt Diener in den Diensten der Kirche, die versessen darauf sind, bessere Wege zu wissen als ihr *Pontifex*!«

»Besessen von ihrer eigenen Unfehlbarkeit wie andere vom Satan!«, entschuldigte sich Mathilde. »Unser Freund und Gönner, der Kardinallegat Remy d'Aretin, wird Euren großherzigen Einsatz gewiss –«

»Lasst es gut sein!«, sagte Astair würdevoll und überreichte ihr stumm das erbeutete Banner des Kaisers. Mathilde gelang es nicht zu triumphieren, von ihren Gefühlen überwältigt, brach sie in Tränen aus.

San Gorgò

Maurcade du Berq hatte dafür gesorgt, dass ihre Gefangene unterwegs weder fliehen noch auf sich aufmerksam machen konnte. Wie eine Mumie in weiße Laken gehüllt, saß Elgaine in der Kutsche. Dass ihr unter dem Tuch die Arme eng an den Leib gefesselt waren, sah man nicht. Auch unterhalb der Knie hinderte sie ein Gurt, ihre Beine frei zu bewegen, nur die Füße schauten unter dem Stoff hervor. Auch vor dem Gesicht trug sie Tuch, so wie es von Seuchen befallene Kranke tun, damit niemand mit ihrem giftigen Atem in Berührung kommt. Deshalb blieb einem oberflächlichen Blick in die Kutsche auch der Knebel verborgen, der Elgaine nur gestöhnte, geröchelte Laute gestattete. Die Dame Maurcade war kein Unmensch. Wenn die Kutsche über einsame Straßen rollte, lockerte sie schon mal die Stricke oder löste den Knebel.

Die große Hafenstadt Genua hatten sie weiträumig umgangen. Die genuesischen Pfeffersäcke liebten es nicht, wenn verschlossene Kutschen ihre Zollposten unkontrolliert zu passieren suchten – es hätte in ihnen ja Waren transportiert werden können, die unter das Handelsmonopol der Seerepublik fielen. Ansonsten blieb die Insassin vor neugierigen Blicken geschützt, da genügten schon ein paar bedrückt gemurmelte lateinische Brocken, die nach hochgelehrtem Medicus und furchtbar ansteckender Krankheit klangen – und wenn das nicht reichte, bedurfte es nur der Aufforderung, die arme, infizierte Person zu untersuchen. Davor war noch jeder Brückenwächter zurückgeschreckt!

So näherte sich Maurcade mit ihrem knappen Dutzend Diener und Knechte, die keinen Schritt von der Kutsche wichen, von den Bergen her dem kleineren Hafen von Savona. Schon von weitem glaubte sie das Schiff zu erblicken, das der Monsignore unwillig hierher bestellt hatte. Alfons de la Carmen hatte eine solche Maßnahme als völlig unnötig, ja übertrieben angesehen, felsenfest davon überzeugt, Maurcade würde sich sowieso nach Sion begeben und das ganze Gerede und Getue um Savona diene nur dazu, eine falsche Spur zu legen. Jetzt hatte sie ihn ausgetrickst!

Ihr Frohlocken erstarb allerdings, als sie des Seglers der Geheimen Dienste aus nächster Nähe ansichtig wurde. Neben dem Capitan stand breitbeinig: Berenguer! Sie hatte den Söldnerführer lange nicht mehr zu Gesicht bekommen – attraktiver war der Glatzkopf wahrlich nicht geworden! Da er sie nur blinzelnd betrachtete und ansonsten nicht erkennen ließ, dass sie einander von früher kannten, beließ auch Maurcade es dabei. Die Begrüßung verlief nahezu wortlos. Ärger gab es nur, als er ihrer Eskorte den Zutritt an Bord verwehrte, nachdem die Kutsche samt Inhalt schon auf das Deck gehievt war.

»Ihr bedürft dieses Schutzes nicht länger«, beschied sie knarzig der Söldnerführer. »Für die Gewährleistung der Sicherheit auf Eurer Weiterreise stehen die Dienste ein!«

Maurcade du Berq war bei der Erwähnung dieser ominösen Organisation zusammengezuckt, siedend heiß fiel ihr die Warnung de la Carmens ein – zu spät! Sie musste sich fügen und ihre Begleitmannschaft nach Canossa zurückschicken.

Kaum hatte der Segler abgelegt, verlangte Berenguer einen Blick ins Innere der Kutsche zu werfen. Ihm gegenüber wäre die Maskerade sinnlos gewesen. Maurcade kroch also zähneknirschend in den stickigen Kasten, löste Elgaine die Fesseln und schob sie auch gleich ins Freie. Womit sie nicht gerechnet hatte, war, dass Elgaine wortlos umfiel, kaum dass sie die frische Meeresbrise geatmet hatte. Berenguer verzog keine Miene, befahl, die Ohnmächtige mit kaltem Wasser wieder ins Leben zu rufen, und ließ sie dann in die Capitanskajüte tragen. Elgaine hatte keinen Ton von sich gegeben. Um sicherzugehen, forschte Maurcade den Glatzkopf aus.

»De la Carmen hat Euch gesagt«, heischte sie zu wissen, »wohin die Reise geht? Ihr habt uns nach Gisors zu bringen!« – »Wir sind informiert«, gab Berenguer brummig Bescheid. Es klang durchaus gutmütig.

Der Segler unter Berenguer mit Maurcade du Berq und Elgaine de Gisors als Gäste an Bord war noch nicht lange in See gestochen, als das Piratenschiff des Bert el-Caz den Hafen von Savona anlief. Die noch knochiger gewordene Terès von Mondragon stand am Ruder und steuerte das Schiff mit starker Hand. Der kleine Pirat, dem der leicht verblichene flaschengrüne Turban tief ins Fuchsgesicht hing, döste in seiner quer übers Deck gespannten Hängematte, den riesigen Scimtar auf der schmächtigen Brust.

Pons hockte hoch oben in den Wanten und hielt Ausschau nach dem Passagier, den sie hier aufnehmen sollten, um ihn dann auf langer Fahrt, vorbei an den Säulen des Herkules, über Portugal, durch die Biskaya und schließlich entlang den Klippen der Bretagne, ins Land der Normannen zu schaffen. Pons freute sich wie eine junge Robbe auf diese Reise. Eisschollen sollten das Meer dort oben im Norden bedecken, hatte ihm Bert el-Caz gesagt, der auch noch nie dort war, und die Gesänge gewaltiger Wale unter dem Wasser ertönen, wenn sie nicht gerade haushohe Fontänen aus ihren Nüstern verspritzten. Manchmal dachte Pons noch an seine Mutter. Der hätte er von solchen Abenteuern liebend gern erzählt, doch er vermochte sich kaum mehr ein Bild von ihr zu machen. Schön, wunderschön sollte sie sein, hatte Bert el-Caz gesagt!

Terès legte mit einem kräftigen Ruck an der Mole an, der Turban rutschte dem kleinen Pirat vollends über die Augen. Bert el-Caz fuhr hoch und befahl, das Fallreep auszubringen. Dann winkte er den herabgehüpften Pons herbei und begab sich mit ihm zusammen an Land. Es gab nur ein einziges Gasthaus weit und breit. Die beiden Piraten gingen mit der üblichen Vorsicht erst einmal um das alleinstehende Gemäuer herum. Hinten in den angebauten Stallungen standen in Reih und Glied ordentlich gestriegelte Gäule. Sie trugen auf ihren Schabracken allesamt das Wappen derer von der Lehburg, die drei zinnengekrönten Klippen, weiß auf blauem Grund. Bert el-Caz erinnerte sich seiner Jugendzeit.

»Trifels!«, erläuterte er mit wehmütigem Seufzer seinem jungen Begleiter. »Sie werden uns drinnen erwarten!«

»Oder noch gar nicht mit uns gerechnet haben!«, erwiderte Pons und schaute hinüber zu dem Pferdeknecht, der an einer Säule zu dösen schien, anstatt die Pferde zu bewachen. Oder hatte der Mann geblinzelt?

Sie gingen in den Schankraum. Ein halbes Dutzend Reisige hockte an langer Tafel und ließ es sich schmecken. Sie mampften einen dicken Brei aus Teigknödeln mit reichlich grüner Soße. »Riecht gut!«, fand Pons.

»Pesto?«, wandte sich Bert el-Caz fragend an die Männer. Sie nickten schmatzend. Alle trugen das gleiche Tappert auf der Brust. »Lehburg?«, fragte der Pirat hoffnungsvoll und breit gedehnt.

»Non, Monsieur!«, erscholl es fast wie im Chor. »Le Bourg!«

Das reichte Pons. »Wir suchen Monsieur le Comte Baudouin!«, äffte er ihren lothringischen Akzent nach, da ging hinter ihnen die Tür auf.

»Voilà!«, rief Balduin, doch dann versagte ihm die Stimme. Er hob die Arme und bewegte sie wie ein Falter, der mit den Flügeln schlägt, dann ließ er sie wieder sinken. Ungläubig starrte er auf den Piraten. »Berthold?!« Bert el-Caz grinste, Balduin riss ein letztes Mal seine Arme hoch und fiel seinem kleinen Halbbruder um den Hals. Dann deutete er auf Pons. »Dein *Filius*?«

»Nichts da!«, krähte Pons. »Mein Name ist Pons de Gisors et de Saissac!«

»Ah!«, sagte Balduin leicht verwirrt. »Der Erbe?«

»Ich glaube«, erwiderte Bert el-Caz und kratzte sich verlegen unter seinem Turban, »darum geht es bei Eurer Mission zum Herzog von der Normandie!«

»Ah!«, entfuhr es Balduin ein weiteres Mal. »Ihr seid informiert, kennt also den Grauen Kardinal in Person?«

»Remy ist mein Freund!«, erklärte Pons. »Und er hat gesagt:

›Alles ist im Fluss!‹ – wie die Klößchen in der grünen Soße!«, setzte er hinzu, um erkennen zu lassen, worauf er aus war.

Balduin lachte und wandte sich an Bert el-Caz. »Hat Euch der *Caput canis* auch wissen lassen, dass unser Erzeuger zur Hölle gefahren und ich mich um Lehen und Titel des Waldgrafen der Ardennen bewerbe?«

Bert el-Caz schaute ihm belustigt ins rosige Priestergesicht, dem es nicht gelang, einen gequälten Ausdruck zu unterdrücken. »Waidmanns Heil!«, rief er wohlgemut. »Und allen Waldgöttern sei Dank, dass ich von solcher Bürde verschont!« Weil sein Bruder ihm zu hochgewachsen, klopfte er Pons aufmunternd auf die Schulter. »Da bleib ich lieber Pirat auf dem freien Meer, bis an mein Lebensende, als dort im finsteren Forst den Bestand an Köhlern und Wildsauen zu zählen!«

»Da bin ich aber froh!«, rief Balduin erleichtert. »Doch wenn Ihr Euch mal wieder nach festem Boden unter den Füßen sehnen solltet –«

»Selbst dann«, entgegnete Bert el-Caz gelöst, »setzt' ich mich lieber auf einem Schloss am sonnigen Mittelmeer zur Ruhe – und jetzt lasst uns von dem guten Roten trinken, Bruderherz, den diese herrliche Küste für uns bereitgestellt, denn danach geht's auf stürmische Fahrt.«

»Zu lustigen Eisbären und drolligen Pinguinen!«, rief Pons und zerrte an den beiden Männern, um endlich Platz zu nehmen vor den dampfenden Schüsseln mit der duftenden Pasta und der grünen Soße.

Berenguer de Saissac hatte den Capitan zwar angewiesen, so zu segeln, dass möglichst keine Ufer oder Inseln in Sichtweite kämen, dennoch wurde Maurcade du Berq immer unruhiger, obgleich sie nicht genug von den Gestirnen verstand, um zu erkennen, dass es kaum die Küste entlang gen Westen, sondern stracks nach Süden ging.

Elgaine hatte längst begriffen, dass der Glatzkopf gar nicht daran dachte, die Rhônemündung anzusteuern. Berenguer hatte anscheinend auch nicht vor, sie überhaupt noch dieser Maurcade zu überlassen. Insofern war es ihr egal, wohin die Reise ging. Seit ihrer Flucht mit Astair, spätestens seit ihrer erzwungenen Abreise von Mahdia, fühlte sie sich ohnehin wie ein Stück Treibholz im weiten Ozean. Das Einzige, was sie noch davon abhielt, sich einfach ins Meer fallen zu lassen, war der Gedanke an Pons. Elgaine redete sich stündlich ein, ihr Sohn verzehre sich vor Sehnsucht nach ihr, seiner liebenden Mutter. Anders hätte sie diese unablässige Folge von Gefangenschaften, von Enttäuschungen, Demütigungen und vor allem von Einsamkeit gar nicht ausgehalten! Dass Conon, auf den sie fest gehofft hatte, es nicht geschafft hatte, rechtzeitig zu erscheinen, war das letzte Glied in dieser trostlosen Kette. Jetzt erst dämmerte es ihr, dass es womöglich gar nicht um sie, sondern um Conon ging, und dass sie nur den Lockvogel abgegeben hatte. Doch sie zwang sich immer wieder, nicht zu verzweifeln, sich an jeden Ast zu klammern, der in die reißenden Wellen herabhing. So vermied sie auch tunlichst, sich dem Söldnerführer gegenüber vertraulich zu zeigen. Maurcade hätte sofort Verrat gewittert, und wer wusste, wozu diese Wahnsinnige fähig war. Wenn sie Pons noch einmal wiedersehen wollte, musste sie lebend ankommen, wo auch immer! Sie vertraute Berenguer, schon weil der dafür gesorgt hatte, dass ihre Kajüte nächtens verriegelt war und Elgaine nicht stets mit der Angst vor durchschnittener Kehle oder ausgestochenen Augen einschlafen musste.

Tief in der Nacht steuerte der Segler der Geheimen Dienste die Felseninsel im Meer an. Lichtsignale von Fackeln wiesen ihm den Weg zwischen den Klippen. Der Capitan legte so behutsam an, dass die Schlafenden es nicht einmal bemerkten. Erst als sie von Bewaffneten geweckt wurden, begriff auch Maurcade, dass die Dinge nicht so liefen, wie von ihr gewünscht. Die Männer führten erst Elgaine ab, die alles mit sich geschehen ließ, dann war die Reihe an Maurcade, die heulte und tobte wie eine Wildkatze, kratzte und biss. Umsonst! Für Elgaine war es keine wesentliche Veränderung, sie saß wieder einmal fest und war weit entfernt davon, Herrin ihres Tuns oder Lassens zu sein. Für Maurcade war es eine böse Falle, in die sie da geraten war. Hatte de la Carmen sie verraten? Oder hatte eine höhere Gewalt eingegriffen, die keine Eigenmächtigkeiten duldete? War es als Warnung zu verstehen, weil sie ihre ehrgeizigen Pläne auf eigene Faust durchsetzen wollte? Maurcade zwang sich zur Beherrschung, Empörung oder gar Aufruhr brachten ihr hier nichts. Sie musste abwarten, was man mit ihr vorhatte. Solange es ihr nicht an den Kragen ging, wollte sie wach bleiben, lauernd und gefährlich! Eine solche Unvorsichtigkeit sollte ihr so schnell nicht noch einmal passieren! Deswegen schlug sie auch nicht länger um sich, als sie jetzt von den Bewaffneten in einen vergitterten Raum geschleift wurde, ein Kerker: Sie war gefangen! Da konnte es ihr auch völlig egal sein, ob Elgaine das gleiche Schicksal erlitt oder als feine Dame nun das Burgfräulein spielen durfte! Aber eines wollte sie doch wenigstens in Erfahrung bringen: wohin man sie, Maurcade du Berq, gebracht hatte.

Sie wandte sich an ihre Bewacher, die sie bis dahin keines Wortes gewürdigt hatte. »Und wie heißt diese Insel?«, fragte sie wie beiläufig.

»Cap Gorgon', Mademoiselle!«, lautete die kühle Antwort.

Es hätte Maurcade auch kaum zum Trost gereicht, wenn sie gewusst hätte, dass es dem Söldnerführer Berenguer de Saissac nicht eben besser ergangen war. Als er nach Verbringung der beiden Gefangenen an Bord des Seglers zurückkehren wollte, verwies ihm der Capitan grinsend solches Ansinnen. Seine Order laute: Berenguer de Saissac ebenfalls auf der Insel zu belassen, »schon damit sich die Damen nicht in die Haare geraten!«. Mit dieser hämischen Bemerkung ließ man den Glatzkopf am felsigen Ufer stehen, und der Segler der Geheimen Dienste entschwand im Dunst des Morgengrauens.

Heimkehr nach Sion

Die Reise der Cantar de Sion war bislang glimpflich verlaufen. Dank der beiden Mönche Angel und Vocat, die sich in der Fürsorge abwechselten wie zwei besorgte Dachsmütter. Mal trollte sich schnaufend der kleine Dicke zur Futtersuche und der klapprige Vocat hielt bei der Kutsche Wache, dann wieder strich der Hagere durch die Dörfer, um Essbares aufzutreiben, und der stark geschrumpfte Angel harrte tapfer bei der jungen Frau aus. Cantars gewölbter Leib ließ keinen Zweifel daran, dass sich ihre Schwangerschaft in Riesenschritten der Niederkunft näherte. Doch das Reisetempo der kleinen Karawane, die außer der Kutsche nur aus einer Herde gutmütiger Maulesel bestand, die reihum das Gefährt zogen, die beiden Mönche trugen und auch noch willig Milch gaben, ließ sich nicht weiter steigern. Immer höher ging es hinauf, immer steiler wurde der Schotterpfad. Um sich und das Kind, das sie unter dem Herzen trug, vor der zunehmenden Kälte zu schützen, schlief Cantar in ihrem Gehäuse zwischen den warmen Leibern zweier neugeborener Esel, wobei sie achtgeben musste, dass diese staksigen Füllen sie nicht des Nachts aus Versehen mit ihren Hufen traten. Jeden Morgen hob der den Umgang mit Tieren gewöhnte Bauernsohn Vocat die beiden lebenden Bettpfannen behutsam aus dem Stroh der Kutsche und gab sie ihren Müttern zum Säugen. So erreichten sie schließlich nach mühseliger Überwindung der schneeverwehten Passhöhe das Hospiz der Benediktiner am Großen Sankt Bernhard.

Die Brüder nahmen sie so liebevoll auf, als hätten sie die Gäste schon lange herbeigesehnt. »Wir wussten nicht, wer uns da wie die Heilige Jungfrau, umgeben von Eseln und zwei guten Hirten, in den warmen Stall schneien würde«, empfing sie der gutmütige Abt, mit listig verschmitzten Augen über den vom Wein geröteten Bäckchen, »aber seit Wochen lungert ein Wachtrupp des Bischofs von Sitten im nächsten Weiler an der Passstraße, so dass wir ahnten, dass jemand erwartet wird, der nicht willkommen ist!«

Cantar lächelte. »Das könnte ich sein, nur verfügt mein Onkel Gosbart nicht über die fürchterliche Schreckensmacht eines König Herodes!«

»Aber auch bei Euch geht es um ein schutzlos Weib mit seinem Kindlein!«, mahnte der Abt, besorgt über ihre unbekümmerte Zuversicht.

»Wir könnten uns doch des Nachts an ihnen vorbeischmuggeln?«, schlug Angel zaghaft vor.

»Gewiss nicht!«, beschied ihn der Abt. »Sie lassen Nacht für Nacht ein Holzfeuer mitten auf der Straße brennen, schon um sich zu wärmen! Und daneben fällt die Schlucht kerzengerade ab zur Klamm in der Tiefe!«

»Also müsste einer sie fortlocken!«, sann Vocat laut. »Ihnen einreden, dass die Gesuchten bereits in Sion eingetroffen sind. Über die östliche Zufahrt, entlang der Rhône –«

Der Abt musste ihn enttäuschen. »Auch die wird bewacht!«

»Dann werd' ich im Schutz Eures festen Hauses mein Kind zur Welt bringen!« Cantar gab sich unverzagt.

»Von Herzen gern!«, versicherte ihr der Abt hocherfreut. »Das wäre ein Jubelfest für diesen einsamen Hort und gewiss das erste Mal, dass ihm solches Glück widerfährt.« Er war ganz aus dem Häuschen vor Aufregung. »Wenn es ein Knabe wird, will ich ihn auf den Namen unseres heiligen Bernhard taufen!« Er ließ Wein kommen und nötigte Cantar, sich endlich zu setzen. »Aus dem Aostatal könnte man eine Hebamme heraufbitten –«, er lachte herzlich, »auch wenn die Dörfler dann meinen könnten, einer von uns sei guter Hoffnung!«

In das Gelächter fielen die sie umstehenden Brüder ein, das gesamte Hospiz hatte sich versammelt. »Wir bekommen Besuch!«, rief einer der Brüder, und der neugierige Angel äugte aus dem kleinen Loch im meterdicken Mauerwerk, durch das die Mönche die aus dem Süden sich heraufwindenden, vereisten Serpentinen stets im Blick hatten. Er erschrak.

Wer sich da durch tiefen Schnee der Pforte näherte, war der Monsignore Alfons de la Carmen! Und zwar nicht mehr allein und wie von Furien gehetzt, so wie sie ihn vor Canossa zum letzten Mal gesehen hatten, sondern in einer dunklen Kutsche, umschwirrt von Dienern und mit grimmen Knechten im Gefolge. Es war zu spät, sich zu verstecken, der Monsignore war bereits ausgestiegen und betrat nun stampfend den Raum. Er klopfte sich den Schnee vom langen Mantel.

»Darf ich mich der Vorfreude anschließen?«, begrüßte er jovial den Abt, um maliziös hinzuzufügen: »Gott gefällig ist ein ungetrübtes Feiern unmittelbar bevorstehender freudiger Ereignisse!« Er hatte Cantar sofort erkannt und auch die anderen Umstände, in denen sie sich befand.

Es bedurfte nicht seines Blicks auf ihren straff gespannten Bauch, um Cantar zur Löwin werden zu lassen. »Zu trüben versucht mein großes Glück nur jener Mann, zu dem Ihr Euch gerade begebt!« Sie ging offen zum Angriff über: »Ihr könnt Euch mehr als dreißig Silberlinge verdienen, Monsignore, wenn Ihr ihm ins Ohr flüstert, Ihr habet mich hier gesehen!« Sie setzte noch nach: »Seine Häscher warten schon, ein paar Meilen talabwärts!«

Carmen sah die Sprecherin nachdenklich an. »Ihr tut mir unrecht, Cantar de Sion«, sagte er dann ruhig. »Außerdem war auch Judas Ischariot kein Verräter, sondern der zuverlässigste von allen Jüngern, dem der wissende und zum Opfergang bereite Christus eine schwere Bürde anvertraute, nämlich die Durchführung jener ominösen Aufgabe, zu der die anderen zu blöd oder zu feige waren.« Er trank aus dem Becher, den ihm der sprachlose Abt gereicht hatte, grüßte mit knappem Nicken die erstarrten Mönche.

»Ihr werdet die Straße frei finden!«, sagte er zu Cantar, die ihre Augen niedergeschlagen hatte – sei es aus Scham oder weil sie den Blick des Monsignore nicht erwidern wollte. Dann verließ er gemessenen Schritts den Raum.

»Ich glaub ihm kein Wort!«, sagte Angel in das Schweigen hinein.

»Wir können hier nicht bleiben«, sorgte sich Vocat, »denn wenn Gosbart seine Truppen hier hinaufschickt –«

»Das Hospiz ist nicht dafür gebaut –«, unterbrach ihn bekümmert der Abt, »sich gegen Waffengewalt zur Wehr zu setzen!«

»Also müssen wir verschwinden, bevor –«, Angel zeigte sich kleinmütig, doch der Abt verwies es ihm.

»Jetzt gehen wir erst mal zu Bett, von Gott und seinen Engeln wohlbehütet. Morgen früh sehen wir dann, ob der Monsignore den Mund zu voll genommen – oder mit zwei Zungen gesprochen. Dann sehen wir weiter.«

»Ich kenn' eine Höhle im tiefen Berg«, sagte Cantar verträumt, »mit einem See so klar – dort wüsste ich mich geborgen.«

»So Ihr Euch das zumuten wollt?«, wandte der Abt ein, zutiefst beunruhigt. »Obgleich ich zu meinem Leidwesen eingestehen muss, dass diese Mauern nur Geborgenheit bieten, wenn kein Feind – außer Winterstürmen, Eis und Schnee – uns bedroht!«

»Bona Nox!«, sagte Cantar, und die Mönche beeilten sich, ihr ein Nachtlager zu bereiten.

Der Winter hatte seinen Einzug herab von den Walliser Alpen auch bis ins obere Tal der Rhône gehalten. Die steilen Dächer des Kastells von Sion schimmerten bereits weißlich vom Raureif. Am oberen Ende der zum Burgtor heraufführenden Rampe hatten die Bediensteten eine hölzerne Winde verkeilt. Das Seil lief über eine Trommel und diente dazu, schwere Lasten über das vereiste Kopfsteinpflaster hochzuwuchten. Dazu gehörte gemeinhin auch der klobige Radstuhl des Bischofs, während eintreffende Kutschen am Fuße der Rampe stehen bleiben und die Insassen sich ohne Hilfsmittel bergan quälen mussten.

So auch die gutgefederte und gepolsterte vierrädrige Kiste, mit der Thierry, Bischof von Verdun, eingetroffen war. Oben angekommen und ob der dünnen Höhenluft leicht außer Atem, musste der agile Kirchenfürst zu seinem Verdruss vernehmen, dass sein *Collega* Gosbart noch erwartet werde. Da die Torwachen ihm darüber hinaus den Einlass verwehrten, wurde er unfreiwilliger Zeuge, wie unten aus dem Tal das Gefährt des Bischofs von vier Dienern durch den verharschten Schnee herangeschoben und an die eiserne Klaue gehängt wurde, worauf die Torwächter mit dem Kurbeln begannen. Langsam glitt der Stuhl mit dem in Pelze gehüllten Gosbart heran, schon auf halber Strecke begann er mit den Armen seine Entschuldigung zu fuchteln. Thierry tat ihm nicht den Gefallen zurückzuwinken noch geduldig auszuharren, bis sie ihn vollends heraufgezogen hatten, sondern er wandte sich brüsk ab. Er hasste den Krüppel, der sich, seine Behinderung benutzend, herausnahm, ihn, Thierry de Verdun, wie einen Bittsteller vor dem Tor in der Kälte warten zu lassen. Er schob die Wachen jetzt beiseite und betrat das Kastell.

Die beiden Bischöfe saßen sich gegenüber. Thierry schaute angestrengt aus dem Fenster, um dem anderen deutlich zu zeigen, wie lästig er diesen Umweg über Sion empfand, und um ihm die Eröffnung des Gesprächs aufzuzwingen.

»Praxedis«, begann schließlich Gosbart unverfänglich, »die Frau des Kaisers –«

»Ich höre«, sagte Thierry wenig freundlich und ohne seinen Blick von den verschneiten Wipfeln abzuwenden.

»Noch ein bitterer Schlag für den gebeutelten Heinrich«, fuhr Gosbart verunsichert fort. »Als die Kaiserin, die sich jetzt Adelheid nennt –«

»Wissen wir.« Thierry trommelte mit den Fingern auf die schwere Tischplatte. Er hatte sich so gesetzt, dass er dem Radstuhl den Weg hinter den Tisch versperrte, wo Gosbart gern zu thronen pflegte, um seinen Besuchern von oben herab seinen Willen zu diktieren.

»Als sie von der Niederlage ihres Gatten hörte, verließ sie heimlich das kaiserliche Hoflager und – lang sind die Tentakel des *Caput canis*! – floh ausgerechnet zur Markgräfin Mathilde, die die Abtrünnige natürlich mit offenen Armen aufnahm.« Gosbart sprudelten die Worte jetzt über die Lippen wie ein Gebirgsbach, wenn die Schneeschmelze eingesetzt hat. »Ihr schüttete die arme Kaiserin ihr Herz –«

»Erspart mir den Schlamm!«, raunzte Thierry den Hausherrn an. »Und lastet nicht jede Bettgeschichte dem Herrn der Geheimen Dienste an: Frau Adelheid ist eine so dumme Kuh, ich würd' meinen ärgsten Gegner nicht mit ihr auch nur für eine Stunde in die gleiche Zelle sperren!«

»Sie muss Grässliches erlitten haben!«, ereiferte sich Gosbart. »Was man so hört –«

»Dafür ist sie blond!«, schnitt ihm Thierry die weiteren Ausführungen ab. »Wenn diese russische Eselsstute sich einen Hengst in solchem Alter nimmt, muss sie nicht nur davon ausgehen, dass der sie nicht mehr bespringt, sondern auch, dass er sein ärgerliches Unvermögen durch allerlei absonderliche Spielchen wettzumachen sucht.«

»Widerliche Sauereien!«, kreischte Gosbart empört aus seinem Radsessel. »Pure Sodomie!«

»Euch offensichtlich nicht fremd!«, beschied ihn Thierry höhnisch, wobei er den an seinen Stuhl Gefesselten mitleidslos ins Auge fasste. Doch dann änderte sich schlagartig sein Ton. »Habt Ihr mich eigentlich hergebeten«, ging er den Krüppel barsch an, »um mich den üblen Gerüchen Eurer Leibwäsche auszusetzen?«

Gosbart war zusammengezuckt, doch dann glitt ein böses Glitzern über seine Züge. »Es handelt sich weniger um die meine«, entgegnete er mit kalter Glätte und schob eine Spitze gegen den Herrn über Verdun nach: »Auch habe ich mich nicht zur Wäscherin bestellt!« Um dann lautstark zu schließen: »Es geht um diese normannische Scheiße, die nicht eintrocknen will und zum Himmel stinkt!«

Herr Thierry zeigte zwar immer noch kein sichtbares Interesse, aber er hörte jetzt zu.

»Und der Gestank kommt auch nicht aus meiner Hose, wie Ihr, Thierry, genau wisst – die übelste Fäkalie türmt sich nördlich von Paris und heißt Gisors!«

»Richtig, Gosbart!«, bestätigte ihm Thierry. »Ihr seht in mir das tüchtige Waschweib des Herzogs von der Normandie! Zuständig auch für die Inspektion von Kothaufen im Vexin, dem vollgekackten Grenzland zu Frankreich!« Er lachte schallend und weidete sich an der verstörten Miene seines Gegenübers.

Als am nächsten Morgen ausgesandte Mönche mit der guten Nachricht zurückkamen, die Straßensperre unterhalb des Passes sei geräumt, hatte Cantar darauf bestanden, auf die Obhut des Hospizes der Benediktiner und ihres freundlichen Abtes zu verzichten und sich den Unwägbarkeiten einer Weiterreise durch Fels und Eis auszusetzen.

»Wenn mir Gosbart seine Häscher schon bis hier hinauf entgegenschickt«, gab sie ihren Begleitern Angel und Vocat zu bedenken, »was erwartet uns dann erst zu Sion?« Gegen diese Überlegung mochte keiner von beiden Einwände erheben. Alle weiteren räumte Cantar auch gleich aus: »Ich will mein Kind zur Welt gebracht haben«, erklärte sie fest, »bevor ich mich dieser Auseinandersetzung stelle.«

Angel wiegte bedenklich sein kugeliges Haupt. »Aber die Niederkunft könnte –«

»Das Kindlein muss sich in Geduld üben, bis wir den sicheren Ort erreicht haben, der mir schon immer vorschwebte!«

So waren die drei mit Kutsche und Eselsschar von dannen gezogen, von den Mönchen mit reichlich Proviant, Töpfen, sauberen Tüchern, warmen Decken und Feuerholz versehen.

Jetzt lagerten sie in der Grotte, dem magischen Ort. Schon als kleines Mädchen hatte Cantar geträumt, der klare unterirdische See sollte einst ihr Wochenbett sein. Angel und Vocat waren tief beeindruckt von dem dunklen blauen Auge, dem überirdischen Licht, das der makellose Spiegel des Bergsees reflektierte, vor allem erschien es ihnen als ein Wunder inmitten der eisigen Bergwelt, dass sich sein Wasser wider alles Erwarten handwarm anfühlte! Sie schlugen ihr Lager an seinem Rande auf und bereiteten nach Cantars Anweisungen die Bettstatt vor, auf der sie niederkommen wollte. Angel war aufgeregt, als stünde ihm selbst die schwere Stunde bevor. Rastlos rannte er zwischen den Stalagmiten der Tropfsteinhöhle herum.

Cantar nahm den hageren Vocat zur Seite. »Angel ist mir hier und jetzt keine Hilfe«, vertraute sie ihm an. »Ich will ihn als Kundschafter nach Sion senden, damit er in Erfahrung bringt, was uns dort erwartet.« Sie senkte auch ihre Stimme nicht, als Angel grad wieder angetrabt kam. »Ihr, Vocat, als Sohn von Bauersleuten habt mir bewiesen, dass Ihr mit trächtigen Eselinnen umzugehen wisst. Ihr werdet auch einem vernünftigen Weibe beizustehen wissen!« Vocat nickte mit bestimmter Zuversicht.

Angel schien froh, nicht Zeuge des Ereignisses sein zu müssen, das nun unmittelbar bevorstand. Er konnte es gar nicht eilig genug haben, aus der Geburtshöhle herauszukommen. Verlegen legte er beim Abschied seine Hand auf Cantars geschwollenen Bauch, wozu sie ihn aufgefordert hatte. »Ja«, rief er voll ungläubigen Staunens, »deutlich kann ich es spüren!« Dann trabte er befriedigt los, so schnell ihn seine Füße trugen.

Bald tanzten die weißen Flocken auch über den Zinnen des Kastells von Sion. Die Torwache beeilte sich, das Ungetüm von Rädersessel, der am oberen Ende der Rampe bei der Winde auf seinen Herrn, den *Episcopus sedunensis* wartete, mit einem großen Teppich zu bedecken.

Gosbart und sein Gast, der gefürchtete Prediger Thierry von Verdun, mächtig sowohl als Graf wie als Bischof, saßen missmutig im Amtszimmer. Seit geraumer Zeit warteten sie auf den Monsignore de la Carmen, dem es oblag, die beiden Kontrahentinnen, Maurcade du Berq und Elgaine de Gisors, hierher vor den Richterstuhl zu schaffen.

»Der Monsignore gilt als Parteigänger von Maurcade – ob zuverlässig, wird sich noch erweisen«, bemerkte Thierry von Verdun, gerade als die Torwachen meldeten, am Fuß der Rampe sei eine Kutsche eingetroffen, mit einem einzelnen geistlichen Herrn.

Trotz der Gegenwart des mächtigen Bischofs von Verdun bellte Gosbart sogleich den noch von der Reise erschöpften Monsignore an: »War nicht abgemacht, dass Ihr die streitenden Damen mit Euch führt, damit Herr Thierry zu einem Urteil kommen mag und dies dem obersten Schiedsrichter, dem Herzog, unterbreiten kann?«

So ließ de la Carmen nicht mit sich umspringen. »Der oberste Schiedsrichter ist für mich – und ich hoffe, auch für die hier Anwesenden! – immer noch der Heilige Vater!« Da ihm kein Platz angeboten wurde, ließ er sich in den erhöhten Sessel hinter dem schweren Tisch fallen, was Gosbart noch mehr verärgerte. »Ich habe mich, aufgehalten von einer anderen, weitaus wichtigeren Mission im Dienste der kirchlichen Sache, von Maurcade trennen müssen. Sie sagte mir zu, sich hierherzubegeben. Ihre Rivalin Elgaine führte sie als ihre Gefangene mit sich.«

»Hat sie Euch das wirklich versprochen?«, bohrte Thierry nach.

»Nicht *expressis verbis*!«, räumte Carmen selbstbewusst ein. »Aber ihr Vorsatz schimmerte durch: Sie wollte mich glauben machen, sie zöge nach Savona, ein Schiff zu besteigen –«

»Hahaha!« Thierry überließ sich einem plötzlichen Heiterkeitsanfall. »Maurcade sagte die reine Wahrheit so offen, dass ein verqueres Hirn wie das Eure, viele Jahre in den Geheimen Diensten geschult, gar nicht anders kann, als zu glauben, sie lügt! Sie würde genau das Gegenteil von dem tun, was sie sagt? Falsch! Sie tut das, was sie angekündigt hat! Also: Maurcade kommt nicht, und damit auch nicht Elgaine!«

Carmen schaute wie ein begossener spanischer Hirtenhund – der Regen nicht kennt –, und Gosbart rief triumphierend: »Somit sind wir gezwungen, ohne Anhörung der Damen zu entscheiden – natürlich zu ihrem Besten!«

Darüber lachte keiner.

In den frühen Morgenstunden, es dämmerte noch, das Schneien hatte aufgehört, schlich sich Angel die dick mit Schnee bedeckte Rampe hoch. Die teppichverhangene Winde und der an ihr hängende Sessel waren ein unförmiger Hügel unter den weißen Massen. Nur dicht über dem Boden hatten die schweren Falten des Teppichs eine Höhle gelassen. Als Angel zaghaft vorbeitrapste, glaubte er ein leuchtendes Augenpaar zu sehen, das ihn bedrohlich anstarrte. Er dachte im ersten Schreck an einen Luchs, der dort Zuflucht gesucht, und wunderte sich nicht über das ungewöhnliche Blau im Blick des vermeintlichen Wildtieres. Er sah zu, dass er an der Gefahr vorbei das Tor erreichte. Weil er sich seiner Hasenfüßigkeit schämte, erwähnte er gegenüber der Torwache nichts von seiner Beobachtung, zumal der gutmütige Wächter ihm gleich weiteren Schrecken einjagte: Er solle sich besser nicht von Gosbart erwischen lassen, der sei seit Tagen schlechtester Laune. Der Schnee halte ihn, den ›Hausherrn‹, gegen seinen Willen im Kastell fest – samt seinen ungeliebten Gästen, dem Bischof von Verdun, auf dem Weg nach Piacenza, und dem Monsignore de la Carmen, der sich hier wohl einnisten wolle, gemessen an der Menge seines in die Burg hinaufgeschafften Reisegepäcks.

Angel schlich sich also auf Zehenspitzen durch die schummrigen Gänge, bis er über die letzte Treppe das vertraute Kämmerchen der Chronisten erreicht hatte.

Als Angel nach langem, verdientem Schlummer aus dem Schlaf hochfuhr, ertönte aus dem ›Ohr des Dionysos‹ deutlich das Streiten der Herren unter ihm.

»Und ich sage Euch«, rief der Monsignore schrill, »Maurcade wird nicht zögern, Elgaine zu töten, wenn ihr Gisors nicht zugesprochen wird!«

»Daran könnte man sie hindern«, ließ sich Gosbart genüsslich vernehmen, »indem man ihr eigenes gewaltsames Ableben in Betracht ziehen würde –«

»Zu spät!«, frohlockte de la Carmen. »Sie ist jetzt allein mit ihrer Beute, Elgaine ihr wehrlos ausgeliefert!«

»Das war die Situation, lieber de la Carmen, als Ihr sie absprachewidrig verließt!« Thierry war verärgert über so viel Dilettantismus. »Außerdem gilt immer noch das Wort des Herzogs: Voraussetzung für die Belehung mit Gisors ist die vollzogene Ehe mit einem Ritter von normannischen Geblüt!«

»Wie zum Beispiel diesem Conon de Béthune!«, gab de la Carmen seine späte Erkenntnis preis. »Maurcade hätte ihn halten – und Elgaine fahrenlassen sollen! Leider hat sie es umgekehrt gemacht!«

»Jemand hat sie schlecht beraten«, kicherte Gosbart froh.

»Wir müssen also warten, bis die Weiber wieder irgendwo auftauchen, hoffentlich beide noch lebend!«

De la Carmen sprach sich Hoffnung zu: »Die Entscheidung wird dann wohl zu Gisors fallen!«

»Vereinfachen würde es die Sache, wenn nur eine die Reise dorthin überlebt, die bekäme dann den Ritter de Béthune!« Gosbart sah die Dinge ohne sonderliche Skrupel. Der Monsignore widersprach ihm. »Ihr verfügt über Conon, als sei er Eure willige Magd! Weibern kann man Gewalt antun, aber einen Mann dazu zwingen, dass er –«

»Ha!«, höhnte Gosbart. »Nichts ist leichter als das! Die Natur wimmelt und schimmelt von Gewächsen aller Art, nach deren Genuss auch noch jeder Mann seine eigene Großmutter –!«

»Macht mir Maurcade nicht zur alten Hexe!«, beschwerte sich de la Carmen. »Conon könnte Schlimmeres widerfahren!«

Gosbart lenkte ein. »Bringt ihn in meine Gewalt, und ich garantiere Euch, er würde selbst den Heiligen Vater besteigen!«

Thierry sah ihn scharf an. »Die einsame Bergwelt treibt seltsame, höchst ungehörige Blüten! Ich wäre vorsichtiger mit der Zunge: Sie ist das einzige Organ, über das Ihr Euch noch Gehör verschaffen könnt.« Er lächelte dem *Episcopus* in falscher Komplizenschaft zu. »Ich für meinen Teil hab's in großer Höhe manchmal mit den Ohren, so habe ich Eure letzten Worte leider nicht vernommen!«

Dem Monsignore passte die Entwicklung des Gespräches nicht, er wandte sich an Thierry: »Ihr werdet also Herzog Robert auffordern, nach Gisors zu kommen und gegebenenfalls –«

»Falls –«, schnitt ihm der Herr von Verdun das Wort ab, »es sich lohnt! Es gibt noch andere Lösungen.« Setzte er drohend hinzu, »aber jetzt werde ich erst mal in Piacenza erwartet, wohin unser *Pontifex maximus* die ihm ergebenen Bischöfe zum Konzil einberufen hat. Der *Episcopus sedunensis* zählt offenbar nicht dazu.« Es klang wie ein kleiner Furz, den Thierry zum Ende seiner Ausführungen fahrenließ.

De la Carmen erschrak, Gosbart bockte. »Dank der Gnade Gottes und seinem unwägbaren Ratschluss bekleide ich das Amt eines *Praefectus vallesiae*, und als solcher gehöre ich zuvorderst meinem weltlichen Herrn, dem Kaiser!«

Thierry von Verdun erwiderte darauf nichts weiter und verließ das Kastell, seine Leute geleiteten ihn zu seiner Kutsche am Ende der Rampe. Er kehrte dem Tal schleunigst den Rücken.

Die beiden anderen Männer saßen noch eine Weile schweigend beieinander, wie der lauschende Angel notierte. Dann sagte de la Carmen seufzend: »Ihr wünscht Euch Elgaine in Gisors, ich bevorzuge Maurcade du Berq, Herrn Thierry ist beides gleich.«

»Er will Gisors für sich selbst!«, unterbrach ihn Gosbart. »Er wird es so einrichten, dass unser Gezerre, dieses weibische Gezänk, dem Herzog irgendwann auf den Magen schlägt und er einen Verwalter einsetzt, der ihm garantiert –«

»Zuvor muss er Gisors erst mal den Franzosen wieder aus den Händen winden!«

»Ob sich Thierry das antun will?«, fragte Gosbart hinterhältig.

De la Carmen winkte ab: »*Videant consules!* Wir sollten auch die Geheimen Dienste nicht außer Acht lassen, die in Euch wohl immer noch einen der Ihren sehen.«

»Ich will mich nach diesen Tagen mal wieder hinab zu Sankt Theodulus begeben und meine Seele reinigen!«

»Ein Vollbad!«, spöttelte de la Carmen. »Heiß und dampfend! Mit viel Seifenlauge und solchen Kräutern, die einen Mann nicht zu sündhaften Gedanken oder gar Taten verführen, sondern wohligen Frieden versprechen!«

Gosbart sah den Monsignore zweifelnd an, dann kicherte er. »Ihr wünscht mich wohl zur Hölle? Mag sein, dass ich rechtens dorthin gehöre« – er lachte meckernd –, »wenngleich ich dort Leute wie Euch wiedertreffen werde!«

Der *Episcopus* weidete sich an der Pein seines Gegenübers. »Seid derweil mein Gast, bis auch für Euch die Luft wieder rein!« Er rief seine Diener herbei, damit sie ihn hinuntertrugen.

Thierry, der Bischof von Verdun, war heilfroh, dem düsteren Gemäuer des Kastells von Sion mit seinem grässlichen Bischof

Gosbart und dem nicht minder abstoßenden Monsignore de la Carmen entronnen zu sein. Selbst der bevorstehende Aufstieg zu den Höhen des Passes – weiß Gott, eine elende Plackerei! – vermochte ihm das Gefühl der Befreiung von einem Alptraum nicht zu nehmen. Er hatte erst wenige Meilen auf der schneebedeckten Zufahrtsstraße zurückgelegt, als er über sich in einer herabführenden Felsrinne eine merkwürdige Fuhre erspähte. Maulesel, dicht gefolgt von ihren Füllen, zerrten eine Kutsche zu Tal, die auf einem mächtigen Hornschlitten festgezurrt war, so wie Älpler für gewöhnlich gewaltige Heufuder von ihren Almen abzutransportieren pflegen. Eine Handvoll Hütebuben sprang auch um das offensichtlich kostbare, zerbrechliche Gehäuse herum, stützten es sorgsam ab, wenn es sich zur Seite zu neigen drohte. Sie stemmten sich mit ihren kräftigen Rücken gegen die Schlittenhörner, um die Fuhre bei ihrer abenteuerlichen Talfahrt immer wieder abzubremsen. Thierry hörte das Gebimmel der Halsglocken der Bergziegenherde, die den seltsamen Zug begleitete, und bemerkte auch die erdbraune Kutte eines Benediktinermönches, der wachsam als letzter Hirte hinterdreinschritt. Braver Bruder Benedicti! Der Bischof von Verdun schmunzelte. Wie schlicht, wie problemlos war doch das Leben der einfachen Leute! Er winkte ihnen leutselig zu und setzte seine Fahrt fort.

Die Bediensteten des Gosbart, *Episcopus sedunensis*, hatten ihren Herrn vor das Tor getragen, zur Winde, an der mit starkem Seil verbunden der ominöse Radsessel hing. Sie klopften die dicke Schneedecke vom schützenden Teppich und legten das Gefährt frei. Dann hoben sie den Krüppel in seinen Sitz, breiteten eine Decke über seine Beine und lösten behutsam den Sperrhaken der Seiltrommel. Je zwei Mann standen rechts und links an den Kurbeln, um ein sanftes Hinabgleiten des Radsessels zu gewährleisten. Gosbart gab ihnen ungeduldig das Zeichen, mit dem Abseilen zu beginnen. Langsam setzte sich das Gefährt in Bewegung, sein Gewicht begann das kräftige Tau zu spannen, wie es von der Trommel abspulte. Bischof Gosbart nickte selbstzufrieden, er sah noch aus den Augenwinkeln, dass der Monsignore de la Carmen aus dem Tor getreten war, um ihn zu verabschieden, aber er ignorierte diese Geste bewusst. Der Abtrünnige klammerte sich in seiner Pein anscheinend an jeden, von dem er sich Schutz vor dem Damoklesschwert versprach, das unsichtbar über seinem Nacken schwebte. Gosbart kannte die Konsequenzen beim Verstoß gegen die Regeln des Grauen Kardinals – *Summum ius summa crux!*, sinnierte er selbstgerecht. Der Bischof hatte bereits ein Drittel der steil abfallenden Rampe in seinem mit blockierten Rädern talwärts rutschenden Sessel hinter sich, als es einen trockenen, hässlichen Knall tat, genau genommen klang es wie mehrere prasselnde Fürze. Für die Länge eines Wimpernschlages schien sein Gefährt erstaunt zu verharren, dann setzte es sich in Bewegung, immer schneller – wie ein Teufelsschwanz peitschte das Ende des gerissenen Seils wedelnd hinter ihm her. Der Sessel geriet in sausende Fahrt, Gosbart klammerte sich fest, während vor seinen Augen das Mäuerchen aufwuchs, das den Knick der Rampe zum Tal hin begrenzte. Er riss die Hände vors Gesicht, da krachte es bereits, von einer unsichtbaren Faust wurde er emporgehoben und flog geradewegs zur Hölle, während die Splitter des zerschmetterten Sessels auf ihn herabregneten. Dann war es still. Keiner, nicht die Bediensteten, nicht die Torwachen, geschweige denn der Monsignore, hatte einen Schreckensschrei ausgestoßen. Es war auch wenig zu sehen an der Mauer, ein Stein war aus der Abdeckplatte herausgebrochen, eines der Räder kullerte geknickt um die Ecke und legte sich dann in den Schnee.

Die Torwächter wanden das noch vorhandene Tau wieder auf die Trommel und begutachteten – mit erstaunlicher Ruhe – die Rissstelle. Sie war kaum ausgefasert, denn viele akkurat gesetzte, scharfe Schnitte hatten jede der Schnüre, aus denen es gedreht war, säuberlich so weit durchtrennt, dass es bei zunehmender Belastung zerfetzen musste. Als der Monsignore das vernahm – er hatte nicht etwa selbst ein Auge auf das *Corpus delicti* geworfen –, erwachte er aus seiner Starre. Ohne seinem beim Tor lungernden Gefolge ein Zeichen zu geben, sprang de la Carmen in höchster Panik auf die vereiste Rampe, schlidderte, fiel vornüber, rutschte auf den Knien, dann auf dem Bauch die gesamte Strecke hinab, rappelte sich auf, rutschte aus, schlug wieder hin, bis er humpelnd seine Kutsche erreicht hatte. Er rief nicht nach dem Kutscher, sondern sprang selbst auf den Bock, ergriff die Zügel, peitschte auf die Pferde ein, und schlingernd und schwankend setzte sich das Gefährt in Bewegung. Keinen Blick warf der Monsignore zurück auf das hinter ihm in der Höhe zurückbleibende graue Kastell.

Die ihm entgegenkommende Kutsche auf den Schlittenkufen, gezogen von den Mauleseln und geschoben von den immer zahlreicher herbeiströmenden Hirten, Sennebuben und Geißentreiberinnen samt ihren Herden, konnte auf abfallender Straße gerade noch ausweichen, als der wie von Furien gehetzte Monsignore an ihnen vorbeifegte. Sie sahen nicht, dass bereits in der nächsten Kurve, wo eine Schneewehe die rasende Fahrt zu seinem Ingrimm verlangsamte, ein Schatten aus der Felswand sprang und sich hinten auf die Trittleiste schwang. Wild schlug de la Carmen auf seine Tiere ein, Guy d'Abreyville klebte reglos wie ein Gecko an der rückwärtigen Plane, die ihn vor den Blicken des gekrümmt vor ihm Hockenden verbarg. Und weiter ging die Höllenfahrt –

Am Fuß des Burgbergs von Sion verlangte es Cantar, ihr Gehäuse zu verlassen. Der hagere Vocat reichte ihr zur Unterstützung seinen Arm, und die Heimgekehrte, an der Brust das Neugeborene, setzte endlich wieder den Fuß auf heimatlichen Boden. Die sie umringenden Menschen jubelten auf. In dem Moment setzte das Geläut von Sankt Theodulus ein. Was bei den ersten Schlägen noch wie dumpfe Trauer klang, wechselte plötzlich hin zu Tönen der Freude. Das war auch das Zeichen, das Angel aus seiner Kammer trieb. Er rannte die Treppen herunter, segelte die Rampe hinab, dem Festzug entgegen! Im Triumphzug wurde Cantar, die Herrin, hinaufgeführt in das Kastell.

Das Konzil von Piacenza

Der Kardinallegat des Papstes, Seine Eminenz Remy d'Aretin, hatte bereits zu Piacenza Quartier genommen. Es ging um die Vorbereitung des hier einberufenen Konzils Seiner Heiligkeit Urbanus Secundus. Täglich rechnete man mit der Ankunft des Papstes.

Remy d'Aretin hatte zuvor zu Sion Station gemacht, sich vom guten Zustand von Mutter und Tochter überzeugt und das Kind dann in kleinem Kreis auf den Namen Casda getauft, wie sich Cantar das gewünscht hatte. Damit war Cantar endgültig als *Praefectus et Comes vallesiae* installiert. Den vakanten Bischofssitz würde die Kirche bei passender Gelegenheit in ihrem Sinne besetzen. Die beiden Benediktiner-*Fratres* Angelus und Vocatus, seine Chronisten, hatte er mit sich nach Piacenza genommen, wo sie ihm als Schreiber dienen sollten. Sie wohnten im selben Palazzo wie der Kardinallegat, gleich neben der am Dom gelegenen bischöflichen Residenz. Die Unterkunft hatte ein wohlhabender Bürger der Stadt zur Verfügung gestellt, sie befand sich unweit der Mauer und hatte unmittelbaren Zugang zum Po. Der umsichtige Remy legte stets Wert auf eine Fluchtmöglichkeit, auch wenn zurzeit ein Angriff von kaiserlicher Seite kaum zu befürchten war. Heinrich hatte sich nach dem letzten Fehlschlag verbittert nach Verona zurückgezogen, der dickköpfige Gottfried sich in seinem Feldlager vor Canossa eingeigelt.

Als Gesprächsvorlage seines vorgesehenen Treffens mit Urban hieß der Graue Kardinal die beiden Mönche seine Gedanken zu Papier bringen:

Aus den geheimen Protokollen von Sion

Der Stand der Dinge, unsere Überlegungen und meine Planungen betreffend, stellt sich wie folgt dar:

Primum: Die Normannen Apuliens und Siziliens stehen bereit. Die Herzöge Borsa von Apulien und Roger von Sizilien werden Bohemund, den Fürsten von Tarent, nebst Tankred, Graf von Lecce, mit einem Heer ausstatten, das diese in die Lage versetzt, in Outremer, unter der Führung des Heiligen Vaters in eigener Person oder eines von ihm bestimmten Legaten, einen Kriegszug durchzuführen, der die christliche Herrschaft über Jerusalem und seine heiligen Stätten wiederherstellt.

Nota bene: Das herrschende Haus derer d'Hauteville beziehungsweise seine Nutznießer im Erbe des Guiscard sind froh, auf diese Weise die beiden Störenfriede außer Landes schicken zu können, gehen sie doch davon aus, dass diese im Heiligen Lande Eroberungen tätigen und nicht wieder zurückkehren werden. Zu klären ist noch das derzeitige Verhältnis Bohemunds zu Kaiser Alexios von Konstantinopel, das wie bekannt in der Vergangenheit stark belastet war, denn rein staatsrechtlich betreten sie auch nach einem Überqueren des Bosporus byzantinischen Boden.

Secundum: Raimund, der Graf von Toulouse, ist zwar nicht abgeneigt, sich an einem großangelegten Unternehmen des Papstes »an führender Stelle« zu beteiligen, fasst auch die Möglichkeit, überseeischen Besitz zu erwerben, durchaus interessiert ins Auge, aber er hat bisher noch nicht die zwingende Notwendigkeit eines solchen Schritts erkannt. Toulouse ist reich, das Heer, das es aufbieten kann, ist beachtlich, seine Grafen sind mächtig wie Könige, Gefahr droht ihrem Besitzstand kaum. Zwischen dem Königreich von Aragon und dem zum Römischen Reich gehörenden südlichen Burgund und der Provence eingebettet, wähnt sich Toulouse vor Paris und dem König von Frankreich sicher. Aus dieser behäbigen Ruhe sollten wir Graf Raimund aufschrecken – ein kleiner Tritt in den Allerwertesten! Ein Paar Stiefel habe ich schon bereitgestellt!

Tertium: Robert, Herzog von der Normandie, brennt darauf, für Kirche und Papst in einen »heiligen Krieg« zu ziehen. Hier stellt sich nicht das Problem mangelnder Bereitwilligkeit, sondern das der den Herzog hindernden Umgebung. Sowohl sein Bruder William der Rote, König von England in absoluter Eigenherrlichkeit, als auch Philipp, König von Frankreich, setzen Robert stark zu, beide wollen die Oberlehnsherrschaft über die Normandie. Eklatantes Beispiel für seine Lage ist das Schicksal seiner Grenzfeste Gisors. Würde er zu diesem Zeitpunkt unserem Ruf Folge leisten, fielen beide Monarchen über sein Herzogtum her! Wie immer das Gezerre dann auch ausgehen mag, Robert stünde bei seiner Rückkehr ohne Hemd und Hose da! Vor solcher Not muss ihn die Kirche bewahren und ihm Schutz angedeihen lassen, wenn sie nicht auf seine Teilnahme verzichten will.

Quartum: Der kühnste, aber auch der notwendigste Schritt, der uns bevorsteht, betrifft die Deutschen! Weniger das Reich, sondern die seit Jahren im Felde stehenden Heere. Der Kaiser spielt zu diesem Zeitpunkt keine Rolle mehr, die herausragende Führerfigur, der die Truppen auch folgen, ist Gottfried von Bouillon! Und was macht dieser – weiß Gott! – zu größeren Taten befähigte Feldherr, womit vergeudet er seine Zeit und seine Kraft? Er hängt nach wie vor in Italien herum, bedroht das Rom des endlich wieder heimgekehrten rechtmäßigen *Pontifex maximus*, bindet sinnlos kostbare Streitkräfte unserer Verbündeten, der Markgräfin Mathilde von der Toskana und des Lombardischen Bundes! Und das alles längst nicht mehr wegen des einst zwischen den Reformern der Kirche und einem anmaßenden Kaiser ausgebrochenen Streits über die Investitur, sondern lediglich ob eines verwandtschaftlichen, eigentlich völlig unbedeutenden Zwistes! Dieser gordische Knoten muss endlich durchschlagen werden! Ich weiß, mein Vorschlag ist gewagt: Wir müssen Gottfried, das Symbol kaiserlicher Macht, auf unsere Seite ziehen und ihn an die Spitze unseres Feldzuges für Christus stellen!

– Gegeben im Monat März A.D. MXCV zu Piacenza –

Das Konzil von Piacenza, das erste im Pontifikat Papst Urbans, sah eine unerwartet hohe Beteiligung von Bischöfen aus Deutschland. Die Sache des Kaisers und seines Gegenpapstes Wibert von Ravenna hielt nur noch wenige davon ab, sich mit Urban zu arrangieren. Nur wer ohnehin wegen erwiesener Simonie oder des Verstoßes gegen das Zölibat nicht auf Gnade hoffen konnte, blieb Piacenza fern. Auch Abgeordnete aus Konstantinopel waren erschienen, die im Namen des Kaisers Alexios den versammelten Konzilsteilnehmern noch einmal eindrücklich Leiden und Pein der im Heiligen Land heimischen Christen vor Augen führen sollten, insbesondere die Unbill, die Verfolgungen und Misshandlungen, denen fromme abendländische Pilger sich ausgesetzt sahen, wenn sie es wagten, die heiligen Stätten aufzusuchen. Die meisten erreichten Jerusalem nicht einmal, wurden unterwegs bereits überfallen, in die Sklaverei verkauft oder erschlagen.

Die Byzantiner schilderten die Zustände – in Absprache mit den Geheimen Diensten der Kirche, denen sie zuvor Wortlaut und Darbietung ihrer Klagen hatten unterbreiten müssen – derart drastisch, dass es ihren Brüdern in Christo unter die Haut ging. Unterdessen ließ Remy die Frommen und die Friedfertigen unter den Teilnehmern insgeheim wissen, dass man sämtliche Streithammel und lästigen Störenfriede auf elegante Weise loswerden könne, indem die Kirche sie mit dem Versprechen auf Seelenheil und Vergebung aller Sünden für eine gute, große und vor allem christliche Sache weit weg in ein fernes Land schickte. Der rührige Kardinallegat hatte zwar schon längst die wesentlichen Kandidaten, auf die er sich stützen wollte, ausgewählt, doch er zielte auf eine allgemeine Aufbruchsstimmung für das gesamte Abendland, die dann nur noch in die vorgesehenen Heeresblöcke zu kanalisieren wäre. Die Bischöfe und ihre jeweilige Priesterschaft waren am besten geeignet, unter ihren schwarzen Schafen und händelsüchtigen Böcken gezielt die notwendige Begeisterung zu wecken. Wenn auch bewusst nicht zur Sprache kam, in welcher Form und zu welchen Bedingungen sich Byzanz von Westrom und seiner Ritterschaft Beistand erhoffte, der Samen war gelegt! Remy d'Aretin achtete sorgfältig darauf, dass über die Frage, ob Kaiser Alexios überhaupt daran denke, den geworbenen Fürsten und Rittern Eroberungen und vor allem Besitzerwerb auf eigene Faust – also ohne Lehnseid – zuzugestehen, einig Stillschweigen herrschte. Sonst wären die lebhaften Schilderungen auf gleichgültige Herzen gestoßen, hätte niemand auch nur einen Finger gekrümmt! So aber fielen Funken auf den ausgetrockneten Boden eines allgemein gefühlten Überdrusses an den bestehenden Verhältnissen, an täglich erlebter Sinnlosigkeit des Daseins – und entzündeten einen Schwelbrand versteckter, nie offen eingestandener Gier nach neuer Macht und unvorstellbarem Reichtum.

Das Konzil befasste sich mit dem Ehebruch König Philipps von Frankreich. Viele waren empört, wie er seinem Vasallen, dem Grafen Fulk von Anjou, dessen Eheweib Bertrada de Montfort abspenstig gemacht und sich mit ihr hatte verheiraten lassen. Als sich der Bischof von Chartres weigerte, die Eheschließung zu vollziehen, hatte Philipp ihn ins Gefängnis geworfen und Bertradas Bruder zum Bischof von Paris ernannt. Der war dem Verlangen des Königs selbstverständlich nachgekommen. Obgleich der größte Teil der höheren Geistlichkeit Frankreichs vehement gegen dieses Vorgehen wetterte, verzichtete Urban in Piacenza darauf, Philipp mit dem Kirchenbann zu belegen. Dieses Druckmittel würde später vielleicht noch nützlich sein! Nicht notwendig gewesen wäre der Auftritt von Praxedis, der kaiserlichen Gemahlin, auf dem Konzil – Kaiser Heinrich war schon längst exkommuniziert. Mathilde hatte sie dorthin geschleppt, und die russische Prinzessin, die sich jetzt Adelheid nannte, verwirrte und erschütterte die Gemüter vieler anwesender Kleriker mit ihren Anschuldigungen gegen den kaiserlichen Gemahl. Auch hier hatte Remy d'Aretin im Vorfeld dafür gesorgt, dass Praxedis, die sehr wohl in der Lage war, Ross und Reiter beim rechten Namen zu benennen, sich nur in vagen Andeutungen erging, welche sexuellen Abarten, welche Erniedrigungen und Perversitäten ihr Heinrich zugemutet habe. Es war nicht im Sinne der Kirche, auf dem Kaiser jetzt auch noch moralisch herumzutrampeln – was zweifellos Mathildes Absicht gewesen war. So konnte sich der Papst sogar noch als ein Oberhirte erweisen, der über allen Niederungen menschlicher Verworfenheit stand und selbst über den Sünder Heinrich seine schützende Hand hielt. Die Anspielungen, die sich Praxedis mit gespieltem Widerwillen dennoch entlocken ließ, reichten völlig aus, um die Phantasie der atemlosen Zuhörer ungehemmt zu entfachen. Urban kündigte an, noch in diesem Jahr ein weiteres Konzil, voraussichtlich in Frankreich, abzuhalten. Aufgewühlt verließen die Teilnehmer Piacenza.

Ein Geheimtreffen zwischen dem Papst und seinem Kardinallegaten war unmittelbar nach dem offiziellen Konzilsende angesetzt. Zuvor hatte Remy noch den aus der Normandie zurückgekehrten Balduin von LeBourg empfangen, der ihm bestätigte, dass Herzog Robert zur Verfügung stünde – unter der Bedingung, dass ein päpstliches Machtwort sowohl seinen Bruder als auch König Philipp in die Schranken weise, damit er für seinen Besitz nichts zu befürchten habe. Er glaube aber nur dann an die diesbezügliche Tatkraft der Kirche, wenn er Gisors zurückbekäme, zurzeit widerrechtlich von Frankreich besetzt. Es sei ihm letztlich gleich, ob dort Elgaine, die Tochter des Guillem, herrsche oder Maurcade, sein eigen Fleisch und Blut, solange sie nur durch Wahl ihres Ehemanns den Bestand einer normannischen Dynastie sicherten. Der vorgeschlagene Conon de Béthune sei ihm recht, zu bedenken gebe er nur, dass jener mit beiden Weibern halbbrüderlich verwandt, in einem Fall über den Vater – wenn er richtig informiert sei –, im anderen über die Mutter Fedaye, die ja wohl mit der einst von ihm geschwängerten Melusine identisch sei. Aber die Kirche sehe sich ja bekanntlich in der Lage, solche Hindernisse aus dem Weg zu räumen! Remy schmunzelte und erkundigte sich nur noch, wo sich denn der Piratencapitan Bert el-Caz zurzeit aufhalte. Balduin erklärte, der habe ihn weisungsgemäß in Savona wieder abgesetzt und kreuze jetzt im nördlichen Tyrrhenischen Meer in Erwartung weiterer Aufträge des von ihm hochverehrten Grauen Kardinals. Remy bedankte sich für die gute Erledigung der Mission und bat Balduin, sich für die nächste Zeit noch zu seiner Verfügung zu halten. Die Ernennung zum Waldgrafen der Ardennen sei bereits durchgesetzt und würde ihm in Bälde mit Brief und Siegel bestätigt.

Da der Heilige Vater sich nur schwerlich inkognito in den Palazzo begeben konnte, empfing er seinen als Benediktinermönch verkleideten Kardinallegaten im bischöflichen Palais. Remy d'Aretin war begleitet von den *Fratres* Angelus und Vocatus, denen es oblag, die wichtigsten Punkte schriftlich festzuhalten.

»Ich verstehe diese Praxedis nicht«, eröffnete Urban das Gespräch. »Wie kann sich eine Frau – nur um billiger Rache willen – selbst derart bloßstellen?«

»Mathilde hat ihr ein eigenes Kloster in der Toskana in Aussicht gestellt«, erwiderte Remy ungerührt, »dort kann sie sich für den Rest ihrer Tage der Scham hingeben – falls sie solche Empfindungen kennt! Ich würde Lerici vorschlagen.«

»Aber nicht als Äbtissin!« Damit war dieses Thema abgehandelt. »Ich habe Euren Bericht über den *Status quo* gelesen«, fuhr Urban dann fort, »ich bin mir auch sicher, dass Ihr für Toulouse den geeigneten Hebel bereits *in petto* habt, doch was Gisors anbelangt, da fürchte ich, dass Ihr, lieber Remy, Euch hier von eigenen Gefühlen leiten lasst, was für einen *Caput canis* nie sonderlich von Nutzen!«

»Ihr habt recht, *Sua Santità*«, räumte der Graue Kardinal lächelnd ein. »Doch jeder von uns – ich mag Euch da nicht ausschließen – braucht etwas Salz in der Suppe der täglichen Pflichterfüllung! So wie ich Cantar de Sion endlich wieder in ihrem heimatlichen Wallis installiert habe, so werde ich auch das Schicksal von Gisors – zugegeben, eine private Schwäche, die ich mir leiste – den bekannten Anforderungen genügend zu einem guten Ende führen!«

»Es sei Euch gegönnt, Remy«, sagte Urban lächelnd. »Ihr habt mein Vertrauen. Was aber habt Ihr Euch für Gottfried einfallen lassen?«

»Bouillon!«, entgegnete der Graue Kardinal überraschend und knapp. »So wie Gisors für Herzog Robert der Schlüssel zu seinem Wohlbefinden, stellt Bouillon für Gottfried weitaus mehr dar als ein schlichter Besitz. Dagegen kann weder der Titel eines Grafen von Antwerpen ankommen noch der eines Herzogs von Niederlothringen, den ihm sein Kaiser wahrscheinlich andienen wird, um ihn zu halten. In und um Bouillon fällt die Entscheidung des Kampfes um die Seele von Gottfried!«

Urban brauchte eine Weile, um dieses Urteil zu verdauen, dann lachte er leise. »Ich hoffe, lieber Remy, dass Ihr den Part *Satanas* Heinrich zuerkannt habt und nicht ausgerechnet mir!«

Auch Remy zeigte Heiterkeit. »Es soll das letzte Mal sein, dass ich Mathilde eine größere Rolle in dieser Auseinandersetzung überlasse: Erspart mir die Aussage, wer hier als gut gelten mag und wer für das Böse steht!«

»Wenn ich mir das Auge des Höchsten anmaßen würde, Remy, wärt Ihr ebenfalls ein aussichtsreicher Kandidat! Ihr bleibt ein unverbesserlicher Spieler!«

»Danke, Euer Heiligkeit!«, sagte Remy und verneigte sich.

Die drei Mönche kehrten in ihr Quartier zurück. »Wo halten sich zurzeit unsere Helden auf, Conon de Béthune und Astair de Saissac?«

»Hochgeehrt und wie die Maden im Speck«, antwortete Angel dem Frager Remy d'Aretin prompt, »bei der Markgräfin von Canossa!«

»Also gut aufgehoben!«, bemerkte der *Caput canis* hintersinnig. »Und ausgeruht für neue Taten.« Vocat nickte, er glaubte zu ahnen, was jetzt kommen würde, sah sich aber getäuscht. »Und wie geht es unseren Damen?«, fragte Remy stattdessen.

»Ebenfalls gut aufgehoben, aber weniger komfortabel«, antwortete Vocat. »Laut Auskunft unseres tüchtigen Seefahrers Bert el-Caz befinden sie sich in den Verliesen von Cap Gorgon', in Begleitung des Glatzkopfs!«

»Sehr gut!«, lobte Remy. »Dann können wir ja nun die nächsten Schritte einleiten.« Und danach hüllte er sich in Schweigen.

Im Palazzo erwartete Guy d'Abreyville seinen neuen Herrn und Meister Remy d'Aretin. »Gosbart von Sitten ist zur Hölle gefahren!«

»Ein Bischof kommt stets in den Himmel, Guy!«, korrigierte

ihn sanft der Kardinal. »Aber wer hat Euch beauftragt, jetzt bereits einen hervorragenden Mitarbeiter der Geheimen Dienste –?«

Guy grinste. »Die Gelegenheit war so günstig!« Ein schlechtes Gewissen war ihm fremd. »Die Schlucht in ihrer Winterpracht einfach zu schön.– Bisher hat den Monsignore keiner vermisst!«

»Doch! Ich!«, bekam er die unerwartete Antwort. »Endlich bin ich dieses Sauertopfes ledig!« Der Graue Kardinal lachte, was Guy als völlig unangemessen empfand. »Ihr solltet nicht so nachsichtig mit Euren Leuten umgehen!«, sagte er kalt. »Damit meine ich auch meine Wenigkeit!«

»Ich werd' mir beizeiten die geeignete Strafe für Eure Disziplinlosigkeit einfallen lassen, Guy d'Abreyville!«, sagte Remy, immer noch lachend.

Ein Bote meldete, der Papst sei im Begriff, seine angekündigte Reise nach Frankreich anzutreten.

»So verzichtet der Heilige Vater also darauf, zu Verona die Huldigung des Kaisersohns Konrad entgegenzunehmen?«, erkundigte sich Angel.

»Das kann er leicht«, entgegnete ihm Remy, »es gibt Wichtigeres in dieser Geschichte!«

Liber VI

A. D. MXCV

✣ Der Adlatus 493

✣ Die Jagd ist eröffnet 506

✣ Tödliches Missverständnis 517

✣ Dubiose Reisebegleiter 527

✣ Schlag auf Schlag 535

✣ Lacrimae virginis 543

✣ Das Enigma von Chartres 549

✣ Der geteilte Streitapfel 559

✣ Ein rasender Beichtstuhl 565

✣ Die Hochzeit von Gisors 574

✣ An der Brücke von Mantes-la-Jolie 587

Der Adlatus

Eigentlich müsstet Ihr doch – wenn schon keine Dankbarkeit gegenüber Mariae Gunst – eine tiefe Befriedigung empfinden?« Der päpstliche Kardinallegat stand zu Canossa der Markgräfin Mathilde gegenüber. »Euer lieber Neffe Gottfried hat sich ins Deutsche abgesetzt, die Rückführung der kaiserlichen Truppen überlässt er seinem treuen Feldobristen Sigbert von Öxfeld –«

Mathilde sah ihren Besucher zornig an. »Den Rückzug verdanke ich nicht Euch oder der heiligen Mutter Gottes, sondern den Opfern und der Verteidigungsbereitschaft meiner Untertanen!« Dies klargestellt, fuhr sie fort: »*Ergo* halten sich meine Glücksgefühle in Grenzen. Abgesehen davon, dass ich diese Mauern so leid bin wie ein Kerkerhäftling, der sich nach Licht und einem heißen Bad sehnt, wisst Ihr, Remy d'Aretin, doch genau, was es für mich bedeutet, dass Gottfried sich zurück nach Lothringen begeben hat, zusammen mit seinem verräterischen Vetter Balduin von LeBourg: nichts anderes als die Eröffnung eines neuen Kriegsschauplatzes! Gegen mich und meine berechtigten Ansprüche auf Bouillon!«

Die Markgräfin hatte sich in Rage geredet. Remy musste an sich halten, um die verbitterte, von all den Kämpfen verbrauchte und alt gewordene Frau nicht mit seinem Spott zu kränken. »Seid Ihr und Eure Interessen dort nicht *fortiter atque superbiter* vertreten durch die Euch ergebenen Bischöfe, allen voran der Herr Thierry von Verdun?«

»Dem mag die Kirche trauen, aber nicht ein einsam' Weib!«, höhnte Mathilde. »Thierry von Verdun hat nur eines im Kopf: die Durchsetzung seiner eigenen, höchst weltlichen Machtgelüste!«

»Und doch könntet Ihr die Nutznießerin dessen sein, was er gegen Gottfried unternimmt?!«

»Nutznießerin oder Geprellte, wenn Gottfried und Thierry sich nicht gegenseitig totschlagen, sondern über meinen Kopf hinweg einigen!«

Der Kardinallegat wurde abgelenkt von den Wachen an der Tür, die ihn devot darauf aufmerksam machten, dass der junge Guy d'Abreyville zurückgekehrt sei. Die Markgräfin versagte sich jeden Kommentar, sie begrüßte den jungen Mann nicht einmal, obgleich Guy sich zu einer knappen Verbeugung herbeiließ. Remy d'Aretin tat, als bemerkte er die offensichtliche Animosität nicht, und forderte Guy barsch zur Berichterstattung auf.

»Weisungsgemäß habe ich die Herren Ritter Conon de Béthune und Astair de Saissac auf den Weg zu der ihnen auferlegten Mission gebracht. Ich übergab sie zu Lerici dem Piraten Bert el-Caz.« Guy war sichtlich stolz auf seine Tüchtigkeit, doch Remy hatte kein Wort der Anerkennung für ihn, im Gegenteil!

»Wieso Bert el-Caz?«, fragte der Kardinallegat kurz zerstreut zurück, dann fasste er scharf nach: »War wenigstens Pons dabei, auf dem Segler des Piraten?«

Guy schüttelte sein blondes Haupt. »Nicht gesehen!«, vermeldete er so unerschütterlich wie ihm möglich. Es überkam ihn siedend heiß, dass ihm hier eine Unachtsamkeit unterlaufen war. Scheiße! Er war Mathilde dankbar, dass sie in diesem Moment das Gespräch energisch an sich zog.

»Ihr mögt Euch erinnern, Remy d'Aretin«, ging sie übelgelaunt den Kardinallegaten an, »dass ich die Freistellung der Herren *Camarlingi* für diese so höchst geheime päpstliche Mission« – ihr Ärger, nicht ausreichend informiert zu sein, war hörbar – »an Eure Zusage band, dass mir die flüchtige Maurcade du Berq zurückerstattet wird!«

Ohne eine Antwort abzuwarten, rauschte die Markgräfin zum Saal hinaus und ließ den Grauen Kardinal und seinen Adlatus allein. Das war genau, was Guy befürchtet hatte.

Er versuchte sich zu retten. »Euer Kapitän ist unterwegs nach San Gorgò, um Elgaine und Berenguer –«

»Diese Fahrt sollt Ihr zusammen mit Bert el-Caz durchführen, Guy d'Abreyville! Oder hatte ich mich nicht klar genug ausgedrückt?« Die Kälte im Ton der Frage ließ wenig Gutes hoffen.

Guy bemühte sich um Erklärung. »Ich empfand Scham. Ich hatte Elgaine meinen Schutz zugesagt!«

»Womit Ihr das Maul zu voll genommen habt! Und habt auch noch die vorgesehene Wiedervereinigung von Mutter und Sohn vereitelt!«, lautete der kühle Bescheid. Guy senkte schuldbewusst die Nase, was selten genug geschah und bei seinem gestrengen Richter auch keinerlei Wirkung zeitigte. »Der von Euch losgeschickte Kapitän ist zwar ein braver Mann, der tut, was ihm aufgetragen, aber den beiden Weibern ist er nicht gewachsen!«

»Berenguer?«, wagte Guy einzuwerfen. Die Handbewegung des *Caput canis* fiel eindeutig und vernichtend aus. »Damit Ihr Euch abgewöhnt, Guy d'Abreyville«, brach sein Zorn über den Übeltäter herein, »statt der geforderten *Oboedientia* im Dienst Euren Gefühlen zu folgen, werdet Ihr in Ketten, bei kärgster Nahrung und täglicher Züchtigung, Zeit finden, darüber nachzudenken, welche Folgen Euer Ungehorsam haben kann – und wahrscheinlich auch haben wird!«

»Kann ich denn nicht –?«

»Nein!«, schnitt ihm der Graue Kardinal das Wort ab. »Ihr werdet hier in der Kapelle angekettet, damit ich Euch jeden Tag mit den wahrscheinlich fatalen Auswirkungen Eurer Eigenmächtigkeit konfrontieren kann.«

Guy hoffte vergeblich auf das ihm sonst von Remy geläufige sarkastische Lachen, diesmal war es dem *Caput canis* offenbar bitterernst. »Erst wenn sich wieder eine Möglichkeit ergibt, Euch sinnvoll einzusetzen, Guy d'Abreyville, werdet Ihr vom Eisen gelöst. Bis dahin wird täglich für Eure körperliche Ertüchtigung gesorgt, damit Euer Mordinstinkt in Form bleibt. – So!«, beschloss Remy sein Verdikt und erlaubte einem kleinen Lächeln, über seine harten Züge zu gleiten. »Und jetzt ruft die Wachen herbei, damit sie mit Euch verfahren, wie von mir angeordnet!«

Der Raum hinter dem Altar war knapp bemessen, sechs Schritte nach jeder Seite blieben dem Angeketteten, wobei er tunlichst auch noch die eiserne Kugel in der Hand mit sich schleppte, damit die Fessel ihm nicht die Knöchel aufscheuerte. Täglich dreimal erschien der Henker und peitschte ihn aus, sorgfältig darauf achtend, ihm – unter Vermeidung von Wunden – maximalen Schmerz zuzufügen. Guy nahm die Schläge auf Arme und Beine, Brust und Rücken als Teil der täglichen Exerzitien. Frühmorgens und abends, manchmal auch mitten in der Nacht wurde er in den Keller geführt, wo ihm wechselnde Partner zur Übung mit Waffen aller Art zur Verfügung standen. Die tumben Burschen litten unter seinen bissigen, meist tückischen Attacken weit mehr als er, der Delinquent, unter ihren orthodoxen Schlagabfolgen. Während sie ständig ins Leere hieben, benutzte der ihnen weit Überlegene die Gelegenheit zu waghalsigen Sprüngen und akrobatischen Klettereinlagen, soweit die Gitter des Kerkers dies zuließen. Wehmütig gedachte Guy seiner ersten Fechtstunden, die ihm Astair hier erteilt hatte. Astair de Saissac! Ein wahrer *Maestro d'arma*! Einzig in der Handhabung des *Daga*, des kurzen Dolches, war ihm sein Schüler von Anfang an über gewesen!

Angekettet in der düsteren Einsamkeit des Chorumganges, erinnerte sich Guy an das letzte Gespräch seines Meisters mit dem Helden Conon de Béthune, dessen ungewollter Zeuge er geworden war, bevor sich die beiden mit dem Piraten Bert el-Caz auf die Reise zu ihrer ›Mission‹ aufmachten. Gelauscht hatte er eigentlich nur aus Neugier, um zu erfahren, welcher Art denn der dem Fechtkünstler vom Grauen Kardinal erteilte Auftrag war.

»Warum machen wir das eigentlich?«, hatte Astair missmutig gemault.

»Weil es *Avventure* verspricht und der *Caput canis* es für richtig hält!«

Das schien den *Maestro d'arma* nicht recht zu überzeugen. »Ich glaube, Remy will sehen, wer von uns beiden sich besser schlägt. Der bekommt dann Elgaine!«

»Das könnte er billiger haben!«, Conon lachte. »Außerdem ist Elgaine eine Frau, die ihre eigene Wahl trifft!«

»Ich bin bei ihr schon unten durch!« Unerwartet schwermütig setzte Astair de Saissac hinzu: »Und was ist, wenn einem von uns dabei etwas zustößt?«

Conons Lache geriet noch herzhafter. »Oho! Was habt Ihr in der Hose?! Plagen Euch etwa Bedenken, ein kleines Mädchen zu entführen?«

»Die Nona wird's übelnehmen, und die hat Haare auf den Zähnen!«

»Also werden wir sie artig bitten, mit dem Kinde ausreiten zu dürfen – und damit hoppla!«

Doch Astair verharrte in seinem Trübsinn. »Wenn ich sterben sollte, Conon, dann seid bitte Pons ein guter Vater!«

Ein schallendes Lachen war Conons Antwort. »Wenn ich mir bei diesem ach so gefährlichen Ritt das Genick breche, müsst Ihr Euch mit Elgaine versöhnen und Euch selbst bemühen, einen fürsorglichen *Pater familiae* zu geben!« An dieser Stelle war Bert el-Caz dazwischengetreten.

Guys Gedanken kehrten zwangsläufig zurück in die öde Wirklichkeit. Wie gerne wäre er mit den beiden zusammen auf diese Mission gezogen! Doch davon hatten beide Ritter nichts wissen wollen. Schwer gekränkt war Guy d'Abreyville an den Gestaden von Lerici zurückgeblieben. War er der Ehren solch hochgemuter *Avventuren* nicht würdig? Er würde es ihnen allen beweisen!

Doch jetzt, allein im Halbdunkel des Altarraums, griffen ein ums andere Mal die schwarzen Gedanken nach ihm, die er erfolgreich verdrängt zu haben glaubte. Immer bedrückender wurde ihm klar, dass seine Lügengeschichte über den grässlichen Monsignore über kurz oder lang ans Licht kommen würde, mit größter Wahrscheinlichkeit gerade jetzt, während er hier noch in der Hand des Grauen Kardinals war! Er sah sich schon den Rest seines Lebens an der langen Kette der Geheimen Dienste.

Vor Guys innerem Auge tat sich die schneebedeckte, abschüssige Straße von Sion auf, er selbst an die rückwärtige Plane der Kutsche geklammert, mit der Monsignore de la Carmen in panischer Angst zu fliehen versuchte. Guy hatte es für eine grandiose Idee gehalten, Alfons de la Carmen bei der sich bietenden Gelegenheit ebenso aus dem Weg zu räumen wie den Bischof

Gosbart, obgleich er dazu keinerlei Auftrag hatte. Er musste eigentlich nur unbemerkt den hinteren Teil der Plane aufschneiden, hineinschlüpfen und mit einem Sprung von hinten den flüchtenden Esel –

Guys Erinnerung hatte erst wieder eingesetzt, als er mit fürchterlich schmerzendem Schädel rücklings im Schnee neben der Straße lag und sich der Monsignore, mit einem Bronzeklöppel bewaffnet, über ihm erhob. Völlig ungerührt stand sein Stiefel auf Guys Handgelenk. Die Taschen seines Opfers musste de la Carmen bereits durchsucht haben, denn er hielt das *Signum* hoch, den Stein mit der Feuerlilie und dem Dolch, das Zeichen der Geheimen Dienste!

»Dachtet Ihr im Ernst, junger Mann«, spottete der Eselskopf, »ein erfahrener Keiler, ergraut im Dienst wie unsereins, spürt nicht, wenn ihm einer im Nacken hockt? Ich musste nur noch zuwarten, bis Ihr Eure dumme Birne schlaggerecht hinhieltet – seid froh, dass die gefrorene Plane den Hieb stark milderte!« Der Monsignore war richtig freundlich. Erst in diesem Moment merkte Guy, dass ihm die Füße schon zusammengeschnürt waren. Würde de la Carmen, der über ziemliche Kräfte verfügen musste, ihn nun in die Schlucht hinabwerfen?

»Habt keine Sorge«, fuhr der Monsignore leutselig fort und gönnte Guy einen letzten Blick auf das *Signum*, bevor es in seinen Taschen verschwand, »ich werde es dem verehrten *Caput canis* bei Gelegenheit zurückerstatten, denn ich vermag mir nicht vorzustellen, dass er einen Frischling wie Euch den in vielen Schlachten erprobten Hauern eines Wildebers aussetzt – selbst wenn er meiner überdrüssig sein sollte!« Nach diesen Worten schritt Carmen zu seiner weiter unten wartenden Kutsche und rollte davon.

Guy hatte noch eine Zeitlang seine Beule am Hinterkopf gekühlt und dann sein kleines Messer, das ihm der Monsignore erstaunlicherweise gelassen hatte, aus dem Beinkleid gefingert und die Fußfesseln durchtrennt. Er ging zu Fuß zurück zum Kastell von Sion, stahl sich ein Pferd und ritt zum vereinbarten Treffen mit seinem Herrn und Meister Remy d'Aretin, den er in Piacenza antraf. Guy wusste auch jetzt nicht, welcher Teufel ihn dann geritten hatte, dem *Caput canis* ohne jede Not die Lügengeschichte aufzutischen, er, der Novize, habe sozusagen mit der linken Hand de la Carmen, einen bewährten Mann der Geheimen Dienste, liquidiert! Nur weil er, Guy d'Abreyville, sich anmaßte, über dessen Loyalität richten zu dürfen? Abgenommen hatte es ihm Remy d'Aretin wahrscheinlich sowieso nicht, so leicht, wie der Graue Kardinal über das Wintermärchen hinweggegangen war! Recht hatte Remy, ihn so zu behandeln, wie es ihm nun geschah! Und dass der Herr Kardinallegat bislang nicht ein einziges Mal hier in der Kapelle bei ihm aufgetaucht war, zeigte Guy auch deutlich, was sein Herr und Meister von ihm hielt.

Selbst bei Tag fiel es einem erfahrenen Seemann äußerst schwer, Cap Gorgon' inmitten der tyrrhenischen See zu finden, eine Nadel im Heuhaufen war leichter auszumachen. Dennoch war der unvermittelt steil aus dem Meer aufragende Fels gefürchtet, denn bei Nacht warnte kein Licht, kein Leuchtfeuer vor dem todbringenden Hindernis. Ein Schiff, das an ihm zerschellte, verschwand, ohne eine Spur zu hinterlassen, die Wrackteile wurden irgendwann an die Küste zwischen den Bleigruben von Piombino und der Bucht von Lerici angespült. Die Pisaner hatten es eine Zeitlang als Sträflingsinsel benutzt, dann aufgegeben. Es machte zu viel Mühe, dort eine Garnison zu unterhalten. Selbst die Piraten mieden den nackten Fels. Schließlich hatte sich eine Handvoll frommer Eremiten in der Einöde niedergelassen, und die Kirche sah sich genötigt, für ihr karges Auskommen Sorge zu tragen. Wann und wie diese völlig unlukrative und scheinbar sinnlose Unterhaltspflicht auf die Geheimen Dienste übergegangen war, ließ sich nicht mehr feststellen. Sie ließen sich jedenfalls den barmherzigen Aufwand gut aus kirchlicher Schatulle bezahlen und führten Cap Gorgon' wieder seiner ursprünglichen Bestimmung zu. Wer hierher verbracht wurde, hinterließ keine Spur! ›San Gorgò‹ hieß der verborgene Wallfahrtsort bei Eingeweihten.

Den schlichten Steinbau vor Überfällen zu sichern war eigentlich unnötig, dennoch wies er am äußersten Rand der Klippen seewärts ein vergittertes Fenster auf, und auch die Tür im groben Mauerwerk war so robust, dass sie jedem Rammstoß widerstanden hätte. Hierhin hatte man die Gefangene Maurcade du Berq verbracht. Die Normannin war froh, durch das Fensterloch in die gischtige See starren zu können, anstatt ihrer Rivalin Elgaine zuschauen zu müssen, die sich jeden Tag im sogenannten Klostergärtlein erging, einem stubengroßen Innenhof, in dem die frommen *Fratres* versuchten, etwas Fenchel und Rosmarin, Salbei und Sonnenblumen zu züchten. Elgaine machte sich dort gerne nützlich, schöpfte unermüdlich Wasser aus der tiefgelegenen Zisterne, jätete das Unkraut, das dank vorbeifliegender Vögel reichlich spross, und war sich auch sonst für die anfallenden Arbeiten in Küche und Vorratskammer nicht zu schade. Elgaine de Gisors bewohnte das höchste Gebäude der Insel, den Turm, und zwar das Obergeschoss. Den Sockel hatte Berenguer mit Beschlag gelegt, schon um sicherzugehen, dass des Nachts niemand, vor allem nicht jene perfide Weibsperson, nach oben zu der schlafenden Elgaine vordringen konnte.

Auf die Mönche war als Wachen kein Verlass. Sie versahen ihren Dienst als Gefangenenwärter unwillig, einzig die Tatsache, dass sie sonst nichts zu essen bekamen, hielt sie davon ab, die täglich notwendige Beseitigung der Abfälle und die Reinigung der Latrine zu verweigern. Der Glatzkopf, obgleich selbst Gefangener der Insel, amtete als Oberaufseher. Ihm oblag es vor allem, einen Zusammenstoß der beiden Damen zu vermeiden. Wenn Maurcade nach Benutzung des Badezubers oder des Abtritts verlangte, musste Elgaine jedes Mal im Turm weggesperrt werden. Einzig die Tatsache, dass die Feindin sie von dort oben genüsslich beobachten konnte, hielt solche Ausflüge der Maurcade relativ kurz. Dennoch reichte bereits die unumgängliche Durchquerung des Gärtleins aus, um den Söldnerführer ständig auf Trab zu halten.

Einmal hatte er angeregt, wegen des schönen Wetters ein gemeinsames Mahl im Freien einzunehmen, doch sein Versuch war kläglich gescheitert. Bevor er noch den ersten Bissen herunterschlucken konnte, lagen sich die beiden Damen bereits in den Haaren, bissen, zerrten und prügelten aufeinander ein, inmitten der mühsam gepflegten Kräuter und Staudenbeete. Der Glatzkopf musste mit Brachialgewalt dazwischengehen – Messer und Zinken hatte er sicherheitshalber ohnehin von jedem Gedeck verbannt. Er schleifte die um sich schlagende Maurcade an den Beinen zu ihrer Hütte, Elgaine flüchtete in den Turm, die Mönche waren entsetzt.

Von da an mussten sie wieder jede für sich ihr Süpplein in den eigenen vier Wänden auslöffeln und die vorgeschnittenen Fleischstücke hinunterwürgen – Zicklein gab's reichlich! Dazu an Feiertagen viel frischen Kürbis, dessen Anbau den *Fratres* auf dem Komposthaufen gelang, Feigen von einem mächtigen Baum, der sich zuoberst in die Klippen verirrt hatte, dazu Seeigel, kleine Krebse, Schnecken – Fisch fast nie.

Doch dann kamen die *Fratres* aufgeregt zu Berenguer gelaufen: Die beiden Damen säßen einträchtig nebeneinander auf dem Balken über der Abortgrube und schissen sich die Seele aus dem Leib! Eine gemeinsame heftige Diarrhö hatte das Wunder zustandegebracht, schuld waren wahrscheinlich der Kürbis oder die Feigen oder beides! Sichere Zutat: das Wasser aus der Zisterne.

Sie sprachen über ihre Söhne – sie hatten beide voneinander nicht angenommen, dass die andere Muttergefühle kannte. Elgaine klagte über ihr hartes Los, dass sie ihren geliebten Pons seit Ewigkeiten nicht mehr habe in die Arme schließen dürfen, Maurcade hörte ihr mit gespielter Teilnahme aufmerksam zu, bevor sie selbst bitter zum Besten gab: »Wie beneidenswert, liebste Elgaine! Meiner ist mir stets nah wie ein Schatten, aber zu sehen bekomme ich ihn nie! Er meidet mich wie eine Aussätzige, ich glaube, er hasst mich, mein blonder Engel, aber er geht mir nicht von den Fersen, belauert mich – als würde er nur darauf warten, mir eins auszuwischen!«

»Das tut mir weh«, erwiderte Elgaine mit der ihr eigenen Aufrichtigkeit. »Ich mag mir gar nicht vorstellen, Pons könnte mich nicht so lieben, wie ich ihn liebe!« Sie sann angestrengt nach, der aus dem ungelöschten Kalk aufsteigende Gestank beflügelte solch zärtliche Gedanken nicht gerade. »Liebt Ihr Euren Sohn, Maurcade?«, fragte sie dann rundheraus.

Der schönen du Berq kam zupasse, dass sich ihr Gedärm nochmals entleerte. »Eigentlich nicht«, stöhnte sie unter Bauchgrimmen. »Wahrscheinlich habe ich mir nie verziehen, dass er kein Kind der Liebe war, sondern –« Sie verzog ihr Gesicht in Krämpfen und wütender Erinnerung. »Geht jetzt lieber«, keuchte Maurcade, »sonst stoß ich Euch in die Scheiße« – ihr Blick glitt mit bösem Glitzern nach unten in die Grube –, »in der ich schon mein Leben lang stecke!« Das klang jetzt bedrohlich und auch so verzweifelt haltlos, dass Elgaine ihren Rock raffte und schleunigst vom Balken rutschte. Einzig eine neuerliche Attacke ihres Darms hielt Maurcade davon ab, der Rivalin nachzusetzen. Elgaine rannte zu ihrem Turm.

Die Ankunft des Seglers der Geheimen Dienste erfolgte wie schon bei der Anlieferung der Häftlinge nach Einbruch der Dunkelheit. Der Capitan wartete das Aufflammen der Leuchtfackeln ab, bevor er sein Schiff zwischen die Felsen steuerte, wo es sofort vertäut wurde. Maurcade du Berq war das Anlanden nicht entgangen. Von ihrem vorgeschobenen Posten aus konnte sie durch das vergitterte Fenster alles beobachten, was sich meerseitig der Insel näherte. Da nichts entladen wurde, stand fest, dass es sich um den Abtransport ihrer Rivalin handeln musste. Sonst hätte sie der Oberaufseher längst aufgefordert, sich für die Seereise vorzubereiten. Stattdessen hatte der Glatzkopf an diesem Abend den Sitz von Schloss und Riegel ihrer Hütte besonders sorgfältig überprüft.

Im frühen Morgengrauen bekam sie Berenguer de Saissac dann endlich zu Gesicht, wie er diese dämliche Ziege Elgaine über den Steg auf die schaukelnden Planken führte. Offenbar schien er sich auch selbst auf die Reise zu begeben – vermutlich zu Elgaines Schutz –, denn es waren alle *Fratres* erschienen, um ihnen das Geleit zu geben. Der Segler legte vorsichtig ab.

Maurcade wartete in stummer Wut, bis er sich dicht unter ihrem Fenster vorbeischob. Alle Mann waren damit beschäftigt, die Bordwände vor den scharfkantigen Felsen der schmalen Einfahrt zu schützen, niemand achtete auf das hassverzerrte bleiche Gesicht der Maurcade. Die schwarzen Locken umzüngelten ihren Kopf wie Tentakel, bis sie unvermittelt einen schrillen Kampfschrei ausstieß.

»Verpiss dich nur!«, kreischte Maurcade du Berq zu ihrer Rivalin hinab. »Ich erwisch dich noch, dich oder deinen Pons!«

Entsetzt blickte Elgaine hoch auf die gespenstische schneeweiße Maske hinter den schwarzen Eisenbarren, deren glühende Augen ihr nachstarrten, bis sie aufs dunkle Meer hinausgeglitten waren. Sie war zutiefst erschrocken.

»Das Haupt der Gorgò!«, murmelte der neben ihr stehende Kapitän abergläubisch. »Die Namenspatronin der Insel.« Er bekreuzigte sich hastig. »Ihr müsst nicht daran glauben!«, fügte er verlegen grummelnd hinzu, als er sah, dass Elgaine weinte.

In der Klosterkirche Immacolata del Bosco hoch über Lerici knieten der sechsjährige Pons und seine Begleiterin Terès di Mondragon in der vordersten Bank. Pons hatte darauf bestanden, hier heraufzusteigen, sämtliche Serpentinen des Kreuzweges, die sich im Zickzack vom kleinen Hafen hinaufschlängelten. Schon unterwegs war der Knabe vor jedem verwitterten Fresko der Passion Christi auf dem harten Stein niedergekniet. Pons wollte sich die Erfüllung seines Wunsches nicht leicht machen.

»Ich bete darum«, ließ er das hagere Kräuterweib leise wissen, »dass meine Mutter endlich kommt und mich zu sich nimmt!«

Terès ging auf ihn ein. »Deswegen hat uns Bert el-Caz ja auch hiergelassen, damit seine Fahrt ins ferne Okzitanien euch nicht ein weiteres Mal davon abhält, zueinander zu finden.« Sie spürte, dass Pons innerlich aufgewühlt war, und versuchte den Knaben zu beruhigen.

»Ich hab' aber auch ein schlechtes Gewissen meinem Vater gegenüber«, verriet Pons ihr gequält, »Astair hätte es sicher gern gesehen, wenn ich die Reise nach Saissac mit ihm und Conon gemeinsam – ich glaube, er vermisst mich sehr, wir hatten wenig Zeit zusammen – vielleicht war es falsch, hierzubleiben und zu warten –?«

»Ich finde«, erwiderte Terès fest, »dass es klug war von Bert el-Caz, dich hierzulassen, denn bei einer solchen Mission weiß keiner, wie sie endet und wann man zurückkehrt.« Sie bemühte sich, den niedergeschlagenen Pons aufzurichten: »Unser Capitan wollte auf jeden Fall sichergehen, dass Elgaine dich findet, falls seine Reise länger dauert.«

Bei Pons brach sich der Zweifel Bahn: »Aber sie weiß doch gar nicht, dass ich hier auf sie warte! Was ist, wenn sie gar nicht vorbeikommt, sondern sich direkt nach Gisors begibt?«

Nur keine Unsicherheit zeigen, sagte sich Terès. »Der mächtige Kardinallegat, der euch beiden, ihr und dir, wohlwill, hat aber dem Capitan den klaren Auftrag gegeben, auf dem Rückweg als Erstes hier in Lerici Station zu machen – übermittelt von jenem jungen Mann, der für die Geheimen Dienste unserer heiligen *Ecclesia* auftrat!«

Diese Auskunft überzeugte den misstrauischen Pons keineswegs. »Glaubst du etwa, dass diese Geheimen Dienste so viele Gedanken auf Elgaine und mich verschwenden?«, hielt er der bemühten Terès trotzig vor. »Sie verfolgen ihre eigenen Interessen, ohne Rücksicht auf eine Mutter oder gar ein Kind! Wir sind für sie höchstens Spielfiguren, die sie verschieben, wie es ihnen grad in den Sinn kommt!« Pons wurde heftig: »Was ist das für eine so wichtige Mission, zu der Astair und Conon abkommandiert wurden?«

»Da fragst du mich zu viel«, erwiderte Terès ratlos, »aber ich denke nicht, dass der hohe Herr Remy d'Aretin sich sein Schachspiel von Lust und Laune diktieren lässt. Er geht sehr wohl nach einem großen Plan vor.« Aufmunternd fügte sie hinzu: »Du verstehst doch genug vom Wesen des königlichen Spiels? Die Läufer, die Springer – oder als was du dich sehen willst – und selbst die Königin sind abhängig von Zug und Gegenzug, deren Notwendigkeiten oder Folgen höchstens der Spieler überschaut, aber nicht die Figuren!«

»Ich bin ja grad froh, gute Terès«, entgegnete ihr der etwas aufgeheiterte Pons, »dass du mir nicht den Part des Bauernopfers zugedacht!« Er sprang von der Bank auf und lockerte seine Knie. »Dem Grauen Kardinal würde ich ja vertrauen«, ließ er seine Begleiterin wissen, »aber diesem Guy d'Abreyville?« Pons flüsterte verschwörerisch: »Ich habe den dringenden Verdacht, dass der höchst eigenmächtig die Aufträge an die beiden

Capitani vertauscht hat! Deswegen befahl unser großer Pirat uns auch, in letzter Minute von Bord zu gehen, weil er gar nicht damit gerechnet hatte, nach Okzitanien geschickt zu werden, sondern fest davon ausging, er sollte meine Mutter Elgaine abholen!« Pons wartete geduldig, ob Terès seinen Überlegungen auch folgte, bevor er fortfuhr: »Mir schien Bert el-Caz bitter enttäuscht von der plötzlichen Änderung, er hatte sich so sehr darauf gefreut. Es war sein sehnlichster Wunsch, mich wieder mit Elgaine vereint zu sehen!«

Darauf wusste Terès zunächst nichts zu antworten. Schließlich raffte sie sich auf. »Ich hoffe, schlauer Pons«, sagte sie lachend, »dass du nur in dem einen Punkt unrecht hast, nämlich, dass Elgaine uns hier vergeblich warten lässt!«

Die dicke Schwester Pförtnerin, Erma di Toano, erschien schlüsselrasselnd in der Kirchentür. »Wir schließen jetzt!«, verkündete sie. »Es empfiehlt sich gemeinhin, den Abstieg noch bei Tageslicht zu vollziehen!« Das klang energisch, aber keineswegs unfreundlich. »Doch kann ich euch auf dem Heimweg leuchten«, bot sie den beiden Besuchern an, »denn mich zieht es noch zur ›Heiteren Sirene‹, wo ihr Quartier genommen!«

Erma verschloss die Kirchentür hinter ihnen, am Abendhimmel über Lerici erschienen die ersten Sterne. Pons und Terès nahmen das Angebot gerne an. Pons ließ die beiden Weiber vorausgehen und schritt als Letzter die Stufen des Kreuzweges hinab. Bei jeder Station richtete er rasch noch einen Blick zum hell leuchtenden Abendstern und sandte ein Gebet zu ihm hinauf, dass Elgaine sicher übers Meer zu ihm fände!

Die Jagd ist eröffnet

Der Segler des Piraten Bert el-Caz bog um das Vorgebirge des Clap, der fast die gesamte Bucht von Narbonne einnahm. »Ihr könntet uns wenigstens bis in den Hafen bringen!«, mahnte Astair den missgelaunten Capitan, als er bemerkte, dass der bereits Anstalten traf, den Anker zu werfen. Bert el-Caz sah widerborstig zu dem Kumpanen aus alten Tagen auf.

»Ich setze Euch da ab, wo Ihr erwartet werdet!«, lautete sein Bescheid. »Außerdem hab' ich es eilig, wieder zurückzukehren, um Pons endlich mit Elgaine zu –«

»Das wird Euch auch diesmal nicht gelingen!«, unterbrach ihn Conon missvergnügt. »Dafür hättet Ihr auf der Stelle ausfahren müssen, sie zu holen.«

»Anstatt uns hierher in diese Einöde zu verfrachten!«, pflichtete Astair ihm bei. In der Tat, das Ufer des breit aus dem Meer aufragenden Hügels schien menschenleer. Das verunsicherte auch den Piraten, ärgerlich zögerte er das Anlanden hinaus, indem er sein Schiff die Küste entlangtreiben ließ. Doch dann erblickte er einen in Sand gerammten Stander mit dem zur Lilie verformten Kreuz, das an eine zweiseitig geschliffene *Daga* gemahnte. Kurzentschlossen warf er den Anker aus und bedeutete seinen beiden Rittern unmissverständlich, dass damit sein Beitrag zu ihrer Reise erfüllt sei. Astair und Conon schüttelten zwar den Kopf, erhoben aber keine Einwände, als die Planke ausgelegt und ihre Pferde von Bord geführt wurden. Da erschienen auch schon auf der Hügelkuppe über ihnen einige Reiter, die den Vorgang schweigend beobachteten. Einer von ihnen gab seinem Tier die Sporen und sprengte herab. Er ritt aber nicht auf die Angekommenen zu, sondern zu dem Stander, wo er ihr Herankommen zu erwarten schien.

Astair wandte sich zum Abschied noch einmal zu dem Piraten um. »Richtet meinem Sohn Pons aus«, bat er ihn mit umwölkter Miene, »dass sein Vater ihn umarmt – was leider durch Euren Eigensinn verhindert wurde, Bert el-Caz!« Den Vorwurf mochte der Pirat nicht auf sich sitzen lassen.

»Vor die Wahl gestellt, ob ich mich um Euretwegen von Pons trenne, habe ich mich für die Sehnsüchte Elgaines entschieden!«, rief er dem Davonstapfenden trotzig nach. »Es ist mir schwer genug gefallen!«

Conon gab dem Piraten einen aufmunternden Klaps auf die Schulter. »Ich danke Euch für die Fürsorge«, sagte er leise, »die Ihr dem Knaben habt zukommen lassen – weit mehr als sein leiblicher Vater! Und grüßt mir die wundervolle Elgaine!«

Damit folgte er seinem Gefährten und begab sich zu dem wartenden fremden Ritter, der jetzt den Stander aus dem Sand zog.

Der kleine Trupp hatte Narbonne umgangen, desgleichen das prächtige Carcassonne landeinwärts und hielt jetzt auf die Schwarzen Berge zu, die sich nördlich von ihrem Ziel Saissac erhoben. Der jüngere Ritter hatte sich mit André de Montbard vorgestellt, den älteren Anführer des Haufens nannte er Sire de Craon.

»Wir sind hier zu Gast im Lande des Vicomte Trencavel, des mächtigen Grundherrn, zu dessen Besitz auch Saissac zählt«, plauderte André unbefangen. Der warnende Blick seines Anführers kümmerte ihn nicht.

Conon war erstaunt. »Das Lehen des Berenguer de Saissac untersteht also gar nicht dem Grafen von Toulouse?«, fragte er.

»Nicht doch!«, lachte André. »Graf Raimund versteckte seine kleine Geisel, seine leibliche Nichte Pilar, vorsichtshalber außer Landes, aber bei einem zuverlässigen Waffengefährten, eben Eurem Berenguer.« Er überlegte kurz, wie weit er mit seinen Auskünften gehen sollte. »Deswegen hat man im Gegenzug ja uns gewählt, unverdächtige Landesfremde, mit dem Haus Aquitanien weder verwandt noch verschwägert. In den Schwarzen Bergen weilen wir als private Jagdgesellschaft, allerdings in der Erwartung, dass Ihr uns das edle Wild zutreibt. So sieht es jedenfalls der Plan unseres gemeinsamen Freundes vor!«

Conon nickte. Astair war in dumpfes Brüten versunken.

Schweigend erreichte der Trupp die versteckte Jagdhütte, ein bescheidenes Schlösschen unter hohen Bäumen. Hier erwarteten sie weitere Reisige, allesamt als Jäger verkleidet. Der Sire de Craon bemerkte den fragenden Blick Astairs.

»Die Hälfte von ihnen wird uns als Eskorte dienen, wenn wir die Beute außer Landes nach Aquitanien schaffen«, gab er knapp zur Auskunft, »die Übrigen stehen Euch zur Verfügung, um den Ort Eures Zugriffs danach schnell und unerkannt zu verlassen. Als Sohn des Burgherren kennt Ihr Euch ja mit den örtlichen Gegebenheiten aus!«, fügte er noch lauernd hinzu.

Astair nickte finster, ihm war nicht wohl bei dem Unternehmen, das der Kardinallegat ihnen auferlegt hatte. Wie zum Teufel dienten die kleine Philippa von Toulouse und ihre Verheiratung mit dem Fürsten von Aquitanien dem so wichtigen, hochgeheimen und großartigen Vorhaben des Heiligen Vaters, dessen *Camarlingi* er und Conon waren? Aber Remy d'Aretin, der Graue Kardinal, hielt es nicht für nötig, Erklärungen abzugeben, er befand über Kerkerhaft oder Freiheit, machte ihn, Astair de Saissac, zum kleinen Rädchen in seinem Getriebe – ohne Rücksicht auf seine Gefühle! Er kam sich wie ein Verräter vor. Das wurde ihm erst recht klar, als André de Montbard seinen Gefährten Conon und ihn jetzt auf die oberste Plattform des Turmes führte und sie in der Ferne, über die Baumwipfel hinweg, die Burg von Saissac im goldenen Licht der Abendsonne erblickten.

»Morgen früh macht Ihr Euch auf den Weg!«, sagte André vorsichtig, aber sofort knurrte Astair: »Wenn nicht morgen, dann zu einem Zeitpunkt, den wir für geeignet halten!«

André hatte verstanden. »Wir erwarten Euch mit der Prinzessin zu jeder Stunde, Tag und Nacht! Von hier aus können wir jeden Weg beobachten, gleich welchen Ihr wählt. Auch wenn Ihr verfolgt werdet, stehen unsere Leute bereit.«

»Schwacher Trost!«, scherzte Conon. »Ich hoffe, es geht ohne Blutvergießen ab, mit List, wenn schon nicht durch gutes Zureden und Einsicht!«

»Das hängt ganz von der Nona ab, meiner kratzbürstigen Großmutter!« Astair schien von einem friedlichen Ausgang nicht sonderlich überzeugt.

»Ich würde sagen«, widersprach ihm Conon, »es kommt einzig und allein darauf an, wie sich die Prinzessin Pilar zu unserem Befreiungsschlag stellt.«

»Sie muss einverstanden sein!«, mahnte der hinzugetretene Sire de Craon. »Andernfalls müsst ihr Gewalt anwenden.«

»Eine wunderbare Aussicht!«, sagte Conon mit einem letzten Blick auf die Burg Saissac und wandte sich ab.

Das Schiff flog über das Meer. Sein Kapitän hatte günstige Winde eingefangen, die es geradewegs gen Norden trugen. Elgaine, die neben ihm stand, ließ sich die frische Brise durch das Haar streichen. Endlich ging es heimwärts! Der Kapitän schlug das Steuer sanft Richtung Küste ein, wortlos griff sie ihm ins Ruder und korrigierte den Kurs wieder in die bisherige Richtung.

»Der Hafen liegt doch –«, protestierte der Mann vorsichtig, als der Glatzkopf hinzutrat.

»Wir fahren nicht nach Lerici«, ließ er den zunehmend verwirrten Kapitän wissen. »Die Dame Elgaine de Gisors wünscht die Mündung der Großen Rhône zu erreichen, deswegen haltet Ihr nun stracks gen West!« Sein Ton ließ keine weiteren Fragen zu, und der Druck, den die seemännisch erfahrene Elgaine auf den Ruderbalken ausübte, bekräftigte den Kurswechsel.

»Aber mein Auftrag war –«, versuchte der Kapitän in einem letzten Aufbegehren, gab sich dann aber drein, dass seine Passagiere wohl das Sagen hatten. Für einen solchen Fall lagen ihm keine Instruktionen vor. Resignierend ließ er die Segel entsprechend der veränderten Windrichtung trimmen.

Es war auch nicht so, dass Elgaine keine Zweifel beschlichen, je weiter sie sich jetzt von der toskanischen Küste entfernten. Der Kapitän hatte ihr sehr wohl berichtet, dass vor seinem Ablegen ein Piratensegler Lerici verlassen habe, die Beschreibung des grünen Turbans wies eindeutig auf Bert el-Caz hin. Wohin der blonde junge Mann, der dort im Hafen das Kommando führte und sich als Vertreter der Geheimen Dienste ausgab, den Piraten geschickt hatte und ob ein Sechsjähriger an Bord war, wusste der Kapitän nicht zu sagen. Er tue seine Arbeit, wie ihm aufgetragen, gab er mürrisch als Erklärung, er stelle keine Fragen! Daraus schloss Elgaine, dass sie Pons wohl mal wieder um Haaresbreite verfehlt hatte. Aber er war beruhigenderweise nach wie vor bei Bert el-Caz. Statt weiter übers Meer zu irren, sollte sie den einzig festen Punkt ihres Lebens ansteuern: Gisors! Den kannte auch der Pirat. Am Ende musste Fortuna ihre Zielstrebigkeit belohnen, und sie konnte Pons nach dieser schauerlichen Kette von kräftezehrenden Irrfahrten letztlich doch in ihre Arme schließen!

Ihr Schiff passierte die provenzalischen Vorgebirge und die gefährlich ins Meer herausragenden Inseln mitsamt ihren in den Felsen versteckten Piratennestern rund um das berüchtigte Marseille und erreichte schließlich das Delta der Großen Rhône in der Camargue. Der Kapitän hatte gehofft, seine eigensinnigen Fahrgäste hier endlich loszuwerden, aber sie zwangen ihn, ohne Verweil in die Mündung des gewaltigen Flusses einzufahren. Vergeblich wies er auf die starke Gegenströmung hin, Elgaine nahm ihm energisch das Ruder aus der Hand und befahl, das Tuch so zu setzen, dass das Schiff flussaufwärts dennoch Fahrt machte. Meile für Meile kämpften sie sich langsam vorwärts, bis sie schließlich die alte Römerstadt Arles erreichten. Der Glatzkopf zwang den Kapitän, Treidler anzuheuern, die das Boot unter den Brücken hindurchzerrten. Der Söldnerführer befand sich jetzt in heimischen Gefilden. Der Herrschaftsbereich seines Lehnsherren, des mächtigen Vicomte von Carcassonne, erstreckte sich bis Nîmes. Die Leute kannten den Glatzkopf und leisteten seinen Anweisungen willig Folge. Gleich hinter Arles, wo sich die Kleine Rhône von ihrer großen Schwester trennt, um im eigenen Bett meerwärts zu eilen, versperrte ihnen ein Kahn den weiteren Weg stromaufwärts. Es waren Bewaffnete, die das geschulte Auge des Kapitäns sofort als Männer der Geheimen Dienste erkannte. Ihr Anführer war ein hochgewachsener Priester von grober Statur und einem Schädel, dessen langgezogene Form an einen Esel gemahnte. Die Begeisterung des Söldnerführers hielt sich in Grenzen, Berenguer erinnerte sich nur ungern seiner bisherigen Begegnungen mit dem Monsignore de la Carmen. Obgleich sich der Geistliche freundlich und verbindlich gab, ließ er sie nicht darüber im Unklaren, dass er auf Elgaine gewartet habe und nun für den weiteren Verlauf ihrer Reise die Verantwortung übernehme. Glücksgefühl kam nur bei dem Kapitän auf, der sich endlich erlöst wähnte. Er entschuldigte seinen dringenden Wunsch, nach Lerici zurückzukehren, mit dem Hinweis auf den Transport eines höchst geheimen Kommandos, das er nach Narbonne zu geleiten habe, denn dafür sei er ursprünglich von seinen Auftraggebern einbestellt worden. Seine Freude, die lästigen Passagiere loszuwerden, machte ihn geschwätzig. Es gehe um die Befreiung einer kleinen Prinzessin, die wider ihren Willen und alles Recht in einem Turm gefangen, von ihrem Verlobten ferngehalten werde.

Berenguer geriet sofort in Panik. Damit konnte nur Philippa gemeint sein, die auf seiner Burg Saissac untergebracht war und für die er dem Grafen von Toulouse persönlich haftete. Wenn auch höchlichst beunruhigt, behielt der Söldnerführer einen klaren Kopf. Energisch zwang er den Kapitän, der sich gerade flussabwärts verabschieden wollte, ihn stattdessen *stante pede* über die Kleine Rhône bis nach Saint-Gilles zu bringen, zum Stammschloss des Grafen Raimund von Toulouse, das sich unweit vom Ufer erhob. Er hatte zwar nicht vor, dort Alarm zu schlagen, wohl aber, sich mit schnellen Pferden und einigen Reisigen zu versehen, mit denen er querfeldein auf schnellstem Wege und rechtzeitig Saissac erreichen wollte. Er drängte den widerwilligen Kapitän zum sofortigen Ablegen. Bald war das Schiff, das Elgaine hierhergebracht hatte, hinter der ersten Flussbiegung verschwunden. Elgaine sah seinen abrupten Abgang mit Missvergnügen, sie ließ es am Monsignore aus.

»Ihr hättet Berenguer und vor allem das Schiff halten sollen!«, warf sie ihm vor. »Jetzt wollt Ihr mich auf dieser Nussschale –«

Carmen unterbrach sie, schon um keinen Zweifel aufkommen

zu lassen, wer jetzt das Sagen hatte: »Erstens besitzt die Nussschale einen flachen Kiel, was auf der weiteren Reise bei niedrigeren Wasserständen von Vorteil«, wies er sie zurecht. »Zweitens verfügt sie über eine ausreichende Anzahl von Ruderern, was Euch erspart, eine lange Strecke im Sattel verbringen zu müssen!«

Elgaine fügte sich. Sie fragte nicht einmal, wohin die Reise gehen sollte. Vielleicht lag am Ende Gisors – wahrscheinlicher waren jedoch zunächst weitere Hindernisse, Knüppel, die ihr zwischen die Beine geworfen wurden. Es war sinnlos, sich mit dem poltrigen Monsignore de la Carmen nicht gut zu stellen. Zumindest kam er ihr nicht vor wie ein Mann, der stumpfsinnig Befehle ausführte, sondern wie einer, der nach seinem eigenen Kopf handelte – auch wenn dieser an einen Esel erinnerte.

Die berittene Jagdgesellschaft stob ausgelassen durch den hügeligen Forst. Dunkle Inseln von dichtgedrängten Zypressen wechselten mit sonnendurchfluteten Kastanienwäldern, dazwischen immer wieder unverhoffte Lichtungen, Wiesengrund. Hölzerne Viehgatter oder niedrige Grenzwälle aus angehäuften Feldsteinen verlockten die Draufgänger unter den Teilnehmern zu immer kühneren Sprüngen aus vollem Galopp, während die eher Bedächtigen in der Meute der Vernunft den Vortritt ließen und derartige Herausforderungen oder Hindernisse vorausschauend umgingen. Rasch zog sich so der Haufe zur Kette, und auch diese riss bald gänzlich auseinander.

Astair, von dem stürmischen Conon angestachelt, fand sich mit dem Gefährten allein auf fremder Flur, als ein Prachtexemplar von Hirsch, ein ausgewachsener Zwölfender, aus dem Dickicht trat. Ohne Arg hielt der Herr des Waldes inne. Den beiden Rittern hatte es den Atem verschlagen. Vor Erregung leicht zitternd, zerrte Astair die Armbrust vom Rücken, jede hastige Bewegung vermeidend. Doch ehe er sie in Anschlag gebracht und den Bolzen aufgelegt, hatte der Hirsch schon Witterung aufgenommen und war mit majestätischer Gelassenheit ins Unterholz zurückgetreten.

»Euer Schweiß hat Euch verraten, Astair«, stellte Conon

sachlich und bar jeden Vorwurfs fest. Solchen Trost jedoch vertrug der angespannte Astair jetzt nicht.

»Ich schwitze nicht!«, empörte er sich.

»Doch!«, hielt Conon unnachgiebig dagegen. »Schon die ganze Zeit dünstet Ihr Unsicherheit und Zweifel aus, mit denen Ihr unseren Aufbruch hinauszögert. Warum sonst hättet Ihr die Einladung zur Jagd überhaupt angenommen?«

Astair warf ihm einen zornigen Blick zu, der aber mehr seine Hilflosigkeit verriet, und schulterte trotzig seine Armbrust. Conon hatte sich lediglich mit einem kurzen Speer bewaffnet, für den Fall, dass ihnen Wildschweine begegneten. »Wenn mir etwas zustößt«, sagte Astair unvermittelt, »schützt Ihr, Conon, dann mein Weib?« Es sollte wie eine Frage klingen, geriet aber zur kleinlauten Bitte. »Versprecht es mir!«

Conons Antwort war ausweichend. »Elgaine«, bemerkte er nachdenklich, »verzehrt sich nur nach einem Mannsbild –«

»Das bin wohl kaum ich!« Astair bäumte sich auf. »Seid Ihr es?!«

»Nein!«, beruhigte ihn der Gefährte und erschreckte ihn zugleich. »Pons!« Die Auskunft schien Astair zu erleichtern, weswegen Conon dem Erzeuger und widerwilligen Vater die Erklärung nicht ersparte: »Erst wenn sie ihren Sohn zurückerhalten hat, könnte sie ihr Herz vielleicht für andere Männer öffnen!«

Darauf wusste auch Astair nichts mehr zu entgegnen, und sie setzten ihren Ritt fort.

Gedankenverloren waren sie in das Waldstück eingedrungen, aus dem der Hirsch getreten war. Die knorrigen Stämme standen immer enger, das Unterholz verfilzte sich, wurde dorniger, als wollten die stacheligen Hände der Geister des Waldes nach den Störenfrieden greifen, um sie gefangen zu halten in seinem dunklen Schoß. Zwischen den bemoosten Bäumen schimmerte Licht vom Rand des Gehölzes. Nur noch wenige Meter, und sie hatten ihre Freiheit wiedererlangt – da flog vor ihnen der Hirsch vorbei, in eleganten, weiten Sprüngen, das Haupt stolz erhoben, an seinen Fersen die Meute der hechelnden Hunde und dahinter dichtgedrängt im Pulk die hetzenden Aquitanier.

Conon erkannte schemenhaft den jungen André de Montbard. »Große Jäger vor dem Herrn in verwegener Hatz!«, spöttelte er – und schon war die wilde Jagd wieder ihren Augen entschwunden, der Hirsch mit gewaltigem Satz in den tiefen Tann eingetaucht, vor dessen dunkler Undurchdringlichkeit Hunde und Pferde der Reiter jetzt zurückschauderten.

Astair schien schlagartig aus seinem Grübeln gerissen. »Sollte es uns vergönnt sein, dieses gewaltige Geweih zu erlegen«, sein Jagdfieber war wieder erwacht, »dann ziehen wir morgen gen Saissac!«

Conon sah die Chance. »Wir«, wiederholte er mit Nachdruck, »das sind nicht nur wir beide, sondern alle, die mit uns ausgeritten sind!«

Astair mochte sich nicht derart festlegen lassen, daher sprang er übergangslos zurück in die Gefilde einer weitaus schwierigeren Jagd. »Also bringt Ihr Pons bei?«, wollte er eindringlich wissen. Die Sache schien ihm doch mehr Sorgen zu machen, als er sich anmerken ließ. »Ich habe versagt«, fügte er flehend hinzu. »Elgaines Liebe verloren!«

Conon verweigerte sich solcher Verzagtheit. »Das muss noch lange nicht heißen, dass ich sie gewinnen kann – und will!«

Astair sah seine Felle wegschwimmen. »Ihr könnt sie nicht im Stich lassen!«, jammerte er. »Schwört mir, dass Ihr Pons suchen werdet!«

Erpressen ließ Conon sich nicht, er schwieg also, und sie ritten weiter, aber nicht länger in die Richtung, in der die Jagdgesellschaft mit Hundekläffen und heiserem Hussa-Geschrei davongeprescht. Die beiden Ritter machten sich querfeldein auf den Heimweg zum Waldschlösschen, das den Aquitaniern als Jagdhütte diente.

Astair war verstimmt, Conon nahm darauf keine Rücksicht, er ließ seinen Gedanken freien Lauf. »Die Suche wird womöglich auch mir helfen, mit meinen Gefühlen für Elgaine ins Reine zu kommen –« Da Astair noch immer nichts sagte, raffte sich Conon endlich auf und rief: »Doch ich schwöre Euch, dass ich Elgaine nicht zur Frau begehren werde, bevor Euer Sohn nicht wieder mit ihr vereint!« Ohne jede Vorankündigung zügelte

Conon sein Pferd, ließ sich aus dem Sattel gleiten und fiel auf die Knie. Voller Emphase hob er die Schwurhand, blickte auf, jedoch nicht etwa zu dem verdutzten Astair, sondern zum bewölkten Himmel. »Das ist ein Eid!«

Astair war so gerührt, dass er ebenfalls abstieg, wobei ihm nichts Besseres als Dank einfiel, als zu sagen: »Dann ist er Euer Sohn!«

Conon zuckte zusammen. »Ihr verlangt viel von jemandem, der seine Freiheit liebt! Greift nicht nach der ganzen Hand, wenn ich Euch den kleinen Finger reiche!« Er lachte. »Solange Ihr bei Kräften, Vermögen und klaren Sinnen, kann Euch von der Bürde der Vaterschaft, Last oder Lust, keiner entbinden!«

Astair ließ es gern dabei bewenden.

Mit irgendeiner Form von Waidmannsheil rechneten beide Ritter nicht mehr, als sie, die Pferde am Halfter führend, nach dem Abstieg von einer bewaldeten Kuppe unter sich auf einer Aue eine äsende Hindin erblickten. Conon war schon längst nicht mehr auf Beute aus, aber Astair verlangte es dringend danach, sein Jagdglück durch einen erfolgreichen Abschuss bestätigt zu sehen. Das Tier stand gegen den Wind, so konnte es sie nicht wittern, zudem waren sie noch vom Laubwerk verdeckt. Wenn nur nicht die Pferde ihre Anwesenheit durch Wiehern oder Schnauben verrieten! Behutsam legte er den Bolzen auf und spannte langsam den Bogen – da brach hinter ihnen der Hirsch prasselnd durchs Holz, Astair war erschrocken zur Seite gesprungen, das Gleiche tat die aufgeschreckte Hirschkuh, als sie den mächtigen Zwölfender in gewaltigen Sätzen röhrend auf sich zukommen sah. Conon hatte blitzschnell seinen Speer hochgerissen, schleuderte ihn dem Davonhetzenden nach und verfehlte sein Ziel nur knapp! Zitternd blieb der Wurfspieß mit der Spitze im Wiesengrund stecken. Conon sah – erst mit gelindem Schrecken, dann mit einem Seufzer der Erleichterung –, wie sich unmittelbar daneben ein Hirschkalb stakelig aus dem hohen Gras erhob, wo es zu Füßen seiner Mutter geruht hatte, und ihr auf unsicheren Beinen in den Wald folgte.

»Da seht Ihr, Astair«, spöttelte Conon, »zu was ein Vater

fähig sein muss! Ungeachtet dessen, dass hier wahrscheinlich nicht ein Fünkchen Liebe im Spiel war.«

In der Ferne hörten sie Hornsignale, die das Ende der Jagd anzeigten. Sie ließen sich viel Zeit mit dem Heimweg. Als sie vor der Hütte eintrafen, lag der Zwölfender erlegt auf dem Rasen. Der Sire de Craon war der glückliche Schütze gewesen. Conon brach eine Zweigspitze ab und tauchte sie in das Blut, das dem tapferen Tier aus den Nüstern getreten.

Tödliches Missverständnis

Der päpstliche Kardinallegat Remy d'Aretin betrat die Taverne ›Zur heiteren Sirene‹ am Rande der Hafenbucht von Lerici. Begleitet war Seine Exzellenz lediglich von Guy d'Abreyville, das Gefolge musste draußen warten. Doch mehrere Bewaffnete bezogen Stellung vor der Tür wie auch hinter dem Haus bei den Ställen. Guys flackernder Blick strich über die Gäste in der Taverne, während der Patron katzbuckelnd dem hohen Besuch entgegenkam. Am einzigen schon besetzten Tisch saßen zwei Frauen, eine knochige und eine wohlbeleibte. Zwischen sich hatten sie einen Knaben eingekeilt, der beide köstlich zu unterhalten schien. Genau auf diesen Tisch steuerte Remy zu.

»Du bist also Pons?«, sprach er den Knaben leutselig an. »Wie ähnlich er seiner Mutter Elgaine geraten ist!«, wandte er sich bereits an seinen Begleiter, als Pons ihm keck antwortete: »Auf die warten wir hier voller Hoffnung« – Pons bedachte Guy mit aufsässigem Blick –, »wenn uns der Herr Adjutant keinen Strich durch die Rechnung gemacht hat!«

Terès, die Ärger vermeiden wollte, war von der Bank aufgesprungen und knickste ehrfürchtig vor dem Kardinal.

»Ich bin die Terès von Mondragon, dem frechen Pons seine Hüterin«, stellte sie sich selbstbewusst vor, »und dies« – sie wies auf die Dicke – »ist Erma von Toano, Schwester Pförtnerin vom Kloster Immacolata del Bosco da oben –«, sie verdrehte ihre funkelnden Augen und lenkte den Blick durch die niedrige Holzbalkendecke der ›Sirene‹ hindurch in Richtung der Klippen zu ihren Häuptern.

»Ah!«, sagte der Kardinal. »*Lacrimae virginis!*« Er schnippte dem eifrig gefolgten Patron mit den Fingern. »Von dieser diabolischen Wohltat lasst uns sogleich kosten!« Während der Patron davoneilte, ließ sich Remy ohne viel Umstand am Kopfende der Tafel nieder und wandte sich an Erma. »Hat sich Eure so teuflisch wie trefflich verborgene Schatulle inzwischen wieder gefüllt?«, fragte er gutgelaunt. »Nach dem dreisten Griff der Piraten in des Klosters Klingelbeutel?«

Erma verbarg ihr Erstaunen über das Wissen des Kirchenmannes. »Das war damals«, entgegnete sie schlagfertig, »als uns auch unsere grad frisch eingetroffene junge Äbtissin abhandenkam, Cantar von Sion!«

»Ach ja«, gab Remy der verschmitzten Pförtnerin zurück, »die Dame war zu Höherem berufen –« Der Kardinal besann sich. »Das Amt ist seither vakant, oder?«

»Es geht auch ohne«, sagte Erma freiheraus, was aber keinen Eindruck hinterließ.

»Ich wüsste möglicherweise eine Lösung: Wie wäre es mit einer Tochter des Herzogs der Normandie?«

»Wenn Ihr meint, Exzellenz!«, grunzte Erma, rutschte schwerfällig schnaufend von der Bank, deutete eine Respektsbezeugung an und walzte aus dem Schankraum.

»Nie wird sich Maurcade darauf einlassen!«, platzte Guy heraus, kaum dass die Tür hinter der Dicken ins Schloss gefallen.

Der Graue Kardinal musterte ihn kühl. »Vielleicht ist Maurcade du Berq am Ende sogar noch froh – zumindest Mathilde wär's sicher zufrieden, die Freundin gut und ehrbar versorgt in ihrer Nähe zu wissen.«

»Dazu wird es nicht kommen!«, beharrte Guy auf seiner Einschätzung. Draußen vor der Taverne wurden Stimmen laut. Die Tür flog auf, Bert el-Caz stürmte in den Raum. Er achtete nicht auf den Begrüßungsschrei von Pons, sondern ging voller Ärger sogleich den Kardinal an.

»Jetzt hockt der Sohn noch immer hier«, warf er Remy vor, den schuldigen Guy d'Abreyville geflissentlich übersehend, »derweil seine Mutter längst über alle Berge, also auf und davon übers Meer!«

Der Graue Kardinal ließ den Ausbruch stoisch über sich ergehen. »Keiner ist vor solchen Pannen gefeit, zumal wenn sie gleich doppelt auftreten: Zur unbedachten Entscheidung gesellt sich gern die lasche Durchführung!«

Die scheinbare Einsicht vermochte den Ärger des Piraten nicht zu mindern, zumal er einem überlegenen Kopf wie dem des *Caput canis* eine solche Schwäche nicht zubilligen mochte. »Legt man Entscheidungen in die Hände von blonden Knaben oder – des Teufels! –«, schimpfte Bert el-Caz, »dann kann – dann muss man davon ausgehen, dass der achtlos geworfene Stein genau auf die einzige schwache Stelle trifft!«

Der Kardinal sah ihn so streng an, dass er verstummte. »Wenn Ihr an die Allmacht, also auch die Allwissenheit Gottes glaubt, Bert el-Caz, an dessen Vertreter auf Erden, die *Sancta ecclesia*, und deren Arm, die Geheimen Dienste, dann solltet Ihr auch davon ausgehen, dass die ›schwache Stelle‹ bewusst in Kauf genommen wurde, dass Torheit und Unvermögen der Handelnden vielleicht sogar gewollt waren, ihre Folgen längst bedacht –«

Der Pirat hatte sich geschickt weggeduckt, so dass die harsche Predigt unvermittelt auf Guy d'Abreyville niederprasselte, der noch immer neben dem Grauen Kardinal stand, weil ihn keiner aufgefordert hatte, sich zu setzen. Dafür platzte jetzt die zurückgekehrte Schwester Pförtnerin in den Schankraum und ersparte ihm weiteren Hagelschlag.

Die Dicke wandte sich in heller Empörung an den Kardinallegaten. »Da draußen liegt der Segler des Bert el-Caz«, begann sie gerade erbost und verstummte, als sie den Piraten neben dem Kardinal erblickte.

»Ich weiß«, sagte Remy ungerührt, »der Herr Bert el-Caz ist gerade so freundlich, in See zu stechen und Eure neue Äbtissin Maurcade du Berq hierher zu bringen – und Guy d'Abreyville unterstellt sich aus freien Stücken dem Kommando des Capitans, um ihn auf dieser Fahrt zu begleiten!«

Der Pirat langte nach dem nächstbesten Becher mit *Lacrimae*, kippte ihn hinunter und verschluckte sich, dass der grüne Turban ihm fast über die Nase rutschte. Guy war vor Schreck wie versteinert, Bert el-Caz griff tapfer einen weiteren Becher, kein anderer hatte den Absinthsud bislang angerührt. »Ich nehme den Auftrag an«, sagte er, hob das zierliche Gefäß und grinste dem Kardinal ins Gesicht, »wie ich's noch stets getan!« Er zögerte mit dem nächsten Schluck und fuhr stattdessen fort: »So habe ich die Ritter Conon de Béthune und Astair de Saissac auftragsgemäß übergeben, und auch wenn Ihr mir befehlen würdet, des Teufels Braut aus der Hölle zu holen, ich tät's für Euch!« Er kippte den Inhalt diesmal ohne Würgen hinunter. Das machte ihm Mut. »Doch einem Capitan steht es frei, seine Mannschaft selbst zu wählen. Der da –«, sein Finger stach in Richtung Guy, »der kommt mir nicht aufs Schiff!« Er tippte selbstbewusst an seinen Turban. »Komm, Pons!«, rief er. »Und auch Ihr, meine treue Terès! Wir segeln nach Cap Gorgon'!« Die drei verließen die Taverne. Der Patron füllte nach.

Der Kardinallegat wandte sich voller Güte an Erma di Toano. »Wenn die Dame Maurcade hier eintrifft«, schärfte er ihr ein, »dann nehmt sie liebevoll in Eurem Kloster auf und haltet sie unbedingt fest, bis Ihr wieder von mir hört!« Damit war auch die dicke Pförtnerin entlassen.

Endlich konnte sich Guy an seinen Herrn und Meister wenden. »Gehe ich falsch in der Annahme«, sagte er zerknirscht, »dass Ihr mich hierher mitgenommen habt wie einen jungen Hund, nur um mich mit der Schnauze in die Pfütze zu drücken, die ich –?«

»Ihr geht nicht!«, unterbrach ihn Remy kühl. »Und die Pfütze ist auch noch nicht aufgewischt! Nur ein Zusammentreffen mit Maurcade blieb Euch erspart.«

Der Graue Kardinal sah seinen Adlatus misstrauisch an. »Warum hasst Ihr Maurcade du Berq eigentlich so abgrundtief? Ist sie nicht Eure Mutter?!«

»Mutter?«, sagte Guy voller Verachtung. »Mutter? – Ich bin nichts als das ungewünschte Balg, das leidige Wechselgeld ihres Einsatzes beim Versuch, den Waldgrafen auf die Seite Mathildens zu ziehen!« Guy schaute den Kardinallegaten finster an. »Das hat sie mir nie verziehen, also verlangt dergleichen auch nicht von mir!«

Remy hielt dem herausfordernden Blick spöttisch stand. »Ich

hatte es nicht vor«, beruhigte er seinen aufgebrachten blonden Engel. »Ihr begleitet mich nun über Savona nach Saint-Gilles an der Kleinen Rhône, wohin ich den Grafen Raimund von Toulouse einbestellt!« Guy wollte etwas erwidern, aber die herrische Geste des *Caput canis* hieß ihn schweigen. »So lernt Ihr vielleicht Früchte zu ernten, die Ihr nicht selber vom Baum geschüttelt! Aber auch das rechte Schütteln will gelernt sein, blöder Hund!«

Der Ritter Conon de Béthune, gefolgt von seinem ›Knappen‹ Astair, ritt auf das Tor der Burg von Saissac zu. Um sich unkenntlich zu machen, hatte sich Astair seinen Kopf von Conon derart mit Bandagen umwickeln lassen, dass nur noch seine Augen hinter Schlitzen herausschauten. Er schämte sich, als ein Saissac die väterliche Burg in einer Absicht zu betreten, die wohl kaum mit dem Schutzauftrag zu vereinbaren war, den der Burgherr von seinem Freund, dem Grafen Raimund von Toulouse, erhalten hatte. Er, Astair, fühlte sich zwar nicht in der Pflicht, aber sein Mitwirken an der ›Befreiung‹ der gräflichen Nichte Philippa sollte auch nicht an die große Glocke gehängt werden, schon der Reputation seines Vaters wegen, des als treu und zuverlässig geltenden Söldnerführers Berenguer de Saissac.

Conon nannte deshalb nur seinen eigenen Namen und erfuhr als Erstes von der Torwache, dass die Großmutter, die Nona, vor Jahresfrist verstorben sei und dass, mangels anderer Glieder der Familie derer von Saissac, die seit ihrer frühesten Jugend zu Gast weilende Prinzessin Philippa das Kommando über Burg und Hof übernommen habe. Ritter Conon ließ sich die Überraschung nicht anmerken, sein ob offenbar schwerer Kopfverletzungen bandagierter Knappe konnte die veränderte Situation nur schweigend zur Kenntnis nehmen. Pilar war also keineswegs eine Gefangene im Turm – an eine Entführung war wohl nicht mehr zu denken, oder? Conon verlangte, vor die Prinzessin geführt zu werden. Dem wurde anstandslos stattgegeben. Sie überließen den Wachen ihre Pferde zur Verwahrung und folgten dem Hauptmann.

Die zur jungen Frau erblühte Pilar empfing die beiden Besucher im ›Rittersaal‹. Von Pomp konnte keine Rede sein, die burschikos auftretende Prinzessin war von einer Unzahl junger Mädchen umgeben, und an den Türen und in den Gängen wimmelte es von Dienern. Conon stellte sich der resoluten Dame vor, die von seinem Namen nicht sonderlich beeindruckt schien, weswegen Astair hinter seinen Leinenbinden hervorkrächzte: »Ritter Conon ist ein guter Freund des Herrn Berenguer.«

»Wie schön«, erwiderte Pilar schnippisch, »von dem auch mal wieder zu hören!« Sie fasste den Sprecher schärfer ins Auge. »Es scheint«, wandte sie sich an Conon, »dass die Verletzungen Eurem Knappen nicht die Sprache verschlagen haben. Da sein lächerlicher Verband auch sonst keine Spuren von Blut aufweist, könnte er sich ebenso gut von seiner Vermummung trennen.« Die Zofen, neugierig um ihre Herrin und die beiden Besucher gedrängt, kicherten. »Ich rede nicht gern mit Leuten, die ihr Gesicht vor mir verbergen!«

Conon fasste sich ein Herz. »Dafür will ich mich gern stark machen«, entgegnete er keck, »wenn Ihr dafür sorgt, dass wir unter sechs Augen sprechen können, denn ich lass mich nicht gern von einer Dame zur Rede stellen, wenn sie von ihrem Hofstaat umschwirrt ist!«

Pilar überging den Affront mit schalkhafter Geste. »Wenn Ihr so schamhaft seid –« Sie schickte die Zofen und auch die Diener aus dem Raum.

Astair schälte sein Gesicht aus dem Verband, und Pilar verbarg ihr Erstaunen nicht. »Wozu diese Heimlichkeit, Astair de Saissac? Ihr seid hier doch zu Hause!«

Conon sprang dem Verlegenen bei. »Wir sind gekommen, Euch, Philippa, zu befreien!«, verkündete er verschwörerisch.

»Befreien von was?!«

»Aus der Gefangenschaft, die Ihr hier erleidet!«, mischte sich jetzt Astair ein, aber Conon riss das Gespräch wieder an sich: »Von der Weigerung Eures Onkels Raimund von Toulouse, Euch Eurem rechtmäßig Anverlobten, dem Herrn Wilhelm von Aquitanien, zu übergeben!«

»Und der glaubt, es genüge, mir zwei Ritter von eurer Statur zu schicken, und ich lasse mich rauben wie eine Bauerndirn'? Sollt ihr mich vielleicht sogar bis ins Brautbett tragen?« Pilar sprühte vor Hohn. »Richtet Wilhelm aus«, rief sie empört, »er muss erst einmal lernen, wie man eine Prinzessin von Tolosa heimführt zur festlichen Hochzeit! Worauf habe ich denn sieben lange Jahre gewartet?«

»Der Herzog wollte vielleicht keinen Krieg?«, versuchte Astair zu vermitteln.

»Bin ich keinen Krieg wert?!« Pilar stampfte mit dem Fuß auf. »Nur eine schändliche, entwürdigende Entführung?«

Conon ließ sie sich austoben, bevor er sich erneut ihr Gehör verschaffte: »Wenn Ihr, Pilar, nichts unternehmt, dann bleibt alles beim Alten, nur Ihr werdet älter.« Er ließ den Satz kurz wirken. »Der Graf von Toulouse wird von sich aus nichts unternehmen, die vereinbarte Hochzeit stattfinden zu lassen. Landauf, landab geht die Rede, Ihr wärt noch zu unreif für eine Ehe, körperlich geschwächt, von unheilbarer Krankheit, von der Schwermut, der Schwindsucht gar befallen, so dass man Euch wegsperren musste an unbekanntem Ort –«

Weiter kam er nicht. Pilar riss ihr Hemd auf, und statt weiterer Worte wies sie stolz den beiden Rittern ihre kräftigen Brüste. »Reicht einem Mann das nicht«, spottete sie, »kann ich auch noch den Rock fallen lassen!«

»Nicht doch, Pilar!«, wehrte Astair sofort ab, während Conon grinste: »Gerne! Aber es bringt uns nicht weiter! Euch nicht und auch nicht uns, die wir gekommen sind, Euch aus dieser verfahrenen Situation herauszuhelfen. Was nottut, ist ein weithin vernehmbares, aufsehenerregendes Ereignis, das den Grafen von Toulouse aus der Bequemlichkeit aufschreckt, mit der er sich auf Eurem Thron breitgemacht hat – und auch Euren werten Verlobten, den Aquitanier, aus seiner Verzagtheit reißt.«

Astair steuerte bei: »Wie furchtbar er sich grämt, seht ihr daran, dass er selbst zu so ungewöhnlichen Mitteln wie zu einer gewaltsamen Entführung zu greifen bereit ist.«

»Ich soll mich also von Euch rauben lassen? O nein!« Plötzlich gab sich Pilar veränderten Sinnes. »Meine werten Herren Ritter, ich werde einen spektakulären Ausbruchsversuch unternehmen, der mit Eurer Hilfe von Erfolg gekrönt sein soll!« Energisch schloss sie ihr klaffendes Hemd, während Astair, mit einem Seufzer der Erleichterung, das Visier seines Helmes über sein Gesicht fallen ließ und sein Schwert zog. »Es soll niemand zu Schaden kommen!«, fügte Pilar bei seinem Anblick mahnend hinzu.

»Wozu auch!«, beschwichtigte Conon. »Doch der Einzige, der sich hier nicht auskennt, bin wohl ich.« Er gab sich Mühe, ruhige Gelassenheit auszustrahlen. »Also soll Astair die Ausführung unseres Planes in die Hand nehmen!«

»Euer wehrloses Opfer«, verkündete Pilar lachend, »wird die Diener und die Wachen davon abhalten, sich euch in den Weg zu stellen!«

Zu Saint-Gilles, auf dem Stammschloss der Grafen von Toulouse, hatte sich der Söldnerführer Berenguer de Saissac mit Pferden und Reisigen versehen und war, ohne sich den Leuten und den Tieren Rast zu gönnen, quasi querfeldein durch die Provence und den Languedoc gestürmt. Er atmete erst auf, als er vor sich die Mauern von Saissac sah. Friedlich in der Mittagshitze schlummernd, bot es den vertrauten Anblick, nichts Ungewöhnliches war zu sehen oder zu hören. Die verschlafene Torwache ließ ihn ein, und da er sich ob seines Argwohns und der unnötigen Hetze genierte, fragte er auch weder nach dem Befinden seiner Mutter noch nach dem Wohlergehen der Prinzessin Philippa – und die Wachen sprachen ihn auch nicht darauf an.

Der Glatzkopf hieß sie unverzüglich die Pferde tränken. Seinen Begleitern wurden die Ställe gewiesen, damit sie sich dort im Stroh von den Strapazen des scharfen Ritts erholen konnten. Die Männer fielen sofort in todesähnlichen Schlaf.

Conon schritt mit blankgezogener Klinge an der Spitze, danach gesenkten Hauptes zwischen den beiden Pilar, die mit abweisender Miene jeden Eingriff von außen abwehrte, und als furchterregende Nachhut der Knappe mit dem verschlossenen Visier. Er fuchtelte wild mit seinem Schwert herum, vor allem, um die eigene Nervosität zu überspielen. Seinen gebellten Kommandos folgend, liefen die drei durch die Gewölbe der Burg, die Treppen hinab in den Keller, wo sich am Ende eines Ganges die eiserne Tür befinden sollte, die ins Freie führte.

Keiner stellte sich ihnen in den Weg, im Gegenteil, alle wichen erschrocken oder zumindest verstört zurück; der Respekt vor ihrer Herrin hielt sie sogar davon ab, den hastig Vorbeistrebenden irgendwelche Fragen zu stellen. Allerdings schlichen und huschten einige der Diener und vor allem die jungen Zofen verstohlen hinterher, blieben dem seltsamen Trupp neugierig auf den Fersen.

Bei der eisernen Tür angekommen, die sie jetzt nur noch in der Hoffnung öffnen mussten, dass draußen die ›Jäger‹ sich bereithielten, sagte Pilar ruhig: »Und jetzt schreie ich!«

Conon hatte gerade versucht, den Riegel umzulegen, er klemmte – verrostet! Er konnte Pilar zwar noch einen warnenden Blick zuwerfen, aber die brüllte bereits los wie am Spieß: »*Au secours! C'est un rapt!*« Astair versuchte ihr von hinten den Mund zuzuhalten, was die Szene für die verstört Nachdrängenden noch brisanter aussehen ließ.

»*Au secours, gardiens!*«, kreischten jetzt auch die Zofen, und schon war das Klirren und Scheppern der herbeieilenden Wachen zu vernehmen.

Astair ließ Philippa fahren, die sich dramatisch zu Boden warf, wobei sie Conon zuzischte: »Beeilt Euch gefälligst!«

Conon rüttelte an der Tür, während Astair schon mit den ersten Wächtern die Klinge kreuzte. Noch hielt er sie spielend in Schach, Conon nahm jetzt den Knauf seiner Waffe zur Hilfe und donnerte ihn gegen den eingerosteten Riegel, Schlag um Schlag! In dem engen Gang bahnte sich wutbrüllend Berenguer Bahn, er stieß die gegen Astairs Hiebe Wehrlosen zur Seite und stürzte sich auf den fremden Räuber. Astair erkannte den blinden Zorn in den Augen seines Vaters, er wollte diese Schwäche nicht nutzen, wollte dem Rasenden Einhalt gebieten –

Da gelang es Conon, das Eisen mit lautem Knall aufspringen zu lassen. Die Tür schwang kreischend auf, das plötzlich einfallende Sonnenlicht blendete den Glatzkopf. Astair versuchte ihm ein Zeichen zu machen, er gab sich bewusst eine Blöße, doch Berenguer hieb blind zu und schnitt mit diesem irregulären Schlag seinem Meisterschüler, dem er einst das Fechten beigebracht, in den Hals. In hohem Bogen spritzte das Blut aus der durchtrennten Ader, Astair taumelte – Conon hatte Pilar bereits zur Schwelle gezerrt, er sah unter sich den jungen André de Montbard.

»Spring!«, schrie er Pilar an, und sie ließ sich fallen. Ob der Jäger sie auffing, kümmerte Conon nicht; er hatte sich blitzschnell umgewandt, um Astair beizustehen. Er stieß dem überraschten Glatzkopf den Knauf seines Schwertes vor die Stirn, dass der wankte. Conon riss dem in seinem Blute liegenden Astair das Visier vom Gesicht, Berenguer starrte entsetzt in das erbleichende Antlitz seines Sohnes. Mit stummem Röcheln fasste er sich ans Herz, drehte sich um die eigene Achse und stürzte wie ein gefällter Baum auf seinen sterbenden Sohn. In genau diesem Moment erkannte Conon den Tod des Gefährten, denn die Wucht und das Gewicht des auf ihn prallenden Vaters bewirkten bereits keine Reaktion mehr. Mit Tränen in den Augen stolperte Conon zurück bis zur Schwelle. Über die Schulter sah er verschwommen unter sich das von dem jungen Montbard bereitgehaltene Pferd, während er Pilar im Sattel des älteren Sire de Craon bemerkte. Conon hob salutierend sein Schwert gegen den toten Astair und schwang sich von oben auf den Rücken des Pferdes. Sie stieben davon. Der Schwächeanfall des Alten und der tragische Tod des Sohnes hielt die Besatzung der Burg davon ab, die Verfolgung noch beizeiten aufzunehmen.

Dubiose Reisebegleiter

Der Monsignore Alfons de la Carmen zeigte sich während der langen Reise rhôneaufwärts gegenüber Elgaine wesentlich entgegenkommender und auch aufgeräumter, als sie dies erwartet hatte. Nach dem panikartigen Abgang ihres ursprünglichen Begleiters, des Glatzkopfs Berenguer, war ihr sowieso keine Wahl geblieben, und schließlich führte der Weg, den sie bislang genommen hatten, weiterhin gen Norden und damit für Elgaine irgendwie in Richtung Gisors – auch wenn die Burg noch in weiter, fast nebulöser Ferne lag. Der bemühte Monsignore de la Carmen gab ihr nicht das Gefühl, schon wieder eine Gefangene zu sein, sie war eher Gast auf der Rudergaleere, deren Mannschaft er allerdings unerbittlich antrieb.

Gleich nach der Stadt Lyon, dort, wo die Rhône mit plötzlichem Knick nach Osten Richtung der Berge entschwand und die sich hier mit ihr vereinende Saône sozusagen zur nordwärts führenden Wasserstraße wurde, ließ er kurz anlegen. Zwei am Ufer wartende Benediktinermönche stiegen zu, Angel und Vocat, die beiden Chronisten aus Sion. Dem Monsignore schienen sie keine Fremden.

Auf die Frage, wie sie ihre Reise bewältigt hätten, schnaufte der dickliche Angel. »Bruder Vocat hatte die glorreiche Idee, dass wir uns als Flößer verdingen sollten, so mussten wir uns die Fahrt mit harter Arbeit verdienen!«

Tatsächlich war der Platz beim Zusammenfluss der beiden Ströme eine betriebsame Floßlände, das Wasser und die Uferauen weithin bedeckt mit geschlagenen Baumstämmen, die hier für die Weiterfahrt von den geschäftstüchtigen Lyonern neu zusammengestellt und verzollt wurden. Auch de la Carmen entrichtete eine Maut, bevor er seine Leute anhielt, die Fahrt unverdrossen wieder aufzunehmen, mit dem Trost, es sei nicht mehr weit bis Macon, dem Ort, an dem er dann seine Reise über Land fortzusetzen gedachte.

Die beiden Mönche, die sich Elgaine als *Angelus vigilans* und *Vocator diaboli* vorstellten, zeigten sich bestens informiert über die junge Frau, ihre abenteuerliche Lebensgeschichte, ihre vergebliche Suche nach Pons und vor allem über Gisors. Das merkte Elgaine schnell an der Art, wie sie ihre Fragen stellten, denn das von der äußeren Erscheinung her so unterschiedliche Pärchen war sich in einem Punkt völlig einig: Zum Plappern ließen sie sich nicht verleiten, noch gestatteten sie jedwelche Fragen nach ihrer Tätigkeit! Geheimnistuerisch zogen sich die beiden ans Heck des Schiffes zurück, klappten ein mitgeführtes Reisepult auf und begannen eifrig zu schreiben – all das mit stillschweigender Duldung des Monsignore.

Aus den geheimen Protokollen von Sion
Diarium itineris
versus solstitium aestivum A. D. MXCV

Wir reisten wie befohlen, eingebettet in die Mission des Monsignore Alfons de la Carmen, der – nach eigenen Angaben – beauftragt war, die Dame Elgaine de Gisors an das ihr bestimmte Ziel zu schaffen. Bei der burgundischen Stadt Macon vertäute die Mannschaft das Schiff am Ufer an einer Stelle, die der uns hier auf uns wartende junge Ritter Godefroy de Saint-Omer anwies. Eine Kutsche und ausreichend Pferde standen bereit. Vorgesehen war ein kurzer Abstecher zu dem nahen Kloster von Cluny, dessen berühmter Abt uns, das heißt wahrscheinlich die Dame Elgaine de Gisors, in Augenschein zu nehmen wünschte. Doch während Elgaine sich ansonsten recht umgänglich gab, nahezu gehorsam und ihrem Schicksal ergeben, weigerte sie sich jetzt – vielleicht ermutigt durch die Anwesenheit des neu hinzugekommenen Ritters –, irgendwelche Umwege in Kauf zu nehmen und Zeit zu verlieren.

Wir, die Skribenten dieses Berichts, hätten nur zu gern die ominöse Abtei besucht, von der all die Reformen ausgegangen waren, die das Abendland während der letzten Jahrzehnte in Atem hielten. Doch der Monsignore gab der Dame nach. Schade!

Also ziehen wir jetzt *per pedes* durchs Burgunderland und zwar stracks gen Westen. Wahrscheinlich versucht unser Führer, die Loire unterhalb der Stromschnellen, den berüchtigten *Gorges*, zu erreichen.

Elgaine war ein Platz in der Kutsche angeboten worden, an der Seite des Monsignore. Sie lehnte auch diesen Komfort ab, nach so langer Zeit ziehe sie den Rücken eines Pferdes vor. Wahrscheinlicher erscheint uns, dass sie auf diese Weise die Gesellschaft des Herrn Godefroy suchte, der in der Tat ein ansehnlicher, wenn auch recht ernsthafter Bursche ist! – So gelangten wir, die beiden Chronisten Angel und Vocat, in den Genuss der Kutsche.

Unser Trupp erreichte wie vorausgesehen die liebliche Loire, an einem Ort, dessen Name uns entfallen. Allerdings trafen wir mitten in der Nacht dort ein und waren recht verschlafen. Vocat behauptet, er habe beobachtet, wie Monsignore dem Hauptmann des dortigen Wachturms eine Art Amulett vorgewiesen hätte, das im flackernden Licht der Fackeln wie ein Lilienkreuz aussah, vielleicht aber auch wie ein flammender Dolch. Auf jeden Fall erhielten wir augenblicklich einen Kahn samt Mannschaft gestellt, der breit auf dem Wasser lag und über reichlich Segelfläche verfügte. Noch in der Nacht brachten wir die Pferde an Bord, auch die Kutsche wurde verladen.

Unterstützt von dem Segeltuch glitten wir von nun an stromabwärts, in einer großen weichen Biegung, vorbei an vielen Burgen und Klöstern. Elgaine blühte im Gespräch mit dem stillen Godefroy richtiggehend auf. Falls ihr der Sinn nach einer *Affaire d'amour* stand, so sah sie sich allerdings einem jungen Mann gegenüber, dem solch flüchtiges Getändel nichts bedeutete. Er versuchte Elgaine von hohen ritterlichen Zielen zu überzeugen, in denen die Minne allein Gott und seinem fleischgewordenen Sohn Jesus Christus zugewandt war. Der edle Ritter schwärmte von einer mönchischen Bruderschaft, bereit, mit der Waffe in der Faust für den Glauben zu kämpfen. Die einzige Frau, der er in Liebe dienen wolle, sei Maria, die Heilige Jungfrau! Elgaine mochte solch keusche Zucht für übertrieben halten, zumal sie mit Freuden vernommen hatte, dass die Burg des jungen Mannes, Saint-Omer, nur wenige Meilen nördlich von Gisors entfernt lag und sein Geschlecht von altem normannischem Adel war. Godefroy hätte also durchaus die Möglichkeit für eine ernsthafte Bindung geboten, zumal Conon de Béthune, nach dem Elgaine sich eigentlich sehnte, sie augenscheinlich im Stich gelassen, womöglich sogar vergessen hatte!

Aus ihren unerfüllten Wünschen, vielleicht gar der Versuchung Pein, wurde sie erlöst, als kurz vor dem Anlanden in Orléans ein Streit zwischen dem Ritter und dem Monsignore entbrannte. Godefroy de Saint-Omer zeigte plötzlich, dass er weitaus mehr darstellte als einen stillen Streiter der Kirche und Mittelsmann ihrer Geheimen Dienste – er wies sich als Bevollmächtigter des Herzogs von der Normandie aus. Als solcher warf er de la Carmen vor, dieser plane, Elgaine zuvorderst in Chartres mit Vertretern der rivalisierenden Partei, die sich für die Ansprüche der Maurcade du Berq stark machte, zu konfrontieren – entgegen der mit Herzog Robert getroffenen Vereinbarung, die Erbin von Gisors auf kürzestem Wege ebendorthin zu verbringen. Der Monsignore ließ ihn kalt abfahren.

»Abgesehen davon, dass Gisors sich noch in der Hand des Königs von Frankreich befindet, ist es töricht, die Existenz der Gegenseite zu ignorieren. Ich zweifle auch, Herr Godefroy, dass die Anweisungen Eures Herzogs eine so einseitige Bevorzugung vorsehen! Mir scheint, Ihr dient einer dritten Macht, die sich letztlich weder um die Belange Roberts noch um den Besitz von Gisors schert, sondern deren Ziele weit darüber hinausgehen!«

Godefroy war keineswegs empört, sondern entgegnete ruhig: »Ganz gewiss ist für Paris und das Haus Capet in diesem – zugegeben vordergründigen – Spiel um Gisors kein Platz vorgesehen.« Er hielt dem eher prüfenden als ärgerlichen Blick Carmens stand – beide trauten einander nicht über den Weg.

Saint-Omer ging noch einen Schritt weiter: »Zweitrangig sind vielleicht auch die Interessen des Herzogs, dem nur daran liegt, dass Gisors wieder in normannische Hände gelangt. In der Tat gibt es eine höhere Sphäre, Monsignore de la Carmen, die all das, worüber wir hier streiten, klein und nichtig erscheinen lässt. Mich wundert es, dass Ihr das noch nicht erkannt habt!« Sprach's, nahm sein Pferd beim Halfter und ging von Bord.

Wir alle, natürlich auch Elgaine, hatten diesem Disput beigewohnt. Nach unserem, der unbeteiligten Chronisten Empfinden, hätte das Gehörte Elgaine in tiefste Besorgnis stürzen müssen. Doch erstaunlicherweise hatte die Erwähnung einer übergeordneten Macht eine beruhigende Wirkung auf sie, als hätte sie aus der nebulösen Andeutung ein Versprechen herausgehört, das ihr Vertrauen gab.

»Wem wünscht Ihr mich in Chartres vorzuführen?«, erkundigte sie sich in bemüht freundlichem Ton. »Wem soll ich wegen meines Geburtsrechts auf Gisors Rede und Antwort stehen? – Doch nicht etwa dieser irren Maurcade du Berq?!«

»Nicht doch!«, beschwichtigte de la Carmen sie geradezu väterlich. »Wenn es nicht mit dem Teufel zugeht, werdet ihr die nie wieder zu Gesicht bekommen!« Er räusperte sich. »Doch möchte ich Euch mit ihrem vermögendsten Parteigänger versöhnen, gegen dessen Widerstand Ihr Gisors kaum bekommen werdet.«

»Und wer soll das sein?«

»Thierry, der Bischof von Verdun.«

»Das klingt nicht gut.« Die Erinnerung an ihre »Verlobung« verfinsterte Elgaines Gesicht. Gedankenverloren sah sie zu, wie die Kutsche entladen wurde, die sie mit mulmigem Gefühl bestieg.

Die Fahrt über Land verlief ohne Zwischenfälle, allerdings in bedrückter Atmosphäre. Eine Begegnung mit Thierry versprach nichts Gutes, da hatte Elgaine völlig recht. Chartres kam schon in Sicht, als Monsignore de la Carmen sich an uns wandte und meinte, wir bräuchten nicht mit in die Stadt zu kommen, sondern könnten jetzt bereits unserer Wege gehen. Wir hatten zwar den klaren Auftrag erhalten, uns – ungeachtet aller Widrigkeiten, die uns auf der Reise widerfahren mochten – nach Gisors zu begeben, um dort weitere Anweisungen abzuwarten. Aber wir fühlten uns in zunehmenden Maße auch für Elgaine verantwortlich, insbesondere nachdem wir nun wussten, wer sie dort in Chartres erwartete. Daher weigerten wir uns, den Trupp zu verlassen.

»Ich kann euch nicht zwingen, *Fratres*«, zürnte der Monsignore, »meiner Anregung Folge zu leisten, aber ich bitte euch, jetzt meine Kutsche zu verlassen und fürderhin euren eigenen Weg zu suchen. Ich habe mit euch nichts mehr zu schaffen!«

Wir stiegen aus, schüttelten Elgaine zum Zeichen unserer Verbundenheit die Hand und trotteten danach hinter dem Zug her. Schritt halten konnten wir nicht, denn ein Pferd hatte man uns natürlich nicht überlassen.

Obgleich wir auf diese Weise erst sehr viel später in der altehrwürdigen Bischofsstadt ankamen, fanden wir die anderen doch schnell wieder. Die Kutsche stand vor dem bischöflichen Palais, und wir folgten unseren Spürnasen und entdeckten den Monsignore de la Carmen mit Bischof Thierry unten in der Krypta des nahen unbenutzten Kirchenbaus, der, nach den verwitterten Gerüsten zu urteilen, schon seit ewigen Zeiten eine Baustelle war. Trotzig schlichen wir um die beiden Kirchenmänner herum und taten so, als interessierten wir uns für die im Boden eingelassenen Grabplatten, nachdem wir die berühmte »Tunika« im *Sanctuarium* recht flüchtig beäugt. Was uns beunruhigte: keine Spur von Elgaine! Hingegen stießen wir in diesen unterirdischen Gewölben auf die Gefängniszelle des Bischofs Ivo, der es gewagt hatte, den König zu rügen, und deswegen gezwungen wurde, in den Grüften der eigenen Kirche dem Licht des Tages zu entsagen. Zu Gesicht bekamen wir den aufrechten Kirchenfürsten nicht, die Wachen jagten uns davon. Monsignore de la Carmen hingegen und auch der Herr Thierry behandelten uns wie Luft.

So bezogen wir Quartier in einer den bischöflichen Gebäuden gegenüberliegenden Taverne, um weiterhin alles zu beobachten, denn wir waren zunehmend in Besorgnis ob des Verbleibs von Elgaine. In der Nacht traf eine weitere Kutsche ein. Der neugierig hinausgeeilte Patron wusste zu berichten, es sei der Bischof von Paris. Der war ein Bruder der schönen Bertrada von Montfort, dem Eheweib des Fulk von Anjou, das der französische König geraubt hatte, um es zur eigenen Frau zu machen. Weil der Bischof von Chartres sich geweigert hatte, dieses *Adulterium* zu legalisieren, ernannte König Philipp seinen zukünftigen Schwager zum Bischof von Paris, der ihm natürlich willfährig das Sakrament der Ehe stiftete, während Ivo in den Kerker geworfen wurde. Ganz Chartres war empört! Wir teilten die Verurteilung solchen Frevels leichten Herzens und tranken mit den Gästen der Taverne auf Kosten des Patrons bis zum frühen Morgen. Statt endlich zu Bett zu gehen, schlichen wir uns wieder in die Krypta. Plötzlich stand Monsignore de la Carmen hinter uns. Wir erschraken, vielleicht torkelten wir auch. Der Monsignore ging über unseren unwürdigen Zustand hinweg. Wortlos steckte er Vocat ein Schreiben zu, ein *Laisser-passez* für die französischen Wachen von Gisors. Es trug das Siegel des Bischofs von Paris. Wir waren höchst beschämt und wollten uns bedanken, aber da war unser Wohltäter schon wieder entschwunden.

Wir beschlossen, das überraschende Angebot anzunehmen, zumal es sich mit unserem ursprünglichen Auftrag deckte, den wir zu Sion erhalten hatten. Wir waren jetzt auch überzeugt, dass es Elgaine – wo immer sie auch stecken mochte – an nichts fehlen würde, und machten uns auf den Weg.

»Ich bin felsenfest davon überzeugt«, sagte Bruder Angel, »dass der Monsignore ebenfalls ein drittes Spiel begonnen hat. Jedenfalls weiß der Bischof von Paris sicher nichts von dem Abdruck seines Siegels unter diesem Pergament!«

Der großzügige Patron unserer Herberge hatte uns mit Pferden und einem Führer ausgestattet, ohne Geld von uns zu verlangen. Wir durchquerten furchtlos den dunklen Wald von Rambouillet, und unser des Weges kundiger Führer brachte uns bei der kleinen Abtei von Mantes-la-Jolie zur Brücke über die Seine. Hier erwartete uns wie selbstverständlich der stille Ritter Godefroy de Saint-Omer und eröffnete uns, wir sollten bitte als seine Gäste hier verweilen, bis die notwendigen Schritte unternommen seien.

»Dieser Monsignore de la Carmen hatte in einem Punkt doch recht«, räumte er freimütig ein. »Vor der Rückkehr der Dame Elgaine nach Gisors muss dort die Garnison ausgetauscht werden. Das Leben der rechtmäßigen Erbin schwebt jedoch bis dahin in wachsender Gefahr. Lasst uns also beten, dass der geheime Zeitplan aufgeht!«

»Wir sind aber im Besitz eines Dokuments«, erwiderte Angel, »das uns den sofortigen freien Zugang zur Festung ermöglicht!«

»Alles zu seiner Zeit«, beschied uns Godefroy. »*Nec spe, nec metu* – wir warten hier auf ein Zeichen.«

– Letzte Niederschrift zu Mantes
am längsten Tag des Jahres –

Schlag auf Schlag

Sie hatte den auf das Felseiland zusteuernden Segler schon von weitem erspäht. Es war ein früher, sonniger Morgen. Endlich! Maurcade du Berq zwang ihr bis zum Hals pochendes Herz zu Eiseskälte und verbannte die auf sie einstürmenden Empfindungen zugunsten zweckmäßiger Überlegungen. Versteckt hinter einem Vorhang, beobachtete sie von ihrem vergitterten Fenster aus das nur wenige Meter unter ihr behutsam in die enge Rinne einlaufende Schiff. Mit einem Blick übersah sie das Deck, den Piraten, der sich aus seiner Hängematte erhoben und selbst das Ruder in die Hand genommen hatte, den Knaben neben ihm, dem er väterlich-liebevoll durchs gelockte Haar strich, und ein vierschrötiges, kräftiges Weib, das sich über die Reling beugte, um Bert el-Caz auf den rechten Abstand zum scharfen Gestein aufmerksam zu machen, das die Einfahrt säumte. Die übrige Mannschaft hatte sich am Mast versammelt und barg das Segel. Auf Cap Gorgon' benötigte man keinen Anker, mit nur gelindem Ruck stieß der Bug gegen das Ende der Fahrtrinne. Maurcade verließ hurtigen Schritts ihre Hütte und eilte zum Anlegeplatz herab, eitel Freude im Gesicht.

»Ich dachte schon, Ihr hättet mich hier vergessen, lieber Bert el-Caz«, schnurrte sie, »wie wunderbar, nun mit Euch in See zu stechen!«

Der kleine Piratencapitan kratzte sich unter seinem grünen Turban, sah er sich doch gezwungen, den überschwänglichen Gefühlen der Maurcade du Berq einen Dämpfer zu versetzen. Freundlich erwiderte er: »Ich bin lediglich gekommen, um Euch nach Lerici zu bringen, wo Euch schon die Markgräfin sehnlichst erwartet!«

Auch diese Eröffnung vermochte die Maurcade nicht aus ihrem Konzept zu bringen. »Von ganzem Herzen sehne ich mich danach, Mathilde endlich wieder in den Armen zu liegen!«, tat sie unerwartet begeistert. »Wann legen wir ab?«

»Von mir aus auf der Stelle!«, antwortete der überrumpelte Pirat. Er hatte sich die Sache wesentlich schwieriger vorgestellt. Behände hüpfte Maurcade an Bord, tätschelte dem etwas abwehrenden Pons die Wangen und lächelte der Terès herzlich zu. Die Mönche trugen ihre wenige Habe aus der Hütte herbei und verstauten sie an Deck, ohne dass Maurcade einen Blick darauf warf. Sie winkte stattdessen den braven Einsiedler-Brüdern zu, die wahrscheinlich heilfroh waren, sie loszuwerden. Dann sprang auch der Capitan an Bord und befahl, die Leinen loszumachen. Langsam glitt der Schiffsleib, von Ruderblättern sorgsam rückwärts gestoßen, aus dem schmalen Felskanal.

Maurcade du Berq stand scheinbar gedankenversunken an der Reling. In Wirklichkeit beobachtete sie genau den sich langsam vergrößernden Abstand zum Ufergestein. Als er so groß zu werden drohte, dass ihr, dem hilflosen Weib, ein Sprung nicht mehr zuzumuten war, entfuhr ihr ein unterdrückter Aufschrei: »Mein Schmuckbeutel! Die Trottel haben das Einzige von Wert in der Hütte liegenlassen!« Geistesgegenwärtig stemmte die Mannschaft die Blätter sofort gegen die Fahrtrichtung, brachte das Schiff zum Halten. »Bitte, bitte, lieber Bert el-Caz, rettet mir die wenigen Juwelen, die ich mein Eigen nenne!«, wandte sie sich mit tränenerstickter Stimme an den Piraten.

»Soll ich?«, rief Pons mit fragendem Blick zu Bert el-Caz.

»Nein!«, entschied der mit schnell prüfendem Blick auf die Distanz zum Ufer. »Ich mach' das selber!« Er warf seinen Scimtar in die Hängematte, die Leute auf der Gegenseite stießen die Riemen gegen den Fels und drückten das Schiff so weit wie möglich herüber. Bert el-Caz fasste sich ein Herz und sprang mit gewaltigem Satz von der Reling, landete einigermaßen glücklich zwischen den Felsen. »Wo find ich den Schatz?«, rief er grinsend zum Schiff hinüber.

»Gleich hinter der Tür hatte ich den Beutel bereitgestellt!«, antwortete Maurcade und setzte noch ein »Danke, guter Bert el-Caz!« hinzu. Da war der Capitan schon hinter den Steinen verschwunden.

Bert el-Caz stürmte an den Mönchen vorbei, hinauf zu der steinernen Hütte. Die Tür stand offen, gleich dahinter lehnte ein unscheinbarer Leinensack. Er griff nach ihm, die Juwelen der Dame wogen weniger als angenommen. Bert el-Caz schüttelte den Beutel leicht, es schepperte sehr merkwürdig. Er öffnete die Verschnürung und schaute hinein: nichts als am Strand aufgesammelte Muscheln in allen Farben – Bert el-Caz schwante plötzlich Schreckliches. Er ließ den Sack fahren und hastete aus der Tür, den Abhang hinunter, sprang über die Steine, stolperte, schlug hin, rappelte sich wieder auf. Da lag sein Schiff. Sie hatten es mittlerweile bis in die Felsen gedrückt. Er sah seine Mannschaft in einem Haufen, wie versteinert, am ihm zugewandten Bug stehen. Keine Hand rührte sich, ihm an Deck zu helfen, alle starrten schweigend zum Heck. Der kleine Capitan schwang sich aus eigener Kraft über die Reling – vor ihm lag in ihrem Blut, eine klaffende Wunde zog sich von ihrem Hals bis zur Brust: Terès!

Und vor der Tür zur hochliegenden Heckkajüte stand mordlüsternen Blicks Maurcade du Berq, den blutigen Scimtar in der Faust, die Klinge gegen den Hals des an sich gepressten Pons gesetzt. Bert erstarrte, er wusste, wie messerscharf er den Damaszener Stahl geschliffen hatte! Er machte eine abwehrende Bewegung und rührte sich nicht vom Fleck, um das Leben von Pons nicht aufs Spiel zu setzen.

»Befehlt Eurer Mannschaft, dass sie ab jetzt allein auf mein Kommando hören soll!« Die Leute nickten verbissen, noch ehe die Aufforderung ihres Capitans an sie ergangen war. Maurcade fuhr mit schneidender Stimme fort: »Begebt Euch zum Ruder«, schrie sie Bert el-Caz an, »und sorgt dafür, dass der Kahn das freie Meer gewinnt!« Schweigend stießen die Ruderer mit ihren langen Blättern das Schiff aus der Rinne – es schwamm im offenen Meer. »Und jetzt springt von Bord, Bert el-Caz!« forderte Maurcade. »Sonst –!«

Bert el-Caz warf Pons einen verzweifelten Blick zu und sprang. Sonderlich weit vom Ufer befanden sie sich noch nicht. Aus den Augenwinkeln verfolgte Maurcade, wie der grüne Turban Land gewann.

»Setzt die Segel!«, befahl sie der Mannschaft. »Einer von Euch übernimmt das Steuer! Kurs ist nicht mehr Lerici, sondern zunächst schnurgerade West-Südwest!«

Zum ersten Mal seit der Übernahme des Seglers lockerte Maurcade du Berq das scharfe Eisen am Hals des Knaben, den erst jetzt ein Zittern durchlief. Pons' Knie gaben nach, und er setzte sich auf die Planken. Dann sah er die tote Terès und begann bitterlich zu weinen.

Es dauerte drei Tage und Nächte, bis der Burgherr Berenguer de Saissac die Schlosskapelle, in der er den Leichnam seines einzigen Sohnes hatte aufbahren lassen, zum ersten Mal wieder verließ. Sein sonst sonnengebräunter bronzefarbener Glatzkopf glich einem Totenschädel. Wortlos schwang er sich auf sein Pferd und ritt, ohne abzusitzen, bis nach Saint-Gilles, wo er seinen Freund und Gönner, den Grafen Raimund von Toulouse, wusste.

Noch lange berichtete man im Volk vom legendären Schmerzensritt des Söldnerführers, und es schmälerte seinen Ruhm nicht, als sich Zeugen häuften, die zu berichten wussten, wie oft Berenguer unterwegs ohnmächtig vom Pferd gestürzt war, von mitleidigen Landsleuten gezwungen wurde, Nahrung zu sich zu nehmen und sich in den bitter nötigen Erschöpfungsschlaf fallen zu lassen.

Die Braut des Herzogs wurde im Triumphzug durch Aquitanien geleitet. Ziel der Reise war die Hauptstadt Poitiers, wo Wilhelm, ihr zukünftiger Gemahl, die ›befreite‹ Prinzessin Philippa von Toulouse erwartete.

»Er hätte Euch durchaus in eigener Person entgegenkommen können.« Conon ärgerte sich darüber, dass Pilar seit den dramatischen Ereignissen von Saissac kaum noch ein Wort an ihn richtete. »Das würde dem hohen Herrn nicht schlecht anstehen!«

»Bei der Heirat der Prinzessin«, antwortete statt ihrer der

Sire de Craon, »handelt es sich um eine Bringschuld derer von Toulouse, weswegen ja auch Ihr und Euer Freund zum Einsatz kamet!«

Mit gelindem Spott sprang ihm sein jüngerer Gefährte André de Montbard bei: »Oder glaubt Ihr, Conon de Béthune, wir wären nicht Manns genug gewesen, die Entführung selbst in Szene zu setzen?«

»Wahrscheinlich wäre es ohne sinnlos vergossenes Blut abgegangen«, brach Pilar ihr Schweigen. »Das werfe ich Euch vor, Conon, nie hätte ich mein Einverständnis gegeben –«

»Es lag nicht in meiner Hand!«, erwiderte Conon gereizt. »Niemand, weder Astair noch ich, konnte ahnen, dass plötzlich aus heiterem Himmel Herr Berenguer Saissac einen Besuch abstattet –«

»Wo er sich seit Jahren nicht hatte sehen lassen!«, musste Pilar ihm beipflichten. »Glaubt mir bitte, ihr edlen Herren, ich empfinde mein Vergnügen«, seufzte sie, »›in Freiheit‹ einer Ehe entgegenzureiten, die über den Kopf eines kleinen Mädchens hinweg irgendwann beschlossen wurde, wahrlich mit dem Preis eines Lebens zu hoch bezahlt!« Pilars Geständnis klang glaubwürdig. »Ich wünschte, ich könnte alles ungeschehen machen.«

Conon schwieg betroffen ob dieser klaren Worte. Auch ihn reute längst, sich auf dieses Unternehmen eingelassen zu haben, zumal ihm schwante, wie gleichgültig dem Grauen Kardinal das Glück oder Unglück der Prinzessin von Toulouse war – genauso wie der Tod des Astair! Ein bedauerlicher Zwischenfall, gering anzusetzen angesichts der hehren Ziele der Kirche! Doch er sagte nur: »Auch mir ist es arg leid um den guten Astair.«

Unter dem Jubel der Menschen, die die Straßen säumten, erreichten sie Poitiers. Conon ließ das Zeremoniell der Brautübergabe, die huldreichen, vielleicht sogar von Herzen kommenden Dankesbeteuerungen des Herzogs sowie drei Tage und Nächte rauschender Feste über sich ergehen. Jede der ihm angebotenen Belohnungen, sei es in Gold, Juwelen oder prächtigen Gewändern, lehnte er ab mit dem Hinweis auf den toten Freund. Conon war weder nach Feiern noch nach Gewinn zumute, was ihm wahrscheinlich nur Pilar abnahm, doch die bekam er kaum noch zu Gesicht. Seine Reisebegleiter, André de Montbard und der Sire de Craon, versicherten ihm zwar, der Herr Wilhelm sei ob dieser permanenten Verweigerung keineswegs gekränkt, dennoch hatte Conon das Gefühl, dass keiner am aquitanischen Herzoghof unglücklich war, als er schließlich zur nördlichen Grenze, zur Stadt Tours, aufbrach. Ihm wurde eine prächtige Eskorte mit auf den Weg gegeben, mit der generösen Maßgabe, dass er über die Leute verfügen könne, bis er sein Ziel erreicht habe. Conons Vorhaben war, wenn auch uneingestanden und ohne klaren Plan, sich mit Elgaine zu vereinen, selbst wenn er sich keineswegs sicher sein konnte, dass sie so etwas wie Liebe für ihn empfand. Der einzige Anhaltspunkt blieb Gisors, das er über Chartres nun zu erreichen suchte.

Saint-Gilles, das Stammschloss der Grafen von Toulouse, lag an der östlichen Grenze ihres weit ausgedehnten Reiches, oberhalb der Kleinen Rhône am Rande der Sumpfgebiete und Salzlagunen der Camargue. Hierhin hatte sich Berenguer de Saissac geflüchtet, überwältigt von dem Tod seines Sohnes, den er, der Vater, mit eigener Hand verschuldet hatte. Erst als Graf Raimund, der von dem entsetzlichen Unglück schon gehört hatte, den Freund schweigend umarmte, kam dem verzweifelten Söldnerführer die Erinnerung, dass es um die Entführung von Pilar gegangen war, der ihm anvertrauten Nichte des Grafen.

»Ich wollte den Raub verhindern!«, stieß er dumpf hervor. »Wer konnte ahnen, dass mein eigener Sohn –« Dem Glatzkopf fehlten die Worte. »Eine entsetzliche Schande für Saissac!« Berenguer ließ sich auf den Schemel fallen, den der Graf ihm schnell untergeschoben hatte. »Wie konnte Astair mir das nur antun?«, stöhnte der Gebeugte. »Was hat ihn zu solchem Verrat getrieben? Wer?!«

Raimund sah ihn nachdenklich an. »Habt Ihr in seinem Komplizen nicht Conon de Béthune erkannt?« Der Glatzkopf nickte, ohne den Kopf zu heben, und der Graf versuchte selber eine Antwort zu finden. »Doch welches Interesse kann ein untadeliger Ritter haben, seine Hand –«

»Es war geplant«, murmelte Berenguer. »Sie müssen beide auf höhere Weisung gehandelt haben.«

»Aquitanien?«, fragte Raimund zweifelnd und setzte auch gleich hinzu: »Herzog Wilhelm hatte einen solchen Schritt nicht nötig – noch wäre es seine Art.« Der Graf dachte nach. »Er hatte ein Recht auf sie, so wie Philippa Anspruch auf den Thron von Toulouse hatte – immer noch hat.« Er setzte drauf: »Und den wird sie jetzt erst recht durchsetzen!«

»Astair ist tot«, entgegnete der Söldnerführer bitter. »Damit ist das Haus Saissac erloschen.« Er erhob sich und legte dem Grafen seine Pranken auf die Schultern. »Vergebt mir«, sagte er fest, mit Tränen in den Augen, »wenn ich mir selbst schon nicht vergeben kann!«

»Ich mach Euch keinen Vorwurf!«, beeilte sich Raimund dem Freunde zu versichern. »Eher plagt mich mein schlechtes Gewissen: Ich fühle mich mitschuldig!« Er kämpfte gegen ein aufsteigendes Schluchzen an.

»Für den Rest meines Lebens will ich Buße tun!«, verkündete tapfer Berenguer, doch der Graf fiel ihm ins Wort: »Das Gewand des reuigen Büßers steht mir zu!« Er gestattete der Rührung nicht, ihn zu überwältigen. »Der Heilige Vater sucht Herren wie uns, Berenguer, die für ihn und Jesus Christus einstehen. Mit wehrhaftem Leib und frommer Seele!«

»Über mich könnt Ihr, kann mein Herr Papst verfügen!«, rief der Glatzkopf und taumelte. »Von mir aus können wir sofort ausziehen! Ich sehne mich nach nichts mehr als nach der Vergebung Gottes!«

Graf Raimund drückte den massigen Söldnerführer zurück auf den Schemel. »Als Erstes will ich meinen Bruder, Erzabt Hugo, von meinem Entschluss wissen lassen«, besann er sich, »denn wenn ich meinem Thron entsage, dann will ich mit dem größten und besten Heer aufbrechen, das die Christenheit je gesehen hat.« Raimund begeisterte sich an der Vorstellung. »Und Ihr, mein guter Berenguer, sollt als mein Feldmarschall an seiner Spitze stehen!«

Die zwei Freunde lagen sich wieder in den Armen. Diesmal ließen sie beide ihren Tränen freien Lauf.

Der Pirat Bert el-Caz wurde von wilder Verzweiflung geschüttelt, als er klitschnass an den Steinen der Felsinsel hochkroch. Es war nicht allein die Wut über seine bodenlose Dummheit, dank derer er auf Maurcade du Berq hereingefallen war, was der prächtigen Terès das Leben gekostet hatte. Dumpf wie ein Hammerschlag traf ihn die ohnmächtige Erkenntnis, dass sich Pons nunmehr in der Hand dieser offenbar zu allem entschlossenen Normannin befand! Natürlich würde sie Pons nicht töten, sondern ihn eiskalt dazu benutzen, Elgaine aus Gisors zu vertreiben – und er, der blöde, saublöde kleine Berthold mit dem Holzschwert, er saß hier auf diesem Eiland mitten im Meer, einem Ort, den freiwillig kein Fischer, kein Pirat aufsuchte. Bert el-Caz hatte keine Zeit zu verlieren, er musste – verdammt noch mal! – seinen Irrsinnsfehler wieder wettmachen! Nicht um der Rache oder seiner Ehre willen, sondern um Pons, um Elgaine zu retten vor dieser Megäre!

Kaum war die Dunkelheit über Cap Gorgon' hereingebrochen, ließ Bert el-Caz auf der Plattform des Turmes ein riesiges Feuer entzünden. Als es hell in die Nacht über dem Meer hinausleuchtete, hieß er die Mönche den einzigen Teppich, den sie besaßen, herbeibringen. Zu viert, an jeder Ecke einer, senkten und hoben sie das zuvor mit Wasser getränkte Gewebe nach seinem Kommando auf und nieder – kurz – kurz – lang – Pause – lang – lang – kurz – lang schickte er die Lichtsignale hinaus in die Nacht, immer wieder: Kurz – kurz – lang – Pause – lang – lang – kurz – lang – Pause. Die Mönche husteten im Rauch, mussten sich abwechseln, der Pirat war längst heiser – da, endlich, es ging schon dem Morgen zu, glommen in weiter Ferne über dem Wasser Fünkchen auf, sie wiederholten sich. Bert el-Caz ließ den versengten Teppich ins Klostergärtlein hinabwerfen, so dass die Flammen jetzt weithin leuchten konnten. Mit brennenden Augen starrten der Capitan und die Mönche aufs nächtliche Meer hinaus. Es dämmerte schon im Osten, da tauchte aus dem Frühnebel ein Schiff auf, Bert erkannte das Segel: Es war einer der Söhne Yussufs!

Lacrimae virginis

Dem unscheinbaren Fischerhafen von Savona an der ligurischen Küste war von außen nicht anzusehen, dass hier die Geheimen Dienste ihren wichtigsten maritimen Stützpunkt außerhalb Ostias unterhielten. Ständig lag mindestens ein Segler bereit, um die als ehrbare Monsignori oder schlichte *Fratres* auftretenden Agenten der Kurie bis nach Frankreich oder ins ferne Portugal zu befördern. Ihr derzeitiges Oberhaupt, der Kardinallegat Remy d'Aretin, der *Caput canis*, wie er dienstintern genannt wurde, reiste meistens inkognito, es sei denn, er legte Wert darauf, erkannt zu werden. Bei der jetzt allmählich ins Endstadium eintretenden Kampagne, die er allein in Absprache mit dem *Pontifex* eingeleitet hatte, war dies nicht der Fall. Der Graue Kardinal wurde einzig von dem blutjungen Guy d'Abreyville begleitet, seinem hochbegabten, aber leider immer wieder zur Disziplinlosigkeit neigenden Zögling. Wie von Remy angeordnet, erwartete sie bei ihrer Ankunft bereits der bewährte Kapitän, der Elgaine de Gisors auf ihren Heimweg ins Vexin gebracht hatte. Mit knappen Worten erstattete der Mann Rapport.

»Alles lief nach Plan«, berichtete er emotionslos, »bis der mitreisende Söldnerführer Berenguer de Saissac kurz nach Arles plötzlich einen Rappel bekam und uns Hals über Kopf im Stich ließ.«

»Aus heiterem Himmel?«, fragte der Kardinallegat misstrauisch nach. »Was war dem vorangegangen? Welche Informationen –?«

»Nichts war geschehen!«, beeilte sich der Kapitän zu versichern. »Rein gar nichts!«

Remy maß den Mann mit strengem Blick. »In welche Richtung wandte sich Herr Berenguer?«

»Ich musste ihn die Kleine Rhône hinabbringen«, er geriet ins Stottern, »bis nach Saint-Gilles. Dort ging er –«

»Und Elgaine?«, forschte Remy jetzt mit aller Schärfe. »Die habt Ihr doch wohl –«

»Nein! Nein! Die hatte bereits Euer Mann, der Monsignore de la Carmen, übernommen.«

Die Pause, die jetzt entstand, wurde ausgefüllt durch einen langen, nach Guys Empfinden Ewigkeiten dauernden Blick, der nur ihm galt. »Ah!«, sagte Remy gedehnt. »Ein Toter ist wieder auferstanden und mischt sich löblicherweise –«

»Seht Ihr, hätt' ich ihn doch –!« Der Blick, den der Weißblonde sich nun einfing, ließ ihn verstummen.

»Sogar in Eurem fatalen Hang zur Transgression habt Ihr noch *Fortune*, Guy d'Abreyville! Der von Euch verschonte de la Carmen dankt es uns mit seinem Eingreifen – perfekt! Wie ich es von dem alten Wolf im Eselsfell erwarte!« Guy senkte die kristallblauen Augen, dabei war die Häme seines Meisters wesentlich milder ausgefallen als erwartet. Der nächste Hieb galt schon wieder dem Kapitän. »Monsignore de la Carmen«, stellte der *Caput canis* in aller Ruhe fest, »konnte unmöglich den Anlass für den plötzlichen Argwohn des Söldnerführers gegeben haben, denn er wusste nichts von der Mission des Conon de Béthune und des Astair de Saissac. Ihr aber könntet das noch in Lerici aufgeschnappt haben!« Der Kapitän beharrte trotzig auf seiner Unschuld, indem er zu dem Vorwurf schwieg. »Der Glatzkopf wird zu spät gekommen sein!« Mit dieser Bemerkung schloss Remy die *Inquisitio* ab und wandte sich an die Ertappten: »Ihr habt beide Anlass, durch äußersten Einsatz, Phantasie und Geschick die Scharte wieder auszuwetzen!« Er nahm Guy fast zärtlich zur Seite. »Ich weiß, dass jenes wahnwitzige Unterfangen, das ich dir aufgebürdet habe, nur von einem Teufelsbraten wie dir ausgeführt werden kann!« Remy packte den Knaben an den Schultern und schüttelte ihn. »Ich nehme an, dass de la Carmen dir im entscheidenden Moment zur Seite springen wird.

Geh ihm nicht wieder an die Gurgel, sondern nimm seine Hilfe an!« Aufmunternd stieß er ihn von sich. »Was für die Geheimen Dienste zählt, ist allein das Ergebnis, nicht die Befriedigung persönlicher Eitelkeiten, nicht die Erfüllung sittlicher Ansprüche!«

»Nec spe, nec metu!«, murmelte Guy ergriffen und beugte hastig sein Knie, um dem Kardinal die Ringhand zu küssen. Danach begaben sich Guy d'Abreyville und der Kapitän sofort an Bord und stachen Richtung Marseille in See.

Der Graue Kardinal blieb allein am Ufer stehen, eine einsame, hagere Gestalt in einem weiten Paletot, den markanten Schädel unter einem tief in die Stirn gezogenen Schlapphut verborgen. Die Steine waren ins Rollen gekommen, nichts konnte sie mehr aufhalten. Seinem Geschick war es nun vorbehalten, die Lawine in die rechte Bahn zu leiten. Nur wer je versucht hat, glühende Lava oder wilden Steinschlag in einen vorbereiteten Kanal zu lenken, mochte erfassen, welche Aufgabe vor ihm lag. Remy d'Aretin sehnte sich nach dem Zuspruch seines obersten Herren: Eine segnende Geste Urbans hätte ihm jetzt wohlgetan! Er beschloss, den *Pontifex* noch einmal aufzusuchen. Nicht, um sich die bereits unternommenen oder die als Nächstes geplanten Schritte bestätigen zu lassen, sondern einzig, um seinen *Benedictio* zu erheischen!

Remy d'Aretin wusste nicht, wie lange er im Sand des flach auslaufenden Strandes von Savona gestanden hatte, zwischen den an Land gezogenen oder aufgebockten Fischerbooten, den Netzhaufen und den gestapelten Reusen. Ein unscheinbarer Kahn, das Segel flatternd, legte an dem einzigen ins Meer hinausragenden Steg an. Eine dicke Nonne kletterte von Bord. Remy erinnerte sich sogleich an diese Erscheinung, es war die Schwester Pförtnerin von Immacolata del Bosco ob Lerici, Erma di Toano. Hinter sich zerrte sie ein Ungetüm von Korbflasche auf die Holzplanken des Stegs und blieb schnaufend neben ihrem einzigen Reisegepäck stehen. Dann erkannte sie den Kardinallegaten, ungeachtet seines zivilen Habitus, und ein Strahlen ging über ihr breites Gesicht.

»Hochmögende Eminenz!«, rief sie freudig aus, um verschmitzt hinzuzufügen: »Bin ich Euch doch nachgereist, weil ich mir sicher war, dass es Euch an einem Gläschen der guten *Lacrimae virginis* mangelt.« Sie deutete auf ihren dickbauchigen Korb. »Ich habe reichlich davon als Proviant dabei!«

Remy hatte sich nicht von der Stelle gerührt, obwohl ein Gläschen des köstlichen Absinths ihm jetzt durchaus recht gewesen wäre. »Wohin geht denn die Reise, liebe *Soror*?«, rief er leutselig zu der Dicken hinüber. »Denn dass Ihr mich hier antreffen würdet, konntet Ihr wohl kaum wissen!«

Schwester Erma fasste sich ein Herz und winkte dem hohen Kirchenfürsten, näher zu treten. »Die Heilige Jungfrau ließ mich sehen«, flüsterte sie geheimnisvoll, »wie ein Schiff Euch verließ, mit einem silberblonden Engel an Bord –«

»Der in Wahrheit der Teufel war!«, lachte Remy und erlaubte sich einen Blick auf die verkorkte Flasche.

»Ich weiß, ich weiß«, schnaubte die Dicke erregt, »ich mochte es Euch nur nicht sagen!«

»Ach!«, seufzte der Kardinal und lehnte sich an den hölzernen Steg, während Erma zwei zinnerne Becher aus ihrem Gewand hervorzauberte. »Mit dem Herrn der Finsternis muss unsereins sich täglich herumschlagen! Also, wohin geht die Reise?!«

Erma entfernte den Korken und drückte dem Kardinal die Becher in die Hand, während sie behutsam und äußerst geschickt die Korbflasche neigte, bis das goldgelbe Nass aus dem Hals gluckerte. »Mir war des Nachts im Traum Cantar erschienen, unsere frühere und dann von dem Piraten geraubte Äbtissin –«

Remy hob seinen Becher. »Auf ihr Wohl zu Sion!«

»Richtig!«, rief Erma. »So hieß der Ort, wohin sie mich befahl, denn sie hat ein Kind geboren, ein Töchterlein, und dem sollte ich –«

»Ich weiß!«, unterband der Kardinal ihr Plappern, so dass Erma die leeren Gläschen gleich wieder auffüllen konnte.

»Und die neue, von Euch angekündigte Äbtissin ist auch nie erschienen.« Ihre kleinen Schweinsäuglein betrachteten den Schlapphut. »Mit Euren Gedanken seid Ihr ganz woanders, Exzellenz, in einem westlichen Land –?«

»Okzitanien«, bestätigte widerwillig der Kardinal, doch die

Dicke ließ sich nicht beirren.

»– wo eine stolze Burg liegt –«

»Saissac!«, rief der Kardinal amüsiert. »Erzählt mir jetzt bitte nicht, Ihr habet das auch geträumt.« Um seine Unsicherheit zu überspielen, wies er auf seinen bereits wieder geleerten Becher hin. Erma hielt locker mit. »Dorthin habe ich den Ritter Conon de Béthune geschickt, zusammen mit Astair –«

»Der bei uns in Lerici als *Gobernatore* eingesetzt war«, ergänzte die Dicke, fiel dann aber in fast peinvoll angestrengtes Grübeln. »Doch nur Conon verlässt hastig die Burg, ich sehe ein junges Weib, sie fliehen zu Pferde, ein Unglück ist geschehen!«

»Ach was!«, rügte sie der Kardinal verblüfft, verärgert, doch Ermas Stirn blieb bewölkt. »Conon reitet als Held durch das Land, nordwärts, seine Gedanken sind bei einer Frau, die er sucht – aber den anderen, den sehe ich nicht mehr!« Erma bemühte ein weiteres Mal die schwere Korbflasche, der Kardinal hatte jetzt schon Übung darin, die beiden Becher so rasch nacheinander zu füllen, dass kein Tropfen verlorenging. Wohlig strömte der Absinth ins Gedärm, im Blut jedoch entfachte er fauchend Höllenfeuer und eiskalte, von winzigen Kristallen wirbelnde Nebelschwaden.

»In Gisors werden sie sich treffen!«, behauptete Remy trotzig und sah sie fragend an.

Der Dicken standen jetzt Schweißtropfen auf der Stirn. Ohne auf ihn einzugehen, fuhr sie in der Beschreibung ihrer Visionen fort: »Auf dem Weg liegen noch viele umgestürzte Bäume, dorniges Gestrüpp und festgefügte Steine – wie Kerkermauern.«

»Gisors?«, hakte Remy verunsichert nach. »Seht Ihr Gisors?«

»Ich sehe eine Fahne über den Zinnen wehen, eine goldene Lilie auf blauem Feld!«

»Die Auriflamma der Könige von Paris!«, murrte der Kardinal unwirsch.

»Ein neues Banner wird entrollt«, schnaufte Erma. »Ich kann sein Wappentier noch nicht erkennen – doch jetzt: Zwei Leuen schreiten auf rotem Grund!«

»Lasst es gut sein!«, rief Remy verärgert. »Eine Agentin des

Herzogs der Normannen könnte es nicht besser –«, er sprach den Satz nicht zu Ende, weil sie ihm den frisch gefüllten Becher reichte. »Ein Letztes noch! Hat der Pirat Bert el-Caz die Maurcade du Berq in Lerici abgeliefert?«

Da Erma nicht gleich darauf antwortete, sondern selber Stärkung im höllischen Sud suchte, verfiel der Kardinal in ein dumpfes, schläfriges Brüten. Wie hinter einer weichen Wolkenwand vernahm er die mal quieksende, mal krächzende Stimme der Dicken: »Das schwarzgelockte Weib ist allein auf dem Segler des Piraten unterwegs – wie die wilde Sturmbraut, einen holden Knaben an der Seite –, sie lässt das Schiff den Strom hinauffliegen –« Erma di Toano redete sich in erregte Trance. »Höllenfunken, aufwabernde Lohe tragen es, sie peitscht die Mannschaft, sie will es auch über Land zwingen, sie verflucht alle, verflucht –« Die Pause, die sich jetzt zwischen die wüsten Wortfetzen schob, war zu lang, um Remys Gehirn noch wach zu halten. »Doch der Pirat ist der Teufelin auf den Fersen –«, diesen Trost vernahm der Kardinallegat nicht mehr. Er sank, den Poller des Stegs umklammernd, langsam in den Sand.

Als die Sonnenstrahlen ihn im Gesicht kitzelten und langsam weckten, umstanden Fischer Remy mit besorgten Gesichtern. Mehrere Eimer kalten Wassers hätten sie schon über Stirn und Antlitz des hohen Herren gegossen, gestanden sie verlegen, Angst hätten sie gehabt. Remy fühlte seinen Schädel wie einen Amboss. Er ließ sich aufhelfen. Von der dicken Schwester Pförtnerin war nichts mehr zu sehen. Sie habe einen Karren gemietet, ihre Korbflasche aufgeladen und sei in Richtung der Berge entschwunden, aber ein Kapitän stehe zu seinen Diensten, wann immer der Herr es befehle. Remy schüttelte den Sand aus seinem Paletot und klopfte den Schlapphut aus. Verdammte *Lacrimae virginis*!

Das Enigma von Chartres

Sie boten ein ungewöhnliches Bild, die drei besorgt dreinblickenden älteren Herren, die selbst im Dämmerlicht der Krypta als Männer der Kirche erkenntlich waren, auch wenn keiner von ihnen Ornat trug, und dazu die junge Frau. Thierry, der herrische Bischof von Verdun, der undurchsichtige Monsignore de la Carmen und der unbedarfte Alan de Montfort, seines Zeichens Bischof von Paris, saßen im Halbkreis um Elgaine. Platz zu nehmen hatte sie sich trotz ihrer Erschöpfung standhaft geweigert. Mit der Linken an eine Säule gestützt, die rechte Hüfte vorgeschoben, bot sie sich den Männern beunruhigend dar. Herausfordernd hob sich ihr ranker Leib vor dem dunklen Gewölbe mit seinen Nischen und verwitterten Grabplatten ab.

»Wenn ihr mich zwingt, meine hohen Herren«, sagte sie, an alle gewandt, »hier zu warten, bis Maurcade du Berq eintrifft, dann werde ich diese Person auf der Stelle zum Gottesurteil fordern!« Elgaine ließ keinen Zweifel daran, dass ihr Verlangen nach einem Duell auf Leben oder Tod keine leere Drohung war. »Um der Sache endlich ein Ende zu machen!«

Der Bischof von Paris war zusammengezuckt, sein Kollege Thierry ließ ein spöttisches Lächeln um die Mundwinkel spielen. »Keine schlechte Idee, Madame, solcherart eine rasche Klärung herbeizuführen, anstatt womöglich noch das Blut von Leuten zu vergießen, die mit dem Streit wenig zu tun –«

»Ich kann nur warnen vor der Tücke der Maurcade!«, unterbrach ihn de la Carmen heftig. »Sie wird sich kaum einem Entscheid durch das Schwert stellen, sondern –«

»Ich finde es gotteslästerlich«, meldete sich der Bischof von

Paris zu Wort, »wenn Frauen zum scharfen Eisen greifen, weil kein Mann es für sie tut!« Weil der erwartete Beifall ausblieb, legte er noch nach: »Solange ich hier in Chartres die heilige Kirche vertrete, wird solcher Frevel nicht –«

»Wie lange wird diese Zeit der Barmherzigkeit für Chartres noch andauern?«, stieß Thierry mit spitzem Hohn dazwischen.

»Bis mein königlicher Schwager mich wieder aus dieser zusätzlichen Bürde entlässt«, rechtfertigte sich der Pariser verständnislos, »und es Gott in seiner unendlichen Güte gefällt!«

Elgaine verwirrte ihn zusätzlich, weil sie kühl auf seinen vorhergehenden Einwand einging. »Männer? Ich sehe weit und breit keinen!«

»Dann entsagt!«, geiferte der Bischof.

»Ich denke nicht daran!«, beschied ihn die junge Frau. »Maurcade will Gisors für sich – und womöglich für den Paten, der hinter ihr steht.« Sie gab sich nicht die Blöße, Thierry dabei auch nur mit einem Blick zu streifen, und fuhr fort: »Ich hingegen trete in eigener Person für mein Recht ein – und nicht für das irgendeines Mannes! Pons natürlich ausgenommen.«

»Verkehrte Welt!«, stöhnte der Bischof von Paris. »Die Weiber sind des Teufels.«

»Freut Euch des Zölibats, werter Bruder im Amte!«, höhnte Thierry von Verdun, doch de la Carmen verschaffte sich jetzt Gehör: »Müßig der Streit! Ich stelle fest, dass die Herausforderin Maurcade du Berq nicht zur Stelle ist!«

»Sie wird es sein!«, fuhr ihm Thierry mit aller Schärfe in die Parade und wandte sich ostentativ an den völlig überforderten Bischof von Paris. »Ihr tragt die Verantwortung dafür, dass die beiden Frauen sich begegnen!« Dem Bischof schauderte es sichtlich, aber Thierry zeigte sich unerbittlich: »Sorgt also dafür, dass sich die Dame Elgaine bis dahin nicht von hier fortbewegt!« Er ließ den unerfahrenen Kleriker stehen wie einen gemaßregelten Scholaren und wandte sich an den Monsignore: »Ihr, de la Carmen, kennt jetzt meine Einstellung in dieser leidigen Frage. Handeln werdet Ihr, wie ich Euch kenne, nach Eurem Kopf – oder dem des *Caput canis*!« Er grinste den Monsignore herausfordernd an. »Ich, für meine Person, kann nicht länger verweilen, denn ich werde dringend mit Rat und Tat in Lothringen gebraucht. Die Situation um Bouillon«, gab er vertraulich preis, »spitzt sich zu!«

Thierry von Verdun verneigte sich knapp vor Elgaine. »Seine Feinde zu kennen«, erklärte er mit einem süffisanten Grienen, »erhöht allemal den Genuss! *Au bonheur*, Madame!« Er winkte sein Gefolge herbei, das im Hintergrund der Krypta gewartet hatte, und verließ eiligen Schrittes die düstere Gruft.

Auch den Bischof von Paris drängte es jetzt zur Abreise. »Ich mochte es diesem herrschsüchtigen Menschen nicht sagen«, gestand er dem Monsignore, »aber mich hält hier nichts mehr, während zu Paris mein Stuhl erkaltet.«

Doch de la Carmen hielt ihn zurück. »Solange unser lieber Bruder Ivo hier im Kerker fröstelt, wäre ohne Euch, Alan de Montfort, das wichtige Episkopat zu Chartres verwaist, die Gemeinde ohne Segen und Fürsprech!« Der Pariser maulte, er könne sich nicht in zwei Teile schneiden, de la Carmen ließ das nicht gelten. »Ihr dient Eurem königlichen Schwager – oder Eurer lieben Schwester Berarda – hier weitaus mehr, indem Ihr verhindert, dass die Herde in Ermangelung eines Hirten die Gatter niedertrampelt, Aufruhr und Gewalt –«

Abwehrend hob der Bischof die Hände und knickte ein. »Ich erwarte Euch«, wandte er sich resigniert mehr an Elgaine als an den Monsignore, »im bischöflichen Palais!« Mit dieser Aufforderung entschwand er durch den unterirdischen Gang, der von der Krypta direkt hinüberführte in den Amtssitz der Bischöfe von Chartres.

Kaum war auch er verschwunden, traten hinter den wuchtigen Pfeilern, die das Gewölbe des Unterschiffs trugen, etliche dunkle Gestalten hervor. Die meisten waren bis zur Unkenntlichkeit vermummt, dennoch glaubte Elgaine einige von der Besatzung wiederzuerkennen, die den Monsignore durch ganz Frankreich bis hierher begleitet hatten.

Der Anführer trat auf de la Carmen zu. »Wie Eure Anweisungen es vorsahen«, flüsterte er mit verschwörerischer Stimme, »breitet sich Unruhe in der Stadt aus. Die Leute beginnen das bischöfliche Palais zu belagern, verlangen die Freilassung ihres Bischofs Ivo, die ersten Steine flogen bereits!«

»Geht behutsam vor!«, mahnte de la Carmen. »Der Bischof verfügt über starke eigene Truppen. Sie müssen gebunden werden, aber nicht unnötig gereizt! Alan de Montfort soll sich sicher genug fühlen, um nicht Hals über Kopf aus Chartres zu flüchten.«

Der Mann nickte, und die schwarzen Gesellen entfernten sich wieder. Monsignore de la Carmen wandte sich an die aufmerksam lauschende Elgaine. »Es wird Zeit, von hier zu verschwinden!« Er hatte es kaum ausgesprochen, da meldete sich der Hauptmann der Leibgarde des Montfort bei ihm, um anzukündigen, wegen des Aufruhrs der Bevölkerung werde die bischöfliche Garde zusätzlich auch die Bewachung des Kerkers übernehmen. Es ginge das üble Gerücht, Bischof Ivo sei vergiftet worden. »Dann zeigt ihn doch der Menge, wie er leibt und lebt!«, riet der Monsignore dem etwas ratlosen Hauptmann. »Aber gebt acht, dass sie ihn euch nicht aus den Händen reißen!«

Der Hauptmann zog mit seinen Leuten ab, de la Carmen gab Elgaine ein Zeichen.

Aus den geheimen Protokollen von Sion
Feriae Augusti A. D. MXCV

Wir glücklichen Chronisten, die *Fratres benedicti Angelus vigilans* und *Vocator diaboli*, verbrachten unsere Tage in der kleinen Abtei von Mantes-la-Jolie als Gäste des guten Ritters Godefroy de Saint-Omer. Was dort täglich aus Küche und Keller auf den Tisch kam, verdiente höchste Lobpreisung. Unsere Augen ruhten wohlgefällig auf dem sich in Mäandern dahinschlängelnden Fluss, der Seine, und der sie überspannenden alten Römerbrücke. Doch nach vier geruhsamen Tagen fand unser friedlich-sattes Leben ein jähes Ende.

Der Monsignore Alfons de la Carmen erschien mitsamt der Dame Elgaine de Gisors. Ohne viel Federlesens befahl er uns, nun endlich in die Burg von Gisors einzusickern. »Meinetwegen auch unerkannt, wenn ihr den Gebrauch der euch überlassenen Vollmacht verschmäht!« Dort sollten wir uns bereithalten. Der Order mussten wir Folge leisten, obgleich uns bewusst war, dass uns ähnliche Gaumenfreuden wie hier zu Mantes-la-Jolie gewisslich versagt bleiben würden! Elgaine erfragte von dem Monsignore, ob sie nicht auch schon mit nach Gisors ziehen könnte, vielleicht verkleidet als einfache Küchenmagd?

Monsignore verwies ihr solches Ansinnen mit einem dürren »Noch nicht!«.

Schade, gemeinsam mit Elgaine würde sich der Aufenthalt auf Gisors für uns sicher wesentlich angenehmer gestalten!

Auch Herr Godefroy de Saint-Omer erhielt seine Order. Er solle sich nach Saint-Omer zurückbegeben und seinem Herzog, Herrn Robert von der Normandie, ausrichten, es sei bald so weit, wie zwischen ihm und dem Grafen Balduin von LeBourg seinerzeit abgesprochen. Er möge sich nun gnädigst zur Verfügung halten!

Herr Godefroy traf es damit besser als wir. Er durfte Elgaine mit sich nach Saint-Omer führen, damit sie dort die nächsten Schritte abwartete. Auf keinen Fall sei ihr zu gestatten, nach Gisors vorzustoßen!

Damit wurden wir allesamt aus dem kleinen Paradies von Mantes-la-Jolie vertrieben, und ein jeder machte sich auf nach dem ihm zugewiesenen Ort. Monsignore Carmen begab sich eiligst zurück nach Chartres.

– gegeben zu Mantes-la-Jolie –

Zu Chartres war der Volksaufstand in vollem Gange. Der Bischof von Paris hielt mit seinen Truppen jedoch das bischöfliche Palais sowie die Dombaustelle samt Krypta und den Kerkerzellen. Er teilte sogar König Philipp mit, er bedürfe keiner Verstärkung, er sei Herr der Lage und die Sicherheit des hohen Gefangenen, des Bischofs Ivo, sei nicht gefährdet.

Bischof Alan de Montfort hatte Glück, denn gerade als der Druck der Aufständischen stärker wurde, traf Conon de

Béthune in Chartres ein, mit seiner starken Eskorte, die ihm der dankbare Herzog von Aquitanien zur Verfügung gestellt hatte. Conon wurde außerdem begleitet von dem jungen Grafen André de Montbard, der sich ihm in letzter Minute angeschlossen hatte, weil er – nach Beendigung seiner Mission – ins heimatliche Burgund zurückzukehren gedachte.

Bischof Montfort bot den Rittern an, im Palais Quartier zu nehmen. Er war heilfroh über die unerwartete aquitanische Hilfe, zahlte gern den Sold für die Truppe und überhäufte Conon und André mit kostbaren Geschenken.

Monsignore de la Carmen kehrte nach Chartres zurück und sorgte dafür, dass Krypta und Kirchenraum unter aquitanische Bewachung kamen. Langsam trat in Chartres wieder Ruhe ein, wenn auch die Lage weiter angespannt blieb. Es war die Ruhe vor dem Sturm.

Papst Urban und sein Grauer Kardinal, der Kardinallegat Remy d'Aretin, trafen sich als Gäste des Erzabtes Hugo zu Cluny. Offizieller Anlass war die feierliche Einweihung der nach vielen Umbauten endlich fertiggestellten gewaltigen Abtei der Benediktiner. Der immer noch rüstige und einflussreiche Erzabt sollte Urban bei dem großen Unternehmen, das die Kirche plante, zudem in der entscheidenden Phase zur Hand gehen, nachdem er schon erfolgreich in die Vorbereitungen eingebunden gewesen war. So hatte er – vielleicht sogar entscheidend – die Bereitwilligkeit gefördert, mit der sich zwei der bedeutendsten Großherren im Westen, Herzog Robert von der Normandie und der Graf Raimund von Toulouse, spontan zur Verfügung des Papstes stellen wollten, sobald der Aufruf öffentlich erfolgte. Bisher war alles in größtmöglicher Diskretion unternommen worden, die Geheimen Dienste der Kurie hatten die Maßnahmen eingeleitet, die ihrem Oberhaupt, dem *Caput canis*, geeignet oder notwendig erschienen. Von Saint-Gilles kommend, wo er sich ein letztes Mal mit dem Grafen Raimund ausgesprochen hatte, trat Remy d'Aretin vor seinen Papst.

»Auf Toulouse kann Eure Heiligkeit nunmehr fest zählen«, eröffnete er seinen Rapport. »Der Graf hat eingesehen, dass er

Unrecht tat, seiner Nichte Philippa den Thron vorzuenthalten, und dass ein Mitwirken an Eurem *Opus magnum* die rechte Buße wäre!«

Urban lächelte. »Mehr Demut habt Ihr zu Saint-Gilles hoffentlich nicht erwartet!«

»Mitnichten!«, feixte Remy. »Dafür wird Raimund in seiner Eitelkeit alles daransetzen, Euch das prächtigste Heer zu stellen, mit dem er alle anderen Fürsten aussticht!« Der *Caput canis* verschwieg geflissentlich, dass er mittlerweile seinen Bluthund Guy d'Abreyville von der Kette gelassen hatte, mit einem weiteren Auftrag, der gewiss nicht die Zustimmung des Heiligen Vaters erfahren hätte. »Zwei Fliegen schlug ich so mit einer Klatsche«, triumphierte Remy stattdessen. »Der glückliche Bräutigam der Pilar, Herzog Wilhelm von Aquitanien, genannt ›Der Troubadour‹, ist nun aus Dankbarkeit und freien Stücken gleichermaßen willens, sich Eurem Unternehmen höchstselbst zur Verfügung zu stellen –«

Papst Urban nickte befriedigt. »Es ist ihm unbenommen, einige seiner Herren mitzubringen.«

»Herr Robert«, fuhr der Kardinal stolz in seinem Bericht fort, »der Herzog von der Normandie, ist bereit, die Rückerstattung von Gisors als Zeichen unserer Verlässlichkeit zu nehmen und daher ebenfalls mit Euch auszuziehen.«

»*Wenn* die Kirche ihm die Unantastbarkeit seines sonstigen Besitzes, vor allem seiner Stammlande, verbürgt«, ergänzte der Papst amüsiert, »denn im Gegensatz zu anderen gedenkt Herzog Robert zurückzukehren.« Der *Pontifex* schmunzelte. »Und zwar nicht wegen Gisors, das Euch so sehr am Herzen liegt, sondern um seinen Rechtsanspruch zu wahren – wenn schon nicht auf die Krone von England, so doch auf die Normandie!«

Der Graue Kardinal nickte versonnen. »Spätestens bei seiner Rückkehr wird uns das noch zu schaffen machen. Denn genau dieses Stück Erde betrachten sowohl der König von Frankreich als auch der von England als ihr Territorium, zumindest, was die Oberlehnsherrlichkeit anbetrifft!« Er seufzte.

Der Papst beruhigte ihn: »Kehrt er dereinst heim, als ruhmreicher Krieger für den christlichen Glauben, dann kann Herr Robert noch immer mit sich selbst zu Rate gehen, wessen Vasall er gerne sein möchte.«

»Er träumt aber jetzt schon davon«, gab Remy zu bedenken, »sein eigener freier Herr zu sein, von Gottes Gnaden, geschützt durch die Kirche!«

»Das wird ihm keiner der beiden Monarchen gestatten«, schloss der Papst unwillig. »Und Wir werden Uns auch nicht einmischen!«

Remy d'Aretin brachte schnell einen weiteren Erfolg zur Sprache: »Die Normannen am Fuße der Apenninenhalbinsel hingegen sind uns sicher. Auch wenn die Apulier nur das zahlenmäßig kleinste Heer aufbieten können, sind sie doch die besten und erfahrensten Krieger!«

»Wovon die Byzantiner ein Lied singen können! Genial gelöst, lieber Remy!«, lobte ihn scherzend der Papst, um dann wieder in den distanzierten Ton eines *Pontifex maximus* zurückzufinden. »Selbst wenn Euch da eine bizarre Verkettung von glücklichen und unglücklichen Ereignissen zur Hilfe gekommen sein mag, die Herren Bohemund und Tankred werden uns als Kämpfer von größtem Nutzen sein!«

Der Kardinallegat beeilte sich, seinen eigenen Verdienst herauszustreichen. »Es war gar nicht so leicht, alle Fäden zusammenzuhalten und immer wieder zu entknoten!«, seufzte Remy. »Bis das Webstück gelungen war, musste sich der geplagte Weber weniger mit einfach gestrickten Wikingern herumschlagen als mit höchst widerborstigen Weibern und unberechenbaren Piraten!«

»Schon gut, mein vielseitiger *Caput canis*, es liegt mir fern, Euer Licht unter den Scheffel zu stellen! Um Euch etwas zu entlasten, habe ich mir in der Zwischenzeit erlaubt, eine Angelegenheit, deren Lösung mir besonders am Herzen liegt, voranzutreiben: das leidige Problem Bouillon und damit die Frage der eminent wichtigen Einbindung von Gottfried, dem zukünftigen Herzog von Niederlothringen – bislang noch Marschall des Kaisers!«

Remy d'Aretin hütete sich, den Beleidigten zu spielen. »Ihr

meint, mein Heiliger Vater, ich brauche mich darum nicht mehr zu kümmern?«

Der Papst lachte. »Das brächtet Ihr, Remy, doch gar nicht fertig!« Er wurde sofort wieder ernst. »In gewisser Weise liegt hier die Lösung zwar nicht in der Luft, aber auf der Hand: Wir, Ihr und meine Wenigkeit, müssen uns nur jedwelcher Einmischung versagen, sondern die Dinge laufen lassen. Die beiden Feuerköpfe, Bischof Thierry von Verdun und Gottfried, jetzt auch noch Graf von Antwerpen – so verschieden sie sind, starrsinnig alle beide! Sie werden sich über Bouillon derartig in die Wolle kriegen, dass es zu einer kriegerischen Entscheidung kommen wird. Es ist völlig unnötig, sie aufeinanderzuhetzen, wie es Mathilde aus dem Hintergrund tut, weil sie ihre Felle davonschwimmen sieht. Auch jeder Versuch zu vermitteln, wie ihn Euer Mann, der Graf Balduin von LeBourg, noch unternimmt, ist vergebens.«

»Wenn es zu der von Euch offensichtlich als wünschenswert erachteten Gewaltlösung kommt, *Sua Santità*«, der aufgebrachte Remy mochte sich die leise Rüge nicht verkneifen, »habt Ihr dann auch bedacht, was geschieht, wenn Gottfried nicht als Sieger hervorgeht?«

Der *Pontifex* nahm seinen Grauen Kardinal fest in den Blick, aus seinen Augen sprühte der Schalk. »Wer von uns beiden ist der Spieler, Ihr, der *Caput canis* – oder ich, der Nachfolger Petri?«

Remy hielt stand. »Mir sind Zweifel erlaubt!«, erwiderte er vorsichtig, doch Urban wischte jeden möglichen Einwand beiseite.

»Da die Heilige Jungfrau mit uns ist und wir nicht den Bischof von Verdun an der Spitze unseres Heeres sehen wollen, sondern –«

»Gott behüte!«, entfuhr es Remy.

»– fällt es allein der göttlichen Maria zu, ihre schützende Hand über Gottfried zu halten, und sie wird sich dieser Forderung nicht versagen! Aus purem Dank wird der Marschall den Herzenswunsch des Heiligen Vaters erfüllen!« Urban strahlte überwältigende Zuversicht aus.

»Dennoch«, wagte Remy einzuwenden, »scheint es mir vonnöten, Eurem Optimismus durch einige flankierende Maßnahmen Stützpfeiler einzuziehen. Darum will ich mich kümmern!«

»Nein, Remy!«, verwies es ihm der *Pontifex*. »Ihr habt mich immer noch nicht richtig verstanden: Ihr begebt Euch nach Gisors, wie Euer Herz es Euch befiehlt! Das Gelingen von Bouillon nehme ich auf meine Kappe, die sich jetzt Tiara nennt! Schließlich war auch ich einmal *Caput canis*. Lasst uns sehen, was mir an Fähigkeiten noch erhalten geblieben!«

Remy trug die Zurückweisung mit Fassung. »Lasst uns beten, mein Freund«, sagte der Papst.

Der geteilte Streitapfel

Aus den geheimen Protokollen von Sion
Am Tag der Kreuzerhöhung A. D. MXCV

Balduin von LeBourg verfluchte – seine Erziehung als Priester längst gekonnt verdrängend – den Tag, an dem er Gottfrieds treuem Feldobristen Sigbert von Öxfeld nicht nur das Kommando, sondern auch die Wahl des Weges überlassen hatte. Balduin war den Truppen, die jener aus Italien zurückbrachte, bis Straßburg entgegengereist, in der Erwartung, dass sie sich zu Basel eingeschifft hätten und nun rheinabwärts auf Frachtkähnen daherkämen. Stattdessen trafen sie zu Fuß ein, der alte Haudegen hatte sie die gesamte Strecke marschieren lassen. Auch das Angebot Balduins, wenigstens jetzt auf Schiffe umzusteigen – ab Koblenz lägen dann sogar Segler bereit, mit denen sie ohne große Anstrengung die Mosel aufwärts bis ins Lothringische vordringen könnten –, schlug er hohnlachend aus. Der Gedanke an ein untätiges Hocken auf gemächlich dahintreibenden Kähnen sei ihm ebenso zuwider wie die Vorstellung eines »friedlichen Lebensabends«! Auch seine Soldaten sollten bis zu dem ersehnten Augenblick, an dem sie sich endlich auf den Feind stürzen konnten, in Bewegung bleiben. Der Alte ließ nicht mit sich reden, sondern bestand darauf, sofort querfeldein über Metz nach Sedan vorzustoßen, um von dort aus das belagerte Bouillon zu entsetzen. Selbst Balduins Einwand, sie liefen auf diesem Weg Gefahr, von den Leuten des Bischofs angegriffen zu werden, da Verdun dicht an der vorgesehenen Route lag, vermochte Sigbert von Öxfeld nicht abzuhalten.

»Das soll der perfide Thierry nur wagen!«, fauchte er. »Dann rennen wir auch ihn über den Haufen!«

So machten sie sich auf den langen Weg. Aber schon nach drei Tagen hielt es der Graf von LeBourg nicht mehr aus, er hatte sich bereits beim Gewaltritt quer durch das Elsass und das nördliche Burgund den Hintern wundgescheuert. Mit der Ausrede, es ginge ihm zu langsam und er wolle vorauseilen, um den Belagerten vom baldigen Eintreffen des Entsatzes Nachricht zu geben, trennte sich Balduin von dem Heer. Er mietete eine Kutsche, behandelte seine malträtierten Weichteile mit reichlich Melkfett und ließ sich von Moselschiffern bis in die Höhe von Lützelburg den sich durch sein liebliches Tal windenden Fluss hinabtragen. Balduin wusste, dass er weit vor dem von Sigbert in Eilmärschen herangeführten Heer zu Bouillon eintreffen würde, allein schon aufgrund des schweren Geräts, das die Männer mit sich schleppten.

Auf seinem Weg nach Straßburg hatte er in Verdun nochmals den Bischof Thierry aufgesucht, nach wie vor ein erbitterter Gegner Gottfrieds. Doch auch Balduins letzter Vermittlungsversuch hatte den streitbaren Kirchenmann nicht umstimmen können. Thierry hatte die Eroberung von Bouillon in die Hände des Grafen Albert von Namur gelegt, wie Balduin selbst ein entfernter Vetter Gottfrieds, diesem aber spinnefeind wegen seiner eigenen, übergangenen Ansprüche auf die Grafschaft Antwerpen. Der Bischof verkündete, er, Thierry, werde sich jetzt an den Kriegsschauplatz begeben, um bei der Übergabe der Festung dabei zu sein.

Balduin von LeBourg war niedergeschlagen, als er sich – die Belagerer hatten ihn unangefochten passieren lassen – schließlich bei Gottfried einfand. Doch der war guten Mutes, zumal es ihm gelungen war, die Mauern von Bouillon und dessen Vorwerke rechtzeitig zu verstärken und auch mit reichlich Besatzung zu versehen. Was den Marschall wurmte, war, dass er sich von seinem Kaiser völlig im Stich gelassen sah. Gottfried war davon überzeugt, dass ein Machtwort Heinrichs dem Spuk sofort ein Ende bereitet hätte. Umso erfreuter war er, als Balduin ihm vom Nahen seines Italienheeres unter Sigbert von Öxfeld berichtete. »Zum Grafen will ich den braven Mann ernennen«, rief Gottfried voller Dankbarkeit, »Sigbert von Öxfeld, Graf von Castelbov!«

Balduin nickte, um die Emphase nicht zu mindern, schränkte dann aber doch ein: »Wenn wir hier alles glücklich überstanden haben –« Dann fügte er schnell hinzu: »Ich werde mein Scherflein beitragen und die Sippe derer vom Öxfeld ein für alle Mal aus dem Lehnsverhältnis derer von der Lehburg entlassen!«

Gottfried sah seinen Vetter erstaunt an. »Solch Recht steht allemal mir zu – nicht dem Waldgrafen der Ardennen!«

Da mussten sie beide lachen.

Das Heer unter Sigbert passierte Sedan bei untergehender Sonne. Gottfried hatte ihm seinen Vetter Balduin entgegengesandt, mit der Aufforderung an seinen Obristen, für die kommende Nacht nochmals das Lager aufzuschlagen. Er hegte die Hoffnung, dass die Belagerer sich ob der Bedrohung von der Festung zurückziehen, wenn nicht gar von ihren Eroberungsplänen gänzlich Abstand nehmen würden. Doch als Balduin auf die Vorhut des Heeres stieß, hatte dieses sich bereits im Schutz der Dunkelheit bis nahe an die Festung vorgearbeitet. Noch hatten die friedlich schlafenden Belagerer das Herankommen nicht bemerkt. Spät in der Nacht standen Sigberts Mannen quasi in Sichtweite von Bouillon und des die Festung umgebenden Belagerungsringes. Sie konnten den Schein der Lagerfeuer zwischen den Zelten erkennen. Allen Vorhaltungen Balduins zum Trotz ließ der Obrist seine Truppen zum sofortigen Entlastungsangriff antreten. Die Schläfer waren völlig überrascht! Das sofort einsetzende Kampfgetümmel geriet vollends zum Durcheinander, als die Verteidiger der Festung – angespornt durch die seit langem erwartete Verstärkung – einen Ausfall mitten unter die aufgeschreckten Belagerer wagten. Die gemeinsame lothringische Mundart machte es im Schein der Fackeln und brennenden Zelte fast unmöglich, zwischen Freund und Feind zu unterscheiden. Jeder, der den anderen nicht als deutlich zum eigenen Haufen zugehörig erkannte, hackte auf den vermeintlichen Gegner ein. Ein sinnloses Gemetzel! Gottfried war der Erste, der das erkannte. Brüllend befahl er den sofortigen Rückzug seiner eigenen Leute hinter die Mauern von Bouillon.

Als sich die Lothringer, sowohl die Besatzung als auch die zum Entsatz Angerückten, von ihren Gegnern gelöst hatten und in die Festung zurückfluteten, fehlte Sigbert von Öxfeld. Jeder hatte den Feldobristen mutig und unverdrossen hoch zu Ross in Erinnerung, wie er im Schein der niedergerittenen Lagerfeuer des feindlichen Feldlagers kühn um sich schlug, doch keiner wusste zu sagen, was mit ihm geschehen. Mit Bangen wurde das Morgengrauen abgewartet. Beim ersten Licht ritt Balduin von LeBourg, begleitet von einem Parlamentär, hinaus auf die Wallstatt. Sie fanden den Alten sofort. Offenbar hatte sein Pferd gescheut und ihn so unglücklich abgeworfen, dass er sich den Hals brach, denn sein Körper wies zwar reichlich Kampfspuren auf, aber keine tödliche Verletzung. Das Schwert hielt er noch fest in erstarrter Hand. Sein Tod erschütterte selbst die Feinde. Sie erwiesen dem Leichnam alle Ehre, als er in die Festung zurückgebracht wurde.

Balduin von LeBourg, der neue Waldgraf der Ardennen, traf sich auf dem Schlachtfeld vor Bouillon mit Albert von Namur, der die Gegenseite befehligte. Der Hauptantreiber aller kriegerischen Handlungen, der Bischof von Verdun, lag von einer Krankheit niedergeworfen in seinem Quartier. Der Kirchenfürst sei außerdem wirklich schon zu alt, ließ Herr Albert seinen Gesprächspartner wenig respektvoll wissen, um noch in eigener Person ins Feld zu ziehen. Damit gab er Herrn Balduin klar zu erkennen, dass der weitere Gang der Dinge mit ihm allein auszuhandeln war. Albert von Namur machte keinen Hehl daraus, dass er den Kampf zu beenden wünschte, aber genauso wenig ließ er Zweifel daran, dass ihm der Widerstand des Herrn Gottfried eine gewaltige Frechheit deuchte, das hartnäckige Festhalten an der Burg von Bouillon gegen die von Bischof Thierry und ihm im Namen der Markgräfin Mathilde aufgebotene Übermacht eine Unverschämtheit! Im Namen seines Vetters verwahrte sich Balduin von LeBourg empört gegen diese Anschuldigungen, ein Wort gab das andere, und da sich der jähzornige Graf von Namur im Recht und in seiner Ehre gekränkt sah, schlug er dem Waldgrafen Balduin provozierend vor, die Entscheidung durch ein Gottesurteil herbeizuführen. Er sei bereit, im Einzelkampf gegen jeden Ritter anzutreten, den die »Aufrührer« gegen ihn aufstellen würden. Obgleich sich Albert von Namur eines glänzenden Rufes als gefürchteter Schlagetot erfreute, nahm Balduin von LeBourg zu seinem größten Erstaunen die Herausforderung an, im Namen seines Vetters Gottfried von Bouillon.

Das Duell fand noch am gleichen Tag statt. Zur Freude des Herrn von Namur ritt sein Vetter Gottfried in eigener Person in das Geviert, das die beiden Heere vor der Burg gebildet hatten. »Kein Eingriff von außen, bis der Tod oder die schmähliche Flucht eines der beiden Kontrahenten den Sieg des anderen herbeigeführt.«

Der Schlagabtausch entbrannte sofort in voller Härte, sie waren ebenbürtige Ritter, die beide Schwert und Schild sogar in vollem Galopp ebenso glänzend wie furchterregend einzusetzen wussten. Das Kreischen und Klirren der funkenstiebenden Hiebe, das dumpfe Dröhnen der aufeinanderprallenden Schilde tönte weithin über den abgesteckten Kampfplatz. Schließlich gelang es dem besonnener wirkenden Gottfried, die Deckung Alberts aufzubrechen und ihm einen mächtigen Hieb auf den Helm zu versetzen. Die Entsetzens- und Jubelschreie blieben beiden Parteien in der Kehle stecken, denn zwar wankte Herr Albert wie eine Tanne im Sturm, ehe sie stürzt, aber Gottfrieds Klinge war zerbrochen! Weithin sichtbar war sie in den Sand geflogen, in seiner Faust hielt er nichts als den Knauf mit einem kurzstummeligen Rest. Sofort gingen die Ritter von beiden Seiten zwischen die Kämpfer und beschworen den Abbruch des ungleich gewordenen Kampfes. Doch Albert von Namur, der trotz seines dröhnenden Schädels die Chance erkannte, ließ nicht mit sich reden. Gottfried schwieg. Er war weder bereit aufzugeben noch um Gnade zu bitten. Sich ein neues Schwert reichen zu lassen verboten die Regeln. Die Ritter zogen sich zurück. Das Hauen und Stechen geriet noch wütender als zuvor, denn der Graf von Namur suchte jetzt verbissen die Entscheidung herbeizuführen. Er trieb Gottfried vor sich her, seine Schläge prasselten auf den zerhackten Schild des ansonsten Wehrlosen, den sicheren Sieg vor Augen, gab Albert kein Pardon. Gottfried schien kurz davor, sich seinem Schicksal zu ergeben. Triumphierend stampfte sein Gegner heran, da ließ ihn Gottfried plötzlich ins Leere laufen, richtete sich in seinen Steigbügeln auf und hieb dem Verdutzten mit der Faust den Knauf gegen die Schläfe. Wie ein nasser Sack stürzte Albert von Namur vom Pferd, krachte auf den Rücken und rührte sich nicht mehr. Alle hielten ihn für tot. Gottfried sprang ab, ergriff das Schwert Alberts, der reglos zu seinen Füßen lag. Doch statt es in den Hals des Gegners zu stechen, rief er lauthals die führenden Ritter der beiden Heere herbei: »Der Frieden, edle Herren, den wir alle herbeiwünschen, der ist mir nun an die Hand gegeben. Aber lieber will ich mein Recht als Sieger verlieren, als meine Hand mit dem Blut des Unterlegenen zu besudeln, der mein Vetter ist!«

Da traten vielen der hartgesottenen Kämpen Tränen der Scham in die Augen. Sie gelobten Frieden im Namen des immer noch bewusstlosen Albert von Namur und bestätigten feierlich Gottfried den ewigen Besitz von Bouillon.

Nach seinem glorreichen Sieg und der Großherzigkeit gegenüber dem Grafen von Namur war der Name des Gottfried von Bouillon in aller Munde. Sein neuer Ruhm erlaubte ihm, einem gegen ihn ausgesandten Heer des Thierry von Verdun, der sich nicht an das Zugeständnis des Albert von Namur halten mochte, kühn entgegenzutreten. Albert selbst hatte sein Wort noch zur gleichen Stund, kaum dass er aus seiner Ohnmacht erwacht, mit Brief und Siegel bestätigt. Doch jetzt kam Gottfried auch sein Bruder Eustach von Boulogne zur Hilfe. Zusammen richteten sie unter Thierrys Leuten ein derartiges Blutbad an, dass der Bischof von Lüttich für seinen Kollegen um Frieden bitten musste. Der einst so mächtige Thierry von Verdun verwand den Schlag nicht und verschied. Seite an Seite mit Albert von Namur nahm Gottfried von Bouillon an den Begräbnisfeierlichkeiten teil. Im Anschluss einigten sie sich – zu Lasten von Mathilde – über die Aufteilung der strittigen Ländereien, Burgen und Abteien. Kaiser Heinrich billigte im Nachhinein das Verfahren der Konfiskation. Vielleicht war er sogar stolz auf das Durchsetzungsvermögen seines Marschalls?

Nachträglich aufgezeichnet von den fleißigen Chronisten – unter Verwendung aller erreichbaren Zeugenaussagen, insbesondere der des Balduin von LeBourg – nach ihrer ruhmreichen Rückkehr nach Sion.

Ein rasender Beichtstuhl

Zu Chartres erteilte der Monsignore de la Carmen dem Conon de Béthune genaue Instruktionen, wie er sich Zugang zur Burg Gisors verschaffen konnte. Die beiden bereits in die Festung eingedrungenen Mönche aus Sion, Bruder Angelus und Bruder Vocator, würden auf ein verabredetes Zeichen hin zwei geheime Nebeneinlässe öffnen, durch die er mit seinen Mannen aus Aquitanien eindringen solle, bevor sich Widerstand seitens der französischen Garnison formierte. Conon glaubte sich zwar auszukennen auf Gisors, doch auf ungläubige Nachfrage seines neuen Weggefährten André de Montbard musste er zugeben, dass er damals, bei der berühmten ›Verlobung‹, gerade mal acht Jahre alt und nur für ein paar Tage Gast auf der Burg gewesen war. De la Carmen empfahl ihnen, sich erst in der zweiten Hälfte der Nacht, also nach den *Laudes*, der Festung zu nähern und aus sicherer Entfernung ein unauffälliges Lichtsignal zu geben. Genau eine Stunde später würden die beiden *Fratres* an den angegebenen Pforten sein – der Zeitabstand diene zur Sicherheit für den Fall, dass einer der Wächter auf den Mauern das Signal bemerkte und Verdacht schöpfte. Nach diesen Ermahnungen machten sich die Ritter mit ihren aus Aquitanien mitgebrachten Leuten auf den Weg.

Nachdem die Aquitanier, die bisher die Bewachung der Krypta mit ihren Gefängnissen und der durch himmelwärts ragende Gerüste erkennbaren Dombaustelle übernommen hatten, aus Chartres abgezogen waren, wartete der tüchtige Monsignore de la Carmen geduldig auf das angekündigte Erscheinen eines

Abgesandten des Grauen Kardinals. Als er allerdings den Namen des geheimnisvollen Besuchers erfahren hatte, sah er dessen Ankunft mit gemischten Gefühlen entgegen: Guy d'Abreyville! Als Treffpunkt war der Beichtstuhl des unfertigen Gotteshauses vereinbart, damit die überall misstrauisch herumlungernden Soldaten der Leibwache des Bischofs ob der auffälligen Erscheinung Guys nicht argwöhnisch wurden. Der Beichtstuhl stand auf halber Höhe zwischen der Krypta samt den unterirdischen Verliesen und dem provisorisch mit einem Notdach abgedeckten Kirchenraum. So fiel es nicht auf, dass der Monsignore sich mehrfach im Laufe des Tages dorthin begab, angeblich um sein Gebet zu verrichten, in Wahrheit um nachzuschauen, ob der junge Bluthund des *Caput canis* schon eingetroffen war. De la Carmen achtete darauf, dass auch Alan de Montfort, der von seinem königlichen Schwager eingesetzte Bischof von Paris, sich der regelmäßigen Beichte nicht entwöhnte, damit kein Misstrauen aufkam, wenn er zu ungewöhnlicher Stund dorthin gerufen würde. Das Verhältnis zwischen dem Montfort und dem Monsignore war vertrauensvoll, weil de la Carmen für dessen schwierige Lage – gleichsam als oberster Gefängniswärter des Ivo von Chartres – ausgesprochenes Verständnis zeigte und ihn im Rahmen etlicher *Confessiones* immer wieder und voller Güte von aller Gewissensschuld freisprach. De la Carmen übte sich in Geduld.

Die beiden Benediktinermönche hatten sich mit dem von Montfort, dem Bischof von Paris, gesiegelten Empfehlungsschreiben ohne jede Schwierigkeit Unterkunft und Obdach in der Burg von Gisors erschlichen. Mit den Soldaten der Garnison waren sie bald gut Freund und überall – ob auf den Mauern oder in den Gewölben – gern gesehen, so dass niemand Argwohn hegte, wenn sie an Orten angetroffen wurden, wo sie eigentlich nichts zu suchen hatten. Die hilfsbereiten und stets zu Späßen aufgelegten *Fratres* hatten rasch die ihnen von Elgaine beschriebenen, verborgenen Ausfallpforten entdeckt und überprüft, denn sie wollten nicht im entscheidenden Moment vor klemmenden oder eingerosteten Türen stehen. Nacht für Nacht leisteten sie den Wachen oben auf den Türmen und Zinnen Gesellschaft, es ging so weit, dass einige ihnen die Ronde anvertrauten und sich selber zu einem Nickerchen zurückzogen. Auf diese Weise hatten der dicke Angel und der hagere Vocat auch nach den *Laudes* ungestört Gelegenheit, ins nächtliche Land hinauszustarren, in Erwartung der Lichtzeichen.

»Ich will meine Mutter umbringen!«, fauchte leise eine Stimme durch das Gitter des Beichtstuhls ins Ohr des Monsignore.

»Ego te absolvo«, murmelte de la Carmen fast unhörbar. Ihm fiel ein Stein vom Herzen, Guy war endlich eingetroffen! Der Monsignore sah sich vorsichtig um. Zur Sicherheit beorderte er eine Wache vor die Öffnung des unterirdischen Ganges, der vom bischöflichen Palais direkt in die Krypta führte. Dann ließ er von seinen Leuten die bereitgelegten Stoffbahnen herbeischaffen. Normalerweise dienten sie zum Abhängen des Chorumganges, damit der Altar nicht vor nacktem Mauerwerk stand. Unter Anleitung von Guy wurden sie an Schnüren bis unter die Gewölbedecke hochgezogen, so dass sie wie ein riesiger Baldachin über dem Beichtstuhl schwebten. Auf den ersten Blick fielen sie jetzt bei Nacht überhaupt nicht auf.

»Und wie gedenkt Ihr den Montfort herbeizulocken?«, befragte dann der Knabe streng den Monsignore, was ihm schlecht anstand, hatte der sich dem jungen Eleven gegenüber schon einmal als souveräner Meister erwiesen. Doch de la Carmen nahm es nicht krumm.

»Ich selbst bin der Käse«, scherzte er, »der den schwarzen eitlen Mäuserich in die Falle lockt!«

Guy schien die Vorstellung zu genießen. »Das ist gefährlich«, gab er dennoch zu bedenken. »Wenn Ihr nicht rechtzeitig, also mit uns zusammen, entwischt, wird man Euch zu Streukrümeln zerreiben, in feine Scheibchen raspeln oder als Ganzes samt der Rinde einschmelzen!«

»So weit geht meine Liebe zu Käse auch wieder nicht!« Der Monsignore lachte meckernd. »Lasst das mal meine Sorge sein, junger Mann. Eure Aufgabe ist es, den Bischof möglichst lautlos zu entführen und unangefochten aus der Stadt zu bringen.«

»Der Karren steht vor dem Hinterausgang, wo die Steinmetzen ihre Hütten haben, die Pferde sind angespannt.«

»Dann zieht Euch jetzt zurück und haltet Euch bereit!«

Die Anweisungen des Monsignore duldeten keinen Widerspruch. Carmen fingerte einen vorbereiteten Fetzen Pergament aus der Tasche seiner Soutane und übergab ihn einem seiner Leute. »Lauf, hetz hinüber zum Bischof ins Palais! Sag ihm, es sei größte Not, er solle sich eilen, es ginge um Leben oder Tod!«

»Und wenn Montfort nachfragt?«, wandte Guy zweifelnd ein.

»Dann berichtet nur, der Monsignore liege stöhnend im Beichtstuhl«, wies de la Carmen den Boten an. Er verdrehte bereits die Augen und zitterte am ganzen Leib. »Wahrscheinlich habe sein letztes Stündlein geschlagen!«

Der Mann rannte los, als säße ihm der Teufel im Nacken.

Guy und alle Helfer zogen sich ins Dunkel der weitverzweigten Krypta zurück. De la Carmen überprüfte ein letztes Mal den Anblick, den der Beichtstuhl bot, riss den Vorhang vor dem Armesünderbänkchen zur Seite und warf sich schnaufend auf die Knie.

Tiefe Nacht lag über Gisors. Die endlos sich dehnende Stunde, seit die Mönche im Süden von Gisors deutlich die Lichtzeichen wahrgenommen hatten, näherte sich ihrem Ende. Mit erzwungener Gleichmut, ja Gemächlichkeit waren Angel und Vocat jeder für sich, was ihnen ungewohnt war, zu den ausgespähten Türen geschlendert und stießen sie nun langsam, ganz langsam auf, jedes Geräusch, gar verräterisches Quietschen vermeidend. Ihre Herzen klopften bis zum Halse – da traten schon die ersehnten Gestalten aus dem Dunkel. Leise schlichen sich die Ritter – der eine Haufen unter Conon de Béthune, der andere angeführt von André de Montbard – bis zur Öffnung in der Mauer und glitten einer nach dem anderen in das Innere der Burg. Unter Führung der jetzt wieder freier atmenden Mönche verteilten sich die Aquitanier in den Gängen der Festung. Entscheidend war, dass sie unbemerkt bis zur Torwache vorstießen. Diese erst überrumpelt und das Tor besetzt, konnte ihr Eindringen ruhig offenbar werden, denn nur das war wichtig: Keiner sollte nach außen entkommen!

Der umsichtige André hatte es mit schnellem Vorstoß sogar bis zur Rüstkammer geschafft und diese verrammelt. Der dabei entstandene Lärm hatte die Soldaten der Garnison von ihren Strohsäcken gerissen, doch da sahen sie sich schon überwältigt. Nur an wenigen Stellen ertönte das Klirren von aufeinander einschlagenden Klingen, ein, zwei Körper stürzten nach kurzem Handgemenge in den Burghof. Alles in allem herrschte eine merkwürdige Stille, wenn man einem ärgerlichen Murren und Stöhnen ohnmächtiger Wut der Überrumpelten nicht zu viel Bedeutung beimaß. Die Entwaffneten wurden in den Hof getrieben und durch Spieße und angelegte Armbrüste in Schach gehalten.

Conon de Béthune trat auf die Empore. »Leute!«, rief er so laut, dass jeder es verstehen konnte. »Männer des Königs von Frankreich! Es wird euch nichts geschehen, solange ihr vernünftig seid! Keiner soll über die Klinge springen, der nicht wider den Stachel löckt oder zu fliehen versucht. In zwei, drei Tagen lassen wir euch unbehelligt von dannen ziehen.« Das Gegrummel geriet zunehmend beifälliger. »Gisors«, fuhr Conon befriedigt fort, »untersteht jetzt wieder der Herrschaft des Herzogs von der Normandie!«

Die Leute schauten hinauf in den bereits grauenden Morgenhimmel. Die Oriflamme, das Lilienbanner, war bereits eingeholt. Am Mast auf dem Donjon stiegen die roten Farben der Normannen empor, mit den zwei schreitenden güldenen Geparden. Die Menge schwieg, denn auch die Aquitanier hatten keinen Grund, das Hissen dieses Tuchs zu bejubeln. Dafür ging im Osten jetzt die Sonne auf, und ihre ersten rosa Strahlen fingerten nach den goldenen Wappentieren, die im Morgenwind flatterten.

Bischof Montfort stürmte verärgert durch den Tunnel, der sein Palais mit dem Kirchenbau von Chartres verband. Er wäre fast über einen Eimer mit hart gewordenem Mörtel, den die Maurergesellen am Ausgang abgestellt und vergessen hatten, gestolpert und fluchte. Die so dringende Botschaft de la Carmens hatte ihn aus dem Morgenschlummer gerissen. Er sah den Beichtstuhl und die unter dem Vorhang herausragenden Beine des halbwegs auf dem Boden hingestreckten Monsignore.

»Ihr müsst zumindest Euer Mütterchen gepfählt und gevierteilt haben«, fauchte der Montfort erbost, »dass Ihr mich zu nachtschlafender Zeit –« Er riss die Tür des Gehäuses auf, zupfte die hastig übergeworfene Stola zurecht und sprang hinein. »Beeilt Euch!«, bellte er den reumütigen Sünder an. »Was habt Ihr Grässliches zu beichten, dass es nicht bis –«

»Es geht um Euch, Exzellenz, die Unversehrtheit Eures Leibes!«, flüsterte de la Carmen heiser und hoffte, dass alles schnell vorbei sein würde.

»Will man mich ermorden?«, schnaubte der Bischof noch voller Zorn. »Wer trachtet mir nach dem Leben?«

Der Monsignore tat so, als winde er sich vor Scham, um den anderen hinzuhalten. »Nicht nach dem Leben!«, stöhnte Alfons de la Carmen. »Es geht um Euren Arsch!«

»Wie?!«, entfuhr es dem Montfort empört, doch das brachte ihm nur wenig Aufschub.

»Ein Verworfener, ein von Gott Verstoßener giert nach Eurer duftenden Rosette!«

Dem Bischof von Paris verschlug es die Sprache. »Wer, was –«, stammelte er.

»Ich!«, gestand der Monsignore seufzend, genau in dem Moment, als von oben das dunkle Tuch über das Gehäuse fiel und es samt Inhalt unter sich begrub. De la Carmen spürte noch, wie Stricke um das eingehüllte Gebilde geschlungen und festgezurrt wurden, wie der gefangene Bischof zu toben begann wie ein wildes Tier, doch im dunklen, engen Käfig erstickten seine wütenden Schreie, vergeblich warf er sich gegen die verschlossene Tür. Dann wurde der Monsignore rüde an den Beinen unter dem Tuch hervorgezogen und bäuchlings auf dem Steinboden liegen lassen. Guy und seine Helfer hatten jetzt keinen Blick für ihn übrig. Sie schleiften das verschnürte Paket zum Hinterausgang, wuchteten es auf den bereitstehenden Heuwagen, die Pferde zogen an, und ab ging die wilde Jagd – durch die noch leeren

Straßen, hinaus aus der Bischofsstadt. Über Chartres brach sich das erste Morgenrot seine Bahn.

De la Carmen hatte sich gerade erhoben und den Staub von seinem Paletot geklopft, als wie ein zorniger Keiler der Hauptmann des Bischofs aus der Röhre geschossen kam. Fassungslos starrte er auf die Stelle, wo eben noch der Beichtstuhl gestanden.

»Was ist, verdammt noch mal, hier los?«, brüllte er den sich völlig unbeteiligt gebenden Monsignore an. »Wo ist mein Herr Bischof?!«

»Den hat der Teufel geholt!«, verkündete ihm Alfons de la Carmen in aller Seelenruhe und zeigte bedeutungsvoll in Richtung der Treppe zu den unterirdischen Verliesen. Inzwischen waren auch die bewaffneten Mannen des Bischofs reichlich aus dem Gang gequollen, und alle stürzten ihrem Hauptmann nach. De la Carmen hielt die Zeit für gekommen, sich aus dem Staub zu machen. Er wählte den gleichen Weg wie die Entführer. Als er aus dem Hinterausgang hinaustrat, sah er sich einer erregten Menschenmenge gegenüber. Seine Agenten hatten gute Arbeit geleistet. Die aufgebrachte Meute schrie: »Freiheit für den heiligen Ivo! Tod den Pariser Schweinepriestern!«

Flugs wollte de la Carmen sich wieder zurückziehen, da hatten sie ihn schon erblickt. »Ein Schwarzrock will entfliehen!«, johlten sie. »Lasst ihn nicht entkommen!« Vor ihm stand eine Holzleiter, die von den Zimmerleuten und den Steinmetzen benutzt wurde, um hinauf aufs Baugerüst zu gelangen. Hastig erklomm der Monsignore Sprosse für Sprosse, doch sein langer Paletot erwies sich als hinderlich. De la Carmen kletterte um sein Leben. Seine Hoffnung war der Hauptmann, der ihn retten sollte, wenn es ihm gelungen war, das sichere Baugerüst in der Höhe zu erreichen. Die Menge rüttelte bereits voller Ungestüm an dem Holz, auf dem seine Füße Schritt für Schritt Halt suchten, de la Carmen drohte das Gleichgewicht zu verlieren, als die Aufständischen versuchten, die schwankende Leiter umzustoßen. De la Carmen hatte die rettende Plattform erreicht. Er griff zu – und trat ins Leere, die Leiter war ihm weggezogen worden. Wie ein großer schwarzer Vogel schwebte der Monsignore der

Erde entgegen, wo er dumpf aufschlug. Schlagartig endete der Blutrausch der Leute. Sie schwiegen verstört, als sich der Monsignore nicht mehr rührte.

Der päpstliche Kardinallegat Remy d'Aretin war spät am Abend in Saint-Omer eingetroffen. Kaum hatte er mit der zu Gast weilenden Elgaine und dem Schlossherrn Godefroy das vom erfreuten Koch eilig gezauberte frugale Nachtmahl eingenommen, sprang er schon wieder auf.

»Ihr habt die Ehre, Ritter Godefroy, Eurem Herzog Robert nun mitteilen zu dürfen, dass seine Bedingungen unsererseits erfüllt sind: Gisors ist wieder in Normannenhand!«

Der Ritter schien davon keineswegs überrascht, sondern hob seinen Pokal. »Dann lasst uns auf die Dame Elgaine trinken, großer Meister!«

Remy kam der Aufforderung nach, der Wein war von hervorragender Güte. Die Attitüde Godefroys verwunderte ihn dennoch, mehr aber noch die Zurückhaltung der festlich gekleideten Elgaine, die jetzt wie selbstverständlich zum sofortigen Aufbruch drängte. »Noch fehlt die von Herzog Robert zwingend vorgegebene Vereinigung der Ringe«, wandte sie sich ernst an den Kardinallegaten. »Das ist jetzt der Teil, den ich als Normannin zu erfüllen habe. Ihr dürft mir Eure Begleitung antragen, Remy d'Aretin!« Schalk blitzte aus ihren Augen. »Nur einem gebührte das noch mehr – dem fremden Spielmann, der damals auf Gisors auftauchte, als meine Verlobung nicht stattfand!«

Remy begriff, dass sie auf denjenigen anspielte, der nun die Tiara trug, und gab sich flugs gekränkt. »Doch war es schlussendlich der junge Kaplan aus Sion, der über elf Jahre hinweg –«

»Ich weiß es, Remy«, sagte Elgaine und umarmte spontan den mächtigen *Caput canis*.

Der Ritter Godefroy begriff nichts von dem, was die beiden verband. »Ich werde mit Euch nach Gisors reiten«, wandte er sich deshalb an den Kardinal, »denn ich muss ja Zeugnis ablegen können, bevor ich mit Brief und Siegel die lückenlose Erfüllung unseres Wunsches bestätige: ein Normanne von Geblüt.«

»Der Herzog scheint großes Vertrauen in Euch zu setzen, Godefroy de Saint-Omer«, unterbrach ihn launig Remy.

Der Ritter lachte. »Das Einzige, das mich mit Maurcade du Berq inniglich vereint, ist« – Elgaine erschrak, auch der Graue Kardinal wirkte für einen Wimpernschlag irritiert –, »dass auch ich mich Frucht der herzöglichen Lenden heißen darf! Mein Herr Vater besteht darauf, dass ich mit seinen Augen sehe, in seinem Namen spreche und mit seiner Hand Schwert wie Siegel führe! Und es erfüllt mich mit Stolz!«

»Dann scheint nun nichts mehr dagegenzustehen«, sagte Elgaine, »dass wir uns nach Gisors aufmachen, um das große Fest zu begehen!«

Noch in der Nacht brachen sie auf. Das prächtige Gefolge gab ihrem Zug etwas Feierliches. Womit sie alle drei nicht gerechnet hatten, war das Volk, das nächtens an den Straßen des Vexin stand und ihnen zujubelte.

Die Hochzeit von Gisors

Aus den geheimen Protokollen von Sion
Aequinox autumnalis A. D. MXCV

Der große Tag, der sich für Gisors ankündigte, warf uns in aller Herrgottsfrühe unbarmherzig aus den Federn. Es war übrigens nicht Conon, der die Dienerschaft antrieb und die Köche drangsalierte, sondern sein rastloser Begleiter André de Montbard. Als ihm der betagte Majordomus nach einem prüfenden Blick zum Himmel versichert hatte, dass heute ausnahmsweise keine Regenwolken über das Vexin ziehen würden, ordnete der jugendliche Herr an, Tafeln und Bänke in den Hof zu schleppen und diesen mit Girlanden und Fahnenschmuck festlich herzurichten.

Die Auswahl und Gestaltung des Hochzeitsschmauses überließ er dem erfahrenen obersten Haushofmeister, der sofort den *Culinarius* als auch den *Cellerarius* einbestellte. Küchenknechte wurden auf den örtlichen Markt gejagt, um alles aufzukaufen, was in der Eile noch aufzutreiben war, ansonsten sollten sie bei den Bauern der nächsten Umgebung um Überlassung von Feldfrüchten, Obst und Gemüse bitten und natürlich um alles, was die ihnen an Fleisch, Braten, Schinken und Würsten freiwillig zur Verfügung stellen mochten. Währenddessen begab sich Herr André hinab in den Weinkeller, um dort mit dem *Cellerarius* die Bestände zu prüfen.

Conon de Béthune hingegen schlief wie ein Murmeltier ohne jegliche Gewissensbisse bis in den Mittag hinein. Wir, die beiden Chronisten, die von dem energischen Montbard ansonsten für nutzlos erachtet wurden, mussten ihn eilends wecken, denn völlig unerwartet erschien, mit prächtigem Gefolge und begleitet von einer begeisterten Menschenmenge – Bauern aus dem ländlichen Vexin, vor allem aber Einwohnern des nahen Städtchen Gisors –, Elgaine, die Braut!

Die Dame wünschte jedoch niemanden zu sehen, auch den Conon nicht, und wir hatten die Ehre, sie in das Turmzimmer zu begleiten, das sie als junges Mädchen bewohnt hatte. Sie verlange nach nichts anderem als nach einem Bad, wie sie uns, dem *Angelus vigilans* und dem *Vocator diaboli*, ihre lieben *Fratres annalium scriptores*, wissen ließ. Außerdem sollten wir ihr die vorhandenen Kammerfrauen und sämtliche auffindbaren jungen Mädchen in den Donjon schicken.

Mit Elgaine waren auch der Kardinallegat Remy d'Aretin, unser Herr und Meister, eingetroffen, sowie der stille Ritter Godefroy de Saint-Omer. Letzterer kümmerte sich sogleich um die von den Aquitaniern in die Pferdeställe gepferchten Soldaten der vormaligen französischen Besatzung des Capet. Er trat ohne Begleitung vor sie hin und bot ihnen an, sie könnten sich in Küche und Keller nützlich machen, anstatt hier faul im Stroh herumzufläzen. Würde das Ereignis, das man feiern wolle, als unvergesslich schönes und gelungenes Fest allen in Erinnerung bleiben, dann könnten sie schon am nächsten Tag als freie Männer heim nach Paris kehren zu ihren Lieben! Das gefiel ihnen sehr, sie ließen Godefroy hochleben und sich willig zur Arbeit einteilen.

Der Herr Kardinallegat bestellte uns auf die oberste Plattform des Donjon und belobigte uns für das, was wir zum Gelingen seines Planes bisher beigetragen hätten.

»Ihr werdet verstehen, meine weisen und umsichtigen Chronisten, dass ich keinen Wert darauf lege, in eigener Person hier in Erscheinung zu treten. Bislang hat mich von der Pariser Garnison keiner erkannt, alle anderen sind verschwiegene Freunde – oder unbeteiligt, wie die Aquitanier. So soll es auch bleiben!«

»Ihr wollt nicht an dem Fest, der Krönung Eurer –«, nahm Bruder Angel Anlauf, sein Bedauern auszudrücken.

»Nein!«, schnitt ihm der *Caput canis* das sich ankündigende Lamento ab. »Der König von Frankreich kann erwarten, dass sich die

Geheimen Dienste und damit die Kirche nicht in die Auseinandersetzung zwischen ihm und den Normannen einmischen.«

»Es würde den von Euch angestrebten formalen Abschluss Eurer Bemühungen unnötig gefährden?«, setzte Bruder Vocat altklug hinzu.

»Genau«, sagte der Graue Kardinal, »und deswegen werde ich mich unsichtbar machen, auf das mir gewisslich zustehende Recht verzichten, als Trauzeuge zu fungieren, mich nicht einmal von der Braut verabschieden –«

»Verlasst Euch auf uns, großer Meister!«, rief Bruder Angel keck, so dass sich Bruder Vocat genötigt sah, sachlich zu ergänzen: »Wir wissen das Auge, das alles sieht, stets auf uns gerichtet: *Nec spe, nec metu!*«

Der *Caput canis* schmunzelte über den Eifer seiner Chronisten. »Wenn hier alles vorüber ist, begebt Ihr Euch bitte zurück nach Sion. Ich bedarf Eurer für das Finale!«

Damit waren wir verabschiedet, und wir ließen ihn allein oben auf dem Donjon zurück.

Es war erstaunlich, Gisors war de facto gleichzeitig in der Hand der Mannen des Herzogs der Normandie, die mit Godefroy gekommen waren, der Aquitanier, die Conon das Geleit gegeben hatten, und der ehemaligen französischen Garnison, die nun den zweifelhaften Status von Kriegsgefangenen genoss. Und alle drei Haufen schlugen sich nicht die Zähne ein, sondern werkten eifrig alle zusammen am Gelingen des erwarteten großen Ereignisses.

Gegen Abend flammten in den Haltern an den Wänden rings um den Innenhof die Fackeln auf, die Tische der Herrschaft waren mit weißem Linnen gedeckt, über einem prasselnden Feuer drehte sich ein halber Ochse, den die Knechte einem reichen Bauern abgeschwatzt hatten, die Mundschenken schleppten die Krüge aus den Tiefen des Kellers herbei – allmählich stieg die Spannung. Wir bemerkten das daran, dass immer mehr der freiwilligen Helfer, wenn auch landsmannschaftlich getrennt, an die Wände zurücktraten und erwartungsvoll auf die festlich geschmückte Empore starrten, auf der jetzt ein Altar errichtet wurde. Die sakralen Gerätschaften wurden aus der Kapelle der Burg herbeigeschafft, ein gewaltiges

Kruzifix, flankiert von silbernen Kandelabern. Wir warteten. Zugegeben, mit knurrendem Magen!

Die Zeit für das *Komplet* war nach ihrem Ermessen schon vergangen – die *Fratres benedicti* waren wohl die Einzigen, denen solches Zeitgefühl zu eigen –, da entstand Unruhe am Burgtor.

»Der Bischof von Paris!«, riefen einige Stimmen erregt. Kurz darauf trat Seine Exzellenz Alan de Montfort, seines Zeichens *Episcopus* von Philipps Gnaden, in den Burghof, schaute erstaunt um sich und schritt dann gefasst auf den Altar zu, wo er sich zu Boden warf, um im stummen Gebet zu verharren.

Feixend sagte der *Vocator diaboli* zu seinem Mitbruder *Angelus vigilans*: »Wetten, dass er gerade leise murmelt: ›Möge dieser Kelch an mir vorübergehen!‹«

Angel kam nicht dazu, dem Versucher die geziemende Antwort zu erteilen, denn aus dem Donjon trat, in festlicher Robe und umschwirrt von jungen Mädchen, die Braut Elgaine, geleitet von dem ernsthaft und würdig dreinschauenden Ritter Godefroy de Saint-Omer. Sie blieben Hand in Hand oben auf der Treppe stehen.

»Wie?«, zischelte Angel enttäuscht seinem Mitbruder zu. »Heiratet sie etwa den?!«

»Zweifellos ein Normanne von Geblüt!« Vocat grinste, aber schon wurde Angel von seinen Zweifeln erlöst: Aus dem Hauptportal trat der Ritter Conon de Béthune, sekundiert von dem jungen André de Montbard. Beide, sowohl Conon wie auch die Braut Elgaine, wurden jetzt vor den Altar geführt. Der Bischof von Paris hatte sich erhoben und erwartete das Brautpaar mit aufgesetzter Würde, während er gleichzeitig ungehalten nach einem Ministranten Ausschau hielt.

Daran hatte keiner gedacht. Doch – einer! Mit blütenweißem Kittelchen angetan, tauchte aus dem Nichts und völlig ungerührt Guy d'Abreyville auf und schwenkte artig den Weihrauch, als hätte er sein Knabenleben lang nichts andres getan. Alan de Montfort gestaltete die Zeremonie so knapp wie möglich.

Hastig warf er sich die bereitgelegte blütenweiße Stola um, und mit sichtbarem Widerwillen bedeutete er den Brautleuten, vor ihn, den Priester, zu treten. Unvermittelt bellte er Conon mit dem rituellen Text an: »*Id est: Conon de Béthune, vis accipere Elgaine hic praesentem in tuam legitimam uxorem juxta Ritum Sanctae Matris Ecclesiae?*«

Der Ritter ließ sich nicht ins Bockshorn jagen und antwortete ihm laut und fest: »*Volo!*«

Alan de Montfort bestätigte das Jawort: »*Recepto viri consensus per verbum: ›Volo‹, vel aliud sensibile signum, mulierem interrogat.*«

Der Bischof wandte sich an die Braut: »*Hoc est: Elgaine de Gisors vis accipere Conon hic praesentem in tuum legitimum maritum juxta Ritum Sanctae Matris Ecclesiae?*«

Elgaine ließ sich Zeit für ein zärtliches Lächeln, das aber nicht dem Priester, sondern dem neben ihr stehenden Conon galt. Erst als ihr Ritter es erwiderte, teilte sie dem Alan de Montfort durch ein vernehmlich gehauchtes »*Volo!*« ihr Einverständnis mit, während sie unaufgefordert Conons Linke ergriff.

Jetzt fühlte sich der Bischof gedrängt: »*Recepto mulieris consensus, quae similiter respondere debet.*«

»*Volo!*«, wiederholte Elgaine ungeduldig und hob ihre beider Hände dem Priester entgegen.

»*Ego conjungo vos in matrimonium*«, schnaufte der Bischof verärgert, »*in nomine Patris – et Filii – et Spiritus sancti*«, wobei er das erteilte Sakrament durch flüchtig angedeutete Kreuzzeichen unterstrich.

»Amen!«, ertönte das *Responsorium*, die Brautleute aufmunternd und zugleich den Bischof ermahnend, auf dass der sich mit dem Segnen der Ringe beeile.

»*Oremus!*«, knurrte der Priester. »*Benedic, Domine, annulum hunc, quem nos in tuo nomine bene – dicimus, ut quae eum gestae verit, fidelitatem integram suo sponso tenens, in pace et voluntate tua permaneat atque in mutua caritate sempre vivat. Per Christum Dominum nostrum.*«

»Amen!«, schoben die Umstehenden sofort nach. Alan überließ den geweihten Ring Conon, der ihn seiner Braut über den

Finger streifte. Die nochmalige Anrufung der Dreieinigkeit ging unter im Beifall der Gästeschar.

»*Oremus!*«, forderte der Bischof trotzig auf und begann sofort mit dem Gebet: »*Respice, quae sumus, Domine, super hos famulos tuos, et institutis tuis, quibus propagationem humani generis ordinasti, beniguus assiste, ut qui te, auctore junguntur, te auxiliante serventur. Per Christum Dominum nostrum.*«

»Amen«, murmelten darauf die Umstehenden, in der vagen Hoffnung, der vollen Länge des vorgegebenen Ritus zu entrinnen. Wider alles Erwarten tat ihnen der Bischof den Gefallen, in seinen Augen hatten sie seine geistigen Zuwendungen, den Segen der Kirche sowieso nicht verdient! Er kürzte gewaltig ab: »*Per Dominum nostrum et Jesum Christum filium tuum: Qui tecum vivit et regnat in unitate Spiritus Sancti Deus, per omnia saecula saeculorum* –«

Den Rest verschluckten die Hochrufe, die dem glücklichen Brautpaar galten.

Alan de Montfort blieb nur noch ärgerlich auszurufen: »*Ite missa est!*«, dann hüllte ihn eine dichte Wolke aus Weihrauch und Myrrhe ein, die Guy aus seinem Silbergefäß hatte entweichen lassen, nachdem er die gesamte Zeremonie über brav seines Amtes gewaltet hatte.

Die beiden Trauzeugen André de Montbard und Godefroy de Saint-Omer traten hinzu und signierten das von den Mönchen im Auftrag des unsichtbaren Meisters verfasste Dokument zum heiligen *Testimonium nuptialis*. Endlich konnte sich die Festgesellschaft, ausgehungerten Wölfen gleich, auf die Tafel stürzen. Auch die Chronisten hielten sich nicht länger zurück.

»Ein genialer Einfall des *Caput canis*«, schmatzte Angel, »ausgerechnet den Bischof des Capet zum Vollzug dieser Eheschließung zu zwingen!«

»Was dem König billig«, spöttelte Vocat mit vollen Backen, »das sollte vor Gott und als *Sacramentum ecclesiae* auch für Conon und Elgaine rechtlichen Bestand haben!«

In diesem Augenblick stimmten die munter zechenden Aquitanier ein Lied ihres Herrn Willem an, der als *trobador* einen großen Namen hatte, weit über die Landesgrenzen hinaus:

Qant aguem begut e manjat,
Eu mi despoillei a lor grat
Kaum war's zu Ende mit dem Schmaus,
Kam ihr Befehl: Los, zieh dich aus!

Ein schlüpfrig' Lied von einem Burschen, der zwei ehrbaren Damen in die Hände fällt.

Detras m'aporteron log at Mal e felon –
Und ruck, zuck saß das Katzenbiest mir im Genick –

Grölend fielen auch die Normannen ein, die der Text wenig scherte, sie verstanden nicht ein einziges Wort der *Langue d'oc.*

La una l tira del costat tro al tallon.
Schlug seine Krallen mir ins Fleisch wie verrückt.

Das gefiel auch den beiden des Gesanges kundigen Mönchen.

Per la coa de mantenen
Tira l gat et el escoissen.
Sie zerrten's wild am Schwanz
Mir bis zum Hintern und zurück.

Sie stimmten die nächste Strophe an:

Plajas mi feron mais de cen aqella ves;
Riss hundert Wunden mir und mehr, das miese Stück;
Mas eu no m mogra ges enguers, ou m'ausizes.
Trotz Todesqual, ich rührte mich kein einz'ges Mal.

Die Pariser überwanden ihren Hochmut gegenüber der *Lingua franca* des Südens und stöhnten sie lustvoll mit den Vorsängern. Angel und Vocat gingen – nach zwei hastig hinuntergestürzten Bechern Weines – ihre Sangeslust im Duett an.

Sor, diz n'Agnes a n'Ermessen,
Frau Agnes zu Frau Ermessen:

flötete der hagere Vocat mit hochgeschraubtem Diskant und hatte gleich die Lacher auf seiner Seite.

Mutz es, q eben es connoissen,
Der ist vollkommen stumm, du hast's gesehen!

quiekte der kugelrunde Angel aufgedreht.

Sor del banh nos apareillem e del sojorn.

Rasch, mach das Bad, hinein ins Gaudium.

Schon zog sein Freund, die Bohnenstange, mit unbeweglich strenger Miene den *Cantus* wieder an sich, glockenhell sprang ihm der junge André de Montbard zur Seite.

Ueit jorns ez encar mais estei,

Acht Tage trieb ich mich so mit den Frau'n herum.

Das ließ den Jubel aufsteigen und die Becher wurden geschwenkt.

»Hoch lebe das Brautpaar!«, brüllten die Normannen.

»*La bèro Elgan e sio héro Conon!* – Die schöne Elgain und ihr Held Conon!«

Sie übertönten die feiersüchtigen Aquitanier, die jetzt mit der sehnlichst erwarteten letzten Strophe begannen:

Tant las fotei com auzirets

Ich ritt sie gut und sehr vital

Ein Aufschrei, ein Kreischen der Lust!

Cen e quatre vint et ueit vetz!

Wohl hundertachtundachtzig Mal!

Sie stampften den Takt mit den Füßen und schlugen sich vor Wonne auf die Schenkel.

Cen e quatre vint et ueit vetz!

Wohl hundertachtundachtzig Mal!

Die randvollen Becher kreisten und schwappten, die nachfolgenden Zeilen

Q'a pauc no i rompei mos corretz e mos arnes

Fast brach mein Schwert, riss mein Zaumzeug ab

dröhnten Angel und Vocat nur noch wie von fern durch wehende Schleier ins vom Wein benebelte Hirn.

E no us puesc dir lo malaveg, tang ran m'en pres!

Ich überlebte es mit Ach und Krach
und war zwei Jahre schwach!

Die letzten Worte gingen unter in einem anschwellenden Tosen und Brausen.

Die beiden Benediktiner fanden sich am nächsten Morgen im Vorratskeller von Gisors wieder. Der lange Vocat lag rücklings hingestreckt zwischen den Rüben, und Angel kauerte unter dem

Hackklotz, einen mächtigen geräucherten Schinken umarmend. Das focht sie nicht an.

»*Ges no us sai dir lo malaveg*«, krächzte Vocat, während er den Haufen herunterrutschte.

»*Tan gran m'en pres*«, ergänzte Angel den Refrain, küsste inbrünstig die Schweinshaxe und erhob sich torkelnd. »Ein diabolisch' Gesellenstück des blonden Ministranten!« Er kicherte.

Der Hagere richtete sich an einer Leiter auf. »Der zähneknirschende Segen des Bischofs aus Paris«, stöhnte feixend Vocat. »Ein Meisterwerk der Planung unseres verehrten *Caput canis*«, verbesserte er den Mitbruder, »hätte von mir sein können!«

»*Ges no us sai dir lo malaveg*«, trällerte das Äpfelchen voller Spott, »*tang ran m'en pres.*«

Vocat ging nicht auf die Häme ein. »Der große Zauberer Remy d'Aretin löste sich in Luft auf, als wäre er nie auf Gisors gewesen! Keiner hat ihn gesehen!«

»Es war ein rauschendes Fest!«, schwelgte Angel und verdrehte die Augen im verklärten Rückblick.

»– an dessen Ausgang, Engelchen, Ihr Euch wohl kaum zu erinnern vermögt, weil Ihr den Schlund nur noch unter den Zapfhahn hieltet!«

»Fest stand ich noch auf meinen dicken Beinen, als Ihr bereits wie eine gefällte Eiche von den trinkfesten Normannen unter den Tisch gerollt wurdet!«

»Schon längst wart ihr der Ball, den sich die Aquitanier und die Soldaten der französischen Garnison bei ihrem Wettsaufen zuwarfen!«, gab Vocat lachend den Spott zurück. »Wer beim Auffangen in die Knie ging, hatte verloren!«

»Das letzte Bild, an das ich mich entsinne«, musste Angel einräumen, »ist, wie Conon von der Braut an die Hand genommen wurde –«

»Ach!«, rief Vocat heiter. »Hat er sie nicht über die Schwelle –? Auf jeden Fall gehört dieser Teil nicht mehr in die Protokolle!«

Elgaine zerrte den störrischen Conon durch die verwinkelten Gänge von Gisors, was dessen Hemmungen eher noch wachsen ließ. Gelegentlich musste sie den leicht Betrunkenen auch mit sanftem Druck an den Schultern schieben, bis sie endlich am Fuße der Wendeltreppe angelangt waren, die hinaufführte zur Plattform des Donjon.

»Dort oben habe ich unser Brautbett richten lassen«, flüsterte Elgaine mit rauer Stimme, auch sie hatte dem Weine in ungewohnten Mengen zusprechen müssen. »Unter dem Zelt des nächtlichen Himmels – mit all seinen Sternen!«, fügte sie verheißungsvoll hinzu.

Conon machte sich von ihr frei, indem er selbst seine Pranken auf Elgaines Schultern legte und sie so auf Abstand hielt. »Das hättet Ihr Euch sparen können, Elgaine«, knurrte der Krieger. »Die Nacht ist eh gleich vorüber, es graut schon der Morgen.«

»Dann beeilt Euch!«, forderte sie ihn angriffslustig heraus. »Ich will nicht verzichten!«

Conon lachte. »Ihr habt Euch wohl gedacht, ich trage Euch jetzt die steilen Stufen hinauf?«

»Ihr sollt mir nur folgen!« Sie wand sich an ihm vorbei und begann leichtfüßig die Treppe hochzulaufen.

Schwerfällig stapfte Conon hinterdrein. Oben, am Ausgang auf die Plattform, erwartete ihn Elgaine, sie presste von hinten ihre Hände auf seine Augen und führte ihn behutsam. »Ich bin nicht dein Stier, den du zur Schlachtbank –!«, keuchte Conon und riss sich erneut los. Vor ihm auf dem Steinboden, in der Mitte des Runds zwischen den Mauerzinnen, war das breite Lager aufgeschlagen, mit blütenweißem Linnen, aber es war in der Mitte zweigeteilt – getrennt durch ein mächtiges Zweihandschwert, das mit bloßer Schneide eine scharfe Grenze zog. Magisch anziehend und bedrohlich zugleich, blinkte der feine Schliff seiner Klinge im Licht des Mondes.

»Erbstück meines Vaters Guillem, das Richtschwert von Gisors!«, erklärte Elgaine voller Stolz. »Noch teilt es unser Lager –« Eng schmiegte sie sich an ihn, warf ihre Arme um seinen Hals.

Conon ließ sich nicht überrumpeln. Er versuchte sie wegzudrängen, sie ließ sich geschmeidig rücklings auf das gefährliche Lager fallen, aber ihre ausgebreiteten Arme griffen ins Leere. »Gute Nacht, Elgaine!« Conon wandte sich zum Gehen. Da sah er, dass Elgaine doch mit dem scharfen Eisen in Berührung gekommen war, sie hatte sich in den Finger geschnitten, nicht tief, aber das Blut perlte über ihre Hand. Fürsorglich beugte sich Conon zu der ihm vorwurfsvoll entgegengestreckten Wunde herab. Für eines Herzschlags Länge war er versucht, den blutenden Finger in den Mund zu nehmen – da griff Elgaine in sein Haar und zog seinen Kopf zu sich herab. Conon spürte nur kurz die Kühle der Klinge an seiner Wange, so bedrohlich nah, dass er froh war, sein Ohr nicht eingebüßt zu haben. Diese Wahnsinnige! Er blieb ganz ruhig liegen, während Elgaine sich an seiner Seite aufrichtete. Sie presste ihren verletzten Finger auf seine angeritzte Wange, es brannte. Triumphierend hielt sie ihm ihre blutverschmierte Hand vors Gesicht.

»Jetzt sind wir von einem Blut«, sagte sie feierlich, »Conon und Elgaine de Gisors!«

Conon schloss die Augen, Elgaine lag auf seiner Brust, er glaubte ihren Herzschlag zu spüren, während sie leise fortfuhr: »Für diese Blutsbande sorgte schon unser gemeinsamer Vater, Guillem de Gisors. Er zeugte auch dich, Conon, damit ich heute den Mann bekomme, den ich brauche und den ich will!«

Conon war von der Eröffnung nicht überrascht, er hatte es seit langem geahnt. Wahrscheinlich schon so lange, wie er dies Mädchen Elgaine liebte, ohne sich dessen bewusst gewesen zu sein. »Ich liebe dich, Elgaine de Gisors«, seufzte er, »doch zwischen uns liegt mehr als ein offenes Schwert. Ich habe einen Schwur getan, der mich hindert, Euch –«

»Sprich nicht weiter, Conon«, sagte sie leise. »Auch ich habe mir geschworen, mich keinem Mann zu geben, bevor Pons nicht –«

Er fühlte den Druck ihrer Hand auf seiner Wange, ihren Finger in seiner Wunde. Die ferne schöne Fedaye de Béthune kam ihm in den Sinn. »Das Leben hat meiner Frau Mutter den Weg nicht leicht gemacht«, murmelte Conon, da spürte er an Elgaines ruhigen Atemzügen, dass die junge Frau eingeschlafen war. Behutsam löste er ihre Hand von seiner mit ihrer beider Blut verklebten Haut. Conon erhob sich, bettete Elgaines Arm so, dass sie sich im Schlaf nicht nochmals verletzen konnte. Er verließ den Turm. Es war kurz vor Sonnenaufgang.

Als Elgaine erwachte, fand sie den Platz neben sich leer. Daran würde sie sich als Eheweib von Conon gewöhnen müssen, schoss es ihr durch den Kopf, während sie die Wendeltreppe herabstieg. Sie rief nach Guy und bekam zu hören, dass der junge d'Abreyville dem von ihm entführten Bischof von Paris das Geleit bis nach Mantes-la-Jolie gebe. Alan de Montfort war von Godefroy gestattet worden, die bisherige französische Garnison mit sich nach Paris zu nehmen. Der Normanne wünschte jedoch nicht, dass der Trupp auf kürzestem Wege zu König Philipp zurückkehrte, sonst hätte dieser vorzeitig erfahren, was auf Gisors geschehen war, noch ehe Herzog Robert dort eine ausreichend starke Besatzung installiert. Deshalb sollten die Franzosen mit ihrem Bischof und geführt von Guy an der Seine entlang heimwärts marschieren. Bis zu der Brücke wollten auch die Aquitanier noch mit von der Partie sein. Ihnen habe Conon sich angeschlossen. Die von ihm erbetenen Normannen habe er, Godefroy, ihm nicht mitgeben können, sie müssten für die Sicherheit der Burg sorgen. Zurückgeblieben auf Gisors sei einzig André de Montbard, der sich – sobald er seinen Rausch ausgeschlafen hätte – auf den Heimweg nach Burgund begeben wolle.

Elgaine hatte sich die Auskünfte mit unbewegter Miene angehört. Die Tatsache, dass sowohl Conon als auch Guy gen Süden gezogen waren, ließ darauf schließen, dass sie von dort jemanden erwarteten, dass eine Entscheidung von größter Bedeutung anstand. Entweder Pons – oder Maurcade – oder beide?

»Ich werde ebenfalls reiten«, teilte sie dem Bevollmächtigten des Herzogs mit. Wider Erwarten legte Godefroy de Saint-Omer klaren Widerspruch ein.

»Als Herrin von Gisors ist hier Eure Anwesenheit umso mehr vonnöten, als der Ritter Conon de Béthune anscheinend seine Verantwortung für diese uns Normannen so wichtige Festung noch nicht recht begriffen hat!« Godefroy schien noch im Nachhinein verärgert. Doch er hatte nicht mit Elgaines Dickkopf gerechnet.

»Ich werde zu meinem Mann stoßen«, erwiderte sie fest, »und Ihr, Godefroy, werdet mir eine normannische Eskorte mitgeben, wie sie mir zusteht – nachdem Ihr Conon solchen Schutz bereits verweigert habt!«

Godefroy hielt ihrem erzürnten Blick stand. »Euer Gehen kann ich missbilligen, aber nicht verhindern«, sagte er beherrscht, »doch werde ich nicht zulassen, dass Ihr Gisors von seiner dringend benötigten Besatzung entblößt!« Mit Nachdruck fügte er hinzu: »Die normannischen Ritter hier sind allesamt zu Saint-Omer aufgeboten worden, und noch stehen sie unter meinem Kommando! Wenn König Philipp zurückschlägt, brauche ich jeden einzelnen.«

Elgaine zögerte nicht lange. »Aus Euch spricht die Stimme der Vernunft«, beschied sie ihn lächelnd. »Ich aber folge meinem Herzen. Weckt also den letzten verbliebenen Ritter, den Herrn André de Montbard, und sagt ihm, eine schutzlose Dame bäte um sein Geleit!«

Godefroy verneigte sich. »Ihr seid zu Gisors nicht länger Tochter, sondern Herrin – und damit Vasallin meines Herzogs! Ihr müsst lernen, Eure persönlichen Vorlieben oder Nöte dem Interesse der Normandie unterzuordnen. Herzog Robert sieht in Euch und Eurem Mann eine Garantie dafür, dass Gisors auf immer und ewig in normannischen Händen verbleibt. Enttäuscht ihn nicht!«

Aufrechten Hauptes verließ Elgaine die Burg an der Seite des stets zu Abenteuern bereiten André de Montbard. Mit kühlem Kopf begann sie zu begreifen, dass Saint-Omer recht hatte. Ordnung in ihre persönlichen Angelegenheiten zu bringen war dringend vonnöten. Dazu gehörten vor allem Pons, aber auch die unausweichliche, endgültige Auseinandersetzung mit Maurcade du Berq.

An der Brücke von Mantes-la-Jolie

Ohne zu mucken, war die Besatzung des Piratenseglers von Bert el-Caz mit Maurcade du Berq gezogen. Nicht, dass sie es von ihnen verlangt hätte, dazu wäre sie gar nicht in der Lage gewesen. Einzig und allein aus Sorge um Pons folgten sie ihr durch dick und dünn. Der Knabe war der Mannschaft in all den Jahren, die er bei ihnen an Bord verbracht hatte, ans Herz gewachsen, sie hatten jeden seiner ersten Schritte, seiner drolligen Sprüche miterlebt. Sie taten es außerdem für ihren Capitan Bert el-Caz. Ihnen war klar, dass der durchtriebene Fuchs seinen Segler samt Mannschaft nicht fahren lassen würde, solange noch ein Tropfen Blut in seinen Adern rann. Irgendwo würde er plötzlich wieder vor ihnen stehen, und sie wollten ihrem verehrten Capitan in die Augen sehen können und ihm Pons unversehrt zurückerstatten!

Maurcade du Berq schwante, dass sie irgendwann den Piraten wieder an der Hacke haben würde. Spätestens dann könnte ihr die Mannschaft, derer sie sich jetzt noch bediente, gefährlich werden, den Aufruhr wagen, ihr Pons entreißen! Wohl gesonnen waren ihr die Männer nicht, doch bisher hatten sie nicht gewagt, gegen sie aufzubegehren. Also musste sie ihr Ziel Gisors unbedingt vorher erreichen! Wenn Elgaine ihr die Burg endlich ausgehändigt, konnte sie auch ihren Augapfel Pons zurückerhalten, mit ihm zusammen in die Fremde ziehen, zur Hölle fahren! Es zerrte an Maurcades Nerven, dass sie keinen Augenblick auf der langen, beschwerlichen Reise in ihrer Wachsamkeit nachlassen durfte. Nie konnte sie Pons aus den Augen lassen, damit sich dem Knaben keine Möglichkeit bot zu entfliehen oder den Piraten, ihn zu rauben. Das hätte das Ende ihres Traumes bedeutet!

In Verdun hatte Maurcade du Berq sich Beistand von ihrem Paten Thierry erhofft, doch als sie eintraf, war der Bischof tot. Daher schlug sie sich nach Paris durch. Das Erste, was sie dort tat, war zusammen mit Pons einen Silberschmied aufzusuchen. Sie ließ dem Knaben einen schmucken, breiten Reifen anfertigen, der seinen Oberarm fest umschloss. Er war nicht abzunehmen und lief in eine robuste Silberkette von verstellbarer Länge aus, deren anderes Ende sich Maurcade ums eigene Handgelenk schlang. Pons ließ es geschehen. Schnell hatte er herausgefunden, dass Maurcarde unter diesem Aneinandergekettetsein wesentlich mehr litt als er selbst. Es gab ihm zum ersten Mal Macht über die Person, die ihn wie ihr Schoßhündchen behandelte. Den Segler hatten sie in Verdun zurückgelassen, denn Maurcade erinnerte sich, dass Thierry den Pariser *Episcopus* als Freund bezeichnet hatte. Doch Bischof Alan de Montfort war ausgezogen, die Aufgaben des vakanten Bischofsstuhls von Chartres wahrzunehmen. Immerhin stellte ihr das Pariser Episkopat ein Boot zur Verfügung, mit dem sie dem Lauf der Seine folgen konnte. Natürlich wäre es vernünftiger gewesen, von der Hauptstadt aus direkt nach Gisors zu marschieren, aber Maurcade war am Ende ihrer Kräfte. Sie ließ sich den mäandernden Fluss hinabtreiben, in beklommener Erwartung dessen, was da kommen sollte. Doch je weiter die Wellen das Schiff vorantrugen, desto bedrückender wurde ihr bewusst, dass sie nicht einmal ansatzweise einen realistischen Plan hatte, ihr gestecktes Ziel zu erreichen.

Vom Norden kommend, zogen der Bischof Alan de Montfort und die Männer der vormaligen französischen Garnison von Gisors auf die alte Römerbrücke zu, die über die Seine zur Abtei Mantes-la-Jolie hinüberführte. Ihre Waffen hatten die Soldaten zurücklassen müssen, dafür hatte aber Guy d'Abreyville sich Seiner Exzellenz angedient, ihn ein Stück des Weges zu begleiten, »um mein schlechtes Gewissen zu erleichtern!«, wie ihn der weißblonde Engel mit den kristallenen Augen in scheinbarer

Unschuld wissen ließ. Alan de Montfort glaubte seinem Entführer kein Wort, und Guy erwartete das auch nicht. Ihm war nur wichtig, den Zug des Bischofs und der Besatzungssoldaten, so lange wie es irgend ging, unter Kontrolle zu halten.

Unmittelbar hinter ihnen ritten die Aquitanier, die Conon zuvor als Eskorte das Geleit bis zu seiner Hochzeit gegeben hatten, ein Auftrag, den sie in höchstem Maße genossen hatten. Dass er sie auch noch zur militärischen Wiedergewinnung von Gisors eingespannt hatte, hatten sie gern in Kauf genommen. Ein rauschendes Fest, ein fabelhaftes Besäufnis! Conon begleitete sie zum Zeichen seiner Dankbarkeit bis zur Abtei von Mantes-la-Jolie, von wo aus sie nach Aquitanien zurückkehren wollten.

Die Franzosen und der Pariser Bischof hatten gemächlich die Brücke überquert, Guy d'Abreyville hing noch immer an ihnen wie eine Klette. Bischof Alan de Montfort verspürte wenig Lust, nach Paris zurückzukehren und sich dort wegen seiner Teilnahme an der Hochzeit von Gisors Vorhaltungen machen zu lassen, obgleich er die Tragweite der von ihm vollzogenen Amtshandlung nicht im Geringsten übersah. Scham empfand er hingegen ob der Entführung – samt Beichtstuhl! –, die ihn der Lächerlichkeit preisgeben würde, wenn sich die Geschichte herumsprach. Wahrscheinlich war das Beste, wieder nach Chartres zurückzukehren, so zu tun, als wäre gar nichts geschehen, und mit Hilfe der aus Gisors abgeschobenen Besatzung den Aufstand in der alten Bischofsstadt niederzuschlagen – wenn der nicht sowieso schon erloschen war!

So kam ihm sehr zupass, dass der ehemalige *Bailli* von Gisors ihm im Vertrauen gestand, seine Leute hätten Angst vor Bestrafung, wenn sie jetzt nach Paris heimkehren und eingestehen müssten, wie töricht und wenig tapfer sie sich hatten überrumpeln lassen. Den Verlust von Gisors an die Normannen würde König Philipp ihnen nicht verzeihen!

Großmütig nahm Alan de Montfort die Truppe unter seine Fittiche, ließ aber den *Bailli* noch im Unklaren über das weitere *Procedere*.

Nur diesen blonden Wachhund Guy d'Abreyville musste er

unbedingt loswerden. Der Bischof ahnte nicht, dass dieser sein Werben um den *Bailli* belauscht hatte und nun erst recht keinen Sinn mehr darin sah, weiter seine kostbare Zeit mit dem *Episcopus* zu verplempern. Ihm blieb nichts Weiteres zu tun, als den wankelmütigen Alan in seinem offenkundigen Vorhaben zu bestärken. Alan de Montfort hatte inzwischen zögerlich die Straße nach Paris eingeschlagen, die Seine entlang. Guy bot sich an, vorauszureiten, um in der Hauptstadt Nachricht von der Rückkehr des Bischofs zu geben. Das hätte noch gefehlt! Doch Guy gegenüber zeigte sich Alan de Montfort höchst angetan von dem Angebot. Er kritzelte eine knappe Botschaft auf ein Pergament, rollte und versiegelte es. Wenn Guy es hätte lesen können, wären ihm die drei Buchstaben vielleicht auf den Magen geschlagen: *N. E. C.* stand da und sonst nichts. Der Adressat war der Oberst der bischöflichen Garde zu Paris, ein zuverlässiger Mann, der nicht lange fackelte.

Guy d'Abreyville löste sich vom Zug und sprengte los, die Straße an der Seine entlang. Als er sicher sein konnte, dass keiner ihn mehr beobachtete, verließ er die Straße, warf das versiegelte Pergament in den Fluss, schlug einen großen Bogen und ritt in aller Ruhe zurück in Richtung der Abtei von Mantes-la-Jolie.

Kaum war Guy endlich davongeritten, ließ Alan de Montfort seinen Zug halten und befahl umzudrehen: Das neue Marschziel sei Chartres, von der soeben verlassenen Brücke aus gesehen im Süden gelegen! Die Soldaten der früheren Garnison begannen zu murren, nicht alle teilten die Befürchtungen ihres *Bailli*, viele wünschten einfach heimzukehren zu ihren Lieben. Die Aufsässigen begannen einen endlosen Disput mit dem *Bailli* und dieser mit dem Bischof.

Unter großen Umarmungen, Schwüren ewiger Freundschaft und Versprechungen, einander bald wiederzusehen, hatten sich Conon de Béthune und die Aquitanier voneinander verabschiedet. Conon, ihr großer Held, blieb am Fuße der Abtei von Mantes-la-Jolie zurück, hinter sich die Brücke über die Seine. Er ahnte, dass Maurcade bald auftauchen würde, auch wenn er nicht wusste, von wo, noch welche Teufeleien sie ausgeheckt hatte. Egal! Er musste Pons ihren Krallen entreißen. Aber er war nun allein auf sich gestellt.

Maurcade du Berq trieb – umgeben von den Piraten, den Knaben Pons an sich gekettet – auf dem Pariser Kahn die Seine hinab. Sie hatte kein Auge für die ständig wechselnde Landschaft, ihr brennender Blick suchte die Uferstraße ab, auf der sie, wenn auch ohne triftigen Anlass, irgendein hilfreiches Zeichen zu entdecken hoffte, vielleicht sogar die Person, die der Grund für ihre Hetzjagd war. Maurcade du Berq war der Verzweiflung nahe – und völlig erschöpft. Immer wieder drohten ihr die Augenlider zuzufallen. Sie haderte mit Gott, ihrem ungerechten Schicksal und fühlte sich von allen verlassen.

Die meist untätig an der Reling des Kahns lehnenden Piraten betrachteten die abgekämpfte Frau ohne jedes Mitleid, wenn sie ihr überhaupt einen Blick schenkten. Sie achteten einzig auf das Wohlergehen des Knaben, doch Pons schien unbeeinflusst von der sich aufbauenden Spannung. Er war voller Schabernack und ständig damit beschäftigt, Maurcade zu ärgern. Nachdem er herausgefunden, wie ergiebig er sie beim Essen stören konnte, indem er nur mit dem Arm wie unbeabsichtigt etwas ruckte, wenn sie gerade einen Bissen zum Munde führen wollte, verbrachte er jetzt seine Zeit damit, sie um den ersehnten Schlaf zu bringen. Dabei hielt Pons gewissenhaft Ausschau, denn mit unumstößlicher Zuversicht erwartete er das Auftauchen des Piratencapitans, aber das sollte natürlich Maurcade nicht merken! Hatte sie ihm zuvor noch Schauder eingeflößt, lähmendes Grauen, wenn er daran dachte, wie sie die gute Terès abgeschlachtet hatte, konnte er sich inzwischen über seine Kerkermeisterin lustig machen. Also betrachtete er aufmerksam das Ufer mit den Fischerhütten, weidenden Schafherden und spielenden Kindern. Lebhaft winkte der angekettete Knabe auf dem Schiff ihnen zu und riss jedes Mal die einnickende Maurcade aus ihren Wachträumen.

Wenige Flussmeilen vor dem Erreichen der Brücke von Mantes-la-Jolie bemerkte Maurcade du Berq auf der parallel zur Seine verlaufenden Straße einen größeren Trupp Reisigen. Sie scharten sich um einen Karren, der ein befremdliches Holzgehäuse trug, das von weitem an einen Beichtstuhl gemahnte. Eine plötzliche Eingebung – oder ihr schlagartig wiedererwachender Instinkt – sagte Maurcade, dass es sich hier um den gesuchten Bischof von Paris handeln musste. Sie ließ ihren Kahn eilends im Ufergestrüpp anlanden, zerrte Pons, der solche Auftritte schon gewohnt war, mit sich und stürmte hastig die Böschung hinauf. Maurcades von den Strapazen der Reise gezeichnetes Aussehen war wenig dazu angetan, Seiner Exzellenz Alan de Montfort freudige Überraschung oder gar Vertrauen abzuverlangen. Sie focht das nicht an.

»Euer Freund Thierry von Verdun« – dass dieser tot war, überging sie – »bittet Euch, Alan de Montfort, mir jede Art von Hilfe angedeihen zu lassen.«

»Derer bedarf ich selber am meisten«, wiegelte der Bischof gleich ab, »meine schöne Dame –?«

»Maurcade du Berq!«, beeilte sie sich vorzustellen.

»Womit könnte ich Euch dienen?«

Maurcade sah sich um. »Gebt mir die Hälfte Eurer Leute!«, verlangte sie mit drohend flackerndem Blick. »Sie sollen mit mir gen Gisors ziehen!« Das aufkommende spöttische Gelächter der Umstehenden irritierte sie.

»Da kommen wir gerade her«, sagte der *Bailli* mit ehrlichem Bedauern in der Stimme. »Die Festung befindet sich wieder in normannischer Hand!«

»Elgaine?« Unbeherrscht entfuhr Maurcade die angstvolle Frage.

Den Bischof amüsierte das. »Die Ehe mit dem Ritter Conon de Béthune wurde geschlossen durch feierliches Sakrament.« Er genoss die Pein, die er Maurcade mit dieser Nachricht bereitete, doch der *Bailli* zertrampelte sein Vergnügen.

»Doch nicht vollzogen!«, rief er laut dazwischen. »So wusste es das Gesinde zu berichten!«

Verärgert nahm Alan de Montfort es zur Kenntnis. »Waschweiber!«, knurrte er, ließ sich dann aber doch zur Einschränkung herbei: »Wenn dem so wäre, hätte solches *Conubium* natürlich keine dynastisch-rechtliche Gültigkeit erlangt!«

»Also?«, wandte sich Maurcade mit feuersprühenden Augen direkt an den *Bailli* und seine Mannen. »Wer mit mir zieht, soll es nicht bereuen!«

Die Angesprochenen schwiegen. »Ich kann Euch nur warnen«, hielt sich Alan ebenfalls an den *Bailli.* »Ein zweites Mal werden Euch die Normannen nicht so glimpflich davonkommen lassen! Nicht mehr die Klinge, der Strick ist Euch gewiss!«

Das saß! Der Bischof fasste nach: »Schlagt ihr hingegen an meiner Seite den Aufstand von Chartres glorreich nieder, könnte euch der König die erwiesene Feigheit zu Gisors weit eher verzeihen!«

Das gab den Ausschlag. »Ihr seht, Madame, keiner ist bereit, Euch zu folgen. Grüßt mir den Freund Thierry«, sprach Alan de Montfort voll Häme zum Abschied, »und richtet ihm aus, ich hätte getan, was ich konnte!«

Damit setzte sich der Trupp wieder in Bewegung und ritt, ohne Mantes-la-Jolie noch einmal zu berühren, auf miserablen, staubigen Nebenstraßen stracks nach Chartres. Die verdammte Brücke wünschte der Bischof nicht mehr zu Gesicht zu bekommen. Wer weiß, was ihn beim nächsten Mal dort erwartet hätte!

Die nunmehr völlig niedergeschlagene Maurcade zog mit Pons an der einen Hand, ihren handlichen Dagger in der anderen, weiter die Straße zur Abtei von Mantes-la-Jolie. Die Piraten ließ sie mit dem Kahn in gleicher Höhe auf dem Fluss folgen. Bei der Brücke wollten sie sich treffen. Pons schaute besorgt zum Himmel auf, eine dunkle Wolkenwand schob sich von Norden heran. Kein Unterstand weit und breit, nur die ausladenden Platanen der Uferstraße, kein wirklicher Schutz. Vor allem bei Gewitter lief man dort Gefahr, vom Blitz erschlagen zu werden, hatte Bert el-Caz gesagt. Pons sah beunruhigt auf die blanke Waffe in der Hand der zum Äußersten entschlossenen Frau. Andererseits war er froh, nicht länger – wie während der ersten Tage – von dem großmächtigen Scimtar bedroht zu werden. Er war für Maurcades Handgelenke schnell zu schwer geworden, daher hattc sie ihn in einer Kiste in der Kajüte des Piratenseglers verstaut. Das hatte Pons dem treuen Bootsmann verraten, als die Hexe gerade schlief, und der gute Mann hatte dafür die Silberkette mit der Feile bearbeitet, so dass er jetzt nur noch wie an einem Draht hing. Verstohlen musterte Pons seine gestrenge Aufseherin von der Seite. »In die Enge getrieben«, hatte Bert el-Caz gesagt, »können wilde Tiere ganz furchtbar gefährlich werden!«

Der seines Schiffes und, was noch viel schlimmer war, seines ihm vom Schicksal anvertrauten Pons beraubte Bert el-Caz war der Räuberin schon seit etlicher Zeit dicht auf den Fersen. Einige Male war er ihr zum Greifen nahe gekommen, aber nie bot sich die Gelegenheit eines Überraschungsschlages, ohne das Leben von Pons ernsthaft zu gefährden. So war der Piratencapitan, von Maurcade bislang unbemerkt, auch in Paris unsichtbar in Lauerstellung geblieben. Doch dann hatte er die beiden in der quirligen Hauptstadt des Reiches der Capet aus den Augen verloren.

Aber diesmal war das launische Schicksal auf der Seite der Gerechten: In einer Hafenspelunke an den Quais der Seine traf Bert el-Caz zu seiner Überraschung seinen alten Bootsmann, völlig besoffen. Der Kerl behauptete, er habe hier auf ihn, seinen Capitan, gewartet. Zum Beweis überreichte der Betrunkene voller Stolz Bert el-Caz den Scimtar. Den habe er der Maurcade du Berq entwendet und deswegen das Schiff gleichzeitig verlassen. Sie sei die Seine flussabwärts weitergesegelt, um entweder den Bischof von Paris noch zu erwischen oder – was der Irren zuzutrauen sei – auf eigene Faust nach Gisors zu ziehen! Pons sei noch immer bei ihr, unter strengster Aufsicht, aber wohlauf! Das war für einen Volltrunkenen eine erstaunliche Menge an brauchbaren Informationen und beschleunigte die Schritte des kleinen Piraten. Er ›lieh‹ sich ein Boot aus und nahm, zusammen mit dem treuen Bootsmann, die Verfolgung wieder auf. Bei der Wahl des entwendeten Nachens hatte Bert el-Caz einzig dessen

Wendigkeit im Auge gehabt. Als erfahrener Segler wusste der kleine Pirat, welche Geschwindigkeit er aus der unscheinbaren Jolle herausholen konnte. Einem Seeadler gleich schoss Bert el-Caz unter vollem Tuch durch das Gewimmel der Barken von behäbigen Händlern und Marktweibern, vorbei an klobigen Fischerkähnen. Sein scharfes Auge hielt jetzt einzig Ausschau nach dem zu schlagenden Fang. Wie dicht Maurcade du Berq vor ihm war, ahnte er nicht! Der Capitan sah nur besorgt zu der sich verdüsternden Wolke zur Rechten, die sich zu einer einzigen schwarzen Wand auswuchs.

Aus anderer, wenn auch ebenfalls östlicher Richtung näherte sich Guy d'Abreyville wieder der Abtei von Mantes-la-Jolie. Guy ließ sich Zeit, er hatte nicht den geringsten Grund zur Eile, nachdem er die sich selbst gestellte Aufgabe erledigt hatte. Der Bischof war davon abgebracht, sofort nach Paris heimzukehren, und damit war ein rasches Durchsickern der Nachricht vom Fall der Festung Gisors vorerst verhindert. Sorge bereitete Guy die pechschwarze Wolkenwand in seinem Rücken, die allmählich den gesamten Himmel hinter ihm überzogen hatte. In der Ferne vereinzeltes, dumpfes Donnergrollen.

Von Norden, also von Gisors her kommend, hielt Elgaine auf die Seinebrücke zu, auf deren gegenüberliegender Seite Conon de Béthune wartete, hin- und hergerissen zwischen Unschlüssigkeit und wilder Entschlossenheit. Elgaine ahnte am allerwenigsten, was sich bei Mantes-la-Jolie zusammenbraute. Das war auch besser so, es hätte ihr das Herz zusammengepresst wie ein Schraubstock.

André, ihr Begleiter, war der Einzige, der das schnell herankommende Gewitter richtig einschätzte. Mit raschem Blick entdeckte er am Rande des Weges eine Scheuer, die einigermaßen Schutz vor dem Unwetter versprach. Er zerrte Elgaines Ross am Zügel unter das Dach, bevor die ersten Tropfen fielen. Ein greller Blitz und ein Krachen kündigten den sintflutartigen, mit Hagel untermischten Wasserschwall an, der jetzt prasselnd vom Himmel herniederrauschte.

Aus den geheimen Protokollen von Sion
Am Tag des Evangelisten Lukas A. D. MXCV

»Und was geschah dann?«, fragte der *Angelus Vigilans* mit vor Aufregung glühenden Bäckchen.

»Maurcade begann zu rennen, wegen des Hagelsturms«, berichtete Pons voller Eifer. »Sie wollte unbedingt ein Dach über dem Kopf!«

»Dich zerrte sie mit sich?«, vergewisserte sich der *Vocator diaboli*.

»Nein! Doch – nein!« Pons kam ins Schleudern. »Conon ging ihr in die Falle!«, entsann er sich unvermittelt.

»Wie das?!«

»Er zappelte plötzlich in ihrem Netz – wie ein silbriger Stör!«

»Ein Stör in der Seine?«, spöttelte Vocat.

»Einem Fischernetz?«, hakte Angel ungläubig nach.

»Nein, es war eher eine Grube, so wie man Löwen fängt.« Pons war nicht nur stolz, befragt zu werden, sondern auch, dass alles, was er sagte, von den beiden Mönchen aufgeschrieben wurde. »Der Löwe denkt sich nichts Böses und schon –«

»Wie?«, unterbrach ihn Vocat streng. »Eine Grube mitten auf der Straße nach Paris?«

»Die war vorher nicht da!«, verteidigte sich der Knabe. »Es goss wie aus Fässern, das Wasser lief in Sturzbächen über die Straße, die Böschung hinab, hinunter zum Fluss, plötzlich rutschte die Erde weg, ein riesiges Loch tat sich auf –«

»Ein Trichter?«, versuchte Angel ihm zu helfen. »Und Conon rutschte hinein?«

»Der Regen muss das Schotterbett unter dem Straßenbelag weggespült haben«, gab Vocat die Erklärung.

»Er war mir entgegengelaufen«, erklärte Pons kleinlaut. »Der Regen hörte schlagartig auf, die Sonne brach durch –«

»Also ließ Maurcade dich plötzlich frei?«, fragte Vocat lauernd.

»Ich habe mich losgerissen.« Pons war jetzt richtig in Fahrt geraten. »Sie hatte nur noch Augen für den Ritter!«, fügte er hinzu, weil es ja wichtig sein könnte.

Angel wiegte unschlüssig seinen runden Kopf. »Dann also war Conon in der ›Löwengrube‹?«

»Schlammloch!«, verbesserte ihn der Knabe, er wollte ja genau sein. »Er stand bis zu – nein, bis übers Knie im Matsch und konnte sich nicht –«

»Und dann?«, forderte Vocat.

»Dann kam Bert el-Caz! Ich schrie dem Capitan zu, er solle mich retten, vor Maurcade, die hinter mir her war! Conon schrie, ich solle zu ihm ins Loch springen!«

»Und?«

»Bin ich gesprungen! Der Capitan schrie ›Nein!‹, aber da war ich schon drin, bis zum Hals! Bert el-Caz rief mir von oben zu, ich solle mich an seinem Scimtar festhalten, er streckte mir die Klinge hin, ich hatte Angst, mich zu schneiden – da stach ihm Maurcade von hinten ihren Dagger in den Rücken – Bert el-Caz drehte sich um die eigene Achse und fiel mit dem Rücken auf den Rand der Grube, Maurcade wollte ihm gerade den Garaus machen und dann –«

»Was dann?«, fuhr Vocat unbeherrscht den verstörten Knaben an.

»Erstarrte die Maurcade zur Salzsäule!«

»Wie Lots Weib?« Angel platzte fast vor Neugier.

»Ja, wie die Frau Sodomorra! Weil nämlich gegenüber der Engel des Herrn erschienen, der Blonde!«

»Guy?«

»Der stand plötzlich da und schaute sie an mit seinen Augen – durch Maurcade fuhr ein eisiger Blitz!«

»Guy d'Abreyville!«, murmelte Vocat und stellte sich schaudernd dessen Basiliskenblick vor.

»Da stieß mein armer Bert el-Caz mit letzter Kraft die breite Klinge seines Scimtars in ihren Unterleib, und sie fiel auf ihn drauf, und mein lieber Capitan war tot!« Er schluchzte auf.

»Und dann?«, wagte Angel nach einiger Zeit zu fragen.

»Dann kamen meine Frau Mutter, Elgaine de Gisors, und ein fremder Ritter, die zogen mich raus – und Conon auch.«

So weit das Gedächtnisprotokoll der Einvernahme des Knaben Pons, nachdem er mit Elgaine de Gisors in Sion angelangt war. Seine Mutter hatte sich geweigert, über das Geschehen von Mantes-la-Jolie zu sprechen, und die anderen Überlebenden, also Conon de Béthune und Guy d'Abreyville, waren noch nicht eingetroffen. André de Montbard fühlte sich nicht berufen, uns Auskunft zu geben, von ihm wissen wir lediglich, dass Pons danach tagelang bitter geweint hatte über den Tod seines Freundes, des tapferen kleinen Piraten Bert el-Caz.

So haben wir den Bericht des Pons in unsere Protokolle aufgenommen und ohne spätere Ergänzungen belassen. Wir, die Chronisten, sind uns einig, dass einem Kindermund die Wahrheit wahrscheinlich am ehesten unverfälscht zu entnehmen ist.

– Verfertigt zu Sion –

Liber VII

A. D. MXCV

✥ Zwischen Heimkehr und Aufbruch 601

✥ Lorbeer auf grauem Haupte 610

✥ Ausverkauf – Bericht aus der Hölle 619

✥ Peter der Einsiedler 632

✥ Das Liebesmahl 639

✥ Vom Tempel Salomons 644

✥ Der Schwur der Ritter 651

✥ Deus lo vult 659

Zwischen Heimkehr und Aufbruch

Elgaine streckte ihre langen Beine wohlig durch bis zu den Zehenspitzen, bevor sie langsam die Knie anzog und sich zur Seite drehte. Ihren Kopf schob sie dabei unter Conons Achsel, presste ihre heiße Stirn gegen seine Rippen. Sie spürte sein Herz schlagen, sein zuvor heftiges Atmen wurde wieder ruhiger. Dass Conon ihr Gesicht nicht sehen konnte, war ihr ganz recht, denn nichts kriegten Männer so leicht in den falschen Hals wie das zur Schau getragene Glück des ihnen anvertrauten Weibes. Wie es zeigen, ohne Gefahr zu laufen, missverstanden zu werden? Sie lächelte heimlich. Das Verlangen nach »Zugabe!« war unverfänglich und vereinte großmütig den verdienten Beifall mit nochmaligem Genuss! Elgaine ließ forschend ihre Fingerkuppen über die Bauchdecke des Geliebten gleiten, immer wieder innehaltend, um jeden Eindruck von Zielstrebigkeit zu vermeiden. Endlich hatte Conon ihre neue Bereitwilligkeit bemerkt und seufzend nachgegeben, indem er seine Hand besitzergreifend auf ihren Schenkel legte und sie mit zunehmendem Druck an sich zog – es klopfte!

Die Schläge gegen die Tür des Brautgemachs waren alles andere als zaghaft.

»Pons!«, vermutete Conon richtig, der Zug seines Armes erschlaffte, und er beugte sich verständnisvoll zu dem warmen Wesen an seiner Schulter. »Ihr habt euch lange nicht –«

Zu viel der Rücksicht für Elgaine. »Wir uns auch nicht!«, bot sie dem gleich Einhalt. »Nur, dass Ihr Euch wenig verändert habt, Conon de Béthune!«

Der Attackierte versuchte zu vermitteln. »Geh schon deine

Sachen packen für die große Reise!«, forderte er durch die verschlossene Tür hindurch den Knaben auf und wandte sich wieder Elgaine zu.

»Große Reise?«, prustete Pons draußen geringschätzig, um dann die vielleicht günstige Gelegenheit zu ergreifen: »Ich will meinen Scimtar mitnehmen!« Das alarmierte seine Mutter. »Zu scharf«, protestierte sie, »zu schwer!«

»Lasst ihn doch!«, setzte sich Conon für den Knaben ein. »Die Waffe ist sein Andenken an Bert el-Caz!« Er zog Elgaine jetzt herrisch an sich, was sofort deren Widerstand auf den Plan rief.

»Solche Erfüllung ehelicher Pflichten«, wehrte sie ihn spöttisch ab, »müssen wir nicht schon am ersten Morgen nach der Hochzeitsnacht üben.«

»Bereits unsere zweite!«, rettete sich Conon in einen Scherz, doch vergebens.

»Auf die ich lange genug habe warten müssen!«, brach Elgaines langgestauter Groll heraus. »Verzeiht!«, hauchte sie gleich darauf, und Conon benutzte es keuchend zu einem letzten Versuch, ihren Leib in den Griff zu kriegen. »Dazu haben wir in Zukunft alle Zeit der Welt!«

Elgaine stieß ihn lachend zurück. »Das seh ich, Ihr seid schon wieder im Aufbruch!«

Conon küsste die Widerstrebende. »Daran werdet Ihr Euch gewöhnen müssen!« Er sprang auf. »Doch dieses Mal reisen wir zusammen!«

Pons klopfte ein zweites Mal. »Saint-Omer ist eingetroffen!«

Conon zog Elgaine zärtlich zu sich hoch. Er konnte und wollte nicht verhindern, dass sie ihr Gewand fallen ließ. Im Stehen erreichte sie die zärtliche Umarmung, nach der es sie verlangte.

Der Zug des *Pontifex maximus* bewegte sich zielstrebig durch das südliche Burgund auf die Auvergne zu. Auch wenn der Heilige Vater nicht in den Städten, die er besuchte, nächtigte, schlug er doch seine Zelte stets in der Nähe des Sitzes eines Landesfürsten oder Bischofs auf. Viele der hohen Herren eilten auch herbei, um dem Oberhaupt der Kirche ihre Reverenz zu erweisen.

Doch dann mussten alle, die auf Audienz warteten oder schon für ein Gespräch anstanden, das Zelt des Papstes räumen. Der Kardinallegat Remy d'Aretin war überraschend eingetroffen, und niemanden wünschte Seine Heiligkeit dringlicher zu sehen als seinen *Caput canis*.

»Ihr reist jetzt wohl nur noch«, empfing Urban ihn gutgelaunt, »in Begleitung der beiden Chronisten?« Er wies auf die errötend niederknienden Benediktinermönche, denen er leutselig seine Hand zum Ringkuss bot.

Remy lachte. »Was sie bislang notiert haben, reicht jetzt schon aus, der Welt später die Größe Eurer Idee zu bezeugen!«

»Eitelkeit und Schwächen!«, schloss sich der Papst seiner Heiterkeit an. »Wenn es die Zeit der Protokollanten erlaubt, werdet Ihr sie bitten, lieber Remy, mir eine Abschrift anzufertigen – die auch Euren Anteil am Gelingen des Werkes nicht unterschlagen soll!«

Der Graue Kardinal gab den Chronisten einen Wink, sich zu erheben und wie üblich alles Gesagte mit der Feder festzuhalten.

Aus den geheimen Protokollen von Sion
Zu Le Puy am Tage des Apostel Simon A. D. MXCV

»Mein guter *Caput canis* – inzwischen schneeweiß wie ein Gletscher.«

»Silber, bitte!«, seufzte Remy, was den Papst nicht hinderte, feierlich fortzufahren: »Wenn ich bedenke, welcher Weg hinter uns liegt!«

»Begonnen hatte es seinerzeit –«

»In Monte Cassino!«, erinnerte sich Urban mit hörbarer Rührung in der Stimme, aber diesmal ließ sich Remy d'Aretin nicht aus dem Konzept bringen.

»– mit höchst dubiosen Pergamentfetzen aus Byzanz. Zweifellos eine Fälschung, dieses ›Tagebuch einer Kaiserin‹!«

»Oder auch nicht!«, hielt der Papst dagegen. »Immerhin brachte es uns auf den richtigen Weg, wenn der Karren auch manchmal aus der Spur geriet –«

»Das Geniale war der uns damals perfide anmutende Fingerzeig, die Monarchen außen vor zu halten.«

»Was uns den unmittelbaren Zugriff auf die wichtigsten Fürsten des Abendlandes ermöglichte.« Urban erkannte rechtzeitig den verderblichen Stolz in seiner eigenen Stimme und schwieg beschämt.

»Der Karren« – Remy baute ihm flugs einen Steg der Demut über das trügerische Wasser menschlicher Unzulänglichkeiten –, »mit dem wir die Reise begannen, ist längst nicht mehr der gleiche: Die Pferde sind ausgetauscht, ebenso die Fuhrknechte, die Passagiere wechselten, lediglich das Gepäck wurde nicht leichter. Nur mit Gottes Hilfe –« Der Papst dankte seinem klugen Diener mit einem zerstreuten Nicken. »Auch wir beide haben uns geändert, sind uns aber treu geblieben, und vor allem der Sache!«

Urban hatte sich wieder gefangen. »Lasst uns der Heiligen Jungfrau Rechenschaft geben!«, forderte er seinen Legaten auf.

»Mit Bohemund von Tarent und Tankred von Lecce haben wir eine gute Karte gezogen«, begann der Graue Kardinal zufrieden seinen Bericht, »das machte uns Hoffnung, und schließlich wurden wir belohnt: zu Saissac mit Raimund von Toulouse und zu Gisors mit Herzog Robert von der Normandie –«

»Unter halbwegs ehrlichen Spielern würden jetzt schon mehr Dolche in Eurer Brust stecken, als Ihr je Karten in der Hand hattet!«, spottete Urban. »Ihr könntet auch als San Remo, Schutzpatron aller Falschspieler, noch eine himmlische Karriere machen!«

»Danke, *Sua Santità*«, gab Remy grienend zurück, »dass Ihr mich wenigstens noch im Himmel seht!« Er versuchte vergeblich, zu dem Ernst zurückzufinden, den ihm seine Stellung abverlangte. Die beiden Mönche tauchten feixend ihre Nasen tief in Tintenfass und Streusandbüchse. »Weil das Glück im Spiel nicht mit den Gottesfürchtigen noch den Ehrbaren, sondern höchstens mit denen ist –«

»– die ihre Seele dem Teufel verkaufen?«

»Im Dienst der großen Sache!« Remy verlangte kein Mitgefühl, nur Verständnis und brachte daher seinen Diskurs frivol zu Ende: »Und weil ich, wie Ihr richtig erkanntet, den Fürsten dieser Welt an meiner Seite wusste, wagte ich –« Mit einer Gebärde suchte der *Pontifex* ihm Einhalt zu gebieten. »Lasst es mich auf meine Kappe nehmen,

Heiliger Vater! Eure Tiara muss rein bleiben wie die Unschuld, mein Purpur hat ohnehin nicht die Farbe des Firmaments.« Remy feixte. »Ich nahm das Risiko des Infernos auf mich und warf den Tris von drei Königen in der Hand einfach weg. So blieben also die drei zuvor genannten Fanten – und eine wahnwitzige Hoffnung.«

Urban fand jetzt zumindest an der Darstellung des Spielverlaufs Gefallen, nachdem er sich zuvor mehrfach bekreuzigt hatte. »Und der große Kartenverteiler zog für Uns den vierten: Gottfried von Bouillon!«

»Spielverderber!«, knurrte Remy, den geschuldeten Respekt vergessend.

»Nein, mein guter *Caput albus*, ich dulde nur nicht, dass Ihr Euch allein die Höllenpein aufpackt und mir den himmlischen Glorienschein hinschiebt!« Der Papst richtete sich auf. »Wir haben die Sache gemeinsam begonnen, und wenn in ihrem Verlauf der Teufel ins Spiel kam, dann werden wir am Tage des Jüngsten Gerichts gemeinsam gegen ihn in die Schranken reiten! *Ego te absolvo!*«

Remy stand nur kurz wie vor den Kopf geschlagen da, dann kniete er nieder, harrte aus, bis er die segnende Hand seines Papstes auf seiner Kopfhaut gespürt hatte. »Eins bleibt noch zu klären: die Wahl des Konzilortes«, sagte er, sich flink erhebend, so sachlich, als wäre nichts vorgefallen.

Urban blieb ihm die Antwort nicht schuldig. »Mein Alter und meine Gesundheit verbieten mir, mich in eigener Person an die Spitze des Unternehmens zu setzen, so gern ich es täte! Aber ich würde Jerusalem kaum lebend erreichen.« Er lachte leise. »Ich habe mich daher nach einem geeigneten Legaten umgesehen, und meine Wahl ist auf den Bischof Adhemar von Le Puy gefallen!«

»Ein braver Mann, ein ganz hervorragender Streiter Gottes!«, gab Remy spontan seine ehrliche Meinung preis. »Also Le Puy in der Auvergne?«

»Fast!«, entgegnete der Papst. »Das wäre dem Bescheidenen zu viel der Ehr – und würde die Aufmerksamkeit zu früh und unnötig auf ihn lenken.« Urban ließ den *Caput canis* noch etwas schmoren. »Clermont!«, rief er dann. »Das ist ganz in der Nähe und hat den Vorteil, groß genug zu sein, allen Unterkunft zu bieten, die da hoffentlich zusammenströmen werden.«

»Aber auch das geben wir wohl erst bekannt, wenn uns die Zusage aus Konstantinopel vorliegt und alle sonstigen Formalitäten geklärt sind?«

»Das lege ich alles in Eure Hände, lieber Remy!«, sagte der Papst, zog den Kardinal an sich und tauschte mit ihm den Bruderkuss.

Das Schiff, das sich mit gerefften Segeln langsam dem Strand von Lerici näherte, wirkte wenig vertrauenerweckend, fiel also im heruntergekommenen Hafen des Piratennestes nicht weiter auf. Einzig die Tatsache, dass es nach Umschiffung der Mole auf den abgelegensten Teil der Bucht zuhielt, wo sich lediglich die Bretterbude der Taverne ›Zur heiteren Sirene‹ befand, ließ auf gewisse Ortskenntnis schließen. Der Patron war sofort neugierig herausgetreten. Seine Geschäfte gingen nicht mehr gut, seit seine alte Freundin, die beleibte Schwester Pförtnerin vom Kloster Immacolata del Bosco oberhalb der Taverne, den Ort verlassen hatte. Eines Tages war sie mit einer riesigen Korbflasche ihres höllischen Gebräus auf Reisen gegangen und nicht mehr wiedergekehrt. Überhaupt hatte es den Anschein, als hätten die frommen Schwestern das Brennen ihrer berüchtigten *Lacrimae virginis* gänzlich eingestellt. So blieben auch die Zecher aus, und er war mehr denn je auf Schlafgäste angewiesen. Also schlurfte der Patron zum Strand hinunter, als er sah, dass der angekommene Segler – ohne Anker zu werfen – zwei, nein, drei Passagiere anlandete. Der erste, der an Land sprang, hatte nichts Auffälliges. Er half nur dem nächsten, ihm fürsorglich Hilfestellung gebend, von Bord zu klettern, obgleich der gut einen Kopf größer und von stattlicher Statur war. Doch offensichtlich krank – vielleicht auch verwundet? Der Geschwächte stützte sich auf die Schulter des Kleineren, und sie wandten sich der Taverne zu, als sich hinter ihnen mit einem krächzenden Schrei der dritte an einem Seil über die Reling schwang und sich wie ein Mehlsack in den Ufersand plumpsen ließ. Die in eine zerlumpte Kutte gekleidete Gestalt, mit wildem Bartwuchs und schütterem Haarkranz, machte schwerfällig Anstalten, sich zu erheben, geriet aber nur ins Torkeln und zog es dann vor, am Boden zu bleiben. Der Patron kannte sich aus mit Trinkern und

Trunkenen. Sie konnten von der stillen Sorte sein, von denen ließ sich gut leben. Doch es gab auch die Krakeeler, die sich für von Gott Berührte hielten und einem Wirt und den anderen Gästen das Leben zur Hölle machten. Da der schwache Recke samt seinem sich aufopfernden Knappen bereits in der ›Heiteren Sirene‹ verschwunden war, näherte sich der Patron dem schon von weitem erbärmlich stinkenden Bündel im Sand.

»Ich bin Peter der Einsiedler!«, wurde er streitsüchtig empfangen. »Und wenn es hier nichts zu saufen gibt, fahr ich gleich wieder hinaus aufs Meer!« Erst jetzt nahm der seltsame Einsiedlerkrebs wahr, dass sein Schiff bereits dem Hafenausgang zusteuerte. Gleich wurde er ganz sanft, ließ sich von dem Patron auf die Beine helfen und folgte ihm wie ein Hündchen zur Taverne.

Vor der Schanktheke stand der Knappe und äugte angestrengt hinüber zu den Regalen, die nur noch mit wenigen Krügen bestückt waren. »Früher gab's hier mal eine Köstlichkeit aus dem Kloster«, empfing Rinat – denn der war's – den eintretenden Wirt. *»Lacrimae virginis!«*

»Wusst' ich's doch!«, kreischte Peter erfreut und fiel dem verdutzten Patron um den Hals, ehe der sich zur Wehr setzen konnte.

»Gibt's schon lange nicht mehr!«, murrte der wider Willen Liebkoste, kaum dass er sich freigemacht hatte.

Der Einsiedler ließ sich neben Gerald auf die Bank fallen und tätschelte beruhigend dessen Knie. »Wir werden schon nicht verdursten!«, tröstete er mehr sich selbst und sah den Patron mit flehendem Hundeblick an.

Rinat zog die Aufmerksamkeit des Wirtes wieder auf sich: »Erinnert Ihr Euch nicht an den Ritter Gerald von Öxfeld? Vor Jahren stachen wir von hier aus in See, um Jerusalem zu gewinnen!«

Der Patron sah den Knappen nachdenklich an. »O ja, Ihr seid Rinat«, sagte er dann. »Kost und Logis wurden damals von den frommen Schwestern der Immacolata del Bosco übernommen, aber Eure Zechschulden stehen immer noch offen!«

»Wird alles beglichen!«, krähte Peter. »Mit märchenhaften Reichtümern sind wir aus dem Morgenland heimgekehrt.«

»Und wo sind Eure Schätze, großer Meister?«, spottete der Patron. »Etwa auf dem Schiff, mit dem Ihr gekommen?!«

»Lasst es gut sein!«, winkte Gerald erschöpft ab. »Ich bedarf für einige Tage hier eines Bettes und guter Pflege – die will ich Euch, braver Mann, gleich im Voraus –«

Der beglückte Patron verwehrte ihm den sofortigen Griff nach dem prall gefüllten Beutel, den der Öxfeld unter dem Wams hervorziehen wollte. »Darauf sollten wir trinken!«, schlug Rinat vor, und der Wirt lenkte auch sofort ein.

»Wenn ich's recht bedenke, hab' ich noch irgendwo eine Korbflasche von dem Absinth im Keller.« Hurtig sprang er hinter die Theke und machte sich dort nur kurz zu schaffen, und schon stand der Tonkrug mit der kleinen Tülle auf dem Eichenbrett.

Peter der Einsiedler übernahm die Rolle des Mundschenks für den Ritter Gerald, indem er immer zwei Becher zu dem ermattet auf der Bank Hingestreckten trug, Gerald kurz an einem nippen ließ und den Rest sich selbst einverleibte. Weder am ersten Abend noch am zweiten oder dritten kamen die angereisten Herren dazu, weitere Reisepläne zu schmieden.

Schließlich brachte Rinat den Einsiedler dazu – gegen freie Kost und gesicherten Nachschub von reichlich *Lacrimae* –, als Betreuer bei Gerald auszuharren, bis dieser sich von den Strapazen der Seereise so weit erholt hatte, dass seinem Transport über Land nichts mehr im Wege stand. Der Patron versprach, Kutsche und Knechte aufzutreiben.

Rinat selbst wollte schon am nächsten Morgen zu Pferde aufbrechen, um Sion in den Walliser Alpen zu erreichen, von woher er stammte und wohin er Gerald zurückbringen wollte, den heimgekehrten Sohn der schönen Fedaye de Béthune, die er, Rinat, als Knabe tief verehrt hatte, bevor er mit Guillem de Gisors ins große Abenteuer aufgebrochen war. Er instruierte sicherheitshalber nicht nur den Einsiedler über die Reiseroute, sondern auch den Patron. Der spielte sofort mit dem Gedanken, die ›Heitere Sirene‹ dichtzumachen und selbst mit auf die große Tour zu gehen. Zumal, da er sich jetzt erinnerte, dass seine Freundin Erma, die Schwester Pförtnerin, erwähnt hatte, sie wolle in jene Burg über der Rhône umsiedeln, wo ihre frühere

Äbtissin Cantar jetzt Mutter eines Töchterchens geworden sei und sie erwarte. Rinat war alles recht. Er verabschiedete sich von seinem Herrn Gerald, der ihn ungern ziehen ließ. Der Knappe versicherte ihm, dass sein Dienst erst enden würde, wenn er seinen Herrn an einem ihm wohlgefälligen, sicheren Ort wisse. Dann solle Gerald ihn in Ehren entlassen.

Lorbeer auf grauem Haupte

Aus den geheimen Protokollen von Sion
Sion, Allerheiligen A. D. MXCV

Weisungsgemäß und wahrscheinlich – wie wir unseren *Caput canis* kennen – nur für kurze Zeit zurückgekehrt in unser Alpenkastell zu Sitten, nehmen wir, die Chronisten *Angelus vigilans* und *Vocator diaboli*, Notiz von den Ereignissen, die wir für bedeutend genug halten, um von unserer Feder festgehalten zu werden.

Große Dinge künden sich an. Die Herrin der Burg, Cantar de Sion, hat gründlichen Hausputz angeordnet, wie er gemeinhin nur im Frühjahr an der Ordnung. Überall wird mit Kalkmilch geweißelt, die Zimmerleute bessern Balkendecken, hölzerne Balustraden und Geländer aus, Wandteppiche und Vorhänge werden abgenommen, ausgeklopft oder gewaschen, Kissen und Federbetten mit frischen Daunen gefüllt. Die Räucherkammer ist bereits voll bestückt, im geräumigen Weinkeller wird die Ernte des Jahres in den Fässern eingelagert. Für uns »Faulenzerbrüder« ist es ratsam, möglichst wenig in Erscheinung zu treten, sonst kämen der dicken Erma di Toano, mittlerweile gestrenge Beschließerin des Kastells, oder dem grantigen Majordomus noch eine Idee, wie wir uns in diesem Treiben nützlich machen könnten. So haben wir uns auf unsere versteckte Klause zurückgezogen und bringen Ordnung in die Pergamentrollen, die sich aufgrund unserer erzwungenen Reisetätigkeit in den letzten Monaten angesammelt. Ganz offenkundig werden zu Sion Gäste erwartet, von einem hier anberaumten Treffen wird gemunkelt, größer, bedeutender und, natürlich, geheimer, als es das Kastell seit Menschengedenken erlebt hat. Es liegt also etwas in der Luft.

Der erste Gast, der eingetroffen ist, scheint nicht einmal der Burgherrin bekannt zu sein – ein Sire de Craon, ein verschlossener, weitgereister Herr. Unsere Frau Cantar weiß, wo sie ihn zu empfangen und mit ihm zu plaudern hat, nämlich in ihrem Amtszimmer zu unseren Füßen, genau unter der Muschel des »Ohr des Dionysos«. Wir spitzen die Feder.

»Als der so mühsam umworbene Herzog von der Normandie«, begann der Sire de Craon seinen Bericht, »nun dazu schreiten wollte, sein Gelöbnis gegenüber der Kirche einzulösen, musste er feststellen, dass seine Kassen leer waren. Ihm fehlten schlicht die finanziellen Mittel, ein Heer aufzustellen, das seines Ranges würdig war. Sein Bruderherz, als William der Rote König von England, frohlockte, sah er doch sofort die Hintertür, das verpflichtende Gebot des päpstlichen Kardinallegaten zu umgehen und doch noch seine Hand auf das Herzogtum zu legen: Gern würde er ihm die benötigte Summe vorstrecken, der klamme Bruder könne ihm ja im Gegenzug die Normandie verpfänden! Aus der Verlegenheit rettete den Herzog die Schwester Adele, ebenfalls Tochter des ›Eroberers‹ und verheiratet mit Stephan de Blois, dem steinreichen Grafen der Champagne. Ihre einzige Bedingung war, dass Robert ihren Ehemann dazu bringt, sich in eigener Person ebenfalls an dem Unternehmen zu beteiligen, zu dem der Papst die gesamte Christenheit aufrufen will. Der äußerst behäbige Stephan verspürte nicht die geringste Lust, sich solchen vermutlich zudem höchst gefährlichen Strapazen zu unterziehen, Adele hingegen wünschte dringend für ihren Gatten den Ruhm eines Kriegshelden.

Kaum hatte Herzog Robert, in Geld- und Frauendingen ein Fass ohne Boden, seinen ›Zuschuss‹ im Sack und Adele ihren Faulpelz aus den warmen Federn, überraschte Gottfried von Bouillon selbst Eingeweihte in Lothringen – wenn auch gewisslich nicht den Kardinallegaten Remy d'Aretin – mit von niemandem erwarteten Schritten.«

Die Skribenten wurden abgelenkt durch holpriges Tapsen, unterbrochen von satten Plumpsern, das sich auf dem Flur der Schreibklause näherte. Wir wussten, das war die kleine Casda, die mal wieder ihrer fetten Glucke Erma entwischt war, um uns einen Besuch abzustatten. Da sie die Treppenstufen nicht nehmen konnte, benutzte Casda die Rampe der Ritter, die sich spiralförmig durch das Kastell schraubte. Die konnte sie notfalls auf allen vieren bewältigen, dann drei, vier Schritt aufrecht wankenden Ganges und wieder – plumps! – abgesessen, doch dadurch ließ sich Casda nicht verdrießen. Weshalb sie stets uns als Ziel ihrer Exkursionen erwählte, wurde uns nie klar. Das Kind konnte sich unmöglich an uns und die Rolle, die wir bei seiner Geburt gespielt hatten, erinnern. Zu Casdas Pech wusste aber auch die schnaufende alte Erma, wo sie die Ausreißerin zu suchen hatte. Es dauerte nicht lange, da hörten wir sie heranwalzen, ein kurzes helles Lachen der Erwischten – und es trat wieder Ruhe ein vor unserem Kämmerlein.

»Erst hielt ich es noch für ein Gerücht«, räumte der Sire de Craon bereitwillig ein, »ausgestreut von den mannigfachen Kreisen, die Gottfried nicht wohl gesonnen, dann aber verstärkten sich die Anzeichen: Der Herzog von Niederlothringen hatte planmäßig begonnen, die Juden in seinem Herrschaftsbereich zu pressen! Angefangen hatte es in seiner Grafschaft Antwerpen. Dort sprangen seine Steuereintreiber, als sich ihre Säckel nicht schnell genug füllten, immer übler mit den jüdischen Gemeinden um. Dann hieß es, der Herzog biete Liegenschaften an der Maas unter der Hand zum Verkauf an. Dem Kaiser musste das zu Ohren gekommen sein, er zeigte sich nicht erfreut. Gottfried, der die Herzogswürde lediglich als Amt, nicht als Feudalbesitz erhalten hatte – sie war also nicht vererbbar –, spürte den Unmut, sah darin eine krasse Undankbarkeit seitens seines Lehnsherrn, dem er über all die Jahre treu und aufopfernd gedient, und ließ es zum Eklat kommen: Er verzichtete Knall auf Fall auf den Titel und die Einkünfte eines Herzogs von Niederlothringen!«

Das Gespräch zwischen Cantar und ihrem Gast, dem Sire de Craon, wurde unterbrochen von einer Nachricht der Torwache, Rinat von Sitten, ein entfernter Verwandter der Burgherrin, sei heimgekehrt.

Cantar ließ ihn sofort zu sich bitten. »Wir haben ihn seit Jahren nicht gesehen«, erklärte sie ihrem Gast. »Rinat galt als im Heiligen Land verschollen!«

Dann betrat Erma die Toano, die Vertrauensperson der Burgherrin, das Amtszimmer – mit Casda an der Hand. »Ich habe Rinat erst mal in einen Badezuber stecken lassen«, teilte die Beschließerin mit. »Danach soll der Kerl – völlig vom Fleisch gefallen ist er! – erst mal ordentlich in der Küche futtern, und danach kann er Euch, und wenn's recht ist«, sie machte eine weit ausholende Geste, die nicht nur den Sire de Craon, sondern die ganze Burg mit einschloss, »uns allen erzählen, was er im Heiligen Lande erlebt hat!«

Cantar wollte ihrer treuen Dienerin nicht vor dem Gast widersprechen, aber sie schränkte ein: »Das Gesinde mag sich an irgendwelchen Fabeln aus *Tausendundeiner Nacht* ergötzen, wenn die Arbeit getan ist!« Sie streichelte ihrem Töchterlein über den Kopf. »Ich möchte den ersten Bericht des Knappen Rinat von Sitten hier im Amtszimmer hören, sobald Ihr ihn dazu in der Lage seht!«

»Und ich?«, krähte Casda.

»Du gehörst ins Bett!«, sagte die Mutter und entließ ihr Töchterlein samt der fürsorglichen Beschließerin.

Erster Bericht des Rinat

Viel Seltsames hatten wir schon gesehen, viel Freundlichkeit erfahren und auch viel Misstrauen, wir kannten das Meer, das Abendland und Orient trennt, von dem Räuberfelsen Mahdia bis zur gleißenden Stadt am Bosporus, Piraten hatten uns aus Seenot gerettet, und Sklavenkarawanen in der Wüste hatten uns vor dem Verdursten bewahrt – vor allem aber war uns jeglicher Sinn für Zeit abhandengekommen. Was zählten noch Wochen und Monde, was war ein Jahr? Nun standen wir endlich auf dem Montjoie, und vor uns lag im rosigen Dunst das goldglänzende Jerusalem!

Gerald hob die kostbare Mesusa – die Verpflichtung, die er um Miriams willen eingegangen – triumphierend wie das Schwert eines Eroberers der Heiligen Stadt entgegen. Durch alle Fährnisse, Meeresfluten und Sandstürme hatte er sie getragen, an seine Brust gepresst, um den Leib gegürtet, im Schlaf unter sein Hemd geschoben. Der steinige Weg lag hinter uns, das Ziel war erreicht!

So dachte gewiss mein Herr Gerald, dem ich treulich als Knappe gedient, als wir unsere Schritte beschwingt den Berg hinablenkten, stracks auf die weißen Mauern Hierosolymas zu.

Am Wegesrand hockte gebeugt eine Gestalt. Mir schien er zunächst ein Bettler, doch dann sahen wir, dass der dunkelhäutige alte Mann, mit schneeweißen Locken auf dem edlen Haupt, verletzt war, er blutete aus einer Beinwunde.

Ich sagte: »Wir müssen ihm helfen, auch wenn's ein Heide ist!«

Doch Gerald schalt mich einen Narren. »Schau weg!«, befahl er mir und hielt seine Augen fest auf die Türme der Stadt gerichtet.

Ich blieb zurück und gab dem unglücklichen Greis aus meinem Beutel zu trinken. Dabei sah ich in seine Augen: Sie waren von tiefem Blau, wie ich es noch nie erblickt. Verwirrt vergaß ich völlig, ihn nach seinen Schmerzen, nach der Ursache seiner Wunde zu fragen. So ließ ich ihm den Beutel und rannte hinter Gerald her. Bald darauf kam uns eine Dame entgegen, sie ritt auf einem Esel, doch ihre Haltung war von königlicher Würde. Auch ihre Haut war dunkel, aber sie war keine Mohrin, auch wenn sie wie eine solche verhüllt war, in edle Stoffe, mit schweren Goldringen an den Armen und um die Fesseln. Sie brachte ihr Tier vor uns zum Stehen und winkte mich zu sich. Ich sah noch das gleiche Blau unter langen Wimpern mich anfunkeln, da zog sie schon ihre Reitgerte mit einem heftigen Hieb quer durch mein Gesicht, dass mir vor Schmerz die Tränen in die Augen schossen.

»Was schert Ihr Euch um einen Mann, den Gott gestraft hat?«, fuhr sie mich an. Gerald war nicht einmal stehen geblieben, sondern strebte weiter, unbeirrt auf die Stadt zu.

Ich wollte die Hochmütige wütend zur Rechenschaft ziehen, denn ich fand, sie hatte kein Recht, derart mit mir zu verfahren, doch sie reichte mir ein Tüchlein aus weißem Batist, damit ich mein Gesicht abwischte. Jetzt erst sah ich darauf die Blutstropfen, die der

Streich hatte quellen lassen. Doch die stolze Frau entschuldigte sich nicht.

»Lasst es Euch eine billige Lehre sein, Euch nicht um jedes vergossene Blut zu kümmern, das Ihr des Weges findet!«, sagte sie ungerührt, gab ihrem Tier die Peitsche und ritt davon.

Ich hatte Gerald wieder eingeholt und erhielt zum Schaden auch noch den Spott. »Wenn Ihr jedem Weib folgt, das Euch winkt –«, sprach er gerade, als hinter uns ein Reiter heranpreschte.

Dieser war ganz offensichtlich ein Heide, denn um seinen Spitzhelm war ein Turban gewickelt, seine Arme ragten aus einem weiten Kaftan, er trug Stulpenhandschuhe aus feinstem Saffianleder, und sein Gesicht war mit einem Gittergeflecht verhängt. In seinem Gurt steckte ein edelsteingeschmückter, funkelnder Scimtar. Der vornehme Reiter, wohl ein Emir, riss sein Pferd herum, dass ich zur Seite springen musste, und herrschte mit leiser Stimme, die mir kalt und grausam vorkommen wollte, Gerald an, der diesmal in seinem Schritt innehalten musste, weil ihm der Moslem den Weg verstellte.

»Ihr habt meine Schwester gekränkt!« Als er das verständnislose Gesicht meines Gefährten wahrnahm, setzte er flüsternd hinzu: »Sie kreuzte Eure Straße, und Ihr versäumtet es, ihr mit Ehrerbietung zu begegnen.«

Dabei war er Gerald immer näher gekommen, doch der mochte sich nicht einschüchtern zu lassen. Er wich auch nicht, als der Ritter sich langsam zu ihm herabbeugte.

»Ich wollte der Dame nicht durch unziemliche Blicke zu nahe treten!«, entgegnete Gerald leichthin, für ihn hatte es damit sein Bewenden.

»Was seid Ihr für ein Mann«, höhnte der Emir, »oder seid Ihr womöglich gar keiner?« Er schlang plötzlich seine Arme um Gerald und zog ihn an sich. Ich kannte die Bärenkräfte meines Herrn, doch hier schienen zwei eiserne Zwingen ihn zu pressen, denn es gelang ihm keineswegs, sich zu befreien, als der Emir jetzt hohnlachend keuchte: »So wollt Ihr mich denn küssen!« Mit einem heftigen Schlenker lüftete er das Gitterwerk vor seinem Gesicht – ich erschrak, erstarrte vor Furcht und Ekel! Es war das schrecklich verwüstete Antlitz eines Leprösen, keine menschlichen Züge waren mehr auszumachen in dieser eitrigen Masse von zerfurchtem Fleisch, rotblau schillernden Beulen und jener grässlichen Rachenhöhle, wo früher mal der Mund mit seinen Lippen sich befunden haben musste. Er presste das offene Geschwür unbarmherzig lange gegen Geralds Gesicht, als wollte er ihm seines nehmen, es ihm von den Knochen reißen, um es mit seiner grausigen Larve zu vertauschen. Dann stieß er ihn wie eine leergesaugte Hülle von sich, Gerald stürzte zu Boden, wo er liegen blieb. Der furchtbare Ritter schenkte ihm keinen weiteren Blick – auch mir nicht, der ich mich furchtsam weggeduckt hatte – und sprengte von dannen.

Gerald lag immer noch da, das Gesicht im staubigen Sand. Ich wagte kaum, ihn umzudrehen, ihn aufzurichten. Er starrte mit staubverklebtem Blick an mir vorbei und zerrte die Mesusa aus seinem Gewand hervor. Ohne sie noch einmal anzusehen, warf er die Botschaft an die Juden Jerusalems, die er die ganze lange Reise gehütet hatte, als wäre sie das goldene Herz jener Verstorbenen, für die wir all die Strapazen auf uns genommen hatten, den steinigen Felshang hinunter. Deutlich vermochte ich das Klirren der silbernen Kapsel inmitten der Steine zu vernehmen. Dann stand er auf, und da ich unseren Wassersack dem Alten gelassen hatte, verlangte er heftig von mir, ich sollte mich auf die Suche nach einer Quelle machen. Ich ging aber der Richtung nach, in der das Scheppern der Mesusa verklungen war. Ich fand sie in einer Gesteinsmulde, mit klarem Wasser angefüllt, das hier aus der Erde trat. Ich verschwieg Gerald diese besondere Bewandtnis des Fundorts, als ich ihn zu dem Quell führte. Während Gerald sein Gesicht reinigte, steckte ich ihm stumm die Mesusa wieder zu. Obgleich ich seine Haut genau in Augenschein nahm, vermochte ich keine Spur von den Exkreten des Leprösen darauf zu entdecken, noch sonst irgendein Zeichen des Bösen.

Während wir noch hadernd im Geröllhang herumstanden, sahen wir über uns hinter der Böschungskante zur Straße seltsame Spitzen emporwachsen. Sie gehörten zur Kopfbedeckung von äußerst bedrohlich wirkenden, weißgewandeten Gestalten, die allesamt jene hohen, steifen Kapuzen trugen, welche nur zwei schmale Schlitze für die Augen freilassen.

»Mein Herr sollte ein Spital aufsuchen!«, hielt ich dem Vordersten der Kapuzenträger entgegen, nachdem sie uns nur vermittels eines knappen, herrischen Zeichens für würdig befunden hatten, ihnen zu folgen.

»Das wird der Rat unserer *Superiores* entscheiden!«, ließ er mich ungerührt wissen. Keine Frage nach dem Befinden Geralds noch nach dem Vorgefallenen. *Nolens volens* kamen wir ihrer Aufforderung nach. Schweigend nahmen sie uns in ihre Mitte und führten uns hinab in die Stadt. Niemand hielt sie am Tor mit Fragen auf, und so gelangte unser an eine Büßerprozession gemahnender Zug bis zum christlichen Hospital zum heiligen Johannes des Almosengebers. Ich sollte von meinem Herrn getrennt werden, ließ mich aber nicht abschütteln. Gerald wurde in die Kapelle des Hauses geleitet, ein enger, düsterer Raum, der wohl auch als Leichenkammer diente, denn als wir eintraten, wurde gerade ein in Laken geschlagener Körper davongetragen, der dort zuvor aufgebahrt gewesen war. Hier saßen im Halbdunkel die Oberen der Kapuzenträger, die sich allenfalls durch noch längere Spitzen ihrer Kopfbedeckungen von den niederen Bütteln unterschieden. Gerald musste ihnen Rede und Antwort stehen. Ohne lange Vorrede fragten sie meinen Herrn nach der Nachricht, die er für die Juden aus dem fernen Worms mit sich trage. Mein Herr leugnete alles. Die Oberen starrten ihn schweigend an, dann ließen sie ihn durch ihre Büttel dem Hospital überstellen.

Ein heller Raum mit einem einzigen Bett wurde Gerald zugewiesen mit der Maßgabe, er solle sich vollständig entkleiden. Ich setzte mein Recht durch, ihm dabei behilflich zu sein. So gelangte ich wieder unauffällig in Besitz der verräterischen Mesusa, bevor die Pfleger von Rachenhöhle bis After nach ihr Ausschau hielten. Gerade noch rechtzeitig, denn schon wurde ich, diesmal recht ruppig, von meinem Herrn entfernt. Die Büttel schleppten mich – ohne ihren Griff zu lockern – hinaus in einen trüben Innenhof, wo auf einem Eisenrost gerade ein Leichnam verbrannt wurde. Ihr Hauptmann riss das Laken von dem noch nicht vollständig zerstörten Haupt des Toten, damit ich sein Gesicht sehen sollte. Es war das von der Lepra verwüstete Antlitz eines Mannes. Wenn sie mich glauben machen wollten, es sei das des Emirs, den wir zuvor getroffen, enttäuschte ich sie. Ich zeigte keinerlei Erschütterung, auch nicht, als der Hauptmann jetzt dumpf unter seiner Kapuze krächzte, so würden alle enden, die mit den Juden oder Moslemen unter einer Decke steckten. Ich antwortete, dass nichts mir ferner liege, und das gelte auch für meinen Herrn, um den ich mir große Sorgen mache. Der Oberbüttel zeigte so etwas wie Gemüt, denn er versicherte mir, dass in diesem christlichen Hospital alles Erdenkliche für den Herrn Gerald getan werde, da eine hochstehende Dame für die Kosten aufgekommen sei. Nach diesem mageren Trost wurde ich in die Kerker der Stadt verbracht, ohne Herrn Gerald noch einmal wiedergesehen zu haben.

Ausverkauf – Bericht aus der Hölle

Es herrschte beklommene Stille im Amtszimmer der *Praefecta vallesiae* Cantar de Sion. Das Knistern und Fauchen der verbrennenden harzigen Holzscheite im Kamin war deutlich zu vernehmen. Dann kam aus der hintersten Ecke des Raumes, nahe der Tür, ein zaghaftes, sehr verhaltenes Händeklatschen auf. Die Herrin hatte sich doch breitschlagen lassen, dem Gesinde die Anwesenheit beim Vortrag des heimgekehrten Knappen Rinat von Sitten zu gestatten. So saßen die Küchenmägde und Stallburschen, die Wachen auf Freigang und die Zofen dort auf dem Dielenboden und hatten vor Aufregung rote Köpfe.

Rinat lächelte verlegen. »Ich bin das laute Vorlesen meiner eigenen Niederschrift nicht gewohnt«, bat er die Herrin des Hauses um Entschuldigung.

Die dicke Erma ließ ihm einen Becher mit einem dampfenden Trunk reichen. »Für Rachen und Schlund!«, grinste sie, als er sich fast verschluckte. »Ihr müsstet Euch an den Geschmack noch erinnern!«

Rinat verdrehte die Augen. »Die Glut dieser Tränen vergisst man nie, auch nicht in heulenden Sandstürmen der Wüste oder im Tosen des Windes auf hoher See!«

Die Chronisten spitzten die Ohren. Bislang war es Angel und Vocat nicht gelungen, die Freundschaft der Beschließerin in so hohem Maße zu erringen, dass sie wenigstens nur einmal von den köstlichen *Lacrimae* hätten probieren dürfen. Wenigstens war ihnen heute gestattet worden, ihre Lauscherhöhle zu verlassen, weil Rinat alles, was er mitteilen wollte, bereits mit eigener Hand zu Pergament gebracht hatte. Dafür waren sie ihm dankbar, zum ersten Mal konnten sie sich Gesprochenes im Amtszimmer anhören, ohne die Fron im Nacken, alles sofort mitschreiben zu müssen! Sie genossen den Vortrag daher doppelt und gönnten dem Knappen den spärlichen Beifall – etwas, worauf sie bei ihrer eigenen Arbeit stets verzichten mussten.

Cantar verlangte, dass dem Sire de Craon sein Gemach gezeigt werde, da sah sie, dass der Ritter in seinem hohen Sessel eingeschlafen war. Sie wandte sich lächelnd an Rinat. »Habt Dank für heute. Auch Ihr müsst müde sein. Morgen setzen wir gern das Anhören Eurer erbaulichen Geschichte fort.«

Damit waren alle entlassen, und bald kehrte nächtliche Ruhe zu Sion ein.

In der Nacht und den ganzen nächsten Morgen über schneite es. Das zwang den tags zuvor bis zum Hospiz auf dem Großen Sankt Bernhard vorgedrungenen Kardinallegaten endgültig, auf die Räder seiner Reisekutsche zu verzichten und das Gehäuse auf Schlittenkufen umsetzen zu lassen. Remy d'Aretin reiste in Begleitung seines Adlatus Guy d'Abreyville. In den frühen Nachmittagsstunden erreichten sie das Kastell. Der Graue Kardinal hielt sich nicht lange mit Begrüßungen auf, sondern belegte sofort das Amtszimmer der Burgherrin und Präfektin unter der Hörmuschel des ›Ohr des Dionysos‹. Remy machte einen abgehetzten Eindruck. Durch seinen Adlatus bestellte er sich die beiden Chronisten ein zum Rapport. *Angelus vigilans* und *Vocator diaboli* priesen sich glücklich, dass sie sofort nach ihrer Rückkehr nach Sion Ordnung in ihre Papiere gebracht hatten. So konnten sie auf Verlangen des schlechtgelaunten *Caput canis* jeden Bericht, auch den am Vortag verfassten über das belauschte Gespräch der Cantar mit dem Sire de Craon, vorlegen, das genau genommen von diesem allein bestritten worden war.

Remy überflog die Pergamente. »Nichts Neues und wenig Erheiterndes!«, kommentierte er sarkastisch. »Es wäre ja auch töricht, davon auszugehen, dass sich irgendeiner der großen Herren aus tiefem Glauben an die Sache Christi oder gar der *Ecclesia* für das geplante Unternehmen unseres Heiligen Vaters begeistern würde!« Die beiden Benediktiner begleiteten ihr einverständiges Nicken unisono mit einem pflichtschuldigen Seufzer, der den *Caput canis* zum ersten Mal lachen ließ. »Der Einzige, bei dem der Funke richtig gezündet hat – wenn auch anders, als ich dachte –, deucht mir Gottfried von Bouillon. Der wirft jetzt mit dem vollen Gewicht gekränkter Ehre seinen *Furor fidei* in die Waagschale. Wir müssen achtgeben, dass er unsere wohldurchdachten und ausgewogenen Intentionen – vergleichbar einem feingewobenen Spinnennetz – nicht mit breitem Arsch zu einem Kriegszug der Rache im Zeichen des Kreuzes plattdrückt!«

Angel schwieg, erschlagen ob des starken Bildes, aber Vocat raffte sich auf, seinem Herrn und Meister Paroli zu bieten. »Zumindest scheint er der Einzige, der nicht auf persönliche Bereicherung aus ist.«

»Das ist ja gerade das Beunruhigende«, grummelte Remy. »Jemanden, der ein Reich zu erobern verlangt, den kann ich zur Mäßigung anhalten, aber jemanden, der wie Moses zerschmettern, zermalmen will?«

Sie wurden unterbrochen. Cantar, die Herrin des Hauses, betrat den Raum zusammen mit dem Sire de Craon. Der Ritter begrüßte mit einem kaum wahrnehmbaren Senken des Kopfes den *Caput canis*, der seinerseits dem Gast sogleich die letzten Neuigkeiten lustvoll auftischte.

»Wisst Ihr schon, dass Gottfried seinen Augapfel, seines Beinamens Grund und Zier, sein heißes pochendes Herz sich aus der Brust reißen will?«

»Wie? Der Herzog will Bouillon verkaufen?«

»Er hat es bereits dem Bischof von Lüttich verpfändet!«, klärte Remy den Sire auf. »Was einer endgültigen Entäußerung gleichkommt, denn Gottfried wird das Geld nicht zurückzahlen.«

»Weil er von Jerusalem nicht zurückkehren wird?«, sagte Cantar ahnungsvoll.

»So ist es!«, bestätigte ihr Remy. »Wenn jemand wie Gottfried sich bereitfindet, dann tut er dies vor Gott, und was das Irdische anbetrifft, reicht es ihm vollauf, dem Unternehmen, in das er sich mit Leib und Seele einbringt, seinen Stempel aufzudrücken.«

Cantar verstand. »Der Name ›Gottfried von Bouillon‹ geht

ihm mit der Veräußerung der Burg nicht verloren, er wird ihn mit höheren Weihen verklären!«

»Es könnte ihm vorschweben«, fügte der Sire de Craon trocken an, »als leuchtendes Beispiel eines christlichen Ritters in die Geschichte einzugehen.«

»Nur keinen Neid!«, spottete der *Caput canis*. »Es steht allen Herren des Abendlandes frei, seinem Beispiel zu folgen!«

»Das wäre wünschenswert«, erwiderte der Ritter ungerührt. »Ich dachte, deshalb habt Ihr uns hier versammelt?«

Remy schaute kurz auf. »Lasst mich jetzt bitte mit der Dame Cantar allein!« Das war an alle gerichtet, doch für seinen schweigsamen Adlatus hielt er noch einen Zusatz bereit. »Guy d'Abreyville!«, befahl er. »Ihr werdet unsere eifrigen Chronisten begleiten und dafür sorgen, dass sie sich gegen ihre liebgewonnene Gewohnheit nicht in ihr Kämmerchen begeben, sondern sich anderweitig vergnügen, denn was ich jetzt und hier zu besprechen habe, ist nicht für das große Ohr bestimmt.«

Angel und Vocat hatten sofort begriffen, sie folgten dem Adlatus auf dem Fuße. Der Sire de Craon verstand die Anspielung nicht, aber er schloss sich den Vorausgehenden an.

»Wir sehen uns später«, rief Cantar hinter ihm her, »wenn Rinat von Sitten so freundlich ist, uns an der Fortsetzung seines Berichts über die Abenteuer seiner Reise nach Jerusalem teilhaben zu lassen.« Strahlend setzte sie hinzu: »Alle können es kaum erwarten!«

Der Graue Kardinal sah sich veranlasst, dieser Aussicht einen Riegel vorzuschieben. »Ich möchte das Gesinde diesmal ausgeschlossen wissen«, wandte er sich streng an Cantar. »Es reicht mir die Betroffenheit derer, die es angeht! Das heilige Jerusalem ist kein Komödiantenstück zur Verlustierung des Volkes!«

Zweiter Bericht des Rinat

Wenn ein gläubiger Christ des Abendlandes schwärmerisch Jerusalems gedenkt, verzückt vom Heiligen Grabe träumt oder von sonstigen, die Seele erhebenden Orten, dann tut er gut daran, die

Kerker der Heiligen Stadt nicht mit einzubeziehen. Wie lang die Zeit war, die ich dort verbrachte, will ich nicht wissen, das Fortschreiten der Jahreszeiten konnten wir Gefangenen daran ablesen, ob das Wasser an den Wänden versiegte in den heißen Dürremonden, ob es in Strömen herablief in unser fauliges Stroh oder ob es im Winter zu Eis gefror. Der tägliche Kampf ums Überleben geht um den Durst, das Fressen und als Letztes um das Ausscheiden dessen, was du – und die anderen – ergattert haben. Der Gestank ist dein verlässlicher Begleiter, er wiegt dich in den Schlaf, und er reißt dich heraus, bevor du erstickst. Doch hast du die Probezeit als Geselle überstanden, bist nicht im Jauchekübel so lange mit dem Kopf in Brühe gedrückt worden, bis du sie schlucken musstest, hast gelernt, mit einem scharf geschliffenen Löffel dein täglich verschimmelt Brot zu verteidigen, und wusstest endlich, wem du deinen Arsch hinhalten musstest und wem besser nicht, dann eröffneten sich auch in der Hölle Zeiten für Meister im selbstgebastelten Brettspiel oder in philosophischen Diskursen. So begriff ich in den tiefsten Scheißlöchern der Stadt alles, was sie oben, wenn schon nicht zusammen-, so doch am Leben hält. Ich lernte etliches über die drei großen Religionen, vor allem, dass keine von ihnen ein einheitliches, auf den einen Gott ausgerichtetes Gebilde darstellt, sondern dass sie samt und sonders in sich erbittert befehdende Fraktionen aufgesplittert sind. Das zieht sich von den verschiedensten Orthodoxien der Juden über die Schia und Sunna des Islam bis hin zu der monströsen Vielfalt christlicher Apostelkirchen, jede mit einem eigenen Patriarchen, jede mit eigenem Anspruch auf Unfehlbarkeit. Über dieses sektiererische spirituelle Gesumme stülpt sich dann der geflochtene Korb der realen politischen Macht: Wer darf den Honig aus den Waben klauben? Schon vor langer Zeit hatte das mächtige Byzanz die Oberlehnsherrlichkeit als Bienenkönigin über Syrien und Palästina den Turkvölkern der Seldschuken überlassen müssen. Deren Schah setzte die Ortoqiden-Brüder Soqman und Ilghazi zu Jerusalem als Gouverneure ein. Auch als die allen heilige Stadt an die fanatischen Imker des Fatimidenkalifats von Kairo fiel, beließ man die Brüder im Amt. Hauptsache, jede Biene, die ein Flugloch des großen Korbes benutzte, trug zuverlässig das Ihre zum Steueraufkommen bei. Das soll beileibe nicht dazu verführen, in den Kerkern von Jerusalem nach Honig zu suchen, unsere Exkurse waren geistiger Art, und solches Manna vermag jede Form anzunehmen. Dass ich mich unter diesen Umständen an einen Mann erinnere, der vor Dreck starrte, kann nur heißen, dass er Ekelgefühle bei mir auslöste, die bei weitem alles übertrafen, an das wir uns gewöhnt hatten.

»Peter der Einsiedler« stammte aus Amiens in Frankreich und war ein so grässlicher Zellengenosse, dass ich zu Gott betete – was ich für mich selbst längst aufgegeben hatte –, er möge ihm die Freiheit wieder schenken! Peter war als Pilger zu den heiligen christlichen Stätten gekommen und hatte sich bei den Behörden derart insistent über ihre Verwahrlosung beschwert, dass sie sich nicht anders zu helfen wussten, als ihn bei uns abzuladen, denn die Ortoqiden wollten keine Märtyrer. Damit begann mein Martyrium, denn der fromme Eiferer hatte schnell herausgefunden, dass ich der Einzige war, der seine Sprache, schwallartige Beschimpfungen aus übelriechendem Munde, leider verstand.

Andererseits erfuhr ich endlich von Peter, was es mit den äußerst merkwürdigen Persönlichkeiten auf sich hatte, die Gerald und ich bei unserer Ankunft in Jerusalem kennenlernen mussten. Mal bruchstückhaft, mal pfützenweise herausgekotzt – ich musste ihm meinen heimlich gehorteten, vom Munde abgesparten vergorenen Wein überlassen –, gelang es mir, aus ihm herauszulocken, dass der weißhaarige Alte mit den blauen Augen ein gewisser Leon und der Vater sowohl des herrischen Weibes als auch des leprösen Sohnes war, Oberhaupt einer wohlhabenden byzantinisch-jüdischen Familie von Teppichhändlern. An der von den Fatimiden zügig vorangetriebenen Islamisierung zerbrach die schon durch den leprösen Sohn leidgeprüfte Familie. Der alte Vater Leon ließ sich aus Protest christlich taufen, denn noch gab es einen griechischen Patriarchen, wenn auch im Untergrund. Der Sohn verließ das Haus, wechselte in das Lager der Anhänger des Propheten und nannte sich fortan »Mansur«, der Siegreiche, gewiss auch eine Beschwörung seiner fortschreitenden Krankheit – die Tochter hingegen versteifte sich auf den Glauben ihrer Väter, legte sich den Namen »Sarah von Beth-Seba« zu. Und beide verfolgten einander – und ihren Vater – mit glühendem Hass.

Einen Wust von wüsten Flüchen häufte der fanatische Eremit jetzt seinerseits auf die Juden, insbesondere auf dieses Weib, diese Hure Babylon, die sich einen christlichen Ritter aus dem Hospital freigekauft habe, einzig zu dem Behufe, ihn zum Vater einer Tochter Satans zu machen, falls das arme Balg nicht sogar dazu dienen sollte, als Opfer bei diesen schrecklichen, alttestamentarischen Schächtungsriten herzuhalten. Ich hatte nie geglaubt, dass mir im Kerker schlecht werden könnte von geifernden Worten. Ich verteidigte weder Sarah von Beth-Seba noch meinen Herrn Gerald von Öxfeld, sondern betete nur noch um Erlösung von diesem grässlichen Menschen. Gott erhörte mich, und ohne Angabe von Gründen, genauso wie man ihn einst hereingetrieben, wurde Peter von Amiens wieder aus dem Kerker gejagt.

Es verging noch ein Dreivierteljahr, dann wurde auch ich aus den Verliesen entlassen. Mein Wohltäter war der Alte, wie mir die Diener versicherten, die mich abholten. Der Majordomus an ihrer Spitze ließ mich auch noch wissen, sein Herr Leon habe erst jetzt erfahren, dass ich noch immer im Kerker schmachte. Er sei davon ausgegangen, dass ich längst ins Abendland zurückgekehrt sei. Seine Tochter habe mein Schicksal mit keinem Wort erwähnt, und seinem Schwiegersohn, meinem früheren Herrn, dem Christen Gerald, sei es nicht gestattet, mit Sarahs leiblichem Vater, dem Konvertiten Leon, zu verkehren. Das klang alles wenig erfreulich, doch ich schob es beiseite in meinem unverhofften Glück.

Ich wurde in das stattliche Anwesen des Teppichhändlers gebracht, eine Karawanserei inmitten der Altstadt. Hier wurde ich gebadet und frisch eingekleidet mit kostbaren Gewändern und auch teurem Schmuck. Der verehrungswürdige Herr Leon habe mir nie vergessen, dass ich ihm aus meinem Beutel zu trinken gegeben, als ihn dürstete, plauderte der geschwätzige Majordomus, der sich um mein leibliches Wohl kümmerte. Heute begehe man das orthodoxe Osterfest, und da treffe es sich doch wundervoll, dass ich es mit Herrn Leon feiern könnte. Der Beginn sei nach traditionellem Brauch für die Mitternachtsstunde vorgesehen.

Die große Haupthalle des Handelshofes war festlich hergerichtet. Man hatte darauf verzichtet, die schönen, großen Teppiche, die nur Fürsten sich leisten konnten, zur Seite zu rollen, sie waren über den gesamten Boden in mehreren Schichten ausgebreitet. Der Schreitende versank förmlich in den kostbaren Knüpfereien. Für den Hausherren hatten die Bediensteten die Breitseite hergerichtet, mit einem gewaltigen Stapel ausgewählter Stücke als Unterlage für sein Lager. Dort hatten sie ihn gebettet, denn – wie mir der Majordomus, der mich hineingeleitete, zuflüsterte – die üble Wunde am Bein seines Herren sei nie verheilt und mache ihn immer noch leiden. Ich nahm Herrn Leon gegenüber Platz, er winkte mir mit abwesendem Lächeln zu. Die Halle füllte sich schnell mit erwartungsvoll schwatzenden Gästen. Die Frauen nahmen rechts und links von Herrn Leon Platz, die Männer getrennt von ihnen auf der gegenüberliegenden Seite. Vor dem Hausherrn befand sich ein kleiner Altar, ausgestattet mit äußerst kostbaren Gerätschaften aus schwerem Silber. Der breite Mittelgang war freigehalten für den Einzug der Priesterschaft und der Mönche vom orthodoxen Georgiuskloster, deren Chorgesang berühmt war in Jerusalem. Langsam senkte sich feierliches Schweigen über den Raum, man erwartete gemeinsam die Mitternachtsstunde, das erlösende »Christ ist erstanden!« des Priesters, dem die Gemeinde freudig antwortet: »Ja, er ist wahrhaftig auferstanden!«

Doch stattdessen flog die Tür auf der Stirnseite auf. Sarah, die Tochter, ganz in Schwarz gehüllt, zerrte einen Esel hinter sich in die Halle, auf dem gekrümmt mein armer Herr Gerald hockte, mit leichenblassem Blick und das Kind fest in den Arm gedrückt, als wollte er sich an der Kleinen festhalten. Die Gäste hielten den Atem an: Welch ungeheuere Blasphemie! Je länger sich der seltsame Zug langsam durch die Halle bewegte, desto bedrohlicher erschien mir der Frevel! Sarah starrte ihrem Vater düster strafend ins Auge, während Gerald sich bemühte, den Alten gerade nicht anzuschauen. Sein Blick fiel auf mich, der ich die Mesusa aus meinem Gewand gezerrt hatte und sie ihn verzweifelt hinter vorgehaltener Hand sehen ließ. Jetzt schien mir zwingend die Gelegenheit, vielleicht die letzte, die Botschaft aus Worms an den Mann zu bringen, denn der alte Leon kannte ja alle wichtigen Juden der Stadt. Doch Gerald schüttelte unmerklich den Kopf und ließ mich mit der Schatulle und ihrem gefährlichen Inhalt allein. Schweigend durchquerte der Esel die Halle, von Sarah mit straffer Hand gezogen, einen gebrochenen Gerald mit dem Kind als Erbarmen heischende *Pietà* mit sich fortführend. Auch wenn kein einziges Wort gefallen war, wirkte der provokante Auftritt wie ein Menetekel, wie ein böses Omen, mehr noch, wie ein letztes, warnendes Ultimatum! Alle atmeten erleichtert auf, als der düstere Spuk vorbei war. Zu früh!

Von niemandem zuvor bemerkt, erhoben sich jetzt im Hintergrund stumm die Kapuzenträger, umringten das Lager des alten Leon! Wieder wagte keiner einen Schrei auszustoßen. Ungehindert traten sie an die Bettstatt des Siechen. Die meisten der Gäste bedeckten ihre Augen, aber ich sah, wie sich ihre Dolche in den wehrlosen Leib des Alten senkten. Sie ließen sie sogar stecken, als wollten sie sich ihrer Tat rühmen oder zeigen, dass sie nichts zu befürchten hatten. Dann huschten sie hinweg wie Fledermäuse im trüben Licht zwischen den Pfeilern der Halle, ließen uns fassungslos mit dem furchtbaren Geschehen zurück. Ich verstaute zitternd die Mesusa wieder in meinem Gewand, erhob mich und wankte zum Ausgang des gastlichen Hauses.

Ich weiß nicht, was mich trieb, aber ich fragte mich noch in tiefer Nacht durch nach dem Haus der Sarah von Beth-Seba. Ich wurde erwartet, fand die mir zunehmend unheimliche Familie hellwach, wenn auch mein Herr wohl aufgrund der Aufregung wieder bettlägrig war, umsorgt wie ein unmündiger Säugling. Von der liebevollen Zuwendung der Dame zeugte nicht zuletzt die zweijährige Tochter, die wie eine herausgeputzte Puppe neben Gerald auf dem Bett thronte, vor allem aber der heftige Streit zwischen den Eheleuten. Gegenstand der unüberhörbar schon länger anhaltenden Auseinandersetzung war deren Taufe. Christlich oder nach jüdischem Brauch? In Gedanken an den Gertenhieb, den mir das herrische Weib einst versetzt, vor allem aber zur Ehre des alten Mannes, über dessen Ende kein einziges Wort verloren wurde, schlug ich kurzerhand Peter den Einsiedler als Priester für die Taufe vor. Das Schweigen der Sarah war – wie zu erwarten – eisig, Gerald hingegen erbot sich, mich in der schon nahenden Morgenstund bei der Suche nach dem Eremiten zu begleiten. Frau Sarah packte ihre Tochter und verließ den Raum. Ich wickelte mich zu Füßen meines Herrn in eine Decke und schlief sofort ein.

✣

»Eine Einladung zum Besuch der heiligen Stätten ist das Gehörte nun nicht gerade«, wandte sich der Kardinallegat fast amüsiert an Rinat.

»Doch! Gerade!«, ließ sich da der Sire de Craon vernehmen. »Eine zum Dreinschlagen in dieses Nest von Taranteln und Skorpionen!«

Immer noch belustigt, sah ihn der *Caput canis* an. »Ich fürchte, mein Guter, das bleibt Euch unbenommen, doch ob es der Sache, der Sache Christi, weiterhilft, ist eine andere Frage, denn den Islam werdet Ihr nicht besiegen, vor allem nicht ausrotten können!«

»Mit Mariae Hilf muss das Heilige Land –«, begehrte der Ritter auf.

»Es geht um die Sicherung eines territorialen Teilstückes, um Jerusalem eben. Wer mehr will, wird scheitern!«

Der Kardinallegat ließ, leicht verärgert, von dem Ritter ab, indem er sich ostentativ Rinat zuwandte: »Habt Ihr, Rinat von Sitten, außer Euren wenig erbaulichen Ali-Baba-Geschichten in der Heiligen Stadt den Eindruck gewonnen, dass die Bevölkerung eine Befreiung durch die Christen des Abendlandes herbeisehnt? Antwortet mir ehrlich und offen!«

Die Beantwortung der Frage schien Rinat in Verlegenheit zu bringen. »Das Problem werden nicht die Juden und nicht die Moslems sein, sondern dass die überwiegende Mehrheit der Einwohner sich für Christen hält!« Rinat wartete einen Augenblick, bevor er hart anfügte: »Sie sind aber nicht wie wir! Nicht vergleichbar mit Gläubigen des Okzidents, den Angehörigen, Gefolgsleuten der *Ecclesia catholica* des Papstes zu Rom! Schwer zu sagen, ob sie uns als Freunde sehen würden.«

»Ich dachte, sie leiden unter Verfolgung, Misshandlung und Unterdrückung?«, empörte sich der Sire de Craon geradezu ungläubig. »Haben denn die gefolterten Pilger übertrieben, die von furchtbaren Leiden zu berichten wussten, denen die Christen ausgesetzt sind, von geschändeten Nonnen, gekreuzigten Priestern? Sollte das alles erstunken und erlogen sein?« Er schrie den armen Rinat jetzt fast an, doch der zeigte ein erstaunlich dickes Fell.

»Christen aus dem Westen!«, hielt er stur dagegen. »Die Frage des Herrn Kardinallegaten galt der einheimischen Bevölkerung! Der sogenannten ›christlichen‹ Mehrheit der Bewohner – nicht nur Jerusalems, sondern der gesamten *Terra sancta*!«

»Hat nicht Byzanz, das christliche, wenn auch oströmische, also schismatische Byzanz, gerade aus Gründen der unsäglichen Qualen der Pilger« – der Sire de Craon ließ nicht locker, er konnte gar nicht anders – »uns flehentlich um Hilfe und Beistand gegen die teuflischen Heiden gebeten?«

Remy gebot Schweigen. »Die Beweggründe eines Kaisers von Konstantinopel, ehemaliger und nach eigenem Anspruch immer noch Souverän des Heiligen Landes, sind naturgegeben anderer Art –« Der erfahrene Kirchenfürst beließ es bei dieser Andeutung. Er war nachdenklich geworden. »Lasst mich bitte mit Rinat allein!«, wies er alle Anwesenden ziemlich barsch an, einzig für Cantar hatte er ein gequältes Lächeln.

Aufgewühlt verließen diese das Amtszimmer, doch im Burghof von Sion erwartete sie eine erfreuliche, geradezu beglückende Ablenkung. Eingetroffen waren der edle Ritter Conon de Béthune, sein frisch angetrautes Weib, die schöne Elgaine de Gisors, nebst ihrem Söhnlein Pons – ihr ganzer Stolz! Begleitet wurden sie von einem stattlichen Gefolge und dem Vertrauten des Herzog von der Normandie, dem Ritter Godefroy de Saint-Omer. Während Cantar sogleich Elgaine mit Beschlag belegte, ihr völlig unbefangen ihre eigene Tochter Casda vorstellte – deren Vater immerhin Conon de Béthune war –, begrüßte der Held den Sire de Craon. Pons war an seiner Seite, er hatte sich schleunigst vor den ›Weibern‹ verdrückt. Conon und der Craon kannten sich von ihrem gemeinsamen okzitanischen Abenteuer her, der so tragisch verlaufenen Entführung der »Braut von Saissac«.

»Wie hat der Graf Raimund von Toulouse den Schlag weggesteckt?«, verlangte Conon zu wissen. »Und wie geht es dem armen Berenguer?«

Die Chronisten, die ganz in seiner Nähe standen, spitzten die Ohren. Auch wenn sie zurzeit aus ihrer Schreibkammer verbannt waren, war es zu ihrer zweiten Natur geworden, aufzuschnappen, um es zu einem späteren Zeitpunkt ihren »Geheimen Protokollen« einzuverleiben.

»Raimund hat Glück gehabt!«, gab der Sire de Craon bereitwillig Auskunft. »Durch seine früh verlautbarte Bereitwilligkeit, an dem geplanten Unternehmen des Papstes teilzunehmen, fielen seine gesamten Territorien unter den Schutz der Kirche, denn was für Robert von der Normandie recht, muss ja auch für Toulouse als billig gelten. Dazu kommt, dass der Herzog von Aquitanien bislang keinen offiziellen Anspruch auf das Erbe seiner jungen Frau Philippa erhoben hat –«

»Hat er ja eigentlich auch nicht nötig!«, warf Conon spitz dazwischen.

»– so dass Graf Raimund bislang unangefochten seine eigenen Söhne als Statthalter und Regenten einsetzen konnte«, brachte der Sire de Craon seinen Satz zu Ende.

»Seinem Auszug an der Spitze des päpstlichen Heeres steht demnach nichts mehr im Wege!«, Conon wollte den Diskurs abschließen, doch der Craon setzte nach.

»An der Spitze, das würde ich nach den neuesten Entwicklungen zu bezweifeln wagen.«

»Ihr meint Robert von der Normandie?!«

»Dem ist das gehupft wie gesprungen!« Der Sire griente. »Nein, Raimund muss mit den enormen Ambitionen des Gottfried von Bouillon rechnen. Der gibt doch eine Würde wie die des Herzogs von Niederlothringen nicht auf, um dann unter dem Oberbefehl eines Grafen von Toulouse ins Feld zu ziehen!«

»Da mögt Ihr recht haben«, murmelte Conon. »Gottfried ist ja auch kein schlechter Feldherr! Und Berenguer de Saissac?«

»Der führt auf jeden Fall das prächtige Heer des Grafen und hat bereits verkündet, dass er danach seine Tage in einem Kloster beschließen will!«

Guy d'Abreyville erschien bei den Herren, um ihnen mitzuteilen, dass Rinat von Sitten heute nicht mehr aus seinen Reiseaufzeichnungen lesen werde. »Dafür aber gewisslich morgen!«, verkündete der Adlatus des Kardinallegaten. »Und zwar gleich nach der *Sext*!«

Conon, der von Rinats überraschender Anwesenheit nichts

wusste, ließ sich von dem Sire de Craon informieren. Guy zu fragen, hatte er einen gewissen Widerwillen. Obgleich der blonde Engel mit den eiskalten blauen Augen im Laufe der Jahre seinen Weg, meist unter dramatischen Umständen, häufig gekreuzt hatte und er ihm, dessen Schneid er sogar bewunderte, wirklich nichts vorwerfen konnte, war Guy ihm fremd geblieben. Offen gesagt, der Knabe war ihm unheimlich! Vielleicht, weil Conon wusste, wer Guys Eltern waren? Sicher tat er dem jungen Mann damit unrecht, aber er konnte es nicht ändern! Conon nahm Pons bei der Hand, und sie gingen hinüber zu den Weibern. Ein merkwürdiges Prickeln, die beiden so völlig verschiedenartigen jungen Frauen beieinanderstehen zu sehen. Reizvoll erschien ihm Cantar noch immer, Conon war froh, dass er sich nie zwischen ihr und Elgaine hatte entscheiden müssen!

Peter der Einsiedler

Dritter Bericht des Rinat

Es war dann doch später Vormittag geworden, bis mein Herr Gerald mich endlich wachgerüttelt hatte und wir gemeinsam das Haus der Sarah verließen. Die Dame des Hauses ließ sich nicht sehen. Auf der Suche nach dem Einsiedler stiefelten wir bald darauf durch die engen Straßen der Altstadt von Jerusalem. Es müsse jetzt alles plötzlich sehr schnell gehen, vertraute mir mein Herr an. Nachdem ich wieder aufgetaucht sei, habe eine große Unruhe Sarah erfasst, die Taufe, die nunmehr fast zwei Jahre lang stets wieder zurückgestellt worden und schon fast vergessen war, sollte nun Hals über Kopf vonstattengehen. Es spiele auch keine Rolle mehr, ob nach christlichem Brauch oder mosaischem Ritus. Nach allem, was ich durchgemacht hatte – auf wessen Veranlassung auch immer –, war mir das persönlich ziemlich gleichgültig! Ich wollte raus aus dieser Stadt des Heiligen Grabes, bevor ich selbst hier bei lebendigem Leibe verscharrt wurde. Umso erstaunter war ich, als Gerald – kaum dass wir allein, also ohne Ohrenzeugen waren – mich mit ganz ähnlich gelagerten Empfindungen überhäufte. Den Anstoß hatte ich selber gegeben, als ich die Frage aufwarf, ob die kaltblütigen, sektiererisch wirkenden Mörder des Alten identisch seien mit jenen, die ihn unter Anklage gestellt und dann im christlichen Hospiz weggeschlossen hätten?

Gerald betrachtete mich sinnend. »Ursprünglich«, eröffnete er mir dann, »war die Verwendung der spitzen Kapuzen eine Erfindung geheimer Zirkel innerhalb der christlichen Kirche, die es sich zur Aufgabe gemacht hatten, extrem konservative Ziele durchzusetzen, Gegner einzuschüchtern und, wenn's nottat, auch zu beseitigen.«

Ich nickte eilfertig, denn so etwas hatte ich mir schon gedacht. Doch Gerald fuhr fort: »Im Laufe der Zeit, besonders mit dem Siegeszug des Islam, übernahmen dann auch fanatische moslemische Gruppierungen eine identische Tracht bedrohlicher Anonymität, und heute kann sich – zumindest im heiligen Jerusalem – keiner mehr sicher sein, ob nicht auch streng orthodoxe jüdische Geheimbünde die gleichen hohen Hüte mit den unbarmherzigen Augenlöchern benutzen, um Angst und Schrecken zu verbreiten.«

»Vor allem gegen Abweichler«, trug ich mein Scherflein zu der bitteren Erkenntnis bei, »gegen Konvertiten, Verräter und Spione!«

»So wird's wohl sein!«, bestätigte mir Gerald leise. »Abtrünnigen droht der Tod, wie wir gesehen haben – und fürderhin befürchten müssen!«

Wir waren, ohne dass wir uns dessen bewusst geworden, die Stufen zum Tempelberg hinaufgestiegen. Ich hielt erschöpft Ausschau nach einem schattigen Plätzchen. Auf einer zerborstenen Marmorsäule ließen wir uns nieder. »Lasst die Juden und die Anhänger des Propheten beiseite, von deren Sitten und Gebräuchen wir zu wenig verstehen. Auch das Christentum zeigt sich mitnichten als einheitliches Bollwerk des Glaubens inmitten heidnischer Wüste!« Mein Herr Gerald schien gewillt, sich all den Ingrimm und Ärger, der sich in den drei Jahren in ihm aufgestaut, auf einmal von der Seele zu reden. »Dafür sorgen schon all die Patriarchen, Archimandriten, Exarchen, Metropoliten und sonstige *Episcopi* einander bis aufs Opfermesser befehdenden Kirchen! Das vielbesungene, herrliche Hierosolyma« – er geriet richtiggehend in Rage – »ist nichts als ein zusammengefegter Haufen welker Blätter vom Baum des Lebens! Letzte Zuflucht aller von Gott Entrückten, vom Heiligen Geist Verwirrten, von perfiden Frommen und verklärten Frevlern, Flagellanten und sich Kasteienden! Sie hocken auf Säulen, verkriechen sich in Höhlen, kopulieren wie streunende Straßenköter oder entmannen sich jubilierend!«

»Doch kann der gleiche Ort«, hielt ich zaghaft dagegen, »auch den Himmel aller in der Zucht des Schweigens Versunkenen darstellen.«

»Überbrüllt vom Inferno!«, spottete Gerald. »Verderbte Heimstatt aller gnostischen Manichäer, ob sie sich nun Messalianer, Priscillanisten oder gar Sarabaiten schimpfen! Feueranbeter, tanzende Derwische! Anhänger von Teufelskulten oder ketzerischer Seelenwanderung!« Er hatte sich gerade mit den letzten Worten laut Luft gemacht, wir standen vor dem Hufabdruck im Fels, von dem aus der Prophet zu Pferde des Nachts gen Himmel gefahren, als eine weißgewandete, leuchtende Erscheinung auf uns zusprengte: Mansur! Ich war mir sicher, ihn nicht mehr zu den Lebenden zählen zu dürfen, zumal keiner von ihm sprach. Doch dieser Ritter wies die gleiche Statur auf, trug den gleichen weiten Kaftan, selbst die Wicklung seines Turbans um den Helm zeigte keinen Unterschied – das Bild der ersten Begegnung mit dem Leprösen hatte sich mir eingebrannt wie Feuer. In der Gürtelschärpe steckte – das fegte meinen letzten Zweifel hinweg – haargenau jener Scimtar, eine überaus wertvolle Intarsienarbeit, den Mansur damals mit sich führte. Ich muss derart fasziniert auf das aufwendig ziselierte, teure Stück gestarrt haben, dass der Emir ihn vom Gehänge löste und mir, dem völlig Verdatterten, hinhielt.

»Bitte nehmt die Waffe als Geschenk«, sagte er mit einer Stimme, die unmöglich aus verfaulter Mundhöhle kommen konnte. »Sie in Eurer Hand zu wissen, Rinat von Sitten, hätte auch meinen erhabenen Vater, den verehrungswürdigen Leon, gefreut!« Dabei schlug er das Gitter vor seinem Gesicht zurück, und mir stockte der Atem: Ich blickte in das Antlitz eines überirdisch schönen Jünglings, unter seidigen Wimpern die tiefblauen Augen des alten Leon, den er seinen »erhabenen Vater« genannt hatte. Wenn es sich nicht um ein unerklärliches Wunder der Medizin und übernatürliche Selbstheilungskräfte des menschlichen Körpers handelte, dann stand vor mir der Zwillingsbruder des Mansur! Ein Engel, ein Erzengel mit dem Flammenschwert!

Ich entgegnete, zitternd vor Erregung: »Vergebt mir, aber weit mehr als den köstlichsten Besitz ersehne ich die sichere Rückkehr in meine Heimat! Helft mir und meinem Gefährten das Meer, ein Schiff zu gewinnen, und ich will Euch –«

Hier unterbrach er mich lächelnd: »Nennt mich Prinz Treizevel und nehmt mein Wort, dass ich mein Leben dafür geben werde, schon um der Liebe willen, die mein Vater für Euch empfand.« Er steckte den Scimtar bedächtig wieder weg, wobei er sich jetzt erstmals an Gerald wandte. »Ihr seid mein Zeuge: Ich trage diese Klinge lediglich zu treuen Händen, ihr rechtmäßiger Besitzer ist der Ritter Rinat von Sitten!«

Gegen diese hochherzige Art des Schenkens war ich machtlos und fühlte mich umso mehr in seiner Schuld, als ich ihn verpflichtet hatte, uns aus Jerusalem herauszubringen. Geradezu erlösend empfand ich daher sein Angebot, uns beiden – er schloss endlich auch Gerald mit ein – vor unserer Abreise ein kostbares Geheimnis anzuvertrauen, das hier auf dem Tempelberg, genauer gesagt im Erdreich des Tempelbergs, verborgen, auf seine Bergung durch eine verschworene Gemeinschaft kühner christlicher Ritter warte. Doch mehr wolle er uns zur Stunde nicht sagen. Wir sollten uns nur am nächsten Morgen vor Sonnenaufgang, er betonte dieses »vor« bedeutsam, an jenem Ort einfinden, den er uns beschreiben werde. Wir sollten ihm jetzt unauffällig folgen, denn er wolle vermeiden, dass irgendjemand, der uns vielleicht bereits beobachtete, Verdacht schöpfe.

»Geheimnisverrat«, sagte Treizevel leichthin, »ist in den Augen vieler ein strafwürdiges Vergehen!« Er lächelte überlegen. »Die Größe des Mysteriums, zu dem ich Euch auch nur den okkulten Schlüssel, die Offenbarung eines möglichen Zugangs an die Hand geben kann, muss gewaltig sein! Warum würden sonst jene Mächte, die sich als sein Hüter aufspielen, jede versuchte Annäherung bereits mit tausend grässlichen Toden bedrohen?«, setzte er in spöttischem Ton hinzu. »Weil sie selbst nicht in der Lage sind, das Geheimnis ihren eigenen Zwecken dienstbar zu machen – seine geistige Kraft verschließt sich ihnen!«

Möglichst unauffällig schlenderten wir hinüber zur Al-Aqsa-Moschee. Meine Augen suchten verstohlen unseren Weg dorthin nach Kapuzenmännern ab, denn es hätte mich nicht gewundert, wenn sie gerade jetzt aufgetaucht wären. So war ich erleichtert, als wir in das dämmrige Dunkel der sogenannten »Pferdeställe Salomons« eintauchten. Treizevel führte uns zielstrebig durch das von starken Pfeilern getragene Untergeschoss – Licht von außen fiel hier ein, weil ein Teil der Stadtmauer, an die sich die Moschee anlehnte, eingestürzt war. Durch Bretter nachlässig verbarrikadiert, führte eine verwahrloste, unscheinbare Treppe in die Tiefe.

»Morgen werdet ihr diesen Zugang offen finden«, sagte Treizevel und zog uns auch gleich wieder fort von der Öffnung, »nach zwölf Stufen werdet ihr auf einen roten Wollfaden stoßen, er führt euch zu der Stelle, wo ich euch erwarten werde. Ich bitte euch, seid pünktlich!« Klang der letzte Zusatz flehentlich? Ich hatte mich wohl getäuscht, denn Prinz Treizevel behielt seine kühle, leicht spöttische Maske, bis er sich von uns verabschiedete. »Von dem rechten Zeitpunkt hängt alles ab, wie auch der Gang der Gestirne nur eine *Coniunctio maxima* zulässt!«

Wir verließen den Untergrund der Moschee, der Prinz schritt zu seinem Pferd, ohne uns noch einmal anzuschauen. Auch wir trennten uns, denn Gerald hatte diese Begegnung zu sehr mitgenommen, er musste das Haus der Sarah aufsuchen, um sich hinzulegen. Ich machte mich endlich auf, Peter, den grässlichen Eremiten, zu suchen. Vielleicht sollte ich einfach meiner Nase nachgehen!

✣

Im Kastell von Sion hatten die bereits angereisten Teilnehmer des von Remy d'Aretin einberufenen Treffens begierig der Fortsetzung des Jerusalem-Berichtes des Rinat von Sitten gelauscht und drängten jetzt, angeregt aufeinander einredend, hinaus in den Innenhof der Burg. Das, was sie aber wirklich bewegte, war die unerwartet launige Ankündigung der Burgherrin Cantar, dass jetzt kein Mittagsmahl serviert werde. Sie sollten ihre knurrenden Mägen bis zum frühen Abend vertrösten, dann wolle sie, gemeinsam mit ihrer liebsten Base, Elgaine de Gisors, alle anwesenden edlen Herren zu einem »Liebesmahl« bitten.

»Was immer das an erlesener Speisenfolge bedeuten mag«, knurrte der griesgrämige Sire de Craon zu dem ihm bis dahin fremden Ritter Godefroy de Saint-Omer, »mir wäre ein auf der Stelle gereichtes ordentliches Stück gut abgehangenen Bergschinkens lieber, dazu einen Krug kräftigen Roten!«

»Es schmerzt mich, Euch darben zu sehen, guter Freund«, erwiderte Godefroy artig, »aber hier solltet Ihr Euch auf eine Art geistige Nahrung einstellen, für die ein nüchterner Magen vielleicht die beste Vorbereitung ist!«

»Ihr meint«, schnaubte Craon entrüstet, »auch nachher wird es nichts Handfestes geben?!«

Godefroy zuckte die Achseln und enthielt sich nicht eines milden Lächelns ob des so grausam Leidenden. Übellaunig wandte sich der Sire ab.

Gerade in dem Moment trieben vom Torbau her zwei Neuankömmlinge ihre Pferde durch den Schnee und sprangen vor Elgaine und Pons ab. Es waren der Herr Balduin von LeBourg und der junge André de Montbard, auf den Pons sofort mit einem freudigen Juchzer zulief.

»Ich dachte schon, Ihr würdet nicht mehr kommen, lieber André!«, begrüßte ihn Elgaine. »Nach all den Reisezielen, die Ihr Euch noch vorgenommen hattet.«

»Das weiteste war der tiefe Ardennenwald«, antwortete André, warf den in seine Arme gestürmten Pons hoch, fing ihn wieder auf und stellte ihn vor Balduin auf die Füße, »wo ich Freund Balduin wie ein scheues Einhorn aufstöbern musste –«

»Gibt's doch gar nicht!«

»Du siehst doch, Pons, jetzt steht es vor dir – ein wahres, rares Unicorn!«

Conon trat hinzu, legte seine Pranke auf die Schulter seines schönen Weibes. »Für mich ist solch Fabelwesen niemals männlich«, mischte er sich locker ins Gespräch, »sondern nur als flüchtende Hindin vorstellbar, als unwirkliche Feengestalt.«

»Wie euer beider zur Legende gewordene Mutter Melusine«, Elgaine lächelte, Balduin einbeziehend. Conon griff nach kurzem Zögern den Faden auf – wer war hier nicht miteinander versippt oder verschwägert?

»Genau genommen weilt im Geiste noch ein weiterer Sohn dieser einzigartigen *Donna venerabilis* unter uns.«

»Ihr denkt an Euren Zwilling zu Lecce?«

»Nein!«, erwiderte Conon, einen Augenblick verunsichert. »An den nun gerade nicht!« Dann grinste er Balduin augenzwinkernd an. »Ich will Euch nicht länger auf des Rätsels Folter spannen: Sein treuer Knappe Rinat lässt uns gerade an den höchst mysteriösen Abenteuern des Gerald von Öxfeld im fernen Hierosolymitana teilhaben!«

Erster Teil des vierten Berichtes des Rinat

Als ich am Abend in das Haus der Sarah von Beth-Seba zurückkehrte, war der von mir mit viel Glück und noch mehr Beharrlichkeit aufgetriebene Priester, Peter von Amiens, dort schon eingetroffen, und ich fand meinen Herrn Gerald in sofort wieder aufgeflammten Streit mit der Dame des Hauses verwickelt.

Ich hatte den Einsiedler schließlich in jener Taverne aufgestöbert, von der er mir während unserer gemeinsamen Kerkerzeit sehnsüchtig und begehrlich vorgeschwärmt. Das Loch, mit ungehobelten Latten in einem verfallenen Haus notdürftig zusammengezimmert, nannte sich »Zum letzten Nagel«. Hier hielt der grässliche Kerl grölend Hof, ließ mich – kaum meiner ansichtig – von seinen Saufkumpanen hochleben und nötigte mich, einen Krug Roten mit ihnen zu leeren, bevor er sich mein Anliegen überhaupt anhörte. Die in Aussicht gestellte christliche Taufe versetzte ihn dann allerdings in einen Taumel inbrünstiger Verzückung, er wäre am liebsten gleich mitgerannt. Es bedurfte einiges an gutem Zureden, ihn zur Einsicht zu bewegen, dass er sich für solch feierliches Amt besser erst einmal waschen und in ein sauberes Gewand hüllen musste. Er versprach mir hoch und heilig, ab sofort dem Weine zu entsagen, sich ordentlich herzurichten und sich pünktlich im angegebenen Haus einzufinden.

Jetzt war der *Mauclerc* also da, immer noch betrunken, aber wenigstens hatte er ein nahezu fleckenloses elfenbeinfarbenes Messgewand angelegt und sein verwildertes Haupthaar mit einem Stirnband gebändigt. Plärrend lag er der Dame des Hauses damit in den Ohren, wie wichtig und gottgewollt es sei, dem Kinde endlich das Sakrament der Taufe zuteilwerden zu lassen, damit es im plötzlichen Todesfall nicht in grässlicher Sünde der Hölle anheimfiele. Frau Sarah platzte der Kragen, sie schickte ihre heulende Tochter mit einer der Mägde aus der Halle und erklärte ihrem Mann und mir überraschend, sie sei nicht länger gewillt, den Taufakt hier in ihrem Hause vollziehen zu lassen, er solle im altehrwürdigen Becken des Salomon unterhalb der Moschee auf dem Tempelberg stattfinden. Unnütz, dass wir beide sie kopfschüttelnd ansahen, als hätten wir nie von dem Ort gehört, geschweige denn die »Pferdeställe« des großen Königs je betreten.

Das Liebesmahl

Auf Wunsch aller Ungeduldigen, sowohl derer, die wissen wollten, wie die Geschichte weiterging, wie auch derer, die mit dem Essen nicht länger warten wollten, hatte Cantar den Knappen Rinat gebeten, doch schon während des Mahles, zwischen den Gängen, mit dem Verlesen seines Berichtes fortzufahren. Eine festliche Stimmung wollte zur Enttäuschung der Herrin auf Sion ohnehin nicht recht aufkommen, zu verschieden waren die Charaktere, die hier unvermutet aufeinanderstießen, zu gereizt war die Stimmung. Dazu kam auch noch, dass die Auswahl der Speisen, die sie hatte auftischen lassen, nicht jedermanns Geschmack entsprach. In ihren Augen waren es die köstlichsten Fische, welche die Bergseen, die Rhône und in sie mündende Gebirgsbäche zu bieten hatten – Forelle und Salm, Saibling und Lachs, selbst von dem seltenen Stör und dem großen Wels hatten die Fischerknechte jeweils ein Prachtexemplar aufgetrieben. Die weitgereiste, gar in den Gewürzen des Orients kundige Elgaine hatte die Zubereitung der verschiedenartigen Tunken überwacht, vom kaltgepressten Öl der mediterranen Olive bis zum dunklen Weinessig, versetzt mal mit *Cipolla* oder Fenchel, mal mit zerstoßenen Samen des Cumin oder der Wacholderbeere, in Honig eingelegten Pilzen oder gemahlenen Nüssen, im Mörser gestampften säuerlichen Früchten des Waldes oder zerriebenen duftenden Kräutern der Almwiesen. Eine Weide für Gaumen und Nase! Das Wasser konnte einem im Mund zusammenlaufen.

All diese Soßen warteten in Schälchen auf der langen Tafel zwischen glühenden Rosten, unter denen Lerchenspäne und

Kiefernzapfen kleine knackende, fauchende Brandherde nährten. Herber Weißwein aus dem heimischen Rhônetal stand in Krügen bereit, dazwischen in irdenen Tiegeln die appetitlich mundgerecht geschnittenen rosigen Filetstücke der Fische: Sie waren roh. Und das erschreckte die meisten der Gäste, wenn es sie nicht gar ekelte! Zwar lagen feine lange Spieße bereit, mit deren Hilfe jeder, der sich nicht gar zu blöd anstellte, sein Stück über der Glut hätte garen können, bevor er es in Tunke seiner Wahl tauchte, um es dann in dem Zustand zu verzehren, der jedem behagte.

»So was habe ich ja kommen sehen!«, maulte der Sire de Craon deutlich vernehmbar. »Wenn man die hehre Kochkunst Weibsleuten überlässt!«

»Mögt Ihr keinen Fisch?«, fragte Elgaine spöttisch besorgt.

»Doch!«, knurrte der Sire. »Freitags und gekocht!«

»Dann haltet Euch bis dahin an den trockenen Wein«, fiel ihm jetzt der von dem Schlagabtausch erheiterte Montbard süffisant in den Rücken, »den das hiesige Tal an seinen felsigen Hängen in vortrefflicher Qualität hervorbringt!«

»Wallis!«, schnaubte Craon verächtlich und ging seinen jungen Landsmann an: »Den Roten, den unser Burgund wachsen lässt, müsst Ihr, André, Euch erst mal verdienen!«

Cantar gab Rinat ein Zeichen, mit der Lektüre fortzufahren.

Zweiter Teil des vierten Berichts des Rinat

»Ihr habt doch meinen Herrn Bruder ›Prinz Treizevel‹ kennengelernt!«, lachte Sarah höhnisch. »Erzählt mir nicht, er hätte es unterlassen, Euch auf der Stelle zu beschwatzen, ihm bei der Bergung seines Schatzes beizustehen?«

Wir leugneten standhaft, was uns aber nicht ersparte, jetzt eine genaue Beschreibung des Ortes unter die Nase gerieben zu bekommen, den der Prinz uns erst morgen früh hatte zeigen wollen. Es sei das Becken, spottete Sarah mit maliziösem Seitenblick auf unseren Priester, in dem die Schergen unseren dreckigen Jesus von Nazareth gereinigt, bevor sie ihn dem Pontius Pilatus vorgeführt hätten!

Es half nicht, dass wir beide schworen, das Becken nicht zu kennen, nie davon gehört zu haben. Dort, und nur dort, könne ihre Tochter die christliche Taufe empfangen.

»Doch wohl nicht jetzt, mitten in der Nacht!«, wehrte unser Priester erschrocken ab. »Das ist mir zu gruselig!« Er schlug gleich drei Kreuze und legte zur Abwehr aller Dämonen seine gespreizten Finger übereinander.

»Bevor Euer Mann Gottes sich in die Hosen scheißt«, beschied Sarah den Herrn Gerald, »lasst von mir aus die Nacht verstreichen!«

Peter von Amiens atmete hörbar erleichtert auf. Das erboste Weib verpflichtete Gerald und mich, uns in der Frühe dorthin zu begeben, um vor Ort alles vorzubereiten. Sie wünsche, dass das Fest ihrer Tochter würdig begangen werde.

Mein Blick fiel aus dem Fenster des Hauses hinab auf die abendliche Straße. Mit Erschauern sah ich einen Zug der Kapuzenmänner in langsamer Prozession vorbeiziehen. Da die Dunkelheit schon über Jerusalem hereinbrach, hatten sie ihre Fackeln entzündet, was ihre schwarzen Augenhöhlen noch schrecklicher wirken ließ. Ich war froh, dass außer mir keiner dieses unheilvolle Bild wahrgenommen hatte. Gerald hatte sich, der Streitereien müde, bereits zur Ruhe begeben, Peter der Einsiedler verspürte nur den einen, verständlichen Wunsch, die Nacht nicht hier verbringen zu müssen, sondern sie sich im »Letzten Nagel« um die Ohren zu schlagen. Er versprach mir hoch und heilig, bei Sonnenaufgang in den »Pferdeställen Salomons« einzutreffen. Ich selbst wagte nicht, mich zur Ruhe zu begeben, um nicht die rechte Stunde zu verpassen. So stieg ich auf das Dach des Hauses und übte mich nach langer Zeit wieder einmal im Einhalten der Horen. Darüber hinaus würde mir der röhrende Ruf des Muezzin zum *Salat al fadjr* von Nutzen sein, um nicht dem Schlummer anheimzufallen!

Es war noch im Dunkel der Nacht, als ich an meinem Herrn Gerald rüttelte, der sein Lager mit Sarah teilte. Sie hatte ihm den Rücken zugedreht und tat jedenfalls so, als würde sie von meinen Bemühungen, ihn wachzubekommen, nichts mitkriegen. Kurz darauf standen wir auf der Straße. Ich war überrascht und beglückt, dass mich Gerald gleich beiseitenahm. »Ihr denkt, Rinat, ich warte hier auf meinen Tod?«, flüsterte er, als könnte das allgegenwärtige Weib uns hören. »Doch ich ziehe ein Ende mit Schrecken diesem schleichenden Siechtum vor.« Er sprach von der Lähmung seines Geistes, die ihn der Sarah von Beth-Seba ausgeliefert hätte, an deren Seite er sich keinen weiteren Tag mehr vorstellen könne, geschweige denn Monate und Jahre, oder gar eine Ehe, geführt bis ins hohe Alter. Selbst mein Hinweis auf den labilen Zustand seiner Gesundheit ließ er nicht gelten, unsere Flucht war für ihn eine beschlossene Sache!

Der Kardinallegat Remy d'Aretin nahm an dem ›Liebesmahl der Ritter‹ nicht teil, ebenso wenig wie, selbstredend, sein Adlatus Guy d'Abreyville und die beiden Benediktinermönche Angel und Vocat, was die jedoch sehr bedauerten. Der *Caput canis* hatte sie in das Amtszimmer bestellt, um ihnen eine Ansprache in die Feder zu diktieren, die er den auf Sion Versammelten zu halten gedachte. Das wäre der erste dringliche Teil der Arbeit, die sie zu erbringen hätten. Danach könnten sie sich – *autem propere atque velociter* – auf die Fresstafel unten im Saal stürzen, falls die Herren Ritter ihnen noch etwas übrig gelassen! Nach der Atzung sollten sie sofort wieder antreten, denn es gälte noch eine Rede für Seine Heiligkeit Papst Urban aufzusetzen, die dieser auf dem binnen kurzem stattfindenden Konzil zu Clermont halten wolle.

»Jetzt aber erst mal das Naheliegende: die Verpflichtung der Auserwählten, eine ritterliche Gemeinschaft zu schmieden, die in allen, noch völlig unbekannten Widrigkeiten und Fährnissen unbeirrbar zur Sache der Kirche, also zu der des Papstes steht! – Was meint Ihr dazu, mein Herr Adlatus?«

Guy überlegte nicht lange. »Zum Schmieden bedarf es eines Hammers«, erwiderte er bedächtig. »Der ist in der Person des *Caput canis* vortrefflich gegeben – aber wo ist der Amboss?«

»Das kann nur die *Terra sancta* sein, das Heilige Jerusalem!«

»Also müsst Ihr den Hammer aus der Hand geben – oder

wolltet Ihr Euch den Heereszug etwa *in personam* antun? – Nein!«, gab sich Guy gleich selbst die Antwort. »Und damit ist das Bild vom Schmied nicht sonderlich tauglich.«

»Ihr seid ein guter Handwerker, Guy, ich werde Euch vermissen, aber hofft nicht darauf, dass ich Euch auch nur ein Hämmerchen in die Hand geben werde, wenn ein subtiles Werkzeug Gottes hermuss!«

»Das würde auch wenig nützen! Da unten im Saale habt Ihr mit viel Fingerspitzengefühl Ritter versammelt, die – wer denn, wenn nicht sie? – gewisslich geeignet sind für die besondere Aufgabe.«

»Aber?« Der *Caput canis* ließ nicht locker, er wollte auch den letzten Widerhaken ertasten.

»Die stählerne Leine, das Stachelband, das sie zusammenhält wie eine Koppel Bluthunde, muss gleichzeitig so fein gehämmert sein wie Engelshaar, denn es muss ihre Herzen umgarnen –«

»Sehr gutes Bild!«, lobte ihn sein Lehrmeister und griff den Gedanken auf. »Die Ritter müssen lernen, ihren *Impetus* aus einem spirituellen Verlangen heraus zu entwickeln, sich selbst zu führen, ihr Vermögen zu kämpfen ständig aus sich selbst heraus zu erneuern! Dann sind sie unschlagbar!«

»Vielleicht aber auch unleitbar!«

Remy schaute seinen gelehrigen Schüler lange nachdenklich an. »Es wäre schlimm, wenn die zu gründende Gemeinschaft nach Eurem Vorbilde geschaffen würde, selbst wenn sie dann –«

»– die Welt das Fürchten lehren würde!«, fügte Guy grinsend an und verneigte sich vor seinem Meister.

Remy d'Aretin rang sich ein Lächeln ab. »Es ist besser, Guy, Ihr geht jetzt hinab zu den andern und hört für mich, wie sich die Stimmung entwickelt – vielleicht bekommt Ihr noch mit, wie Rinats Märchen ausgeht und ob wir daraus, wenn schon nichts lernen, so doch Nutzen ziehen können!« Damit war der Adlatus entlassen, und Remy d'Aretin wandte sich wieder den Mönchen zu. »Dieser hochbegabte Hund ist in der Lage, mir die Stimmung zu verderben, grad dann, wenn ich alle Energie auf das unmittelbar Bevorstehende bündeln muss!«

Vom Tempel Salomons

Letzter Teil des vierten Berichts des Rinat

Wir hasteten zum Tempelberg, wir liefen gleich zu den »Pferdeställen des Königs Salomon«, wie das Untergeschoss der Al-Aqsa-Moschee im Volksmund heißt. Die riesige Pfeilerhalle stand Tag und Nacht offen und wurde nicht bewacht. Die Bretter, die den Treppeneinstieg versperrt hatten, waren entfernt worden. Wir entzündeten die mitgebrachten Fackeln und stiegen vorsichtig die Stufen hinab ins Dunkel. Nach der zwölften Stufe stießen wir auf einen roten Wollfaden, dessen Ende mit einem Stein beschwert war. Er war so fein gesponnen, dass ein Nichteingeweihter ihn leicht hätte übersehen können, mich aber erinnerte sein leuchtendes Zickzack unangenehm an eine frische Blutsspur. Die offensichtlich selten genutzte Treppe war übersät mit Gesteinsbrocken und endete in einem gewaltigen Gewölbe, dessen Höhe und Ausdehnung sich dem Lichtschein unserer blakenden Fackeln nicht erschloss. Uns langsam zwischen dem herumliegenden Geröll vorwärtstastend, folgten wir der Spur des roten Fadens, die uns immer tiefer in die Eingeweide dieser fremden Welt führte. Gerald, der hinter mir ging, zupfte mich am Ärmel – vor uns erhob sich matt schimmernd, wie aus schwarzem Granit, ein völlig glatt geschliffener Quader von solch dichter Schwere, dass sich der Gedanke an das Mitwirken von Menschenhand bei seiner Erschaffung verbot. Er wirkte, als sei er geradewegs vom Himmel gestürzt, habe die Decke durchschlagen und sich mit ungeheurer Wucht tief in das Felsgestein des Untergrunds gebohrt. Dieser Eindruck wurde durch die leichte Schräglage nur noch verstärkt, allerdings machte die etwas angehobene Kante von unserem

Standpunkt aus auch einen Blick auf die Quelle unmöglich. Der Granitblock musste jedoch das Becken enthalten, wir hielten den Atem an: In der Stille war das Tropfen von Wasser deutlich zu vernehmen – oder bildete ich mir das ein? Ich stolperte vorwärts und stieß gegen den Scimtar, den wir im Schatten der herumliegenden Felsbrocken übersehen hatten und der jetzt im Fallen klirrend gegen die Steine schlug. Gerald beleuchtete die Klinge mit seinem Fackelschein: Sie war blutig! Dunkles, klebriges Blut!

Von panischer Angst geschüttelt, sprangen wir nach vorn an den Rand des Quaders. Die Oberfläche der Quelle war glatt wie ein Spiegel – aber durch das klare Nass sahen wir im Schein unserer flackernden Fackel den Leib des Treizevel im tiefrot gefärbten Wasser schweben – seinem Rumpf fehlte der Kopf!

Wie lange Gerald und ich schweigend vor dem schwarzen Sarkophag des Prinzen standen, weiß ich nicht mehr zu sagen. Durch den Mauerdurchbruch im Osten drang zaghaft das erste Aufglühen des Tagesgestirns. Für mich verzauberte es den Ort des Geschehens. Gerald hielt mir stumm den Scimtar hin, ich versuchte vergeblich, ihn auf den Torso zu betten, er glitt ab und versank in der Tiefe des Beckens. Mir schien nun auch der rechte Zeitpunkt gekommen zu sein, Gerald endgültig die Verfügungsgewalt über die getreulich mitgeführte Mesusa zurückzuerstatten.

»Hier verdient es keiner«, murmelte er, »vor allem, was da kommen mag, gewarnt zu werden.« Verbittert warf er die silberne Schatulle in den Spiegel des Beckens. Das war genau der Augenblick, in dem gehetzt, verschwitzt und natürlich noch oder schon wieder besoffen Peter der Einsiedler am Ende der Treppe erschien. Wir ersparten ihm den Anblick allein deshalb, um nicht erneut unter einen Sturzbach von Verdächtigungen, Verwünschungen und des üblichen Unflats zu geraten, teilten ihm nur knapp mit, die Taufe sei abgesagt worden und wir hätten beschlossen – ohne noch einmal das Haus der Sarah aufzusuchen –, uns geradewegs zum Meer durchzuschlagen, um dort ein Schiff zu finden.

»Ich hätte da eines«, ließ uns Peter von Amiens sofort wissen. »Es muss nur jemand das Geld aus dem Beutel tun!«

Gerald seufzte und gab nickend sein Einverständnis.

Auf Sion trat keine Ruhe ein, obwohl es bereits später Abend war. Nach den abschließenden Worten des Rinat von Sitten beschlich die Zuhörer das Gefühl, von einem Jerusalem gehört zu haben, das sie sich so nicht vorgestellt hatten. Nicht Empörung machte sich breit an der langen Tafel der Ritter, sondern eher Widerwillen, Unlust. Eine Abkehr von den Märchenbildern, mit denen sie aufgewachsen waren, die sie nie hinterfragt hatten, erschien vielen als eine Zumutung. Ärgerlich stocherten sie in der erkaltenden Brühe nach den letzten Fischhäppchen, sie fühlten sich, als hätte man ihnen selbst die Haut abgezogen und ihr rohes Fleisch in einen der vielen Näpfe getunkt, allesamt gefüllt mit bitteren, ätzend scharfen, fauligen oder gärenden Soßen. In ihrem Unbehagen hielten sich viele jetzt doch an den zuvor geschmähten Valaiser, tranken einander leise murrend zu. Zur offenen Revolte fehlten ihnen die Argumente, ihre offenkundige Unkenntnis lähmte sie.

Die lethargische Stimmung der Männer im großen Festsaal stand in argem Kontrast zu der hektischen, heiteren Aktivität, die von den Weibern um sie herum entfaltet wurde. Unter der Anleitung von Elgaine, assistiert von der erfahrenen Beschließerin Erma di Toano, schleppten die Mägde Stoffballen in die Wirtschaftsräume, wo des Nähens kundige Frauen sie in Empfang nahmen. Die ehemalige Klosterschwester war ganz in ihrem Element, als sie jetzt schwitzend und schnaubend die Mädchen zur Arbeit antrieb. Aber auch das männliche Gesinde, sämtliche Knechte und Diener, wurden eingespannt in die Vorbereitung eines Ereignisses, von dem keiner wusste, welchem Zwecke es dienen sollte, dessen Bedeutung aber trotz allem Rätseln und Raunen von niemandem angezweifelt wurde. Selbst aus der Schmiede des Kastells glühte Feuerschein in die Nacht, Hammerschläge tönten mit hellem Rhythmus. Im von Fackeln erleuchteten Hofe der Burg herrschte freudige, erwartungsvolle Erregung – der melodische Gesang der Mägde erfüllte die Mauern.

Als der *Angelus vigilans* und der *Vocator diaboli* aus der Küche pflichtschuldigst zu Remy zurückeilten – die Mädchen hatten ihnen reichlich von den vielen Köstlichkeiten aufgetischt, die unberührt aus dem Saal der Ritter zurückkamen –, stießen sie vor dem Arbeitszimmer mit Cantar zusammen. Der Kardinallegat selbst begleitete sie zur Tür, offensichtlich hatte die Herrin der Burg letzte Instruktionen erhalten, denn ein stummes Nicken beider beim Abschied zeugte von verschwörerischem Einvernehmen. Außerdem hatte Cantar dem Kardinal einen späten Gast zugeführt. Hugues de Payens, der, in dem Trubel unbemerkt, bei einbrechender Dunkelheit das Kastell noch erreicht hatte, war ein stiller, recht besonnen wirkender Mann. Der *Caput canis* schien sehr erleichtert über sein Erscheinen, auf das er offenbar dringlich gewartet hatte.

»Es bleibt bei unserer Absprache?«, versicherte sich Remy sogleich in seiner fahrigen Art.

»Ich wüsste nicht«, erwiderte Hugo sanft, »was mich daran hindern sollte, sie einzuhalten!« Wie zur Beruhigung des unter spürbarer Spannung stehenden *Caput canis* ging er gleich zu sachlichen Fragen über. »Sind alle gekommen?«

Remy nickte. »Mit Euch, Hugues de Payens, sollte das Aufgebot nun vollständig sein.« Er bot seinem Gast mit einladender Geste an, Platz zu nehmen. »Ich hatte mir den Kreis der Erwählten ehrlich gesagt homogener vorgestellt«, verriet der *Caput canis*, während er sich und Herrn Hugo einen Becher Roten aus dem Krug einschenkte. »Genau genommen haben wir hier eine Meute, wie sie unterschiedlicher gar nicht sein kann und die zu bändigen nicht leichtfallen wird!«

Hugues de Payens trank seinen Becher aus und erhob sich. »Mich deucht Vielfalt reizvoll, aber gerade deshalb wünsche ich mir, dass sie mich aus freien Stücken und Überzeugung zum *Primus inter pares* wählen.«

»Dazu werde ich sie bringen«, erwiderte Remy, »und ich glaube nicht, dass einer abspringen wird!«

»Gut«, sagte Herr Hugo, »ich will jetzt hinuntergehen und mich mit den Herren bekannt machen, denn persönlich kenne ich keinen von ihnen!«

»Die sind sich eigentlich alle noch ziemlich fremd – mit Ausnahme von Conon!« Remy überlegte kurz. Es war vielleicht nicht klug, den Helden von Béthune noch mehr herauszustellen, als sein Ruhm dies ohnehin tat. »Am besten, Ihr haltet Euch an meinen Adlatus, Guy d'Abreyville – Ihr erkennt ihn an seinem weißblonden Schopf!« Hugues de Payens verließ den Raum. Der Kardinallegat wandte sich sofort an seine beiden Chronisten. »Und jetzt hurtig die Feder gewetzt, meine Herren!«

Im Speisesaal hatte sich eine Traube um Rinat von Sitten gebildet, viele Ritter, wie der junge Montbard oder Godefroy de Saint-Omer, waren von der ungeheuerlichen Geschichte fasziniert. Balduin von LeBourg stieß dazu. Doch zu ihrem Wortführer machte sich André.

»Auf welches Geheimnis, welchen verborgenen Schatz könnte dieser Mansur angespielt haben?«

»Dessen Bergung christlichen Rittern auferlegt?«, ergänzte mit glänzenden Augen Godefroy.

Balduin versuchte, die aufkommende Erregung zu dämpfen: »Allein den Hinweis schon bezahlte er mit seinem Leben!«

Hugues de Payens trat zu der Gruppe. »Wo, sagtet Ihr«, wandte er sich an Rinat, den Erzähler, »soll sich das Mysterium den Berufenen offenbaren?«

Die ruhige Abgeklärtheit des älteren Ritters, den die meisten nicht kannten, tat augenblicklich ihre Wirkung auf die Neugierigen, Conon übernahm die Antwort: »So wie ich unseren Freund Rinat verstanden habe« – der Knappe lächelte dankbar –, »geht es um den Untergrund des Felsens, auf dem sich einst der Tempel des Salomon erhob. Auf seinen Ruinen erbauten die Moslems ihre Moschee.«

»Und wir werden sie einreißen«, mischte sich jetzt lautstark der Sire de Craon ein, »sie wieder dem Erdboden gleichmachen –« Der Ritter hatte dem Weine weitaus kräftiger zugesprochen als die anderen. Streitsüchtig blähte er sich auf: »– um darauf die gewaltigste Kathedrale zu errichten, die –«

»Ich glaube nicht –« Conon war bereit, den Fehdehandschuh aufzunehmen, doch der besonnene Hugues de Payens enthob ihn der Mühe.

»Ich glaube«, entgegnete er dem Craon, »dass auf Trümmern

einer geschändeten Kultstätte, immerhin auf einem Hause Gottes, kein unseren Heiland ehrendes Bauwerk errichtet werden sollte!«

Dem Sire de Craon verschlug es nur kurz die Sprache. »Eine Moschee! Ein verlauster Teppich«, polterte er los, »auf dem uns diese Kameltreiber ihre Ärsche entgegenstrecken!« André de Montbard zerrte den Zeternden von Hugo und Conon fort, Godefroy sprang ihm dabei zur Seite, indem er sofort die Lücke schloss und den Störenfried gänzlich abdrängte. »Christliche Ritter wie wir –«, krakeelte Craon noch, sich verschluckend, weil André ihm gleich einen vollen Krug aufgenötigt hatte.

Hugues de Payens überging den Vorfall souverän und wandte sich an Rinat. »Wenn es sich bei dem Geheimnis des Tempels Salomons überhaupt um etwas Fassbares handelt«, stellte er in den Raum, »könnte es vielleicht die verschollene Bundeslade –?«

»Warum nicht gar der Gral?«, fuhr Conon keck dazwischen und setzte, ungeachtet der hochgezogenen Augenbraue seines Gegenübers, hinzu: »Das wäre doch das Ungeheuerlichste, was sich einem Suchenden offenbaren könnte!«

»Was wisst Ihr, Conon de Béthune, vom Gral?« Der Verweis war unüberhörbar, und Conon war froh, dass Godefroy voller Inbrunst einsprang.

»Ein Stern, ein Stein vom Himmel!«

»Der Knappe Rinat?!«, rief vom Eingang einer der Torwächter forschend in den Saal. Rinat sprang auf und hastete zur doppelflügeligen Tür. »Mönche von Sankt Bernhard haben Euren Herrn, den Ritter Gerald von Öxfeld, herbegleitet!«

Voller Freude über die gute Nachricht hüpfte Rinat in großen Sätzen die Freitreppe hinunter in den Hof. Gerührt umarmte er seinen Herrn, kaum dass sich der immer noch Geschwächte aus den Felldecken des schlichten Lattenverschlages geschält hatte, in dem man ihn hergetragen. Auch die Beschließerin war schon herbeigeeilt, sie konnte sich noch gut des jungen Ritters Gerald entsinnen, der einst von Lerici nach Jerusalem aufgebrochen war. Gemeinsam verfrachteten sie den Ritter auf einer Tragbahre ins Innere des Kastells.

Pons, der neugierig mitgelaufen war bis zum Burgtor, rannte aufgeregt zurück in den Saal und berichtete Conon die von niemandem erwartete Ankunft Geralds. Mit keinem Wort hatte der ansonsten so gesprächige Rinat erwähnt, dass sein Herr Gerald nicht nur den Weg aus dem Orient zurückgefunden hatte, sondern bereits auf dem Weg nach Sion war, während der Knappe seine Zuhörer noch mit dem Bericht ihrer Erlebnisse in den Bann zu schlagen wusste. Viel Zeit, sich über diesen unverhofften Zuwachs das Maul zu zerreißen, blieb den Anwesenden nicht, denn jetzt ging Guy d'Abreyville, der blonde Engel des Grauen Kardinals, von Ritter zu Ritter. Flüsternd forderte er jeden Einzelnen auf, sich nunmehr in die unterirdischen Gewölbe des Kastells zu begeben, wo binnen kurzem die höchst geheime Versammlung der Auserwählten stattfinden würde, zu deren Behufe man schließlich hier zusammengekommen sei.

Der Schwur der Ritter

Das Rundgewölbe in den Tiefen der Burg von Sion lag im flackernden Licht der ringsherum an den Pfeilern befestigten Fackeln. Einer nach dem anderen betraten die Ritter den Raum. Zofen der Burgherrin Cantar hatten ihnen bereits auf dem Gang dorthin weiße Mantillen gereicht, weit fallende Tuniken, die über der üblichen Kleidung zu tragen waren. Sie wiesen weder *Signum* noch Schmuck auf, sondern wirkten einzig durch ihre Schlichtheit. Gemessenen Schritts und schweigend begab sich ein jeder an einen der im Halbrund angeordneten Plätze. Erst bei Betreten des Kuppelsaals bemerkten sie die erhöhte Empore, auf der ihnen gegenüber Elgaine de Gisors und Cantar de Sion den Vorsitz eingenommen hatten. Die beiden Frauen, ebenfalls in weißen, fließenden Gewändern, gaben sich statuarisch wie Hohepriesterinnen eines fernen Tempels. Sie schauten durch die Eintretenden hindurch, was diese zugleich der Mühe enthob, durch Nicken oder vertrauliches Grienen von ihnen Kenntnis zu nehmen. Notgedrungen taten die Ritter es den beiden Damen gleich und blickten stumm nach vorne. In der Mitte zwischen dem hohen Gestühl der beiden Vorsitzenden und den steinernen Sitzbänken erhob sich ein gemauerter runder Altar – vielleicht auch eine Brunnenfassung oder der Einlass zu einer darunterliegenden Zisterne –, jedenfalls mit weißem Tuch abgehangen. Auf ihm standen zwei silberne Schalen, von denen aber nur aus der einen der brennende Docht eine blaue Flamme aufscheinen ließ. Zwischen den beiden Schalen erhob sich ein aus Eisen geschmiedetes schlichtes Kreuz. Ob es genau mittig unter der Kuppelspitze stand, war für die Chronisten nicht auszumachen – das Licht der Fackeln reichte so weit nicht hinauf.

Im dämmrigen Halbdunkel des Raumes stand außerdem, leicht schräg versetzt und quasi hinter der Bühne des Geschehens, das Pult des päpstlichen Kardinallegaten. Remy d'Aretin kniete dort, gebeugt und den Kopf in den Händen verborgen, versunken ins Gebet oder in tiefe Meditation. Die beiden Chronisten hatte er unterhalb seiner Bank so platziert, dass sie im Dunkeln kaum zu sehen waren. Einzig zwei kleine Öllämpchen verrieten den Eingeweihten, dass sie bereit waren, das Protokoll der Sitzung aufzunehmen. Erwartungsvolles Schweigen senkte sich über die Versammelten.

Auf ein Räuspern des *Caput canis* erhob Elgaine ihre helle Stimme. »Privileg!«, rief sie, es klang wie ein Fanfarenstoß. »Es ist Euer einzigartiges Privileg, zu denen zu zählen, die ausgewählt wurden, auserwählt sind, heute und hier das zu hören, was unser gemeinsamer Freund Euch jetzt durch die Stimme der Cantar vortragen wird!« Elgaine hatte frei gesprochen und ihren Blick während dieser einleitenden Worte über die Gesichter der vor ihr sitzenden Ritter gleiten lassen. Es wirkte wie ein Weckruf, nun ihre Herzen zu öffnen. Cantar hingegen senkte ihr Haupt.

»Meine Brüder!« Mit diesem Anruf zog sie die Aufmerksamkeit aller auf sich. Sie begann mit ihrer wohlklingenden dunklen Stimme von dem Pergament abzulesen, das sie in den Händen hielt.

»Meine lieben Brüder! – Noch bevor dieses ereignisreiche Jahr sich seinem Ende zuneigt, wird *Sua Sanctitas Papa* Urbanus Secundus auf dem eigens zu diesem Zweck einberufenen Konzil einen Kreuzzug der abendländischen Christenheit ausrufen – zur Befreiung des Heiligen Grabes, zur Wiederherstellung der Rechte aller Gläubigen in Christo zum ungehinderten Bekenntnis ihres Glaubens und zur Ausübung der Gottesdienste und Spende der heiligen Sakramente in der gesamten *Terra sancta*. Das Heilige Land wurde vom oströmischen Byzanz an die Muslime verloren, an die Anhänger des falschen Propheten Mohammed, die seine christlichen Bewohner seitdem knechten und drangsalieren. Ein heiliger Krieg steht bevor!

Eine stattliche Anzahl bedeutender abendländischer Fürsten hat sich bereit erklärt, unter der fürsorglichen Leitung des Papstes von Rom und seiner *Ecclesia catholica* diesen Feldzug bis zur Erlangung des gottgefälligen Zieles, dem Erringen des Sieges, durchzuführen.

Manche derer, die ausziehen, werden sich mit dem Erwerb ewigen Seelenheils und der Erlösung von allen Sünden zufriedengeben und wieder heimkehren.

Es steht jedoch zu befürchten, dass sich viele der ins Heilige Land Ziehenden den Erwerb weltlichen Besitzes dortselbst schon jetzt auf die Fahnen geschrieben haben, dass sie planen, im weiten Gebiet zwischen Kilikien und Rotem Meer eigene Reiche zu erobern. Sie werden zwar in Fragen des christlichen Glaubens die Oberherrschaft des Heiligen Vaters anerkennen, aber sie werden den von ihnen errungenen Besitz nicht der Kirche übergeben. Damit werden sie sich auch nicht in der Pflicht sehen, für den Schutz der *Terra sancta*, den Erhalt der rückgewonnenen Gebiete in ihrer Gesamtheit und der heiligen Stätten im Besonderen zu sorgen. Menschlicher Natur gemäß werden sie sich eher nur um Verteidigung oder Erweiterung ihrer eigenen Herrschaft kümmern!

Dieser vorhersehbaren Entwicklung gilt es rechtzeitig entgegenzuwirken. Die Kirche braucht eine verschworene Bruderschaft von exzellenten Rittern, die unter Verzicht auf persönliche oder gar dynastische Interessen, unter Verzicht auf Reichtümer und Machtentfaltung, sich bedingungslos in den Dienst des Papstes stellen, und zwar über die Dauer des Kreuzzuges hinaus. Denn erst danach, wenn die Masse der siegreichen Eroberer mit Beute beladen zurückströmt und nur noch wenige übrig bleiben, das Errungene, unser heiliges Jerusalem, gegen den erneuten Ansturm der Feinde zu verteidigen, beginnt die eigentliche Fron, der harte, aufopferungsvolle Dienst an der einzigen, wahren Kirche. Das aber ist es, was ich – im Namen des Heiligen Vaters – von euch erwarte, ja, verlange.

Der Lohn kann nur das Hochgefühl eurer herausgehobenen

Stellung sein, das beglückende Wissen um die Einzigartigkeit eures selbstlosen Einsatzes, eines elitären Dienstes für Jesus Christus und die göttliche Jungfrau allein! Was ihr tut, ihr tut es aus Liebe zu ihnen! Gewiss sein könnt ihr euch nur der Erwiderung eurer Liebe und Mariae Fürspruchs beim göttlichen Vater.

Mir war die Ehre zuteilgeworden, euch auswählen zu dürfen. So wie ihr euch heute hier zusammengefunden, stelle ich mir die Kernzelle der künftigen Bruderschaft vor. Ihr untersteht keinem Gesetz, außer den Regeln, die ihr euch selber gebt! Ihr schuldet niemandem Gehorsam, außer dem von euch selbst gewählten Großmeister – und über dem steht nur der Papst in eigener Person.

In der von euch zu gründenden Bruderschaft wird Seine Heiligkeit auf eigenen Wunsch einzig und allein durch den *Caput canis* vertreten, den vom *Pontifex maximus* eingesetzten obersten Diener und Herrn der Geheimen Dienste, was ihr mit eurem Eid gutheißen mögt. Ihr werdet der Schwertarm dieser weltumspannenden, völlig im Geheimen wirkenden, bitter notwendigen Einrichtung sein!

Entsprechend wird auch alles, was ihr beschließt, im Geheimen bleiben. Für alles, was ihr tut, steht es eurer Gemeinschaft frei, Ruhm und Glorie zu genießen oder der Verschwiegenheit des Dienstes anheimzugeben – ebenso wie euer Bund mit seinem Vermögen und erworbenen Reichtum völlig autonom verfahren mag. Niemandem, weder Königen noch Bischöfen noch Patriarchen, soll die Bruderschaft Rechenschaft ablegen, Steuern entrichten oder Heeresdienst leisten! Der Papst will sich, muss sich blind auf euch verlassen können, so wie ihr voller Gottvertrauen darauf bauen könnt, dass er seine schützende Hand niemals von euch abziehen wird!

Es liegt nun an euch zu zeigen, dass ihr des in euch gesetzten Vertrauens wert und würdig seid, dass die kühne Hoffnung des Papstes auf glorreiche Erfüllung seiner göttlichen Inspiration berechtigt ist! *Gloria in excelsis deo!* Amen!«

Cantar hatte das Verlesen des Aufrufs beendet, und Elgaine ließ die eingetretene feierliche Stille nachwirken. Es war, als würde ein strahlendes Licht die Versammlung verklären, bevor Elgaine jetzt wieder ihre helle Stimme erhob: »Ich werde nun die Namen in der Reihenfolge aufrufen, wie meine Hand sie aus der Losschale zieht«, sie hatte sich bereits erhoben und trat zu dem runden Altar in der Mitte des Raums, »denn vor Gott sind bei der Leistung eines Eides alle gleich.« Den Blick auf das schmiedeeiserne Kreuz gerichtet, das sich inmitten des Altars erhob, griff Elgaine in die zweite silberne Schale. »Geschworen wird ohne Worte durch das Ergreifen des Kreuzes«, fügte sie noch an, um dann den ersten Ritter zu rufen, dessen Namensröllchen sie gefischt hatte: »Godefroy de Saint-Omer!« Der Ritter sprang auf und eilte, seine Hand um das Kreuz zu legen. Er verharrte kurz in seinem stummen Schwur, bevor er sich vor den Damen verneigte und zurück an seinen Platz schritt. Elgaine warf das Namenslos in die Schale mit der blauen Flamme, die es – kurz aufflackernd – verzehrte.

»Conon de Béthune!« Elgaine musste sich bezwingen, denn ihre Stimme drohte verräterisch zu beben. Für einen Augenblick suchte sie die Augen ihres Mannes, und ihre Blicke trafen sich im gegenseitigen Verstehen. Doch schon musste sie den Nächsten aufrufen.

»Balduin von LeBourg!« Der ehemalige Priester unterzog sich der feierlichen Eidesleistung mit abgeklärter Routine.

»André de Montbard!« Der junge Ritter nahm zwar das Kreuz in die Faust, besaß aber die Kühnheit, Elgaine dabei ein jungenhaftes Lächeln zu schenken. Sie musste es erwidern, bevor sie auch sein Namenslos – wie alle anderen – der Flamme übergab.

»Robert de Craon!« Der alte Hagestolz verzog keine Miene, als er mit beiden Händen das Kreuz umfasste. Kurz sah es aus, als wollte er es mit geschlossenen Augen liebkosen. Dann ließ er brüsk von dem Eisen ab und marschierte an seinen Platz zurück.

»Guy d'Abreyville!« Der Sohn der Maurcade schnellte wie ein Pfeil heran, berührte das Kreuz mit den Fingerspitzen und huschte wieder davon. Auch sein Name wurde von der Flamme gelöscht und blieb damit im Geheimen, lediglich dem Gedächtnis der Mitbrüder anvertraut.

»Pons de Gisors!« Jetzt zitterte Elgaines Stimme doch, als ihr Sohn sich von seinem Platz neben Conon erhob und feierlich zum Altar schritt, wo seine Mutter ihm mit von Liebe verklärtem Stolz entgegensah. Pons wollte sich als würdiger Ritter erweisen und wich ihrem Blick mannhaft aus. Seine kleine Faust umschloss den Schaft, er senkte die Augen und trat hastig den Rückzug an. So sah er auch nicht, dass sich die seiner Mutter mit Tränen füllten.

»Hugues de Payens!«, rief sie mit stockender Stimme. Der Älteste schenkte ihr einen beruhigenden Blick, legte seine Hand erst auf das Kreuz und dann auf die ihre, bevor er gesenkten Hauptes zurückschritt an seinen Platz.

Als Elgaine nunmehr zum letzten Namen in der Silberschale griff: »Gerald von Öxfeld!«, erhob sich dieser und erklärte mit brüchiger Stimme: »Wie euch allen ersichtlich, werte Brüder, verfüge ich nicht mehr über die nötige Kraft, um der Bruderschaft, der ich von Herzen gern angehört hätte, zu dienen.« Er rang keuchend nach Luft, bevor er mit erheblicher Anstrengung fortfuhr: »Ich gebe daher den mir so ehrenhaft angebotenen Platz – wenn die hohen Damen es gestatten – an einen würdigen Kandidaten weiter, von dem ich gewiss bin, dass er zum richtigen Zeitpunkt erscheinen wird.« Trotz des unwilligen Grummelns des Sire de Craon erwiderte Cantar – nach kurzem Blickwechsel mit Remy d'Aretin –, dass sie diese Lösung akzeptiere. Desgleichen griff sie das Angebot Balduins auf, der freimütig verkündete, er würde seinen Platz unter den Auserwählten jederzeit zugunsten seines Vetters Gottfried von Bouillon räumen, wenn dieser es wünsche. Dieser Vorschlag wurde von allen beifällig aufgenommen. Doch dann begehrte der Sire de Craon auf, sein Groll hatte sich aufgestaut, seit Pons de Gisors den Schwur ablegen durfte.

»Wie kommt es, dass ein unmündiger Knabe, ein Kind noch«, polterte er los, »seinen Platz unter auserwählten Rittern einnimmt?«

Elgaine verschlug es die Sprache, Conon war aufgesprungen und baute sich drohend vor Robert de Craon auf. »Wagt es nicht –«, fauchte er, als mit einem kräftigen »Silentium!« der bis dahin schweigende *Caput canis* sein vernehmbares Organ durch den Kuppelsaal dröhnen ließ. »Der Einwand des Sire de Craon ist nicht von der Hand zu weisen«, erklärte er vermittelnd, »die Wahl des Pons de Gisors ist zwar in nicht allzu ferner Zukunft denkbar, aber *de facto, facilitatem non habet.*«

»Ich springe für ihn ein!«, rief da Rinat von Sitten, der sich bisher im Hintergrund gehalten hatte, und trat eilends vor.

»Ha!«, höhnte sogleich der Sire de Craon. »Jetzt trauen sich schon die Knappen, ihr Maul in der Versammlung –«

»Ihr irrt, Craon!«, schnitt ihm wie mit einem Peitschenhieb Cantar de Sion jede weitere Verunglimpfung ab. »Rinat Graf von Sitten ist Ritter wie Ihr, auch wenn es ihm beliebte, sich zeit seines bisherigen Lebens als Knappe verschiedener Herren zu verdingen! Ich finde seinen Vorschlag vortrefflich und nehme mir mein Recht, ihn gutzuheißen!«

Rinat ergriff das Kreuz, verneigte sich vor Elgaine. »Bis zur Schwertleite Eures Sohnes!«

»Nicht nötig!«, knurrte der jetzt ins Rund tretende Remy d'Aretin. »Es wird – so steht zu hoffen – nicht bei denen bleiben, die heute den Schwur getan. Die gegründete Bruderschaft wird noch viele starke Hände und vor allem besonnene Köpfe in ihre Reihen aufnehmen müssen, wenn sie auf Dauer ihre Ziele erreichen will!«

Guy d'Abreyville meldete sich zu Wort. »Es hat sich bereits erwiesen«, spöttelte er, »dass die junge Gemeinschaft ohne weiteren Verzug eines Großmeisters bedarf!« Der blonde Erzengel sah sich herausfordernd um. »Mein Vorschlag gilt dem Ritter Conon de Béthune!«

Der sprang auf wie von der Tarantel gestochen. »Ich lehne das Amt ab!«, rief er, ohne sich lange zu bedenken. »Mein Rat ist, den Ältesten und Erfahrensten zu wählen: Hugues de Payens!« Dem stimmten alle zu, und der Kardinallegat Remy d'Aretin nickte befriedigt.

»Mir bleibt jetzt nur noch, mit dem Recht meiner Stimme die Empfehlung auszusprechen –«, verkündete Cantar, »die Bruderschaft sollte sich von Anfang an einen Namen geben!«

»*Milites Christi sedunenses!*«, heischte André de Montbard

unbekümmert. »Das zeigt sowohl Zielsetzung wie auch Herkunft!«

»Nicht übel«, nahm Hugues de Payens die Anregung wohlwollend auf, »aber ich bin für die schlichte und zugleich anonyme Form: *Militia Christi*!«

»Ihr seid der Großmeister!«, trat ihm der Sire de Craon sofort zur Seite, und die anderen nickten einverständig.

»Damit erkläre ich die Gründung der Bruderschaft für rechtsgültig erfolgt«, sprach Cantar de Sion feierlich. »Die konstituierende Sitzung ist geschlossen!«

Schon am nächsten Morgen löste sich die Versammlung der Ritter zu Sion auf, die meisten traten die Heimreise an. Gerald von Öxfeld nahm das Angebot der Burgherrin an, bis auf weiteres als Gast im Kastell zu bleiben, während der Graue Kardinal, begleitet von Guy d'Abreyville und den beiden Chronisten *Angelus vigilans* und *Vocator diaboli*, sich nach Clermont in der Auvergne begaben, wohin der Papst zum außerordentlichen Konzil gerufen hatte.

Deus lo vult

Letztes geheimes Protokoll von Sion
Clam adveniat dies Saturni
Clermont A. D. MXCV

Als Papst Urban am Tag des heiligen Laurentius Le Puy verließ, begleitete ihn der dortige Bischof Adhemar de Monteil, den er bereits *in pectore* zu seinem Legaten für das bevorstehende Unternehmen ausersehen hatte. Ihn hielt er für stark und durchsetzungsfähig genug, sich den Respekt der raubeinigen Ritter zu erwerben und bei Streit und Missgunst als Schiedsrichter zu fungieren. Gemeinsam bereisten sie den Süden, die Provence. Auch wenn der Heilige Vater auf dieser Rundreise Saint-Gilles besuchte, traf er nicht noch einmal mit dem Grafen Raimund zusammen, schon um dessen Ambitionen, zum weltlichen Führer des Heereszuges ernannt zu werden, nicht weiter zu schüren. Urban lag daran, das Heft in der Hand zu behalten und die mächtigsten Fürsten eher gegeneinander auszuspielen, wie sein Grauer Kardinal empfahl, als einen von ihnen zu dieser besonderen Ehre emporzuheben und damit die anderen vor den Kopf zu stoßen. Dem Papst schwebte vor, die hohen Herren sollten sich ständig im edlen Wettstreit üben, dass einer den anderen in Ritterlichkeit und Glaubenseifer, gegenseitiger Hilfe und Uneigennützigkeit zu übertreffen suche. Mit allem Respekt soll angeblich Remy d'Aretin dem *Pontifex* sogleich die Gegenfrage gestellt haben, wo er denn im christlichen Abendland je einen Fürsten solcher Geisteshaltung angetroffen habe?

Am Tag der Märtyrer Crispinus und Crispianus traf der Heilige Vater wieder in Cluny ein. Zwar galt die von ihm vorgenommene

Weihung des Hochaltars in der neuerrichteten Basilika als Anlass, wir vermuten jedoch, dass es Urban vor allem darum ging, sich von Erzabt Hugo einen letzten Segen für sein Vorhaben zu holen. Von Brüdern, die Ohrenzeugen dieser Begegnung waren, hörten wir, dass der greise Erzabt den *Pontifex* ermahnte, bei der Ausrufung des Zuges ins Heilige Land den zur Teilnahme Willigen nicht zu unterschlagen, welche Strapazen und Gefahren sie erwarteten. Es sei fatal, wenn die Krieger aus dem Abendland davon ausgingen, die *Terra sancta* sei ein brachliegendes Land, und sie würden an deren Gestaden auf ein paar arme Heiden treffen, die auf Knien demütig flehten, endlich zum Christentum bekehrt zu werden. Syrien und Palästina seien gut verwaltete und von den Moslems straff geführte Provinzen, die jeder Invasion erbitterten Widerstand entgegensetzen würden. Der besorgte Erzabt rief Mönche seines Klosters herbei, die gerade erst aus den Ländern des östlichen Mittelmeers zurückgekehrt waren. Frank und frei berichteten sie dem Papst, die bisherigen Pilgerstraßen durch Kleinasien seien von den moslemischen Behörden gesperrt und jedweder Zugang zu den heiligen Stätten rund um Jerusalem rigoros abgeriegelt. Warnungen, die der Papst wohl nur ungern hörte und sich möglicherweise auch nicht sonderlich zu Herzen nahm.

Urban verließ Cluny in der ersten Novemberwoche. Der Bischof von Clermont stieß zu ihm; wenige Tage später erreichten sie die Stadt, in die Papst Urban sein Konzil einberufen hatte. Hier erwarteten auch wir, die Chronisten, auf Geheiß des *Caput canis* das Eintreffen des *Pontifex maximus*.

Schon Mitte des gleichen Monats eröffnete der Heilige Vater in der Kathedrale von Clermont die Versammlung. Rund dreihundert Kirchenmänner waren erschienen, es wurden bereits getroffene Erlässe gegen die Simonie und für das Zölibat bekräftigt, der Kirchenbann gegen den König von Frankreich wegen Ehebruchs wurde bestätigt und jener gegen den deutschen Kaiser und den von ihm gestützten »Antipapst« Wibert von Ravenna ebenfalls. Die Ausrufung einer *Treuga Dei*, eines weitreichenden und unbefristeten Gottesfriedens, hätte einige, die sich in den Usancen päpstlicher Politik auskannten, bereits stutzig machen können, denn sie erfolgte unmittelbar vor der Ankündigung einer »Verlautbarung von höchster Bedeutung« gleich nach Sankt Philemon! Die Verkündigung sollte »in öffentlicher Sitzung« erfolgen.

Die Wortwahl erregte Aufsehen, es würde sich also nicht um eine der üblichen »Botschaften« handeln, die gemeinhin von jedem Konzil ausgesandt werden, und auch nicht um einen weiteren »Appell« zu mehr Frieden und Frömmigkeit, wie man ihn vom Papst stets erwarten durfte. Wie ein Lauffeuer sprach sich herum, dass etwas in der Luft lag, etwas, was sich schwer beschreiben ließ. Es schien keine unheilschwangere Gewitterwolke zu sein, die zur Entladung drängte, eher ein freudiges Ereignis, eines, das vielleicht Erlösung verhieß, Hoffnung auf ein unbestimmtes Glück, eine große Gnade. Hätte einer behauptet, er habe in dieser Nacht den Stern von Bethlehem erblickt, viele hätten es geglaubt. Auch wir, die wir darüber berichten dürfen, taten kein Auge zu und konnten es kaum erwarten, dass die späte Novembersonne sich über den Morgennebel erhob. Vor der Kathedrale hatten sich schon zur frühen Stunde viele Menschen eingefunden, eine so gewaltige Masse, dass der Kirchenraum sie nie und nimmer hätte fassen können. Also wurde der Thronsessel des Heiligen Vaters hinausgetragen auf das freie Feld vor dem Osttor. Immer noch neues Volk strömte herbei, während in aller Hast ein hölzernes Podium errichtet wurde. Die Menschen drängten sich, und es dauerte eine Zeit, bis sein Gefolge dem *Pontifex* den Weg gebahnt hatte und langsam Ruhe einkehrte. Endlich richtete der Papst sein Wort an die versammelte Menge. Urban sprach über die Notwendigkeit, den Brüdern in Christo im Osten Hilfe zuteilwerden zu lassen, denn die heidnischen Türken drängten immer weiter vor, drangsalierten die Bewohner ganzer Landstriche, die einst zu den ureigensten der Christenheit gehörten, entweihten deren Kirchen, vertrieben die Priester. »Sie töten Jesus Christus, unseren Herrn, ein ums andere Mal!« Der Papst ließ Entsetzen und Empörung, Zorn und Wut hochkochen, wartete, bis der Schaum sich wieder gelegt hatte, und fuhr dann fort, indem er den Leidensweg frommer Pilger schilderte, denen diese teuflischen Ungläubigen das Fegefeuer, die Hölle gar, bereitet hatten, wenn sie nicht auf ihrem Dornenpfad ausgeraubt und erschlagen wurden, die Leichen unverscharrt, den Geiern zum Fraß! Als das Schreien und Toben der Menge nachließ und seine Stimme wieder vernehmbar machte, führte Urban sie endlich nach Jerusalem! Die heiligsten Stätten der Christenheit in einem Meer des Unglaubens, das über ihnen zusammenzuschlagen drohte! Das gewaltige Bild des Jüngsten Gerichts, das er ihnen düster ausmalen wollte, wurde schon von keinem mehr wirklich vernommen, so stark war der Tumult, aber alle hatten verstanden, dass die Christenheit unterzugehen drohte.

Der Heilige Vater ließ seine Kinder toben und schreien, in Tränen ausbrechen und die Fäuste recken – er wartete ab, bis sich auch der Letzte auf dem weiten Feld gefangen hatte, bevor er seine Rede fortsetzte. Und dann hieb er auf sie ein: Und was täten sie, alle, die hier versammelt seien? – Ganz zu schweigen von denen, die nicht den Weg hierher gefunden hätten? Täglich versündigten sie sich gegen Gottes Wort, bestahlen und betrogen einander, erschlugen sich gegenseitig! Jetzt waren die Leute still und lauschten ihm ergriffen.

Urban fuhr fort: Stattdessen sollten sie, ob arm oder reich, Gottes Gefallen und Vergebung suchen. Sie sollten für ihn zu einem gerechten Krieg ausziehen, allein Christus sollten sie mit Herz und Hand dienen, Jerusalem befreien! Die Vergebung aller Sünden sei jenen gewährt, die sich zu solcher Tat entschlössen, und würden sie im Kampf für Christus fallen, sei ihren Seelen das größte Heil gewiss!

»Werft euer elendes Leben hinter euch!«, rief der Papst. »Entrinnt der Schlechtigkeit, die euch hier umgibt und euch zu einem Ende im höllischen Feuer verdammt! Folgt Gottes Ruf, der euch ins Paradies führen wird!«

»*Deus lo vult! Deus lo vult!* Gott will es!«

Wieder und wieder und immer lauter unterbrach dieser Ruf die flammende Rede des Heiligen Vaters. Der Widerhall war überwältigend, Tausende rasten. Der Schrei der Begeisterung »*Deus lo vult!* Gott will es!« brauste in Wellen über das Feld.

Der Erste, der aufsprang und sich vor dem Papst niederwarf, war Adhemar von Le Puy. Danach gab es kein Halten mehr.

»*Deus lo vult!*« Der Bischof von Le Puy hatte ein durchdringendes Organ und wusste auch gleich mit gutem Beispiel voranzugehen. Er ließ sich von Balduin dessen Schwert reichen und von dem schmallippig lächelnden Remy d'Aretin dessen purpurnen Umhang, den er sogleich in Streifen schnitt. Die Leute jubelten, *»Deus lo vult!«*, sie prügelten sich um jeden Fetzen roten Tuches. Bald stand kein Purpurträger mehr auf dem Podium, der nicht sein Gewand geopfert hätte! *»Deus lo vult!«*

Schnell rissen sich die Ersten, dann immer mehr, ihre eigenen Hemden vom Leib und zu handbreiten Stoffbahnen, hefteten sie in Kreuzform auf ihre Umhänge und Mantillen, mal auf die Brust, mal rückwärtig an die Schultern. Wer ein Weib zur Hand hatte, ließ sich das grobe Kreuz gleich aufnähen. Die beliebteste Farbe war Rot. Fliegende Händler erkannten die Gunst der Stunde, bald war das Feld übersät mit den leuchtenden Stoffkreuzen. Und noch immer sangen und schrien sie ihren Kampfeswillen, ihre Rage, ihre Lust, für Christo in den Krieg zu ziehen, aus Tausenden von Kehlen: *»Deus lo vult!«* Nur wenige Besonnene waren niedergekniet, um zu beten.

Diese überwältigende Reaktion der Massen hatte Urban nicht erwartet. Seine Leibgarde, verstärkt durch ein knappes Hundert von Klerikern, hatte ihn umringt, musste den *Pontifex* vor dem Ansturm, dem Zugriff der Menschenmenge schützen. Der Papst versuchte vergeblich, sich noch einmal Gehör zu verschaffen. Er erhob sich, breitete segnend seine Arme aus, rief mehrfach laut *»Ego vos absolvo!«* und zum wiederholten Mal, dass allen, die das Kreuz nähmen, alle Sünden vergeben seien!

Der Heilige Vater musste noch eine Zeitlang draußen vor dem Tore ausharren – er verbrachte die Wartezeit ins Gebet versunken –, ehe es seiner Entourage gelang, ihm den Weg zurück in die Kathedrale zu bahnen. An eine geordnete Fortsetzung des Konzils war nicht mehr zu denken. In aller Hast wurden noch ergänzende Bestimmungen erlassen, über die Unversehrtheit des Besitzes eines jeden, der das Kreuz genommen, solange er der Sache diene. Des Weiteren wurde einheitlich reglementiert, dass als sichtbares Zeichen der Verpflichtung ein rotes Kreuz auf der Schulter zu tragen sei, und es wurde die strenge Bestimmung erlassen, dass ein jeder, der es trug und dann doch nicht auszog, dem Kirchenbann anheimfallen solle! Alte und Kranke seien davon abzuhalten, das Kreuz zu nehmen, Geistliche und Mönche bedürften der Einwilligung ihrer Vorgesetzten. Die wichtigste Entscheidung jedoch, die sofort –

ehe sich die Leute wieder verlaufen hatten – in allen Straßen und auf allen Plätzen verkündet wurde: Der Abmarsch sei auf Mariae Himmelfahrt des kommenden Jahres festgesetzt, so dass noch Zeit zum Einbringen der Ernte blieb. Der Treffpunkt für alle Teilnehmer, die Heeresgruppen der weltlichen Fürsten wie auch die kleineren Truppenverbände, zu denen sich befreundete Adelige oder reiche Bürger zusammenschließen würden, sollte Konstantinopel sein! Von dort aus würde man gemeinsam unter dem Geleit und mit Hilfe des byzantinischen Kaisers nach Kleinasien übersetzen. Bekanntgegeben wurde jetzt auch offiziell, dass die Führung des gesamten Unternehmens in die Hand des päpstlichen Legaten Adhemar von Le Puy gelegt worden sei.

Ein weltlicher Oberbefehl über die Heere wurde ausdrücklich nicht vergeben, aber auch nicht gänzlich ausgeschlossen, so dass sich Fürsten wie Graf Raimund von Toulouse weiterhin Hoffnung machen konnten. Dessen Gesandte waren zwar rechtzeitig eingetroffen, hatten aber nicht mehr bis zum Papst vordringen können. Für den ehemaligen Herzog von Niederlothringen Gottfried von Bouillon war sein Vetter Balduin von Le Bourg erschienen, für Robert, den Herzog der Normandie, den Grafen Stephan von Blois und den Grafen von Flandern versicherte Godefroy de Saint-Omer den *Pontifex maximus* der Teilnahme der drei großen Herren und ihrer Heere. Auch aus Bari trafen – in Begleitung einer weiteren Gesandtschaft aus Byzanz, die ermächtigt war, über Details des bevorstehenden Heereszuges zu verhandeln – Boten der Normannen ein, die des Fürsten von Tarent Bereitschaft bekräftigten und ebenso die des Grafen Tankred von Lecce.

Von den Rittern, die sich zu Sion zu der geheimen Bruderschaft *Militia Christi* zusammengeschlossen hatten, trat jeder in eine andere Heeresgruppe ein. Das geschah auf Anweisung des Großmeisters Hugues de Payens, der sich von solcher Infiltration den meisten Erfolg für das Anwerben weiterer *Milites* versprach. So schloss sich Rinat von Sitten dem Grafen von Toulouse beziehungsweise dem Berenguer de Saissac an, Robert de Craon reiste nach Bari zu den Normannen Süditaliens, während sich Conon de Béthune und André de Montbard zusammen mit Balduin von LeBourg zum deutschen Kontingent an dessen Sammelplatz nach Köln begaben.

Guy d'Abreyville wie auch Meister Hugues de Payens waren vom *Caput canis* schon zuvor dem Legaten Adhemar von Le Puy beigeordnet worden.

Wir, die beiden Chronisten *Angelus vigilans* und *Vocator diaboli*, hatten zaghaft bei unserem Herrn und Meister Remy d'Aretin angefragt, ob er uns gestatten würde, uns ebenfalls dem Legaten anzuschließen. Der Graue Kardinal hatte uns freundlich, geradezu herzlichst!, ausgelacht und gefragt, wie wir uns wohl vorstellten, solche Strapazen zu überstehen? Dann hatte er uns, »meinen lieben Chronisten von Sion«, vorgeschlagen, weiter in seinem Gefolge zu reisen und so von sicherer Warte aus auch fürderhin unsere wertvollen Protokolle für ihn und den Heiligen Vater zu verfassen. Eine Reise nach Konstantinopel hat er uns sogleich in Aussicht gestellt, denn dorthin werde er sich gewiss begeben, um Zeuge zu sein, wie sein Plan zum glorreichen Tag, zur *Gesta Dei*, gedieh, wenn dann die unter so viel Mühen ausgesuchten und in Bewegung gesetzten großen Fürsten des Abendlandes den Bosporus überqueren würden, um Jerusalem zu befreien!

»Deus lo vult? – Deus lo vult!«

Epilog

Die Erschütterungen, die von Clermont ausgingen, durchliefen in spürbaren Wellen das Abendland. Während die großen Herren ihre Heere sammelten und ihre Reisevorbereitungen trafen, riefen noch im gleichen Winter zahlreiche herumziehende Prediger zu einem ›Kreuzzug des Volkes‹ auf, zu dessen Führern sie sich meist selbst aufwarfen. Den größten Zuspruch fand Peter der Einsiedler, von ihm eingesetzte Missionare bereisten vor allem das Gebiet beiderseits des Rheins, vom Elsass bis hinauf zu dessen Mündung im Niederlothringischen. Bar jeden Skrupels trieben sie in ihrem eifernden Fanatismus die Leute an, auf der Stelle Haus und Hof zu verlassen und ohne Verzug loszuziehen. Entlang des Stromes lagen mit Worms, Speyer und Mainz die reichen Bischofsstädte, die gleichzeitig Deutschlands größte jüdische Gemeinden in ihren Mauern beherbergten. Es konnte gar nicht ausbleiben, dass die aufgehetzten Kreuzzügler auf ihrem Weg in Richtung Donau über sie herfielen. Die übelsten Pogrome waren die Folgen. Dann setzte der ›Kreuzzug des Volkes‹ zügellos seinen Weg fort in Richtung Ungarn. Nach Erreichen der Grenze zum byzantinischen Reich bei Belgrad geriet ein Teil der ungebärdigen Haufen mit der kaiserlichen Polizei aneinander, die ihnen erhebliche Verluste beibrachte, so dass höchstens die Hälfte der Ausgezogenen, völlig abgerissen und halb verhungert, Konstantinopel erreichte. Diese kläglichen Reste wurden eiligst übergesetzt nach Kleinasien, wo ihnen die Seldschuken endgültig den Garaus machten. Nur wenige, darunter Peter selbst, konnten sich retten.

Ein gutes halbes Jahr später setzten sich – wie geplant – die großen Heere der Fürsten gen Konstantinopel in Bewegung. Hier zeigte sich das Missverständnis zwischen Byzanz und dem Westen nun ganz offen. Der griechische Kaiser Alexios hatte Hilfstruppen erwartet, die unter dem Kommando seiner Generäle das ehemals byzantinische Gebiet – bis hinab nach Jerusalem – von den moslemischen Eroberern wieder befreien sollten. Stattdessen sah sich Alexios unabhängigen Fürsten gegenüber, die unwillig bis empört reagierten, als er von ihnen Eid und Unterwerfung erwartete, gar verlangte. Es kostete monatelange Verhandlungen, Erpressung wie Proviantverweigerung eingeschlossen, die von Plünderei beantwortet wurden; viel Zeit und guter Wille ging in der alten Kaiserstadt verloren, bis nach etlichen faulen Kompromissen, die keiner je einzuhalten gedachte, Byzanz den Weg über die Meerenge freigab und die Heere frisch versorgt und geordnet nach Kleinasien übergesetzt wurden.

Als das einzig Nützliche an dem ungezügelt vorausgestürmten Haufen des Einsiedlers erwies sich, dass die Moslems den jetzt anrückenden ›Kreuzzug‹ anfangs nicht ernst nahmen. Als sie die wahre Gefahr erkannten, war es bereits zu spät. Doch als der ärgste Feind der Christen erwiesen sich diese selbst!

Hielt das christliche Heer bei Durchquerung des anatolischen Hochlandes noch einigermaßen zusammen, begannen sich schon in Sichtweite der Syrischen Pforte einzelne Herren abzuspalten, um eigene Interessen zu verfolgen.

Der erste war Balduin von Boulogne, der jüngste Bruder des Gottfried von Bouillon. Mit übler List und skrupelloser Tücke riss er sich die armenische, also durchaus christliche Grafschaft von Edessa unter den Nagel.

Fürst Bohemund hielt den Vormarsch des gesamten Heeres für Monate auf, bis die reichste Stadt an der Levante endlich erobert war und er sich dort zum ›Fürsten von Antioch‹ aufschwingen konnte.

Dies ließ den Grafen Raimund nicht ruhen. Sein Kampf um das benachbarte Emirat von Tripolis sollte sich über Jahre hinziehen, bis er sich endlich mit dem Titel eines ›Grafen von Tripolis‹ zu schmücken vermochte. Der Verlust an Zeit und Menschen war enorm.

Tankred von Lecce preschte allein vor bis Bethlehem und ließ sich dort zum ›Fürsten von Galiläa‹ ausrufen.

Alles in allem kostete die Eigensucht dieser Führer den Kreuzzug volle zwei Jahre! Nur mühsam gelang es Gottfried von Bouillon, der – da von den Mächtigen einer nach dem andern dem Eigensinn zum Opfer fiel – mehr und mehr als Führer des Heeres anerkannt wurde, die Fürsten zu bewegen, mit ihm zusammen den Weg fortzusetzen und endlich Jerusalem zu erobern, ein Ziel, das etliche bereits aus den Augen verloren hatten.

Im Juli des Jahres 1099, also fast drei Jahre nach ihrem Aufbruch, erblickten die Kreuzfahrer zum ersten Mal in der Ferne die Stadt, einen Monat später gaben die Mauern den Belagerungsmaschinen nach. Der darauffolgende wütende Sturmangriff endete in einem Blutbad, wie es die Heilige Stadt noch nicht gesehen hatte! Die Juden, eine Minderheit unter der Bevölkerung, wurden in ihrer Synagoge verbrannt, Moslems samt und sonders erschlagen, wo man ihrer habhaft wurde. Doch die größten Opfer brachten die einheimischen Christen, die die Mehrheit der Einwohner ausmachten. Die Eroberer waren weder gewillt noch in der Lage, zwischen ihnen und den Moslems einen Unterschied zu machen. Weder sahen sie aus, wie ein abendländischer Christ auszusehen hatte, noch beherrschten sie das römisch-katholische Glaubensbekenntnis!

Der päpstliche Legat Adhemar von Le Puy musste dieses schandbare Gemetzel nicht mehr erleben. Er war bei der endlosen Belagerung von Antioch einer Typhusepidemie erlegen. Auch Papst Urban konnte die Siegesnachricht nicht mehr mit Genugtuung erfüllen: Der *Pontifex maximus* wurde vom Höchsten abberufen, nahezu zur gleichen Zeit, als Jerusalem wieder in die Hände der Christenheit gelangte.

Die Sieger trugen Gottfried von Bouillon die Königswürde an. Er wies sie zurück und begnügte sich mit dem Titel eines *Ad-*

vocatus sancti sepulchri, eines Hüters des Heiligen Grabes. Eine seiner ersten Amtshandlungen war, der *Militia Christi* jenen Flügel der Al-Aqsa-Moschee zuzuweisen, in dessen Untergeschoss sich die sogenannten ›Pferdeställe Salomons‹ befanden. Die Bruderschaft unter ihrem Meister Hugues de Payens nannte sich nun *Milites Christi templique Salomonici Hierosalemitanis*, woraus dann im Volksmund die vereinfachte Formulierung ›Die Ritter vom Tempel‹ wurde, oder kurz und bündig ›Templerritter‹ oder ›Templer‹. Sie begannen sofort – und unter größter Geheimhaltung – unter den Ställen zu graben.

Die Spuren der ursprünglichen Gründungsmitglieder der Bruderschaft von Sion verloren sich zum größten Teil.

Godefroy de Saint-Omer diente als ihr erster Seneschall und fiel in einem der nachfolgenden Kämpfe um Ashkalon.

Robert de Craon folgte 1136 als alter Mann Hugues de Payens in der Würde des Großmeisters des 1118 offiziell anerkannten Ordens.

Auch André de Montbard wurde erst im hohen Alter als Fünfter Großmeister der Templer in das höchste Amt gewählt.

Rinat von Sitten sagte sich von der Bruderschaft los, als er das Massaker bei der Eroberung von Jerusalem erlebte, bei dem er die siebenjährige Tochter der Sarah von Beth-Seba aus den Flammen retten konnte. Er soll sie nach Flucht aus der Stadt später in Alexandria zur Frau genommen haben.

Guy d'Abreyville hatte sich schon bei der Einnahme Edessas durch Balduin von Boulogne vom Heer entfernt und eine armenische Prinzessin geehelicht. In der Folge konvertierte er zum Islam, trat in die Dienste des Schahs der Seldschuken und wurde angeblich irgendwann enthauptet! Auf jeden Fall verschollen!

Conon de Béthune geriet in ägyptische Gefangenschaft, aus der ihn der alte Ziride Yussuf freikaufte und mit sich nach Mahdia nahm. Sein Weib sah er nie wieder.

Gottfried von Bouillon starb nach einjähriger Herrschaft kinderlos. Ihm folgte sein Bruder Balduin, der umgehend die Königswürde annahm. Seine Grafschaft Edessa überließ er seinem Vetter Balduin von LeBourg.

Dem Jahre 1118 kam insofern besondere Bedeutung zu, als fast zeitgleich in Rom der Nachfolger Urbans verschied, der sich zeit seines Papats geweigert hatte, den ›Orden vom Tempel‹ offiziell anzuerkennen, als auch zu Jerusalem König Balduin I. Ihm folgte als König Balduin von LeBourg, der sofort die formelle päpstliche Anerkennung des Ordens durchsetzte, den er einst selbst mitbegründet hatte. Das war die letzte Amtshandlung des Grauen Kardinals Remy d'Aretin, der kurz darauf ermordet wurde.

Mit Balduin II. etablierte sich auch das Königshaus von Jerusalem; zu einer durchgehenden Dynastie kam es indes nur gelegentlich, weil auch die Königstöchter in die Erbfolge einbezogen wurden, derer es bald etliche gab. Die Bürde des Titels stieß bitter benötigte seriöse Bewerber ab, doch sein Glanz lockte immer wieder Abenteurer jeglicher Couleur an.

Alles in allem hielten sich das Königreich von Jerusalem und die christlichen Kreuzfahrerstaaten in Outremer nahezu zweihundert Jahre, bevor sie von den Mamelucken Ägyptens 1292 endgültig ausgelöscht wurden.

FINIS

Historische Figuren

Papst Gregor VII. (Hildebrand)	Papst (1073–1085)
Desiderius	Erzabt von Monte Cassino (geb. Herzog von Capua), später Papst Victor III. (1086–1087)
Odorisius	Nachfolger des Desiderius als Erzabt
Wibert von Ravenna	Gegenpapst Clemens III. (1080–1100)
Odo von Lagery-Chatillon	Kardinal-Bischof von Ostia, später Papst Urban II. (1088–1099)
Kaiser Heinrich IV. (1050–1106)	
Mathilde von Tuszien (1046–1115)	Markgräfin der Toskana, verheiratet mit Gottfried III., Herzog von Lothringen (1070–1076) und Welf von Bayern (1089–1095)
Thierry (Dietrich) (1047–1089)	Bischof von Verdun
Gosbert (Gosbart) von Sitten	Bischof von Sion (*Episcopus sedunensis*)

		Teilnahme am Ersten Kreuzzug
Gottfried von Bouillon (1060–1100)	Jüngster Sohn des Grafen Eustach von Boulogne und der Ida von Lothringen, Graf von Antwerpen, später Herzog von Niederlothringen	ja
Balduin II. von LeBourg († 1131)	Vetter des Gottfried von Bouillon	ja
Alan de Montfort († 1102)	Bischof von Paris	
Hugo von Cluny (1024–1109)	Erzabt des Klosters von Cluny	
Raimund de Saint-Gilles	Graf von Toulouse (1088–1105)	ja
Philippa von Toulouse, genannt ›Pilar‹ (1073–1118)	Nichte des Raimund de Saint-Gilles	
Wilhelm IX., genannt ›Der Troubadour‹	Herzog von Aquitanien (1087–1127)	ja
Bohemund d'Hauteville	Fürst von Tarent (Taranto) (1085–1111)	ja
Tankred von Lecce († 1112)	Graf von Lecce	ja
Robert von der Normandie	Herzog der Normandie (1087–1106)	ja
Hugo de Payens	Mitbegründer des Templerordens und erster Großmeister (1118–1136)*	ja
Godefroy de Saint-Omer	Mitbegründer des Templerordens	ja
Robert de Craon	Mitbegründer des Templerordens, zweiter Großmeister (1136–1149)*	ja
André de Montbard	Mitbegründer des Templerordens, fünfter Großmeister (1153–1156)*	ja
Peter der Einsiedler	Priester aus der Auvergne	ja

* Die hier angegebenen Daten gehen von der offiziellen Anerkennung des Ordens im Jahre 1118 aus.

Frankreich
Lothringen
Kgr. England
London
Der Kanal
Antwerpen
Hzgt. Niederlothringen
Lüttich
Köln
Namur
Ardennen
Rhein
St. Omer
Seine
Hzgt. Normandie
Gft. Bretagne
Gisors
Bouillon
Trier
Mainz
Mantes-la-Jolie
Trifels
Worms
Paris
Chartres
Verdun
Mosel
Hzgt. Oberlothringen
Speyer
Loire
Orléans
Tours
Straß-bourg
Kgr. Frankreich
Hzgt. Burgund
Rhein
Poitiers
Basel
Besançon
Konstanz
Hzgt. Aquitanien
Cluny
Genfer See
St. Gotthard
Clermont
Sion (Sitten)
Rhône
Bordeaux
Lyon
St. Bernhard
Le Puy
Hzgt. Savoyen
Mailand
Mont Cenis
Rhône
Turin
Gft. Toulouse
Albi
Piacenza
Avignon
Saissac
Narbonne
Arles
Savona
Rep. Genua
Carcassonne
St. Gilles
Lerici
Pyrenäen
Marseille
San Gorgó
Kgr. Aragon
N
Barcelona
S
Mittelmeer
Korsika
0 50 100 150 km

Imperium Romanum
Patrimonium Petri
Köln
Ardennen
Westerwald
Bouillon
Mosel
Trier
Trifels
Mainz
Worms
Main
Speyer
Verdun
Hzgt. Oberlothringen
Imperium Romanum
(Dt. Kaiserreich)
Prag
Straßbourg
Regensburg
Rhein
Augsburg
Donau
Besançon
Basel
Bodensee
Konstanz
Salzburg
Wien
Inn
Chur
Brenner
Genfer See
St. Gotthard
Sion (Sitten)
Rhône
Julier
Alpen
St. Bernhard
Drau
Hzgt. Savoyen
Mont Cenis
Mailand
Turin
Patriarchat Aquileia
Piacenza
Po
Mantua
Rep. Venedig
Kgr. Ungarn
Rep. Genua
Canossa
Savona
Bologna
Save
Exarchat Ravenna
Lerici
Apenninen
Ksr. Byzanz
Rep. Pisa
Arno
San Gorgó
Mgft. Toskana
Siena
Elba
Adria
Korsika
Patrimonium Petri
Mgft. Spoleto
Ragusa
Rom
Tyrrhenisches Meer
N
S
Monte Cassino
Fstm. Capua
Mondragon
Kgr. Sizilien
Ponza
Neapel
Bari
Sardinien
Amalfi
Fstm. Salern
Fstm. Tarent
0 50 100 150 km

Imperium Romanum
(Dt. Kaiserreich)
Reich der Normannen
Iffriqia/Byzanz
Mont Cenis
Mailand
Turin
Patriarchat Aquileia
Hzgt. Savoyen
Piacenza
Po
Mantua
Rep. Venedig
Rep. Genua
Canossa
Savona
Bologna
Exarchat Ravenna
Lerici
Apenninen
Rep. Pisa
Arno
San Gorgó
Mgft. Toskana
Siena
Ksr. Byzanz
Elba
Korsika
Patrimonium Petri
Adria
Ragusa
Mgft. Spoleto
Rom
Monte Cassino
Fstm. Capua
Hzgt. Apulien
Mondragon
Ponza
Bari
Neapel
Fstm. Salern
Amalfi
Fstm. Tarent
Gft. Lecce
Sardinien
Otranto
Tyrrhenisches Meer
Kgr. Sizilien
Cap Leuca
Ustica
Palermo
Messina
Regium
Taormina
Selinunt
Ätna
Sizilien
Cap Bon
Grigentum
Tunis
Syrakus
N
S
Mittelmeer
Malta
Iffriqia Fatimidenreich
Mahdia
Lampedusa
0 50 100 150 km

Glossar

Allahu Akbar, al qawiyo al raheem – Allah ist groß, gütig und mächtig (arab.)
Amor fati – Liebe zum Schicksal (lat.), gemeint: Liebe dein Schicksal!
Artemisia absinthium – Wermutkraut
Assbet Ras – Kopfbinde (arab.)
Autem propere atque velociter – aber geschwind und schnell! (lat.)
Avventure – Abenteuer (ital.)
Bailli – Vogt (franz.)
Baranis – Mehrzahl von *Burnus*, weiter Kapuzenmantel (arab.)
Beatus ille, qui procul negotiis paterna rura bobus exercet suis – Glücklich jener, der fern von den Geschäften auf väterlichen Landen seine Rinder hütet. *Horaz* (lat.)
Breviter in re, citius in modo! – Schnell in der Sach', fixer noch in der Art!
Burqu – Burka, Frauenschleier (arab.)
Capsella bursa pastoris – Hirtentäschel
De facto, facilitatem non habet – ist tatsächlich nicht machbar (lat.)
Diarium itineris – Reisetagebuch (lat.)
Djallabija – Gewand (arab.)
Drama pontefecis maximque imperatoris – Das Drama (griech.) zwischen Papst und Kaiser (lat.)
Ducunt volentem fata nolentem trahunt – Es führt den Willigen das Schicksal, den Widerstrebenden zerrt es. *Seneca* (lat.)
Equester moribundus armigeris comitatus – ein sterbenskranker Ritter in Begleitung seines Knappe (lat.)
Feriae Augusti – die Festtage des August (lat.)

Fortiter atque superbiter – stark und stolz (lat.)

Furor fidei – Raserei des Glaubens (lat.)

Hurijat – im Koran die himmlischen Jungfrauen des Paradieses (arab.)

In primis obsequium in principe – bedingungsloser Gehorsam gegenüber der Führung (lat.)

Kamis – Hemd (arab.)

Katapan – Statthalter von Byzanz (griech.)

L. S. (Locus sigilli) – Auf Kopien vermerkte Stelle, wo im Original das Siegel saß

Lupulus – Hopfen

Mandil – Tuch (arab.)

Malabis – Kleider

Mare nostrum – römische Bezeichnung für das Mittelmeer

Milites – Soldaten (lat.)

Milites Christi templique salomonici hierosolymitanis – Streiter Christi vom Tempel Salomons zu Jerusalem (lat.)

Militia Christi – die Armee Christi (lat.)

Moslemun – Muslime (arab.)

Musa'edah – Gehilfin (arab.)

Nec spe, nec metu – Ohne Hoffnung, ohne Furcht

Non semper similia similibus curantur – Nicht immer wird Ähnliches durch Ähnliches geheilt (lat.)

Polyonum – Knöterich

Psychotrophon – Heilziest

Qitat – Kätzchen (arab.)

Salat al fadjr – Morgengebet (arab.)

Sat celeriter fieri, quid quid fiat satis bene! – Was immer auch flink getan – mach's ordentlich!

Shal – Schal, Halstuch (arab.)

Sic erat in fatis – So war es vorherbestimmt (lat.)

Sirwal – Hose (arab.)

Sorores – Schwestern (lat.)

Summum ius summa crux – Das höchste Recht ist das größte Kreuz – gemeint ist: Je stärker das Gesetz, desto härter das Los (lat.)

Tabularium – Archiv, Studierzimmer

Terra sancta – Heiliges Land (lat.)

Vale! – Bleib gesund! (lat. Abschiedsgruß)

Valeriana – Baldrian

Versus solstitium aestivum – um die Sommersonnenwende (lat.)

Videant consules, ne quid res publica detrimenti capiat –

Die Konsuln mögen zusehen, dass der Staat keinen Schaden nehme (lat.) Mit dieser Formel wurde den römischen Konsuln in Zeiten höchster Gefahr die uneingeschränkte Regierungsgewalt übertragen.

Viscum – Mistel

Dank und Quellen

Die Verfolgung der Spur des Grauen Kardinals und die daraus resultierende, sich über ein Jahrzehnt hinziehende Auseinandersetzung mit der Frage des jetzt vorliegenden Romans: Wie kam es zu diesem schwerwiegenden, einschneidenden Schritt, dessen Folgen Abendland wie Morgenland bis heute noch spüren?, haben durchaus auch ihre Parallelen in der Entstehungsgeschichte dieses Buches. Insofern bin ich dem Ullstein Verlag dankbar, insbesondere seinem Geschäftsführer Christian Schumacher-Gebler, dass er beharrlich darauf gedrungen hat, dass ich meine Sicht der Dinge verwirkliche, dass er mir darüber hinaus mit Uta Rupprecht eine Lektorin zur Seite gestellt hat, die Einfühlungsvermögen, Sachverständnis und Zucht ergebnisorientiert gegenüber – und damit letztlich für – den Autor einzusetzen wusste.

Darüber hinaus fühle ich mich in besonderer Anerkennung meinem Agenten Roman Hocke wie auch meinem Rechtsbeistand Maître Gunter Fette verbunden, die den schwierigen Prozess des Zustandekommens dieser Arbeit zielstrebig und geduldig begleiteten. Auf die aufopferungsvolle – durchaus auch kritische – Kollaboration meiner langjährigen und zuverlässigen Mitarbeiterin Sylvia Schnetzer konnte ich mich wie stets verlassen. Des Weiteren schulde ich hochverdienten Dank meinen wissenschaftlichen Ratgebern und Spezialisten: Prof. Dario della Porta, Universität Aquila – Dr. Michael Korth, Musikhistoriker, Wien – Pater Alexander Pixner, Deutscher Orden, Bozen – Daniel Speck und Miriam Abu Hamdan, Arabistik, München.

Nicht vergessen will ich all diejenigen, die mir durch ihre Hilfestellung im alltäglichen Leben den reibungslosen Fortgang der Arbeit ermöglichten: Anke Dowideit, Shirin Fatemi, Julia Hocke, meinen treuen Fahrer ›Todo‹ Temistocle Forti und – last but not least – Leo Piras, Patron der *Osteria Der Belli.*

Beatus ille, qui procul negotiis
paterna rura bobus exercet suis.

An Quellen war wie immer grundlegender Verlass auf:

Steven Runciman: A History of the Crusades, (Cambridge University Press) Cambridge 1954

Im Übrigen habe ich folgende Arbeiten herangezogen:

Pierre Aubé: Godefroy de Bouillon, (Fayard) Paris 1985
George Baziller / Luisa Cogliati-Arano (Hrsg.): *Tacuinum Sanitas* – The Medieval Health Handbook, (Electa Edit) Milan/ New York 1976
R. Allen Brown: The Normans, (Boydell Press) London 1984
Jean Gimpel: The Medieval Machine, (Victor Gollancz Ltd.) London 1976
Elizabeth M. Hallam: Capetian France, (Longman House) London 1980
Gillian Hutchinson: Medieval Ships and Shipping, (Leicester University Press) London 1994
Johanna Lanczkowski: Lexikon des Mönchstums und der Orden, (VMA) Wiesbaden 1997
John Julius Norwich: The Normans in the South, (Longmans) London 1967
Bernd Rill: Sizilien im Mittelalter, (Belser) Stuttgart 1995
Ernst W. Wies: Kaiser Heinrich IV., (Bechtle) Esslingen/München 1996
Marlies Zeus: Provence und Okzitanien im Mittelalter, (Koester) Berlin 1990

Roma, den 16. Oktober 2008
Peter Berling

Inhalt

Dramatis Personae 6

Prolog 9
A. D. MCVXXXVII

Liber I 31
A. D. MLXXXIV
Die Verlobung von Gisors • Nachwehen •
Heimkehr nach Castelbov • Ein Fels in der Brandung •
Der böse Geist von Trifels • Eine offene Wunde •
Milch, Rose und Dornen • Die letzte Prüfung •

Liber II 95
A. D. MLXXXVI
Freibeuter der Meere • Habemus Papam •
Das dreifache Unglück des Grafen Raimar •
Aus dem Tagebuch einer Kaiserin •
Der Zorn der Griechin • Conon de la Montana,
Tankred du Mar • Sultana Melina •
Leer das Nest in den Bergen • Lob der Jungfrau •
Ein kalter Wind • Das eiserne Tor von Mahdia •
Das Konklave • Im Harem •

Liber III 169
A. D. MXCII
Die Unversöhnlichen • Die Rache der Sultana •
Liebeslos • Nonnen und Piraten • Steiniger Weg •

Die Geheimen Dienste • Der Riss im Segel •
Im Vertrauen: Mesusa • Rettung wider Willen •
Camarlingi Sanctae Sedis • Zwischen Skylla und
Charybdis • Der Raub der Odaliske •
Das adoptierte Glück von Lecce • Die Lawine •

Liber IV 267
A. D. MVIXII
Die gute Hexe von Maondragon • Die Geheimen Protokolle
von Sion • Tussilago und Plantago •
Ein Brief an den Zwilingsbruder • Gehievt ins Fegefeuer •
Eine Odaliske im Himmel • Die Masken der
schönen Melusine • Irrwege •
Entlarvung eines bösen Wichts •
Shoka al-Iffriqia • Das Bett des Papstes •
Trügerische Planken, trügerischer Strand •
Caput canis •

Liber V 365
A. D. MXCIV
Schlechte Nachrichten • Erzwungene Bewegungen •
Keine sichere Bleibe • Das Duell • Die Neiderin •
Versöhnung? • Mutwillig in der Falle • Die Helden •
San Gorgò • Heimkehr nach Sion •
Das Konzil von Piacenza •

Liber VI 491
A. D. MXCV
Der Adlatus • Die Jagd ist eröffnet •
Tödliches Missverständnis • Dubiose Reisebegleiter •
Schlag auf Schlag • Lacrimae virginis •
Das Enigma von Chartres • Der geteilte Streitapfel •
Ein rasender Beichtstuhl • Die Hochzeit von Gisors •
An der Brücke von Mans-la-Jolie •

Liber VII 599
A. D. MXCV
Zwischen Heimkehr und Aufbruch • Lorbeer auf grauem Haupte • Ausverkauf – Bericht aus der Hölle • Peter der Einsiedler • Das Liebesmahl • Vom Tempel Salomons • Der Schwur der Ritter • Deus lo vult •

Epilog 666

Historische Figuren 671

Karten 673

Glossar 676

Dank und Quellen 679

Peter Berling

Das Kreuz der Kinder

Roman

ISBN 978-3-548-25850-8
www.ullstein-buchverlage.de

Im Jahre 1212 machen sich Zehntausende von Jugendlichen aus Deutschland und Frankreich auf zu einer waghalsigen Expedition über die Alpen. Ihr Ziel: Jerusalem von den Heiden zu befreien. Doch für die meisten endet die Reise in Sklaverei und Tod. Einen von ihnen, Rik van de Bovenkamp, hat es an den Hof von Mahdia verschlagen, wo er es zum Vertrauten des Emirs gebracht hat. Doch als der Kreuzzug Kaiser Friedrichs II. bevorsteht, gerät er in einen Strudel weltlicher Machtinteressen und Intrigen religiöser Fanatiker.

UB178

Ralf Günther

Der Dieb von Dresden

Historischer Kriminalroman. 384 Seiten.
Gebunden mit Schutzumschlag
ISBN: 978-3-471-79555-2

Dresden in napoleonischer Zeit. Hofrat Block, der Direktor des »Grünen Gewölbes«, gerät unter Mordverdacht, als sein Stellvertreter tot aufgefunden wird. Der Hofrat ist kein Mörder, doch er hat ein peinliches Geheimnis. Um sein Doppelleben nicht auffliegen zu lassen, erklärt er sich bereit, den Preußen Informationen zu liefern.
Seine Tochter Ariane und ihr Klavierlehrer E.T.A. Hoffmann wollen Blocks Unschuld beweisen. Doch je mehr die beiden herausfinden, desto klarer zeigt sich, dass Block keineswegs unbescholten ist.
Ein packender historischer Krimi.

»Ralf Günther bietet hohen Lesegenuss.«
Die Welt

Nordsee
Kgr. England
London
Hamburg
Weser
Elbe
Ems
Hzgt. SACHSEN
Magdeburg
Utrecht
Rhein
Hzgt. NIEDER-LOTHRINGEN
Köln
Gft. FLANDERN
Lüttich
FRANKEN
Mosel
Mainz
Normannische Inseln
Seine
Trier
Worms
Hzgt. NORMANDIE
Reims
Speyer
Paris
Gft. CHAMPAGNE
Hzgt. OBER-LOTHRINGEN
Regensburg
Rhein
Donau
Gft. BRETAGNE
Straßburg
Augsburg
Inn
Kgr. Frankreich
Hzgt. SCHWABEN
Loire
Basel
Konstanz
Hzgt. BAYERN
Hzgt. BURGUND
Fgft. BURGUND
Poitiers
Imperium Romanum
(Deutsches Kaiserreich)
Clermont
Atlantischer Ozean
Hzgt. AQUITANIEN
Lyon
Mailand
Venedig
Hzgt. SAVOYEN
LOMBARDEI
Po
Rhône
Canossa
Rep. Genua
Gft. TOLOSA
ROMAGN
Arno
Rep. Pisa
Toulouse
Arles
Mgft. TUSCIEN
Kgr. NAVARRA
Marseille
Kgr. ARAGON
Narbonne
Elba
Patri-monium Petri
Korsika
Kgr. KASTILIEN
Ebro
Mgft. KATALONIEN
Zaragoza
Barcelona
Tajo
Toledo
Sardinien
Mallorca
KALIFAT VON CORDOBA
Mittelmeer
Cartagena
Granada
Tunis
Iffriqia Fatimidenreich
Mahdia